OS HOMENS DO REI

OS HOMENS DO REI

NORA SAKAVIC

OS HOMENS DO REI

— TUDO PELO JOGO —

VOL. 3

Tradução
Carolina Cândido

1ª edição

— Galera —

RIO DE JANEIRO

2023

PREPARAÇÃO
Angélica Andrade

REVISÃO
Ana Clara Werneck

DESIGN DE CAPA
Juliana Misumi

ILUSTRAÇÃO DE CAPA
Stephanie Ginting

TÍTULO ORIGINAL
The King's Men

CIP-BRASIL. CATALOGAÇÃO NA PUBLICAÇÃO
SINDICATO NACIONAL DOS EDITORES DE LIVROS, RJ

S152h

Sakavic, Nora
    Os homens do rei / Nora Sakavic ; tradução Carolina Cândido. – 1. ed. – Rio de Janeiro : Galera Record, 2023.
    (Tudo pelo jogo ; 3)

Tradução de: The king's men
ISBN 978-65-5981-269-1

1. Ficção americana. I. Cândido, Carolina. II. Título. III. Série.

23-84076
    CDD: 813
    CDU: 82-3(73)

Gabriela Faray Ferreira Lopes - Bibliotecária - CRB-7/6643

Copyright © The King's Men by Nora Sakavic, 2014

Todos os direitos reservados.
Proibida a reprodução, no todo ou em parte, através de quaisquer meios.
Os direitos morais da autora foram assegurados.

Texto revisado segundo o Acordo Ortográfico da Língua Portuguesa de 1990.

Direitos exclusivos de publicação em língua portuguesa somente para o Brasil adquiridos pela
EDITORA GALERA RECORD LTDA.
Rua Argentina, 120 - Rio de Janeiro, RJ - 20921-380 - Tel.: (21) 2585-2000, que se reserva a propriedade literária desta tradução.

Impresso no Brasil

ISBN 978-65-5981-269-1

Seja um leitor preferencial Record.
Cadastre-se no site www.record.com.br e receba informações sobre nossos lançamentos e nossas promoções.

Atendimento e venda direta ao leitor:
sac@record.com.br

CAPÍTULO UM

Mesmo depois de um semestre na Universidade de Palmetto State e algumas semanas treinando no maior estádio de Exy dos Estados Unidos, Neil ainda ficava sem fôlego diante da Toca das Raposas. Ele se deitou de barriga para cima na linha da meia quadra e inspirou, observando os arredores. Contou as fileiras de assentos, que se alternavam em laranja e branco até se misturarem em um borrão próximo às vigas, então analisou as faixas que anunciavam o campeonato de primavera, penduradas em ordem numérica ao redor do estádio. Havia uma para cada Raposa, incluindo o falecido Seth Gordon. As faixas não estavam presentes quando as Raposas se separaram para o Natal, e Neil se perguntava o que Allison diria ao vê-las.

— Esqueceu como ficar de pé, Josten?

Neil virou a cabeça e olhou para o treinador. Tinha deixado os portões da quadra abertos, e agora David Wymack estava parado próximo à entrada. Neil achava que ainda não tinha dado tempo de Wymack lidar com toda a papelada. Então ou o treinador não confiava na promessa de Neil de não treinar até que estivesse totalmente recuperado, ou Neil havia mais uma vez perdido a noção do tempo.

Torcia para que fosse a primeira opção, mas o buraco em sua barriga indicava o contrário.

Concordara em passar o Natal em Edgar Allan, mas os Corvos operavam em dias de dezesseis horas durante os feriados. O que deveriam ter sido duas semanas pareciam ter sido na verdade três, e o relógio biológico de Neil estava fora do eixo mesmo após dois dias de volta à Carolina do Sul. No entanto, as aulas começariam na quinta-feira, e a temporada de primavera, na semana seguinte. Wymack tinha certeza de que voltar à rotina ajudaria. Neil torcia para que ele estivesse certo.

— Hora de ir — afirmou Wymack.

Foi o suficiente para Neil se levantar, apesar dos protestos de seu corpo machucado. Ele ignorou a dor, uma sensação tão familiar, e resistiu à vontade de massagear o ombro dolorido enquanto cruzava a quadra até Wymack. Notou o olhar calculista do treinador, mas escolheu não reagir.

— Eles pousaram? — perguntou Neil, quando se aproximou.

— Você saberia se atendesse o celular.

Neil tirou o aparelho do bolso e o abriu. Apertou alguns botões, então virou a tela escura para Wymack.

— Devo ter esquecido de carregar.

— Deve ter sido isso — respondeu Wymack, que não se deixou enganar.

O treinador tinha motivos para estar desconfiado; Neil deixara o celular morrer de propósito. Antes de ir para a cama no Ano-Novo, desligou o aparelho e o deixou desconectado do carregador. Ainda não havia lido as mensagens que os colegas de equipe enviaram durante as festas de fim de ano. Não dava para ignorá-los para sempre, mas ainda não tinha decidido como explicar as próprias ações. Os machucados horríveis espalhados por seu corpo eram uma consequência esperada ao se enfrentar Riko. Daria mais trabalho ainda justificar a tatuagem no rosto, mas ele iria conseguir. O problema era que Neil não suportava encarar o que Riko fizera com sua aparência.

Após nove anos de lentes de contato coloridas e cabelo tingido, Neil enfim voltara à sua cor natural. Com o cabelo castanho-avermelhado e os olhos azuis brilhantes, era a cara do pai assassino de quem passara metade da vida fugindo. Fazia dois dias que não se olhava no espelho. Negar a realidade não faria sua aparência voltar ao que era, mas ele sentia que vomitaria se encarasse o próprio reflexo de novo. Se pudesse pelo menos tingir o cabelo alguns tons mais escuro, poderia respirar melhor, mas Riko deixara claro o que faria com as Raposas se Neil fizesse qualquer mudança.

— Eles estão na área de desembarque. A gente precisa conversar — disse Wymack.

Neil trancou o portão da quadra e seguiu Wymack até o vestiário. O treinador desligou as luzes do estádio, e a Toca das Raposas foi engolida pela escuridão. A súbita ausência de luz provocou um arrepio em Neil. Por alguns instantes, estava de volta a Evermore, sendo sufocado pela crueldade dos Corvos e o ameaçador esquema de cores da quadra. Nunca fora claustrofóbico, mas o peso de tanto ódio quase trucidou cada osso de seu corpo.

O tilintar de chaves o arrancou daquela memória perigosa e Neil voltou ao presente, assustado. Wymack entrara no vestiário antes dele e estava destrancando a porta do escritório. Apesar de estarem apenas os dois ali — além do segurança que fazia as rondas obrigatórias —, Wymack trancara o lugar em sua curta ausência.

Neil já estivera ali o suficiente para saber que o treinador não guardava nada de particularmente valioso nas prateleiras. A única coisa de valor era a mochila de Neil, que ele havia escondido no canto do escritório antes de entrar em quadra. Em seu primeiro dia na Carolina do Sul, pedira à Wymack para proteger suas coisas e, sete meses depois, o treinador ainda mantinha a promessa. Isso quase fazia Neil se esquecer de Riko.

Wymack deu um passo para o lado e gesticulou para que Neil ficasse à vontade. Nos poucos segundos que ele levou para pegar a mochila e colocar a alça no ombro, o treinador desapareceu. Neil o encontrou no lounge, sentado no centro de entretenimento, ao lado da televisão. Neil segurou a alça da mochila para criar coragem e parou na frente dele.

— Kevin me ligou ontem de manhã quando não conseguiu entrar em contato com você. Queria confirmar que você estava bem. Ao que tudo indica, ele sabia onde você estava esse tempo todo — comentou Wymack.

Não havia por que mentir, então Neil disse:

— Sabia.

— Eu o obriguei a contar pra todo mundo — afirmou Wymack, e o coração de Neil parou. Abriu a boca para protestar, mas o treinador ergueu a mão e continuou falando. — Eles precisavam saber o que iam encontrar ao voltar… pelo seu bem. Para pra pensar na reação deles se voltassem e vissem isso, sem nenhum aviso. Você já fica todo agitado se chamam você de "amigo"; é bem provável que tivesse um treco quando eles surtassem por sua causa.

Neil queria argumentar, mas o melhor que conseguiu dizer foi:

— Eu estava pensando em algo.

— Você estava enrolando, então assumi as rédeas. Disse que parece que você lutou seis rounds seguidos contra o Pé-Grande e que é bem provável que você não queira tocar no assunto. Eles prometeram não encher o saco, mas não sei se vão manter a promessa quando virem você ao vivo. Mas, pra você saber, não mencionei nada sobre isso aí. — Ele apontou vagamente para o próprio rosto.

Neil tocou a bandagem que escondia a nova tatuagem na maçã do rosto.

— Isso?

— Tudo isso aí — disse Wymack, e assentiu quando Neil moveu a mão para o cabelo. — Não sei os motivos do Riko, mas vou esperar pelas respostas. O que você decidir contar a eles é problema seu.

O comentário quase derreteu o gelo no peito de Neil. Ele não sabia o que dizer, então apenas assentiu e olhou para o relógio. Não precisava buscá-los no aeroporto porque Matt havia pagado para deixar a caminhonete estacionada lá. Era para encontrá-los na Torre das Raposas, mas se estavam pegando as malas só agora, demorariam uns vinte minutos para chegar ao campus, vindos do Aeroporto Regional do Norte.

— Quer que eu vá com você pra mediar? — perguntou Wymack.

— Pro dormitório? — questionou Neil.

O breve olhar de Wymack para Neil era cheio de pesar.

— Pra Colúmbia.

Andrew seria liberado naquele dia. Assim que os outros deixassem os pertences no dormitório, iriam para o Hospital Easthaven. Fazia sete semanas desde a última vez que as Raposas o viram e quase três anos desde a última vez em que Andrew estivera limpo. Dois deles sabiam como Andrew era quando estava sóbrio; os outros só tinham ouvido rumores desagradáveis e especulações. Não era nada provável que Andrew desse a mínima para o fato de quase terem feito picadinho de Neil, mas ele quebrara a promessa de ficar ao lado de Kevin na ausência de Andrew. Neil duvidava que o outro fosse aceitar bem o fato.

Apesar disso, não estava preocupado.

— Vai dar tudo certo.

— Se não, pelo menos Abby vai estar de volta amanhã pra remendar você. — Wymack olhou para o relógio e desceu de onde estava sentado. — Então vamos andando.

Era uma curta viagem de carro até o dormitório dos atletas. O estacionamento atrás da Torre estava quase deserto, mas alguns dos carros das Raposas ainda estavam ali. Supostamente, os seguranças faziam rondas para evitar que os carros fossem arrombados na ausência dos donos, mas, mesmo assim, Neil fez Wymack parar ao lado do carro de Andrew. Testou as maçanetas primeiro, depois verificou as janelas à procura de rachaduras ou sinais de vandalismo. Chutou os pneus e decidiu que estavam satisfatórios para a viagem. Wymack esperou com o carro em ponto morto até que Neil acabasse.

— Preciso ficar? — perguntou Wymack.

— Vou ficar bem. Vou falar pro Kevin ligar quando a gente estiver com Andrew — respondeu Neil.

— Carrega o celular e liga você. Boa sorte.

Ele se afastou, e Neil entrou no dormitório. Os corredores tinham um leve cheiro de aromatizador e detergente; alguém arrumara o lugar durante o recesso de fim de ano. O quarto dele ficava no terceiro andar e, dos três quartos das Raposas, era o que ficava mais longe da escada. Ele entrou, trancou a porta e deu uma volta vagarosa pela suíte. Não havia nada fora do lugar, então colocou o celular para carregar e tirou as coisas da mala. O último item foi um maço de cigarros. Levou-os até a janela do quarto e acendeu um.

Estava no segundo cigarro quando a porta da frente se abriu. O silêncio informava que Matt viera sozinho; Nicky não conseguiria ficar quieto nem que sua vida dependesse disso. Neil ouviu o barulho da mala sendo colocada de lado e o clique da porta abrindo. Deu a última tragada no cigarro e apagou-o no parapeito. Forçou os ombros a relaxarem, rezou para que sua expressão neutra fosse convincente e fechou a janela com força. Quando se virou, Matt estava parado à porta do quarto, com as mãos enfiadas nos bolsos do casaco.

Matt mexeu a boca sem emitir som por alguns instantes, até que conseguiu dizer, chocado:

— Meu Deus, Neil.

— Não é tão ruim quanto parece.

— Não começa. Só... não começa, tá? — Matt passou os dedos pelo cabelo, bagunçando os fios espetados com gel, e se virou. — Espera aí.

Neil foi até o corredor enquanto Matt saía da suíte. Quase no mesmo instante em que a porta se fechou, ouviu o som de um corpo batendo na parede. Neil escutava o tom de voz furioso de Matt, que descontava em alguém, mas as paredes eram grossas demais para que distinguisse as palavras. Neil se remexeu no lugar e cometeu o erro de olhar para a direita. A porta do banheiro estava aberta, o que permitia que ele visse bem seu reflexo. Os machucados em cores vivas espalhados por seu rosto eram horríveis, mas os olhos azuis que o encaravam de volta eram mil vezes mais assustadores. Neil engoliu em seco, suprimindo a náusea, e desviou o olhar.

Voltou para pegar o celular e tirou-o do carregador. Não estava nem perto da carga completa, mas, com sorte, daria para ir até Colúmbia. Neil desligou o aparelho com a intenção de ligá-lo quando precisasse, e o guardou no bolso. A tentação de se enfiar na cama era quase sufocante. Já estava exausto, e ainda tinha sete companheiros de equipe para lidar depois que Matt terminasse. Teria sido impossível sobreviver se as meninas tivessem voltado no mesmo dia; por sorte, as três só estariam no voo do dia seguinte, pela manhã. Teria uma noite inteira para se recolher e descansar.

Neil se obrigou a esperar no quarto principal. Matt voltou um minuto depois e fechou a porta com firmeza. Dava para perceber o quanto estava se esforçando para permanecer calmo, mas mesmo assim havia uma rigidez em sua voz ao falar.

— O treinador já gritou com você?

— Bem alto e por muito tempo. Não ajudou em nada. Não me arrependo e faria de novo se fosse preciso. — Neil não deixou que Matt argumentasse. — As Raposas são tudo pra mim, Matt. Não vem me dizer que eu errei por fazer a única escolha que eu podia fazer.

Matt o encarou por um minuto infinito, então respondeu:

— Quero quebrar a cara dele em pedacinhos. Se ele chegar a menos de mil metros de você de novo...

— Ele tem que chegar. Vamos jogar contra os Corvos na final.

Matt balançou a cabeça e pegou a mala. Neil saiu do caminho para que o colega passasse, mas Matt lançou um último olhar para o rosto dele enquanto se encaminhava para o quarto. A raiva deu lugar à surpresa. Neil não retribuiu o olhar e foi em direção à porta. Quase conseguiu; estava com a mão na maçaneta quando Matt disse:

— O treinador falou pra não perguntar sobre seus olhos. Eu achei que Riko tinha deixado eles roxos.

Não era exatamente uma pergunta, então Neil não respondeu.

— A gente volta daqui a algumas horas.

Ele saiu sem dar tempo para Matt argumentar. Kevin, Nicky e Aaron esperavam a duas portas de distância, em frente ao quarto deles. Nicky segurava duas sacolas de presentes, mas as derrubou quando Neil se aproximou. Neil estava na metade do caminho quando viu o machucado no rosto de Kevin. A mancha vermelha que cobria metade de sua bochecha informava que um segundo hematoma não demoraria a se formar. Não era a primeira vez que Matt batia em Kevin e com certeza não seria a última, mas Neil pensou que deveria conversar com ele depois. Nada daquilo era culpa de Kevin.

Neil se forçou a parar de pensar em Matt e focou nos três à sua frente. Não era de se surpreender que fosse mais seguro olhar para Aaron. A ruga que surgia no canto de sua boca era de curiosidade, não de pena, e seu olhar se demorou mais no cabelo de Neil do que nos machucados que cobriam seu rosto. Neil esperou para ver se ele perguntaria, mas Aaron se limitou a dar de ombros.

Nicky, por outro lado, parecia devastado ao encarar a aparência destruída do amigo. Assim que Neil se aproximou mais um pouco, Nicky estendeu o braço e apoiou na mão na nuca dele. Puxou Neil com cuidado e apoiou o queixo na cabeça dele. Nicky estava tenso, todo rígido, mas soltou um suspiro longo e trêmulo.

— Nossa, Neil — disse, com a voz embargada. — Você tá péssimo.

— Vai passar. Pelo menos a maior parte. Não se preocupa — respondeu Neil.

O aperto de Nicky se intensificou de leve.

— Nem pensa em dizer que tá bem. Não consigo ouvir você dizer isso hoje.

Neil obedeceu e ficou em silêncio. Nicky o segurou por mais um minuto e depois o soltou. Neil se virou para Kevin e sentiu um frio na barriga. Ele o encarava como se tivesse visto um fantasma. Por mais que os outros tenham se assustado com a mudança brusca da aparência de Neil — os primos um pouco menos porque já tinham visto os olhos azuis dele na viagem para Colúmbia —, Kevin sabia quem Neil era de verdade e já havia conhecido seu pai. Sabia exatamente o que aquilo significava. Neil balançou a cabeça em um apelo silencioso para que Kevin ficasse quieto. Não ficou nada surpreso quando Kevin o ignorou, mas pelo menos teve a decência de falar em francês.

— Diz que o mestre não aprovou isso.

— Eu não sei — respondeu Neil. Ainda estava tentando entender o borrão doloroso e sem sentido dos muitos dias que havia passado sob os cuidados de Riko. Lembrava-se vagamente das mãos de Jean se movendo para tingir seus cabelos. Achava que tinha sido uma das últimas coisas que haviam feito com ele, mas não conseguia se lembrar se Tetsuji, o tio de Riko, estivera presente. — Riko disse que machucaria a gente se eu mudasse a cor de volta. Tudo que posso fazer é abaixar a cabeça e torcer pelo melhor.

— Abaixar a cabeça — repetiu Kevin. Apontava para o próprio rosto, sem acreditar. — Riko me ligou no Natal pra dizer que tatuou você. Quanto tempo acha que ele vai deixar você esconder antes de te forçar a exibir isso? A imprensa não vai falar de outra coisa, e vão encher você de perguntas sobre a tatuagem. Ele tá tentando fazer com que encontrem você.

Neil sentiu um frio de medo na barriga que subiu até a garganta. Precisou se esforçar para impedir que transparecesse em sua voz.

— Vou entender como um elogio. Ele está tentando me tirar de cena antes das semifinais. Não perderia tempo fazendo isso, a não ser que ache que vamos ser um problema para a equipe dele. Isso quer dizer alguma coisa, não?

— Neil.

— Pode deixar que eu me preocupo com isso, Kevin. Eu cuido de mim. Faz o que você faz de melhor e foca no Exy. Vê se leva a gente até onde não querem que a gente chegue.

Kevin franziu a boca em uma linha fina e rígida, mas não discutiu. Talvez soubesse que era perda de tempo; talvez entendesse que já era tarde demais. Nicky olhou para ambos para ter certeza de que a conversa havia acabado, então pegou as sacolas de volta e deu uma para Neil.

— Presente de Natal atrasado — anunciou, um pouco triste. — Ninguém sabia seu endereço em Millport, então achei melhor entregar pessoalmente. Erik me ajudou a escolher. — Quando Neil o olhou, confuso, Nicky acrescentou: — Ele foi pra Nova York por alguns dias para fazer uma surpresa de Natal. Kevin também tem um presente pra você. Ele não me deixou embrulhar, então tá numa sacola plástica feia. Desculpa.

Nicky sacudiu outro presente, enquanto Neil pegava a sacola que era oferecida a ele.

— Também estou com o do Andrew. Na verdade, escolhi a mesma coisa pra vocês porque é, tipo, impossível comprar presentes pra qualquer um dos dois.

— Desculpa, não comprei nada pra ninguém. Não estou acostumado a comemorar o Natal — revelou Neil.

— Ou você estava ocupado demais sendo destroçado para comprar presentes, né? — comentou Aaron. Nicky parecia prestes a engasgar com a grosseria do primo, mas Aaron continuou como se não tivesse dito nada de errado. — Kevin disse que você foi pra lá por causa do Andrew. É verdade?

Neil olhou para Kevin em advertência.

— É.

— Por quê? — perguntou Aaron. — Ele não vai ficar agradecido.

— Ele não vai ficar agradecido por você ter matado Drake — retrucou Neil. — Não importa. A gente fez o que precisava ser feito. Não ligo pro que o Andrew pensa.

Aaron o fitou em silêncio. Estava procurando por respostas, mas Neil não sabia qual era a pergunta. Tudo o que podia fazer era encará-lo de volta. Por fim, Aaron balançou a cabeça e desviou o olhar. Neil queria pedir uma explicação, mas precisava poupar energia para lidar com Andrew. Se distraiu abrindo o presente de Nicky. Embrulhado em papel de seda laranja estava um casaco preto. Parecia pequeno, mas era pesado; iria protegê-lo do frio penetrante que se instalara na Carolina do Sul. Neil deixou Nicky pegar a sacola de suas mãos.

— Obrigado — disse.

— Você ainda não tem roupas boas pro inverno — explicou Nicky. — A gente devia levar você pra fazer compras de novo, mas achei melhor começar com alguma coisa. Não dá pra continuar usando os moletons da equipe e achar que não vai pegar um resfriado. Serve?

Neil abriu o zíper e começou a vestir o casaco, mas só conseguiu colocar um braço, porque sentiu uma dor lancinante no peito e na lateral do corpo. Congelou e piscou repetidas vezes para se livrar da falta de nitidez que dominava sua visão.

— Desculpa — disse, e se arrependeu na hora. Dava para ouvir a dor em sua voz, intensa o bastante para alterar seu tom. Nicky parecia dominado pela culpa. — Não consigo ainda.

— Eu que sinto muito. Eu não... não estava pensando direito. Vem cá. Deixa comigo. Eu te ajudo. — Nicky tirou o casaco de Neil e o dobrou. — Posso ficar com isso até você se sentir melhor, tá?

— Tá bom.

Neil respirou por alguns instantes e então tirou o presente de Kevin da sacola. Soube o que era assim que sentiu o peso. Tinha ficado absorto demais em suas anotações para não reconhecer a sensação de tê-las em mãos. À primeira vista, a pasta parecia o arquivo de um fã obcecado por Kevin e Riko. Uma procura mais minuciosa revelaria tudo que Neil precisava para sua vida em fuga. Dinheiro, contatos do mundo do crime e o número de celular do tio estavam escondidos dentre os inúmeros artigos sobre Exy.

— Você não vai olhar? — perguntou Nicky.

— Eu já sei o que é. — Neil abraçou a sacola e olhou para Kevin. — Obrigado.

— Eu não abri.

Neil não queria lidar com Matt de novo, então achou melhor levar a pasta para Colúmbia e guardá-la trancada depois.

— Todo mundo pronto?

— Se você tiver certeza de que consegue dirigir — comentou Nicky.

Neil se encaminhou para as escadas sem responder. Os três foram atrás dele, seguindo-o até o carro. Kevin assumiu o lugar de sempre, no banco dos passageiros, e Nicky se sentou com Aaron no banco de trás. Neil escondeu a pasta embaixo do banco do motorista e ignorou a dor ao se sentar. Assim que todos estavam acomodados, foram para a estrada. Havia pesquisado qual era o caminho para Easthaven no computador de Wymack no dia anterior. Era fácil de chegar, quase o mesmo caminho que percorriam até o Eden's Twilight quando iam beber em Colúmbia. A única diferença eram os últimos quinze minutos de trajeto, quando circulavam a capital e seguiam na direção nordeste.

Neil não percebeu que tinha achado que o Hospital Easthaven seria semelhante a uma prisão até que o lugar enfim surgiu em seu campo de visão, e a ausência de arame farpado nas cercas o surpreendeu. Não havia ninguém cuidando dos portões, e o estacionamento estava relativamente vazio. Neil desligou o motor e saiu do carro. Kevin veio logo atrás, mas Nicky e Aaron se moviam mais devagar. Nicky olhava, nervoso, para a porta principal. Quando percebeu que Neil o observava, disfarçou a inquietação com um sorriso.

— É sério que você está com medo dele? — perguntou Neil.

— Que bobagem — respondeu Nicky, pouco convincente.

Kevin estava logo atrás de Neil quando entraram, e o fato de Aaron e Nicky terem ficado um pouco para trás não passou despercebido. Neil pensou que as ressalvas de última hora de ambos deviam deixá-lo um pouco mais apreensivo em relação ao que os esperava, mas não sentia nada.

Entrou no saguão e se dirigiu para a recepção. Pinturas florais davam um toque de cor ao local e havia uma lareira na parede mais distante. O ambiente mirou no acolhedor e acertou na sala de exposição de catálogo. Pelo menos não tinha cheiro de antisséptico e doenças.

— Santo Deus — exclamou a recepcionista quando ergueu os olhos do computador e viu o rosto machucado de Neil. — Você está bem?

— Viemos buscar Andrew Minyard — declarou Neil.

— Não foi isso que eu quis dizer — retrucou ela, mas Neil se limitou a fitá-la em silêncio. Por fim, a mulher apontou para a prancheta à sua frente. — Se vocês se registrarem, posso ligar para o dr. Slosky e avisar que chegaram.

Eles se aglomeraram em torno da bancada e se revezaram para assinar o papel. Neil foi o único que hesitou quando a caneta tocou a folha. Riko não permitira que ele fosse "Neil" em Evermore. Cada vez que ele atendia por esse nome em quadra, Riko o espancava. Neil não tivera muita escolha, já que os Corvos não sabiam qual outro nome deveriam usar, mas Riko queria que ele soubesse os problemas que causara aos Moriyama por conta de seus álibis.

A recepcionista esperava com a mão estendida, então Neil rangeu os dentes e escreveu seu nome junto ao dos outros. Entregou a prancheta e tentou aliviar a tensão nos ombros.

Não levou muito tempo para um homem de meia-idade aparecer. Ele sorriu e apertou a mão de todos. Ergueu as sobrancelhas ao ver Neil, mas não fez perguntas.

— Meu nome é Alan Slosky. Fui o terapeuta principal de Andrew durante a estada dele. Obrigado por virem hoje.

— Principal. — Nicky repetiu. — Quantos terapeutas ele teve?

— Quatro — respondeu Slosky. Ao ver a expressão de Nicky, explicou: — Não é incomum que nossos pacientes passem por diversos médicos. Por exemplo, um paciente pode passar por mim durante a terapia em grupo, por outro colega para uma sessão individual e intensiva e por um de nossos especialistas em reabilitação para a receita de medicamentos. Escolhi a dedo a equipe de Andrew e posso assegurar que estão entre os melhores que temos aqui.

— Tenho certeza que isso fez muita diferença — afirmou Aaron.

Pela forma como olhou para Aaron, Slosky notou o sarcasmo em sua voz, mas não mordeu a isca. Neil se perguntou se foi por prudência ou uma confissão não intencional de fracasso.

— Posso contar com vocês para dar todo o apoio possível a ele nos próximos dias? Se tiverem perguntas ou precisarem de algum conselho sobre como proceder, por favor, fiquem à vontade para me ligar. Posso dar meu cartão.

— Obrigado, mas temos a Betsy — disse Nicky. Ao notar o olhar curioso de Slosky, acrescentou: — A dra. Dobson?

— Ah, sim. — Slosky assentiu, olhou por cima do ombro para o corredor vazio, se demorou um pouco e então apontou para a sala de espera contígua. — Por favor, fiquem à vontade. Ele deve descer em alguns instantes, só precisa registrar a saída do quarto.

Eles se acomodaram na sala, Nicky e Aaron em cadeiras separadas e Kevin dividindo o sofá com Neil. Neil olhava para a lareira sem de fato vê-la. Sua mente estava distante, à deriva entre o Líbano e a Grécia. O ambiente estava tão quente que dava sono. Tinha três — duas? — semanas de sono atrasado. As noites dos Corvos eram curtas, e a dor e a violência dificultaram bastante as madrugadas de Neil. Só percebeu que estava prestes a adormecer quando foi despertado pelo francês suave de Kevin.

— Eu sei como ele é... — começou Kevin. Neil olhou para ele, mas o rapaz olhava para as mãos. — O Riko. Se você quiser conversar.

Era a coisa mais estranha e constrangedora que ele já dissera a Neil. Kevin era conhecido pelo talento, não pela sensibilidade. Consideração e tato eram tão alheios a ele quanto o alemão que os primos falavam. O fato de ter se importado era tão inesperado que Neil sentiu como se um bálsamo estivesse sendo derramado por cada centímetro de pele machucada.

— Obrigado.

— Eu sei como ele é, mas não posso... — Kevin gesticulou, desamparado. — Riko era cruel, mas precisava de mim pra ter sucesso. Éramos os herdeiros do Exy. Ele me machucava, mas tinha limites que não podia ultrapassar até o fim. Era diferente com o Jean. Pior. O pai dele devia uma grana aos Moriyama. O mestre exigiu a presença de Jean na nossa quadra em troca de quitar a dívida. Ele era uma propriedade, nada além disso. Aos olhos deles, vocês são iguais.

— Eu não sou propriedade de ninguém — disse Neil baixinho.

— Eu sei como ele te vê. Sei o que isso significa, sei que não poupou você em nada.

— Não importa. — Soava como uma mentira até para o próprio Neil, mas Kevin não retrucou. — Já acabou, e eu voltei para onde pertenço. A única coisa que importa agora é o que vem a seguir.

— Não é tão fácil assim.

— Vou dizer pra você o que não é fácil: descobrir por meio do Jean que o treinador é seu pai — retrucou Neil, e Kevin se retraiu com força. — Você não vai contar pra ele?

— Eu ia contar, mas aí ele assinou comigo. Não consegui.

— Estava protegendo ele ou você mesmo?

— Os dois, talvez — respondeu Kevin. — O mestre não é como o irmão dele, e também não é como o Riko. A quadra é o reino dele, a única área de atuação em que escolheu exercer o poder que tem. Nunca ergueu a mão nem a voz contra o treinador porque o treinador nunca representou uma ameaça genuína. Eu não sabia se uma confissão ia mudar a situação. Não podia arriscar. Talvez quando tudo isso acabar.

— Será que algum dia vai... — Neil começou a dizer, mas o movimento próximo à porta o fez perder o fio da meada.

Andrew estava parado à porta, com Slosky às suas costas. Usava a mesma blusa de gola alta preta e o jeans com o qual havia sido internado. Tinha uma mochila pendurada no ombro, mas Neil não se lembrava de tê-lo visto fazer as malas antes de Betsy levá-lo. Neil poderia ter perguntado o que Easthaven dera para ele, mas quando olhou nos olhos de Andrew, se esqueceu de como falar. Andrew estava com uma expressão impassível, o olhar tão vazio que Neil sentiu um frio na barriga. Andrew chegou, viu quem tinha ido buscá-lo e deu as costas.

Aaron foi o primeiro a reagir. Havia sido ignorado pelo irmão por muitos anos; ser olhado como se não passasse de uma pedra não era novidade. Aaron fez um gesto para Nicky e foi atrás do gêmeo. Neil e Kevin trocaram olhares, pedindo uma trégua temporária e silenciosa, e se levantaram. Slosky disse algo para eles enquanto saíam da sala, mas Neil não perdeu tempo tentando decifrar as palavras. Slosky cumprira seu propósito ao tirar Andrew da medicação. Neil não precisava nem queria nada mais dele.

Quando Neil chegou à porta, Andrew já estava na metade do caminho em direção à saída do prédio. Aaron não o seguiu, mas atravessou o pátio para o estacionamento. Nicky foi com ele, enquanto Neil e Kevin pararam para observar Andrew. Havia duas lixeiras na esquina do prédio. Andrew enfiou a mochila em uma delas e Neil viu as roupas caírem. Neil duvidava que Easthaven as tivesse fornecido; era mais provável que Betsy Dobson e Andrew tivessem escolhido algumas roupas no caminho para conseguir que ele fosse admitido. Andrew olhou ao redor rapidamente e encontrou a família. Usou-a como guia para localizar seu carro e ir até lá. Neil e Kevin foram atrás dele.

Nicky estava com as chaves e destrancou o carro para que ele e Aaron pudessem se amontoar no banco de trás. Andrew abriu a porta do motorista, mas não entrou. Ficou de costas para o carro, com um braço apoiado no capô e o outro na parte superior da porta, observando os atacantes se aproximarem. Kevin parou na frente dele para inspecionar o companheiro de equipe. Próximo à porta de trás ainda aberta, Neil hesitou enquanto assistia ao reencontro.

Se Neil não soubesse que Andrew passara o último ano e meio protegendo Kevin com ferocidade, de modo quase territorialista, pensaria que eles não se conheciam. Andrew analisou Kevin, parecendo meio entediado, então estalou os dedos para dispensá-lo. Ao que tudo indicava, nem mesmo os hematomas eram interessantes o bastante para que tecesse algum comentário. Kevin assentiu e contornou a frente do carro até o banco do carona. Neil não esperou para ver se Andrew olharia para ele de novo e entrou no carro.

Andrew se sentou no banco do motorista quando todos estavam acomodados e ergueu a mão entre os assentos. Neil deixou o chaveiro cair na palma da mão do colega. Quando Neil abaixou a mão, Nicky pegou seu pulso e deu um aperto breve e forte. É provável que a intenção fosse um pedido de desculpas pelo comportamento frio do primo, mas Neil sentiu o ardor crepitar no antebraço e descer até a ponta dos dedos. Seus pulsos estavam machucados por se debaterem contra as algemas de Riko, e as ataduras não eram grossas o bastante para protegê-lo. Neil não conseguiu se conter e estremeceu.

Nicky o soltou como se tivesse se queimado.

— Desculpa. Desculpa, sério. Eu não...

Neil sentia a mão latejar, mas disse:

— Está tudo bem.

— Não está, não — insistiu Nicky, e olhou para o primo. — Quer dizer, meu Deus, Andrew, você não vai nem perguntar...

Andrew aumentou o volume do rádio para abafar qualquer outra coisa que eles tivessem a dizer. Nicky fez uma careta, mas Neil balançou a cabeça e acenou para que o outro deixasse pra lá. Nicky continuava com o mesmo olhar feroz, mas resolveu acatar o pedido silencioso de Neil por enquanto.

Kevin estendeu a mão para mexer no volume apenas uma vez, ao que Andrew prontamente deu um tapa na mão dele e ergueu um dedo em advertência, sem tirar os olhos da estrada. Kevin cruzou os braços em uma declaração silenciosa de desagrado, que Andrew ignorou. Antes que chegassem à metade do caminho para o interior do estado, a cabeça de Neil começou a latejar. Ele ficou feliz ao avistar a Torre das Raposas, e ainda mais feliz quando Andrew estacionou e o silêncio finalmente se instaurou.

Neil foi o primeiro a sair e segurou a porta de Andrew quando estava prestes a se fechar. Andrew não se mexeu, mas havia espaço suficiente para Neil se inclinar e pegar sua pasta. Ele se endireitou e, ao se virar, viu que Andrew tinha se aproximado. Neil se viu obrigado a ficar grudado nele, mas por algum motivo isso não o incomodou. Ficaram longe um do outro por sete semanas, mas Neil se lembrava exatamente o motivo de ele ter escolhido ficar. Se lembrava do aperto firme e do peso incontestável que podia carregar a ele e todos os seus problemas sem derramar uma gota de suor. Pela primeira vez em meses, conseguia respirar de novo. O alívio era tanto que era assustador; Neil não tivera a intenção de depender tanto assim de Andrew.

Por fim, Andrew deu um passo para trás e olhou para Nicky.

— Você fica. O resto pode ir.

Neil olhou para Nicky para ver se ele concordava em ficar sozinho com Andrew. Quando Nicky assentiu devagar, Neil deu a volta no carro para se juntar a Aaron e Kevin. Kevin encarava Andrew por cima do teto do carro, como se tentasse enxergar por trás da máscara impassível dele. Neil teve que forçá-lo a se virar na direção do dormitório.

Subiram as escadas até o terceiro andar. Aaron destrancou a porta da suíte, mas, quando Kevin fez um gesto para que se juntasse ao grupo, Neil balançou a cabeça. Esperou até que fechassem a porta e foi até o fim do corredor para ligar o celular. Quando a logo piscante sumiu e a tela inicial apareceu, ligou para Wymack.

— Estava começando a achar que ele tinha matado você e deixado o corpo pra apodrecer na beira da estrada — disse Wymack assim que atendeu.

— Ainda não. A gente acabou de chegar.

— Se alguém precisar de alguma coisa, estou com o celular. E vê se tenta ficar com o seu ligado também.

— Sim, treinador — respondeu Neil, e voltou a desligar o celular assim que encerrou a ligação.

Entregara as chaves dele para Andrew, então precisou bater para entrar no próprio quarto. Levou a pasta para outro cômodo e, no fundo do armário, procurou pelo cofre, que agora continha apenas uma carta desgastada. Mesmo assim, ele a enfiou em sua pasta e a trancou, por segurança. Ao voltar para a sala, encontrou Matt à sua espera no braço do sofá. Neil retribuiu o olhar indagador com uma expressão cautelosa. Esperou pelas perguntas e acusações inevitáveis, mas quando Matt falou, foi apenas para dizer:

— Você tá bem?

— Estou bem.

— Só pra constar, eu não acredito em você — retrucou Matt.

Neil ergueu um ombro cansado.

— Você provavelmente não deveria acreditar em nada do que eu falo.

Matt bufou, forçado e baixinho demais para ser uma risada.

— Tenho a sensação de que essa é a coisa mais verdadeira que você me disse o ano inteiro. Mas, olha só, quando você quiser conversar, estamos aqui.

— Eu sei.

Ele se surpreendeu ao perceber que era verdade. Sabia, só de olhar para Matt, que o companheiro de equipe acreditaria em qualquer coisa que Neil estivesse disposto a contar, independentemente do quanto fosse cruel ou improvável. Fizera a coisa certa ao ir para Evermore; e estava fazendo a escolha certa ao ficar com as Raposas. Não importava o quanto se assustasse com o próprio reflexo. Era o único jeito de manter os colegas de equipe a salvo da crueldade de Riko, e era um preço baixo a se pagar.

— Eu nunca estive em Nova York — comentou Neil.

Não era o que precisava dizer nem o que o outro queria ouvir, mas Matt não pressionou. Matt contou histórias divertidas do fim de ano, desde o primeiro encontro sem jeito dos primos com a mãe dele até a gastança desenfreada de Nicky. Matt levou Neil até a cozinha para mostrar os grãos de café que comprara em uma cafeteria local. Já estava tarde para tomarem café, mas Matt estava cansado da viagem e Neil ainda estava indisposto. Ele tirou os filtros do armário, enquanto Matt moía grãos para encher um dos bules.

Neil estava enchendo o bule de água quando ouviram alguém bater à porta. Matt estava mais perto, então foi atender. Neil não conseguia ver quem era do ângulo em que estava, mas quando Matt deu um passo para trás em um convite silencioso, Nicky surgiu no vão da porta. Não parecia ferido, mas estava nervoso, e era impossível ignorar a culpa em sua expressão quando encarou Matt.

— Eu, hum, me esconderia por um tempinho se fosse você — sugeriu Nicky. — Andrew acabou de saber quem machucou o Kevin. Tentei defender você, porque o Kevin mereceu e porque você pagou a fiança do Aaron, mas não sei se vai ajudar muito. Andrew parece ser o inimigo número um da lógica.

— Valeu pelo aviso — respondeu Matt.

Nicky olhou para Neil.

— Ele me mandou vir te buscar.

— O que você contou pra ele? — perguntou Neil.

— Nada sobre você. — Nicky enfiou as mãos nos bolsos e deu de ombros, desconfortável. — Ele quis saber de tudo, do julgamento do Aaron, do rosto do Kevin e dos Corvos. Contei pra ele que nos classificamos pro campeonato e falei da briga no banquete de Natal. Não contei que você não foi pra Nova York com a gente.

Neil assentiu e voltou para o quarto. Primeiro pegou o maço de cigarros e o enfiou no bolso de trás. As faixas de Andrew estavam embaixo do travesseiro, onde Neil as escondera em novembro. Nicky fez uma careta ao vê-las.

— Talvez não seja uma boa ideia dar armas pra ele agora — comentou Nicky.

— Vai ficar tudo bem — afirmou Neil, e seguiu pelo corredor até as escadas.

Andrew esperava, com os braços cruzados frouxamente e as costas apoiadas no corrimão. Seu olhar se voltou para os tecidos escuros na mão que Neil estendia e os pegou sem dizer uma palavra. Neil já tinha visto as cicatrizes dele antes, mas Andrew se virou para colocar as faixas. Quando os braços estavam escondidos, subiu as escadas em vez de descer.

A escadaria dava para uma porta com a placa "Acesso ao telhado — somente pessoas autorizadas". Neil achou que estaria trancada, mas Andrew precisou apenas sacudir a maçaneta com força algumas vezes para abri-la. Pelos cortes precisos na porta e no batente, Andrew já havia mexido na fechadura havia muito tempo. Neil não perguntou, mas o seguiu em direção à tarde fria. Por estarem no alto, o vento batia mais forte, e Neil desejou poder usar o casaco que ganhara.

Andrew foi até a beira do telhado e analisou o campus. Neil parou ao lado dele e olhou com cuidado para o lado. Ele não se incomodava com altura, mas a falta de grades era perturbadora ao se tratar de uma queda de quatro andares. Neil pegou o maço de cigarros, tirou dois e os acendeu. Andrew apoiou o seu nos lábios, e Neil protegeu o dele com as mãos por causa do vento.

Andrew se virou para olhar para o colega.

— Aceito uma explicação agora.

— Você não podia pedir respostas lá dentro, no quentinho? — perguntou Neil.

— Um pouco tarde pra ter medo de morrer por vulnerabilidade. — Andrew ergueu a mão, aproximando-a do rosto de Neil e parando quando os dedos estavam prestes a tocá-lo. Não olhava para os machucados na pele; encarava os olhos desprotegidos de Neil. — Fui eu que quebrei a promessa ou você que estava mantendo a sua?

— Nenhuma das opções — respondeu Neil.

— Sei que fiquei fora tempo o bastante pra você pensar nas suas preciosas mentiras, mas espero que se lembre de que contei uma verdade em novembro e que você me deve uma. É sua vez no nosso jogo, e você não vai mentir pra mim.

— Nenhuma das opções. Eu passei o Natal em Evermore.

Neil não deveria ficar surpreso que a primeira coisa que Andrew fez foi mexer na atadura em sua bochecha. Aaron e Nicky a ignoraram, nem a notaram em meio a todas as gazes e fitas. Andrew passara muito tempo cuidando de Kevin, então juntou as peças em um piscar de olhos. Puxou um pedaço da fita e arrancou a atadura como se quisesse levar o rosto de Neil junto. Neil se preparou para a violência, mas a fisionomia impassível de Andrew não se alterou ao ver a tatuagem em seu rosto.

— Isso é descer o nível, até pra você — comentou Andrew.

— Não foi escolha minha.

— Você escolheu ir até Evermore.

— Eu voltei.

— Riko *deixou* você voltar — corrigiu Andrew. — Estamos indo bem este ano, e a briga de vocês é pública demais. Ninguém teria acreditado que você tinha se transferido por vontade própria pra Edgar Allan no meio da temporada. — Andrew esmagou a atadura no rosto de Neil e ajeitou as fitas com dedos firmes. — Não era pra você sair do lado do Kevin. Esqueceu?

— Eu prometi que ia protegê-lo. E não que ia ficar atrás dele o tempo todo que nem você. E mantive minha promessa.

— Mas não desse jeito. Você já disse que isso não tinha nada a ver com o Kevin. Por que foi até lá?

Neil não sabia se conseguiria verbalizar. Pensar já era quase insuportável. Mas Andrew estava esperando, então Neil sufocou a náusea que sentia.

— Riko disse que se eu não fosse, o dr. Proust iria...

Andrew cobriu a boca dele, reprimindo as próximas palavras, e Neil soube que tinha falhado.

Riko disse que o dr. Proust, de Easthaven, usava "encenações tera-pêuticas" para ajudar os pacientes. Era uma linha tênue entre cruel-dade psicológica e abuso físico puro e simples, e Riko deixara claro que Proust estava disposto a cruzá-la se Neil desobedecesse. Ele devia saber que não podia confiar em Riko. O ódio fez parte do gelo nas veias de Neil derreter, mas era difícil aguentar a expressão entediada no rosto de Andrew. Alguns meses antes, ele estivera tão drogado que rira da própria dor e do próprio trauma. Hoje, não se importava o bastante nem para fazer isso. Neil não sabia qual extremo era pior.

Neil ficou em silêncio, então Andrew abaixou a mão.

— Não cometa o erro de achar que preciso da sua proteção.

— Eu tinha que tentar. Se tivesse a chance de impedir isso e não fizesse nada, como iria encarar você de novo? Como iria conviver co-migo mesmo?

— Sua cabeça fodida é problema seu, não meu — afirmou Andrew.

— Eu disse que ia te manter vivo este ano. Você torna tudo mil vezes mais difícil pra mim quando fica caçando jeitos diferentes de morrer.

— Você passou todo esse tempo cuidando da gente — respondeu Neil. — E quem é que cuida de você? Não vem me dizer que você sabe se cuidar, porque nós dois sabemos que você não se cuida porra nenhuma.

— Você tem um problema de audição. Deve ter levado bolada demais no capacete. Será que consegue ler meus lábios? — Andrew apontou para a própria boca enquanto falava. — Da próxima vez que vierem atrás de você, sai do caminho e deixa que eu cuido da situação. Você me entendeu?

— Se isso significa perder você, então não — respondeu Neil.

— Eu odeio você — disse Andrew, casualmente, então deu um úl-timo longo trago no cigarro e o jogou telhado abaixo. — Você deveria ter sido um efeito colateral das drogas.

— Eu não sou uma alucinação — argumentou Neil, sem jeito.

— Você é um sonho inalcançável. Agora vai pra dentro e me deixa aqui sozinho — respondeu Andrew.

— Você ainda está com as minhas chaves — lembrou Neil.

Andrew tirou o molho de chaves do bolso e procurou a chave de seu carro. Em vez de entregar as outras de volta, jogou-as telhado abaixo, como fizera com o cigarro. Neil se inclinou para ver se ia acertar em alguém, mas a calçada estava vazia. As chaves caíram no chão com um baque, inofensivas. Neil se endireitou e olhou para Andrew, que não retribuiu o olhar, mas disse:

— Não estou mais.

Neil abriu a boca, mas mudou de ideia no último instante, afastando-se em silêncio. Desceu as escadas até o térreo e abriu as portas de vidro. As chaves tinham caído mais longe do que esperava, mas a luz do sol refletia no metal e permitiu que as encontrasse com facilidade. Neil pegou as chaves e viu o cigarro de Andrew a alguns centímetros de distância. As cinzas haviam se soltado por causa do impacto, mas um fio de fumaça ainda exalava da bituca.

Andrew o observava, ainda curvado sobre a beirada do telhado como se estivesse pensando em se jogar. Neil não saberia explicar o motivo de ter feito o que fez a seguir, mas pegou o cigarro da calçada e o levou aos lábios. Inclinou a cabeça para olhar nos olhos resolutos de Andrew e bateu dois dedos na têmpora, imitando a saudação do outro. Andrew se virou e desapareceu. O sabor era de vitória, ainda que Neil não soubesse explicar o porquê. Apagou o cigarro com o sapato e voltou para dentro.

Quando Neil chegou à suíte, Matt estava sentado no sofá. O café estava pronto no bule, e Neil teve uma sensação agradável ao segurar a caneca quente nas mãos frias. Matt o inspecionou enquanto se encaminhava para o sofá, provavelmente à procura de novos machucados. Neil se sentou com cuidado na almofada mais distante e inspirou o vapor da bebida.

— Onde a gente parou? — perguntou Neil.

Matt suspirou, mas continuou a história de onde tinha parado. Descreveu para Neil a neve no Central Park e a contagem regressiva de Ano-Novo na Times Square. Neil fechou os olhos enquanto ouvia, tentando visualizar a cena e imaginando, por alguns instantes, que também estivera lá. Não tinha a intenção de dormir, mas um leve puxão na caneca de café o despertou de repente. Matt escapou por pouco do líquido e ergueu as mãos em rendição para acalmar Neil.

— Ei, sou só eu.

A caneca estava fria e a luz no ambiente parecia estranha. Neil olhou pela janela, desejando ver o céu, mas as cortinas estavam fechadas. Ele permitiu que Matt pegasse a caneca e se levantou, cambaleante, quando o outro se afastou. Cruzou a sala tão rápido quanto seu corpo castigado permitia e puxou as cordas para abrir as cortinas. O sol estava baixo no céu ainda iluminado. Era o crepúsculo ou o amanhecer; Neil não saberia dizer.

Ele pressionou as mãos na janela.

— Que dia é hoje?

Pareceu que uma eternidade se passou até que Matt respondesse, e as palavras saíram devagar.

— Terça-feira.

Crepúsculo, então. Só havia dormido algumas horas.

— Neil? Você tá bem? — perguntou Matt.

— Estou mais cansado do que pensava. Vou deitar mais cedo — respondeu Neil.

A fisionomia infeliz no rosto de Matt demonstrava que ele não acreditava nem um pouco naquilo, mas mesmo assim não tentou impedi-lo. Neil fechou a porta do quarto com firmeza e começou o processo meticuloso de se trocar. Respirava com os dentes cerrados quando, finalmente, vestiu o moletom. Cerrou as mãos para impedi-las de tremer, mas subir até a beliche fez seu corpo todo trepidar. Era muito cedo, e ele estava dolorido demais para voltar a pegar no sono, mas puxou os cobertores sobre a cabeça e se forçou a parar de pensar.

CAPÍTULO DOIS

Na quarta-feira de manhã, levantar da cama exigiu um esforço hercúleo, e Neil só conseguiu porque seu instinto de autopreservação era tão intenso quanto o de proteger suas mentiras. Precisava que os colegas de equipe achassem que ele estava bem, o que significava viver aquele dia como se o Natal nunca tivesse acontecido. Levou algum tempo para afastar os pensamentos enquanto completava a corrida mais lenta do mundo pela Perimeter Road. Cada passo fazia suas pernas latejarem de dor, e Neil estava dormente dos joelhos aos pés quando voltou à Torre das Raposas.

Matt, que fora para a academia antes de Neil acordar, esperava por ele na sala de estar, com uma expressão incrédula.

— Você é louco, sabia? Você saiu mesmo desse jeito?

— Que horas chega o voo da Dan? — perguntou Neil.

Por alguns instantes, Neil achou que ele não entraria no jogo e não permitiria que mudassem de assunto. Matt franziu os lábios em uma linha fina de desaprovação. Mas em vez de dar um sermão, disse:

— Vou buscar elas às onze horas e vamos direto pra quadra. Você vai pegar carona com o Andrew?

— Vou. O treinador quer que eu fale com a Abby antes da reunião.

Neil se trancou no banheiro para um banho rápido. Apesar de tomar muito cuidado, se secar foi quase tão doloroso quanto a corrida. Ele se vestiu devagar, com uma careta sempre presente, e quando terminou precisou de alguns minutos para acalmar a respiração. Ganhou um pouco de tempo para trocar a atadura que cobria a tatuagem, mas seu coração ainda parecia bater na boca quando saiu do banheiro abafado pelo vapor.

Matt estava largado no sofá com a televisão ligada quando Neil passou pelo quarto já todo vestido. Não disse nada ao ver Neil saindo, talvez presumindo que ele iria ao quarto que ficava a duas portas do deles, perturbar os primos. Mas Neil saiu do prédio e percorreu a trilha sinuosa até a Perimeter Road. Cortou caminho pelo campus até a biblioteca.

Cruzou com poucos estudantes na subida até o laboratório de computadores. Apesar da relativa privacidade, Neil escolheu usar uma máquina na última fileira. Sua obsessão por se manter atualizado com as notícias tinha cessado em setembro, mas naquele dia não tinha a intenção de desenterrar o passado. Primeiro, procurou por qualquer notícia de seu período em Evermore, mas não encontrou nada. Depois passou a pesquisar sobre as outras equipes que haviam se qualificado para os campeonatos de primavera. Era um jeito simples de parar de pensar e de matar algumas horas.

Não se lembrava de abaixar a cabeça e com certeza não se lembrava de pegar no sono. Acordou assustado quando sentiu dedos cravados na parte de trás da cabeça. Procurou uma arma, uma faca, qualquer coisa próxima o bastante para ajudá-lo a ganhar tempo para fugir, e esbarrou no mouse do computador, que derrapou na mesa. Neil o encarou, inexpressivo, e então olhou para a tela à sua frente. Os dedos em seu cabelo se cerraram, e Neil não resistiu quando Andrew forçou sua cabeça para trás.

— Sua curva de aprendizagem é uma linha reta? Eu falei ontem pra parar de dificultar a minha vida — ameaçou Andrew.

— E eu disse que não ia prometer nada.

Andrew o soltou e observou, impiedoso, enquanto Neil esfregava a cabeça. Neil se endireitou e começou a fechar o navegador. Passou por três abas antes de notar que horas eram. Já passava das onze, o que significava que Matt estava buscando Dan e as meninas no desembarque e Neil já deveria estar no estádio com Abby. Não sabia o que era pior, ter perdido duas horas desse jeito ou o fato de ter adormecido em um local público. Contou até dez em silêncio, em francês e em espanhol. Mas nada ajudou a aliviar a raiva e a frustração.

Andrew desceu as escadas, supondo com razão que Neil o seguiria. O carro estava parado no meio-fio, com o pisca-alerta ligado. Os outros três membros do grupo estavam espremidos no banco de trás. Neil não sabia quem tinha convencido Kevin a abrir mão do banco do carona nem o porquê, mas não valia a pena perguntar. Ele se sentou e colocou o cinto.

— Não falei pra ninguém que ia pra biblioteca — disse, quando Andrew os levou para a estrada.

— Você tem poucos esconderijos — comentou Nicky. — O treinador disse que você não estava no estádio. E você não atendeu o celular quando a gente ligou.

Neil deu tapinhas no bolso e tirou o celular. Quando o abriu, a tela continuou escura. Tinha carregado o aparelho no dia anterior, mas não o bastante. Ele o fechou de novo e colocou no porta-copos entre os bancos da frente. Andrew estendeu a mão e abriu o porta-luvas. Havia um carregador lá dentro. Por alguns instantes, Neil pensou que o outro havia mexido em suas coisas, mas não reconhecia o adesivo vermelho no fio. Devia ser o carregador de Andrew; o aparelho deles era do mesmo modelo. Neil pegou o carregador e fechou o porta-luvas.

Havia uma chave presa com um elástico no adaptador. Neil usara as chaves do carro de Andrew muitas vezes nos últimos meses e reconhecia com facilidade o formato. Olhou da chave para a que estava na ignição. Ou Andrew havia confiscado a cópia de Nicky ou fizera uma para Neil. Nenhuma das opções fazia muito sentido. Só usara o carro porque Andrew precisara de um segundo motorista durante sua ausência.

Foi uma viagem rápida até a Toca das Raposas, e Andrew não entrou com eles. Neil digitou o código de segurança e se dirigiu ao vestiário antes dos outros. Wymack e Abby o esperavam no salão. Abby parecia imensuravelmente triste ao ver o estado deplorável de Neil, mas não o repreendeu pelo que havia feito nem perguntou o motivo. Talvez já tivesse obtido respostas satisfatórias de Wymack, ou talvez o treinador estivesse presente para garantir que ela não se intrometesse. Fosse o que fosse, Neil se sentiu grato.

— Não acredito que você confiou no David pra colocar as ataduras em você. Ele mal consegue lavar um prato, quanto mais limpar pontos — reclamou Abby.

— Deixa disso, mulher — protestou Wymack. — Eu fui cuidadoso.

Abby sinalizou com as duas mãos para que Neil a seguisse.

— Vem, vamos dar uma olhadinha em você.

Ela guiou o caminho até o escritório e fechou a porta assim que ele entrou. Subir na cama não foi tão doloroso quanto subir a escada da beliche, e Neil se acomodou na beirada do colchão fino. Abby pegou gaze e antisséptico, enquanto Neil tentava passar o suéter pela cabeça. Ele cerrou os dentes quando sentiu o calor dominar a extensão dos ombros até as costas e tentou respirar mais depressa para aliviar a dor.

Abby o ajudou com as mangas e colocou seu suéter de lado com cuidado. Neil escolheu um ponto na parede oposta para olhar e ficou sentado em silêncio enquanto ela trabalhava. Abby começou no topo, esfregando de leve os dedos pelo cabelo dele em busca de calombos ocultos, depois foi descendo. Wymack tinha verificado o corpo de Neil no dia anterior, logo pela manhã, mas Abby arrancou todas as ataduras, menos a da maçã do rosto.

— Ele contou da tatuagem — comentou Neil.

— E disso. — Abby deslizou os polegares ao longo da pele macia sob seus olhos.

— Você não vai perguntar?

— Eu já vi suas cicatrizes, Neil. Não fico tão surpresa quanto deveria ao descobrir que não são a única coisa que você esconde. Quero perguntar, mas você já me disse uma vez para não me intrometer.

Ela voltou ao trabalho, mas demorou muito para terminar. Quando acabou os cuidados com a parte de cima do corpo dele, ainda teve que voltar a atenção para as pernas. Os hematomas listrados nas coxas, causados por raquetes pesadas, a fizeram franzir os lábios em indignação. Havia camadas, algumas roxas e mais novas e outras já desbotadas, verdes e amarelas. Os joelhos de Neil não estavam nada melhores, pois o rapaz havia caído sobre eles muitas vezes.

— O treinador não vai me deixar entrar na quadra até você me liberar — disse Neil. — Quanto tempo acha que vai demorar?

Abby olhou para ele como se Neil estivesse falando em outra língua.

— Você vai poder treinar quando não parecer que foi pisoteado.

— Já estou melhorando. Além disso, joguei em condições muito piores em Evermore.

— Aqui não é Evermore. Sei que a temporada é importante pra você, mas não vou permitir que arrisque sua segurança e saúde mais do que já arriscou. Você precisa ter calma e esperar. Uma semana — afirmou, erguendo a voz quando Neil começou a protestar. — Na próxima terça-feira vou decidir se deixo você jogar ou não. Se fizer qualquer tipo de esforço intenso até lá, vai ficar no banco mais uma semana. Entendido? Use esses dias pra descansar. E quando tiver uma oportunidade, tire as ataduras. Seu corpo precisa respirar.

— Uma semana — repetiu Neil. — Não é justo.

— Não — disse Abby, e segurou o rosto dele. — Não é justo. Nada disso é.

A dor na voz dela fez o argumento de Neil morrer na garganta. Abby olhou para ele, traçando as cicatrizes cruéis e feridas recém-abertas com um olhar desolado.

— Às vezes acho que esse trabalho vai me matar — comentou Abby. — Ver o que as pessoas fizeram, o que as pessoas continuam fazendo

33

com minhas Raposas. Queria proteger vocês, mas sempre chego tarde demais. Tudo o que posso fazer é cuidar de vocês depois e torcer pelo melhor. Sinto muito, Neil. A gente devia estar do seu lado.

— Eu não ia permitir — disse Neil.

Abby o puxou para um abraço. Apesar de ela ter tomado cuidado, Neil sentiu dor mesmo assim. Mas não foi isso que o deixou imóvel, e sim a dúvida. As únicas pessoas que o haviam abraçado na vida eram os colegas de equipe, e não passavam de apertões rápidos durante uma partida que jogavam bem. Sua mãe o havia puxado para perto antes, mas geralmente era para evitar olhares curiosos, usando o próprio corpo de escudo. Nunca o abraçava como se ele fosse algo a ser protegido. Sempre fora severa. Feroz e inquebrável até o fim.

Neil pensou nas mãos da mãe agarrando o ar, na mãe se engasgando enquanto tentava respirar uma última vez. Pensou no corpo rasgando onde o sangue colara a pele ao vinil. Os dedos de Neil se contraíram com a vontade de fumar um cigarro, o anseio pelo cheiro de fumaça que era tão horrível quanto reconfortante. O fogo era tudo o que restava dela. Não havia um indício sequer da mãe em seu reflexo; ele era a cara do pai.

Mas ela havia partido. Mesmo que estivesse presente, não o teria confortado. Não o teria abraçado como se ele estivesse prestes a se desfazer. Teria limpado suas feridas porque não podiam correr o risco de deixar uma infecção atrasá-los, mas bateria nele por priorizar as Raposas e não a própria segurança. Neil quase podia ouvi-la reclamar. Ele nunca esqueceria o som da voz dela. Era ao mesmo tempo reconfortante e melancólico, e uma súbita onda de dor ameaçou engoli-lo por inteiro.

— Preciso ir. Já acabamos? — perguntou Neil.

Abby o soltou devagar e o ajudou a se vestir. Ele conseguia amarrar os próprios sapatos, mas Abby se encarregou disso. Neil permitiu, concentrando-se em ajeitar o suéter. Ela abriu espaço para que ele pudesse descer da cama e não o seguiu.

Em vez de continuar pelo corredor até o lounge, Neil saiu pela porta dos fundos para a quadra. Só voltou a respirar tranquilo quando estava na área técnica, com as mãos pressionadas com força na parede, e, quando finalmente inspirou, quase sentiu seu corpo se despedaçar. Podia sentir cada barreira que erguera para sobreviver em Evermore desmoronando ao seu redor. Ele tentou manter o controle, que escorregava pela ponta dos dedos, sabendo que se afogaria caso o soltasse. Seu coração parecia feito de pedra derretida, mas a cada vez que respirava, sentia o calor diminuir um pouco. Forçou os dedos a pararem de tremer e voltou para o vestiário.

Wymack e Andrew não estavam ali, mas, durante sua ausência, Matt e as meninas haviam chegado. Neil não queria olhar para os colegas ainda, então enrolou, à procura de uma tomada. Encontrou um lugar livre no estabilizador atrás do centro de entretenimento e colocou o celular para carregar. Quando a luz ficou vermelha, ele se dirigiu para o sofá. Seu jeito descontraído funcionou até a hora que teve que se sentar. Simplesmente não dava para disfarçar o cuidado que precisava tomar para se ajeitar na almofada.

Foi quando Dan por fim perdeu a calma.

— Aquele filho da p...

Parou de falar tão de repente que Neil teve que olhar para ela. Renee estava com a mão no ombro da amiga. Sorriu quando Neil olhou para ela e disse:

— A gente estava decidindo o que pedir de almoço. Abby disse que vai ligar pra fazer o pedido e vai lá buscar pra gente não precisar esperar a entrega. Alguma sugestão?

— Como qualquer coisa — respondeu Neil.

Allison olhou para ele, cética.

— E você consegue mastigar?

— Consigo. Cadê o Andrew?

— Encontramos com ele quando chegamos — respondeu Matt. — Tá conversando com o treinador do outro lado do estacionamento. Acho que estão se conhecendo de novo. Espero que seja melhor do que a primeira vez.

— Não terminei de falar com você — protestou Allison.

Neil recompensou a persistência dela se esquivando de novo.

— Já viu o cartaz do Seth?

Levou um instante até a colega entender, mas então ela se levantou da cadeira e foi em direção à quadra em saltos de quinze centímetros com estampa de arco-íris. Por um instante, pareceu que Dan iria atrás dela, mas mudou de ideia com um menear de cabeça.

— Sanduíche ou comida chinesa? — perguntou para Neil.

— Qualquer um está ótimo.

— Eu concordo com a Allison nisso de mastigar. — Nicky apontou para o próprio rosto, indicando os machucados nas bochechas e na mandíbula de Neil. — Macarrão e arroz são mais macios do que sanduíche. Vamos de comida chinesa.

Matt se levantou e foi contar para Abby o que decidiram. Estava voltando quando a porta externa se fechou. Do outro lado da sala, Dan se endireitou na cadeira e lançou um olhar significativo para Renee, que abaixou a mão e entrelaçou os dedos no colo. Não era a resposta que Dan esperava, a julgar pela sua careta de decepção, mas ela não teve tempo de pressionar a amiga antes que Andrew entrasse sozinho pela porta.

Matt cometeu o erro de parar para olhar. Andrew nem hesitou em dar um soco tão forte em Matt que o derrubou. Deveria ser impossível; Matt tinha cerca de trinta centímetros a mais do que Andrew e deixava qualquer um deles no chão na academia. Mas Andrew o pegou de surpresa, e não parou quando Matt caiu: deu outro soco no rosto do colega assim que este atingiu o chão.

Dan ficou de pé em um piscar de olhos, mas de alguma forma Neil chegou até Andrew primeiro. Nem se lembrava de ter decidido se mover. Usou o peso e o impulso do corpo para empurrar o outro para trás. Esperava que ele se mantivesse firme, mas Andrew se deixou ser empurrado e lançou um olhar despreocupado para Neil, que ergueu as mãos entre eles no caso de Andrew tentar contorná-lo.

— Chega. Matt não fez nada de errado — disse Neil.

Andrew balançou os dedos em desdém.

— Ele sabia o que ia acontecer se encostasse no Kevin, e mesmo assim foi burro o bastante pra fazer isso duas vezes. Se repetir, não vou ser tão amigável assim.

— Fala sério, você não tá ameaçando ele de verdade — protestou Dan, incrédula. — Quem você acha que pagou a fiança do Aaron? Se não fosse pelo Matt, Aaron ainda estaria na cadeia, esperando pelo julgamento.

— Isso não importa — disse Aaron, da poltrona.

No dia anterior, Nicky parecera culpado quando avisou Matt para se esconder por um tempo. Agora, se unia aos primos e dava de ombros para Dan de modo exagerado.

— Matt ajudou o Aaron quando fez aquilo, não o Andrew. Você não pode achar que fazer um favor pra um deles conta pros dois só porque são gêmeos. Isso é trapaça.

— Bom te ver também, monstro — falou Matt, um pouco azedo. Neil olhou para trás quando o colega voltou a se levantar. Matt passou a mão pelo sangue que escorria do nariz, fungou com exagero e fez uma careta ao sentir o gosto. — Bom ver que você ainda é louco pra caralho.

— Não faz essa cara de surpresa. Não eram os remédios que deixavam ele louco— disse Aaron.

— Oi, Andrew — cumprimentou Renee.

Andrew não disse nada, mas olhou impassível para ela. Renee abriu um sorriso satisfeito e assentiu de leve, reconhecendo e aceitando o que fosse que tivesse visto no olhar severo de Andrew. O reencontro dos dois consistiu apenas nessa troca de olhares de dois segundos; Andrew voltou a atenção para Neil assim que Renee cumpriu as expectativas dele.

Abby surgiu um instante depois e hesitou, com a bolsa meio pendurada no ombro. Olhou da raiva evidente de Dan para a expressão tensa e o nariz sangrando de Matt. Não demorou muito para juntar as peças e lançar um olhar cauteloso para Andrew.

— Andrew. Bem-vindo de volta. Não tem sido o mesmo sem você — disse ela. Andrew a olhou em silêncio. Abby esperou, então percebeu que não obteria uma resposta. Olhou sem jeito para o restante das Raposas reunidas. — Acho que a comida já vai estar pronta quando eu chegar lá. Já volto, ok? Tentem se comportar enquanto eu estiver fora.

— Obrigada — respondeu Dan.

Abby olhou uma última vez para Andrew e saiu. A porta mal havia se fechado quando Wymack entrou. Neil se perguntou se ele estivera fumando ou apenas matando o tempo enquanto sua equipe se familiarizava com a volta repentina de Andrew e os ferimentos de Neil — assim como o treinador os havia abandonado durante o luto de Allison, em setembro. Wymack arqueou uma sobrancelha para Matt, depois olhou para Neil e Andrew.

— Já não falamos sobre não matar os companheiros de equipe? — perguntou Wymack. Andrew fingiu não ouvir, então o treinador olhou para os outros. Levou uma fração de segundo para perceber que faltava uma Raposa. — Allison estava aqui. Onde ela foi?

— Ver os cartazes do campeonato — explicou Neil.

— Vai voltar quando parar de chorar — acrescentou Nicky.

— Ela não está chorando — retrucou Neil.

Nicky sorriu.

— Aposto cinco dólares que tá.

Uma tentativa grosseira de aliviar a tensão. Neil deveria ter ignorado. Talvez o tivesse feito um mês atrás. Sabia que seus companheiros de equipe apostavam compulsivamente; apostavam em tudo, desde com quantos gols terminaria uma partida até o relacionamento inexistente de Andrew e Renee ou quem agrediria primeiro em uma discussão. Apostar dinheiro no trauma psicológico de alguém não era nada novo nem inesperado, mas Neil não estava a fim de aturar aquilo naquele dia. O encontro com Abby o havia deixado com os nervos à flor da pele, e ele quase não conseguia se controlar perto da equipe. O cheiro acre de cigarro que exalava do casaco de Andrew foi a gota de água.

Neil tentou amenizar a irritação em sua voz, mas não conseguiu.

— Para com essa porra de apostar na dor dos outros.

— Epa, relaxa. — Nicky ergueu as mãos em rendição. — Não quis ser escroto, cara. Nem ofender ninguém. Era só pra deixar o clima mais leve.

— Então deixa sua poltrona mais leve e vai ver como ela está — ordenou Wymack. — Temos muito o que falar hoje e não posso começar sem Allison. Ela vai ficar mais brava se a gente começar sem ela do que se você interromper o que ela está fazendo. E sim, estou falando com você, Hemmick. Não quero que o Neil se mova mais do que o necessário.

— Eu consigo andar — protestou Neil.

— Que bom pra você. Não perguntei nada — retrucou o treinador.

Nicky se levantou da cadeira e saiu.

Andrew enfiou a unha na cavidade do pescoço de Neil até que este voltasse toda a sua atenção para ele.

— Senta aí e fica quieto.

Neil afastou a mão de Andrew e se virou para o sofá. Andrew reivindicou a almofada do meio, então Neil se acomodou no espaço a seu lado. Seu corpo se arrependeu de ter interferido naquela luta, mas Matt deu um leve aceno de cabeça em agradecimento quando o olhar dele encontrou o de Neil do outro lado da sala. Neil encarou Andrew para avaliar seu humor, e seguiu o olhar sombrio dele. Andrew havia pegado uma pequena faca e a girava entre os dedos. Não era uma das que guardava em suas faixas, mas Neil não ficou surpreso por não reconhecê-la. Quase nunca via a mesma faca duas vezes.

— Não é tão fascinante — disse Andrew.

— Não — concordou Neil.

Não sabia como explicar as emoções complicadas que uma lâmina afiada despertava. Seu pai era chamado de Açougueiro por um motivo. Sua arma favorita era um cutelo afiado e robusto o bastante para cortar membros em um só movimento. Antes do cutelo, Nathan Wesninski usava um machado. Ainda mantinha aquele machado por perto para quando queria que alguém sofresse bastante. A lâmina havia ficado cega e exigia um pouco de peso extra e esforço para cortar um osso.

Neil viu o pai usá-lo apenas uma vez, no dia em que conheceu Riko e Kevin no Estádio Evermore.

— É só que... — Neil tentou encontrar as palavras, também consciente de que a conversa do outro lado da sala havia se acalmado um pouco. Os veteranos estavam tentando ouvir sem dar na cara. Neil se contentou com a explicação mais vaga que conseguiu e esperava que os companheiros atribuíssem o pronome a Riko. — Nunca entendi por que ele gosta de facas.

Palavras tão simples não deveriam ter causado uma reação dessas. Andrew ficou imóvel e ergueu o olhar, mas não para Neil. Olhava para Renee, então Neil fez o mesmo. Ela parou no meio da frase para olhar para Neil, mas a Renee que o analisava não era a otimista redimida das Raposas. Seu doce sorriso se fora e o olhar completamente vazio em seu rosto fez Neil se lembrar de Andrew. Por instinto, Neil ficou tenso e ativou seu modo reativo. Antes que seu corpo descobrisse o que fazer, Renee desviou o olhar inescrutável para Andrew.

Eles se encararam, silenciosos e imóveis, alheios aos olhares perplexos que os companheiros trocavam entre si. Andrew permaneceu em silêncio, mas Renee ergueu o queixo. Andrew murmurou em resposta e guardou a faca.

— Ele vai parar de gostar quando tiver uma faca enfiada na barriga — disse.

Neil olhou para Renee de novo a tempo de ver a Outra-Renee desaparecer. Uma máscara calma derreteu a expressão sombria em seu rosto e Renee continuou exatamente de onde havia parado. Não mencionou o que acabara de acontecer nem o questionamento óbvio no rosto de Dan, mas alertou sutilmente os amigos a voltarem a conversar.

Allison e Nicky voltaram juntos. Ela tinha as bochechas secas e os olhos intensos cheios de determinação ao se sentar. O sorriso de Renee era encorajador, e Dan também sorriu em aprovação. Allison tamborilou impaciente com as unhas nos braços da poltrona e olhou para Wymack, aguardando.

— Quem vamos eliminar primeiro?

— Primeira rodada: sudeste contra sudoeste. — Wymack pegou a prancheta e virou a primeira página. — Os times ímpares jogam às quintas-feiras neste ano, então temos as sextas-feiras. Dia 12 de janeiro, jogamos fora contra a Universidade do Texas. A boa notícia é que Austin está fora do alcance de mil e quinhentos quilômetros, o que significa que o conselho vai nos deixar voar até lá.

"No dia 19 jogamos em casa, uma revanche contra Belmonte. No dia 26 de janeiro, jogamos fora contra o Arkansas. São duas das três partidas para a fase eliminatória. Belmonte está em quarto lugar, mas vocês se lembram deles no outono passado. SUA também está em quarto lugar e a UT, em segundo. Nos últimos cinco anos, ficaram em segundo lugar nas suas regiões.

"Essas três equipes já estiveram em campeonatos de primavera com resultados variados. Sabem o que estão fazendo. Sabem o que é preciso pra se classificar. Nós somos o elo fraco. Isso não significa que vamos ceder. Significa apenas que temos que ralar duas vezes mais pra manter o ritmo. Se estiverem dispostos, temos uma chance de ganhar."

Ele tirou uma pilha de papéis da prancheta e os balançou para Matt, que se levantou para os distribuir. Wymack havia preparado um documento com informações dos adversários da primeira fase para a equipe. A primeira página era o cronograma de outono da UT, completo com os resultados. As observações na parte inferior detalhavam as últimas sete participações da UT em campeonatos de primavera. Por três anos, chegaram até a terceira rodada e depois foram eliminados. Neil virou a página e deu uma olhada na escalação do time. As quatro páginas seguintes repetiram o mesmo padrão para Belmonte e SUA.

— Na segunda, vamos estudar em detalhes o estilo de jogo deles e definir as estratégias — disse Wymack. — Até lá, também vou ter cópias de todos os jogos de outono gravados em CDs. Assistam durante o tempo livre se tiverem curiosidade. Com exceção de uma equipe, não vou usar o tempo de treinamento de vocês pra mostrar mais do que alguns destaques.

"Temos um intervalo de uma semana entre a primeira fase e a primeira rodada de partidas eliminatórias. A má notícia é que não vamos saber quem vamos enfrentar até fevereiro, e a boa notícia é que, neste ano, os Três Grandes estão todos em vantagem. Precisam se enfrentar na terceira rodada. Pela primeira vez em seis anos, um deles vai ser eliminado antes das semifinais."

— Caramba. Que sorte — comentou Dan, surpresa.

— Aposto que Penn vai meter o pé — adivinhou Nicky.

— Não — protestou Kevin antes que os outros pudessem fazer suas apostas. — Não importa quem vai ser eliminado, estamos longe de estar prontos pra enfrentar seja quem for. Por quanto tempo Neil vai ficar no banco?

— Uma semana — comentou Neil, meio ressentido. — Abby não vai reconsiderar até a próxima terça.

— Foi bondade da parte dela. Eu teria colocado você no banco durante toda a primeira rodada — retrucou Dan.

— Estou bem pra jogar — afirmou Neil.

Kevin estendeu a mão por trás de Andrew para bater na nuca de Neil. Não sobrara uma gota da estranha empatia do dia anterior; ele retribuiu o olhar irritado de Neil com um olhar intenso e mordaz.

— Já avisei uma vez pra não mentir sobre sua saúde. Precisamos de você na quadra, mas não se for pra fazer a gente perder. Do jeito que você está agora, seria um desperdício de tempo.

— Não seria. Me coloca em quadra que eu provo — disse Neil.

— Cala a boca — rebateu Wymack. — Quando tiver menos de cinquenta pontos no corpo, posso começar a pensar em deixar você entrar em quadra. Se eu pegar você olhando pro equipamento antes disso, só de raiva vou te deixar no banco por mais uma semana. Entendeu?

— Mas...

— Quero ouvir um "sim, treinador".

— Treinador...

Neil esqueceu o resto do argumento quando Andrew beliscou seu pulso. A dor subiu em seus dedos como fogo, e ele puxou a mão o mais rápido que conseguiu. Olhou irritado para Andrew, que nem se dignou a devolver o gesto. Neil abraçou a própria barriga para tirar a mão do alcance de Andrew e voltou com mau humor a atenção para Wymack.

— Imagino que devo agradecer por isso — disse Wymack. — Andrew, você está fora de forma? Não vi nenhuma academia listada entre as comodidades de Easthaven.

— Não tinha. Eu improvisei — respondeu Andrew.

— E quero saber como — questionou Wymack, respondendo em seguida à própria pergunta. — Não, não quero, a menos que haja um processo iminente e eu precise ser alertado.

"Os treinos matinais vão ser novamente na academia. Neil, até você voltar pra quadra, vai me encontrar aqui. Vou colocar você pra trabalhar assistindo a vídeos e pesquisando a defesa da UT. Amanhã à tarde são as consultas de começo de semestre com a Betsy. Vocês sabem como é: não podem ir com alguém que joga na mesma posição. Dan vai arranjar os pares e dizer o horário pra vocês durante o treino matinal. Entendido?"

— Pode deixar — confirmou Dan.

— A última pauta oficial é o gerenciamento de danos. Estamos chamando a atenção. Uma temporada ótima e muitas tragédias fizeram com que todo mundo ficasse falando da gente, e quem sabe este ano as pessoas possam mesmo torcer pelo azarão. O conselho quer que a gente dê pano pra manga com mais publicidade. Esperem por mais câmeras nos jogos, mais entrevistas e mais curiosidades em geral. Se eu pudesse proibir alguns de vocês de abrir a boca em público, proibiria, mas isso está além do meu alcance. Tentem se comportar sem abrir mão de parecerem estar confiantes com a temporada. Acham que conseguem fazer isso?

— Você tira a graça de tudo, treinador — reclamou Nicky.

— Vou tirar muito mais graça se você fizer com que pareçamos um bando de idiotas.. Mas não estou tão preocupado com você quanto com o nosso mascote saco de pancadas aqui e a boca enorme dele. Alguém tem alguma ideia pra fazer com que o Neil pareça um pouco menos com alguém que sofre violência dia sim, dia não?

— Eu cuido disso — ofereceu Allison, e olhou para Neil. — Passa lá no nosso quarto depois da reunião.

— Eu ia comprar meus livros hoje — declarou Neil.

— Não foi um pedido. Você pode ir depois que eu terminar, a menos que queira sair desse jeito — retrucou Allison.

— A gente promete que não vai perguntar do Natal — comentou Renee. Ou ela não viu o olhar irritado de Allison por ter acabado com a chance de conseguirem uma boa fofoca ou optou por não ligar. — Deve levar só uns minutinhos.

Neil não confiava em Allison para não se intrometer, mas confiava em Renee para intervir em seu nome quando isso acontecesse.

— Tá bom.

— Também preciso comprar minhas coisas. A gente pode ir junto quando elas terminarem — sugeriu Nicky.

Wymack assentiu e analisou sua equipe.

— Alguém tem algo de relevância a acrescentar?

— Vamos precisar de uma prateleira ou algo do tipo pra colocar nosso troféu do campeonato — respondeu Dan. — Podemos dar uma nova mexida aqui?

— O conselho não vai nos deixar comprar nada até que a gente chegue pelo menos até a segunda fase das eliminatórias. Mas boa tentativa — disse Wymack.

— Quem precisa da permissão do conselho? — perguntou Allison. — Pode deixar que eu compro, o conselho é pão-duro demais. A gente merece alguma coisa bem cara. Matt, tire as medidas da caçamba da caminhonete. Preciso saber o que consigo colocar ali antes de começar a procurar a peça certa.

— Ah, que sonho ser jovem e podre de rica — comentou Nicky.

Allison analisou as unhas das mãos com uma expressão de puro tédio.

— Um sonho mesmo.

Nicky revirou os olhos, mas não pressionou.

— Mais alguma coisa? — perguntou Wymack. O som da porta principal se abrindo anunciou o retorno de Abby, e Wymack balançou a cabeça. — Deixa pra lá. A comida chegou. Detonem tudo e caiam fora do meu vestiário. Se alguém precisar de mim, vou estar analisando a papelada.

Ele desceu de onde estava sentado e entrou em seu escritório. Abby cobriu a mesa de café com recipientes de comida e distribuiu pratos de papel. Quando terminou, ficou por perto por alguns instantes para dar as boas-vindas para as Raposas, tranquila, mas calorosa. Neil estranhou ela não ficar para perguntar sobre as férias de ninguém, mas o olhar desconfortável que lançou para Neil e Andrew a caminho do escritório de Wymack o fez pensar que estava tentando poupar os próprios sentimentos. Era uma consideração desnecessária. Andrew provavelmente não se importava se as festas de fim de ano dos companheiros de equipe tinham sido melhores que as dele e Neil não invejava a felicidade de nenhum dos colegas.

O almoço foi tranquilo. Neil tirou o celular da tomada ao sair, e Andrew não o deixou entrar no carro até que ligasse o aparelho. A equipe voltou para a Torre das Raposas dividida em dois carros, e Neil seguiu as garotas até o quarto delas. Allison o fez se sentar de lado no sofá enquanto revirava uma mala. Trouxe uma sacola plástica e se sentou o mais perto possível dele. Neil a observou colocar a maquiagem no escasso espaço entre eles.

— Teria sido melhor se você tivesse ido à loja com a gente — comentou Allison. Parecia uma acusação, mas elas não o tinham chamado. Neil se perguntou se deveria pedir desculpas. Antes que se decidisse, Allison continuou: — Não importa. Comprei a linha inteira. Mais cedo ou mais tarde encontro o tom certo. Olha pra frente e me deixa trabalhar. Fica quieto e só abre a boca se eu fizer alguma pergunta.

Ela ergueu duas embalagens ao mesmo tempo, uma de cada lado do rosto dele, e verificou qual eram os tons mais próximos. Conseguiu descartar alguns por completo. Deixou outros reservados para analisar uma segunda vez. Por fim, escolheu três, e começou a cobrir os hematomas no pescoço e rosto de Neil. Renee e Dan deram a volta atrás do sofá para observá-la em ação. Neil não arriscou irritar Allison olhando para elas, mas quase podia ouvir Dan rangendo os dentes.

— Por quê? O que ele esperava ganhar? Por que ele fez isso? — perguntou Dan, por fim.

— Dan — falou Renee, em uma repreensão suave. — A gente prometeu.

— Você prometeu — retrucou Dan.

Neil teria deixado as duas brigarem, mas não era a decisão dele que Dan estava questionando.

— Para atingir o Kevin — respondeu, e Allison abaixou as mãos. Neil lançou um olhar enviesado para Dan. — Você sabia? Já faz um ano que Kevin está com as Raposas, mas ainda tem um quarto no Ninho dos Corvos. Riko não jogou fora nem os trabalhos dele da faculdade. Interessante, né? Riko ameaça e despreza o Kevin sempre que pode, mas não consegue esquecê-lo. É tão obcecado pelo Kevin quanto o Kevin é por ele.

"E agora o Kevin está começando a se esquecer dele. Quando enfrentou os Corvos no outubro passado, se importou mais com a gente do que com o fato de ter Riko logo atrás dele. Escolheu a gente em vez deles naquele dia, e isso é imperdoável. Riko é o rei. Não vai permitir ser dispensado, menosprezado ou derrotado. Então ele tirou as pessoas em quem Kevin estava se apoiando. Queria que a gente sentisse medo e enchesse o Kevin de dúvidas."

Dan bufou, soltando um risinho.

— Que babaca incompetente.

— Obrigado — falou Neil. Dan pareceu perdida, então ele acrescentou: — Por não me perguntar se deu certo.

— Óbvio que não deu certo — respondeu Allison. — Você não tem medo do Andrew. Por que teria medo do Riko? Ele é só mais uma criança mimada, com a boca grande demais e que não sabe como lidar com a própria raiva. Agora olha pra frente e me deixa trabalhar. Não falei que você podia olhar pro outro lado.

Neil ficou parado até ela terminar. Allison se inclinou um pouco para trás para analisá-lo minuciosamente, então se levantou para pegar um espelho na mesa. Neil sentiu o estômago revirar quando ela trouxe o objeto de volta. Ele o pegou da mão estendida da colega, mas o apoiou no colo. Allison fez sinal para que ele desse uma olhada. Neil balançou a cabeça.

— Se você disse que está bom, então está bom — concluiu.

— Não tem medo do Riko, mas tem medo de olhar o próprio reflexo? — Allison cruzou os braços, lançando um olhar de pena para ele. — Você é mesmo fodido da cabeça. Sempre foi assim ou é culpa dos seus pais?

Dan interveio antes que Neil pudesse reagir.

— Ficou ótimo. Se alguém chegar muito perto, talvez até veja que você está usando maquiagem, mas acho que ninguém vai perguntar. Daqui de longe, não dá pra perceber. Você só vai ter que passar aqui depois dos treinos da manhã pra se arrumar para as aulas até que os machucados melhorem. Você tem aula às nove da manhã este semestre?

— Não, o horário ficou apertado demais no outono passado. — Para Allison, Neil disse: — Obrigado. Nem teria pensado em tentar isso. Parece bem útil.

— É. Aprendi a manter os paparazzi longe de mim quando comecei a jogar. Não precisei mais fazer isso desde então, mas nunca esqueço de uma boa dica de moda. — Allison deu de ombros. — Faz um teste e vai comprar seus livros. Agora, de preferência. Dan está esperando pra assumir o controle do seu quarto.

— Não é no quarto dele que estou interessada — disse Dan.

Neil colocou o espelho de lado e se levantou do sofá.

— Vou indo.

— Ah, e Neil? — Dan chamou quando ele estava perto da porta. Neil pousou a mão na maçaneta e olhou para a colega. — Se você quiser falar sobre isso, ou qualquer coisa, ou... — Ela gesticulou vagamente ao lado da cabeça, talvez se referindo à mudança abrupta de aparência de Neil —, sabe que pode contar com a gente, né? Pro que precisar.

— Eu sei — respondeu Neil. — Talvez mais tarde. Me manda uma mensagem quando eu puder voltar.

— Talvez sim, talvez não.

Neil balançou a cabeça e saiu. Fechou a porta e permaneceu no corredor. Estava cansado, dolorido e nem um pouco ansioso para a semana fora da quadra, mas por um momento nada disso importava.

— Estamos bem. Vamos ficar bem— disse para o corredor vazio.

Pelo menos as Raposas ficariam bem, e isso era mais do que o suficiente.

48

CAPÍTULO TRÊS

Neil esperava se sentir rejeitado ao ser banido da academia na quinta-feira de manhã, mas Wymack deu a gravação de uma das partidas mais interessantes da UT para ele assistir. O treinador viu uma partida diferente em seu escritório, e os dois se reuniram depois para discutir os estilos de jogo dos atletas. As meninas foram buscá-lo no estádio para que Allison pudesse maquiá-lo de novo. O processo foi mais rápido, uma vez que ela se lembrava os tons corretos e já sabia o que fazer.

As aulas passaram que nem um borrão; Neil ficava mais tempo preocupado em saber se as pessoas conseguiam enxergar os hematomas sob a maquiagem do que de fato prestando atenção nos professores. Foi um alívio quando a segunda aula acabou às 13h45 e ele pôde voltar para a Torre das Raposas. Matt não estava quando Neil entrou na suíte. Ao dar uma olhada na grade horária fixada na porta da geladeira, Neil percebeu que, quando o colega voltasse, já estaria quase na hora de ele sair.

Neil esvaziou a mochila sobre a mesa. Os livros de matemática e espanhol do último semestre ainda estavam guardados na prateleira debaixo da mesa. Ele tirou as anotações de matemática, limpou a poeira da pasta e se sentou para revisá-las. A maior parte era apenas vagamente familiar, mas quanto mais páginas virava, mais se lembrava. Neil teve a sensação melancólica de que sabia como passaria o fim de semana.

Às 14h45, se encontrou com o grupo de Andrew para uma carona até o estádio. As Raposas costumavam ir para os treinos divididas em dois grupos, mas estavam em três carros naquele dia, já que iriam para Reddin Hall durante o treino da tarde. Andrew e Kevin seriam os primeiros a se consultar com Betsy Dobson e iriam direto para lá, então Aaron e Nicky se amontoaram na caçamba da caminhonete de Matt com Renee. Neil achava que não conseguiria subir tão alto sem distender algum músculo, mas não precisou se preocupar. Allison o colocou em seu conversível rosa assim que ele se aproximou.

Neil se preparou para responder às perguntas, mas Allison não conversou com ele durante todo o trajeto. Assim que saiu do carro, ele a agradeceu, e recebeu um olhar perplexo como resposta. Ele esperou na calçada até que os outros chegassem.

O treino da tarde foi tão horrível quanto o esperado. Neil pegou o CD que Wymack lhe entregou, mas ficou parado no corredor, perdido enquanto os companheiros trocavam de roupa. Ele os observou entrar no estádio para o aquecimento e precisou de todas as suas forças para não segui-los. Usou o autocontrole que tinha para se sentar no sofá, na esperança de que a partida o distraísse. Só funcionou até que as Raposas voltassem ao vestiário para colocar o equipamento. Neil perdeu a noção do que estava acontecendo na tela e olhou para a parede.

— Foco — disse Wymack, em algum lugar atrás dele.

— Estou focado — mentiu Neil.

— Acabaram de fazer um gol incrediível e você nem se mexeu — rebateu Wymack.

Neil olhou para a tela e viu que o placar tinha mudado. A torcida ao fundo estava enlouquecida.

— Eu devia estar na quadra.

— Você vai estar. Na próxima semana, quando estiver menos machucado. Ficar de fora alguns dias não vai matar você, mas talvez distender algum músculo ou sofrer uma contusão irremediável, sim. Com certeza eu vou matar você se fizer a gente ser eliminado só porque é impaciente demais. Se estiver muito ruim, tenta pensar o seguinte: seus colegas de equipe estão tentando recuperar o atraso. Você teve duas semanas de prática durante as férias enquanto eles estavam na farra e enchendo a cara. Você tá na frente.

— O Kevin treinou — retrucou Neil. — Matt disse que ele foi pra quadra do bairro todo dia.

— Isso é um em oito.

— Eles podem se dar ao luxo de tirar uma folga. São todos melhores do que eu e têm reservas.

— Eles são mais experientes e têm habilidades diferentes das suas — retrucou Wymack. — Mas você está cem vezes melhor agora do que em maio. Não se subestime. Agora, foco. Espero ter algumas anotações interessantes da sua parte quando for embora hoje.

Neil pegou o lápis em um consentimento silencioso, e Wymack saiu.

Estava na metade do segundo jogo quando chegou a hora de ir para Reddin. Dessa vez, seria o terceiro, em dupla com Aaron. Neil dirigiu e, de algum jeito, conseguiu se segurar e não perguntar há quanto tempo ninguém deixava Aaron ir no banco do carona. Não ganharia nada o provocando.

Para a maioria dos alunos, era cedo demais para começar a frequentar o centro médico, então Neil encontrou um lugar para estacionar perto da porta. Ignoraram a recepção e seguiram pelo corredor até as salas de terapia. Antes que Neil perguntasse quem deveria entrar primeiro, Aaron continuou até o escritório de Betsy, o mais longe. Neil afundou em uma das poltronas enormes para esperar.

Não queria pensar na sessão, mas também não queria pensar nas Raposas em quadra sem ele, então resolveu ler as mensagens que tinha recebido. A maioria era de Nicky: comentários aleatórios sobre coisas que viu em Nova York, perguntas sobre Millport e mensagens dispersas exigindo que Neil parasse de ignorá-lo. Pelo menos quatro mensagens consistiam apenas em pontos de exclamação. Renee tinha puxado conversa duas vezes e Allison uma vez, em uma mensagem em grupo no Natal.

Kevin havia enviado apenas uma mensagem para Neil, no dia em que ele fora para Evermore. Alguns minutos antes e Neil a teria visto; fora enviada na hora em que estava embarcando. Neil leu a mensagem de oito palavras quatro vezes: "Jean vai ajudar você se você ajudar ele."

Neil sentira grande antipatia por Jean nos primeiros dias, e a mensagem de Kevin não teria sido de grande ajuda, mas pensando melhor, dava para entender. Jean estava a par da verdade terrível sobre os Moriyama, uma vez que havia sido vendido para Tetsuji anos antes para saldar uma dívida com o chefe da família. Jean odiava o que a vida lhe reservara, mas já havia passado do ponto em que era capaz de conceber como revidar. Não era um rebelde; era um sobrevivente. Fazia o que era necessário para chegar vivo ao fim do dia.

Muitas vezes, isso significava cuidar de Neil. Jean permanecia em sua guarda inabalável enquanto Riko acabava com Neil sem parar, mas estava sempre lá para ajudá-lo a se levantar depois. Eram parceiros na quadra dos Corvos, o que significava que seus sucessos e fracassos impactavam diretamente um no outro. Na melhor das hipóteses, Jean era um aliado questionável, mas era o único Corvo que cuidara de Neil. Era egoísmo, não gentileza, mas fora o bastante para manter Neil vivo.

Neil sobreviveu e conseguiu sair de lá. Kevin escapara quando sua vida desabou. Jean ainda estava lá, segurando as pontas da melhor forma que conseguia. Neil se perguntou o que ele sentira ao ver os dois partirem: se os considerava idiotas por desafiar o mestre ou se uma parte silenciosa dele estava com inveja por terem encontrado uma escapatória. Neil se perguntou se ele se importava. Era mais seguro e inteligente se não o fizesse. Se Jean não estava disposto a lutar, se não tinha nada pelo que lutar, não havia nada que pudesse ser feito por ele.

Uma memória vaga surgiu em sua mente, fora de alcance. Neil tentou se concentrar, mas pensar em Jean fez sua mente voltar ao abuso de Riko. Ignorou tudo e pulou o resto das mensagens. Dan e Matt perguntaram várias vezes como ele estava. A única mensagem de Aaron foi a última recebida por Neil antes de todos mandarem as saudações de Ano-Novo: "Não conta pro Andrew da Katelyn."

Katelyn e Aaron namoraram escondido a maior parte do outono, evitando-se durante as partidas e se encontrando na biblioteca entre as aulas. Quando Andrew foi internado, Katelyn se tornou parte permanente da vida das Raposas, jantando com Aaron várias noites por semana e aparecendo no dormitório de vez em quando. Era estranho pensar que iam voltar a guardar segredo, e Neil se perguntou como Katelyn reagira à decisão. Talvez Aaron tenha contado que Andrew não gostava dela. Talvez não tivesse ficado feliz, mas ao menos estava sã e salva.

O clique de uma porta o tirou de seus pensamentos. Neil viu que horas eram e fechou as mensagens. A relutância, mais do que a dor, fez com que levasse um tempo maior para se levantar quando Aaron voltou. Betsy seguiu Aaron até a entrada e cumprimentou Neil com um sorriso caloroso.

— Oi, Neil.

Ele a seguiu pelo corredor até o escritório e passou por ela para entrar primeiro. A sala parecia a mesma de agosto, das almofadas arrumadas com perfeição no sofá às estatuetas de cristal nas prateleiras. Neil se sentou no sofá e observou enquanto Betsy fechava a porta. Depois, ela demorou um tempinho para fazer um pouco de chocolate quente e olhou para ele.

— Tenho chá quente se você quiser. Lembro que você disse que não gostava de doce.

— Estou bem.

Betsy se sentou à frente dele.

— Já faz um tempo. Como você está?

— As Raposas se classificaram para os campeonatos de primavera, Andrew voltou e está sóbrio, e eu ainda sou o atacante titular. No momento não tenho do que reclamar.

— A propósito, parabéns pela classificação — cumprimentou Betsy. — Confesso que não entendo muito de esportes, mas vocês têm jogadores muito talentosos na equipe e o desempenho de vocês no ano passado foi maravilhoso. Acho que vão ter uma temporada incrível. O Texas é um pouco longe demais para que eu possa ir, mas vou torcer por vocês no jogo em casa contra a Belmonte. Estão prontos?

— Não, mas vamos chegar lá. Não temos escolha. No mês passado, a gente disse que não iria perder uma partida sequer na primavera. Não mudamos de ideia, mas acho que agora que janeiro chegou, está caindo a ficha do que vamos enfrentar e do que é preciso pra vencer. Vamos jogar contra os melhores do país, e não tem muito tempo que entramos na briga pra valer.

— É uma forma bem madura de ver as coisas. E também — Betsy abriu um pouco as mãos enquanto procurava as palavras —... um discurso muito pronto. Parece mais uma frase de efeito que você diria a um repórter do que algo que possa admitir pra mim. Esperava que a gente já tivesse passado da etapa das frases prontas. Lembre-se que não estou aqui para julgar nada do que você falar.

— Eu sei — disse Neil, e deixou por isso mesmo.

Betsy inclinou a cabeça e seguiu em frente.

— Você mencionou a volta de Andrew como algo positivo. Sei que você apoiou minha decisão quando pedi que ele fosse internado em novembro. Ainda deve ser muito cedo pra dizer, mas como está lidando com a realidade da sobriedade dele? Alguma preocupação?

— Não vou falar do Andrew com você.

— Estou tentando falar de você. A sessão é sobre você — retrucou Betsy.

— Isso não é uma sessão de verdade. É uma reunião informal e só estou aqui porque o treinador disse que a gente tem que vir falar com você uma vez por semestre. Nenhum de nós dois ganha nada com isso. Você está perdendo um tempo comigo que seria mais bem empregado com pacientes de verdade, e eu estou perdendo o treino.

— Não considero isso uma perda de tempo, mas peço desculpas por estar diminuindo seu tempo na quadra. — Ela esperou alguns instantes para que ele respondesse, então acrescentou: — aliás, feliz Ano-Novo. Tinha me esquecido de dizer isso. Como foram as festas?

Era essa a pergunta que ele esperava e temia. Não sabia o que os companheiros de equipe haviam dito a ela. Não falaria a verdade, mas se mentisse sobre o que acontecera após os outros terem contado a verdade, ela começaria a questionar tudo o que ele dissera até aquele ponto. Neil refletiu as possíveis consequências e decidiu seguir em frente. Afinal, ele só precisava ver Betsy uma vez por semestre; aquela era a última vez que teria que se sentar com a terapeuta cara a cara. Ela podia pensar o que quisesse dele.

— Foram tranquilas — respondeu Neil.

— Costuma nevar no Arizona?

— De vez em quando. Eles acham que quatro centímetros de neve já é uma tempestade.

— Nossa. — Betsy riu. — Lembro de quando nevou um pouco aqui, alguns anos atrás. Passei por uma menina a caminho do campus. Ela falava ao celular; tinha ligado pra alguém só pra contar que estava nevando. Parecia tão animada com aquele quase nada de neve que me perguntei se ela já tinha visto a neve antes. Queria perguntar de onde ela era, mas pareceu invasivo.

Não havia uma pergunta, então Neil ficou em silêncio. Betsy também, mas tomou um gole do chocolate. Neil resistiu ao impulso de olhar para o relógio. Não queria saber quão pouco tempo havia passado.

— Não vai falar comigo? — perguntou Betsy, depois de um tempo.

— O que você quer que eu diga? — respondeu Neil.

— Qualquer coisa. É uma sessão pra você.

— Qualquer coisa? — repetiu Neil.

Quando ela assentiu, encorajando-o, ele começou a contar sobre os jogos da UT que estava assistindo. Era impessoal e definitivamente não era o que ela esperava, mas Betsy não o interrompeu e teve a boa vontade de não parecer entediada. Bebia o chocolate quente e ouvia como se fosse a história mais importante que ouvira o dia inteiro. De alguma forma, isso fez Neil gostar ainda menos dela, mas ele não parou.

Por fim, estava livre para ir embora. Saiu do consultório, encontrou Aaron na sala de espera e foi para o carro. Estavam a meio caminho do estádio quando Aaron falou:

— Eu não contei pra ela.

Só estavam os dois no carro, mas levou alguns instantes até que Neil percebesse que aquela fala era direcionada a ele. Olhou para Aaron, que olhava pela janela do carona.

— Nem eu — disse Neil.

— Ela te perguntou do Andrew.

Não era uma pergunta, mas Neil respondeu:

— Perguntou. Pra você também?

— Ela não me pergunta mais nada. Sabe que não adianta. Eu nunca abri a boca para falar nada lá — comentou Aaron.

Neil se imaginou sentado no mais completo silêncio, enquanto Betsy tagarelava sobre o que quer que fosse. Foi ao mesmo tempo inspirador e perturbador. Ele não sabia se conseguiria aguentar meia hora daquilo.

— Queria ter pensado nisso. Acabei fazendo um resumo pra ela de todos os méritos da UT.

— Previsível — disse Aaron.

Neil se perguntou como Andrew matava o tempo. No período de medicação, foi forçado a ter sessões semanais com Betsy. Não sabia se precisaria continuar. Estava mais interessado em saber como a visão de Andrew sobre Betsy iria mudar. Ele parecera estranhamente tolerante com ela no ano anterior, a ponto de admitir ter recebido mensagens dela fora das sessões. Era bem capaz que remédios que causavam euforia tornassem mais fácil tolerar qualquer pessoa.

Neil pegou a mesma vaga de estacionamento em que havia encontrado o carro. Voltou para seu lugar no sofá e Aaron continuou até o vestiário para colocar o equipamento de volta e ir para a quadra. Neil tentou não se ressentir da boa saúde do colega e quase conseguiu. A partida da UT foi uma distração decente da irritação injustificada, mas Neil perdeu a noção do jogo quando Renee e Allison passaram alguns minutos depois. Ele observou as duas andando pela sala, pensou duas vezes no que faria e então pausou o jogo.

— Renee?

As duas pararam, mas Allison não ficou por muito tempo. Quando saiu, Renee foi se sentar com Neil, perto o bastante para oferecer um conforto silencioso, mas longe o suficiente para que Neil conseguisse respirar.

— O que eu disse ontem? Por que você reagiu daquele jeito? — perguntou ele.

Não demorou muito para ela se lembrar.

— Sobre as facas, você quer dizer.

Quando Neil assentiu, ela virou as mãos para analisar as palmas.

— Lembra que contei que eu fazia parte de uma gangue? Tinha um homem lá que fazia de tudo pra me machucar. Ele gostava de facas e tinha umas seis por perto o tempo todo. Eu não conseguia me defender pelos meios normais, então aprendi a lutar com facas também. Pratiquei por um ano até que ganhei.

"Ganhei." Renee ficou em silêncio, talvez refletindo sobre a palavra escolhida por alguns instantes. "Ele não sobreviveu à luta. O chefe ajudou a montar uma cena com o corpo pra que a culpa caísse em uma gangue rival, e eu fui promovida. Mantive as facas durante meu julgamento e minha adoção. Queria me lembrar do que sou capaz de fazer… e do que consegui superar."

— Você fez o que tinha que fazer. Se ele estivesse vivo, teria ido atrás de você — afirmou Neil.

— Eu sei — disse Renee baixinho. — E tiveram outras meninas antes de eu chamar a atenção dele; teriam outras meninas depois que eu fosse embora. Mas não fiz isso por um bem maior. Fiz porque ele me ofendeu pessoalmente e eu não queria mais ter medo. Lamento o que isso fez comigo mais do que lamento ter matado. Não fiquei perturbada quando o vi morrer. Estava orgulhosa de mim mesma.

"Contei tudo pro Andrew. No dia seguinte, enquanto eu estava na aula, ele invadiu meu quarto e pegou minhas facas. Quando pedi de volta, ele disse que eu estava mentindo pra mim mesma. Se quisesse me lembrar, não ficaria escondendo as facas no armário como um segredo vergonhoso que não poderia revisitar ou deixar de lado. Elas não estavam me fazendo bem, então disse que ficaria com elas até eu precisar usar de novo.

"Deixei ele ficar com as facas porque confiei que não usaria. Achei que ele entendia o que eram: não mais armas, mas um símbolo do que nós superamos. Não perguntei os motivos dele. Sabia que, caso quisesse me contar, teria contado."

A resposta óbvia era Drake, mas a conta não fechava. Neil revirou a história na cabeça, tentando desvendá-la, e pensou nas cicatrizes nos antebraços de Andrew. A quem ele teria sobrevivido: a Drake ou a si mesmo?

Neil não ia compartilhar o palpite com Renee, então perguntou:

— Então aquelas facas que ele leva pra todo lugar são suas?

— Eram minhas — corrigiu Renee. — Ele estava certo; não preciso mais delas. Se você precisar, ele vai entregá-las pra você e posso te ensinar a usá-las.

Ela não estava mais sorrindo. Neil estudou sua expressão calma. Dava para ver que falava sério. Se ele pedisse, Renee daria uma pausa em sua fé na humanidade e piedade cristã para mostrar como cortar um homem inteiro. Ele estava começando a entender por que Andrew gostava dela. Era louca a ponto de ser interessante.

— Obrigado — disse Neil —, mas não. Eu não quero ser como… ele.

Neil não disse que já havia usado facas antes; ninguém poderia crescer como um Wesninski sem que alguém colocasse uma lâmina na sua mão. Nathan não tinha tempo nem paciência para ensinar o filho, mas encarregou dois de seus capangas da tarefa. Felizmente, Neil saiu de casa antes que passasse da fase de cortar animais mortos em pedacinhos.

— Claro — concordou Renee, então esperou um momento para ver se tinha mais alguma coisa a ser dita e se levantou em seguida. — Não quero deixar Allison esperando, mas se quiser conversar depois, já sabe onde me encontrar.

— Ok — disse Neil e, quando Renee chegou à porta antes, teve que perguntar: — Como o Andrew está? Sem os remédios dele, quer dizer.

Renee olhou para Neil e sorriu.

— Vai lá ver. Acho que o treinador não vai se importar.

Neil ficou onde estava até que ela foi embora e a porta se fechou. Olhou do bloco de notas para o jogo pausado, depois colocou as coisas de lado e se levantou. Quando ele passou pela porta dos fundos e seguiu para a área técnica, foi recebido pelo som de uma bola quicando na parede. Wymack estava parado perto do banco da equipe da casa, observando os jogadores treinarem e fazendo anotações. Estava de costas, e o barulho que escapava pelas aberturas da quadra ajudava a encobrir o som suave dos passos de Neil, que ficou a uma distância segura e observou os companheiros de equipe.

Pareciam tão poucos por estarem desfalcados por três, mas jogavam com a ferocidade de uma equipe maior. Dan e Kevin atacavam juntos contra os três defensores e, apesar de estarem em menor número, a briga era boa. Kevin até conseguiu ultrapassar Nicky e Aaron algumas vezes para arremessar no gol. Andrew defendeu todos, mas foram necessárias algumas tentativas até que Neil percebesse o que ele estava fazendo. Em vez de jogar a bola de volta para a quadra como de costume, mirava em Kevin. Mais especificamente, nos pés dele. Kevin tinha que mexer os pés com agilidade para evitar tropeçar. Andrew fez o mesmo com Dan quando ela finalmente passou por Matt para arremessar. Ela desviou, mas por pouco, e Matt teve que segurá-la quando ela tropeçou.

Wymack xingou e se virou para colocar suas coisas no chão. Ao fazer isso, avistou Neil e hesitou com a prancheta a meio caminho do banco. Neil esperava que ele o mandasse voltar depressa ao vestiário, mas o treinador estalou os dedos e apontou o polegar em direção ao portão da quadra.

— Diz pro seu psicopata de estimação pra parar com isso antes que ele acabe mutilando alguém.

— Não acho que ele vai me ouvir — respondeu Neil.

— Nós dois sabemos que vai. Agora anda.

Wymack bateu na parede, pedindo uma pausa no treino, enquanto Neil se dirigia para o portão. Entrou em quadra e foi até o gol. Andrew colocou a raquete atravessada sobre os ombros ao vê-lo se aproximar. Neil sabia que não devia dar bronca no goleiro em frente a uma plateia, então parou o mais perto que pôde e falou o mais baixo possível.

— O treinador quer saber o que você tem contra os atacantes.

Andrew olhou para além de Neil, na parede da quadra.

— Fala pra ele mesmo me perguntar.

— Ou você pode dizer pra mim, já que estou aqui — rebateu Neil. — Somos nove agora. Se a gente perder mais alguém, podemos dar adeus aos campeonatos da primavera. Você sabe disso.

Neil esperou um pouco, mas é óbvio que não foi o suficiente para obter uma reação. Andrew já parecia entediado com a conversa. Neil colocou uma das mãos na frente do rosto de Andrew, impedindo-o de olhar para Wymack, e esperou até que ele retribuísse o olhar.

— Quero ver nossa equipe nas finais. Quero que a gente consiga finalmente derrotar os Corvos. Depois de tudo o que o Riko fez com a gente, você não quer isso também?

— Você diz "quero" com uma tranquilidade, sendo que eu já falei mil vezes pra você que não quero nada.

— Deve ser porque você está gastando toda sua energia em não querer nada. Mas se não consegue entender esse conceito simples, vou colocar isso em termos que você entenda: não podemos perder o próximo jogo. É assim que vamos alcançar o Riko. Essa é a única coisa que a gente pode tirar dele e que de fato vai doer. Vamos arrancar o status dele e mostrar por que ele deveria ter sentido medo da gente esse tempo todo.

— Seus colegas de equipe ainda acham que você é quietinho? — perguntou Andrew.

— *Nossos* colegas de equipe — retrucou Neil — querem isso tanto quanto eu. Para de menosprezar todo mundo antes de a gente ter uma chance de tentar.

— Não acredito em dar chances às pessoas.

— Eu também não acreditava até vir para cá — devolveu Neil. — Eu te dei uma chance quando decidi ficar. Você me deu uma chance quando confiou que eu cuidaria do Kevin. É mesmo tão difícil apoiar os outros quando eles estiveram com você esse tempo todo?

— O que você vai me dar em troca da minha cooperação? — perguntou Andrew.

— A vingança não é boa o suficiente? O que você quer?

Andrew não pensou duas vezes.

— Quero ver suas cicatrizes.

Não era o que Neil esperava, e deve ter sido por isso que Andrew pediu. Neil abriu a boca para protestar, mas as palavras morreram na garganta. Wymack e Abby já tinham visto, e as Raposas sabiam que existiam. Em novembro, ele havia colocado a mão de Andrew em sua pele arruinada para ganhar a confiança dele. Neil havia prometido a Andrew as partes que faltavam de sua verdade se sobrevivessem até o fim do ano. Não tinha achado que Andrew iria se contentar em apenas sentir as cicatrizes, e não vê-las com seus próprios olhos.

— Quando? — disse ele, finalmente.

— Vamos pra Colúmbia amanhã — avisou Andrew. — Agora sai daqui e diz pro treinador fazer o trabalho que ele é pago pra fazer. Não vou deixar ele se safar de uma coisa dessas de novo.

Neil não entendeu, mas assentiu e saiu. As Raposas esperaram até que fechasse e trancasse os portões, e então retomaram o jogo. Na próxima vez que Kevin conseguiu arremessar, Andrew rebateu para o lado oposto da quadra. Neil teve a sensação de que as Raposas logo se arrependeriam de sua intervenção. Com certeza era mais seguro dessa forma, mas agora Dan e Kevin tinham que correr atrás da bola a cada vez que Andrew a rebatia.

Neil voltou para perto de Wymack e transmitiu a mensagem de Andrew. Acreditava que o treinador ignoraria a ameaça sem pestanejar. Não esperava a risada divertida e seca de Wymack.

— Só me promete que isso não vai ser um problema.

— O quê? — perguntou Neil.

— Não sei dizer se você está fingindo não entender pra tentar me sacanear ou se só é burro mesmo — disse Wymack. Quando Neil se limitou a olhar fixamente para ele, o treinador esfregou as têmporas como se estivesse tentando aliviar uma dor de cabeça. — Eu teria pena de você, mas Andrew está certo. Não ganho o bastante pra me envolver nisso. Descobre você sozinho... no seu tempo. Você deveria estar estudando a UT agora.

Wymack pegou a prancheta e começou a rabiscar notas. Neil olhou dele para a quadra.

— Vaza — mandou Wymack.

Neil reprimiu as perguntas e voltou para o vestiário.

Depois do treino na sexta-feira, os veteranos saíram para jantar, mas passaram primeiro pelos dormitórios para trocar de roupa. Andrew apareceu no quarto de Neil pouco tempo depois de Matt sair, com uma sacola de roupas. Neil ainda não entendia por que os primos insistiam para que usasse algo novo toda vez que iam para Colúmbia, mas já havia passado da fase de fazer perguntas. Ele levou a bolsa para o quarto para se trocar. Quando se virou para fechar a porta, Andrew estava logo atrás. Não disse nada, mas apontou para a camisa de Neil.

Neil hesitou, então colocou a bolsa na cama de Matt e precisou se esforçar para tirar a camisa. Estava ficando um pouco mais fácil a cada dia, mas doía quando ele levantava muito os braços e, quando se virava, sentia um puxão nos pontos. Tirou a camisa pela cabeça e foi até a altura dos cotovelos, até que Andrew se cansou de vê-lo se contorcer e puxou o restante do tecido para cima. Jogou a peça de roupa para o lado sem ver onde caía. Estava mais interessado nas cicatrizes e nos hematomas que cobriam a parte da frente do corpo de Neil.

Andrew pegou as bandagens nos pulsos de Neil, que o deixou rasgar a fita e a gaze. As feridas pareciam piores do que quando ele havia pousado na Carolina do Sul. Abby estava certa; ele precisava deixar os machucados respirarem. Neil levantou o olhar das linhas feias dos pulsos para o rosto de Andrew. Não tinha certeza do que estava procurando: um indício da violência de quarta-feira ou da rejeição insensível e risonha do último semestre. Não encontrou nenhum dos dois. Andrew parecia estar a quilômetros de distância de tudo isso, desinteressado e despreocupado.

No ombro direito de Neil havia uma cicatriz de queimadura, cortesia de uma pancada de ferro em brasa. Andrew colocou a mão esquerda nela, a ponta dos dedos se alinhando à perfeição nas protuberâncias que os buracos do ferro haviam deixado para trás. Seu polegar direito encontrou a pele que enrugara por causa de uma bala. Neil tinha dormido com o colete à prova de balas por quase um mês depois daquele tiro, pois ficara com muito medo de tirá-lo. A mãe teve que ameaçá-lo para que tirasse o colete pelo menos para tomar banho.

— Alguém atirou em você — disse Andrew.

— Eu falei que tinha alguém atrás de mim — respondeu Neil.

— Isso — Andrew enfiou os dedos com mais força na marca de ferro — não é uma marca de alguém que está fugindo.

— Isso é obra do meu pai. Umas pessoas vieram fazer perguntas sobre o trabalho dele. Eu não disse nada, mas aparentemente não pareci tão confiável, sentado e quieto. Ele me bateu assim que os caras saíram. Por isso disse pra você me chamar de "Abram". Não quero ficar repetindo o nome do meu pai porque não quero que ninguém me chame daquele jeito. Odeio ele.

Andrew ficou em silêncio por um longo tempo, então baixou a mão para os cortes na barriga de Neil.

— Renee disse que você recusou nossas facas. Um ímã de assassinatos que nem você não deveria andar por aí desarmado.

— E não ando. Achei que você ia cuidar de mim este ano — disse Neil. Andrew olhou para ele de novo, com uma expressão enigmática, mas não disse nada, então Neil continuou: — Você não é um sociopata de verdade, né?

— Eu nunca disse que era.

— Você deixa que eles falem isso sobre você. Podia corrigir.

Andrew descartou o comentário.

— O que as pessoas querem pensar de mim não é problema meu.

— O treinador sabe?

— Óbvio que sim.

— Então seu remédio...? Aqueles comprimidos eram mesmo antipsicóticos? — perguntou Neil.

— Você faz perguntas demais — retrucou Andrew, e deixou Neil sozinho para se vestir.

Depois que terminou de se trocar, Neil encontrou o grupo de Andrew no corredor. Nicky deu um grande sorriso, aprovando o caimento das roupas novas. Aaron nem olhou. Kevin analisou o rosto de Neil em busca de manchas na maquiagem, mas não disse nada. Andrew esperou apenas até ouvir a fechadura deslizar e foi para as escadas. Tinha dois cigarros acesos antes de chegar ao patamar do segundo andar, e passou um deles para Neil por cima do ombro. Neil o segurou até chegarem no carro.

Nicky olhou para Neil de um jeito estranho enquanto abria a porta de trás.

— Você não fuma.

— Não — concordou Neil, e esfregou o cigarro na sola do sapato. Guardou a outra metade para mais tarde. Sentou-se no banco do carona e colocou o cinto, sem dar uma chance para Nicky fazer outra pergunta. Os outros entraram no carro logo depois, e Andrew pegou a estrada assim que a última porta foi fechada.

Neil adoraria nunca mais ter que pisar em Colúmbia depois do que acontecera em novembro, mas os outros pareciam não ligar. Pararam no estacionamento do Sweetie's como se nada de ruim tivesse acontecido naquela cidade e ocuparam o primeiro sofá disponível. Nicky tagarelava sem parar sobre suas aulas, mas Neil não conseguia se concentrar no que ele dizia. Deixou as palavras entrarem por um ouvido e saírem pelo outro e tomou seu sorvete em silêncio.

O Eden's Twilight estava cheio como sempre. Um segurança sentado num banquinho verificava as identidades e o outro tomava conta da entrada. O primeiro se levantou num pulo ao ver o carro de Andrew encostar no meio-fio. Neil ficou para trás, enquanto Nicky e Aaron recebiam vigorosos apertos de mão e tapinhas nas costas. Um dos seguranças disse algo para Aaron em voz baixa, mas com uma expressão intensa. Pelo aceno agradecido de Aaron, Neil presumiu que fosse uma promessa de apoio no julgamento que se aproximava. Ele olhou para Andrew, que esperava no banco do motorista por um passe de estacionamento VIP, mas o gêmeo observava o tráfego que se aproximava em vez do que estava acontecendo na porta. Finalmente Nicky conseguiu o que queria com um dos seguranças e voltou com um passe.

Andrew saiu, e os outros entraram. Neil seguiu Kevin por entre a multidão, passando por corpos suados e estremecendo um pouco por causa do som que ecoava dos alto-falantes. Não havia mesas livres, então eles acabaram se acomodando no balcão do bar. Não demorou muito para Roland localizá-los e quase deixar a coqueteleira cair. Ele se aproximou assim que terminou os pedidos.

— Puta merda. Estava começando a achar que não ia ver vocês de novo — disse ele.

— Como se a gente conseguisse ficar longe pra sempre. É que não seria o mesmo sem o Andrew — respondeu Nicky.

— Andrew foi liberado, então? — perguntou Roland, visivelmente aliviado. — Ficamos supermal quando soubemos da notícia. Quem dera desse pra ajudar de algum jeito, com qualquer coisa. Você — Ele olhou para Aaron — é um herói. Você está seguro aqui, entendeu? Se tentarem bancar qualquer uma dessas acusações de merda, a gente vai marchar até o tribunal em protesto. Aquele cara teve o que merecia e todo mundo sabe disso.

— Obrigado — respondeu Aaron.

Roland serviu uma rodada de doses. Tinha visto Neil algumas vezes antes e sabia que ele não bebia, mas posicionou um dos shots a meio caminho, caso ele estivesse a fim hoje. Neil deixou o copo onde estava e observou enquanto os outros bebiam. Roland já tinha uma segunda rodada servida quando Andrew apareceu e deslizou perfeitamente para o espaço estreito entre Kevin e Neil.

— Bem-vindo de volta à terra dos livres. Eu diria "e sóbrios", mas sei que não vai durar muito. Saúde — disse Roland.

Eles acabaram com as doses sem nenhum esforço. Roland começou a arrumar a bandeja de sempre. Metade do pedido estava pronto quando uma mesa finalmente foi liberada. Neil ficou no balcão esperando com Andrew, enquanto os outros foram se sentar. Quando viu o copo intacto, Andrew bebeu a dose de Neil. Roland fez uma pausa entre os drinques para servi-lo de novo. Dessa vez, deslizou o copo um pouco mais perto de Neil.

— Dá uma relaxada. É uma ocasião especial — disse Roland.

— É o fim de sete semanas de trabalho pesado — retrucou Neil.

Andrew não perdeu tempo discutindo. Bebeu a segunda dose de Neil, e Roland não tentou servir uma terceira. Quando o barman terminou de preparar os drinques, Neil abriu caminho para Andrew levar a bandeja. Os outros começaram a beber, mas Andrew estava mais devagar do que de costume. Neil presumiu que a tolerância dele estaria baixa após dois meses sem álcool. No ano anterior, Andrew dissera que sempre soubera quais eram seus limites. Isso fez Neil se perguntar se Aaron e Nicky já tinham visto Andrew bêbado. Por algum motivo, duvidava disso.

Eles consumiram o pó de biscoito em grupo, e Aaron e Nicky desapareceram. Kevin continuou com as bebidas. Andrew observava a multidão e bebia a passos de tartaruga. Neil não sabia o que dizer a nenhum deles, então se ocupou. Trocou os copos ainda cheios na bandeja por aqueles vazios espalhados pela mesa e se dirigiu ao bar. Roland pegou a bandeja assim que conseguiu. Neil cruzou os braços no balcão e observou Roland preparar a próxima rodada.

— Então Andrew finalmente cedeu à tentação, hein? Tá bem feio isso aí — comentou Roland.

Neil quase levou a mão ao rosto, mas Roland estava olhando para seus pulsos. A camisa nova tinha mangas compridas, mas era de um material fino feito para permitir a pele respirar em um clube lotado. As mangas deslizaram um pouco para cima quando ele cruzou os braços. Puxou os punhos do tecido de volta para baixo, sabendo que era tarde demais para esconder os machucados quase cicatrizados. Ao fazê-lo, percebeu que as palavras de Roland escondiam um riso.

O barman deu um sorriso de desculpas quando Neil fez uma careta.

— Eu me perguntei se estar limpo curaria aquela regra dele de não encostar. Faz sentido que não, agora que a gente sabe do… — Roland balançou a cabeça, visivelmente tentando reprimir a raiva. — Não sei se digo "obrigado" por matar minha curiosidade ou "desculpa" pela sobriedade ter obviamente acentuado o problema. Só pra você saber, eles fazem algemas acolchoadas. Você devia procurá-las.

— O problema — Neil repetiu, perdido. — Que regra de não encostar?

Roland pareceu assustado, depois confuso.

— Você não sabe? Mas então…

— Isso aconteceu em uma briga — explicou Neil. — Por que o Andrew faria isso comigo?

— Ah, você não sabe — repetiu Roland, não mais uma pergunta, mas uma forma de se retirar da conversa. — Quer saber, vamos esquecer que eu disse qualquer coisa. Não, sério — insistiu, quando Neil abriu a boca para argumentar. — Ei, aqui. Suas bebidas estão prontas. Tenho que atender os outros clientes.

Ele desapareceu sem dar uma chance para Neil dizer mais do que um "quê". O rapaz ficou olhando para o barman, mas não houve respostas. Pegou a bandeja com as mãos trêmulas e a levou de volta à mesa. Queria mandar Kevin embora, mas Andrew nunca o deixaria ficar longe sem alguém de olho nele. Por sorte, Kevin não falava uma sílaba de alemão. Neil se sentou de lado, de frente para Andrew, e disse:

— Por que Roland acha que você está me amarrando?

Andrew hesitou com o copo a meio caminho da boca. Olhou para as mãos de Neil, que apertavam a beirada do assento entre os joelhos. Neil não olhou para ver se os machucados estavam à mostra de novo. Não conseguia desviar o olhar do rosto de Andrew. Por fim, o outro apoiou a bebida ainda cheia na bandeja. Não largou o copo, e os dedos tamborilavam em um ritmo irregular. Levou uma eternidade até que parasse de olhar para as mãos de Neil e se concentrasse em seu rosto.

— Ele deve achar que você é tão ruim em seguir instruções quanto ele é. Roland sabe que não gosto de ser tocado.

— Isso não responde à minha pergunta.

— É a resposta — rebateu Andrew. — Refaz a pergunta se não gostar.

— Quero jogar mais uma rodada. O que o treinador não é pago pra fazer?

Andrew se virou para ficar de frente para Neil e apoiou o cotovelo no encosto da cadeira. Depois colocou o rosto na mão e olhou para Neil. Não parecia nem um pouco incomodado com o interrogatório repentino, mas aquela calma não adiantou de nada para aliviar o frio que Neil sentia na barriga.

— Quando o treinador assinou com a gente, prometeu que não ia se meter nos nossos assuntos pessoais. Disse que o conselho pagava ele pra ser nosso treinador, nada mais e nada menos.

Essa resposta não foi muito melhor. Neil não tinha certeza se deveria continuar pressionando, mas se não descobrisse a verdade naquele momento, sabia que nunca o faria.

— Não achei que eu era um assunto pessoal. Você me odeia, lembra?

— Cada centímetro de você — respondeu Andrew. — Isso não quer dizer que eu não te chuparia.

O mundo pareceu sair dos trilhos por alguns instantes. Neil firmou os pés com mais força no chão para não cair.

— Você gosta de mim.

— Eu odeio você — corrigiu Andrew, mas Neil mal ouviu.

Por um momento desorientador, ele entendeu. Lembrou-se da mão de Andrew cobrindo sua boca na Exites enquanto ele se retirava da conversa. Pensou em Andrew cedendo à tentação e segurando-o quando Neil mais precisou dele. Andrew o chamara de interessante e perigoso e lhe dera as chaves da casa e do carro. Havia confiado Kevin a Neil porque Kevin era importante para os dois e sabia que Neil não iria decepcioná-lo.

Neil tentou juntar as peças, mas quanto mais tentava, mais entrava em parafuso. Não fazia sentido. Ele não sabia o que pensar. Podia ser mentira, mas Neil sabia que não era. Andrew era um monte de coisas desagradáveis, mas um mentiroso patológico não era uma delas. A honestidade convinha a Andrew porque, no fundo, ele gostava era de provocar, e suas opiniões muitas vezes eram polêmicas.

Neil precisou de três tentativas para conseguir falar.

— Você nunca disse nada.

— E por que diria? — Andrew deu de ombros. — Não vai dar em nada.

— Nada — repetiu Neil.

— Sou autodestrutivo, não burro. Sou mais esperto do que isso.

Neil deu a única resposta possível.

— Tá bom.

Mas não soava bom, e ele não se sentia bem. O que deveria fazer com uma informação daquelas? Estaria morto em quatro meses, cinco se tivesse sorte. Não deveria ser isso para ninguém, muito menos para Andrew. Ele dissera o ano inteiro, dissera na cara de Neil naquela mesma semana que não queria nada. Neil não deveria ser a exceção a essa regra.

Andrew bebeu sua dose e colocou o copo sem cuidado algum de volta na bandeja. Tirou o maço de cigarros do bolso de trás enquanto se levantava e o abriu para verificar o conteúdo.

Neil deveria deixá-lo sair sem contestar, mas disse:

— É sua vez.

Andrew sacudiu um cigarro na mão e o colocou entre os lábios. Guardou o maço e olhou para Neil.

— Não preciso fazer isso agora.

Neil ficou olhando muito tempo depois de Andrew ter desaparecido na multidão. Não percebeu que Kevin estava dizendo seu nome até que Kevin empurrou seu ombro para chamar a atenção de Neil. Ele se sobressaltou como se tivesse levado um tiro e olhou para Kevin. O que Kevin viu no rosto de Neil foi o suficiente para matar sua curiosidade. Ele fechou a boca devagar, retirou a mão e voltou a beber.

Andrew só voltou uma hora depois. Permaneceu em silêncio pelo resto da noite, e Neil não viu problemas em respeitar seu espaço. Por fim, Aaron e Nicky voltaram, bêbados e exaustos, e todos foram embora juntos. A casa dos primos não era longe, mas não havia camas suficientes para os cinco. Kevin ocupou o sofá, então Neil se enrolou em uma poltrona com um cobertor extra.

Ele levou horas para conseguir parar de pensar e pegar no sono.

CAPÍTULO QUATRO

Na segunda-feira, Kevin voltou a treinar de noite, mas se recusou a levar Neil junto. Na terça-feira à tarde, Abby, ainda que a contragosto, permitiu que Neil retornasse às quadras, desde que não pegasse pesado demais nos treinos. A enfermeira mal terminara de dizer que aprovava, e Neil já correra para pegar os equipamentos. As Raposas já estavam em quadra, já que Abby comparecera ao treino com quase duas horas de atraso, mas Dan interrompeu a simulação de jogo assim que Neil fechou os portões. Ela e Matt comemoraram a chegada de Neil com gritos e aplausos. Nicky bateu a raquete na dele enquanto Neil se encaminhava para perto de Kevin.

— Se você não consegue jogar, então não joga — disse Kevin.

— Eu sei — respondeu Neil. — Se eu sentir qualquer dor, saio da quadra.

Kevin olhou para ele, desconfiado, mas não discutiu.

Neil sentiu dor assim que começou a se mexer, mas era quase um alívio exercitar os músculos sensíveis. Manteve o ritmo leve porque Abby e Wymack o observavam do lado de fora. Quando finalmente parou para se alongar, ficou com medo de que fossem tirá-lo de quadra. Ao perceber que isso não aconteceria, voltou com tudo. Assim que o treino acabou, Wymack fez todos se sentarem no vestiário para repassar os pontos altos e baixos do dia.

Após terminar de falar, olhou para Neil e disse:

— E aí?

— Estou bem — respondeu Neil, então se curvou um pouco para fugir do olhar irritado de Kevin e acrescentou: — Ficaria preocupado se não estivesse sentindo dor agora, mas não é dor o bastante para causar problemas. Posso usar a parede para fazer passes se sentir que arremessar com o braço erguido está repuxando os pontos.

— E doía dizer isso de cara? — perguntou Dan, sarcástica.

— Eu disse de cara. Estou bem.

— A expressão que você quer é "caso perdido" ou "obcecado" — comentou Nicky, rindo.

— Certo — cortou Wymack. — Neil, pode voltar pra academia amanhã. Pega leve nos primeiros dias, pode ser? Adapta o treino como precisar e me avisa sobre o que não funcionar. Se machuque em quadra, não lá. — Wymack deve ter percebido que Abby o olhou de cara feia, mas fingiu não ver. — É isso por hoje. Peguem suas coisas e caiam fora.

Eles tomaram banho e voltaram para o dormitório. Dan foi com Matt e Neil até o quarto deles. Neil interpretou isso como uma dica para dar o fora, mas quando ia dar meia-volta, Dan acenou para ele. Quando percebeu que Neil entendera o recado, ela se sentou no sofá e abraçou o joelho contra o peito.

— Então as coisas voltaram ao normal. Tipo, a gente e eles. Foi divertido no mês passado, né? Eu gostava dos nossos jantares em equipe e das noitadas — comentou Dan.

— Parece que a gente voltou pra onde estava em agosto — concordou Matt.

— Se a gente soubesse qual era o problema do Andrew com a gente, poderia tentar resolver. — Dan tamborilou os dedos em um ritmo agitado nos joelhos por um minuto, então olhou para Neil. — Como você fez ele parar de tentar derrubar a gente no treino naquele dia?

Neil se limitou a dizer a verdade nua e crua.

— Eu pedi.

— Você pediu — repetiu Matt. Soou quase como uma acusação. — Você disse a mesma coisa sobre o Halloween e a casa dos pais do Nicky. Papo sério, Neil. Como você sempre convence o Andrew a fazer tudo que ele obviamente não quer fazer? É suborno ou chantagem?

Dan lançou um olhar indecifrável para Matt e disse:

— Sem pressão, Neil. Vou direto ao ponto. O Andrew tá sóbrio agora, e sei que isso é um divisor de águas. Mas você consegue fazer com que eles voltem a se aproximar da gente?

— Não sei. Posso tentar, mas... — disse Neil, olhando para os dois — alguém precisa lidar com o Aaron. Nicky quer ser amigo de vocês, e Kevin sabe que somos mais fortes quando estamos unidos, mas o Aaron é tão radicalmente contra isso quanto o Andrew. Não faz sentido, porque ficar do lado do Andrew significa esconder a Katelyn. Se Aaron está disposto a fazer isso sem lutar, a decisão não é só do Andrew. Tem a ver com os dois.

Dan parecia pensativa.

— A Katelyn deve saber de alguma coisa. Nenhuma mulher de respeito aguentaria isso sem um bom motivo. Se ela se recusar a falar, você acha que consegue arrancar alguma coisa do Aaron, Matt? Você disse que ele está agindo melhor desde o Natal, né?

— Posso tentar. O treinador já entregou pra você nossos horários de tutoria? — perguntou Matt.

— Está em algum lugar na minha mesa — respondeu Dan. — Assim que achar, envio uma mensagem avisando dos horários dele.

— Certo. Vou ver se consigo encontrá-lo lá.

— Deixa eu tentar com a Katelyn primeiro. — Dan se remexeu para tirar o celular do bolso e digitou uma mensagem rápida. — Não quero que o Aaron fale pra ela que estamos nos intrometendo. — Matt assentiu, mas Dan estava olhando para o celular como se pudesse obter uma resposta da tela. Não demorou muito antes que o aparelho tocasse. Dan trocou algumas mensagens com Katelyn, então se levantou. — Tá bom. Vou dar uma saidinha. Pode ser que demore um pouco, então não precisam me esperar pra comer. Me desejem sorte.

— Sorte — repetiu Neil, enquanto Matt dava um beijo de despedida em Dan.

Neil e Matt acabaram jantando com Renee e Allison no quarto das meninas. O filme que Allison escolheu foi vetado no mesmo instante, então ela mandou beijos para a democracia e resolveu colocá-lo mesmo assim. Deve ter sido a pior coisa que Neil já havia assistido, mas pelo menos ajudou a matar o tempo. Foi poupado dos últimos quinze minutos de melodrama e atuação fraca porque Kevin estava pronto para ir para a quadra. Eles encontraram Andrew no carro.

Andrew se esparramou no sofá do lounge, enquanto Kevin foi se trocar. Neil hesitou, mudou de ideia e foi atrás de Kevin, depois mudou de ideia mais uma vez. Ficou atrás do sofá, com os braços cruzados e apoiados no espaldar, e olhou para Andrew. Ele estava com um dos braços dobrado embaixo da cabeça e usava o outro para proteger os olhos da luz.

— Você podia treinar com a gente um dia desses — comentou Neil. Não se surpreendeu quando Andrew não respondeu, mas se recusou a desistir tão facilmente. — Por que começou a jogar se não estava disposto a treinar?

— Era uma cela melhor do que a outra opção.

Havia sido um dos temas que os repórteres mais gostavam de debater quando Kevin se tornou uma figura permanente ao lado de Andrew: Kevin fora criado em Evermore, cercado pelos melhores, com uma raquete na mão desde que nasceu, e Andrew aprendera a jogar Exy durante o período que passara no reformatório. Neil tinha um artigo de uma página sobre o assunto em sua pasta. O título, um tanto grosseiro, era "O príncipe e o mendigo", e o foco recaía em mostrar o quanto a amizade deles estava condenada ao fracasso. O repórter julgava que o posicionamento de ambos a respeito do Exy era incompatível e que suas origens eram diferentes demais para que a amizade durasse muito tempo.

Neil presumiu que o fato de Andrew ter sido colocado em um dos melhores reformatórios da Califórnia fora por interferência do oficial Higgins. O foco era a reabilitação por meio da disciplina e do empoderamento, o que significava que todos os menores infratores aprendiam esportes coletivos. Não havia espaço para uma quadra de tamanho normal, mas um oficial confirmou em entrevista que contavam com meia quadra nas instalações. Os melhores e mais bem-comportados aspirantes a atletas de Exy participavam de viagens ocasionais ao centro comunitário e competiam com times locais.

Neil não culpava Andrew por pensar que era melhor estar em quadra do que preso, mas duvidava que Exy fosse o único esporte disponível para ser praticado. Andrew escolhera Exy por um motivo. Neil pensaria que ele fora atraído pela natureza agressiva do jogo, mas Andrew era goleiro. Tinha poucas oportunidades de participar da violência em quadra. Comentou isso com Andrew, que deu de ombros em resposta.

— O carcereiro me colocou nessa posição. Era o único jeito que eu poderia jogar.

— Acharam que você poderia machucar alguém se jogasse na linha, solto pela quadra? — perguntou Neil. Andrew não respondeu; Neil interpretou o silêncio como uma confirmação. Tentou imaginá-lo em qualquer outra posição, mas não conseguiu. — Acho melhor assim, com você na última posição da linha de defesa. Você deixa a gente correr até cansar e arruma toda a bagunça depois. Joga o jogo como joga a vida. É por isso que você é tão bom.

Neil ergueu o olhar quando uma porta se abriu no corredor. Kevin viera procurá-lo, já trocado e parecendo irritado com a demora. Parou quando percebeu que os dois estavam conversando. Kevin ainda não tocara no assunto sobre o que acontecera na sexta-feira, e Neil não sabia se ele tinha perguntado a Andrew, mas duvidava que Andrew explicaria. De acordo com Renee, apenas ela e Neil sabiam que Andrew era gay. Não fazia ideia de como Wymack havia percebido isso.

— Já vou — disse Neil, mas não se mexeu.

Kevin ergueu um dedo para avisar que ele tinha um minuto e saiu. Neil ouviu a porta dos fundos fechar e olhou para Andrew de novo.

— Também não foi escolha minha ser atacante. Eu era defensor na liga infantil. Riko se lembrava porque eu treinava com ele e com o Kevin. Ele me obrigou a jogar na defesa com os Corvos, durante o Natal.

Andrew por fim abaixou o braço.

— Liga infantil, ele diz. Eu me lembro muito bem de você contando pra todo mundo que aprendeu a jogar em Millport.

— É verdade, em partes. Eu sabia jogar Exy. Só não sabia ser atacante. Não queria jogar no ataque, mas o treinador Hernandez não tinha mais vagas na defesa. Era ataque ou nada, e eu queria tanto jogar que não desisti. Agora, não consigo me imaginar em outra posição.

Andrew ficou em silêncio por algum tempo, depois disse:

— Você é mais um guaxinim do que uma Raposa.

Neil o encarou.

— Quê?

— Um guaxinim — repetiu Andrew, e fingiu segurar uma bola na frente do rosto. — Exy é o objeto brilhante do seu mundinho triste. Você sabe que está sendo caçado e sabe que os cães de caça estão se aproximando, mas não larga o objeto pra se salvar. Uma vez, você me disse que não entendia as pessoas que se esforçavam pra morrer, mas olha só pra você. Acho que foi outra mentira.

— Não estou tentando morrer — retrucou Neil. — É assim que me mantenho vivo. Quando estou jogando, sinto que posso controlar alguma coisa. Sinto que tenho o poder de mudar algo. Me sinto mais vivo em quadra do que em qualquer outro lugar. A quadra não liga pro meu nome verdadeiro, de onde venho nem pra onde vou amanhã. Ela me deixa existir do jeito que eu sou.

— É só uma quadra, ela não "deixa" você fazer nada.

— Você entendeu o que eu quis dizer.

— Não entendi, não.

— Porque você não sente nada, né? — desafiou Neil, baixinho. — Nada mexe com você desse jeito. Nada te abala.

— Até que enfim ele entendeu. Só demorou um ano — provocou Andrew.

— Você tem medo de quê?

— De altura.

— Andrew.

— Se obrigar o Kevin a vir atrás de você, vai se arrepender.

Neil se afastou do sofá sem dizer mais nada e foi se trocar. Puxou o uniforme com mais força do que o necessário, mas ainda murmurava irritado ao pisar na quadra. Levar uma bronca pelo atraso não ajudou em nada. Quase teve vontade de lembrar Kevin que os treinos extras não seguiam um cronograma obrigatório, mas daria no mesmo. Estavam ali porque tinham trabalho a fazer.

Realizou os exercícios com toda a intensidade e velocidade que conseguia, sabendo que se arrependeria no dia seguinte de manhã. Não se importava. Era mais difícil pensar quando o corpo inteiro doía. A exaustão por fim venceu o mau humor e, quando saíram da quadra, Neil não sentia mais nada.

A paz letárgica durou até que ele saísse do chuveiro e encontrasse Kevin sentado em um banco do vestiário. O olhar severo em seu rosto dizia que ele não ficara esperando para ser legal.

— Vocês resolveram? — perguntou Kevin.

— Resolvemos o quê? — perguntou Neil.

— Não se faz de idiota. Quando você está aqui, espero que esteja *de verdade*. Seus problemas com o Andrew se tornam nossos problemas assim que começam a interferir nos jogos. Você quer que a gente ganhe ou não?

— Não vem me dando sermão como se eu não soubesse o que está em jogo.

— Você me disse pra focar no time. É o que estou fazendo. Me certificando de que você não vai colocar nosso sucesso em risco.

— Não estou colocando nada em risco. Me atrasei dois minutos porque chamei o Andrew pra treinar com a gente.

— Foram cinco minutos, e não é pra fazer isso de novo. A gente não precisa de um favor do Andrew. Tem que ser por iniciativa própria, ou não vai adiantar de nada. — Kevin se levantou e gesticulou bruscamente para que Neil o seguisse. — Vamos embora.

Ao saírem, encontraram Andrew no lounge e se separaram no corredor do dormitório. Matt já estava dormindo, mas deixara a luminária acesa para que Neil se orientasse. Neil se trocou na penumbra. Quando foi desligar o abajur a caminho da cama, encontrou um bilhete manuscrito colado no interruptor de luz.

"Você tinha razão."

Neil guardou o bilhete na gaveta da escrivaninha e foi para a cama. Não fazia sentido pensar naquilo se dali a cinco horas estariam acordados, então ignorou os pensamentos e se forçou a dormir. Quando o alarme tocou, a sensação era de que tinha acabado de fechar os olhos. Neil se virou para desligá-lo e quase gemeu ao sentir a intensidade da dor em seu corpo. Teria que pegar leve no treino, ou Wymack iria arrebentá-lo.

Matt já estava pronto antes mesmo de se sentir desperto o bastante para conversar. Ficou parado, com os cadarços meio amarrados, e olhou para Neil.

— Você tinha razão. Eles fizeram uma promessa. Aaron e Andrew, quer dizer. Foi o que o Aaron contou para a Katelyn, pelo menos. Aaron fez um acordo com o Andrew no reformatório: se o Andrew ficasse ao lado dele até a formatura, Aaron ficaria ao lado dele depois. Sem amigos, sem namoradas, sem ninguém. Aaron não pode nem socializar com os colegas de equipe.

Neil passou os dedos pelo cabelo e verificou o curativo na bochecha.

— Aaron estava falando da formatura do ensino médio. Mas eles renovaram a promessa quando assinaram o contrato pra jogar aqui.

— Agora, Katelyn entrou no meio disso, mas Aaron não quer comprar essa briga. — Matt balançou a cabeça e terminou de amarrar os sapatos. — Katelyn contou para a Dan o que o Andrew fez com as outras namoradas que Aaron teve no ensino médio. Se a Katelyn não tem medo do Andrew, não está segura. Será que o Andrew é tão maluco a ponto de atacar alguém tão importante pro Aaron?

— Aaron fez uma promessa — afirmou Neil, escolhendo as palavras com cuidado. — E Andrew vai fazer com que ele cumpra. Não é tão absurdo quanto parece.

Neil quase havia se esquecido de que os veteranos não conheciam os problemas dos gêmeos. Ele mesmo só descobriu na segunda viagem ao Eden's Twilight, mas naquele momento a guerra fria entre ambos era escancarada. Katelyn era importante para Aaron, e isso a colocava em perigo. Aaron não queria comprar essa briga por ter medo demais de enfrentar o irmão ou por achar que ganhava mais se não se metesse?

E o mais importante: por que Andrew concordara em estender o acordo? Será que ainda estava punindo Aaron por ficar do lado da mãe deles, ou achava que o tempo faria a diferença? A última opção parecia improvável, mas Neil estava mais inclinado a acreditar nela. Em Colúmbia, quando Drake deixou Andrew imóvel e empapado em sangue, a única coisa que importava para Andrew, a única pessoa que ele queria ver era Aaron. O trauma que acabara de sofrer era irrelevante; ele se importara apenas com o sangue que havia espirrado na pele do irmão.

Andrew e Aaron fizeram isso um com o outro e estavam em um impasse. Não queriam se aproximar e não conseguiam partir. Novembro deveria ter sido o catalisador, mas a prisão de Aaron e o exílio de Andrew em Easthaven obrigaram os dois a se recuperarem daquele pesadelo longe um do outro. Fazia uma semana que Andrew voltara, e Neil tinha certeza de que os dois ainda não haviam conversado sobre aquela noite, assim como nunca haviam conversado sobre as razões por trás da morte de Tilda Minyard.

Aaron o ignoraria se Neil tocasse no assunto, e ele não tinha um segredo grande o bastante para persuadir Andrew a falar com o irmão. Kevin jamais se envolveria na situação, e Andrew não daria a mínima para Nicky. Wymack prometera não se meter nos problemas pessoais dos atletas, ainda que tivesse ultrapassado esse limite dias atrás, pela segurança da equipe. Renee poderia chamar a atenção de Andrew e fazê-lo pensar em uma reconciliação, mas Aaron não se interessaria em nada que ela tivesse a dizer.

Sobravam poucas opções, e Neil deletara o número de Betsy Dobson do celular no mesmo dia em que Andrew a programara como um contato de emergência. Aaron comentou que não falava com Betsy, mas era impossível que não tivesse percebido a conexão que Andrew tinha com ela. Talvez permitisse que Betsy fosse a mediadora de uma sessão confidencial. Caso se recusasse, Katelyn poderia ajudá-lo a se decidir. O verdadeiro desafio seria fazer Andrew concordar. Mesmo que suas opiniões sobre Betsy não tivessem mudado agora que estava livre dos remédios, convencê-lo a se abrir com Aaron seria quase impossível.

Neil se perguntou se Betsy sequer sabia que os irmãos tinham problemas entre si.

— Neil?

Ele olhou para a frente e viu Matt parado na porta do quarto. Estava tão absorto em pensamentos que não havia notado que o companheiro saíra da suíte. Matt pareceu um pouco perplexo ao encontrar Neil exatamente onde o havia deixado.

— Tudo bem? A gente precisa ir.

Se Neil se atrasasse para o treino duas vezes seguidas, era bem provável que Kevin o colocasse no banco por puro despeito. Neil pegou as chaves da cômoda.

— Tudo bem. A Dan enviou pra você os horários de tutoria do Aaron? — Quando Matt assentiu, Neil disse: — Mudei de opinião. Pode deixar que eu lido com ele. Tive uma ideia.

Matt encaminhou a mensagem para ele, enquanto Neil trancava a porta da suíte. Neil sentiu o celular vibrar no bolso, mas não o abriu no caminho para o estádio. A tela era pequena demais para que conseguissem ler por cima do ombro, mas Nicky ia querer saber quem estava mandando mensagens para Neil tão cedo. Ele teria que conseguir os números de Betsy e Katelyn mais tarde. Com sorte, Dan teria ambos salvos.

Passaram a manhã em um treino de força na academia. Neil voltou para o dormitório com o grupo de Andrew, mas parou no quarto das meninas para retocar a maquiagem que cobria os hematomas. Sua aparência tinha melhorado agora que estava havia uma semana fora do alcance de Riko, mas ainda precisaria esconder os machucados por mais alguns dias. Ainda assim, teria que usar a atadura no rosto durante muito tempo após estar curado, e ainda não contara aos veteranos o que estava escondendo ali embaixo. Andrew e os outros já sabiam e, por isso, não fazia sentido continuar postergando.

— Allison — falou ele, para avisá-la que estava prestes a se mexer.

Ela tirou a mão, e Neil tocou a fita adesiva em seu rosto. Não sabia onde era seguro tocar, uma vez que sua bochecha estava insensível sob as camadas de corretivo. Quando Allison entendeu o que ele estava tentando fazer, tirou a mão de Neil do caminho. Agarrou a ponta da fita com as unhas compridas e arrancou o curativo em um movimento suave.

Levou meio segundo para compreender, depois se levantou.

— Tá de sacanagem — exclamou ela, em um tom estridente.

Dan estava na cozinha tomando café da manhã e Renee, no quarto, mas a explosão de Allison fez as duas aparecerem correndo. Dan, à esquerda de Neil, foi a primeira a ver. Parou por apenas um instante. A seguir, já tinha cruzado o quarto até o sofá, no lugar em que Allison estava sentada. Neil não sabia que ela conseguia se mover tão rápido.

— Isso só pode ser piada — disse Dan, agarrando o queixo de Neil. —Neil?

— Ele mandou eu me transferir pros Corvos. Disse que eu poderia ficar com as Raposas até o fim do ano, mas que teria que me mudar pra Edgar Allan no outono. Fizeram essa tatuagem como preparação, e eu não consegui impedir. Queria que vocês soubessem agora, caso Riko comente alguma coisa. Ainda sou uma Raposa, não importa o que ele disser. Não vou assinar os papéis.

— Tira isso — ordenou Dan.

— É permanente — respondeu Neil.

— Nada é permanente. Tira. Matt pode pagar.

— Se ele não pagar, eu pago — afirmou Allison. — Não quero ver isso em quadra. Já não basta a marca de gado na cara do Kevin estragando o clima.

— Kevin sabia disso, não sabia? — interrompeu Dan, furiosa. — Sabia o que Riko ia fazer e mesmo assim deixou você ir. Da próxima vez que encontrar com ele...

— Você não vai fazer nada — interrompeu Neil. — Kevin não tinha o direito de me impedir.

— Ele fez você ir no lugar dele.

— Não. Kevin não teve nenhum dedo nisso. Ele sabia que não era por causa dele.

Dan não esperava por isso. A raiva deu lugar à confusão.

— Você disse que o Riko estava tentando chegar até o Kevin.

— Eu disse que ele se concentrou em mim por causa do meu relacionamento com o Kevin — corrigiu Neil. — Mas não foi por isso que eu fui. Só achei que vocês precisavam saber da tatuagem antes do início da temporada.

Dan permitiu que ele se levantasse, mas o segurou pelo cotovelo antes que se afastasse. Neil olhou para a colega, mas ela estava mirando o nada. Demorou um minuto até que falasse.

— Você nunca planejou passar o Natal em casa, né? Todo aquele papo sobre seu tio ter ido pro Arizona... você inventou só pra gente não encher seu saco ou pra ninguém ficar se perguntando por que você não foi pra Nova York com o Kevin.

Não adiantava negar.

— Sim.

— Entendo que você não confie cem por cento na gente — comentou Dan. — Não gosto, mas acho que nos saímos bem em evitar o assunto o ano todo. Não pressionamos você a contar mais do que se sentia confortável e nem perguntamos por que você é do jeito que é. Então, não faz isso com a gente. Não fica sentado aí mentindo na nossa cara. — Ela finalmente ergueu os olhos para Neil, a frustração cravada no canto da boca. — Somos seus amigos. Merecemos mais do que isso.

— Se vocês sempre tivessem o que merecem, não seriam Raposas. — Neil se livrou das mãos de Dan. Ela permitiu que Neil se afastasse sem protestar, parecendo um pouco assustada com aquela resposta tão direta. Neil tentou, sem sucesso, minimizar a culpa que sentia. — Nunca tive amigos. Não sei como funciona. Estou tentando, mas vai demorar.

Tempo era algo que ele não tinha, mas não valeria a pena mencionar isso. Dan aceitou as desculpas e a promessa, assentindo cansada, e as colegas permitiram que ele fosse embora. Neil parou no banheiro de sua suíte para cobrir a tatuagem com um novo curativo. Ainda tinha um tempo livre antes da aula, então se sentou na mesa com alguns livros. Tinha a intenção de revisar as anotações das aulas anteriores, mas acabou desenhando patas de raposas nas páginas até dar a hora de sair.

Não mandou mensagem para Dan até a hora do almoço, para que ela tivesse algumas horas para se acalmar. Devia tê-lo perdoado ou se esquecido do que ocorrera de manhã, porque respondeu quase no mesmo instante com os números que ele precisava. Neil acabou salvando os dois no celular. Nicky tinha o hábito de enviar tantas mensagens que sua caixa de entrada ficava lotada, e Neil não poderia se dar ao luxo de perder aqueles contatos.

Decidiu falar com Katelyn primeiro. Ela devia estar em alguma aula, porque demorou quase uma hora para responder. Precisaram trocar apenas algumas mensagens para perceber que não teriam tempo de se encontrar naquele dia. Ela prometeu que arranjaria tempo para conversar com ele no dia seguinte, e Neil teve que se contentar com isso.

Naquela tarde, finalmente obteve a confirmação que procurava: ainda que Andrew não estivesse mais tomando remédios, ainda tinha sessões semanais com Betsy. Neil sabia a que horas começavam os encontros e presumiu que Betsy teria uma pequena brecha entre uma consulta e outra, antes que Andrew aparecesse à porta. Assim que Neil soube que Andrew estava a caminho de Reddin, tomou coragem e ligou para o escritório de Betsy.

Ela atendeu no segundo toque.

— Dra. Dobson — disse a terapeuta em um tom agradável.

— É o Neil. — Então ele continuou antes que ela pudesse fingir que estava surpresa ou satisfeita em ter notícias dele. — Preciso de um sim ou não. Se a gente conseguir convencer o Aaron e o Andrew a fazerem sessões conjuntas, você pode dar um jeito no relacionamento dos dois?

Betsy ficou em silêncio por alguns instantes, até que falou:

— Posso tentar, com certeza.

— Não é pra tentar. Não é pra achar. Isso é muito importante. Você pode ou não pode?

— Sim. — Dava para ouvir o sorriso em sua voz: não de diversão, mas de aprovação. — Se você conseguir trazer os dois aqui, posso cuidar disso. Neil? — disse a terapeuta, enquanto ele começava a tirar o aparelho do ouvido. — Gosto desse seu lado sincero.

Neil desligou na cara dela.

Era muito cedo no ano para a biblioteca estar lotada, então Neil encontrou Katelyn com facilidade. Estava com uma xícara enorme de café ao lado, e ele ficou tentado a dar uma passadinha na cafeteria para pegar uma bebida. Mas não queria dar a impressão de que iria se demorar, então atravessou o corredor até a mesa dela sem fazer paradas. Um livro de bioquímica foi colocado de lado enquanto ela grifava partes relevantes de suas anotações. Aaron tinha o mesmo livro no quarto, pois estudava ciências biológicas. Neil imaginou que tinham se conhecido por fazerem cursos similares e terem as mesmas aulas.

Quando ele se aproximou, Katelyn ergueu o olhar e fechou o caderno.

— Neil, oi! Sei que só faz algumas semanas, mas parece uma eternidade. Como foi o Natal?

— Bom. E o seu?

— Ai, meu Deus, foi incrível. — Katelyn juntou as mãos em alegria. — Minha irmã finalmente descobriu que vai ter um menino, então passei a maior parte do tempo comprando coisas pra ele. Mamãe me disse que estou exagerando, mas sei que ela também está animada.

No mês anterior, ela tinha comentado que a irmã estava grávida, mas Neil não se lembrava dos detalhes. Agora prestava um pouco de atenção enquanto ela divagava alegre, à procura de palavras-chave que indicassem que havia terminado de contar, em detalhes, todas as coisas incríveis que comprara nas liquidações de inverno. Não levou muito tempo até que ela se lembrasse que não estavam ali para fofocar, então se recompôs com um sorriso tão tímido quanto feliz.

— E aí, o que você queria conversar? Você disse que queria falar do Aaron?

— Aaron precisa de ajuda. Estou tentando conseguir isso pra ele — disse Neil.

Katelyn ficou séria em um piscar de olhos.

— São os pesadelos de novo, né? Ele disse que tinha melhorado. Ele prometeu que…

Katelyn gesticulou, frustrada ou se sentindo impotente, e pressionou os dedos no lábio inferior, trêmulo.

— Pesadelos — repetiu Neil. Não era o rumo que achava que a conversa tomaria, mas dava para adivinhar o que perturbava Aaron. — Por volta de novembro, você quer dizer.

— Ele não quer deixar isso o afetar. Disse que Drake merecia coisa pior. Que ficava feliz de ter feito aquilo. Mas desejar a morte de alguém e matar essa pessoa são coisas muito diferentes. Quero muito conversar com ele sobre isso e fazer tudo que posso para ajudar, mas ele não me ouve quando digo que vai ficar tudo bem.

— Ele precisa falar com o Andrew — objetou Neil.

Katelyn deu uma risada abafada.

— Ele não vai fazer isso.

A garota sabia o que os veteranos não tinham ideia: Aaron e Andrew mal conseguiam ficar perto um do outro, na melhor das hipóteses. Talvez precisasse saber, já que a briga deles era o motivo por que ela permanecia afastada de Aaron. Neil refletiu que ela teria boas chances de ficar com Aaron a longo prazo.

— Ele precisa — endossou Neil. — Eles precisam um do outro. Só não sabem como dar o primeiro passo. É aí que você entra.

Katelyn analisou o rosto de Neil por alguns instantes, então disse:

— Por quê?

— Por que você? — perguntou Neil.

— Por que *você* — corrigiu ela. — Aaron não...

Ela era legal demais para completar a frase, mas Neil não teve problemas em preencher as lacunas.

— Aaron e eu nos damos bem quando precisamos e nos evitamos quando podemos. Não vou mentir e dizer que estou fazendo isso pelo bem dele. No fim das contas, não me importo se ele está bem. Só me importo com a equipe. Não podemos vencer sem eles. Aliás, meus motivos pouco importam, desde que todo mundo fique feliz no final, certo?

— Importam pra mim. Eu amo ele.

— Então me ajuda a ajudar ele — retrucou Neil.

Katelyn pressionou os lábios em uma linha fina enquanto ponderava.

— Então fala.

— Aaron já mencionou a dra. Dobson pra você? Ela trabalha na Reddin e é a terapeuta de referência da equipe. Está disposta a fazer sessões em grupo com Andrew e Aaron.

— Aaron já falou dela antes. Disse que é pura perda de tempo.

— Porque ele não aproveita o tempo com ela como deveria — retrucou Neil, ignorando a própria hipocrisia. — O lado bom é que não importa o que o Aaron pensa. Dobson já teve consultas com os dois. Já faz um ano e meio que acompanha o Andrew. Se achasse que não conseguiria consertar a relação deles, seria honesta e teria admitido. Se conseguirmos levar os dois até o consultório ao mesmo tempo, ela pode fazer com que conversem.

— Você quer que eu convença o Aaron— concluiu Katelyn.

— Você convence o Aaron, e eu convenço o Andrew.

— E você acha que consegue?

— Eu preciso.

— Mas como? — insistiu Katelyn. — É uma pergunta sincera, porque não sei como convencer o Aaron. Ele não quis me ouvir da última vez que falei que ele precisava de ajuda.

— Então não diga que é por causa dele. Diga que é por sua causa. Você pode consertar isso aqui e agora. Para de só ficar assistindo e faz ele lutar por você.

— Acho que não posso usar a carta do "nós" contra ele. Não é justo.

— Mas isso é? — Neil gesticulou para ela. — Olha, não consigo convencer o Andrew da noite pro dia, então você tem um tempinho pra pensar. Mas quando Andrew estiver pronto, você vai ter que escolher um lado. Espero que seja o lado certo.

Ele se levantou e saiu, e ela não o chamou de volta.

CAPÍTULO CINCO

As aulas do dia 12 de janeiro foram o mais puro desperdício de tempo das Raposas. Neil tinha duas aulas logo cedo e, apesar de ter comparecido, não absorveu nada do que foi falado. As vozes dos professores estavam mais para um ruído de fundo; os textos que escreviam na lousa se transformavam em táticas em jogo. Ainda que estivesse com a caneta na mão, o caderno permaneceu em branco. Teria que pegar as anotações dos colegas de classe emprestadas depois, mas nada daquilo importava naquele dia. Tudo o que importava era que tinham um voo às 13h20 saindo do Aeroporto Regional.

O jogo estava marcado para começar às 19h30, mas Wymack queria que estivessem em Austin duas horas antes. De acordo com ele, não confiava no tempo no inverno. Neil tinha certeza de que a paranoia do treinador trouxera azar. Chovia sem parar, e a baixa temperatura fazia parecer que as ruas congelariam, o que o deixou preocupado com a possibilidade de o voo atrasar. Graças a uma escala de noventa minutos em Atlanta, tinham um tempo extra, mas Neil estava com medo mesmo assim. Se perdessem o primeiro jogo do campeonato por um motivo tão bobo quanto a mudança de tempo, jamais se perdoaria.

A chuva era tão intensa que de nada adiantava usar um guarda-chuva, então ele colocou o capuz na cabeça e correu de volta até a Torre das Raposas. Olhou de relance para o céu na esperança de enxergar onde as nuvens escuras acabavam, e foi recompensado com uma chuva intensa nos olhos. Neil esfregou a mão no rosto e disparou quando encontrou uma brecha no trânsito da Perimeter Road. Um atleta que descia em direção à aula escorregou e caiu, xingando. Já estava de pé de novo antes que Neil o alcançasse, mas aquilo serviu de lição para que ele diminuísse a velocidade. Não sobrevivera à crueldade de Riko para ser incapacitado pela própria falta de paciência.

As quatro placas de CUIDADO no lounge soavam como um exagero, mas ainda assim Neil derrapou um pouco no chão molhado. Ele se apoiou na parede para se equilibrar e passou a carteira embaixo do sensor próximo ao elevador. O sensor em sua carteirinha de estudante era tão forte que fez a conexão mesmo através do couro. Quando os botões se iluminaram, Neil apertou a seta para cima e entrou no primeiro que chegou. O chão estava cheio de água, então ele se segurou firme no corrimão até o terceiro andar. Pegadas molhadas manchavam o corredor acarpetado. Ele acrescentou as próprias pegadas ao caos enquanto caminhava a passos pesados para o quarto.

Colocou roupas secas, mas mesmo assim não se sentiu aquecido, então se esparramou no sofá com um cobertor. Não se lembrava de ter adormecido, mas acordou com o barulho da porta. Matt parecia alguns centímetros mais baixo com o cabelo molhado grudado na cabeça. Apesar do estado deplorável, sorria ao entrar. Chamou a atenção de Neil com um gesto, mas não falou nada até fechar a porta.

— Acabei de ver a Allison — comentou Matt.

— Encharcada? — Neil adivinhou.

— Seria o eufemismo do ano. Acho que o guarda-chuva dela quebrou. Estava num estado terrível. Eu disse que ia tirar uma foto para colocar no anuário, e ela falou que ia cortar minhas bolas fora com as unhas. Aposto cinco dólares que a Dan vai ter que empurrar ela porta afora quando a gente tiver que sair.

— Ela sabe que a gente precisa dela.

— Quer dizer que você topa a aposta?

— Eu não faço apostas — retrucou Neil.

— Ainda? Em nada? — Matt atravessou a sala para colocar a mochila na mesa. — A gente tem tipo o quê, umas dezesseis apostas rolando agora, e você não quer participar de nenhuma? Bom, catorze que você pode participar. Já tem bastante dinheiro rolando em algumas e aposto que você conseguiria ganhar.

— Por que catorze? E as outras duas?

— Não pode apostar em você mesmo — respondeu Matt. — Isso seria trapaça.

Neil inclinou a cabeça para trás a fim de olhar para Matt.

— Não sabia que vocês estavam apostando em mim.

— A gente já apostou em todo mundo em algum momento — explicou Matt. —Você sabia que a maioria do time apostou contra mim e Dan? Achavam que eu não teria coragem de convidá-la pra sair e sabiam que ela nunca ia me dar uma chance. Ela meio que odiava homens quando a gente se conheceu. Queria que fosse por causa do tempo que passou trabalhando no clube de strip-tease, mas na verdade acho que foi por causa dos caras com quem o treinador a fez jogar no primeiro ano. Até a Allison disse que seria melhor eu nem tentar.

— E você tentou mesmo assim.

— Durante um ano. Renee ganhou uma bolada quando a Dan finalmente aceitou. Foi a única que apostou na gente. Quase sempre aposta em casos perdidos.

Andrew chamara Neil de caso perdido no ano anterior, enquanto tapava sua boca com a mão para impedi-lo de argumentar. Ao pensar naquele momento, com todas as peças que faltavam para o argumento fazer sentido, Neil sabia que não era a ele que Andrew estava tentando silenciar. Agora, aquela autocensura era fascinante. Renee deve ter contado para Andrew que havia confessado sobre a sexualidade dele para Neil, e Andrew não tentou se esquivar da verdade quando Neil perguntara sobre isso na sexta-feira anterior. O que será que Andrew tinha achado que ele ia dizer naquele mês de novembro?

Não importava; não deveria importar. Andrew não queria fazer nada a respeito da atração que sentia e, de todo modo, Neil não podia permitir que as pessoas se aproximassem. Fora criado assim. Era graças a esse isolamento que conseguira sobreviver. Tinha sorte de estar tão alheio a tudo à medida que o fim se aproximava. Havia quebrado todas as outras regras que a mãe estipulara. O mínimo que podia fazer era se manter fiel à única que restava.

— Foi por isso que você apostou no Andrew e na Renee — concluiu Neil, porque não podia, não queria pensar naquilo.

— Bom, sim — concordou Matt. — Por um tempo, Renee era a única pessoa com quem Andrew conversava fora do grupinho dele. Renee dizia que eles tinham muita coisa em comum e que não era nada sério, mas ele deixava ela dirigir o carro dele. É um GS, Neil. Não se empresta um carro desses pra qualquer pessoa.

Neil ergueu a mão acima da cabeça para indicar que não havia entendido.

— Não entendo nada de carros.

— Estou dizendo que depois que ele fez algumas mudanças, o carro passou a custar quase seis dígitos — explicou Matt.

Neil se endireitou e se virou para olhar para Matt.

— Como é que é?

Ele sabia que Andrew tinha gastado grande parte do seguro de vida de Tilda no carro; Certa vez, Nicky brincara que Andrew escolhera o veículo que o faria acabar com a herança mais rápido. Neil não perguntou quanto dinheiro ganharam com a morte dela, mas só de olhar para o carro percebia que fora um desperdício colossal de recursos. Ele se sentiu mal ao saber aproximadamente quanto Andrew havia pagado. De repente, seu chaveiro pareceu pesar uma tonelada a mais e Neil se esforçou ao máximo para não tirá-lo do bolso.

— É quase tão caro quanto o Porsche da Allison, e dois meses depois de conhecer a Renee, ele já estava deixando ela dirigir. Você pode me culpar por apostar dinheiro neles? Eu tinha certeza de que eles iam ficar juntos, cara — concluiu Matt.

A fala no passado chamou a atenção de Neil.

— Você mudou de ideia?

— Mais ou menos. Mas regras são regras. Depois de colocar o dinheiro no bolão, você não pode mudar de lado. Mas pode entrar em outro bolão e apostar o contrário, então quem sabe eu até recupere parte do dinheiro. Mas caralho! Já passou do meio-dia. A gente precisa começar a se mexer. Se quiser levar alguma coisa pro voo, é bom pegar agora.

Matt saiu sem dar tempo a Neil de perguntar o que o tinha feito mudar de opinião sobre as chances de Renee. Resolveu deixar aquilo de lado e pegou as anotações que fizera sobre a escalação da UT. Matt sorriu deliberadamente, quase compassivo, ao ver o que ele segurava. Neil fingiu não dar bola e trancou a porta da suíte quando saíram. As garotas esperaram até que Matt as alcançasse, mas Neil passou por elas e foi até o grupo de Andrew.

Enquanto Neil se aproximava, o carro de Andrew parecia cada vez mais um monstro completamente diferente. Já se sentia bem o bastante para se sentar no banco de trás com Nicky e Aaron, mas Kevin entrou com eles antes que Neil desse a sugestão.

No pouco tempo que levaram para ir do alojamento para o carro e do carro para o estádio, as Raposas ficaram encharcadas. Allison nem se deu ao trabalho de abrir um guarda-chuva dessa vez, mas usava uma segunda capa acima da cabeça para proteger o cabelo recém-arrumado e a maquiagem. Estava mais seca do que os outros, mas ainda assim xingava sem parar quando entraram no lounge. Wymack recebeu a chegada barulhenta deles com sua habitual falta de paciência e os conduziu pelo corredor para que pegassem os equipamentos.

Foram com o ônibus da equipe até o Aeroporto Regional, já que era mais barato deixar um único carro na garagem do que três. Voltar àquele lugar fazia Neil pensar em sua viagem para a Virgínia Ocidental, então ele se concentrou nos companheiros de equipe para impedir que lembranças sombrias o dominassem. Foi por um triz, ao menos até que Wymack olhasse curioso para ele, que retribuiu o olhar e escolheu não pensar em Riko. Ocupou a mente com o momento em que voltara para casa, quando o treinador largara o que estava fazendo para ir buscá-lo, um gesto de apoio em um momento que Neil estava prestes a desmoronar. Neil sentiu o aperto no peito se afrouxar um pouco e assentiu à pergunta silenciosa de Wymack.

Estavam adiantados quando passaram pelo check-in e pela segurança e saíram terminal afora, à procura do portão de embarque. Era quase no fim do terminal, após os banheiros e uma dúzia de lojas. Havia uma cafeteria no meio do caminho, e o cheiro de café e de massa folhada quentinha quase bastou para distraí-los. Wymack os chamou de volta à realidade com falas grosseiras e ameaças não muito convincentes.

As Raposetes haviam chegado ao aeroporto antes deles e estavam próximas ao portão. Neil olhou para além delas, no quadro de avisos eletrônico acima da mesa. Dizia "Atlanta — 13h20", então, apesar do mau tempo, a companhia aérea tinha confirmado o voo. Neil escolheu acreditar, uma vez que o avião já estava parado do lado de fora.

Quando receberam a autorização de Wymack, as Raposas se dispersaram, metade indo olhar pela janela e os outros largando as bagagens de mão na primeira cadeira vazia que encontraram. Neil levou apenas alguns instantes para perceber que Andrew não tinha se mexido. Olhou para ele, mas Andrew olhava pela janela. Neil seguiu o olhar dele e viu um avião decolar na pista.

Os outros não estavam tão perto e não conseguiriam ouvir, então Neil comentou:

— Quando você disse que tinha medo de altura, era só brincadeira, né? — Aguardou pela resposta de Andrew e, quando esta não veio, complementou: — Andrew, não é possível. O que você estava fazendo no telhado?

Andrew não respondeu na hora, mas o jeito como inclinou a cabeça para o lado indicava que estava pensando. Não dava para saber se ele estava procurando as palavras ou decidindo que explicação queria dar.

Por fim, Andrew levou a mão ao pescoço e sentiu a pulsação. Quando encontrou, bateu o dedo de acordo com o ritmo. Estava mais rápida do que deveria. Neil colocou a culpa no lugar em que estavam.

— Sentindo — respondeu Andrew, por fim.

— Tentando lembrar a sensação do medo ou como sentir qualquer coisa que seja? — perguntou Neil, mas Andrew não respondeu. Ele decidiu tentar uma estratégia diferente. — Se ajuda, caem menos de vinte aviões por ano e nem sempre é por culpa do tempo. Às vezes os pilotos simplesmente não são confiáveis. Tenho certeza de que a morte é bem rápida de qualquer maneira.

Andrew parou de mexer a mão.

— Qual é o nome dele? — Ele olhou para Neil, que franziu a testa, confuso. — Do seu pai. Qual o nome dele?

Neil quase ficou sem fôlego. Não queria responder, não queria que aquele nome pairasse no ar entre eles, mas era a vez de Andrew no jogo que estavam jogando. Não podia se recusar a responder. Tentou se consolar ao pensar que Andrew não teria jogado tão baixo se não tivesse se abalado com a provocação de Neil, mas de nada adiantou. Olhou para as Raposas, se certificou de que não conseguiriam ouvir e, ainda assim, se aproximou mais de Andrew.

— Nathan — respondeu, enfim. — O nome dele é Nathan.

— Você não tem cara de Nathan.

— E não sou. Meu nome é Nathaniel — explicou, sentindo a garganta apertar.

Andrew o estudou por mais um minuto, então se virou sem dizer nada e voltou a observar as pistas. Neil recuou, em busca de espaço para respirar e para afastar a dor nauseante. Quando Neil se aproximou, Nicky passou o braço com cuidado por seus ombros.

— Puro favoritismo — reclamou Nicky. — Sabia que ele deve ter dito dez palavras pra mim desde que a gente buscou ele em Easthaven? Eu ficaria com ciúmes se não fosse contra a minha natureza morrer jovem. Enfim, ainda tem um tempinho antes da decolagem. Quer vir tomar um café com a gente?

No fim das contas, metade da equipe e boa parte das Raposetes foram tomar café juntos. Nicky dissera que tinham tempo de sobra, mas ninguém havia contado com o fato de que a fila fosse se mover tão devagar. Quando finalmente voltaram para o portão com as bebidas, o embarque já havia começado.

Quando entraram na fila, Neil ficou de olho em Andrew, à espera de que ele hesitasse. Talvez Andrew tenha notado, pois seguiu os companheiros de equipe até o avião com uma expressão de puro tédio. O fingimento durou até que todos estivessem nos assentos e os comissários passassem as instruções de segurança. Andrew levara apenas uma caneta para a cabine. Revirou o objeto diversas vezes nas mãos, enquanto a tripulação demonstrava como usar as máscaras de oxigênio a bordo. Kevin, sentado entre Neil e Andrew, nem ligou. Neil achou que já estivesse acostumado com um Andrew inquieto. Ele próprio só sabia o motivo da agitação porque, ao perguntar do que ele sentia medo, Andrew fora sincero.

Neil olhou pela janela, mas chovia tanto que quase não dava para distinguir a asa do avião; tudo não passava de luzes turvas. Quando os comissários começaram a caminhar pela cabine, ele fechou as janelas. A decolagem nunca parecera tão complicada, mas Neil imaginou como tal processo poderia ser demorado para alguém que não queria voar. Quando por fim estavam percorrendo a pista, arriscou-se a olhar para Andrew de novo.

Sua expressão permaneceu a mesma quando o avião saiu do chão, mas ele ficou tenso e parou de mexer a caneta durante toda a subida. Quando atingiram altitude de cruzeiro, voltou a agir normalmente. Era impossível que não notasse os olhares de Neil, mas manteve os olhos semicerrados em direção ao espaldar do assento à frente.

Tinham algum tempo livre em Atlanta, então Wymack deixou que vagassem pelo aeroporto durante uma hora, assim que confirmou que o portão de embarque não havia mudado. O grupo de Andrew passou a maior parte do tempo indo de uma loja a outra. Aaron escolheu um livro, enquanto Nicky se entupiu de porcarias. Andrew desapareceu, mas Neil o encontrou próximo a uma vitrine de estatuetas depois de algum tempo. Era estranho que ele se distraísse com aquilo, mas Neil não tinha tempo de pensar no assunto. Kevin e Nicky estavam a dois segundos de cair na porrada porque Kevin estava tentando colocar as guloseimas de Nicky de volta na prateleira.

— Não é só pra mim — insistiu Nicky, tentando sair das garras de Kevin sem derrubar nada. — Tem pra todo mundo.

— Ninguém precisa comer isso antes do jogo. Se está com fome, pode comer granola ou uma barra de proteína — retrucou Kevin.

— Se liga, tem proteína na manteiga de amendoim. Me solta antes que eu conte pro Andrew que você tá miguelando chocolate. Mandei me soltar. Você não manda em mim. Ai! É sério que você me bateu?

— Vou sair daqui e fingir que não conheço vocês — disse Aaron.

— Traidor — vociferou Nicky.

— Kevin, solta ele logo. Não vale a pena brigar por isso — protestou Neil.

— Se um dos nossos defensores for lerdo, todo mundo paga o pato — respondeu Kevin.

— Você não pode estar falando sério. Sabe quantas horas ainda faltam pro jogo? Até lá, tudo isso já vai ter saído do meu corpo. Você pode vir me assistir cagar se não acredita. Não achei que você curtia esse tipo de coisa, mas... Rá — exclamou Nicky quando Kevin saiu irritado, então olhou para Neil com um sorriso triunfante, ignorando os funcionários da loja que os encaravam. — Eu sou o mestre da persuasão.

— Ou da autoilusão — comentou Neil.

Nicky ergueu as sobrancelhas.

— Ai, meu Deus, isso foi uma tentativa de piada? Doeu? Não, mas falando sério — acrescentou Nicky, quando Neil se virou para sair —, o que foi que deixou você de tão bom humor?

Quando Neil se virou, Andrew voltou ao seu campo de visão. A luz brilhava na estatueta de cristal nas mãos dele, estendida para um dos caixas. Neil estava longe demais para ver qual fora a escolhida, mas não precisava saber. Seus pensamentos estavam em uma prateleira de animais brilhantes, todos equidistantes uns dos outros. A surpresa duelou com o alívio e deu lugar a uma pontada de autossatisfação. Neil não entendia o que Andrew via em Betsy, mas já não se importava com isso. Fizera certo ao depositar suas fichas nela. Betsy iria consertar a relação dos irmãos, e a equipe finalmente estaria unida. Os Corvos iriam ficar desesperados na próxima vez que se enfrentassem em quadra.

— Ei, Neil, você tá me ignorando? — perguntou Nicky.

— Só pensando no jogo de hoje. — Neil mentiu. — Espero aqui enquanto você vai pagar.

Nicky deu de ombros e foi até o próximo caixa livre. Andrew foi buscar Kevin e depois voltou para perto de Neil, e Aaron foi ao encontro deles quando Nicky ligou. Retornaram juntos para o portão e se acomodaram ali até a hora do embarque. Estava nublado em Atlanta, mas não chovia. O embarque e a contagem foram rápidos, e o avião decolou com alguns minutos de antecedência. Neil foi discreto ao observar Andrew enquanto atingiam a altura de cruzeiro, então olhou pela janela e pensou na Universidade do Texas.

Neil nunca tinha ficado à espera de bagagem antes, já que ele e a mãe jogavam fora tudo o que não cabia na mala de mão. Era uma experiência bastante elucidativa e desagradável. As mesmas bagagens passavam tantas vezes pela esteira que Neil começou a achar que tivessem perdido as coisas da equipe. As Raposas pareciam entediadas, não preocupadas, e ele tentou controlar o pânico que sentia. Foi recompensado minutos depois, quando os pertences de Allison por fim caíram de uma rampa para a esteira. As outras malas vieram logo depois.

— Peguem tudo e enfileirem ali — ordenou Wymack, enquanto ele e Abby pegavam seus pertences.

As Raposas o seguiram até a área de Transportes Terrestres, onde Wymack reservara uma van de doze lugares. As malas ocuparam todo o porta-malas e boa parte do espaço para os pés, mas o importante era que conseguiram fechar a porta. Wymack desamassou um papel com as direções escritas à mão, olhou de soslaio para as anotações que fizera e dirigiu para a estrada. Pararam brevemente em um restaurante italiano para comer frango e macarrão. O treinador resmungou quando viu conta, mas a equipe sabia que não devia levá-lo a sério.

Quando chegaram, o estádio estava cheio de policiais e torcedores. Os seguranças ajudaram Wymack a encontrar um lugar para estacionar e a equipe foi escoltada até o vestiário. Estavam adiantados, então Wymack ligou todas as televisões que viu pela frente e analisou o público. A televisão mais próxima a Neil exibia os melhores momentos das partidas da primeira divisão que haviam ocorrido no dia anterior. Não foi nenhuma surpresa que metade das jogadas que valiam o replay vieram da vitória de quinze a oito dos Corvos. Neil assistira ao jogo no intervalo entre os treinos durante a noite.

Quando faltavam trinta minutos para o início da partida, foram para seus respectivos vestiários se trocar. Neil já não ficava surpreso quando se deparava com a falta de privacidade do vestiário masculino, mas os companheiros de equipe ficaram do lado de fora por tempo o bastante para que ele colocasse, com dificuldade, o uniforme e os equipamentos. Deixou o capacete e as luvas de lado, uma vez que ainda faltava certo tempo até que tivessem que ir para a quadra, e se juntou aos colegas na sala principal.

— Faça eles correrem algumas voltas. É bom darem uma olhadinha no lugar — Wymack instruiu Dan.

O estádio da Universidade do Texas era comparável à Toca das Raposas em tamanho. As equipes dos Touros-texanos e das Raposas tinham as mesmas cores, então as arquibancadas lotadas pareciam familiares e reconfortantes. Neil só precisava ignorar os gritos cheios de provocação dos torcedores quando as Raposas adentraram o território deles.

Dan os fez pararem após um quilômetro e meio, e eles correram de volta para o vestiário para se alongarem. Abby os esperava com garrafas de água. Wymack se encarregou dos equipamentos. Quando chegou a hora de ocuparem seus lugares no banco, Aaron e Nicky levaram o carrinho com as raquetes até a área técnica. As Raposetes apareceram e deram um jeito de encontrar o lugar reservado aos estudantes de Palmetto State. Dan fez a equipe acenar energicamente para cumprimentar as Raposetes e os torcedores animados. As Raposas foram recebidas com gritos empolgados.

Alguns segundos depois, os Touros-texanos passaram por eles em uma fila infinita. As Raposas jogariam com o uniforme branco com detalhes laranja, reservado para partidas como visitante, e os Touros--texanos com o uniforme laranja com detalhes brancos, para partidas em casa. Vê-los correr era desorientador; Neil torceu para não se confundir no calor do momento. Até a menor das hesitações em quadra poderia custar um gol.

As equipes entrariam em quadra para praticar assim que os Touros-texanos terminassem a corrida, então as Raposas pegaram as raquetes. Wymack esperou alguns instantes e depois bateu uma palma para chamar a atenção da equipe.

— Certo, vamos lá. Hora de levar isso a sério. Eles podem parecer mais amigáveis por usarem nossas cores, mas estão aqui por um único motivo: eliminar vocês logo de cara. Sonham em ser campões e sabem o que é preciso pra chegar na próxima fase. Hoje, o trabalho de vocês é garantir que fiquem a ver navios.

Abby olhou feio para ele, mas Wymack não retribuiu o olhar.

— Já repassamos a escalação deles um milhão de vezes. Todo mundo leu as anotações do Neil. Mostrei tudo que vocês precisavam saber. São atletas rápidos e perigosos, mas não são impossíveis de derrotar. O truque é prestar atenção no meio da quadra e, pelo amor do caralho, fiquem de olho nos meias.

— Vou fazer eles saíram da quadra mancando — prometeu Dan.

— Faça o que tiver que ser feito, mas não ouse levar um cartão vermelho. Isso serve pra todos vocês. — Wymack lançou um olhar penetrante para Matt, que sorriu. Isso de nada adiantou para tranquilizar os colegas de equipe, mas o treinador não perdeu tempo repetindo o aviso. — Meninas, se vocês começarem a perceber que a marcação está forte demais, chamem a defesa pra ajudar. Não me importo se isso significa deixar um defensor contra dois atacantes até vocês se recuperarem. Os goleiros vão fechar nosso gol. Certo?

100

— Vamos dar nosso melhor — disse Renee, com um sorriso enorme.

A torcida gritou ainda mais empolgada, quase histérica. Neil presumiu que os mascotes tinham surgido para provocar o pessoal das arquibancadas. Ele olhou para além de Wymack, ouvindo apenas em partes o que o treinador dizia, e seguiu a direção dos dedos que apontavam. Havia um camarote VIP ao lado da sala de imprensa, entre o banco das Raposas e o local em que as Raposetes ficavam. Dois guarda-costas analisavam a multidão em busca de potenciais ameaças, mas saíram do caminho quando perceberam que não precisavam se preocupar. Neil sentiu o mundo parar ao ver as tatuagens pretas e os cabelos escuros.

Wymack estalou os dedos à frente do rosto de Neil, que recuou tão depressa que acabou se chocando contra Kevin. Olhou rápido para o treinador, com a boca aberta em um pedido de desculpas que não conseguia proferir, mas Wymack não esperou. Ele se virou rápido para analisar a área técnica. Não demorou para ver Riko e Jean. Quando se voltou para a equipe, estava com a expressão mais sombria que Neil já vira.

As Raposas também os avistaram, e Matt foi o primeiro a reagir, furioso:

— O que eles estão fazendo aqui?

— Vou perguntar — disse Andrew, encaminhando-se naquela direção.

Wymack o obrigou a parar no primeiro passo.

— Você não tem permissão pra matar ninguém no primeiro jogo da temporada. Se preocupem menos com ele e mais com nosso ataque, entenderam? Foco, Kevin. Você também, Neil. Neil — disse, mais alto —, olha pra mim.

Neil percebeu que estava olhando para Riko de novo. Ele se obrigou a focar no treinador. Wymack parecia irritado, mas àquela altura, Neil já o conhecia bem demais. A irritação era pura preocupação. Neil optou por interpretar a expressão como decepção, pois assim seria mais fácil se sentir motivado. As Raposas precisavam dele para aquele jogo.

Não podia deixar que Riko o afetasse. Bloqueou todas as lembranças ruins que teimavam em surgir.

— Estou começando a achar que, no fim das contas, ele gosta de mim — disse Neil, com uma indiferença forçada.

A risada de Nicky soava falsa e seu sorriso não se refletia nos olhos, mas ao menos ele tentou.

— Quem conseguiria resistir a um gatinho que nem você, né? Sorte sua que sou comprometido, porque, nossa. Talvez eu consiga convencer o Erik a me compartilhar um pouco?

— Será que dá pra deixar de ser pervertido em quadra pelo menos uma vez? — perguntou Aaron.

— Se eu sou obrigado a ver você de nhe-nhe-nhem com a Katelyn, você vai ser obrigado a me ver trazendo Neil para o lado sombrio.

— Eu não fico de nhe-nhe-nhem com a Katelyn.

— Aham, não fica, não. Só fica de amorzinho à longa distância, o que é mil vezes mais enjoativo.

— Vocês têm dois segundos pra calar a boca antes que eu obrigue todo mundo a correr — avisou Wymack.

Nicky ficou quieto e lançou um sorriso rápido para Neil, que retribuiu com um risinho discreto. A discussão familiar dera uma esfriada na indignação das Raposas, e os veteranos olhavam de volta para Neil, e não para Riko. Andrew ficou parado do lado esquerdo de Neil, uma barreira de um homem só que o protegia da torcida. Quando Wymack voltou a olhar para Neil, este assentiu em silêncio.

— Onde eu estava? — perguntou Wymack.

— No ataque, acho — disse Neil, então se virou para Kevin. Ele estava pálido e olhava para Riko, mas Neil o cutucou até chamar sua atenção. — Já deixo avisado que se colocarem o Beckstein pra me marcar, vou ter que usar a parede pra passar o jogo todo. Ele é trinta centímetros mais alto do que eu, e se conseguir interceptar minha raquete em algum lance, vou voar longe e acabar me machucando feio.

Kevin abriu a boca para dizer alguma coisa, mas Andrew foi mais rápido e falou, calmo:

— Vinte centímetros. Ele só tem 1,80.

Neil e Kevin olharam surpresos para Andrew. Um sorriso discreto no rosto de Wymack indicava que o treinador percebia a importância do comentário e sabia o que isso significava para as possibilidades de uma vitória das Raposas. O restante da equipe não percebeu. Dan fez algum comentário para Allison sobre como compensar a possível desvantagem de Neil. Ele sabia que deveria participar da conversa, assim como Kevin, mas não conseguia acompanhar o que diziam.

A altura era, possivelmente, um dos detalhes mais cruciais na quadra de Exy. A altura de um jogador decidia a autoridade com que empunharia a raquete e determinava seu alcance. Para a maioria dos atletas, ter uma ideia aproximada da altura dos outros era o bastante; não importava se tinham alguns centímetros a mais ou a menos, porque o que importava era apenas ter uma noção do que enfrentariam. Usavam o número apenas para determinar o quanto seria complicado se esquivar dos marcadores.

Neil e Kevin sabiam a altura exata de cada defensor dos Touros-texanos porque não conseguiam jogar sem essa informação. Jogadores técnicos, como Kevin, usavam a altura do adversário para mapear seus pontos fracos. Ainda mais importante, ter esse dado possibilitava que ele comparasse o próprio alcance ao do marcador a fim de encontrar as melhores formas de exercer pressão. Era assim que conseguia passar pela defesa com tanta frequência.

Jogadores que se guiavam pelo instinto, como Neil, sabiam os pontos fracos dos adversários sem calcular ângulos e repetições. Se Wymack entregasse uma caneta para Neil e pedisse para desenhar o ponto cego de um defensor em um diagrama, ele não conseguiria, mas quando a partida estava rolando, identificava-o em um piscar de olhos. Ainda não era tão bom a ponto de aproveitar ao máximo essa intuição, mas Kevin dissera que um talento como aquele acabaria por garantir seu lugar na seleção.

Andrew não tinha por que saber a altura de Beckstein. Para começo de conversa, Beckstein era defensor. Se as Raposas jogassem como deveriam, Beckstein não teria como se aproximar o bastante do gol para arremessar. Ainda mais importante, Wymack dissera a altura dos Touros-texanos apenas uma vez, ao ler pela primeira vez a escalação da UT para a equipe. Essa estatística estava anotada no panfleto da primeira rodada que o treinador entregara na semana anterior, mas Andrew enfiara toda a papelada no armário na primeira oportunidade. Neil não o vira analisar os papéis uma única vez desde então.

Enquanto Wymack repassou a escalação dos Touros-texanos, Andrew parecia alheio, mas ouviu cada informação e guardou na mente. No outono passado, fora essa habilidade que os salvara na partida contra Belmonte. O treinador fizera um comentário aleatório sobre a cobrança de penalidades durante o intervalo. A partida não acabara na cobrança de faltas, mas com poucos segundos no cronômetro e uma enorme pressão nos ombros do atacante do Belmonte, Andrew soube que ele recorreria ao que já sabia. Defendeu um arremesso impossível sem titubear.

Neil olhou para Kevin, depois para Wymack, perguntando-se por que ninguém havia contado para ele que Andrew tinha memória eidética e se a equipe sequer teria percebido. Não resistiu a testar de novo. Repassou o ataque dos Touros-texanos em sua mente mais uma vez e se decidiu por uma atacante do quinto ano.

— Qual é a altura da Lakes?

— Vai procurar — respondeu Andrew.

— Me dá uma ajudinha, só dessa vez — pediu Neil. Andrew começou a se virar, então Neil enfiou os dedos com luvas nas redes da raquete de Andrew e puxou-as com cuidado. Tentou de novo, mais insistente: — Qual é a altura dela?

— É 1,68? — Matt tentou adivinhar.

— Não, 1,73 — corrigiu Andrew.

— Dá no mesmo.

Matt deu de ombros, desinteressado.

Neil soltou a raquete de Andrew e segurou a própria raquete.

— A gente vai ganhar.

— E você estava esperando que a gente fosse perder? — perguntou Dan.

— Não. — Seus lábios se retorceram e ele soube, pela forma como sua boca se esticou, que exibia o mesmo sorriso que o pai. Pressionou a luva no rosto, quase esmagando os dentes nos lábios. Sentiu o gosto de sangue antes de estar seguro para tirar a mão. Neil se reclinou um pouco e olhou para além de Andrew, onde Riko estava. — Fico feliz que ele tenha vindo. Vamos ver se a gente consegue dar um choque de realidade nele.

— Vamos — concordou Wymack. — Enfim, finjam que eu falei tudo o que era importante, porque agora já acabou o nosso tempo. Abriram os portões da quadra. Vamos começar os treinos de sempre, um contra um e três contra três. Vou ter que repetir porque você me obriga a falar isso toda santa vez: mantenha as porras das bolas do nosso lado da quadra, Andrew.

As Raposas pegaram os equipamentos que faltavam e entraram em quadra para começar o aquecimento. Neil ficou feliz em ter que pegar leve, porque estava mais interessado em analisar o estado de seu corpo do que em superar os goleiros da própria equipe. Quando viu Riko, cada um de seus machucados já a ponto de ficarem curados pareceu latejar, mas já não sentia quase nada. A única coisa que importava era sua equipe e a forma como ela se movia ao seu redor.

Tiveram que sair da quadra para o cara ou coroa. Dan ganhou, então as Raposas sairiam jogando. Wymack tinha alguns segundos antes de começarem a anunciar as escalações para reunir a equipe de novo.

— Lembrem-se: são duas de três vitórias para podermos avançar, e vocês não podem se dar ao luxo de perder o primeiro jogo da temporada. Atacantes, três gols de cada um, ou vou fazer vocês correrem uma maratona. Defensores, se fizerem merda, vão correr junto com eles. Meias: vocês conseguem. Renee, jogue do jeitinho que você sabe. Andrew, se tomar três gols ou menos durante o primeiro tempo, vou te comprar todo o álcool que você conseguir enfiar no seu armário.

O narrador anunciou as escalações titulares, chamando os jogadores para a partida. Neil assumiu seu posto no meio da quadra e olhou uma úl-

105

tima vez para Kevin. Por algum milagre, Beckstein seria o marcador dele. Kevin respondeu ao olhar com um menear de cabeça. Neil estava quase pulando no mesmo lugar de ansiedade, quando a buzina finalmente soou.

Durante um tempo, a partida pareceu equilibrada. Houve alguns conflitos, alguns incidentes e uma bela quantidade de xingamentos trocados. Wymack fez bem em avisá-los sobre os meias dos Touros-texanos. A titular da equipe era rápida e jogava baixo. Ela e Dan se empurravam quase o tempo todo. Até quando a bola estava do outro lado da quadra, ambas batiam as raquetes uma na outra para obter o controle do embate. Neil não sabia como, mas Dan conseguiu aguentar por muito tempo sem perder a linha, o que durou cerca de dez minutos.

Na próxima vez que a bola foi na direção das meias, Dan se esquivou, enganchou o corpo na marcadora e atirou-a no chão. Para tornar tudo ainda mais insultante, estendeu uma mão à garota caída, para ajudá-la a se levantar. No segundo seguinte, as duas estavam apontando dedos uma na cara da outra, com vozes estridentes. Os árbitros atravessaram a quadra até elas. Era bem provável que dessem um cartão para Dan pela finta perigosa, mas a outra meia deu um soco na boca dela. Dan ergueu as mãos e se recusou a retaliar. Não teria por que, já que conseguira o que queria. As duas meias levaram cartões amarelos e, por ordem dos árbitros, a partida reiniciou de uma posição neutra.

A quase briga foi a gota de água, e o restante do primeiro tempo foi violento. Quando a buzina soou indicando o intervalo, Neil sentia o corpo todo doer, mas não se importava. Andrew fizera o que Wymack havia pedido e tomara apenas dois gols. As Raposas, no entanto, já haviam marcado quatro. Neil seguiu os colegas de equipe para fora da quadra, passando por Wymack, que dispensava com tato os repórteres, e caminhou depressa até o vestiário. Então a dor voltou com tudo. Abby o puxou para outra sala para avaliá-lo rapidamente, e Neil não teve fôlego para dispensá-la.

No segundo tempo, os Touros-texanos voltaram com força total, o que fez com que dois de seus jogadores levassem cartão vermelho e outros cinco, cartão amarelo. O estilo ardiloso de jogo era cansativo para as Raposas, mas elas sabiam que não deveriam revidar. Um único cartão amarelo não os colocaria no banco, mas dois seguidos faria com que fossem expulsos da partida, e não tinham reservas. As Raposas se mantiveram tão calmas quanto puderam, controlando com cuidado suas numerosas transgressões, e buscaram converter o máximo de faltas que conseguiam. Valeu a pena, pois o placar final foi de sete a seis para as Raposas.

Quando a equipe saiu da quadra em fila, Renee se aproximou de Riko. Não era do tipo que se metia em brigas, então Neil parou para observá-la. Riko não aceitou a mão que Renee estendia, mas Jean, sim. O aperto durou um pouco além do que deveria, mas Neil não saberia dizer qual dos dois foi mais lento em soltar.

Neil se lembrou da reação estranha que Jean tivera no banquete de outono ao falar com Renee, o olhar demorado e o jeito desconfortável como se apresentara. Era a lembrança que procurara na semana anterior, enquanto lia suas mensagens no Reddin. Jean aceitava a crueldade de Riko e Tetsuji porque não tinha ninguém além dos Corvos. Sem mais nada por que viver e sem motivos para lutar, abaixava a cabeça e se concentrava em sobreviver. Renee foi a primeira coisa fora do comum a chamar a atenção dele.

— Ele tá a fim dela — disse Neil, mais como uma afirmação do que uma pergunta.

Kevin também os observava.

— Não importa. Não vai dar certo.

No outono anterior, Renee contara a Neil que os Corvos não tinham permissão para namorar. Tetsuji não queria que nada desviasse a atenção da equipe do jogo. Renee sabia disso, mas ainda assim fora até lá. Talvez Neil estivesse interpretando errado as intenções dela, mas estava disposto a explorar todas as possibilidades.

— Pode ser que não, mas seria uma vantagem pra gente. Você ainda tem o número dele? Passa pra Renee, e vamos ver o que ela consegue fazer daqui até a final.

Dan e Kevin tinham concordado de antemão que seriam eles a lidar com os repórteres após o jogo. Neil estava contente em deixá-los ali e seguir os colegas de equipe, todos animados, até o vestiário, mas não chegou longe. Deu cerca de oito passos quando uma repórter gritou para ele:

— Neil, é verdade que você está na mira da seleção?

O mais inteligente a se fazer era continuar andando e fingir que os gritos dos torcedores abafaram a pergunta, mas Neil parou. Olhou para a frente, pesando todas as respostas que poderia, mas não deveria dar. Por fim, decidiu se virar. A presença de Riko significava que Andrew ficaria perto de Kevin, mas, após uma pergunta tão ousada quanto aquela, era para ele que Andrew olhava. Neil inclinou a cabeça em uma pergunta silenciosa, e Andrew sinalizou para que dissesse o que quisesse.

Neil tirou o capacete e se aproximou dos três repórteres. Andrew tirou o capacete das mãos de Neil quando ele passou, e Renee, por sua vez, pegou-o das mãos de Andrew e seguiu em direção ao vestiário. Neil enfiou as luvas embaixo de um dos braços e parou ao lado de Kevin.

— Desculpa. O que você perguntou?

— Está rolando um boato de que você foi convidado para a seleção dos sonhos. — A repórter enfiou um microfone nas mãos dele, com os olhos grudados no curativo preso à maçã do rosto de Neil graças ao suor e às fitas. — Algum comentário?

Da primeira vez que alguém perguntara sobre as tatuagens no rosto de Riko e de Kevin, Riko não fez rodeios. Respondeu que era o melhor atacante do esporte e queria que todos soubessem disso. Quando Jean apareceu em público pela primeira vez com o "3" tatuado, a história mudou. Riko estava, supostamente, escolhendo a dedo a futura seleção de Exy. Ele a chamou de "a seleção dos sonhos", e apesar de não ser uma escolha oficial e uma postura um tanto arrogante, seu talento e o desenrolar dos fatos conferiam credibilidade à ideia.

— Ah, você está falando disso aqui — disse Neil.

Ele tirou a atadura do rosto e permitiu que os repórteres dessem uma boa olhada na tatuagem. Uma das repórteres se irritou com o câmera e exigiu que filmasse mais de perto, e Neil, obediente, inclinou a cabeça para que todos pudessem ver melhor. Estava sorrindo de novo, e dessa vez não tentou esconder. Os repórteres eram tão burros, ou tão desesperados por uma história, que não conseguiriam ler a ameaça em sua expressão. Kevin sabia melhor e silvou em um francês tenso:

— Não provoque ele.

A vontade de sufocar Kevin era tão ameaçadora quanto efêmera. Neil não perdeu tempo olhando para ele e se dirigiu aos repórteres.

— É impressionante, não? Acho que é a primeira vez que Riko cometeu um erro. Ele sempre pareceu cabeça-dura demais pra admitir quando errava.

— Você acha que ele cometeu um erro ao tatuar você? — perguntou um repórter.

— Você acha que não merece esse número? — disse outro repórter ao mesmo tempo.

Neil fingiu estar surpreso com o fato de não terem entendido.

— Eu não acho que ele mereça a gente — disse, apontando para si próprio e para Kevin —, mas isso é irrelevante.

— Como assim?

— Olha, vou ser sincero. — Neil começou. — Eu sei que o Riko é bom. Todo mundo sabe. Ele conseguiu ir longe graças ao nome do tio, e os Corvos têm números impressionantes. Mas é bem difícil respeitar Riko como ser humano. Até dezembro, eu achava que ele era só um maníaco egocêntrico tão desesperado pelo momento de glória que se recusava a enxergar o potencial de qualquer outra pessoa. E claro que ele presumiu que eu era um zero à esquerda vindo sabe-se lá de onde que não tinha direito a ter qualquer tipo de opinião.

"Tentamos chegar a um acordo no Natal. Riko me convidou pra treinar com os Corvos durante as festas de fim de ano pra eu ver a discrepância entre as nossas equipes. Saí de lá com isso." Neil apontou para a tatuagem na maçã do rosto. "Ele admitiu que estava errado a meu respeito, e eu prometi que cumpriria as expectativas dele. Não vamos ser amigos e com certeza nunca vamos gostar um do outro, mas vamos lidar com a presença do outro pelo tempo que for preciso."

— Houve um boato de que você poderia se transferir para a Edgar Allan.

— Isso foi mencionado quando eu estava lá, mas nós dois sabemos que nunca vai acontecer. Nunca vou chegar aonde preciso se jogar com os Corvos. Além do mais, quase não aguentei ficar com eles por duas semanas. Não consigo nem imaginar jogar naquela equipe por quatro anos. Eles são pessoas horríveis.

"Mas quer saber?", acrescentou Neil, antes que os repórteres o interrompessem. "Isso foi babaca da minha parte. Disse que ia ser honesto, mas isso foi honestidade demais. Então, vamos deixar assim: prometemos uma revanche aos Corvos nesta primavera, então vou torcer pra que eles cheguem à final. Se o Riko não achasse que conseguiríamos chegar lá, não teria feito essa tatuagem em mim e não teria atravessado o país só para nos ver em quadra hoje. Ele sabe que essa possibilidade existe, só não percebeu ainda que, da próxima vez que nos enfrentarmos em quadra, vai ser a gente que vai ganhar. Fiquem de olho. Vai ser um ano e tanto. Boa noite.", concluiu, quando começaram a fazer perguntas. Ele se virou e foi em direção ao vestiário, fingindo que não ouvia os repórteres chamando.

A risada gostosa de Dan indicava que ela viera atrás dele, mas Neil não se virou para ver se Andrew e Kevin a acompanhavam. A porta do vestiário se fechou atrás deles, abafando grande parte dos gritos da torcida, e Neil ouviu o final da reclamação rabugenta de Kevin. Sentiu a irritação dominá-lo de novo, mas dessa vez não tentou reprimi-la. Ele se virou e usou toda a força que tinha para empurrá-lo contra a porta. Kevin era uns bons centímetros mais alto e ganharia com facilidade em uma briga, mas foi pego de surpresa demais para se defender. Dan olhava boquiaberta para Neil. Andrew, que socara Matt por ter batido em Kevin, deu um passo para sair do caminho. Nenhum dos dois iria interferir, então Neil os ignorou e focou em Kevin.

— Já deu — disse Neil em um francês rápido e furioso. — Nunca mais tente me censurar de novo. Não vou deixar ele controlar o meu desfecho nessa história.

— Você vai fazer com que ele venha atrás de todo mundo. Você não para pra pensar — retrucou Kevin.

— E nem você. Você não pode mais ficar com medo dele.

— Não é como se eu tivesse um botão que pudesse ligar e desligar. Você, de todo mundo, deveria saber disso. — Kevin empurrou Neil, mas não tentou passar por ele. — Você não cresceu com ele. Não tem o direito de me julgar.

— E não estou julgando. Só estou dizendo que já passou da hora de você se defender. De que adianta tudo isso se, no fim das contas, você vai continuar sendo o cachorrinho dele? Se acreditasse mesmo na gente, se acreditasse em você, se defenderia.

— Você não entende.

— Não entendo mesmo — retrucou Neil veemente. — Você tem uma saída. Você tem um futuro. Então, por que não o aceita? Por que tem tanto medo de aceitá-lo?

A raiva que sentia começou a diminuir, cedendo lugar ao peso do luto prematuro e de uma necessidade intensa. A mudança na expressão de Kevin, passando de irritada para absorta, indicava que percebera o desespero nas palavras do colega. Neil se apegou à raiva como um escudo e continuou:

— Quando descobri sobre os Moriyama, resolvi ficar porque pensei que você tinha uma chance. Um de nós tinha que sobreviver, e eu queria que fosse você. Mas você ainda acredita nesse número no seu rosto. O que tem de tão bom em ser o segundo melhor?

Kevin olhou para Andrew, por mais que o colega não conseguisse acompanhar a conversa. No fim das contas, não era um pedido de ajuda, porque Kevin respondeu:

— Quando tentamos levar o Andrew pros Corvos, ele disse a mesma coisa. Disse que não tinha interesse em mim porque construí minha carreira me contentando em ser o segundo. Não é isso que eu quero, mas não sou que nem vocês. — O olhar de Kevin era pura frustração, mas a raiva era mais dirigida a ele mesmo do que a qualquer outra pessoa. — Eu sempre fui do Riko. Sei mais do que ninguém o que acontece quando se desafia um Moriyama.

— Sabe mesmo — concordou Neil. — Mas eles já tiraram tudo que você tinha. O que mais tem a perder?

Kevin não respondeu. Neil esperou um minuto e então se virou. Wymack esperava no fim do corredor, com os braços cruzados e um cigarro apagado pendurado nos lábios. Ergueu uma sobrancelha para Neil enquanto ele se aproximava.

— Não sei se você se lembra, mas a gente ganhou. Algum motivo especial pra acabar com o clima assim? — comentou Wymack.

— Só uma divergência de opiniões — respondeu Neil, com toda a calma que conseguiu, mas hesitou a caminho da porta do vestiário e olhou para Wymack. — Ah, e já peço desculpas antecipadas pela coletiva de imprensa. Em minha defesa, foram eles que começaram.

— Meu Deus do céu. O que foi que você fez dessa vez?

— Ele disse que Riko é um grande babaca. Não com essas palavras, mas acho que eles entenderam o recado — contou Dan.

Wymack enfiou o polegar na têmpora.

— Eu devia ter pedido um adicional por periculosidade quando aceitei esse trabalho. Anda, cai fora. Vai. Só vou lidar com seus problemas de comportamento depois que eu beber. E isso serve pra todos vocês. Sumam da minha frente e vão tomar banho. Se não estiverem na van, com todos os equipamentos, em vinte minutos, vou largar todo mundo aqui. E, ei — complementou, antes que eles se dispersassem —, parabéns por hoje.

O treinador dissera que eles tinham só vinte minutos, mas Neil passou dez no chuveiro. Ligou a água o mais quente que pôde, sem se importar se escaldava a pele. Escreveu o nome dele nas paredes de ladrilhos com a ponta dos dedos, várias e várias vezes, até sentir a mão dormente.

CAPÍTULO SEIS

A resposta dos Corvos aos insultos de Neil foi apenas grosseria disfarçada de gentileza. O único comentário oficial sobre o assunto dizia que pouco se importavam com o que um amador arrogante tinha a dizer a respeito deles. Neil ficou um pouco surpreso por esse ter sido o único comentário, sem nenhuma zombaria pelo seu desempenho deplorável em dezembro. Mais tarde, percebeu que não poderiam atirá-lo aos leões, uma vez que estaria de volta à Carolina do Sul com o número de Riko tatuado no rosto. Algo assim significaria minar a opinião de Riko sobre seu valor. Quando foi se deitar, Neil se sentia um tanto convencido.

Mas os torcedores foram menos receptivos, e as retaliações começaram antes mesmo de o sol nascer no sábado. Batidas pesadas na porta fizeram Neil acordar assustado. Olhou para o relógio, depois para a janela escura, e esfregou os olhos cansados. As batidas cessaram, mas o celular de Matt começou a tocar segundos depois. Matt rolou na cama e tateou à procura do aparelho. As batidas recomeçaram, então Neil se sentou e desceu as escadas.

As vozes no corredor eram tão altas que atravessavam as portas, abafadas, mas irritadas. Neil não reconheceu nenhuma delas, mas ao abrir a porta, teve a certeza de ouvir a palavra "policiais". Abriu a boca para perguntar o que estava acontecendo, mas Dan passou por ele assim que conseguiu se enfiar pela porta. Neil a observou ir direto para o quarto, então espiou o corredor. Grande parte das portas estavam abertas, mas apenas alguns atletas estavam por ali, aos berros uns com os outros. Corriam em direção às escadas como se suas vidas dependessem disso.

Neil fechou a porta e foi atrás de Dan, que sacudira Matt para acordá-lo e estava falando quando Neil entrou:

— ... destruíram os carros.

Matt rolou na cama e se levantou na hora. Neil subiu as escadas do beliche até conseguir pegar as chaves embaixo do travesseiro. Matt diminuiu a velocidade para colocar uma jaqueta, ainda vestindo as calças do pijama, e colocou os sapatos. Tateou os bolsos da jaqueta até que as chaves balançassem. Quando Neil finalmente encontrou os sapatos, Matt já tinha saído, e Dan o seguia de perto. Neil trancou a porta e correu atrás deles, encontrando-os nas escadas. Matt desceu o último lance num pulo e escancarou a porta.

Neil não sabia o que era pior: o que via ou o cheiro que sentia. Camadas de carne crua, ovos quebrados e pedras cobriam o estacionamento e os carros dos atletas. Alguns veículos tinham apenas amassados e arranhões, mas outros, rachaduras e buracos nas janelas e para-brisas. Atletas enfurecidos invadiam o estacionamento, metade nos celulares e outros putos da vida com o estado dos veículos. Alguém já havia entrado para pegar um balde e esfregava a carne do capô com firmeza. Carros-patrulha e seguranças do campus estavam no local, e alguns policiais recolhiam depoimentos e tiravam fotos.

Se Neil tinha alguma dúvida de que aquilo era culpa dele, mudou de ideia ao avistar a caminhonete de Matt. Dedicaram um tempo extra a destruí-la. Todas as janelas da cabine haviam sido quebradas e sobraram apenas pontas de vidro brilhantes nas molduras. Os pneus haviam sido esvaziados com golpes violentos. Havia amassados na lataria, feitos com fosse lá o que os baderneiros tivessem usado para quebrar as janelas. O carro de Allison estava no mesmo estado lamentável, duas vagas depois do de Matt. Ela estava parada ao lado da caminhonete, com os braços cruzados e a fisionomia impassível. Olhou para a frente quando eles se aproximaram, seguindo o olhar vazio de Matt para seu carro e olhando feio para Neil.

— Que porra é essa?! — reclamou Matt, com a voz estrangulada, então estendeu a mão para a caminhonete, mas hesitou, sem querer tocar naquela confusão. — Como que ninguém ouviu isso?

— Deixaram as janelas por último — respondeu Allison, e ergueu o queixo para indicar os homens parados na fileira em frente a eles. — Paris chamou a polícia quando ouviu o barulho do vidro, mas não conseguiu chegar rápido o bastante pra ver o rosto de ninguém. Só um monte de carros vazando. Pelo menos quatro, talvez cinco.

— Meu Deus. — Matt estendeu novamente a mão para a caminhonete, sem tocá-la, contentando-se em passar as mãos pelo cabelo. Dan se aproximou e o abraçou. Ele segurou os pulsos dela com firmeza. — É sério que vamos passar por isso de novo?

— Eu sinto muito — disse Neil.

Allison retorceu a boca com desprezo.

— Fica quieto. Nem vem com essa de pedir desculpas. Nem vem — repetiu ela, quando Neil abriu a boca para argumentar. Parecia menos uma acusação e mais uma ordem, então ele obedeceu, ainda que relutante. — Se esqueceu quem tem que fazer sua maquiagem todo dia de manhã? Se tivesse deixado eles levarem a melhor ontem depois de tudo isso — ela apontou para o próprio rosto —, eu ia odiar você.

— Você falou a verdade. Não é culpa sua que eles não gostam dela — comentou Dan.

— Não quero que essa briga afete vocês — disse Neil.

— Agora já é tarde demais pra isso. Mas tanto faz — retrucou Allison. Ela estava tentando ser condescendente, mas Neil ainda conseguia ver a raiva em cada linha tensa de seu corpo ao analisar o carro de novo. — Querem quebrar meu brinquedo? E daí? Eu compro outro. Quem sabe eu até compro dois. Pro caralho com eles se acham que isso vai me atingir.

— Ei — disse Matt, baixinho, mas insistente.

Neil seguiu o movimento sutil do queixo dele até a porta dos fundos. Era óbvio que Renee fora a encarregada de contar as novidades para Andrew, porque ela o guiava pelas escadas rumo ao caos. O carro dele estava na ponta mais longe do estacionamento, a algumas vagas de distância, mas ele foi com Renee até os veteranos primeiro. Andrew parou ao lado de Neil para avaliar o estrago. Neil analisou o rosto dele, mas não havia nada para ver. Andrew parecia tão desinteressado como sempre.

Renee deu um braço para Allison, apertando a mão dela.

— Sinto muito.

— Alguém já ligou pro treinador? — perguntou Neil.

— Ele ligou pra gente — respondeu Dan. — Os policiais estão avisando todos os treinadores e vão fazer com que venham aqui pra ajudar. Ele deve chegar a qualquer momento.

Andrew murmurou e se afastou. Allison cutucou Renee em uma permissão silenciosa para que fosse atrás de Andrew, mas olhou para Neil às suas costas. Neil assentiu e foi atrás dele. Fazias apenas alguns minutos que haviam chegado, mas já havia o triplo de gente no estacionamento. Apesar do apoio sarcástico de Allison, Neil não conseguia olhar nos olhos dos colegas. Aquelas pessoas não haviam feito nada para merecer a desaprovação dos Corvos. Só tinham ligação com Neil, e estavam sofrendo porque ele não conseguia ficar de boca fechada.

Isso nunca o incomodara antes. Se importar com as Raposas era um sentimento inesperado, mas fácil de ser explicado, uma vez que ele estava passando muito tempo com a equipe. Mas sentir culpa pelo infortúnio de estranhos era novo e desconfortável. Cada voz estridente era como uma faca em seus ouvidos, e ele odiava a sensação. Por sorte — ou não —, chegaram ao carro de Andrew, e Neil pôde parar de pensar em todos os outros por alguns instantes. Quando Andrew parou, Neil ergueu os olhos do asfalto e ficou incrédulo.

Os torcedores dos Corvos não haviam se limitado a destruir os pneus e as janelas de Andrew nem a amassar a lataria. Pelo jeito, também haviam marretado o carro inteiro, abrindo crateras profundas pelo veículo. No que restava do capô destruído, estava escrita a palavra "traidor" em spray vermelho. Os bancos da frente e de trás haviam sido rasgados até onde as janelas quebradas permitiram que as facas alcançassem. Nos bancos de trás, alguém jogara sacos de compostagem cheios de sobras de comida a filtros de café e ossos de galinha que formavam pilhas de trinta centímetros. Em cima da montanha fedorenta havia uma raposa morta.

Um gemido angustiado tirou Neil de seu estado de choque. Ele deu uma olhada rápida para a esquerda e viu que Nicky havia aparecido com Aaron e Kevin logo atrás. Nicky parecia arrasado ao ver o estado miserável do carro e Aaron tinha a expressão de alguém que acabara de levar um soco. Kevin tapava o nariz e a boca para bloquear o cheiro, mas seus olhos verdes estavam arregalados. Levou apenas um momento para notar que Neil prestava atenção, e seu olhar passava a mensagem gritante de "Eu avisei". Neil cerrou os dentes e desviou o olhar.

Nicky cambaleou até o carro e pressionou as mãos trêmulas no capô disforme.

— Não, não, não. O que fizeram com você, baby? O que fizeram... isso é um animal morto? Meu Deus, Aaron, tem um animal morto no nosso carro. Eu vou vomitar — disse.

Aaron se aproximou e se inclinou para olhar para dentro. Xingou diante da visão aterrorizante e recuou na mesma hora. Escondeu o nariz na curva do cotovelo enquanto dava outra espiada no carro, então olhou furioso para Neil. Ele já sabia o que estava por vir antes mesmo de Aaron abaixar o braço e falar.

— Você precisava abrir essa boca enorme, né?

— Desculpa. Achei que ele ia vir atrás de mim. Não pensei que fosse envolver vocês nisso — disse Neil.

— Sei. Seth foi obra do acaso, então? — resmungou Aaron, sarcástico.

Neil se retraiu com tanta força que deu um passo para trás. Ele abriu a boca para argumentar, mas não conseguiria se defender de uma acusação como aquela.

No fim das contas, nem precisava. Não tinha percebido que os veteranos haviam se aproximado para ver como estavam, mas Allison passou por Neil em um piscar de olhos e deu um tapa tão forte em Aaron que quase o derrubou. Poderia tê-lo acertado de novo, mas Andrew se moveu como um raio. Ele a agarrou pelo pulso, segurou o braço dela atrás das costas e o torceu com violência, a ponto de fazê-la cair de joelhos. Quando Allison tombou, Andrew usou a outra mão para segurar sua nuca com força, forçando a cabeça da garota para baixo e impedindo que se levantasse. Ela tentou dizer alguma coisa, mas foi estrangulada pelo aperto feroz.

Renee foi quase tão rápida quanto ele; talvez tenha começado a se mover quando percebeu o que Allison faria com Aaron. Não perdeu tempo tentando derrubar Andrew, e optou por se jogar em cima da amiga caída. Envolveu Allison com os braços, confortando-a e apoiando-a em um aviso ameaçador para que não se mexesse, e olhou para a expressão vazia de Andrew. Em algum lugar atrás deles, alguém dizia "Vish" ao notar a briga breve, mas feroz; Neil, no entanto, estava mais atento à voz de Renee, insistente ainda que baixa:

— Andrew, é só a Allison. Tá? É só a Allison.

— Não tem essa de "é só" fulana quando ela coloca as mãos no que é meu. Solta — ordenou Andrew.

— Você sabe que não vou deixar. Você me disse pra proteger eles — respondeu Renee.

— Você falhou. Devia ter sido mais rápida.

— Puta merda, Andrew — reclamou Matt, com uma ferocidade que era mais medo do que raiva.

Ele parecia estar odiando ter que ficar ali parado. Neil ficou feliz pelo autocontrole do colega; não havia como prever o que Andrew faria se Matt o desafiasse naquele momento.

Dan estava pálida, congelada ao lado de Matt, com os olhos arregalados vidrados em Allison. Nicky, com muito medo de chegar por trás de Andrew, se abaixou devagar até ficar de joelhos e deslizou a mão pelo asfalto. Ele enrolou os dedos em volta dos de Allison e apertou a mão dela com força. Neil olhou para Kevin, que estava imóvel como uma pedra, e então para Aaron. A expressão de Aaron parecia dividida, uma mistura de indignação com o que Allison fizera e medo pelo que o irmão poderia fazer. Neil não sabia para que lado Aaron penderia, mas não podia contar com ele para interferir.

— Andrew, devolve ela pra mim — disse Renee.

Estavam chamando muita atenção agora. A qualquer instante, alguém iria interferir ao notar que as Raposas não se mexiam, e Andrew reagiria à ameaça da pior maneira possível. Neil tinha uns dez segundos para consertar a situação e não fazia ideia de como. Andrew não estava preocupado se machucaria Allison, então Neil não poderia apelar para seu lado bom. Da última vez que Andrew parecera prestes a matar alguém, Neil usara Kevin como distração. O que não funcionaria daquela vez, mas quem sabe... Neil hesitou, então desistiu de reconsiderar.

— Já chega — exclamou, em alemão. Estava perto o bastante para segurar Andrew, mas ele já dissera que não gostava de ser tocado, então Neil estendeu a mão sobre a cabeça de Renee e esperou que Andrew lhe lançasse um olhar sombrio. Satisfeito por ter a atenção dele, Neil repetiu: — Já chega, Andrew.

— Isso não é decisão sua.

— Se ela se machucar por sua culpa, vamos ser desqualificados. O CRE não vai nos deixar jogar com oito pessoas.

— Sua obstinação continua tão repugnante como sempre.

— Você prometeu — insistiu Neil, distorcendo a verdade até quase quebrá-la. — Você disse que ia parar de menosprezar todo mundo. Disse que ia cooperar pelo menos até destruirmos os Corvos na final. Era tudo mentira?

— Eu não prometi nada disso — retrucou Andrew.

— Você prometeu cuidar de mim este ano, e eu disse pra você onde eu queria chegar. É tudo a mesma coisa a essa altura, queira você ou não. Então, você vai me proteger? — Quando o outro não respondeu rápido o bastante, Neil insistiu: — Andrew, olha pra mim.

A boca de Andrew se contorceu com violência em uma careta reprimida a muito custo, e ele enfim retribuiu o olhar. A expressão sombria em sua fisionomia quase tirou o fôlego de Neil. Logo após o choque, veio o triunfo. Fazia duas semanas que Andrew voltara de Easthaven, e aquele era o primeiro sinal de que havia algo acontecendo por trás da máscara de indiferença. Neil teria preferido ver o verdadeiro Andrew em circunstâncias mais seguras, mas sentiu um enorme alívio ao perceber que ele podia ser acessado.

— Vai se foder — respondeu Andrew.

O tom de sua voz fez os pelos de Neil se arrepiarem. Ele sustentou o olhar de Andrew, desafiando-o em silêncio a direcionar aquela raiva para ele, não para Allison.

— Você vai ou não vai? — perguntou Neil.

— Eu também fiz uma promessa pra ele — disse Andrew. — Não posso quebrar essa promessa pra manter a sua.

Neil não entendeu, mas Aaron enfim se sentiu obrigado a escolher um lado.

— Andrew, isso... — Ele vacilou, e Neil desejou ter coragem para desviar o olhar de Andrew para analisar a expressão de Aaron. Não sobrara um resquício de raiva em sua voz; ele parecia quase perdido. Andrew não olhou para ele, mas a leve inclinação de sua cabeça em direção ao irmão indicava que prestava atenção. — Não, Andrew. Não. Tá tudo bem. Eu tô bem. Nem doeu.

Neil guardou aquela informação para perguntar mais tarde. Temia já saber a resposta. Sua esperança era de que estivesse errado, porque se descobrisse que Aaron poderia ser burro a tal ponto, seria capaz de sufocá-lo até a morte.

Andrew olhou para Neil por mais um momento interminável, então relaxou o aperto mortal em Allison e a deixou cair, ofegante, no asfalto. Com o fim da ameaça, Neil achava que Dan ou Matt fossem retaliar de imediato. Estendeu a mão em direção a eles em um aviso, apenas para se assegurar. Não poderia detê-los se de fato quisessem passar, mas, por sorte, ambos obedeceram à ordem silenciosa de ficarem parados.

A seus pés, Renee murmurava palavras de encorajamento abafadas no cabelo da amiga. A resposta de Allison foi rouca demais para ser inteligível, mas ela permitiu que Renee a ajudasse a se levantar. Renee a virou e a guiou até Dan e Matt. Os dois foram rápidos em apoiá-la entre eles. Renee ficou um pouco para trás, uma barreira silenciosa, mas física, entre os veteranos e Andrew. Neil arriscou um olhar para Aaron, mas este olhava para o irmão como se nunca o tivesse visto.

Quando Dan se certificou de que Allison estava bem, virou-se para Andrew com um olhar letal.

— Seu escroto. Ela podia ter se machucado de verdade!

— Você não tem o direito de parecer surpresa — retrucou Andrew. A fúria havia desaparecido de seus olhos; a fisionomia havia retomado a inexpressividade de sempre e os ombros estavam relaxados. Parecia entediado de novo, como se nada daquilo tivesse acontecido ou importado. — É a segunda vez em duas semanas que um de vocês se esquece de quem é. Deviam ter aprendido a lição da primeira vez. Não pode se sentir ofendida por me forçar a fazer isso.

— Isso não...

Uma voz estrondosa cortou a fala de Dan.

— Que porra é essa que tá acontecendo aqui?

O coração de Neil parecia querer pular do peito. Ele tinha ficado tão concentrado em Andrew que não ouviu quando Wymack se aproximou. Olhou para trás, mas teve que desviar no mesmo instante ao perceber o ódio no rosto do treinador. Wymack varreu a equipe com um olhar ameaçador e esperou até que se recuperassem do susto. Dan foi a primeira a conseguir falar.

— Nada — disse, uma mentira descarada. — Só repensando todas as vezes que defendemos a decisão de recrutar os monstros.

— Ei — protestou Nicky, desconfortável demais para soar ofendido. Fez uma careta quando Dan o olhou com desaprovação, mas continuou: — Andrew pode ter exagerado, mas ele está certo. Foi ela quem começou.

— Nem tenta justificar isso. Não se retribui um soco com um pescoço quebrado — retrucou Matt.

— Não de onde você vem — ironizou Andrew.

— Do mundo real? — disse Matt, cheio de sarcasmo.

— Não — comentou Andrew, com uma calma em que Neil mal conseguia acreditar. Andrew bateu o dedo nos lábios duas vezes, em um alerta para que Matt ficasse em silêncio, e apontou para ele: — Um moleque privilegiado como você não sabe nada do mundo real. Não fale como se soubesse.

— Chega — interveio Wymack, e estalou os dedos para os veteranos. — Onde estão os carros de vocês? — Dan indicou por cima do ombro, irritada demais para responder. Wymack apontou. — Vão esperar perto dos carros. Chego lá em dois segundos. Anda, vão logo.

O treinador esperou que começassem a se espremer entre os carros para chegar até os deles, então dirigiu seu olhar glacial para o grupo de Andrew. Deixou Neil por último.

— Ninguém respondeu minha pergunta. Que porra tá acontecendo?

Não teriam por que mentir, já que os veteranos contariam tudo à Wymack, então Neil resumiu da forma mais breve que conseguiu.

— Allison bateu no Aaron, e o Andrew revidou.

Wymack fechou os olhos e colocou a ponta do indicador e do polegar entre as sobrancelhas. Era óbvio que estava se esforçando para não perder o controle, sem querer colocar lenha em uma situação já terrível, mas levou uma eternidade até que abaixasse a mão.

— Andrew, vamos conversar sobre isso. Não, eu vou falar e você vai ouvir. Hoje, mas não agora. Depois que resolvermos todo o resto desse caos. Entendido? — Wymack deu um minuto para que Andrew concordasse, então complementou: — Não ouvi sua resposta.

— Você vai falar, eu vou ouvir — disse Andrew, e nem mesmo Neil saberia dizer se ele estava concordando ou resumindo as exigências de Wymack.

— Vou ver como eles estão — disse Wymack —, já volto. Quando eu voltar, vamos nos concentrar no verdadeiro problema e no verdadeiro inimigo. Fui claro?

— Como água — respondeu Nicky, a voz fraca.

— Sim, treinador — acrescentou Neil.

Wymack saiu batendo os pés, e o grupo esperou em silêncio até que ele retornasse. Neil alternava o olhar entre Andrew e Aaron. Andrew, assim como Nicky, voltara a atenção ao carro estraçalhado. Aaron continuava olhando para Andrew como se todas as respostas do universo estivessem fora de seu alcance. Kevin se mantivera fora da briga, mas enfim avançava para assumir seu lugar ao lado de Andrew.

O treinador se ausentou por um bom tempo, mas acabou por voltar. Estava falando sério quando disse que dariam uma pausa na briga das Raposas. Não teceu mais nenhum comentário acerca da violência de Andrew ou da segurança de Allison. Em vez disso, olhou por bastante tempo para o carro e pegou um cigarro. Andrew ergueu a mão assim que o treinador o acendeu. Wymack entregou o cigarro sem hesitar e acendeu outro.

— Bom, pelo menos você aumentou a cobertura do seguro ano passado — disse Wymack.

— O que não adianta porra nenhuma. — Nicky enfiou as mãos nos bolsos e apontou o para-choque torto com o pé. — Não dá pra consertar essa porcaria. Mesmo que eles arranquem tudo e substituam toda a parte de dentro, não vou conseguir andar nesse carro sem entrar em pânico. Você viu a raposa, treinador? Colocaram um animal morto no nosso carro. Eca.

— Filhos da puta — exclamou Aaron.

Neil se sentiu perdido assim que avistou os policiais. Estavam a apenas dois veículos de distância do carro de Andrew. Não ficou tenso ao avistá-los, mas foi por pouco. Afastou o olhar sem tentar dar na cara, mas o que via na outra direção também não lhe agradava.

— Repórteres— apontou ele.

Em algum momento, a polícia havia isolado o estacionamento e estabelecido um posto de controle para os veículos que chegavam. Duas vans da imprensa estavam paradas fora da área cercada e os repórteres fotografavam a cena lamentável.

Alguns minutos depois, os policiais se aproximaram. Um deles deu uma volta lenta, anotando o número da placa e provavelmente os detalhes a respeito dos muitos estragos. Na segunda volta, segurava uma câmera, e com uma mão impaciente enxotava as Raposas para que conseguisse tirar boas fotos. O outro policial lançou um olhar cansado para eles, com a caneta posicionada sobre o bloco de notas, e disse:

— De quem é esse carro?

— Nosso — respondeu Nicky, erguendo a mão. — Bom, está no nome do Andrew, mas eu também estou no seguro. Somos primos, sabe como é. Nicky Hemmick e Andrew Minyard, quarto 317. Se precisar dos documentos ou coisa do tipo, posso dizer onde estão, mas prefiro não ir pegar. É só olhar dentro do carro que você vai entender. Não, sério, olha lá.

O policial olhou de relance para o carro, mas não teceu comentários sobre seu estado deplorável. Neil imaginou que ele devia ter parado de se importar uns sessenta atletas irritados atrás. Tudo o que disse foi:

— Vocês viram ou ouviram alguma coisa atípica ontem à noite ou hoje de manhã?

— Sexta-feira em um campus universitário — falou Nicky, dando de ombros —, você aprende a ignorar o mundo do lado de fora se quiser dormir. Além disso, nosso quarto é virado pra frente do prédio.

— E você? — perguntou o policial para Aaron.

— Não — respondeu ele.

Por último, o policial olhou para Andrew, que retribuiu o olhar em um silêncio apático e deu uma longa tragada no cigarro. Nicky esperou apenas alguns segundos até responder:

— Ele descobriu na mesma hora que eu. Renee passou no quarto e acordou a gente assim que soube. Hum, Renee é nossa colega de equipe. — Quando o policial o encarou por responder, Nicky deu novamente de ombros. — É, desculpa. Andrew não fala com policiais. É uma longa história e totalmente irrelevante. Precisa de mais alguma informação?

O policial só tinha mais duas perguntas, às vezes se dirigindo à Andrew apesar do aviso, e outras falando com Nicky e Aaron. Andrew logo parou de prestar atenção ao interrogatório e deixou o olhar vagar. Nicky tentava responder o mais rápido que podia. Depois de um tempo, os policiais finalmente seguiram em frente.

Dois agentes da seguradora chegaram de escritórios locais para dar uma olhada na confusão e conversar com os clientes. A mulher que representava a agência de Andrew deve ter levado uma folha de consulta, porque cumprimentou os primos pelo nome e expressou sua compaixão por passarem por aquilo uma segunda vez. Enquanto conversava, fazia anotações e tirava fotos, e os carros do guincho entraram em cena e começaram o vagaroso processo de levar cada um dos veículos para as oficinas.

— Vamos pagar o aluguel de carros e vans durante uma semana — comentou Wymack, quando ela foi para o próximo cliente. — Vou reservar os carros que precisamos ainda hoje. Pode ser que demorem um pouco até chegarem em vocês — gesticulou, indicando a enormidade da tarefa que aguardava as equipes locais —, então me avisem assim que receberem uma previsão. Posso estender o prazo se for preciso.

— Pode deixar, treinador — respondeu Nicky.

— Conseguem ficar tranquilos aqui por um tempinho? — perguntou Wymack, e quando eles assentiram, o treinador foi procurar o restante da equipe.

Não havia muito o que fazer além de esperar. Os policiais levaram mais de uma hora para conversar com todos e os caminhões de reboque levaram ainda mais tempo até que se notasse o efeito do trabalho. Wymack voltou quando os policiais acabaram de falar com Allison e Matt. Os veteranos vinham logo atrás, para a surpresa de Neil. Dan e Matt ainda pareciam um pouco irritados, mas sobretudo tinham um aspecto cansado. Allison fez questão de encarar Andrew, uma declaração silenciosa de desprezo e coragem.

— Andrew e eu vamos buscar almoço pra todo mundo. Preferências? — perguntou Wymack.

Neil duvidava que alguém estivesse com fome após passar a manhã inteira imerso no fedor do estacionamento, mas ninguém dispensaria comida de graça. Fizeram uma votação indiferente, e Andrew se afastou com Wymack. As Raposas ficaram ali, observando os dois se afastarem em um silêncio desconfortável. Por fim, Neil arriscou um olhar para Allison. Ele abriu a boca, precisando e querendo dizer o que deveria ter dito meses atrás, mas mesmo após tanto tempo não conseguia encontrar as palavras certas.

— Obrigada — disse Allison, sem graça.

Era tão injusto que Neil se sentiu coagido a dizer:

— Desculpa.

O pedido era desproporcional a tudo o que ele a fizera passar, a tudo o que fizera todos passarem ao decidir ficar, mas era só o que podia dizer. Pelo olhar de Allison, ficou nítido que sabia pelo que ele tentava se desculpar. Ela franziu os lábios, como se não soubesse qual resposta dar. Antes que a garota pudesse se decidir, Dan falou:

— A gente soube, quando assinou com vocês, que teríamos problemas — disse ela, olhando de Aaron para Nicky. — Apesar de todos os boatos e protestos, acolhemos vocês aqui por acreditar em vocês. Defendemos e apoiamos vocês e deixamos passar um monte de merda que ninguém mais teria entendido. Tentamos ser bons colegas de equipe e amigos e estendemos a mão pra vocês um milhão de vezes.

"Mas tudo tem um limite. Se cruzarem esse limite de novo, acabou. Vocês não vão. Entenderam? *Não vão*", repetiu ela, furiosa, "machucar mais ninguém nessa equipe. Estão me entendendo?"

O bom humor tão característico de Nicky desaparecera. Ele parecia quase derrotado quando olhou entre Dan e Allison.

— Eu entendo, e você está certa, mas sinto muito. Não posso prometer nada. Andrew... Andrew. A gente não consegue prever nem controlar o que ele faz.

— Ele consegue — disse Matt, apontando o queixo para Neil. — Por que vocês não conseguem?

— Menos instintos de sobrevivência? — sugeriu Nicky, mas sua tentativa de fazer piada não deu certo.

— Mais — corrigiu Neil, sabendo que Nicky não compreenderia.

Matt se virou para Neil com um olhar enfático.

— Nem a Renee estava conseguindo convencê-lo. O que foi que você disse pra ele parar? Se não estiver aqui da próxima vez, outra pessoa precisa saber como fazer com que ele se acalme.

Neil não poderia explicar sem entrar em assuntos que não eram da conta deles.

— É só não deixar que aconteça uma próxima vez.

— Neil, estou falando sério — reclamou Matt.

Neil balançou a cabeça.

— E eu também.

— Allison, ele machucou você? — perguntou Kevin.

Allison conhecia Kevin bem demais para achar que a preocupação dele tinha a ver com o bem-estar dela. Olhou impaciente para ele e não respondeu. Kevin interpretou o silêncio como quis e lançou um olhar pensativo para Neil. Depois de um momento, estendeu a mão e cobriu a tatuagem de Neil com o polegar. O resultado o fez franzir a testa, não de decepção, mas de confusão, e Kevin baixou a mão de novo. Neil esperou, mas ele não disse nada.

— Vamos entrar — disse Dan, e as Raposas abatidas se arrastaram para dentro.

Aaron, Kevin e Nicky entraram no quarto e estavam prestes a fechar a porta quando Neil colocou a mão na maçaneta para impedir Nicky. As meninas seguiram Matt até o quarto deles, mas levaram alguns instantes para perceber que Neil não as acompanhava. Neil ergueu um dedo para prometer que iria logo e passou por Nicky, que fechou e trancou a porta assim que ele estava lá dentro, seguro.

Aaron se jogou em um dos pufes e não se deu ao trabalho de olhar para cima quando Neil parou à sua frente. Neil enfiou as mãos nos bolsos para não usá-las contra Aaron e se agachou. Aaron franziu os lábios, destemido e insolente. Neil cerrou os punhos. Tentou contar até dez em sua cabeça, mas chegou apenas até seis.

— Me diz que você não é tão burro assim — começou Neil.

— Esse quarto não é seu. Cai fora — retrucou Aaron.

— O que foi que ele prometeu pra você? — perguntou Neil, ignorando-o. — Ele não disse que ia manter você a salvo. Se fosse isso, não teria permitido que o Kevin ficasse ano passado. Então, de quem ele prometeu proteger você? — Ele esperou por um minuto para ver se Aaron cooperaria, então tentou adivinhar: — Ele voltou pra casa e descobriu que a sua mãe batia em você. Disse que se você não conseguia se defender de uma mulher, então ele mesmo teria que fazer isso. Foi isso, né? Você só precisava ficar ao lado dele até a formatura.

— Não importa.

— É óbvio que importa — disparou Neil. Aaron fez uma careta, mas desistiu de negar. — Você sempre soube por que ele matou a mãe de vocês. Por que me fez ter que falar de novo?

— Não — argumentou Aaron no mesmo instante. — Aquilo não teve nada a ver comigo. Andrew me fez essa promessa na segunda noite em que estava em casa, mas esperou cinco meses pra matar nossa mãe. Você não viu os hematomas que ela deixou nele quando achou que era eu, naquela noite.

— Andrew não se importava que ela machucasse ele. Só se importava quando ela machucava você. Só levou todo aquele tempo porque leva tempo para planejar um acidente.

— Você não sabe se isso é verdade.

— Sei, sim. E você também saberia se prestasse atenção no jeito que ele tratou você em Colúmbia. Você soube antes de mim porque ele se virou contra Allison hoje. Só você pode parar o Andrew. Descobre logo o que você precisa fazer, o que você precisa perdoar, pra ele deixar você ir.

Neil bateu a porta ao sair, mas ficou paralisado no corredor. Sabia que não deveria voltar para os veteranos naquele estado. Não era o momento nem o lugar para aquilo, não com a equipe em uma situação tão delicada, mas o temperamento de Neil nunca soube o tempo apropriado de se manifestar. Não dava para saber com quem ele estava mais irritado: com Aaron, por ser tão burro, ou consigo mesmo, por não juntar as peças antes. O fato de estar irritado com Nicky e Kevin por serem tão inúteis também não ajudava.

Não conseguia se acalmar, então fez a única coisa que podia: desceu as escadas e foi correr. Não tinha a intenção de ir para a quadra, mas foi inevitável que acabasse lá. Colocou as chaves no banco da equipe da casa ao passar e correu pelos degraus do estádio. No meio do caminho, sentiu que finalmente deixara os pensamentos para trás. Deixou de sentir, deixou de ser o "Neil", deixou de ser qualquer coisa além de um corpo em movimento. Quando parou de correr, caminhou pela área técnica. Cada respiração trêmula ardia nos pulmões fatigados, mas pelo menos se sentia normal de novo.

Pegou as chaves ao sair e trancou as portas. A caminhada de volta à Torre das Raposas foi lenta, e ele subiu as escadas até o terceiro andar. Matt estava no sofá do quarto, Dan de um lado e Renee do outro. Allison havia reivindicado uma das mesas. Todo mundo olhou para a porta quando ele entrou e, pela expressão deles, Neil teve a sensação de que havia interrompido uma conversa importante. Ele ergueu a mão a caminho do banheiro como um pedido de desculpas pela interrupção e uma promessa silenciosa de que não ouviria nada do que diziam quando estivesse no chuveiro.

— O almoço está na geladeira. O treinador veio trazer enquanto você estava fora — disse Matt.

Neil tinha se esquecido da comida.

— Valeu.

Abriu o armário para tirar as roupas, mas hesitou ao ver o cofre. Ele se agachou para passar os dedos pela fechadura, os pensamentos girando a mil quilômetros por hora. Se perguntou quanto a seguradora cobriria para consertar os carros dos colegas de equipe. Mesmo que não fosse possível cobrir tudo, Allison e Matt tinham dinheiro para pagar o restante. Os primos não tinham tanta grana, e o carro deles era quase tão caro quanto o de Allison. Nicky já havia previsto que as notícias que receberiam não seriam boas.

Neil se distraiu ao ouvir um sapato bater no carpete fino. Ele se inclinou para fora do armário para olhar. Allison estava de pé na porta, com uma expressão cautelosa e os braços cruzados.

Neil ainda não sabia o que dizer, mas tinha que tentar alguma coisa.

— Sinto muito. Ele não merecia aquilo.

Allison ficou em silêncio por uma eternidade, até que disse:

— Você mesmo falou. Se a gente sempre tivesse o que merecia, não seríamos Raposas.

As palavras soaram insensíveis quando aplicadas à morte de Seth. Neil estremeceu, mas Allison deu de ombros e desviou o olhar.

— Talvez seja melhor assim. Se a culpa fosse dele, eu teria que viver sabendo que nunca consegui fazer com que mudasse. Pelo menos assim sei que há um culpado.

— Andrew contou pra você sobre o Riko?

— Sei disso desde o dia em que aconteceu. O monstro passou na casa da Abby antes do funeral pra me perguntar sobre o remédio do Seth. Ele me contou a teoria dele pra garantir que eu voltasse às quadras.

Neil pensou na volta prematura de Allison para o primeiro jogo após a morte de Seth e em como Andrew parara ao lado dela a caminho do gol. Na época, achara suspeito que Andrew oferecesse qualquer tipo de apoio. Talvez ele a estivesse lembrando de sentir raiva.

Depois da morte de Seth, Allison havia passado duas semanas sem falar com Neil. Na época, ele havia pensado que o afastamento era por causa do luto. Aceitara o desprezo, sem saber como falar com ela devido à consciência pesada. Mas se a garota sempre soubera da teoria de Andrew, tinha consciência de que a culpa era, em parte, de Neil. Talvez fosse por esse motivo que Andrew tivesse se envolvido: havia prometido proteger Neil, então precisava se certificar de que Allison não seria um problema.

Em algum lugar ao longo do caminho, ela o havia perdoado sem que Neil sequer soubesse.

— Eu deveria ter dito algo antes. Eu só não... — Neil gesticulou, sentindo-se impotente, perdido, péssimo. — Não sei como falar com as pessoas sobre as coisas importantes.

— Já deu pra perceber. — Allison deu de ombros como se não fosse grande coisa, quando ambos sabiam que era. — Você é uma figura e tanto. Um dia desses, vai ter que me dizer o porquê.

Ela voltou para a sala, deixando Neil sozinho com seus pensamentos e segredos.

CAPÍTULO SETE

Depois do banho, Neil estava prestes a sair do quarto quando seu celular apitou. Ele apalpou os bolsos, que estavam vazios, e então pegou o aparelho debaixo do travesseiro. Havia duas mensagens, uma de Nicky, enviada havia quase uma hora, e a mais recente era de Katelyn. Era apenas uma pergunta desesperada, "O que aconteceu???", e Neil não se deu ao trabalho de responder.

A de Nicky era um aviso de que Andrew havia retornado. Parecia redundante, pois se Wymack levara comida para eles, parecia óbvio que Andrew estava junto. Mas conhecendo Nicky, soube que era um pedido velado para que fosse até lá se certificar de que estava tudo bem. Neil enfiou o celular no bolso de trás e saiu do quarto sem dizer nada a ninguém. Nicky atendeu à batida em segundos e não precisou perguntar por que ele estava ali.

— Ele pegou uma garrafa e saiu de novo. Não sei pra onde foi — revelou Nicky.

Andrew não poderia ter ido longe com uma garrafa de bebida aberta e sem o carro.

— Com o treinador?

— Acho que não. Aaron também saiu, logo depois de você.

Neil não se importava com o que Aaron fazia. Ele assentiu e saiu. Nicky não o chamou. Neil subiu as escadas até o telhado e forçou a maçaneta como vira Andrew fazer. Só precisou de algumas tentativas até abri-la, sair no telhado e sentir o vento forte.

Dessa vez, Andrew estava sentado na parte mais afastada. A garrafa de vodca apoiada em seu joelho parecia vazia, mas a luz do sol refletiu parte do líquido enquanto Neil se aproximava. Ao chegar perto do beirada, ele tentou acalmar as batidas que seu coração dava por puro instinto e se sentou fora do alcance de Andrew. Olhou para o estacionamento detonado. Ainda havia uns doze carros, mas uma equipe já havia começado a limpar o asfalto. A polícia fora embora e os seguranças do campus foram encarregados da supervisão; a imprensa havia desaparecido.

Andrew jogou um maço de cigarros para Neil.

— Me dá um bom motivo pra não empurrar você.

Neil balançou um cigarro e o acendeu.

— Eu levaria você junto. É um longo caminho até lá embaixo.

— Eu odeio você — disse Andrew, mas era difícil acreditar nele quando parecia tão entediado com a ideia. O rapaz tomou um gole da vodca e limpou a boca com o polegar. Quando olhou para Neil, parecia ao mesmo tempo indiferente e despreocupado. — Noventa por cento das vezes, sinto vontade de cometer um assassinato só de olhar pra você. Penso em arrancar sua pele e deixá-la pendurada como alerta pra qualquer outro idiota que achar que pode entrar no meu caminho.

— E os outros dez por cento de vezes? — perguntou Neil.

Andrew o ignorou.

— Eu avisei pra não colocar uma coleira em mim.

— E não coloquei. Foi você mesmo que fez isso, quando me disse pra ficar, independentemente do que acontecesse. Você não pode ficar bravo comigo só porque fui esperto o bastante pra segurar a coleira.

— Se puxar de novo, eu mato você.

— Talvez você faça isso quando o ano acabar, mas agora não dá pra fazer muita coisa a respeito, então não desperdiça nosso tempo com ameaças.

— Não acho que foi pelo dinheiro — comentou Andrew. Quando viu o olhar questionador de Neil, continuou: — Que perseguiram você por tanto tempo. Imagino que, a certa altura, perceberam que era mais importante machucar você do que recuperar seja lá o que tinham perdido.

— É o que você diz, mas mesmo assim não vai me bater.

Andrew apagou o cigarro no espaço de asfalto entre eles.

— Está chegando a hora, e cada vez mais rápido.

Neil analisou o rosto de Andrew à procura de sinais da raiva incompreensível que vira mais cedo, mas não encontrou nada. Apesar das palavras hostis, sua expressão e tom eram calmos. Dizia aquelas coisas como se não significassem nada. Neil não sabia se era a verdade, ou apenas uma máscara. Será que Andrew escondia aquela raiva de Neil ou de si mesmo? Talvez o monstro estivesse enterrado onde nenhum deles pudesse encontrá-lo até que Neil cruzasse outra linha imperdoável.

— Que bom — disse Neil, por fim. Puxar a cauda de um dragão adormecido parecia um jeito lento e doloroso de morrer, mas Neil estaria morto antes que a proteção de Andrew acabasse. — Quero te ver perder o controle.

Andrew ficou imóvel, com a mão a meio caminho da vodca.

— Ano passado você queria sobreviver. Agora, parece que está querendo muito ser assassinado. Se estivesse a fim de jogar outra rodada do nosso jogo com você, perguntaria o que provocou essa mudança. Mas acabei de receber uma dose sua de burrice suficiente pra uma semana. Volta lá pra dentro e vai incomodar outro.

Neil fingiu estar confuso ao se levantar.

— Estou incomodando você, é?

— Mais do que nunca.

— Interessante. Na semana passada você disse que nada mexia com você.

Andrew não se deu ao trabalho de responder, o que Neil considerou uma vitória. Ele jogou o cigarro ao vento e voltou para dentro sozinho. Desceu as escadas até o terceiro andar, mas não chegou longe, porque a porta do elevador se abriu. Olhou para trás por instinto. Neil precisou de um segundo para reconhecer Aaron e outro para registrar a fúria em seu rosto. Então, Aaron se chocou contra ele como um trem de carga e o esmagou contra a parede.

Neil levou um golpe de raspão na bochecha e um soco forte na boca antes de conseguir arrancar Aaron de cima de si. Quando o outro investiu para atingi-lo de novo, Neil acertou um soco em seu estômago, e então mãos fortes os afastaram um do outro. Neil olhou rápido ao redor para analisar a interferência. A briga atraíra rapidamente uma multidão vinda dos quartos mais próximos. Conhecia aqueles rostos porque passava por cada um diversas vezes no corredor e nas escadas; sabia seus nomes e suas equipes, apesar de todo o esforço que fazia para não reter tais informações.

Aaron se debateu com violência em uma tentativa de se soltar, então se contentou em olhar furioso para Neil do outro lado do corredor. Neil testou o quão forte o seguravam, percebendo que também não conseguiria se livrar, e cutucou o interior da boca com a língua. Mordera a bochecha quando Aaron o socara, e por mais que tivesse tentado engolir, ainda sentia o gosto de sangue.

— Se acalmem — avisou Ricky, com as mãos estendidas entre eles. — Já temos problemas o bastante pra lidar agora e não precisamos dessa merda.

— Está tudo bem — disse Neil.

Aaron não gostava de deixar outras pessoas se meterem na vida dele, então Neil achava que Aaron fosse esperar até estarem sozinhos para explodir. Mas subestimara a raiva dele. Em vez de esperar por privacidade, Aaron o atacou em um alemão furioso.

— Vai se foder! O que você falou pra ela, caralho?

Os sons ásperos pegaram os outros atletas desprevenidos, permitindo que Neil tivesse tempo para responder. Só havia uma "ela" que deixaria Aaron tão irritado. Neil se arrependeu de não ter respondido a mensagem de Katelyn, mas deu de ombros com indiferença ao retrucar:

— Por que, ela finalmente se decidiu? O que aconteceu, você apareceu na porta dela pra reclamar do carro e recebeu um ultimato em resposta?

— Você sabe muito bem!

— Ei, já mandei se acalmarem — pediu Ricky.

Neil o ignorou.

— Falei que ela precisava se posicionar. Não falei com ela de novo pra saber se finalmente tinha deixado de ser frouxa. Só pra constar, fiz tudo isso antes de descobrir os detalhes da promessa do Andrew. Talvez eu tivesse sido um pouco mais cuidadoso se soubesse o quanto você é burro.

— Você não tinha o direito de colocar ela nessa história!

As portas dos dormitórios não tinham isolamento acústico, e o alemão falado alto nos corredores por fim chamou a atenção das Raposas. Nicky foi o primeiro a sair, mas os veteranos apareceram logo atrás. Os jogadores de futebol americano saíram do caminho para permitir que se aproximassem, mas Dan e Matt ficaram mais afastados, assistindo à cena. Neil esperava ouvir um sermão, mas Dan olhou de um para o outro sem dizer nada. Neil não sabia se ela estava tão surpresa com o espetáculo que não conseguia intervir ou se ainda estava irritada pelo papel que Aaron desempenhara na recente investida contra Allison.

Nicky chegou o mais perto que conseguiu de Aaron e lançou um olhar perplexo para Neil.

— Eu quero saber? — perguntou em alemão.

Aaron tentou se libertar de novo. Dessa vez, Amal o soltou, apesar de continuar atento caso tentasse agredir Neil mais uma vez. Em vez disso, Aaron deu meio passo para trás, como se não aguentasse a ideia de ficar tão perto de Neil.

— Katelyn não quer me ver nem falar comigo até que Andrew e eu façamos a tal terapia em grupo.

Nicky ficou boquiaberto, mas parecia cheio de admiração.

— Porra, Neil.

Aaron lançou um olhar lívido para ele.

— Nem se atreva a ficar do lado dele.

— Por que não? — perguntou Nicky. — Não é como se você já tivesse me deixado ficar do seu.

Aaron empurrou Nicky para o lado e foi para o quarto. Nicky fez uma careta para Neil e foi atrás dele. Kevin estava parado na porta, mas saiu para o corredor para deixá-los passar. Não tinha entendido uma palavra do que haviam dito, mas sua boca estava retorcida em descontentamento. Neil o encarou, em uma tentativa silenciosa de demonstrar que pouco se importava com seu mau humor.

Dan fez um gesto para os atletas que seguravam Neil.

— Obrigada. Vamos ficar de olho neles.

Eles soltaram Neil e a pequena multidão se dispersou aos poucos. Dan gesticulou para que Neil fosse à frente, e ele se dirigiu para o quarto que dividia com Matt, com os veteranos em seu encalço. Renee e Allison ainda estavam lá dentro e observaram o retorno de Neil com interesse.

Neil não estava com fome, mas comer pelo menos daria a ele algo para fazer. Além disso, permitia uma pouco de isolamento. Dan apoiou o quadril no balcão e o observou enquanto ele revirava a geladeira. Estava tentando vencê-lo pelo cansaço, mas Neil não seria o primeiro a falar. Ele colocou o recipiente com a comida no micro-ondas, girou o botão e retribuiu o olhar intenso dela. Dan ficou em silêncio até ouvir o aparelho apitar.

— Vamos falar sobre o que aconteceu? — perguntou ela.

— Talvez seja melhor todo mundo evitar o Aaron pelos próximos dias.

— Esse já era o plano — respondeu Dan. — Que porra tá acontecendo?

— Estou fazendo o que você me pediu. Consertando os dois.

— Não é o que parece.

Neil deu de ombros, remexeu o macarrão e ligou o micro-ondas de novo.

— Quando um osso cicatriza torto, a única solução é quebrar de novo. Eles vão ficar bem.

Matt se encostou no batente da porta e arqueou uma sobrancelha para Neil.

— Isso não é exatamente reconfortante. Vindo de você, "ficar bem" pode significar qualquer coisa, desde "vou viajar pelo estado de carona" até "apanhei que nem um condenado, mas ainda consigo segurar a raquete".

— Você apostou neles? — perguntou Neil, mas, ao perceber que Matt não seguira sua linha de raciocínio, explicou: — Aaron e Katelyn.

— Todo mundo apostou neles, menos o Andrew — respondeu Matt. — Não é uma questão de saber se vão ficar juntos. É de quando.

Neil pensou a respeito.

— Então eles vão ficar bem.

Dan não parecia convencida, mas o deixou comer em paz e levou Matt. Neil passou o resto da tarde encarando os livros didáticos sem de fato estudar nem fazer as tarefas. Pediram delivery, porque Allison não queria ver ninguém no refeitório. Ao jantar, seguiram-se jogos de carta complexos e muitas doses de bebidas.

Dan, Matt e Allison jogavam como se o objetivo final fosse ficar bêbado. Allison foi a primeira a cair no sono, mas Matt e Dan também não duraram muito. Allison se apropriou do sofá, então o casal foi aos tropeços até o quarto para dividir a cama de Matt. Neil arrumou a bagunça que haviam feito na sala, enquanto Renee pegava um cobertor extra no quarto das meninas. Ela voltou a tempo de limpar o resto do lixo. Lavaram os copos lado a lado na cozinha. Estavam quase terminando quando Renee falou:

— Obrigada por lidar com ele quando eu não consegui.

Neil a olhou.

— Ele pediu que você os protegesse?

Renee assentiu.

— Andrew foi o primeiro para quem Kevin contou a verdade sobre os Moriyama. Ele sabia que permitir que Kevin ficasse poderia trazer sérias consequências pra todo mundo. Estava disposto a se proteger da possível hostilidade, mas não se importava o bastante pra se arriscar pela gente. Então, confiou a proteção deles a mim. — Ela inclinou a cabeça para indicar seus amigos adormecidos e ergueu um copo para inspecionar. — Uma das primeiras coisas que perguntei para o Andrew ano passado, em junho, foi quem iria cuidar de você. Ele me respondeu que saberia após uma noitada em Colúmbia.

Neil pegou o copo de volta e deu uma segunda esfregada.

— Tenho certeza de que Andrew se arrepende de ter me colocado sob a proteção dele.

— Andrew não acredita em se arrepender. Diz que arrependimento é baseado em vergonha e culpa, e que nenhum dos dois serve pra nada. Dito isso, tentei tirar você das mãos dele em certo momento. — Quando Neil a olhou surpreso, Renee fingiu um olhar inocente que pela primeira vez não foi totalmente convincente. — Andrew recusou e disse que não desejava você pra ninguém, só para um agente funerário.

— Ele faz o drama dele — murmurou Neil.

Renee deu uma risada baixinha e trocou um pano de prato pelo copo. Neil secou as mãos e devolveu o pano. Renee o pendurou no gancho na frente da geladeira e saiu da cozinha para inspecionar a sala de estar.

— Você tá tranquilo em ficar aqui? — perguntou ela.

Neil inclinou a cabeça para o lado, tentando ouvir os ruídos do quarto, mas estava tudo silencioso.

— Estou bem.

Ele a acompanhou, trancou a porta e foi para a cama.

A manhã chegou cedo demais, com novas más notícias. Wymack telefonara para avisar que haviam vandalizado o campus. Havia manchas de tinta preta cobrindo prédios e calçadas, e o lago fora tingido de vermelho vivo. Pichações grosseiras emporcalhavam as paredes externas brancas da Toca das Raposas. Wymack não queria que os integrantes da equipe fossem até lá para ver, mas também não queria que recebessem a notícia de outra pessoa. Os responsáveis pelos reparos já percorriam a universidade, tentando restaurar tudo o quanto antes. Wymack jurou fazer picadinho da segurança do campus assim que falasse com eles ao telefone.

A segunda onda de vandalismo fez a imprensa voltar correndo, e um repórter por fim conseguiu se aproximar de Wymack e enfiar um microfone em seu rosto. O treinador, muito esperto, sabia que não devia provocar os Corvos, então optou por atacar os torcedores.

— Acho tudo isso patético. O que esses covardes esperam conseguir nos atacando assim? Tudo o que estão fazendo é atrair atenção negativa e manchar a imagem da equipe que tentam defender. Já passou da hora de os Corvos se posicionarem.

O presidente da Edgar Allan, Louis Andritch, respondeu em menos de uma hora, fazendo uma súplica meia-boca aos torcedores dos Corvos para cessarem esse comportamento tão "indigno". A declaração de Tetsuji Moriyama veio logo depois, mais cruel. Ele condenou os ataques, afirmando que eram ofensivos e desnecessários. Quase parecia que ele estava apoiando as Raposas, até concluir dizendo que: "Um cachorro não é treinado se for castigado um dia depois; correlacionar ação e punição não é uma tática inteligente o bastante. É preciso discipliná-lo no exato momento em que ele se porta mal. Deixem conosco, eles serão punidos em quadra."

Dan passou o resto do dia fervendo de raiva, mas as palavras de Moriyama surtiram efeito nos torcedores. A segunda-feira chegou sem novos incidentes. Neil quase lamentou, porque sem distrações externas a equipe tinha tempo para focar nos problemas internos. Dan e Matt falavam com Neil, mas ignoravam o restante do grupo de Andrew. Allison agia como se nada tivesse acontecido, mas dava para perceber que tentava ficar longe de Andrew. Aaron mal olhava para Neil e se recusava a falar com qualquer um, incluindo Nicky. Neil esperava que Aaron dissesse algo quando pegou carona com eles para o treino, mas talvez estivesse tentando manter o irmão de fora dessa briga o máximo que conseguisse.

Durante o treino, Kevin passou quarenta minutos reclamando das picuinhas e da violência, então desistiu de repreender os companheiros de equipe e atacou Neil.

— Se você nos fizer perder por não conseguir fechar essa boca... — Ele não terminou a ameaça, presumindo que Neil poderia deduzir o restante sozinho. Sua expressão endureceu quando Neil gesticulou para demonstrar desinteresse. — Agora não é hora de vir com essa atitude. Para de causar problemas desnecessários antes que você estrague tudo.

Neil pesou todas as respostas possíveis e se decidiu pela mais simples.

— Vai se foder.

Kevin empurrou Neil como se pudesse forçá-lo a ter juízo e Neil o empurrou de volta com toda a força, fazendo Kevin cambalear até Matt. Por sorte, Matt estava observando a breve altercação. Ele tropeçou quando Kevin trombou nele de repente, mas conseguiu ficar em pé, agarrando o atacante para impedi-lo de revidar. Neil apontou a raquete para Kevin em advertência e caminhou para o meio da quadra. Sabia que Kevin tentara atacá-lo porque ouviu o aviso feroz de Matt para que parassem. Quando Neil chegou no meio da quadra, Dan já se envolvera na história. Foram alguns minutos de ameaças raivosas até que Kevin se acalmasse, mas a paz contestável só se instalou quando os dois decidiram ignorar um ao outro.

Assim que foram dispensados para o intervalo, Neil foi para o vestiário beber alguma coisa. Wymack o seguiu e ficou parado perto da porta. Estava com as mãos na cintura e encarava o jogador do outro lado da sala.

— Estou muito curioso pra saber como isso passou de uma rivalidade entre nós e eles para uma guerra generalizada — comentou Wymack. — A crença popular é de que a culpa é sua. É verdade?

— Eu tinha boas intenções — respondeu Neil.

140

— Não me interessa quais são suas intenções. Não podemos nos dar ao luxo de perder o jogo de sexta, não depois do que fizeram com a gente e ainda mais depois do que o treinador Moriyama disse. Não sei se você percebeu, mas no momento não estamos com cara de quem vai ganhar.

— Eu sei. Desculpa por ter feito isso no momento errado, mas não me arrependo de nada do que disse.

— Não quero suas desculpas. Quero que conserte isso o mais rápido possível.

— Sim, treinador.

Neil se dirigiu para a porta para retornar à área técnica, mas Wymack estendeu a mão para detê-lo.

— E por falar em momento errado, como anda seu relógio biológico? Ter um cronograma tem ajudado?

— Não tanto quanto ter todo mundo aqui — respondeu Neil. — Não me sinto sozinho o bastante pra ficar perdido.

— Ótimo. Agora anda. Vamos ver se conseguimos dar um jeito nessa confusão.

Neil o seguiu de volta à área técnica. Durante sua ausência, o time havia se dispersado. Matt, Dan e Allison ocupavam um dos bancos das Raposetes. Kevin estava sozinho próximo à parede da quadra, com a prancheta de Wymack na mão, e lia as anotações do dia. Nicky descansava nos degraus que levavam às arquibancadas, e Neil avistou Aaron cerca de vinte fileiras acima. Andrew e Renee davam suas voltas habituais na área técnica e não estavam muito longe.

Neil não estava com vontade de lidar com mais ninguém, então foi atrás dos goleiros. Renee o avistou quando dobraram a primeira esquina e fez sinal para que Andrew esperasse. Neil tinha desculpas prontas se perguntassem por que estava invadindo o espaço deles, mas Renee o recebeu com um sorriso enorme e Andrew o cumprimentou com um olhar despreocupado. Assim que Neil os alcançou, os três continuaram em um ritmo tranquilo.

Neil se perguntava sobre o que os dois conversavam quando estavam longe de todo mundo. A última coisa que esperava era encontrá-los falando sobre Exy. Renee queria mudar os tempos em que cada um jogava agora que Andrew não estava mais limitado pela abstinência. Os adversários seriam mais desafiadores a cada semana que passava, e Andrew era o que jogava melhor entre os dois. Queria que ele mantivesse o ritmo quando os companheiros de equipe estivessem cansados no segundo tempo. Andrew aceitou a sugestão sem discutir e Renee seguiu em frente.

O que começou como uma conversa normal logo saiu do controle, e Neil não fazia ideia de como eles haviam passado da construção do outro lado do terreno do campus para o que poderia ser o provável estopim para a Terceira Guerra Mundial. Tinha que haver uma correlação entre os dois, mas por mais que revirasse o cérebro, não conseguia encontrar. Por fim, desistiu, porque tentar entender o salto de lógica significava não prestar atenção na conversa. Renee esperava que o gatilho fosse a falta de recursos, sobretudo a escassez de água, enquanto Andrew estava convencido de que o governo dos Estados Unidos se envolveria no conflito errado e receberia uma retaliação cruel. Não havia tempo para que convencessem um ao outro, e como Neil não quis desempatar, deixaram o debate para outro dia.

Wymack convocou a equipe para que voltasse para o banco do time da casa e o treino recomeçou com uma rápida conversa motivacional. Os primeiros alvos foram os veteranos. Quando os colocou em quadra para treinarem, Dan reprimiu seu ressentimento por tempo suficiente para puxar Aaron e Nicky de lado. Ela e Matt tinham algumas ideias que queriam compartilhar com os defensores, então fizeram uma pequena reunião improvisada na área da defesa. Aaron ouvia porque não tinha outra opção, mas não olhou para Dan e ficou em silêncio.

A terça-feira foi um pouco melhor, mas apenas porque era visível o esforço que o grupo de Dan fazia para se dar bem com todo mundo. Aaron não se deixou comover, Nicky agarrava-se desesperadamente a qualquer sinal de calor humano que encontrava e Andrew mantinha a mesma expressão desinteressada de sempre. Kevin passou uma hora atacando os primos, depois direcionou toda a energia raivosa para colocar os veteranos em forma. Disse apenas algumas palavras maldosas para Neil, que não se dignou a responder.

Assim que Wymack os dispensou para o intervalo, Andrew começou a correr, contornando a parede da quadra. Renee olhou para Neil, que não teve certeza de que era um convite até que percebeu que ela sorria em aprovação. Estava perfeitamente ciente de que haviam chamado a atenção ao irem atrás de Andrew, mas Neil não olhou para ninguém. Havia uma boa chance de que os outros não quisessem que ele ficasse perto dos goleiros, mas o motivo não seria o desentendimento com Kevin. Por mais que as Raposas desconfiassem da amizade de Andrew e Renee, havia mais de trezentos dólares em apostas de que o suposto relacionamento entre os dois viria a acontecer. Neil era uma distração para ambos.

Mas não nutria ilusões sobre as chances de Renee. Além do mais, ela distraía a si mesma. Se ausentava da conversa diversas vezes para checar o celular e escrever mensagens rápidas. Neil assumiu a liderança da conversa, porque o assunto eram rotas de evacuação e paradas estratégicas para pegar mais suprimentos no caso de uma invasão de zumbis. Ele era especialista em viver em fuga e, apesar de aquele ser um cenário ridículo, era interessante pensar em quais seriam suas prioridades quando comparadas às dos outros. Renee ressaltou a importância de buscar por sobreviventes, e Andrew descartou a ideia no mesmo instante.

— Você não voltaria por ninguém? — perguntou Renee.

Andrew virou a palma da mão para cima.

— Consigo contar nos dedos de uma mão.

— Acho que o treinador seria bom numa briga — comentou Renee enquanto passavam pelos bancos de novo. Wymack olhou ao ouvir o próprio nome, mas só precisou de um instante para perceber que não estavam falando com ele. — E ele tem porte de arma.

— Ele vendeu a arma depois que invadi o apartamento dele algumas vezes — disse Andrew.

— E a Abby?

— Como ela ia ajudar? — indagou Andrew. — Não dá pra colocar curativos em mordidas de zumbi, e ela não deixaria a gente sacrificar os infectados. Além disso, o treinador não iria perder ela de vista. Melhor que ele a mantenha a salvo enquanto pode.

Renee assentiu, e a conversa tomou rumos menos bizarros. Mas Neil continuava pensando no que os dois haviam dito e não participou do debate que se seguiu. Se perguntava o que faria caso uma invasão de fato acontecesse. Estava acostumado a cortar os laços e começar de novo. Abandonar todos seria quase um instinto se os mortos-vivos surgissem do nada. Não era a mais animadora das constatações, mas Neil sabia aceitar as verdades horríveis sobre si mesmo.

— Ah — disse Renee, verificando a mensagem que acabara de receber. — Com licença.

Ela se separou deles e subiu as escadas, com o celular já no ouvido.

Andrew lançou um olhar enviesado para Neil enquanto os dois continuavam sem ela.

— Jean. Se importa em me explicar isso?

— Não sabia que o Kevin tinha passado o número dele — disse Neil, olhando para trás. Renee não estava longe, a apenas algumas fileiras de distância, onde poderia ter certa privacidade em sua ligação. Andrew não disse nada, então Neil deu de ombros. — Ele parecia interessado nela quando encontramos os Corvos no banquete. Espero que ela consiga ajudar a enfraquecer a lealdade irrestrita dele. — Neil pensou por mais um momento e disse: — Talvez seja por isso que Matt parou de apostar em vocês dois?

Andrew não respondeu e terminaram a volta em silêncio.

Como a terapia semanal de Andrew não era mais obrigatória e as Raposas tinham apenas dois carros, ele faltou à sessão da tarde de quarta-feira com Dobson. Neil lembrou que ainda não havia conversado com Andrew sobre a apólice de seguro e fez uma anotação mental para chamá-lo de lado em algum momento. Pensou que conseguiria fazer isso durante o intervalo, mas a conversa continuava a fluir conforme passavam pelos bancos e ele não poderia simplesmente cortar Renee. Só teve a oportunidade quando voltaram para a Torre das Raposas.

— Andrew — chamou ele, quando saíram do carro alugado. Nicky parou e o olhou, curioso. Kevin e Aaron não esperaram, seguindo os veteranos até o dormitório. Neil balançou a cabeça para Nicky, e quando este não entendeu a mensagem sutil, disse: — Só um minuto, a gente já sobe. Fica de olho neles.

Nicky fez uma careta e foi embora reclamando.

— Falar é fácil.

Neil observou até que a última das Raposas desaparecesse, então examinou o estacionamento com um olhar lento. A universidade fizera um bom trabalho ao reorganizar o lugar; o único sinal de que algo ruim acontecera era o fato de que havia menos carros do que o normal. A presença de algumas caminhonetes e SUVs indicava que alguns atletas já haviam recuperado seus veículos, mas ele não reconhecia metade dos carros ali.

— Já teve alguma notícia da oficina? — perguntou Neil, voltando sua atenção para Andrew. — Matt recebeu uma ligação hoje de manhã dizendo que poderia buscar a caminhonete amanhã. O carro da Allison volta no sábado de manhã. Eles vão conseguir consertar o seu?

Andrew abriu o celular, apertou alguns botões e o entregou para ele, que esperou, desorientado, até que o correio de voz de Andrew começou a tocar no viva-voz. Uma voz mecânica anunciou a data de terça-feira, seguida de uma mensagem informativa. O estrago era ainda maior do que aparentara; o lixo na parte de trás escondera tudo o que os torcedores dos Corvos fizeram com o estofamento dos bancos traseiros, e nenhum deles havia olhado no porta-malas antes de o carro ser rebocado. A oficina queria que Andrew ligasse de volta para discutirem as opções e resolverem o que seria necessário para restaurar o carro.

Andrew subiu no porta-malas do carro alugado e tirou um maço de cigarros do bolso. Pegou dois, entregou um para Neil e pegou o celular de volta. Neil cobriu o cigarro com a mão para protegê-lo da brisa. Estudou o rosto de Andrew enquanto este guardava o celular e os cigarros, sem dar qualquer sinal de que as más notícias o haviam afetado.

— Você vai ter que trocar de carro. Se o seguro não cobrir a troca, eu posso pagar a diferença. Você sabe que tenho dinheiro.

Andrew olhou com frieza para ele.

— Não estou interessado em caridade.

— Não é caridade, é vingança. Esse dinheiro nem era meu, lembra? Eu contei que meu pai roubou dos Moriyama. Se pegar um pouco para consertar seu carro, é como se estivesse fazendo o Riko substituir o que os torcedores dele destruíram.

— A vingança só motiva os fracos — argumentou Andrew.

— Se você acreditasse nisso, não estaria planejando a morte de Proust.

O nome do médico ainda tinha um gosto ácido em sua boca, queimando a língua e a garganta de Neil, mas não foi o suficiente para abalar a expressão calma de Andrew, que olhou para ele em silêncio pelo que pareceu uma eternidade, então colocou o cigarro entre os lábios e gesticulou para que ele se aproximasse. Neil tinha certeza de que estava colocando a faca no próprio pescoço ao mencionar Proust de novo, mas obedeceu e diminuiu o espaço entre eles. Andrew segurou a nuca de Neil com força para impedi-lo de recuar. Puxou a cabeça de Neil em sua direção e soprou a fumaça no rosto dele.

— Isso não é vingança. Eu avisei o que ia fazer se ele me tocasse. Estou apenas mantendo minha palavra.

Andrew esperou alguns instantes para ter certeza de que Neil havia compreendido, então o soltou. Quando ergueu o cigarro até a boca de novo, Neil o tomou da mão dele. Quebrou-o entre os dedos, deixando o cigarro cair no asfalto. Andrew observou as metades rolarem em direções opostas e olhou impassível para Neil.

— Noventa e um por cento — anunciou Andrew.

— Aceita o dinheiro. Você comprou aquele carro com a grana que veio da morte de alguém. Esse pode ser comprado com o dinheiro de uma vida... a minha vida. Aquele dinheiro seria usado para comprar meu próximo nome quando eu fugisse daqui. Graças a você, não preciso mais disso.

— Sua vida tem um preço, e você já está pagando. Não pode negociar a mesma coisa duas vezes.

— Você perdeu o direito de me chamar de difícil — disse Neil. Andrew deu de ombros, e ele continuou: — Faça um novo acordo comigo.

Andrew inclinou a cabeça enquanto pensava.

— O que você ia querer em troca?

— O que você pode me dar? — perguntou Neil.

— Não faça uma pergunta que você já sabe a resposta.

Neil franziu a testa, sem entender, mas Andrew não perdeu tempo em explicar. Ergueu a mão entre eles, com a palma virada para cima. Quando Neil se limitou a olhar, Andrew apontou para a mão dele. Desnorteado, Neil imitou o gesto. Andrew pegou o cigarro de seus dedos sem resistência e o enfiou entre os lábios. Estava quase no fim, prestes a se apagar, mas Andrew deu uma tragada longa e o reacendeu.

— Isso era meu — protestou Neil.

— Ah — disse Andrew, despreocupado.

Neil não se importava o bastante para tentar tomá-lo de volta, então observou enquanto o outro fumava. Andrew sustentava seu olhar, em silêncio. Andrew estava esperando. Neil pressupôs que o outro esperava que ele apresentasse uma proposta adequada. Ele não fazia ideia do que deveria pedir, mas sabia que havia mil jeitos diferentes de arruinar o acordo.

O senso comum dizia que deveria forçar uma reconciliação com Aaron, mas se Andrew o fizesse com base naquele acordo, nenhum dos dois irmãos ficaria feliz. Neil deveria pedir algo que fortalecesse as Raposas, como permissão para voltarem a jantar em equipe e assistirem a filmes juntos como fizeram quando Andrew estava ausente. Ele hesitou porque sentia que era uma oportunidade perdida. Fora surpreendentemente fácil fazê-lo concordar com o Halloween. Não tão surpreendente, se pensasse no que Kevin dissera no outono passado. *É mais fácil manipular as pessoas quando sabemos o que elas querem.* Neil só não sabia, até aquele ano, o quê — ou quem — Andrew queria.

Neil afastou o pensamento que não levava a lugar nenhum. Seus pensamentos foram do Halloween para o Eden's Twilight e o Sweetie's, e Neil finalmente descobriu.

— Eu quero que você pare de usar pó de biscoito.

— E depois ele diz que não é defensor da moral — disse Andrew, mais para si mesmo do que para Neil.

— Se fosse por moral, eu pediria que você parasse de beber e fumar também. Só estou pedindo uma coisa. Não tem efeito nenhum em você, então é um risco desnecessário. Você não precisa de um terceiro vício.

— Eu não preciso de nada — lembrou Andrew, no mesmo instante.

— Se você não precisa, vai ser mais fácil, então. Certo?

Andrew pensou por um minuto, depois jogou o cigarro em Neil. O objeto queimou o tecido da camiseta antes de cair. Neil o esmagou com a sola do sapato. A expressão fria com que se virou de volta de nada servia; Andrew já olhava para além dele, à procura de algo mais interessante.

— Vou entender sua irritação como um sim — concluiu Neil. — Levo o dinheiro pra você hoje à noite.

— Vai mesmo? — Andrew voltou a encarar Neil. — Ou melhor, será que consegue? Nicky disse que o Aaron não quer mais você no quarto. Alguma coisa sobre você se enfiar em brigas que não são da sua conta? — Ele balançou a mão em um gesto de mais ou menos. — Esse telefone sem fio fez a mensagem se perder um pouco. Talvez você possa me explicar frente a frente por que de repente ficou tão interessado na vida do meu irmão.

— Não estou interessado na vida do seu irmão — respondeu Neil.

— Sem mentir.

— Não estou mentindo. Eu não suporto ele, mas estamos sem tempo. Em outubro passado eu avisei a você que não vamos conseguir chegar nas finais se continuarmos com todas essas picuinhas. Vocês estão atrapalhando. Eu tinha que começar com um dos dois. Já que todo mundo aposta no Aaron e na Katelyn, pensei que ele estaria disposto a lutar por ela.

—Essa seria uma mudança interessante. Mas, só pra você saber, é um desperdício de energia e esforço. Ele pode tentar, mas não vai ganhar.

— Você tem que liberar ele.

— Ah — disse Andrew, como se isso fosse uma novidade. — Tenho, é?

— Se não fizer isso, vai acabar o perdendo. Aaron vai continuar afastando Katelyn enquanto você mandar, mas vai se ressentir. Vai contar os dias até a formatura e, quando esse dia chegar, você nunca mais vai ver seu irmão. Você não é burro. Sei que consegue enxergar isso. Libera ele agora se quiser que ele volte.

— Quem perguntou isso pra você?

— Não foi preciso. Só estou dando a minha opinião.

— Então não dê. Crianças devem ser vigiadas, não ouvidas.

— Não me acuse de mentir pra você se vai me ignorar quando digo a verdade.

— Isso não é a verdade. A verdade é irrefutável e imparcial. Nascer do sol, Abram, morte: essas são verdades. Você não pode julgar um problema usando o seu ponto de vista obsessivo e chamar isso de verdade. Não está enganando ninguém nessa conversa.

— Se você pedir metade da verdade, só vai receber metade da verdade — retrucou Neil. — Se não gosta das respostas que dou, o problema é seu, não meu. Mas já que estamos falando de obsessão e da vida de Aaron, o que você vai fazer sobre o julgamento dele? Ela vai estar aqui, né? A Cass, quero dizer — acrescentou Neil, embora tivesse certeza de que Andrew sabia de quem ele estava falando. — Você vai ter que enfrentá-la.

— Vigiadas e não ouvidas — repetiu Andrew.

Ele parecia entediado, mas Neil reconhecia um alerta quando o ouvia. Deixou a discussão de lado e voltou para o dormitório.

CAPÍTULO OITO

Pela primeira vez, Neil acordou antes que o alarme de Matt soasse. Ficou deitado por um minuto, então se virou e desligou o próprio despertador. Abriu o celular para verificar a data. Era sexta-feira, 19 de janeiro. "Neil Josten" faria vinte anos no dia 31 de março. Mas naquele dia, Nathaniel Wesninski completava dezenove. Neil nunca tivera o hábito de comemorar seu aniversário, mas sobreviver a mais um ano merecia um momento de silêncio. Passou o polegar na data exibida na tela e seu pedido foi que as Raposas ganhassem de Belmonte.

Tinha consciência de que fora às aulas do dia, mas não aprendeu nada. Redigiu o que os professores diziam sem absorver uma única palavra. Enfiou as anotações no fundo da mochila, mastigou a comida sem sabor do refeitório dos atletas, sozinho, e voltou para a Torre das Raposas. Ao subir as escadas, passou por alguns jogadores de vôlei que desejaram boa sorte, e lembrava-se de ter agradecido. Pelo menos achava que tinha agradecido. Não tinha certeza. Não conseguia se concentrar em nada além da partida.

As Raposas não treinavam à tarde nos dias em que jogavam em casa, então Neil tinha bastante tempo livre. Tentou estudar, mas não conseguiu; tentou cochilar, mas também não obteve sucesso. Quando saíram para o estádio, faltando uma hora para o jogo começar, ele estava a um ponto de perder o juízo.

O vestiário estava com um leve cheiro de alvejante e limpa-vidros. Neil nunca conseguira entender por que limpavam o vestiário antes da partida, mas a pequena equipe de limpeza ia todos os dias. Quando as Raposas apareciam para os treinos, grande parte do cheiro já havia se dissipado, mas Neil presumiu que o tráfego intenso no campus devido à partida tivesse atrapalhado os funcionários. Isso explicava por que Wymack estava sentado no centro de entretenimento, em vez de enfiado no escritório. O treinador afirmava ser alérgico a materiais de limpeza. Abby dizia que aquilo era uma desculpa nada criativa para justificar o apartamento bagunçado dele, mas Wymack, teimoso, insistia em sua versão dos fatos.

Wymack observou sua equipe passar, provavelmente à espera de um sinal de que todo mundo tivesse feito as pazes. Naquela semana, cada treino fora um pouco melhor do que o anterior, mas ainda não haviam chegado aonde precisavam chegar. Neil e Kevin voltaram a se falar na quinta-feira, por que não poderiam se ignorar para sempre. Ainda que os veteranos não tivessem perdoado Andrew pelo seu ato de violência, decidiram aceitá-lo por achar que era um mal necessário. Ainda o viam como um quase sociopata, incapaz de se arrepender de seus atos ou de entender por que ficaram tão bravos.

Aaron, por outro lado, não abria mão do seu ódio em meio às Raposas, uma lombada que os fazia tropeçar quando tentavam se reerguer. Neil não sabia por quanto tempo conseguiria tolerar sua hostilidade tão infantil até dar outro empurrão nele. Gostaria que Nicky exercesse mais influência sobre os primos, já que, por dividirem o quarto, tinha mais chances de repreendê-los. Até mesmo Kevin seria um aliado aceitável, se não fosse pelo fato de que só contestava Andrew quando se tratava de Exy. Não estava muito a fim de se envolver nos problemas pessoais deles.

Não havia mais tempo para se preocupar com isso; Neil teria que resolver durante o fim de semana. Ele se obrigou a parar de pensar nos irmãos e seguiu os garotos para dentro do vestiário. Colocou a senha no cadeado do armário em que ficavam seus equipamentos e abriu a porta. Durante alguns segundos, a porta pareceu resistir, o que era estranho; em seguida, ouviu-se um estalo agudo de algo se quebrando.

E então... sangue.

Ao abrir a porta, algo foi acionado em seu armário e o sangue começou a escoar; Neil recuou ao ver o líquido escorrer sobre tudo o que havia lá dentro. O cheiro era tão forte que ele sentiu a garganta fechar e quase se engasgou. O choque só durou um segundo, depois ele foi dominado pelo pânico. Enfiou a mão no armário, tentando agarrar o uniforme e os equipamentos. Era tarde demais, e ele sabia, mas precisava tentar. A camisa estava encharcada, como uma esponja inchada, espalhando o sangue por seus dedos. Ele a deixou cair e procurou o capacete. Seus dedos tocaram o plástico duro, mas antes que conseguisse tirá-lo, Matt o agarrou.

— Não! — gritou Neil, mas Matt o arrastou para longe do armário.
— Espera!

Tentou firmar os pés, mas as solas dos sapatos estavam ensopadas e deslizavam pelo chão. O sangue caíra do armário e começava a formar uma poça que se espalhava com rapidez pelo chão. Pendurada na parte de cima do armário estava uma sacola plástica vazia, ajustada para se rasgar assim que a porta fosse puxada. Parecia grande o bastante para conter ao menos dois galões; mais do que o suficiente para destruir todos os equipamentos de Neil.

— Nicky, vai chamar o treinador — ordenou Andrew.

Nicky saiu em disparada. Neil deu uma cotovelada forte em Matt, que xingou e o soltou. Neil correu de volta até o armário, derrapando. Teve que se segurar no armário ao lado para não cair. Assim que recuperou o equilíbrio, tirou tudo o que tinha lá dentro, peça por peça, desesperado. Não conseguia mais diferenciar o uniforme das partidas em casa e o de jogos como visitante. Até os equipamentos de proteção de sua armadura estavam destruídos. Ele pegou o capacete e o virou, observando o sangue cair do plástico duro que protegia o rosto.

— Neil? — disse Matt.

Neil deixou o capacete cair na pilha a seus pés e socou o fundo do armário. Seu punho acertou o plástico em vez do metal, e Neil arrancou a sacola rasgada do gancho. Quando se virou para jogá-la, Andrew o agarrou pelo pulso. Ele não tinha ouvido Andrew se aproximar. Neil olhava para ele e através dele, o coração batendo com força.

— Tudo estragado — disse Neil, com a voz fraca e cheia de ódio. — Está tudo estragado.

Wymack irrompeu no vestiário com Nicky logo atrás. Ficou paralisado por alguns instantes ao ver a quantidade de sangue, e então caminhou até Neil.

— Esse sangue é seu?

— Treinador, meu equipamento... Está todo...

— Não é dele. — Andrew o soltou e voltou para o armário. — Neil está bem.

— Água oxigenada. Será que a Abby tem no escritório dela? — perguntou Neil.

Quando Wymack não respondeu, Neil foi em direção à porta para procurar por conta própria. O treinador colocou um braço no caminho para detê-lo.

— Preciso limpar meu uniforme antes que o sangue seque, ou não vou ter nada pra usar hoje.

— E eu preciso que você bloqueie essa porra de pensamento por dois segundos pra focar no fato de que você tá coberto do sangue de alguém ou de alguma coisa. Você está bem?

— Andrew já disse que estou bem — respondeu Neil, entredentes.

— Não perguntei para o Andrew — retrucou Wymack —, perguntei para você.

— Toma, eu tenho uma toalha extra — falou Matt, tirando-a de seu armário aberto.

Ele foi depressa até o banheiro para umedecê-la na pia, mas parou de repente quando estava voltando. Sua voz assustada ecoou pelas paredes do vestiário.

154

— Que porra é essa?

Neil sabia que não deveria olhar, mas foi até lá mesmo assim. Wymack e Andrew estavam logo atrás. Neil seguiu o olhar de Matt até a parede mais distante e sentiu o estômago se revirar. Escrito com sangue no azulejo havia uma mensagem gritante: "Feliz 19º aniversário, Jr."

A cabeça de Neil se encheu de estática e gritos. O murmúrio estridente que ouvia ao fundo parecia deslocado, e ele levou uma eternidade até perceber que o som vinha de seus companheiros de equipe. Compreendia a ansiedade em suas vozes, mas não distinguia uma palavra sequer. O medo cravara as garras geladas no estômago dele, arrastando-o até a garganta. Neil fechou os olhos por dois segundos e respirou fundo. Não conseguiria lidar com isso naquele momento. Não conseguiria e não iria.

Suprimiu a sensação de pânico que começava a crescer e a enterrou dentro de si, da mesma forma que fizera ao sufocar a dor que sentia e queimar o corpo da mãe. Teria que lidar com tudo isso mais tarde, porque se tentasse naquele momento, com as Raposas a observá-lo, perderia tudo.

O mundo voltou ao foco aos poucos, bem a tempo de permitir que Neil ouvisse Wymack murmurar algo sobre chamar a polícia. Neil agarrou o treinador pelo cotovelo antes que pudesse se virar, apertando-o com tanta força que sentiu os ossos estalarem.

— Treinador — disse, com toda a calma que conseguia —, você vai ter que deixar a polícia de fora dessa. Certo? Vamos seguir em frente e jogar. Depois da partida eu venho limpar isso aqui. Ninguém precisa saber.

— Me dá um bom motivo para não cancelar o jogo agora e trazer a equipe de segurança aqui — protestou Wymack.

— Não posso explicar ainda. Falei que você precisa esperar até maio — respondeu Neil, estreitando os olhos.

Ele forçou Wymack a se lembrar da promessa que fizera na véspera de Ano-Novo, quando questionara suas mentiras e cicatrizes. Não dis-

155

sera ao treinador que vivia em fuga, mas chegara perto o bastante para permitir que ele juntasse as peças. Neil precisava que ele se lembrasse e percebesse o óbvio: os homens de Riko não teriam deixado evidência alguma, mas as impressões digitais de Neil estavam por toda a parte.

Wymack não disse nada, mas estudou Neil com uma intensidade inquietante. Neil soltou o treinador e puxou a toalha molhada da mão de Matt, que não resistiu. Ao atravessar o vestiário até a mensagem nos azulejos, Neil sentiu os pulmões se contraírem. Tentou não respirar fundo para não sentir vontade de vomitar e esfregou as letras na parede. No final, ainda havia um pedaço da toalha intacto para que limpasse as mãos. Ele voltou até os outros e colocou a toalha na pia; lidaria com ela depois.

— Neil — começou Matt.

Neil não queria ouvir.

— Vai se trocar, Matt.

Ele voltou para examinar o armário. Não demorou muito para perceber que nenhum de seus companheiros de equipe havia se movido. Matt ainda estava paralisado próximo às pias. Wymack e Andrew estavam na porta que levava aos banheiros. Aaron, Kevin e Nicky estavam perto dos armários. Neil podia sentir todos os olhos nele. A sensação era de que a verdade estava escrita em sua pele para todos verem. A mensagem dizia apenas "Jr.", mas ele esperava que alguém o chamasse pelo nome a qualquer momento.

Neil olhou em volta e focou na pessoa mais capaz de o ajudar a resolver aquela situação.

— Kevin — disse, e continuou em francês —, faz eles se moverem. Faltam quarenta minutos pro jogo começar.

— Você vai conseguir jogar?

— Estou com raiva, não machucado. Não vou deixar isso nos impedir de ganhar hoje. Você vai?

Kevin o analisou por um instante, então se virou com um olhar mordaz para os companheiros de equipe.

— Andem, se mexam. Temos um jogo pra ganhar.

— Você só pode estar de sacanagem — reclamou Matt, surgindo atrás de Andrew e olhando para os dois atacantes. — Vocês vão mesmo ignorar que isso — apontou o dedo para o armário de Neil — acabou de acontecer? Neil, você parece um dublê de *Carrie, a estranha*. Não quer nem chamar a segurança aqui enquanto ainda está tudo fresco?

— Não — respondeu Neil —, não quero.

— Você só pode estar de sacanagem — repetiu Matt.

Neil olhou para ele.

— Riko tem um ego enorme e é um grande babaca. É essa a reação que ele quer provocar. Se conseguir, sai vencedor. Não dê esse gostinho pra ele. Vamos fingir que isso nunca aconteceu e focar nas Tartarugas.

Wymack só levou alguns instantes para escolher de que lado ficaria.

— Ninguém vai se trocar aqui. Peguem seus equipamentos e caiam fora. Podem ficar com o vestiário das meninas quando elas acabarem. Você tem um voto de confiança hoje — afirmou, quando Neil olhou para ele. — Se eu julgar que não está concentrado no jogo, vou tirar você de quadra tão rápido que vai ficar com dor no pescoço, e a Dan vai entrar no seu lugar. Estamos entendidos?

— Sim, treinador — respondeu Neil.

Wymack olhou para a bagunça mais uma vez, parecendo se odiar um pouco por apoiar a atitude de Neil. Por fim, balançou a cabeça e tirou as roupas de Neil da pequena pilha no chão.

— Vou pedir pra Abby limpar isso. Alguém empresta outra toalha pro Neil.

— Obrigado — disse Neil.

— Cala a boca — retrucou Wymack, saindo irritado.

Um silêncio opressivo tomou conta do vestiário. Por fim, Andrew foi até seu armário e terminou de pegar os equipamentos. Era a motivação de que os outros aparentemente precisavam, porque todos pegaram suas coisas e saíram. Nicky emprestou uma toalha extra para Neil e foi para o outro vestiário. Matt foi o último a sair, e hesitou ao perceber que Neil ainda não tinha se mexido.

— Vou tomar banho aqui — explicou Neil, apontando para sua aparência deplorável. — Não quero prolongar isso mais do que o necessário.

Matt não discutiu e deixou Neil em paz. Neil olhou para seu armário, então desviou o olhar, decidido, e foi até os chuveiros. Tomou banho olhando para o chão, observando a cor vermelha desaparecer lentamente na água. Mesmo depois que a água ficou cristalina, ele ainda sentia como se estivesse morrendo por dentro. Lavou-se três vezes até se dar por vencido.

Assim que desligou o chuveiro, Wymack o chamou do lado de fora.

— Matt foi até a Torre das Raposas pra pegar cuecas e meias pra você. Eu trouxe o equipamento extra, mas você vai ter que ver qual fica melhor. Trago seu uniforme de volta quando estiver limpo. Não sai daí enquanto isso.

— Sim, treinador — respondeu Neil.

Ele ouviu o treinador fechar a porta e se secou dentro do box. As Raposas tinham alguns equipamentos extras, fruto dos anos em que havia mais atletas no banco. Renee usara uma dessas armaduras quando jogara na defesa, no outono passado. A maior parte do equipamento era ajustável, mas apenas até certo ponto. Neil precisou provar cada um deles para escolher um conjunto completo dentre aqueles que Wymack levara. Depois, não tinha mais nada para fazer além de esperar.

Pareceu que uma eternidade se passou antes que Matt retornasse; o trânsito noturno causado pelo jogo tornara o trajeto curto até a Torre das Raposas muito mais demorado. Neil foi arrancado de seus pensamentos sombrios quando alguém bateu à porta. Ele se levantou do banco e foi investigar. O equipamento que vestia tornava impossível colocar a toalha em volta de seu corpo. Em vez de se enrolar nela, segurou-a na altura do pescoço para que cobrisse seu torso cheio de cicatrizes.

Neil abriu uma fresta da porta e espiou. Era Matt no corredor.

— Por que você bateu? — perguntou Neil, surpreso.

Matt fez uma cara estranha para ele.

— Abby disse que ainda está com seu uniforme.

Não era a primeira vez que as Raposas faziam de tudo para lidar com os problemas de privacidade de Neil, mas geralmente só acontecia quando tinham tempo para pensar no assunto. Por causa de Neil, Matt estava atrasado para o aquecimento e abalado com a peça horrível que Riko pregara. Apesar disso, se lembrou de que não deveria entrar.

— Obrigado — disse Neil, por fim, e pegou as roupas que Matt espremia pela porta.

Matt também trouxera roupas extras para que ele tivesse o que vestir após o jogo. Neil sentiu um arrepio ao pensar no colega mexendo em suas coisas, mas tentou afastar aquela tensão tão instintiva.

— Sem problemas — disse Matt. — Precisa de mais alguma coisa?

— Uma chance de acabar com Riko, sem testemunhas — respondeu Neil.

Matt sorriu como se pensasse que Neil estava brincando e saiu. Ele fechou a porta e vestiu a cueca e as meias. Levou os tênis para o banheiro e os lavou na pia. Não poderia fazer muito mais do que isso. O sangue havia encharcado o forro por dentro. Neil poderia usá-los naquela noite, mas teria que substituí-los o mais rápido possível. Conseguiria vestir o short por cima dos sapatos, então calçou os tênis e amarrou os cadarços. Andou pelo vestiário, observando o relógio para não olhar para o sangue.

Finalmente, Wymack apareceu com seu uniforme.

— Fizemos o que estava ao nosso alcance, mas vamos precisar de um conjunto novo pra você. Vou fazer o pedido hoje à noite e pedir pra entregarem o quanto antes.

Ele o estendeu e começou a trabalhar, arregaçando as mangas. Neil havia sujado a manga do treinador quando o agarrara pelo braço, de forma que ele precisou puxá-la para esconder. Neil pensou que deveria pedir desculpas, mas não achou que Wymack permitiria. Em vez disso, espremeu o excesso de água da bainha e das mangas da camisa do uniforme.

— Foi o máximo que conseguimos secar — explicou Wymack, olhando para a água que pingava. — Matt trouxe um dos secadores de cabelo das meninas, mas Abby não quis usar porque ficou com medo de manchar.

— Se alguém perguntar, vou dizer que foi uma pegadinha pré-jogo. Não deixa de ser verdade.

Neil terminou de se vestir. Wymack deu uma olhada rápida, concluiu que estava bom o bastante para passar pelo olhar perscrutador da torcida, assentindo sem muita convicção, e enxotou Neil do vestiário antes dele. A equipe já havia se aquecido e se alongado, pois estava muito perto da hora de o jogo começar. Neil deu algumas voltas sozinho enquanto Wymack comandava o discurso pré-jogo. Parou de falar quando Neil voltou. Todo mundo olhou para ele.

— Tem certeza que você tá bem, Neil? — perguntou Dan.

— Tenho certeza que temos um jogo pra ganhar — afirmou Neil. — Melhor se preocupar com isso, e não comigo.

Os árbitros deram o ok para que entrassem em quadra para se exercitar. Neil focou em cada movimento para não pensar em mais nada. Quando os jogadores titulares se posicionaram para o início do jogo, Neil estava tão concentrado na partida que quase chegou a esquecer o que acontecera no vestiário. Mas a sombra daquele episódio ainda permanecia no fundo de sua mente, por mais que não quisesse reconhecer, e o incentivou a jogar com mais intensidade e mais rápido. Kevin não o alertou para diminuir o ritmo, e os dois foram de encontro aos defensores com uma violência atípica. Neil levou um cartão amarelo antes do intervalo. Esperava que Wymack usasse isso como desculpa para tirá-lo do jogo, mas o treinador não disse nada quando guiou a equipe de volta para o vestiário.

Neil pensou ter sentido cheiro de sangue, mas sabia que era impossível. Havia espaço demais entre o vestiário e o saguão, e o fedor de suor e desodorante dos companheiros empesteava o ar.

— Cadê a Abby? — perguntou Dan, e Neil percebeu que não a via desde o começo do jogo.

— Ela teve que ir ao campus rapidinho. Tentem não apanhar enquanto ela não estiver aqui. — Wymack apontou para a geladeira portátil. — Bebam alguma coisa e se alonguem. Não temos muito tempo.

As Raposas jogaram o segundo tempo como se tivessem tudo a perder. Neil usou as habilidades de passe e arremesso que Kevin lhe ensinara e aplicou alguns dos movimentos defensivos com os pés que aprendera com os Corvos. Quando precisava falar com Kevin, usava o francês. Não dirigiu uma única palavra a seu marcador, não importava o que ele dissesse. Não tinha fôlego para comentários sarcásticos e inúteis e precisava concentrar a pouca energia que tinha no jogo. A julgar pelo tom de voz cada vez mais agressivo, Neil sabia que o defensor estava incomodado com o silêncio. Neil fingia que não o via, exceto quando precisava empurrá-lo para ultrapassá-lo.

Matt era uma força dominante do outro lado da quadra. Nicky ainda era o elo mais fraco na linha de defesa, mas Andrew o equilibrava com uma eficiência implacável. Quando Aaron entrou, ele e Andrew jogaram juntos como se não houvesse nada de errado entre os dois. Neil não sabia se tinham estabelecido uma trégua por causa do que Riko fizera ou se o jogo bastava para distraí-los de seus problemas pessoais. Naquele instante, não importavam os motivos, desde que cooperassem.

Com oito minutos de jogo, o ritmo das Raposas começou a diminuir. Haviam começado com intensidade demais. Contanto que conseguissem segurar as pontas, ficariam bem, pois estavam dois gols à frente; mas Neil queria que marcassem mais um para que a energia da equipe se renovasse. Os defensores que marcavam a ele e Kevin tinham acabado de entrar em quadra, e a defesa era eficiente em frear cada jogada que faziam. Neil sabia que Kevin estava tão frustrado quanto ele, porque começava a cruzar a linha do que era considerado uma falta aceitável. Neil o avisou a respeito disso quando perderam a posse de bola de novo. Kevin rosnou, rude.

Dois minutos depois, as Raposas conseguiram o incentivo que precisavam. Um atacante das Tartarugas contornou Matt e correu em direção ao gol. Matt não conseguiu alcançá-lo, mas acertou um golpe quando o atacante foi arremessar. O jogador tropeçou, retorcendo a raquete em uma tentativa de manter a posse de bola, e deu mais um passo em direção ao gol. Em um piscar de olhos, Andrew já tinha saído da área, entrando em uma disputa corporal tão dura que derrubou o atacante. Ele ficou deitado onde estava por cerca de cinco segundos, atordoado demais para se levantar. O jogo não parou por causa dele. Matt recuperou a bola com um grito de guerra e a jogou do outro lado da quadra para Allison. Quando Neil arremessou no gol e marcou, as Raposas se reagruparam.

O placar final foi de oito a cinco para as Raposas, e os gritos da torcida eram estrondosos. Os atletas foram comemorar próximo ao gol porque Andrew não iria até eles. Na temporada anterior, Nicky e Renee o atraíam para a festa porque ele estava sempre enjoado demais para protestar. Naquele momento, quando Nicky fingiu que iria pular nele, Andrew apontou sua raquete em um aviso. Nicky pensou melhor e se pendurou em Aaron. Andrew permaneceu como um espectador desinteressado, de fora da comemoração, enquanto as Raposas pulavam e gritavam alguns metros à frente. De alguma forma, Kevin conseguiu contornar todos os outros para dizer algo a Andrew. Neil não conseguiu ouvir por causa do barulho dos companheiros de equipe, mas o gesto desdenhoso de Andrew indicava que não estava preocupado com a aprovação de Kevin.

Eles apertaram as mãos das Tartarugas o mais rápido possível e saíram da quadra. Wymack e Abby os esperavam. O treinador exibia um sorriso enorme, e o de Abby não era menos discreto. A alegria de Wymack só serviu para aumentar a empolgação de Dan, que correu até a torcida adversária para provocá-los. Nicky e Matt partiram atrás dela. Wymack os deixou, sabendo que os repórteres os veriam como alvos fáceis, e conduziu as Raposas até o vestiário. Neil percorreu todo o caminho até o saguão antes de se lembrar da confusão que o esperava.

— Você tem um esfregão que eu possa usar? — perguntou ele.

— Cala a boca. Você não vai limpar aquilo agora. Acabamos de ganhar — disse Wymack.

— Oito a cinco — complementou Allison, como se Neil já tivesse se esquecido. O tom agudo de sua voz demonstrava que ainda estava irritada com tudo aquilo. Neil não se retraiu ao ouvir as próximas palavras, mas foi por pouco. — Acho que você pode considerar isso seu presente de aniversário da equipe.

— Allison — protestou Renee.

— Não. — Allison apontou um dedo para Renee para interrompê-la, mas manteve os olhos em Neil. — Já cheguei no limite de palhaçadas que vou aguentar esta semana, que dirá este ano. Preciso saber o quanto essa disputa de quem tem o pau maior entre o Neil e o Riko ainda vai piorar.

— Vamos conversar sobre isso — disse Wymack —, mas não até que todos estejam aqui. Vão tomar banho. Vamos nos dividir de novo. As meninas primeiro. — Wymack as observou sair e esperou até que a porta do vestiário se fechasse. — Vou instaurar uma nova regra de equipe obrigando todo mundo a ficar feliz após uma vitória. Vocês vão acabar comigo antes da minha hora, seus malditos.

O treinador olhou para eles, mas Kevin observava Neil e os gêmeos voltaram a se ignorar. Wymack ergueu as mãos em derrota e saiu. Um silêncio tenso pairou pela sala, até que Dan apareceu, com Nicky e Matt logo atrás. Os três ainda pareciam entusiasmados com a vitória e as entrevistas, mas estar perto dos companheiros mal-humorados acabou com o ânimo deles. Dan hesitou apenas um momento, então continuou em direção ao vestiário, em silêncio. Nicky se aproximou e apoiou o ombro contra Neil.

— Então, acabamos de vencer o segundo de três jogos. A vitória da semana que vem vai ser a cereja do bolo. — Nicky lançou um olhar significativo para Kevin, como se exigisse a participação dele na conversa. — E aí vamos pro primeiro jogo mata-mata. Chances de pegarmos alguém interessante?

— Zero. Todas as equipes interessantes estão do outro lado da chave — respondeu Kevin.

— Todas menos a nossa, você quer dizer. — Nicky aguardou um instante para que ele concordasse, então deu um suspiro exagerado ao perceber que não o faria. — Você é tão parcial. Só não se esqueça de qual time você está. Se acabarmos enfrentando a USC, é melhor que torça pela gente.

— Vou pensar a respeito — disse Kevin.

Os Corvos e os Troianos eram rivais intensos, mas Kevin era um torcedor obstinado da USC. Neil não se surpreendia. A USC tinha um dos melhores times do país. Eram famosos por seu espírito esportivo e haviam liderado o movimento para manter as Raposas no campeonato no outono anterior. Mereciam a atenção e a torcida de Kevin.

— Babaca. Vou contar pro Wymack que você gosta mais do treinador Rhemann — retrucou Nicky.

— Pode contar. Se o treinador sabe o que está fazendo, então tem consciência de que os Troianos são melhores do que as Raposas. Sempre foram e sempre vão ser.

— Parcial — murmurou Nicky de novo.

Quando as garotas terminaram, Dan veio avisá-los e os meninos assumiram o vestiário. Quando estava embaixo do chuveiro, Neil checou as unhas em busca de sangue. Não encontrou nada, mas por um instante jurou ter sentido o cheiro de carne queimada.

Foi o último a se vestir, como sempre, e encontrou os companheiros esperando por ele no lounge. Wymack estava parado na frente do centro de entretenimento, com os braços cruzados. Abby estava apoiada na porta. Neil ficou tentado a passar por ela e sair, fugindo da conversa. Duvidava que alguém o deixasse escapar impune, então se sentou ao lado de Andrew no sofá.

Wymack esperou até que ele se assentasse antes de começar.

— Em primeiro lugar: vamos falar do elefante massacrado na sala. Ou melhor, dos pássaros massacrados. Pedi um favor ao corpo docente e consegui que Abby tivesse acesso aos microscópios nos laboratórios de ciências. Precisávamos ter certeza de que não era sangue humano.

— Que parada mais mórbida — disse Nicky.

— Mas necessária, considerando com quem estamos lidando. — Wymack balançou a cabeça. — A última coisa que quero é colocar todos vocês em risco. A quadra deveria ser um lugar seguro pra todo mundo, mas falhei ao proteger vocês. Estou pensando em instalar câmeras nas áreas comuns, mas não vou a menos que todo mundo concorde. Se acontecer, os únicos que vão ver as fitas são as pessoas nesta sala agora. Também não quero mais ninguém se metendo na nossa vida.

"O que nos leva à segunda questão: Neil nos pediu para deixar as autoridades fora disso", disse Wymack, olhando cada uma de suas Raposas. "Eu respeito ele o bastante pra conceder isso, mas essa decisão não é só minha. Vocês concordam?"

— Você vai mesmo deixar o Riko se safar dessa? — perguntou Dan.

— Ele não teria feito isso se pensasse que poderia ser pego — respondeu Neil.

— Talvez a gente não consiga chegar até ele, mas podemos encontrar seus paus-mandados. Ninguém é perfeito. Todo mundo deixa um rastro — sugeriu Matt.

Aaron falou a seguir, e o tom de acusação em sua voz fez o sangue de Neil gelar:

— Você entende bem isso, né, Júnior?

Neil lançou um rápido olhar para a expressão sombria de Aaron e se preparou para o pior. No entanto, o que veio era ainda mais terrível do que esperava.

— Eles nunca vão encontrar provas de que Riko estava envolvido nisso, mas podem encontrar você, né? É essa a questão aqui, não? — Aaron apontou para o próprio rosto, indicando a mudança abrupta da aparência de Neil. — Sua aparência, os idiomas que fala, as mentiras… você está fugindo de algo ou de alguém.

A pergunta entredentes foi um golpe baixo que deixou Neil sem ar e abriu um buraco em seu estômago. O silêncio que se seguiu parecia infinito. Neil tinha certeza de que os colegas de equipe conseguiam ouvir seus batimentos; o coração martelava com tanta força e tão alto que ele o sentia em cada centímetro da pele. Os olhares deles eram penetrantes o suficiente para revelar todos os disfarces que Neil já havia usado.

Encontrar sua voz foi um ato de desespero. Mantê-la calma consumiu toda a energia que lhe restava.

— Sabe, eu esperava esse tipo de golpe baixo e de traição dos Corvos. Achei que as Raposas eram melhores do que isso. Não — disse Neil quando Aaron abriu a boca de novo. — Não ouse descontar seus problemas com o Andrew em mim. Sei que você está puto porque envolvi a Katelyn na história, mas vai ter que superar isso.

— Você a arrastou pra uma coisa que não tinha nada a ver com ela. Então, vou enfiar todos eles na sua história. Não é tão divertido quando alguém paga na mesma moeda, né? — provocou Aaron.

— Você é tão burro. Eu me enfiei na briga de vocês porque queria ajudar. Você está fazendo isso porque acha que assim vai me machucar. Tem uma diferença gritante entre os dois casos. A parte boa é que você provar que é mesmo um babaca só me mostra que eu estava certo sobre suas chances. — Neil inclinou a cabeça de lado e olhou para Aaron. — Já notou que é a sua covardia que mantém você e o Andrew distantes um do outro, né?

— Eu não sou covarde.

— Você é um babaca e um covarde. Deixa a vida passar por você e não faz nada para revidar. Permite que outras pessoas ditem como viver sua vida e com quem você pode passar seu tempo. Refresque a minha memória, por favor, e me diga por que tolerou os abusos da sua mãe por tanto tempo. Era por que a amava, apesar de ela ser louca, ou por que tinha medo demais de ir embora?

— Neil. Isso não… — começou Dan, chocada.

— Vai se foder. Ainda estou esperando por uma resposta pra minha pergunta — disse Aaron.

— E eu ainda estou esperando um agradecimento — rebateu Neil, então lançou um olhar para Andrew. — De vocês dois. De um pro outro. Vocês estão quites agora, não? Então por que não podem esquecer o passado e começar de novo? Por que prolongar isso por mais três anos se podem consertar tudo agora?

— Você não sabe de nada — retrucou Aaron, em um tom baixo e ácido.

— Você não quer que eu esteja certo. Porque se eu estiver, a culpa por ela estar morta é toda sua.

Andrew por fim interferiu.

— Não. A culpa sempre vai ser dela.

— Ela não se matou, Andrew — disse Aaron, com a crueldade do luto.

Andrew lançou um olhar frio para ele.

— Eu avisei o que iria acontecer se ela erguesse a mão pra você de novo. Ela não podia dizer que eu não avisei.

— Meu Deus — exclamou Matt —, você acabou de...

Wymack apoiou o indicador e o polegar entre as sobrancelhas e soltou um suspiro pesado.

— Será que você pode pelo menos esperar a gente sair daqui antes de confessar?

Aaron olhou de Wymack para os veteranos, depois de novo para Andrew. Neil esperava que ele entendesse o aviso de Wymack como uma ordem para ficarem em silêncio. Em vez disso, Aaron mudou para o alemão e disse:

— Não foi por isso que você fez o que fez. Não mente pra mim.

— Ela não era nada e nem ninguém pra mim. Que outro motivo eu teria para matá-la? — respondeu Andrew.

Aaron levou um minuto para conseguir falar de novo. Ainda parecia irritado, mas havia um tom diferente em sua voz:

— Você mal olhava pra mim. Mal falava comigo, a não ser que eu falasse primeiro. Não sei ler mentes. Como que eu ia saber?

— Porque eu fiz uma promessa — respondeu Andrew. — Não esqueci do que prometi só porque você escolheu não acreditar em mim. Fiz o que disse que ia fazer, e pro caralho com você por achar que seria diferente.

Lá estava de novo: uma pista da raiva contida no âmago de Andrew. Aaron abriu a boca, mas voltou a fechá-la e abaixou o olhar. Andrew olhou para a cabeça baixa do irmão por um minuto interminável. Aaron havia desistido da briga, mas cada segundo que passava parecia adicionar mais tensão ao corpo de Andrew. Neil observou os dedos dele se curvarem em suas coxas, não em punhos fechados, mas como se estivesse estrangulando alguém, e soube que Andrew estava prestes a perder o controle.

Ele estendeu a mão entre os dois, tentando impedir Andrew de olhar para Aaron, e Andrew o olhou com crueldade. Um segundo depois, já havia retornado à expressão indiferente de sempre. Neil se arrependeu na hora da intervenção. Ninguém conseguia fazer com que a raiva passasse tão rápido; Andrew só a havia enterrado em um lugar em que apenas ele sairia machucado. Era tarde demais para voltar atrás, então Neil abaixou a mão em um sinal de derrota.

— Isso era tudo, treinador? — perguntou Neil.

— Não — interrompeu Allison. — Por mais que essa pequena distração tenha explicado bastante coisa, não responde à pergunta. O que Riko tem contra você?

De nada adiantaria mentir, considerando as acusações que Aaron fizera. Neil optou pela verdade em sua forma mais simples e que de nada ajudava.

— Ele sabe quem eu sou.

Eles levaram alguns instantes para perceber que já terminara de falar, então Matt arriscou:

— Hm?

— A família de Neil tem uma reputação — explicou Kevin, vindo inesperadamente em defesa de Neil, que olhou para ele, tentando indicar que se calasse e, ao mesmo tempo, buscando manter sua expressão neutra. Kevin não retribuiu o olhar, mas tudo o que disse a seguir foi:

— Riko está tentando usar essa informação contra Neil.

— Isso vai ser um problema? — perguntou Dan.

— Não — respondeu Neil.

Allison arqueou uma sobrancelha para ele e gesticulou por cima do ombro, provavelmente se referindo ao vestiário destruído.

— Tem certeza?

— Tenho — respondeu Neil, mas ninguém parecia acreditar. Ele pensou nas próximas palavras com cuidado à procura do equilíbrio perfeito entre a verdade e a mentira para fazê-los parar com as perguntas. — Riko sabe quem eu sou porque nossas famílias operam em círculos semelhantes, mas ele só é um Moriyama no nome. Não tem recursos pra fazer mais do que me ameaçar.

— Porra, Neil. Seus pais devem ser coisa de outro mundo se conseguem fazer o Riko seguir as regras. Aaron estava certo, então? Essa é sua aparência de verdade? — perguntou Matt.

— É — respondeu Neil.

— Mas por que mentir sua idade? Não dá pra entender.

— Não quero que ninguém descubra minha conexão com minha família. Quanto mais difícil for para ligarem esses pontos, melhor. Ter dezoito anos em Millport significava que meus professores e o treinador não precisavam consultar meus pais para tomar decisões. Se dissesse a verdade a vocês, teria que explicar por que menti, e não estou acostumado a confiar nas pessoas. Não quero que vocês me julguem pelos crimes que meus pais cometeram.

— Como se a gente pudesse julgar alguém — retrucou Dan, e Neil deu de ombros em um pedido de desculpas silencioso. Ela parecia ter mais a dizer, mas parecia ter dado um jeito de abafar a curiosidade e deixá-la de lado. Olhou para Allison primeiro, depois para Matt e Renee. Quando viu que ninguém tinha mais nada a perguntar, completou: — É, acho que acabamos por aqui, treinador.

Wymack assentiu.

— Todo mundo concorda com as câmeras? Sim? Vou mandar instalarem no fim de semana. Na segunda à tarde falamos da localização das câmeras e do jogo. Até lá, descubram como resolver esses problemas pessoais — disse ele, lançando um olhar significativo para Aaron. — Não ousem trazer esse tipo de atitude pra minha quadra de novo, nunca mais. Entenderam?

As Raposas murmuraram em consentimento, e Wymack gesticulou para que saíssem.

— Estão dispensados. Dirijam com segurança.

O lado de fora do estádio era puro caos. Alguns torcedores bêbados gritavam e corriam como loucos; outros dançavam e cantavam, gritando alegres. Uma enorme quantidade de policiais tentava controlar a bagunça. Seguranças ficaram de olho nas Raposas até que chegassem aos carros. Aaron passou pelo veículo alugado e subiu na caçamba da caminhonete de Matt. Nicky abriu a boca para dizer algo, mas Andrew acendeu o isqueiro a centímetros de distância do rosto dele em um aviso. Nicky entrou em silêncio no banco de trás com Neil e passou o resto do trajeto olhando para baixo.

O tráfego nas redondezas do estádio era intenso, e os carros das Raposas se separaram no trânsito. Matt chegou primeiro ao dormitório. Quando os outros apareceram, Aaron já havia saído. Neil observou Andrew guiar Kevin e Nicky até o quarto antes de se dirigir para o dele. Matt foi atrás de Neil, que tentou fingir surpresa ao ver que as meninas o seguiam.

O zumbido suave de seu celular o distraiu, e Neil o tirou do bolso. Havia uma nova mensagem na caixa de entrada. Não reconheceu o número nem o código de área. Tampouco entendeu a mensagem: "49." Neil esperou um minuto, mas não recebeu mais nada. Deletou a mensagem e guardou o celular.

— Neil — falou Dan, e esperou até que ele olhasse para continuar. — Obrigada. Por nos contar a verdade, quer dizer. Sei que não é tudo, mas também sei que você não teve escolha. Quando quiser conversar, estamos prontos pra ouvir. Você sabe, né?

— Eu sei — respondeu Neil.

Ela apertou o ombro dele em um apoio silencioso, mas feroz.

— E obrigada por... bom, por seja lá o que você esteja fazendo por Andrew e Aaron. Não tenho certeza se entendi o que aconteceu hoje, mas sei que foi importante.

— Importante? — repetiu Matt. — Vamos falar sobre o fato de Andrew ter matado a mãe deles? Achei que ela tinha morrido num acidente de carro. É o que todo mundo dizia.

— Mas ela morreu numa batida de carro — disse Neil.

— Eu disse *acidente* — retrucou Matt. Neil olhou para ele sem dizer nada, então Matt perguntou: — Como você descobriu?

— Nicky me contou faz uns meses — revelou Neil.

— Simples assim — disse Matt, desconfiado. — Você sempre soube do que ele é capaz, mas disse que ele nunca deu motivos pra você ter medo. Que porra os seus pais fazem pra você conseguir ignorar um assassinato como se não fosse nada demais e enfrentar Riko o tempo todo?

Neil balançou a cabeça e foi salvo pela fala gentil de Renee.

— Talvez Neil confie nos motivos de Andrew. Ele admitiu o assassinato, disso a gente sabe, mas também disse que foi pelo irmão.

— Foi premeditado — interferiu Dan. — Isso não é desculpa. Ele poderia ter chamado a polícia, a assistência social ou até os pais do Nicky.

— Pessoas com nosso histórico não costumam confiar na polícia. Talvez Andrew nunca tenha pensado nessa possibilidade— comentou Renee.

— E olha o que aconteceu em novembro passado. Andrew sempre soube que Luther não iria proteger Aaron— acrescentou Neil.

Dan olhava para os dois, incrédula.

— Vocês compactuam com isso?

Renee abriu as mãos e deu um sorriso tranquilizador para a amiga.

— Não sabemos de tudo o que aconteceu, Dan. Nunca vamos saber o que estava passando pela cabeça de Andrew na época ou o quanto a vida deles era ruim. Tudo o que podemos fazer é escolher: ou acreditamos que ele estava protegendo o Aaron ou o condenamos por escolher o caminho mais extremo. Prefiro a primeira opção. Vocês não preferem? É encorajador e reconfortante pensar que ele não fez isso por pura maldade.

— Só falta você falar que foi bondade da parte dele — rebateu Allison, em zombaria.

— Por favor, não faz isso. Meu estômago já tá revirando— disse Dan, com uma careta discreta.

Neil esperou para ter certeza de que a conversa havia acabado, então afirmou:

— Vou deitar.

Nenhum deles tentou impedi-lo. Ele se trancou no quarto, trocou de roupa e se enfiou embaixo dos lençóis. Seus pensamentos ameaçavam puxá-lo para lugares sombrios, então Neil silenciosamente contou números o máximo que pôde em todas as línguas que conhecia. Não ajudou muito para fazê-lo cair no sono, mas pelo menos manteve os demônios afastados por mais algum tempo.

CAPÍTULO NOVE

Quando o sol nasceu, Neil desistiu de fingir que dormia e se levantou da cama. Foi correr pela Perimeter Road, indo em direção à Toca das Raposas, quando o caminho se dividiu. Os seguranças de sempre faziam a ronda. Neil confiava cada dia menos no trabalho deles, pois já sabia o quanto era fácil burlá-los. Contornou-os. Usou as chaves para entrar e acendeu as luzes, seguindo para os vestiários.

Ele abriu as portas, já arregaçando as mangas do moletom, e hesitou a meio caminho do vestiário. A bagunça havia desaparecido e o chão parecia novinho em folha. Neil olhou para trás, mas o lugar estava escuro quando chegou. Ele era o único ali. Cruzou o vestiário até seu armário e abriu a fechadura. Estava limpo e vazio.

Eram 7h30, o que significava que Wymack já estava acordado havia algumas horas. Neil se sentou de pernas abertas em um dos bancos e ligou para o treinador, que atendeu no segundo toque.

— Não sei o que me surpreende mais, que seu celular esteja ligado ou que você esteja acordado tão cedo num sábado.

— Treinador, o vestiário está limpo.

— Sim, eu sei. Abby e eu nos encarregamos disso ontem à noite, quando vocês foram embora.

— Desculpa. Eu ia limpar hoje de manhã.

— Eu falei que não precisava se preocupar com isso, não falei?

— Você me falou para não me preocupar com isso ontem — retrucou Neil.

— Tanto faz, você pode compensar depois. Aliás, o que vai fazer agora que arruinei seus planos pra hoje de manhã? Nada? — Ele esperou pela confirmação de Neil e acrescentou: — Se quiser, pode me ajudar a organizar a papelada. Vou levar tudo e compro o café da manhã no caminho. Ou você já comeu?

— Ainda não. Espero aqui.

Wymack desligou. Neil olhou novamente para o armário aberto, então foi para o lounge esperar. Caminhou próximo às paredes, analisando as fotos que Dan havia colocado ao longo dos anos. A coleção havia crescido e incluía dezenas de fotos daquele ano, apesar de ele não saber quando haviam sido colocadas ali. A maioria era dos veteranos, já que Dan raramente tinha a oportunidade de confraternizar com os colegas mais novos fora de quadra, mas havia diversas fotos do Halloween e algumas aleatórias dos banquetes de novembro e dezembro.

Bem no canto, havia uma foto que Neil não reconhecia: era dele e de Andrew sozinhos. Estavam agasalhados, com os casacos combinando, e olhavam um para o outro, quase grudados. Neil levou alguns instantes para se lembrar de onde haviam sido tiradas; as pessoas ao fundo não pareciam torcedores. Por fim, conseguiu reconhecer graças às janelas. Dan tirara aquela foto no Aeroporto Regional, a caminho do jogo contra o Texas. Neil nem tinha percebido que ela os observava.

Neil fora capturado em algumas das fotos em grupo, mas aquela era a única em que figurava com sua verdadeira aparência. Dan conseguiu até pegá-lo de perfil, de modo a não mostrar a atadura que cobria a tatuagem. Era uma foto de Nathaniel Wesninski; tinha sido naquele momento que Neil dissera seu nome verdadeiro para Andrew. Ele estendeu o braço para rasgar a fotografia, mas parou assim que a segurou pela ponta.

Viera à Palmetto State para jogar, mas também porque Kevin era prova de que havia uma pessoa de verdade por trás de todas as suas mentiras. Em maio, tanto Nathaniel quanto Neil estariam mortos, mas em junho aquela foto ainda estaria ali. Ele seria uma pequena parte da Toca das Raposas em todos os anos que viriam a seguir. Aquilo era reconfortante, ou deveria ser. Neil achava que o conforto não deveria ser tão parecido com um aperto nauseante no estômago.

Para a sorte dele, Wymack apareceu nesse instante. Tinha uma sacola de papel pardo pendurada em uma das mãos e uma caixa cheia de papéis nos braços. Neil fechou a porta para que ele pudesse colocar as coisas no chão. O treinador olhou ao redor da sala por um momento, então colocou a televisão no chão e empurrou o móvel para mais perto dos sofás, como uma mesa improvisada. Neil observou-o organizar as pastas em quatro pilhas. Quando Wymack jogou a caixa vazia de lado, Neil abriu a pasta mais próxima para dar uma olhada. Era um formulário de inscrição com uma foto de alguém desconhecido.

— Possíveis reforços. Precisamos de no mínimo seis — explicou o treinador.

— Seis — repetiu Neil ao se ajoelhar ao lado de Wymack. — Você vai dobrar o número de jogadores de linha?

— Não por escolha minha — respondeu Wymack. Ele tirou os sanduíches e o suco da sacola marrom e dividiu-os com Neil. — Foi uma das condições para continuarmos no campeonato quando Andrew foi internado. O CRE não gostou do fato de quase sermos eliminados devido ao tamanho da equipe e não querem continuar contornando as regras por nossa causa. Prometi que isso nunca mais ia acontecer. O que significa ter mais reservas pro ano que vem.

Wymack verificou cada pilha de papéis, depois empurrou uma na direção de Neil.

— As meninas já vão estar todas no quinto ano, então precisamos de pelo menos três pessoas treinando pra entrar no lugar delas. No total, queremos dois atacantes, dois meias, um defensor e um goleiro. Encontre pessoas com potencial e depois começamos a limitar as escolhas.

— Não seria melhor o Kevin fazer isso? — perguntou Neil.

— Você faz a primeira seleção, e depois ele olha. Eu tomo a decisão final.

Neil olhou para a pilha de pastas à sua frente. Por fim, abriu a primeira e começou a ler páginas de estatísticas: condicionamento físico, média de finalizações, dados e assim por diante. Não tinha certeza do que estava procurando, mas quando chegou à ficha do terceiro atacante, teve uma noção melhor. Era um atleta bom e consistente, mas o quarto parecia mais interessante porque sua melhora de desempenho era mensurável. Havia CDs colados na contracapa de cada pasta, provavelmente contendo vídeos dos momentos de mais destaque dos jogadores.

Ele dividiu os arquivos em duas pilhas, os mais promissores e aqueles de que ainda não tinha certeza, e revisou ambas quando terminou. Pensou que a segunda rodada seria mais rápida, uma vez que já tinha visto as informações de todos, mas começou a repensar tudo que lia. Era provável que Wymack já tivesse terminado de escolher os jogadores de todas as outras posições quando Neil enfim se decidisse, mas ao olhar na direção do treinador, viu que ele não estava tão adiantado assim. Seus olhos mal se moviam. Não estava lendo as estatísticas; analisava a foto do jogador como se ali estivesse tudo que precisava saber.

Neil olhou de novo para a pasta aberta à sua frente e tentou ver o que Wymack procurava. Talvez o treinador tivesse a capacidade de enxergar a dor do mesmo jeito que Neil enxergava a raiva; onde ele via uma garota com uma calma inabalável, Wymack enxergava um olhar vazio e ombros baixos em sinal de derrota. Ele se perguntou se o treinador enxergara algo assim em sua foto do ensino médio ou se apenas confiara quando Hernandez dissera que havia algo de errado. Gostava de pensar que conseguia manter a expressão neutra, mas Wymack raramente se deixava enganar por isso.

— Algum problema? — perguntou Wymack.

— Não — Neil mentiu, e voltou para a tarefa que tinha em mãos.

Demorou quase metade da manhã para repassar todos os possíveis atacantes, mas no final Neil tinha uma pilha de possibilidades para Kevin e Wymack analisarem. O treinador a colocou no chão, próximo ao joelho, e guardou os documentos daqueles que foram rejeitados de volta na caixa.

— Mais alguma coisa? — perguntou Neil.

— Liberado pra ir embora. Precisa de uma carona?

— Estou bem.

— Uhum — respondeu o treinador sem erguer o olhar. Neil deixou de lado e recolheu o lixo do café da manhã. Estava quase chegando no cesto quando Wymack enfim falou: — Aliás, ano que vem vou nomear você vice-capitão.

Neil sentiu o coração subir até a garganta. Ele se virou para olhar para Wymack, mas precisou tentar duas vezes antes de conseguir falar.

— Você vai o quê?

— Dan vai ter que sair da equipe em breve e precisa de um substituto.

— Mas não eu. Você devia convidar o Matt ou o Kevin.

— Jogadores talentosos, com mais experiência, mas que não têm o que a equipe precisa. Você sabe por que coloquei a Dan como capitã? — Wymack olhou para Neil e esperou até que o rapaz balançasse a cabeça. — Assim que a vi, soube que ela conseguiria liderar a equipe. Não importava o que os colegas pensavam dela; não importava o que a imprensa dizia a seu respeito. Ela se recusava a ser um fracasso, então se recusava a desistir da equipe. É disso que preciso pra que as Raposas decolem.

"Você é o único aqui que pode ficar no lugar dela, não percebeu isso? Eles estão todos se unindo ao seu redor. Isso é muito especial. Você é especial."

— Você nem sabe quem eu sou.

— O caralho que não sei — retrucou Wymack. — Você é Neil Josten, recrutado de Millport, Arizona, aos dezenove anos. Nascido no dia 31 de março, com 1,60 metro de altura, destro e usa raquete tamanho 3. Atacante titular das minhas Raposas e atacante calouro com melhor aprimoramento de desempenho da primeira divisão de Exy.

"Não", acrescentou Wymack, e ergueu a voz quando Neil fez menção de interrompê-lo. "Me olha nos olhos e diz se ainda acha que me importo com quem você costumava ser. Hm?" Wymack apontou um dedo para o próprio rosto, depois o bateu na mesa. "Me importo com quem você é agora e quem vai ser daqui em diante. Não estou pedindo que esqueça seu passado, mas que supere o que já passou."

— Não posso ser capitão. Não vou ser — respondeu Neil.

— Isso não é uma democracia. O que você vai fazer ou deixar de fazer não está aberto à votação. Eu crio as regras, e você segue. E vai ter que aceitar isso. Precisa tanto disso quanto eles precisam de você. Me dá um bom motivo pra você tentar recusar a oferta.

— Eu... — disse Neil, mas não podia completar com "vou morrer". Não podia contar para Wymack que não viveria por tempo o bastante para assumir a posição — tenho que ir embora.

Temeu que o treinador fosse argumentar, mas tudo o que Wymack disse foi:

— Até segunda.

Neil achou que seria mais fácil respirar quando saísse do estádio, mas ainda sentia um aperto no peito ao cambalear calçada afora. Encarou o estacionamento vazio, sentindo a pulsação nas têmporas. O estômago se revirava só de pensar em voltar para a Torre das Raposas e encontrar os colegas de equipe, mas não tinha outro lugar para ir. Deveria correr até à exaustão, até que não conseguisse mais pensar ou sentir, mas seus pés permaneciam fincados no chão. Talvez soubesse que, se começasse a correr, não pararia mais.

Sentou no meio-fio para ganhar tempo, mas seus pensamentos continuavam em um frenesi de ansiedade. Neil sentiu que estava a meio segundo de enlouquecer, mas então Andrew disse seu nome e o martírio cessou no mesmo instante. Só então notou que estava com a mão na orelha e os dedos agarravam o celular. Não se lembrava de tê-lo tirado do bolso, tampouco de ter tomado a decisão de discar aquele número. Olhou para a tela e apertou um botão, pensando que talvez estivesse imaginando coisas, mas o nome de Andrew estava no display e o cronômetro marcava quase um minuto de ligação.

Neil levou o aparelho de volta ao ouvido, mas não conseguia encontrar as palavras para descrever o sentimento miserável que o consumia. Em três meses os campeonatos acabariam. Em quatro meses, estaria morto. Em cinco meses, as Raposas estariam de volta para os treinos de verão, com seis rostos novos. Neil podia contar sua vida em uma das mãos. Do outro lado estava o futuro que não podia ter: vice--capitão, capitão, seleção. Neil não tinha o direito de lamentar essas chances perdidas. Ganhara mais do que merecia naquele ano; seria egoísmo pedir mais.

Deveria ser grato pelo que tinha, e mais feliz ainda por sua morte significar algo. Arrastaria o pai e os Moriyama com ele quando fosse embora, e nenhum deles se recuperaria das coisas que Neil revelaria. A justiça seria feita, o que parecia impensável, e ele poderia se vingar pela morte da mãe. Pensou que já tivesse aceitado isso, mas sentia a dor familiar em seu peito de novo, ainda que ela não tivesse o direito de estar ali. Neil sentia-se como se estivesse se afogando.

Por fim conseguiu recuperar a voz, mas o melhor que tinha a dizer foi:

— Vem me buscar no estádio.

Andrew não respondeu, mas o silêncio assumiu um novo tom. Neil voltou a olhar para a tela e viu o cronômetro piscando em setenta e dois segundos. Andrew desligara na cara dele. Neil guardou o celular e esperou.

A Torre das Raposas ficava a poucos minutos da Toca das Raposas, mas Andrew levou quase quinze minutos para chegar ao estacionamento. Parou o carro a alguns centímetros de distância do pé de Neil e não se deu ao trabalho de desligar o motor. Kevin estava no banco do carona, olhando para Neil pelo para-brisas com uma expressão de julgamento silencioso. Ao ver que Neil não se moveria, Andrew saiu do carro e parou na frente dele.

Neil olhou para Andrew, analisando sua expressão entediada e esperando pelas perguntas que sabia que não seriam feitas. Tamanha apatia deveria mexer com seus nervos já à flor da pele, mas, de alguma forma, aquilo o tranquilizou. A falta de interesse que Andrew demonstrava pelo bem-estar psicológico de Neil fora o que chamara a atenção dele desde o início; a percepção de que Andrew jamais recuaria diante de qualquer veneno que o estivesse devorando vivo.

— Não quero estar aqui hoje — disse Neil.

— A gente estava quase na interestadual — respondeu Andrew.

Foi o convite mais indiferente que Neil já havia recebido, mas ele pouco se importou. Andrew voltara para buscá-lo sem hesitar. Isso era motivo mais do que suficiente para se levantar e ir com ele. Neil entrou no carro, sentando-se atrás do banco de passageiro, e olhou pela janela. Kevin olhou para ele, mas não disse nada, e Andrew saiu com o carro antes mesmo de fechar a porta.

Não perguntaram o que acontecera, então Neil não perguntou por que estavam pegando a I-85 rumo a Atlanta. Foram as duas horas mais longas da vida de Neil, mas o silêncio e a ilusão de escapar da Universidade de Palmetto State o ajudaram a colocar a cabeça no lugar. Quando chegaram a Alpharetta, ele já estava em um torpor confortável. A falta de sono da noite anterior começava a dominá-lo, e ele cochilou sentado. Acordou com o celular de Andrew tocando, mas este o atendeu apenas para dizer "Não". Alguns minutos depois, pararam em uma concessionária. Kevin saiu assim que Andrew estacionou. Andrew desligou o motor e jogou as chaves em um banco de carona vazio.

— Cai fora ou fica aqui. São suas únicas opções — disse ele.

Fugir não era uma opção, era essa a mensagem. Andrew sabia por que Neil havia ligado.

— Vou ficar.

Andrew saiu e bateu a porta. Neil o observou desaparecer pela porta da frente em busca de um representante de vendas, depois fechou os olhos e adormeceu de novo. Quando acordou, havia uma fera preta metálica estacionada ao lado do carro alugado. O conhecimento que tinha sobre carros não aumentara ao longo do ano, mas cada curva daquele monstro gritava o quanto era caro. Neil presumiu que Andrew havia feito com aquela compra o que fizera com a última: procurou pelo carro que acabaria com todo o dinheiro que tinha o mais rápido possível. Era uma peculiaridade desorientadora para um garoto que afirmava não ter apego algum a bens materiais.

Andrew abriu a porta de trás e olhou para Neil.

— Kevin?

Neil esfregou os olhos para despertar e tirou o cinto.

— Deixa ele ir com você. Não tenho nada pra falar com ele.

Andrew fechou a porta de novo e Neil foi para o banco do motorista. Andrew saiu primeiro do estacionamento e Neil o seguiu até a interestadual. Pararam em um posto de gasolina com um fast-food ao lado. Neil não estava com fome, mas escolheu o maior copo de café disponível enquanto os outros comiam. Sentou-se na mesa ao lado para tomar sua bebida e encarar o nada. Kevin olhava para ele algumas vezes enquanto comiam, mas não disse nada, provavelmente atribuindo seu humor estranho ao evento desagradável do dia anterior. Andrew encarava o carro novo através das janelas do restaurante, que iam do chão até o teto.

O trajeto de volta pareceu mais curto do que a viagem para a Geórgia, apesar de terem passado por Palmetto State para deixar o carro alugado em Greenville. O vendedor analisou o veículo em busca de possíveis avarias, ligou o motor para verificar o tanque de gasolina e pediu que Andrew assinasse alguns formulários. Então não havia nada a fazer exceto voltar para o campus. Neil achou que já estava longe tempo o bastante para ficar bem, mas assim que viu a Torre das Raposas pela janela, sentiu-se cansado.

Subiram as escadas, e Neil não parou no terceiro andar. Passos suaves indicavam que Andrew estava logo atrás dele, mas a porta do corredor se fechou quando Kevin se dirigiu para seu quarto. Andrew o alcançou quando Neil parou para forçar a porta de acesso ao telhado. Ele pegou dois cigarros, que acendeu antes mesmo de saírem. Neil pegou o dele e andou até a extremidade. Sentou-se o mais perto que deu da beirada, com a esperança de que aquele choque de medo o distraísse de seus pensamentos terríveis, e olhou para o campus aberto.

Andrew se sentou ao lado dele e ergueu algo. Neil olhou, mas levou um minuto até entender o que Andrew segurava. A concessionária havia dado a ele duas chaves para o carro novo, e Andrew estava oferecendo a segunda para Neil. Quando Neil demorou para pegá-la, Andrew a deixou cair no concreto.

— Não tem quem aguente tanto problema. É só uma chave — disse Andrew.

— Você é filho adotivo. Sabe que não é assim — retrucou Neil. Não pegou a chave, mas apoiou dois dedos nela, absorvendo o formato e sensação de seu novo presente. — Sempre tive dinheiro para morar em bons imóveis, mas todos os melhores lugares fazem perguntas demais. Verificam seus antecedentes, créditos e referências, coisas que não posso fornecer sem deixar um rastro. Em Millport, eu invadia casas. Antes disso, ficava em hotéis caindo aos pedaços e que cobravam por semana, arrombava carros ou encontrava lugares que aceitavam dinheiro sem muitas perguntas.

"Estava sempre pronto para fugir", acrescentou Neil. Virou a palma da mão para cima e desenhou uma chave com a ponta do dedo. Ficara mexendo tantas vezes com a chave da casa de Andrew que se lembrava de cada ranhura de cor. "Sempre pronto para 'mentir', para me 'esconder', para 'desaparecer'. Nunca pertenci a lugar nenhum e nunca tive o direito de chamar nada de meu. Mas o treinador me deu as chaves da quadra, e você me falou para ficar. Você me deu uma chave e chamou de lar." Neil fechou a mão, imaginando a sensação

182

do metal em sua palma, e olhou para o rosto de Andrew. "Não tenho uma casa desde que meus pais morreram."

Andrew colocou um dedo na bochecha de Neil e o forçou a virar a cabeça.

— Não me olha desse jeito. Eu não sou sua resposta, e você com certeza não é a porra da minha resposta.

— Não estou atrás de respostas. Eu só quero...

Neil gesticulou sem saber o que dizer, sem conseguir terminar o apelo. Não sabia o que queria; não sabia do que precisava. As últimas vinte e quatro horas o haviam colocado de cabeça para baixo, e ele ainda não conseguira voltar ao normal. Não sabia como fazer aquela dor ir embora ou como silenciar a voz que sussurrava "injusto" em seus ouvidos.

— Estou cansado de ser um nada — disse Neil.

Ele já tinha visto aquela expressão no rosto de Andrew uma vez, quando fizeram uma trégua na sala de estar de Wymack no verão passado. Neil contara meias verdades para que Andrew aceitasse a sua presença, mas não foram as descrições vagas dos crimes e mortes de seus pais que tocaram Andrew. Era seu ciúme profundo de Kevin, sua solidão e desespero. Depois de tudo que haviam passado nos últimos meses, Neil finalmente sabia o que aquele olhar significava. O olhar sombrio de Andrew não era de repreensão; era de quem o compreendia perfeitamente. Andrew chegara àquele mesmo ponto anos antes e quebrara. Neil estava pendurado por um fio desgastado, agarrando-se a qualquer coisa que pudesse para se manter na superfície.

— Você é uma Raposa. Sempre vai ser um nada. — Andrew apagou o próprio cigarro. — Eu odeio você.

— Nove por cento das vezes você não odeia.

— Nove por cento das vezes não sinto vontade de matar você. Mas sempre odeio você.

— A cada vez que você diz isso, acredito um pouco menos.

— Ninguém perguntou.

Então Andrew segurou o rosto de Neil nas mãos e se inclinou.

Sem contar o assédio de Nicky quando fora drogado, fazia quatro anos que Neil não beijava alguém. A última pessoa fora uma garota franco-canadense magricela que o segurou com a ponta dos dedos e o beijou como se tivesse medo de borrar o batom brilhante e pegajoso. Neil não conseguia mais se lembrar do nome nem do rosto dela. Lembrava-se apenas de como o encontro ilícito tinha sido insatisfatório e da fúria de sua mãe ao encontrá-los. Aquele selinho desajeitado não valia o castigo que viera a seguir.

Dessa vez era completamente diferente.

Andrew o beijava como se brigassem, como se suas vidas estivessem em jogo, como se o mundo dele acabasse e começasse na boca de Neil. A pulsação de Neil bateu mais devagar até quase parar, assim que os lábios de Andrew pressionaram com força os dele e, sem pensar, ele estendeu as mãos. Moveu-as até o queixo de Andrew e se lembrou de que ele não gostava de ser tocado, então agarrou a manga do casaco dele e enfiou os dedos na lã grossa.

O toque foi um gatilho. Andrew se afastou um pouco para dizer:

— Me manda parar.

A boca de Neil estava inchada e sua pele, arrepiada. Ele tinha perdido o fôlego, como se tivesse acabado de correr uma meia-maratona. Sentia-se forte, como se pudesse correr outras cinco. O pânico ameaçava desfazer seu estômago em pedaços. O bom senso dizia para recuar antes que ambos fizessem algo de que se arrependeriam. Mas Renee havia dito que Andrew não se arrependia de nada, e Neil não viveria o suficiente para que isso importasse. Não sabia que lado escolher, até Andrew tirar as mãos de seu casaco.

— Deixa. Não vou fazer isso com você agora — disse Andrew.

Ele praticamente empurrou o braço de Neil para longe e recuou. Pegou a bituca de cigarro amassada, decidiu que não havia como recuperá-la e tirou o maço do bolso de novo. Neil observou-o até que o acendesse, percebendo um novo tipo de tensão nos ombros de Andrew e a violência em seus movimentos. Pensou que deveria dizer algo, mas não sabia por onde começar. O beijo de Andrew e a forma como o afastara haviam sido igualmente perturbadores.

Andrew deu uma única tragada, então esmagou o segundo cigarro ao lado do primeiro. Acendeu o terceiro mesmo assim, mas Neil estendeu a mão e o pegou. Talvez tenha sido um bom sinal que Andrew não tenha reagido. Neil colocou o cigarro ao lado do seu e olhou para Andrew, que jogou o maço de lado e apoiou o joelho no peito.

Neil deveria deixar para lá, mas precisava entender.

— Por que não?

— Porque você é burro demais pra me mandar parar.

— E você não quer que eu diga para continuar?

— Isso não é continuar. Isso é um colapso nervoso. Eu sei a diferença, ainda que você não saiba. — Andrew passou o polegar pelo lábio inferior como se pudesse apagar o peso da boca de Neil e olhou para o horizonte. — Não vou ser como eles. Não vou permitir que você me deixe fazer o que eu quero.

Neil abriu a boca, fechou-a e tentou de novo.

— Da próxima vez que disserem que você é desprezível, talvez eu tenha que brigar com eles.

— Noventa e dois por cento, chegando em noventa e três — anunciou Andrew.

Não era engraçado — nada ali era engraçado —, mas aquela resposta foi tão irritante e tão típica de Andrew que Neil não conseguiu conter um sorriso. Forçou-o a desaparecer antes que Andrew percebesse e olhou para o campus de novo.

Pela primeira vez no dia, talvez pela primeira vez naquela semana difícil, sentia que podia respirar sem aquele aperto no peito. Conforme a tensão se dissipava, a exaustão voltava; dessa vez, no entanto, o cansaço era verdadeiro. Não dormira na noite anterior e só conseguira cochilar por uma hora no carro. Dormir naquele momento seria desperdiçar o resto do fim de semana, mas Neil não se importava. Pegou a chave de Andrew e se levantou.

— Ei — chamou ele, mas Andrew não olhou. — Obrigado.

— Cai fora antes que eu empurre você lá embaixo — ameaçou Andrew.

— Pode empurrar. Eu puxo você junto — retrucou ele, e então deixou Andrew sozinho com os próprios pensamentos.

Por algum milagre, não havia ninguém em seu quarto. Ainda assim, Neil fechou a porta antes de vestir o moletom. Programou o despertador para acordá-lo na hora do jantar, mas adiou quando seus pensamentos o mantiveram acordado por mais uma hora. Tirou a mão de baixo do cobertor e abriu o punho para inspecionar sua mais nova posse. As ranhuras da chave haviam deixado marcas na pele de seu polegar. Neil a colocou em seu chaveiro, próximo à chave do antigo carro de Andrew, e observou enquanto as duas balançavam, sem de fato focar a visão.

Neil abrira mão de sonhar pouco depois de a mãe minar seu interesse pela intimidade. Ainda sentia vontades, mas dedicava tanta atenção a elas quanto à fome ou sede. Talvez se recusar a querer algo a mais fosse um mecanismo de defesa. Se não podia ter, não fazia sentido ressentir a sua falta. Ao longo dos anos, a paranoia o ajudara a reforçar essa mentalidade, até que se manter distante das pessoas fosse a coisa mais lógica do mundo.

Fazer amizade com as Raposas, ainda que arriscado, era inevitável. Beijar uma delas era impensável e ia contra tudo o que ele acreditava. Neil não tivera a intenção de ultrapassar esse limite nem de incitar Andrew a fazê-lo. Havia grandes chances de que não tivesse que se preocupar com isso, já que Andrew não poupava palavras ao dizer que não gostava dele e ao delimitar seus graves problemas de limites. Andrew não era como Nicky, que buscaria influenciá-lo, discutiria e protestaria se Neil dissesse que aquilo não era uma boa ideia. Caso Neil o rejeitasse categoricamente, Andrew nunca perguntaria o porquê nem traria o assunto à tona de novo. Seria como se nada tivesse acontecido, e Neil poderia viver os últimos meses de sua vida em paz.

Mas aquilo seria paz ou covardia, sobrevivência ou fuga? Neil poderia repetir para si mesmo, durante o dia inteiro, que era o mais inteligente a ser feito, mas se de fato se importasse em fazer escolhas inteligentes, não teria ido parar ali, antes de mais nada. Teria ido embora quando descobriu que os Moriyama eram criminosos, quando Riko o chamou pelo nome verdadeiro, ou quando ele o desafiou a trocar sua segurança pela de Andrew. Neil fizera uma escolha estúpida atrás da outra durante todo o ano, que se tornara o melhor de sua vida.

Esse fato não era um motivo bom o bastante para aceitar o que ocorrera, mas Neil também não estava disposto a rejeitar. Não tinha muito tempo, mas levaria mais do que esses momentos fatigantes para descobrir. Sabia que não estava no estado de espírito adequado para tomar uma decisão. Enfiou as chaves debaixo do travesseiro e rolou para o outro lado como se aquilo pudesse mudar o que tinha acabado de acontecer. Mandou a si mesmo não pensar naquilo, mas sua boca ainda se lembrava do toque da boca de Andrew, o que o abalou profundamente.

Tentou se distrair do único jeito que sabia, contando até onde conseguia em todos os idiomas que falava. Não se lembrava de ter adormecido nem quanto tempo tinha dormido, mas acordou com o celular apitando. Havia uma nova mensagem em sua caixa de entrada, de um número desconhecido: "48." Neil a apagou e teria caído no sono de novo se não fosse pelo som abafado da televisão na sala ao lado. Neil tentou reunir forças para falar com os veteranos e percebeu que o esforço fora menor do que o que fizera de manhã. Com um suspiro silencioso, jogou os cobertores de lado, desligou o despertador e desceu da beliche.

Dan estava sentada ao lado de Matt no sofá. Assim que viu Neil perto da porta, ela pegou o controle remoto e desligou a televisão.

— A gente acordou você? — perguntou, e ainda que Neil tenha balançado a cabeça, disse: — Desculpa.

— Eu não devia ter tirado um cochilo tão tarde no dia.

Ele foi pegar um copo de água na cozinha. Esperava que eles voltassem ao que quer que estivessem assistindo antes da interrupção, mas quando retornou à sala, a televisão ainda estava desligada. Dan e Matt se olhavam em uma conversa silenciosa. Neil não saberia dizer qual dos dois havia ganhado, mas o colega balançou a cabeça e olhou para Neil do outro lado da sala.

— A gente queria fazer uma festa de aniversário pra você. Parece errado fazer aniversário e não comemorar. Mas Renee achou que não seria boa ideia, e até ligou para o Andrew pra pedir reforços. Ele concordou com ela — disse Matt.

Neil se lembrou da ligação que o acordou quando entraram na Alpharetta. Andrew só ouviu por um momento antes de dizer "não". Neil se retratou em silêncio por todas as vezes em que suspeitara de Renee. Era provável que a máscara de serenidade que vestia provocasse desconfiança nele para sempre, mas ela entendia as pequenas coisas quando era necessário.

— Obrigado, mas eles estão certos. Prefiro fingir que não aconteceu.

— E se a gente deixar a festa de lado e só comprar presentes? — perguntou Dan, e suspirou quando Neil balançou a cabeça. — Tudo bem, mas se deixarmos isso pra lá, vamos causar o caos no dia 31 de março. Fechado?

— Defina caos — pediu Neil.

Dan sorriu como se ele não tivesse dito nada.

— Fechado?

— Fechado — respondeu Neil.

— Que bom — concluiu Dan —, agora vem aqui.

Neil se juntou aos colegas no sofá, e eles voltaram a ligar o programa. Neil poderia ter esquecido a mensagem que o acordara se não tivesse recebido um "47" de um novo número na noite seguinte. Olhou consternado para o celular ao perceber que se tratava de uma contagem regressiva. Colocou os trabalhos da faculdade de lado e foi até o calendário pendurado na geladeira da cozinha. Contou os dias com os dedos, folheando as páginas até encontrar março. Por um momento, pensou que chegaria ao aniversário de Neil Josten, mas a contagem terminava em uma sexta-feira, 9 de março. Era um dia estranho para que ela acabasse. O último dia antes do recesso de primavera da Universidade de Palmetto State. Haveria uma partida naquele dia, mas não era nenhuma das eliminatórias do campeonato.

Neil verificou o celular de novo, perguntando-se se deveria responder. Por fim, decidiu deletar a mensagem e voltar a conjugar verbos em espanhol.

As outras Raposas só descobriram que Andrew substituíra seu carro destruído na segunda-feira de manhã. Nicky seguia Neil pelo estacionamento, tagarelando sobre um projeto que deveria ter terminado naquele dia, mas que ainda estava pela metade. Quando Andrew parou de andar, Nicky também parou, mas como não avistou o carro alugado, recomeçou a andar. Parou assim que Andrew abriu a porta do motorista. Nicky olhou, olhou de novo, e quase caiu quando pulou para trás.

— Fala sério!

Seu grito chamou a atenção dos outros e, como era de se esperar, Matt foi o próximo a reagir. Ele passou por Neil para inspecionar o carro.

— O que você tá fazendo com um Maserati?

— Dirigindo — respondeu Andrew, como se fosse óbvio, e sentou no banco do motorista.

Matt estendeu as duas mãos na direção do capô, mas não o tocou, como se pensasse que suas impressões digitais fossem arruinar o exterior perfeito. Sua cara de choque fez com que Neil olhasse para Andrew, que retribuiu o olhar através do para-brisas, mas não o sustentou por muito tempo. Estendeu a mão para a porta para fechá-la, mas Matt deu a volta e o impediu, colocando a mão no caminho. Ele se inclinou para espiar o interior do veículo, com os olhos arregalados em êxtase. Nicky foi menos discreto e colocou as mãos por todo o carro, dando a volta boquiaberto.

— Mas quando...? E como...? — perguntou Matt.

Allison foi menos diplomática.

— Ele roubou esse carro?

Dan sibilou para que ela falasse baixo, mas Allison deu de ombros. Matt acenou para Andrew.

— Liga aí! Eu quero ouvir.

Andrew girou a chave na ignição, e o carro ganhou vida com um rugido silencioso. Matt ergueu as mãos e rodopiou como se fosse o maestro orquestrando a sinfonia. Andrew fechou a porta, então Matt se virou para Dan, cuspindo dados e estatísticas que Neil jamais entenderia. Neil olhou para Aaron para captar sua reação. Ele parecia dividido, como se quisesse se impressionar com o carro tão imponente, mas não conseguisse deixar o ressentimento de lado para ficar empolgado.

Como crescera tendo dinheiro, Kevin raramente se impressionava com a riqueza, e estivera presente quando Andrew comprara o carro. Sem paciência para aturar as palhaçadas dos companheiros de equipe, olhou para todos irritado.

— A gente vai se atrasar.

— Que se dane! — retrucou Nicky, enfiando-se no banco de trás. Passara a se sentar no meio para manter Aaron e Neil longe um do outro. Não perdeu tempo colocando o cinto e se inclinou entre os bancos da frente para olhar o painel. Quando Neil e Aaron entraram, ele era uma sinfonia de "Uau" e "Nossa". Andrew aguentou aquilo por alguns segundos e então enfiou a mão no rosto do primo e o empurrou de volta. Nicky estava animado demais para se aborrecer. Em vez de reclamar, perguntou: — Mas sério, Andrew. Onde você conseguiu isso?

— Geórgia — respondeu Andrew.

Nicky suspirou, mas não perguntou mais nada.

Andrew e Aaron ainda não estavam se falando, e Aaron e Neil tentavam se manter longe um do outro sempre que possível, mas as demais Raposas procuravam compensar ao máximo. A pegadinha cruel de Riko na sexta-feira anterior servira para ressaltar um instinto de proteção bem-intencionado, ainda que desnecessário, nos veteranos.

Até Kevin se esforçava para ser mais simpático, talvez por ter visto o quanto Neil ficara abalado no sábado.

Neil poderia ter dito que estava bem, mas estavam com mais sintonia dentro de quadra do que tiveram em uma semana, e ele não queria arriscar perder aquilo. As Raposas tinham mais um jogo até passar para a primeira rodada. As vitórias consecutivas significavam que tinham garantido seu lugar nas eliminatórias, mas não estavam dispostos a pegar leve naquela semana.

Neil tentou preencher todo o tempo livre que tinha com Exy. Levava as táticas e escalações da SUA para a aula, escondidas nos livros didáticos, e se encontrava com Kevin no refeitório para almoçar e discutir as jogadas. Apesar de todos os esforços que fez para focar no jogo da sexta-feira, seus pensamentos continuavam se perdendo sem aviso prévio. Sempre que Andrew passava, o olhar de Neil o seguia. Cada vez que tirava as chaves do bolso e via a que fora colocada recentemente, se lembrava do beijo de Andrew. Olhava para Matt e Nicky para entender se os enxergava de outro modo, mas nada havia mudado. Neil não sabia o que isso queria dizer, mas sabia que aquele não era o momento de descobrir. Deveria esperar até a semana seguinte, quando as Raposas tinham uma semana livre até as eliminatórias.

A distração perfeita se apresentou na quarta-feira, quando Kengo Moriyama desmaiou em uma reunião do conselho e foi levado às pressas para o hospital em uma ambulância. Wymack sempre deixava o canal de notícias ligado como barulho de fundo enquanto trabalhava no estádio, então enviou uma mensagem avisando o time assim que soube. Neil tinha quase certeza de que antes mesmo de levarem Kengo para o hospital, havia microfones enfiados na cara de Riko e, se não o odiasse tanto, ficaria enojado com o entusiasmo impiedoso dos repórteres.

Encontrou trechos da entrevista on-line ao pesquisar nos computadores da biblioteca, entre uma aula e outra. Riko aguentou grande parte das perguntas intrometidas com boa vontade e calma, mas mostrou sua verdadeira face quando perguntaram se ele estava a caminho do hospital. Os repórteres sabiam muito bem que Kengo e Riko haviam se distanciado; mas não entendiam a seriedade da separação. Certa vez, Kevin contara às Raposas que Riko nunca conhecera o pai nem o irmão. A família Moriyama não tinha tempo a perder com filhos que não fossem os primogênitos, então enviaram Riko para Tetsuji o mais rápido possível, logo após seu nascimento.

O olhar que Riko lançou para a repórter deveria ter derretido o microfone que a mulher segurava.

— Você sabe muito bem que temos um jogo amanhã. Meu lugar é aqui, com a minha equipe. Se os médicos forem dignos dos diplomas que têm, vão fazê-lo se recuperar, independentemente de eu estar lá ou não.

Neil pegou o celular e mandou uma mensagem para Kevin.

> Você acha que é sério?

> É melhor que não seja

Foi a primeira resposta de Kevin, e depois:

> Riko ainda acredita que pode fazer o pai prestar atenção nele com a fama. Se o Lorde não se recuperar, Riko vai descontar a raiva e o luto em todo mundo ao seu redor.

Neil pensou a respeito, então mandou:

> Que bom que você não está mais lá.

> Jean ainda está

Foi a resposta de Kevin, e Neil sabia que não devia comentar.

O equipamento de reposição de Neil chegou na quinta-feira. Jogar fora de casa contra o Arkansas significava ter que viajar o dia inteiro. A equipe estava no ônibus das Raposas antes de o sol nascer e fazia uma parada a cada quatro horas. Neil terminou a lição de casa e os estudos muito antes e, quando estava na metade do livro que tinha levado, cansou de ler. Sabia a escalação da SUA de cabo a rabo, então não tinha por que revisá-la. Estava entediado, mas não o bastante para que conseguisse dormir.

Kevin e Nicky dormiam profundamente, e Andrew olhava através da janela para o nada. Aaron os ignorava, como sempre. Neil desistiu deles como fonte de entretenimento e se dirigiu para a frente do ônibus, onde os veteranos conversavam animados. Não perguntaram por que tinha saído de seu lugar de sempre, mas o receberam no grupo sem hesitar. Não fez a viagem parecer mais curta, mas com certeza foi menos entediante. Neil não sabia como o treinador conseguia dormir com tanto barulho. Força de vontade, imaginou, porque Wymack ainda se recusava a contratar um motorista e não queria que suas Raposas passassem a noite no Arkansas. Voltariam para a Carolina do Sul logo após o fim do jogo.

Chegaram à cidade por volta das seis horas no horário local, duas horas antes do início da partida. Jantaram em um restaurante, consumindo com desespero as calorias necessárias para aguentarem a partida, e tiveram bastante tempo para correr devagar pela quadra da SUA. Quando os portões finalmente foram abertos e a torcida começou a entrar, Wymack mandou as Raposas irem se trocar.

A SUA não jogava com a velocidade ou agressividade de UT ou Belmonte, mas era o time mais comunicativo que Neil já havia enfrentado. Estavam em constante contato, gritando uns com os outros, organizando jogadas e localizando os respectivos marcadores. Bateram de frente, mas sem representarem perigo. Já haviam perdido para UT e Belmonte; vencer as Raposas não os classificaria nem salvaria sua dignidade.

Na hora do intervalo, os resultados da outra partida da noite foram anunciados: UT tinha massacrado Belmonte e prosseguiria para as eliminatórias. Ver seu rival ser derrotado foi o respiro que as Raposas precisavam para dominar a quadra no segundo tempo. Venceram por uma diferença confortável no placar, tomaram banho e voltaram para o ônibus às onze da noite. Neil encontrou uma mensagem esperando por ele quando ligou o celular de novo: "42."

Digitou um "cai fora", mas apagou no mesmo instante. A última coisa que queria fazer era encorajar quem quer que o estivesse provocando ao responder uma mensagem. Em vez disso, voltou a desligar o celular e foi comemorar com os veteranos.

CAPÍTULO DEZ

A intensidade dos treinos não diminuiu só porque não havia jogos naquela semana, mas Wymack permitiu que tivessem um pouco mais de autonomia. Não por consideração, mas por necessidade: fizera a primeira triagem da lista de aspirantes a Raposas e precisava da ajuda da equipe para reduzi-la. As meninas assumiram a tarefa com um entusiasmo que surpreendeu Neil. Pensou que escolher aqueles que entrariam no lugar delas seria um lembrete melancólico de que se formariam em um ano. Se alguma delas estava ciente de que seu tempo estava se esgotando, não deu sinal disso.

A rejeição zombeteira de Kevin a todos os arquivos que Wymack mostrava foi menos surpreendente. Ele insistiu que o treinador solicitasse novas inscrições, e Wymack, em contrapartida, exigiu que Kevin fosse mais receptivo com atacantes que não foram criados para serem campeões. Neil não tinha experiência nem discernimento para discutir com Kevin, mas se agarrou em silêncio a uma das escolhas que fizera e se recusou a deixá-la de lado. Kevin tentou arrancá-la de suas mãos apenas uma vez e, quando não conseguiu, descartou Neil como um ignorante e voltou a atacar Wymack. Abby interveio quando a discussão se tornou mais acalorada e baniu Wymack e Kevin para lados opostos do vestiário.

Na terça-feira, Kengo recebeu alta do hospital. Se não fosse o pai de Riko, talvez tivesse voltado para casa sem perguntas e sem alarde, uma vez que Kengo Moriyama podia ser tomado por apenas mais um empresário rico. Dadas as circunstâncias, havia alguns repórteres esperando à sua porta. A reação de Kengo às perguntas foi um silêncio obstinado; ele deixou que seus assistentes abrissem caminho para que passasse. A confidencialidade médica impedia que alguém descobrisse o que o levara a ser internado, mas parecia estar recuperado. Por fim, a imprensa desistiu e seguiu em frente.

Na tarde de quarta-feira, Andrew compareceu à sua sessão semanal com Betsy Dobson, o que significava que seu grupo pegaria carona com Matt. Quando Neil e Matt saíram do quarto, Kevin e Nicky esperavam por eles no corredor. Aaron não estava junto. Neil trancou a porta e olhou para Nicky, que balançou a cabeça.

— Ele disse que ia pegar carona com o Andrew hoje.

— Pra quadra? — perguntou Dan.

Neil considerou os olhos arregalados de Nicky e adivinhou.

— Para a Dobson. Aaron quer participar da sessão com ele.

— Tá de sacanagem — disse Matt, chocado. — Você acha que foi isso?

— Bizarro, né? — falou Nicky. — Eu disse que não sabia que o Andrew tinha concordado, e o Aaron respondeu que Andrew não sabia do plano. Aaron ainda não voltou, o que significa que ou está morto no estacionamento, ou conseguiu participar da sessão. Vai ver cansou da Katelyn fugindo dele. E por falar nisso, um dia desses você precisa me contar como conseguiu enfiar ela no meio disso.

— Eu pedi — respondeu Neil.

— Lá vem você com essa coisa de "pedir" de novo. Isso quer dizer outra coisa de onde você vem? — retrucou Matt.

— Na maioria das vezes, sim.

Matt não estava esperando por aquela resposta honesta, então caiu na risada. Sem o antagonismo de Andrew e Aaron para criar obstáculos, as Raposas não tiveram dificuldade em se integrar. Desceram as escadas em um grupo misto. Nicky vasculhou o estacionamento em busca de sinais da terrível morte de Aaron e subiu na caminhonete de Matt com um sorriso enorme quando não encontrou nenhum. Apesar da animação, foi rápido em colocar Neil como porta-voz para explicar quando Wymack questionou a ausência de Aaron. O treinador respondeu fazendo as Raposas correrem voltas extras. Neil esperava que Nicky reclamasse, mas ele estava tão chocado com o progresso questionável dos primos que assumiu a tarefa sem retrucar.

Era impossível que Andrew e Aaron não tivessem notado o escrutínio intenso a que foram submetidos quando retornaram, mas nenhum deles deu atenção aos olhares. As Raposas não eram suicidas a ponto de perguntar como tinha sido. Andrew parecia imperturbável, mas a expressão de Aaron era quase homicida.

Wymack olhou de um para o outro.

— Isso vai acontecer mais vezes? Preciso saber como me planejar quando os dois não estão.

— Não — respondeu Andrew.

Aaron olhou irritado para ele.

— Vai.

— Tá bom então — disse Wymack, e a conversa acabou.

Eles não tinham jogo na sexta-feira, mas o CRE por fim divulgou a programação da semana seguinte. Seis times da chave par avançavam para as eliminatórias, em comparação com oito da chave ímpar. As Raposas estavam escaladas contra os Pumas, da Universidade de Vermont, em casa. UT enfrentaria Nevada, e Washington State enfrentaria Binghamton. Do lado ímpar, os Três Grandes evitaram, por puro milagre, uns aos outros no sorteio. Todos seguiriam para a terceira rodada, junto ao vencedor da partida de Oregon contra Maryland. Haveria outro intervalo de uma semana entre o mata-mata e a terceira rodada.

Um fim de semana livre significava passar a noite bebendo em Colúmbia, mas a ousadia de Aaron na quarta-feira elevara a guerra fria entre os gêmeos para outro patamar. De acordo com Nicky, Aaron ficava no dormitório apenas para dormir ou trocar de roupa. Ele presumia que o primo passava o resto de seu tempo livre com Katelyn. Neil esperava que o colega estivesse errado. Por mais que Katelyn estivesse disposta a falar com Aaron depois de ele ter tomado uma atitude, Andrew tinha uma promessa a cumprir e mais motivos do que nunca para atacá-la. Se Katelyn fosse esperta, ficaria longe por algumas semanas.

Não poderiam ir para Colúmbia sem Aaron, então Nicky arrastou Neil para o quarto deles. Aaron não estava, mas Nicky e Andrew ficaram com os pufes e formaram dupla para jogar um jogo de terror. Neil trouxera a mochila, mas a música assustadora e os gritos que vinham da tela de vez em quando eram desculpas perfeitas para não tentar se dedicar aos trabalhos da faculdade. Ele olhou para Kevin, que tirou os fones de ouvido do computador e apontou para o quarto. Kevin levou o laptop consigo, Neil agarrou um bloco de notas e fechou a porta do quarto ao entrar.

Kevin tinha conta em um site de streaming de Exy. Procurou pelo jogo mais recente de Vermont e virou a tela para que ambos pudessem assistir. Neil fazia anotações, Kevin absorvia o que podia enquanto via a partida e os dois comparavam suas impressões depois. A equipe da UVM era desigual: uma defesa intimidadora que servia de apoio para uma linha de ataque medíocre. Neil e Kevin teriam muito trabalho, mas ao menos a defesa problemática da equipe não passaria por dificuldades.

Um jogo virou dois, e eles teriam assistido ao terceiro se Nicky não tivesse ido procurá-los. Levou apenas um segundo para perceber o que estavam fazendo e olhou consternado para os dois.

— Não acredito nisso. É sexta à noite e é assim que vocês se divertem? Dá um tempo! Pensem em outras coisas de vez em quando, pode ser? Tipo sorvete. Achei que a gente ia para Colúmbia. Meu corpo está implorando por sorvete o dia todo. Fui enganado e exijo compensação.

— Isso não é problema nosso — retrucou Kevin.

— Estou tornando um problema de vocês agora. Neil, você vem comigo até a mercearia.

— Vai sozinho — disse Kevin.

— Excelente ideia — ironizou Nicky —, só que tem um probleminha: meu nome não está mais no seguro e eu não tenho a chave do carro novo.

— Você o quê? — perguntou Neil, sobressaltado.

Nicky deu de ombros e não explicou.

— Anda, Neil. Os jogos ainda vão estar aí amanhã. Quem tá aqui agora sou eu, com fome e cansado de ser ignorado, trancado no quarto.

Kevin abriu outro jogo e pausou para que desse tempo de carregar.

— Andrew pode levar você.

— Não estou falando com você. Estou falando com sua versão miniatura — disse Nicky.

— Eu... — começou Neil, mas vacilou quando seu celular apitou.

Já imaginava o que iria encontrar, mas havia uma pequena chance de que estivesse errado. Tirou o aparelho do bolso e o abriu para ler a contribuição do dia para a contagem regressiva: "35." Neil olhou para a tela em silêncio. Se acreditasse em sinais, aquilo seria uma prova de que deveria ficar com Kevin. Poderiam assistir a mais uma partida até a hora de dormir. Se fizesse isso, era bem capaz de memorizar os nomes e números dos jogadores. Faltavam menos de três meses até as finais. As Raposas não podiam se dar ao luxo de dar um passo em falso.

Neil olhou para cima, pronto para dizer a Nicky que não iria, mas Andrew surgiu ao lado dele na porta. Neil olhou para ele e pensou no apelo preocupado de Nicky no outono passado, o aviso de que um dia o Exy não seria suficiente. Poderia ser um refúgio seguro para seus pensamentos, um motivo para se levantar e a inspiração para lutar com mais intensidade. Por mais que significasse muito para ele, não poderia ser tudo. Não poderia juntar os pedaços quebrados dele como as Raposas faziam. Não largaria tudo para buscá-lo no aeroporto ou para voltar por ele sem questionar e chamá-lo de "amigo". Depois da morte da mãe, Neil construíra sua vida em torno do Exy porque precisava de algo que o motivasse a viver, mas já não estava mais sozinho.

Talvez se arrependesse disso na segunda-feira, quando seu desempenho fosse mil vezes pior comparado ao de Kevin no treino, mas sabia que nunca chegaria aos pés dele de todo modo. Neil desligou o celular e olhou para Kevin.

— Que sabor você quer?

Kevin o encarou.

— Você não vai embora — disse ele, mais uma ordem do que uma pergunta.

— Se a gente assistir a mais um, vai ficar tarde demais. Escolhe logo um sabor.

Kevin não respondeu; talvez estivesse tão desapontado com Neil que não levou a pergunta a sério. Neil não se importava mais com o que o colega pensava dele. Como havia lembrado a ele na outra semana, a jornada de Kevin não acabaria em maio. Poderia passar todas as noites assistindo a replays e táticas de jogo sem parar porque tinha todo o tempo do mundo.

Neil enfiou o celular no bolso e se levantou.

— Manda uma mensagem para o Nicky quando decidir.

Nicky estava exultante por ter vencido o cabo de guerra. Neil deixou que a autossatisfação triunfasse sobre a atitude de Kevin e foi com Nicky até o carro. Ele passou quase o caminho todo até o supermercado falando de Erik. Tinha planos de passar boa parte do mês de maio na Alemanha. O breve reencontro durante as férias de Natal tinha feito com que sentisse mais falta de Erik do que nunca, e Nicky contava os dias até que pudessem se ver de novo. Estava preocupado com o que Andrew e Aaron fariam em sua ausência, mas confiava em Neil para mantê-los vivos até que os dormitórios reabrissem em junho.

Quando chegaram à seção dos sorvetes, Kevin ainda não mandara nenhuma mensagem, então Nicky deu o braço a torcer e ligou para ele. Neil quase esperava que Kevin ignorasse a ligação, mas ele não estava tão chateado a ponto de recusar um lanchinho gratuito. Nicky pagou pelo sorvete sem dar tempo para que Neil se oferecesse para comprá-lo para ele. Então, os dois voltaram para o dormitório com as sacolas.

Kevin não estava por ali, mas a porta do quarto estava fechada de novo. Neil presumiu que tivesse voltado a assistir às partidas sozinho. Por um momento, ficou incomodado pelo fato de Kevin não o ter esperado, mas se recusava a se arrepender da decisão que tomara. Nicky pegou colheres na cozinha e distribuiu os sorvetes para seus donos famintos. Neil analisou a expressão de Nicky quando este voltou do quarto, onde fora entregar o sorvete de Kevin, mas Nicky apenas revirou os olhos e sorriu de novo. Jogou o saco plástico vazio na direção do lixo e examinou a estante de DVDs com as mãos fechadas em punhos na cintura.

Após um minuto analisando, Nicky reclamou:

— Não tem nada de bom pra assistir. Vou vasculhar a coleção do Matt.

Falou com assertividade, mas esperou alguns instantes para dar a oportunidade a Andrew de descartar a ideia. Neil olhou dele para Andrew, que rolava o sorvete nas mãos para que derretesse um pouco. Quando percebeu que o primo não faria objeções, Nicky desapareceu. Neil trancou a porta e foi com seu sorvete até Andrew. Ele se ajoelhou no chão perto do pufe de Andrew e escutou. Não ouviu o barulho de um jogo vindo do quarto, mas os fones de ouvido de Kevin não estavam mais na mesa. Colocou o sorvete e a colher de lado e lançou um olhar inquisitivo para Andrew.

— Uma dúvida — disse Neil, mas demorou alguns instantes para encontrar as palavras certas. — Quando você disse que não gosta de ser tocado, é por que não gosta de verdade ou por que não confia em ninguém para permitir que toquem em você?

Andrew olhou para ele.

— Não importa.

— Se não importasse, eu não teria perguntado.

— Não importa pra um cara que não curte o mesmo que eu — explicou Andrew.

Neil deu de ombros.

— Nunca tive a chance de descobrir se curto. A única coisa em que eu podia pensar enquanto crescia era sobreviver. — Talvez por isso que aquela fosse uma área obscura do que era aceitável. A percepção que tinha de Andrew estava tão entrelaçada à percepção de segurança de Neil que isso também era um meio de autopreservação. — Deixar alguém se aproximar de mim significava confiar que não iam me apunhalar pelas costas quando pessoas horríveis fossem atrás de mim. Eu tinha muito medo de arriscar, então era mais fácil ficar sozinho e não pensar nisso. Mas confio em você.

— Não deveria.

— Diz o cara que parou. — Neil esperou alguns instantes por uma resposta. — Não entendo e não sei o que estou fazendo, mas não quero ignorar só porque é novo. Então você está completamente fora dos limites ou tem zonas de segurança?

— Está esperando por coordenadas?

— Queria saber quais são os limites antes de cruzar algum, mas estou disposto a desenhar um mapa em você se quiser me emprestar um marcador. Até que não é uma má ideia.

— Tudo que envolve você é uma má ideia — retrucou Andrew, como se Neil já não soubesse.

— Ainda estou esperando por uma resposta.

— Ainda estou esperando por um sim ou não em que eu acredite — retrucou Andrew.

— Sim.

Neil pegou o sorvete dos dedos sem resistência de Andrew, colocou-o em cima do sorvete dele e se inclinou. Parou quando estava prestes a beijar Andrew, sem ousar tocá-lo antes que ele sinalizasse que Neil tinha permissão. A expressão de Andrew não mudou, mas houve um aumento sutil na tensão de seu corpo que informava que Neil havia chamado a sua atenção. Neil ergueu a mão, parando a uma distância segura do rosto de Andrew, que segurou o pulso de Neil e o apertou em um aviso.

— Tudo bem se você me odiar — disse Neil.

Era a verdade, ainda que atenuada. Contando que a atração que Andrew sentia por Neil fosse puramente física, era seguro experimentar aquilo. A morte de Neil não seria mais do que uma pequena inconveniência para Andrew.

— Que bom, porque eu odeio mesmo.

Por um segundo, Neil pensou que Andrew iria afastá-lo e acabar com tudo. Andrew de fato o empurrou, mas se deitou com ele. O tapete curto era áspero contra os nós dos dedos de Neil, pois Andrew prendia sua mão acima da cabeça. Neil não reclamou quando Andrew colocou seu peso inflexível em cima dele. Estendeu a mão para Andrew de novo, mas parou no meio do caminho. Andrew agarrou aquela mão também e a segurou.

— Parado — disse Andrew, inclinando-se para beijá-lo.

O tempo era irrelevante. Segundos eram dias, eram anos, eram as respirações que ficavam presas entre suas bocas e o arranhar das unhas de Neil nas palmas das próprias mãos, o roçar dos dentes contra o lábio inferior e o deslizar quente de uma língua contra a dele. Neil conseguia sentir as batidas do coração de Andrew em seus pulsos, um ritmo *staccato* que ecoava em suas veias. Não sabia como um garoto que via o mundo com uma desconexão tão calculada poderia beijar daquele jeito, mas não seria ele a reclamar disso.

Neil tinha se esquecido da sensação de ser tocado sem intenções dolosas. Tinha se esquecido como era o calor de outro corpo. Tudo em Andrew era quente, desde as mãos que o seguravam até a boca que o fazia derreter. Neil por fim compreendeu por que a mãe dizia que aquilo era perigoso. Era distração e indiscrição, fuga e negação. Era baixar a guarda, permitir que alguém se aproximasse e se consolar com algo que não deveria ter e que não poderia manter. Naquele instante, Neil precisava demais daquela sensação para se importar com o resto.

Não durou... Não tinha como durar muito, porque Kevin estava no quarto ao lado e Nicky estava a apenas duas portas de distância, mas a boca de Neil estava dormente e seus pensamentos eram um zumbido incoerente quando um baque informou que Nicky dera de cara com a porta trancada. Neil reprimiu um lampejo de irritação quando Andrew se levantou e se afastou. Neil tentou pedir a Nicky que esperasse um momento, mas não tinha fôlego para falar.

Andrew estudou a expressão de Neil por alguns segundos, então se levantou e foi até a porta. Neil se levantou com as mãos trêmulas e recuou para a mesa de Kevin com seu sorvete. Tirar o selo de segurança de plástico foi a coisa mais difícil que fez durante o ano inteiro, mas pelo menos era uma desculpa para não olhar para Nicky, que, ao passar pela porta, resmungou por ter sido trancado para fora do próprio quarto, mas quando chegou ao pufe, já havia se esquecido da irritação e mostrava os filmes que pegara emprestado.

— Deem uma olhada. Dessa vez vocês podem escolher — disse Nicky, como se fizesse um grande favor para os dois. Recitou os títulos e os atores principais. Neil deixou a lista entrar por um ouvido e sair pelo outro. Depois de tanto tempo com as Raposas, reconhecia a maioria dos nomes dos atores, mas nunca tinha visto nenhum dos filmes. Mas naquele momento não se importava com isso, e não demorou para que Nicky percebesse. — Oi, Terra chamando Neil. Você tá me ouvindo?

Neil olhou para as marcas de meia-lua que havia deixado na palma da mão.

— Pode escolher.

— Vocês dois são as pessoas menos prestativas do mundo— reclamou Nicky, mas levou apenas um segundo para se decidir. Abriu a caixa com um estalo e tirou o DVD. Neil ouviu o barulho do pufe sendo amassado quando Nicky se acomodou em seu assento. Não ouviu Andrew se ajeitar de novo, mas não confiava em si mesmo o bastante para olhar e ver onde ele estava. — Anda, Neil!

Neil não conseguiu inventar uma desculpa para demorar mais.

— Estou indo.

As luzes se apagaram, o que significava que Andrew tinha ficado na porta depois de deixar Nicky entrar. Pensar que Andrew precisava de espaço e tempo para se recuperar, assim como Neil, quase minou suas tentativas de assumir uma expressão neutra. O sorvete frio era um pouco mais útil para amainar o calor de sua pele, então Neil o segurou com força e se levantou da mesa. Não havia espaço para se sentar entre os pufes e não podia parecer que estava evitando Andrew, então ficou no chão, à esquerda dele.

Nicky deu play no filme assim que Andrew se juntou a eles. Neil assistia para não olhar para Andrew, mas se mais tarde alguém perguntasse o que tinha acontecido na história, não conseguiria responder. Quando foi para a cama, algumas horas depois, tinha certeza de que ainda sentia as batidas do coração de Andrew em sua pele.

Neil sobrevivera a semanas um tanto agitadas conforme crescia, mas aquela que antecedeu a primeira partida eliminatória das Raposas quase o tirou dos trilhos. Os níveis de estresse de seus companheiros de equipe estavam nas alturas, e Neil não pôde evitar ser afetado pelo pânico silencioso no ar. Por mais que Dan tentasse fingir que estava calma, dava para notar a tensão em sua voz enquanto ela comandava a equipe nos treinos. Allison reclamava da linha de defesa desestabilizada sempre que tinha a oportunidade e Kevin estava sendo um babaca com todo mundo. Matt conseguia se controlar um pouco melhor, mas quanto mais a semana avançava, mais inquieto e ansioso ele parecia.

Até Renee sentia a tensão, ainda que conseguisse esconder bem. Quando os amigos estavam por perto, ela era a melhor pessoa para oferecer apoio, sempre animadora e agradável. A história era diferente quando corria no intervalo com Neil e Andrew. Apesar de não admitir, parecia mais cansada a cada dia que passava. Neil sabia que não devia perguntar se ela estava bem. A garota poderia se sentir obrigada a sorrir para ele também, quando o que realmente precisava era de tempo para recuperar o fôlego e se acalmar.

Levou alguns dias para que Neil percebesse que não eram as Raposas que estavam drenando grande parte da energia dela. Renec quase nunca falava enquanto corriam, muito concentrada no que quer que estivesse acontecendo em seu celular. O canto de sua boca se retorcia de vez em quando, o que era um sinal de que as coisas não andavam bem nas mensagens que trocava com Jean.

Quando os treinos da tarde terminaram, todos estavam machucados e cheios de dor. Kevin e Neil fizeram de tudo para passar pelos colegas de equipe, e os defensores resistiram ao máximo. Apesar de voltar para casa dolorido, Neil passou o jantar inteiro pensando em quando voltaria para a quadra.

Quando Neil levou Kevin até a quadra na quarta-feira à noite, disse:

— A gente podia ter trazido o Andrew junto.

— Não. Eu já disse, ele tem que vir com a gente por vontade própria. Não adianta de nada se ele concordar em vir só por nossa causa — protestou Kevin.

— Eu sei o que você disse, mas precisamos praticar mais em um gol que tenha goleiro.

— Não ia adiantar. Seu objetivo não é o goleiro: é o gol em si. Goleiros mudam toda semana. Não tem dois com os mesmos pontos fortes ou estilos. Por que ficar obcecado em derrotar um cara se isso não afeta o resto? Se você melhorar seu desempenho, tanto faz quem vai estar no gol.

— Só estou dizendo...

— Continua discutindo comigo e vai treinar sozinho esta noite.

Neil fez uma careta, olhando para o para-brisas, e ficou quieto. Apesar da irritação, pensou nas palavras de Kevin durante todo o trajeto. Não conseguia compreendê-las, mas se recusava a pedir que ele as explicasse. Os goleiros não eram obstáculos invisíveis. Eram a última linha de defesa dos times e geralmente os jogadores mais ágeis em quadra. Fazer um gol não era apenas acertar a bola dentro das demarcações do gol; era fazer a bola chegar ali de forma que o goleiro não conseguisse prever ou defender.

No dia seguinte, Neil ainda estava incomodado, então perguntou a respeito para os goleiros das Raposas no intervalo da quinta-feira à tarde. Renee virou o celular nas mãos enquanto pensava. Andrew nem sequer deu sinal de ter ouvido a pergunta.

— É uma ideia interessante — disse Renee — e parece que funciona pra ele. Pedir para que alguém mude de mentalidade e abordagem é uma tarefa difícil, ainda mais no final da temporada. Mas, também — disse ela, depois de um momento —, você mudou de raquete no meio da temporada.

— Mudar de raquete é uma coisa. Acho que não consigo fazer isso.

— Se não quiser, não faz — respondeu Renee, como se dizer não para Kevin fosse tão simples. — Se quiser tentar, vamos ajudar como pudermos.

— Não — protestou Andrew, antes que Neil pudesse responder. — Para de imitar o Kevin.

— Só estou tentando melhorar — rebateu Neil. — Não consigo me aperfeiçoar sozinho.

Andrew olhou entediado para ele e não disse mais nada. Quando Neil esperou um minuto e percebeu que ele não planejava elaborar ou explicar o que dissera, parou na frente de Andrew. Renee guardou o celular em silêncio e olhou de um para o outro. Seu olhar permaneceu em Neil, que não o retribuiu, pois analisava a expressão calma de Andrew em busca de respostas.

— Por que não é para eu copiar o Kevin? — perguntou Neil.

— Você nunca vai jogar como ele — respondeu Andrew. Antes que Neil pudesse entender aquilo como um insulto contra seu potencial, Andrew continuou: — Ele é um idiota com estilo de jogo baseado em números e ângulos. Fórmulas e estatísticas, tentativa e erro, repetição e insanidade. Ele só se preocupa em encontrar o jogo perfeito.

— Isso é tão ruim assim?

— Para de fazer perguntas ridículas.

— Então não me obrigue a fazer.

— Um viciado como você não consegue ser tão frio — retrucou Andrew.

— Não sou viciado.

Andrew se limitou a olhar para ele, e Renee interrompeu, cuidadosa:

— Acho que ele quis dizer que Kevin é muito analítico, e você é mais passional. Os dois só pensam em vencer, mas não do mesmo jeito.

Andrew não disse nada para confirmar ou negar essa interpretação, então Neil saiu da frente. Andrew continuou, dando a conversa por encerrada. Renee ficou mais para trás com Neil, em silêncio. Neil olhou para Andrew enquanto pensava a respeito do que disseram. Se Andrew estivesse certo, Kevin não se importava com goleiros porque era um jogador técnico. Seu foco era aperfeiçoar arremessos impossíveis e ângulos complicados. Jogava contra si mesmo, não contra o goleiro, que surgia em seu pensamento só depois.

Andrew estava certo. Neil não conseguiria jogar assim. Precisava aprender os truques de Kevin para se desenvolver como jogador, mas nunca seria capaz de implementá-los do mesmo jeito em quadra. Neil tinha muita consciência de seus obstáculos e sentia adrenalina ao ser mais esperto que os marcadores. Gostava de ser o melhor jogador, o mais rápido. Gostava de jogadas agitadas, de lances difíceis e gols de parar o coração. Não precisava ser bonito ou perfeito, desde que ganhassem no final.

Compreender isso fez parte da tensão da noite anterior se dissipar. Enquanto Neil relaxava, percebeu que Renee ainda o observava. Ela sorriu quando Neil a olhou e inclinou a cabeça para acompanhá-la. Os dois partiram atrás de Andrew e deram a última volta em um silêncio confortável.

Quando as Raposas chegaram à quadra em 9 de fevereiro, ninguém esperava que fossem bater de frente daquele jeito. Quando o cronômetro chegou em 45 minutos de jogo, os Pumas perdiam por três gols de diferença. Na televisão do vestiário das Raposas, os apresentadores de programas esportivos balançavam a cabeça, chocados.

— Concordo com você, Marie. Não sei dizer quem são estes a que estamos assistindo ou o que fizeram com as Raposas do ano passado, mas estão me deixando sem palavras.

Neil assistia à televisão enquanto se alongava. Os dois jornalistas transmitiam ao vivo de dentro da Toca das Raposas, a poucos metros dos bancos vazios dos jogadores da casa. Era difícil ouvi-los por causa do barulho das arquibancadas, sobretudo quando Rocky Raposão, o mascote, passava.

— Sinceramente, nunca acreditei que fossem chegar até o fim da temporada — comentou Marie. — A quantidade de obstáculos que tiveram este ano é inacreditável, e eu tinha certeza de que sairiam de cena em novembro. Precisamos louvar a escalação deste ano por ter chegado tão longe. É a primeira escalação das Raposas que de fato trabalha em equipe.

— É verdade — concordou a contraparte masculina dela. — É o tipo de sincronia que se espera das melhores universidades. Algumas semanas atrás, todo mundo riu quando o calouro Neil Josten disse que as Raposas estavam ansiosas por uma revanche contra os Corvos. Ninguém está rindo agora. Se conseguirem manter este ímpeto e continuar jogando como estão hoje, têm chances reais de avançarem para as semifinais.

— Faltam dez minutos para acabar o intervalo — comentou Marie. — O placar é de seis a três. Os Pumas vão ter que suar para se recuperar. Estamos a menos de uma hora de ver se as Raposas vão garantir sua primeira vitória em uma partida eliminatória. Vamos dar uma olhada em alguns destaques do primeiro tempo, e depois...

Dan desligou a televisão e ficou na frente da tela escura. Matt esperou um minuto, então tocou no ombro dela para chamar sua atenção. Ela respondeu ao olhar questionador com um sorriso torto.

— É estranho ouvir eles falarem bem da gente — disse ela.

— Até que enfim falaram bem da gente, né? — comentou Allison, bufando.

— Até que enfim conquistamos um pouco de consideração deles — ressaltou Renee, sem ser grosseira.

As veteranas trocaram um longo olhar, exaustos e triunfantes. A primeira equipe que as Raposas tiveram foi derrotada logo depois da largada e, no meio da temporada, se tornou motivo de chacota entre os adeptos do esporte. As meninas foram para a Universidade de Palmetto State cientes de que se recuperar daquela reputação desagradável daria trabalho e de que Wymack era o único aliado que tinham. Exy era um esporte misto, mas as mulheres estavam em desvantagem numérica na NCAA. Havia um número ainda menor nas ligas principais e times profissionais. O conselho escolar havia aprovado as três por ordem de Wymack, mas os próprios companheiros de equipe delas haviam tornado suas vidas um inferno. Apesar de cada perda e cada obstáculo, haviam conseguido, e agora enfim recebiam o reconhecimento merecido.

— Certo — disse Dan, afastando-se da televisão.

Seu olhar se deteve por um momento no mais novo acréscimo ao vestiário: uma estante de mogno no canto, perto da foto de Andrew e Neil. No mês anterior, ela dissera que queria um lugar para colocar o troféu do campeonato. Neil pensou que a companheira estava sonhando alto para inspirar a equipe, mas pelo jeito não era o caso. Allison encontrara o móvel perfeito no dia anterior, após o jantar. Na noite anterior, quando Neil e Kevin chegaram à quadra para treinar, encontraram os veteranos posicionando o móvel.

Dan abriu um sorriso breve e feroz, e olhou em volta para os companheiros de equipe.

— Estou com vontade de estragar completamente a noite dos Pumas. Alguém topa?

— Vamos nessa — disse Matt com um sorriso travesso. — O que você tem pra nos dizer, treinador?

Wymack repassou os principais pontos do primeiro tempo o mais rápido possível e, quando a buzina soou, os conduziu de volta à quadra. A UVM começou a partida de forma intensa, irritados com os resultados do primeiro tempo e estimulados pelos discursos dos treinadores no intervalo. Jogavam como uma equipe totalmente diferente, mas

Neil sufocou o pânico. Perder a calma só serviria para minar as chances das Raposas. Concentrou-se apenas no que ele e Kevin podiam controlar e confiou nos companheiros de equipe para fazerem a parte deles em quadra.

Aos vinte minutos do segundo tempo, o placar ainda não havia mudado. Neil e Kevin não conseguiam passar pelos novos defensores, e os atacantes da UVM não conseguiam marcar gols em Andrew. O jogo, que já não era muito amigável, se tornou ainda mais difícil conforme os ânimos ficavam mais acirrados e a paciência diminuía. Neil estava acostumado a ser empurrado de um lado para o outro pelos marcadores quando achavam que a bola viria em sua direção, mas um empurrão mais agressivo fez com que ele derrapasse pelo chão. Neil cerrou os dentes e empurrou de volta, mas o defensor tinha quinze centímetros e dezoito quilos a mais, o que significava que não arredaria o pé sem certa violência.

A briga era iminente; todo mundo sabia. Era apenas uma questão de saber qual jogador perderia a paciência primeiro. Por mais surpreendente — ou não — que fosse, a responsabilidade recaiu sobre Andrew.

Depois de rebater outra bola na quadra, Andrew bateu a raquete contra a parede e chamou Nicky. Neil teve apenas meio segundo até ver Nicky ir em direção ao gol; a bola estava a caminho de Kevin, o que era mais importante do que o que estava acontecendo do outro lado da quadra. Kevin não conseguiu passar pelo defensor e o ângulo ruim não permitia que passasse a bola para Neil, então a jogou para Dan, que empurrou seu marcador e correu pela quadra para que os atacantes pudessem ter mais espaço. Ela arremessou a bola no lado oposto da quadra, para que rebatesse na direção dos atacantes. Neil e Kevin correram até lá, mas o goleiro correu num pulo para pegar a bola primeiro. Ele a jogou para o teto em um ângulo agudo, fazendo-a voltar para o meio da quadra, entre os meias e a defesa das Raposas.

O marcador de Nicky correu para pegar a bola, mas Nicky o derrubou com a raquete. Uma falta tão escrachada que pausou o jogo, ao menos até que o atacante se recuperasse. Ele foi na direção de Nicky com os punhos erguidos, mas Andrew já estava lá. Enfiou a raquete entre os dois e a usou para empurrar o atacante furioso para longe do primo. Por pouco, o atacante não foi idiota a ponto de dar um soco em Andrew, mas Matt e seu marcador intervieram.

Àquela altura, os árbitros estavam na quadra e Nicky mandou um beijo para eles quando recebeu o cartão vermelho. Ele saiu de quadra como um campeão triunfante, com ambos os punhos no ar e sorrindo de orelha a orelha. Aaron entrou para substituí-lo e as equipes se prepararam para a cobrança de falta. Neil estava sorrindo ao voltar para sua posição. Olhou para Kevin na linha, mas o companheiro já estava preparado para correr, confiante na habilidade de Andrew em defender o arremesso.

Andrew defendeu e, como sempre, lançou o rebote para que Neil conseguisse pegar. Neil correu pela quadra como se seu pai estivesse em seu encalço, e não havia nada que o marcador pudesse fazer para detê-lo. Ao olhar para Kevin, percebeu que o marcador dele estava perto demais para que conseguisse passar. Neil pegou a bola e passou para si mesmo, fazendo-a bater no chão e quicar na parede, a poucos metros do gol. O goleiro tentou rebater, mas Neil foi mais rápido. Pegou a bola, desviando a raquete bem na hora e arremessando no gol. Corria com tanta velocidade e estava tão perto da parede que não conseguiria parar, mas tinha espaço suficiente para se virar. Bateu o ombro primeiro, as costas e o capacete a seguir, e grunhiu quando sentiu todo o ar se esvair dos pulmões.

Mas Neil não se importava com a dor; o gol estava iluminado em vermelho e a campainha era estrondosa em seus ouvidos. Ele cambaleou para longe da parede, usando a raquete como bengala até conseguir se equilibrar de novo e o ar retornar para seu corpo dolorido. O goleiro resmungou um xingamento, mas Neil ignorou-o com a facilidade de quem já está acostumado. Bateu as raquetes e aceitou os cumprimentos empolgados dos colegas, mas tudo o que importava era passar por eles para chegar até o gol. Neil não tinha muito tempo até que os árbitros os repreendessem pela enrolação, então correu o resto do caminho até Andrew.

— Nicky não é de brigar. Você mandou ele tentar dar um soco — disse Neil.

— Estava ficando entediado — comentou Andrew.

Neil sorriu.

— E agora está se divertindo?

— Esse momento foi vagamente interessante — respondeu Andrew. — Não me importo com o resto.

— Já é um começo — decidiu Neil, voltando para o meio da quadra.

Dez minutos depois, Kevin se aproveitou da irritação dos Pumas para marcar um gol. Os adversários não voltaram a marcar, por mais que tivessem tentado com uma ferocidade nascida do desespero. Andrew defendia todos os arremessos, acertando alguns rebotes nos capacetes dos atacantes apenas para irritá-los ainda mais. Quando o relógio iniciou a contagem do último minuto, as arquibancadas eram puro alvoroço. Quando faltavam cinco segundos para o final do jogo, Dan jogou a raquete para o lado e correu para pular no colo de Matt.

A campainha soou em uma vitória de oito a três. As Raposas haviam dominado a primeira partida eliminatória e chegado à terceira fase do campeonato pela primeira vez na história. Quando os outros os alcançaram, Dan já havia tirado o capacete de Matt e o beijava ao som dos gritos da torcida. Kevin e Aaron bateram raquetes e trocaram olhares triunfantes.

Neil estava vagamente ciente dos reservas correndo pela quadra em direção a eles, mas olhou para Andrew, sozinho no gol. Já havia deixado a raquete de lado e estava ocupado tirando as luvas. Obviamente tinha consciência de que era uma noite histórica para as Raposas, e Neil sabia que ele ouvia a multidão enlouquecida, mas Andrew não parecia ter pressa ou interesse. Fosse lá o que o tivesse inspirado a intervir minutos antes, já havia desaparecido. Neil não esperava que esta fosse a partida que enfim teria algum efeito em Andrew, mas nem por isso era mais fácil vê-lo regredir.

Nicky foi uma excelente distração, avançando contra Aaron e Neil quase com força suficiente para derrubá-los. Ele enganchou os braços em volta dos ombros dos dois, apertando-os com tanta força que poderia quebrar a coluna deles.

— Dá pra acreditar?! De vez em quando a gente é foda pra caralho!

Allison deu um tapinha no ombro de Neil ao passar por eles até Dan e Matt. Renee agarrou Kevin para um abraço rápido, depois foi para Allison e Dan. Dan ria, inebriada com a vitória impossível. Matt as deixou comemorarem e passou um braço em volta dos ombros de Kevin. Neil olhou de um rosto feliz para outro, saboreando e memorizando aquele momento.

Andrew perdeu a festa do meio da quadra, mas apareceu a tempo de seguir os companheiros ao passarem pelos Pumas. Quando saíram da quadra, Wymack, Abby e duas câmeras esperavam por eles. Dan abriu um grande sorriso para as câmeras antes de abraçar Wymack e Abby. Neil se juntou aos companheiros de equipe para acenar para as arquibancadas, mas foi rápido em abandonar as meninas aos microfones e perguntas dos repórteres.

Quando terminaram de tomar banho e se vestir, Wymack os aguardava no lounge. Contou os atletas rapidamente e assentiu quando se certificou de que os nove estavam presentes.

— Lembram quando eu disse pra não fazerem planos para hoje à noite? — Ele apontou para Abby com o polegar. — Vamos pra casa dela. E quando digo vamos, quero dizer todo mundo. — Olhou expressivo para o grupo de Andrew. — Pensem nisso como um evento obrigatório para toda a equipe. Abby já concordou em cozinhar pra gente, e passei a maior parte da manhã abastecendo os armários com bebidas.

— Era um voto de confiança ou planos pra uma festa de consolação? — perguntou Dan.

— Não importa — disse Wymack. — Vamos. Estou morrendo de fome e preciso muito de um cigarro.

Os seguranças os ajudaram a chegar aos carros. O trânsito intenso tornou a viagem até a casa de Abby cinco vezes mais longa do que o normal, mas as Raposas estavam tão bem-humoradas que não se importaram.

A geladeira de Abby estava cheia de pratos que ela havia preparado no início do dia. Ela colocou algumas panelas no forno, enquanto Wymack e Dan serviam bebidas. Kevin ficou na cozinha quando Wymack e Dan começaram a falar sobre o jogo da noite. Matt comandava o sistema de som na outra sala. Nicky e Allison tinham fortes opiniões sobre todas as escolhas musicais de Matt, mas não parecia ser sério, então Neil não interveio. Aaron se sentou em uma poltrona perto da janela e os observava com um olhar distante. Olhou irritado para Neil quando percebeu que este o observava, mas Neil acenou e foi procurar os goleiros ausentes. Não perdeu tempo descendo o corredor, já que para os fundos da casa só havia quartos, e foi direto para a entrada da casa.

Andrew estava sentado no capô de seu carro, diante de Renee. Ela olhou em direção à casa quando ouviu a porta se abrir e fez sinal para Neil se juntar aos dois. Quando Neil estava na metade do caminho, ela se afastou de Andrew e foi até a calçada. Deu um sorriso para Neil ao passar, mas não disse nada. Neil se perguntou o que havia interrompido e se deveria ou não se desculpar. Não teve tempo de se decidir, porque Renee entrou na casa. Neil ocupou o lugar que ela havia acabado de deixar e estudou o rosto inexpressivo de Andrew.

— A gente ganhou — disse Neil, e então esperou, mas ficou óbvio que Andrew não responderia. Ele tentou reprimir a frustração, mas não conseguiu conter um suspiro. — Vai te matar se demonstrar alguma coisa?

— Quase aconteceu da última vez — respondeu Andrew.

Ele falou com naturalidade, mas Neil ainda estremeceu quando percebeu o deslize. Estendeu a mão, mas parou a uma distância respeitosa do braço de Andrew. As mangas compridas e as faixas escondiam as cicatrizes, mas Neil se lembrava da sensação delas sob seus dedos.

— Isso é diferente. A única pessoa no seu caminho agora é você mesmo. Você poderia chegar à seleção um dia, mas não vai conseguir se não tentar. — Neil esperou, mas Andrew o encarou em silêncio. Neil poderia ganhar de qualquer um ao brincar de encarar, mas não estava com paciência para enfrentar Andrew naquela noite. — **Andrew, me responde.**

— Você parece uma daquelas bonecas que fala a mesma frase quando dão corda. Não tenho nada pra dizer.

— Se eu falar de outra coisa, você vai me responder?

Andrew arqueou uma sobrancelha.

— Você sabe falar de outra coisa?

Aquilo doeu. Neil abriu a boca para retrucar, mas não soube o que dizer. A conversa fiada que entretinha seus companheiros de equipe com tanta facilidade não significava nada para os dois. Neil não queria falar sobre filmes e aulas com Andrew. Queria falar sobre a vitória sem precedentes daquela noite. Queria falar sobre as chances que tinham de passar da terceira rodada e jogar outra partida eliminatória. Queria falar sobre o olhar no rosto de Riko quando as Raposas os enfrentassem novamente em maio. Queria saborear aquela vitória, não descartá-la como algo trivial e desinteressante.

A porta da frente se abriu. Nicky se apoiou no batente, inclinando-se para chamá-los:

— As bebidas estão prontas! Vocês vêm ou não?

Andrew empurrou Neil para que saísse de seu caminho e desceu do carro.

— Perdeu a chance.

Neil estava inconformado demais para detê-lo. Ficou perto do carro até que Andrew alcançasse Nicky, e só então partiu em direção à casa. No meio do gramado, seu celular tocou. Neil ficou irritado o suficiente para responder ao "28" daquela noite com um "Chega".

Ninguém respondeu.

216

CAPÍTULO ONZE

As regras mudavam na terceira rodada. Até então, uma equipe dependia apenas de sua capacidade de vencer o maior número de jogos possível para se classificar. Dali até as finais, a ênfase mudava para o saldo de gols. As três universidades que ultrapassassem a fase do mata-mata se enfrentariam nas três semanas seguintes. As duas equipes com o maior saldo de gols entre os jogos seguiriam para a segunda fase eliminatória. Teoricamente, um time poderia perder os dois jogos e ainda assim avançar; no entanto, havia anos que isso não acontecia.

Por causa do número ímpar de times, as Raposas jogariam contra Nevada em casa em 23 de fevereiro, folgariam na semana seguinte e enfrentariam Binghamton em um jogo fora de casa em 9 de março. A semana entre a partida eliminatória e o jogo contra Nevada era de descanso, mas as Raposas não estavam no clima de pegar leve. A vitória da sexta-feira as havia deixado tão inspiradas quanto apavoradas, e ninguém queria perder o embalo. Por sorte, não tinham como diminuir o ritmo, porque Wymack manteve todos investidos com força total até quinta-feira.

Na tarde da quinta-feira, uma equipe de televisão visitou a Toca das Raposas para filmar um segmento do time para seu programa da

NCAA. Neil achou que Kevin iria protestar, uma vez que entrevistas significavam que os treinos seriam interrompidos com frequência, mas Kevin sabia o quanto as Raposas precisavam de uma publicidade positiva. Neil quase havia esquecido o quanto Kevin podia ser agradável quando havia uma câmera apontada para sua cara. Neil sufocou a vontade de fazer Kevin parar de atuar e evitou os microfones ao máximo.

Mas não conseguiria escapar dos holofotes para sempre. Wymack e Kevin olharam por cima da cabeça do repórter quando Neil por fim foi escolhido para uma entrevista. Ele respondeu ao olhar de advertência de Kevin com uma expressão serena e tentou permanecer civilizado o máximo que pôde. No começo foi fácil, já que a maioria das perguntas eram sobre o progresso das Raposas. Era inevitável que terminassem com uma pergunta sobre Riko e os Corvos. Neil tentou uma resposta neutra, mas o repórter fez uma piada bem-humorada sobre o novo jeito discreto dele.

— Da última vez que falei algo que ninguém queria ouvir, minha universidade foi vandalizada. Estava tentando evitar represálias dessa vez. Mas sabe de uma coisa? Você tem razão. Não posso me dar ao luxo de ficar quieto. O silêncio significa fazer vista grossa ao comportamento deles, e isso é uma ilusão perigosa. Não vou perdoar nem tolerar o que fizeram só porque são talentosos e populares. Vou responder essa pergunta de novo, pode ser?

"Sim, estou mil por cento certo de que vamos jogar contra os Corvos nas finais nessa primavera, e sei que com toda a certeza vamos vencer dessa vez. E quando o melhor do país perder para um time de nove "zés-ninguéns", quando perder para uma equipe que o próprio treinador comparou a cães ferozes, Edgar Allan vai ter que mudar as coisas. Pessoalmente, acho que deveriam começar exigindo que o treinador Moriyama abdicasse do cargo."

O barulho que Kevin fez não foi humano. O entrevistador e o câmera olharam para trás, em direção ao atleta, assustados, mas ele foi embora antes das perguntas, disparando pelo corredor para longe da vista de todo mundo. Wymack, apesar de ter reclamado inúmeras vezes sobre o mau comportamento de Neil, mostrou os dentes em um sorriso feroz. Neil respondeu ao olhar curioso do entrevistador com uma expressão neutra e esperou pelo sinal de que havia terminado. Assim que a câmera foi desligada, voltou para a quadra. Não se surpreendeu por Kevin ignorá-lo pelo resto do dia.

Neil tinha a sensação de que o treino daquela noite seria frio e silencioso. Matt chegou à mesma conclusão e desejou boa sorte, depois saiu para jantar com Dan. Neil trancou a porta, olhou para o relógio e passou a meia hora seguinte trabalhando intensamente em problemas de matemática. Estava no último quando ouviu uma única batida à porta. Não era a batida imperiosa de Kevin nem o toc-toc-toc entusiasmado de Nicky, mas os veteranos não iam até lá quando Matt e Dan estavam fora. Neil empurrou seu trabalho escolar de lado e foi investigar.

Andrew estava parado no corredor, com as mãos enfiadas no bolso da frente de um moletom escuro. Neil abriu mais a porta e saiu do caminho. Andrew olhou para além dele, e então entrou. Neil achou que ele estava à procura de mais gente, então explicou:

— Matt saiu com Dan faz algumas horas. Você vai com a gente pra quadra?

— Você vai ter que se divertir sozinho hoje. — Andrew se convidou para a cozinha e abriu a geladeira. — Kevin está bêbado demais pra te xingar, que dirá se levantar e segurar uma raquete.

— Ele o quê? — perguntou Neil, mas Andrew não perdeu tempo repetindo. Neil encarou o corredor, como se pudesse visualizar Kevin em seu estado miserável. — Covarde.

— Não pareça tão surpreso. Não é nenhuma novidade.

— Achei que tinha conseguido convencê-lo da última vez — admitiu Neil, então fechou a porta e apoiou o ombro no batente da porta da cozinha. — Em uma escala de um a dez, quão ruim você acha que isso vai ficar?

— Quão ruim pode ficar? Riko ainda não pode matar você, e Moriyama já falou para os torcedores dos Corvos não se meterem.

— Eles ainda podem eliminar a gente de algum jeito. Já mostraram as cartas em outubro. Já que não acham que vamos conseguir chegar às finais, não tem por que nos tolerarem por mais tempo.

— Eles não têm mais escolha. Se os Corvos não nos deixarem seguir em frente, sempre vai ter espaço para dúvidas e especulações. Não podem manter seu trono com base em suposições. Os Corvos precisam ser vencedores supremos. — Andrew pensou um pouco antes de completar: — Não sei o que pensar.

— Sobre nossas chances nesta primavera? — perguntou Neil.

Andrew ergueu as mãos com as palmas para cima entre os dois.

— Pensar que você encurralou eles sem querer é insuportável, porque significa que é ainda mais burro do que eu pensava. Mas se tinha noção de que estava fazendo isso, é mais esperto do que me fez acreditar. Isso significa que você não está brincando só com os Corvos. Um deles é o mal menor.

— Nem tudo na vida é trapaça — retrucou Neil. Andrew não respondeu, mas Neil interpretou a expressão calma que exibia como descrença. Pensou em se defender, mas decidiu que seria um desperdício de energia. Andrew não acreditaria de todo modo. — Qual é o mal menor?

— Não sei — repetiu Andrew.

— Bela ajuda. Você podia simplesmente perguntar — murmurou Neil.

— Por que perder tempo? — perguntou Andrew, dando de leve de ombros. — Eu vou acabar descobrindo.

Andrew roubou uma cerveja da geladeira e começou a empurrar o anel da lata para frente e para trás. Neil o observou por alguns instantes, depois olhou para sua mesa do outro lado da sala. Estava irritado com Kevin por cancelar o treino, mas sabia que teve sorte pela noite livre. Tinha um teste de matemática em uma semana e um trabalho para ser entregue no dia seguinte que ainda não começara a fazer. As provas do meio do semestre se aproximavam e as notas de Neil caíam cada vez mais. Aquela seria a noite perfeita para tirar o atraso nos estudos.

O anel de metal bateu em sua bochecha. Neil olhou para Andrew e de repente percebeu que Matt não estava. Fazia mais de uma semana desde que Andrew puxara Neil para o chão para beijá-lo. Desde então, não haviam ficado sozinhos por tempo o bastante para fazer qualquer outra coisa.

Não saberia dizer se algo em sua expressão fizera Andrew chegar àquela conclusão ou se o outro apenas queria sua atenção total. Andrew colocou a cerveja de lado sem tomar um gole e fechou a porta da geladeira com o pé. Foram necessários dois passos para diminuir o curto espaço entre os dois, e Andrew parou o mais perto que podia, sem encostar em Neil. Seus dedos estavam frios por causa da lata quando ele os curvou ao redor do queixo de Neil.

— Sim ou não? — perguntou Andrew.

— Sim — disse Neil.

Andrew lançou um olhar enfático para os braços cruzados de Neil, que demorou um pouco para entender, então baixou os braços e enfiou as mãos nos bolsos da calça jeans. Andrew esperou que ele ficasse imóvel para beijá-lo. Neil parou de pensar em aulas, Exy e na falta de coragem de Kevin e permitiu que Andrew o beijasse com intensidade. Estava com a cabeça nas nuvens e trêmulo, quando Andrew pressionou a outra mão espalmada sobre seu abdômen. Do peito para baixo, cada nervo de seu corpo pareceu se retorcer em resposta. Neil cerrou os punhos como se isso fosse mantê-los onde estavam e permitiu que Andrew o empurrasse contra a parede.

Seu celular vibrou com a mensagem de contagem regressiva e, pressionado contra a parede, soava ofensivamente alto. Andrew soltou o queixo de Neil e tirou o celular do bolso traseiro da calça jeans. Ele se inclinou um pouco para trás enquanto segurava o aparelho em uma oferta. Neil quase esperava que Andrew fosse ler a mensagem e ficou aliviado quando isso não aconteceu, então pegou o aparelho e o jogou para longe do alcance de ambos, sem se preocupar com nada. Sabia que dia era; sabia quão pouco tempo restava. Não tinha a menor vontade de ler a mensagem, ainda mais naquele instante.

Andrew observou o aparelho quicar no sofá e deslizar pelo carpete. Era uma questão de saber se perguntaria ou não. Neil beijou seu pescoço, na esperança de distraí-lo, e foi recompensado com um sobressalto. Foi motivo suficiente para beijar de novo. Andrew empurrou o rosto de Neil, mas os dois estavam tão próximos que seria impossível não perceber o jeito como se arrepiou. Andrew voltou a beijá-lo antes que Neil pudesse dizer qualquer coisa.

Andrew o empurrou com mais força contra a parede, mapeando-o através da camisa, dos ombros à cintura, e então fazendo o caminho inverso. Tinha colocado as mãos na pele nua de Neil algumas semanas antes, quando vira suas cicatrizes, mas naquele momento era diferente. Andrew parecia estudar cada centímetro dele. Suas mãos nunca haviam sido tão pesadas ou quentes antes. A cada vez que pressionava ou que seus dedos deslizavam, exigindo mais, Neil sentia o calor percorrendo suas veias. Estava inquieto, ansioso, e inclinou-se um pouco mais para aprofundar o beijo, de repente mais consciente do jeans que prendia suas mãos nos quadris.

Neil não conseguia se lembrar da última vez que colocara as mãos em alguém. Não fora a garota do Canadá — talvez a garota de antes. Pela primeira vez, considerou tocar Andrew do mesmo modo e aprender os formatos do corpo dele, como Andrew estava memorizando os seus. Queria encontrar os lugares que o fariam ceder.

Não dissera aquilo em voz alta, mas, como se sentisse a deixa, Andrew passou as mãos pelos braços de Neil até os pulsos e enfiou os dedos em seus bolsos. Estava se certificando de que as mãos dele ainda estavam lá, Neil adivinhou, enfiando mais as mãos em resposta. Andrew agarrou seus pulsos, apertando-os para detê-lo. Após um momento de consideração, libertou as mãos de Neil e segurou-as perto da própria cabeça.

Beijava Neil como se quisesse machucar a boca dele e se inclinou para trás para encará-lo com um olhar intenso.

— Só aqui.

— Ok — disse Neil.

Ele enfiou os dedos por entre o cabelo de Andrew assim que o aperto dele afrouxou. Não era muito, mas era um alívio desesperador ter algo em que se agarrar. Talvez aquela agitação em seu ventre fosse pela percepção de que Andrew confiava em Neil o suficiente para deixar que o tocasse. Neil descobriria isso mais tarde. Tudo o que importava naquele momento era a facilidade de puxar Andrew para outro beijo.

Andrew soltou os pulsos dele devagar, apoiando a mão espalmada no peito de Neil. Ficaram assim por uma eternidade, Andrew testando o controle de Neil, e Neil contente em beijar até que suas bocas ficassem dormentes. A mão de Andrew entre suas pernas foi um peso inesperado. Neil não percebeu o quanto estava apertando os cabelos de Andrew até que este mordeu seu lábio inferior em advertência. Neil resmungou algo incoerente e se forçou a afrouxar o forte aperto. Sentiu um leve gosto de sangue, que logo foi esquecido quando Andrew abriu o botão e o zíper de Neil.

Andrew não era gentil, mas Neil não queria que ele fosse. Nenhum dos dois tinha constituição para ternura. Aquele momento foi implacável, quase raivoso, e a mão de Andrew levava Neil ao extremo. Neil tentou puxá-lo para mais perto, mas Andrew continuou com a mão espalmada sobre seu peito para manter o espaço entre os corpos. Neil mal conseguiu pronunciar o nome de Andrew ao chegar ao clímax, e então continuar. Andrew sufocou sua arfada desesperada com um último beijo forte e finalmente o soltou.

Ficaram com as bochechas encostadas durante um minuto, uma hora, um dia. O coração de Neil batia com tanta força que ele o sentia nas têmporas, o corpo inteiro estremecendo. Aos poucos a lucidez começou a retornar de modo fragmentado, e a primeira coisa que Neil percebeu foi como os dedos de Andrew estavam cravados em seu peito. Neil tentou olhar para baixo, mas Andrew respondeu com um leve empurrão.

— E se... — começou Neil.

Andrew o cortou em uma resposta baixa:

— Não.

— Você não pode voltar para o Kevin e Nicky desse jeito.

— Eu disse para ficar quieto.

— Você disse "não" — retrucou Neil.

Neil flexionou os dedos no cabelo de Andrew, apertando com cuidado para puxá-lo em um beijo breve. Andrew tolerou por alguns instantes e depois se afastou. Limpou a mão na camisa de Neil e então puxou os pulsos dele. Neil obedeceu e o soltou, mas não deixou de notar que Andrew o observava abaixar as mãos. Neil não sabia se poderia colocá-las de volta nos bolsos sem esbarrar nele, então as posicionou atrás das costas. Andrew saiu do espaço de Neil e baixou as mãos.

— Vai — disse Andrew.

— Para onde? — perguntou Neil.

— Para qualquer lugar em que eu não possa ver você.

Neil não entenderia todas as camadas problemáticas da sexualidade de Andrew nem em uma vida inteira, mas pelo menos sabia que não deveria se ofender com aquela rejeição. Esperou até que Andrew estivesse longe e se afastou da parede sem esbarrar nele. A sala estava organizada de modo que sua mesa ficasse parcialmente fora de vista da porta, mas Neil foi para o quarto. Enfiou a junta do polegar no lábio inferior inchado e estremeceu um pouco por causa da dor. Tirou a camisa, amassando-a para esconder a bagunça, e enfiou-a no cesto de roupa suja. Trocou a calça jeans por um moletom, pegou uma camiseta velha para vestir e se encostou na cama para esperar.

Em pouco tempo, ouviu a pia ser ligada. Neil esperou até que a água parasse de cair, então saiu à procura de Andrew. Ele estava com as costas apoiadas na geladeira enquanto bebia a cerveja que roubara. Não ergueu os olhos quando Neil apareceu na porta, e, se notou o olhar que Neil lançou para ele, fingiu não ver. Bebeu a cerveja em silêncio, parecendo calmo e limpo como se nada tivesse acontecido, e Neil observou até ele amassar a lata vazia com as mãos. Andrew deixou-a no balcão para que Neil se livrasse dela e se virou para a porta. Neil deu um passo para o lado para deixá-lo sair e Andrew foi embora sem dizer nada. Neil trancou a porta e colocou a lata na pequena lixeira de Matt.

Ele voltou para sua mesa, mas não fez mais nada naquela noite.

Neil passou a noite de sexta-feira no quarto de Andrew, mas só assistiu a uma partida com Kevin. Passaram o resto da noite largados nos pufes, com um controle enorme nas mãos. Nicky era um professor surpreendentemente paciente ao ensinar seu jogo favorito para Neil, mas a quantidade gigantesca de álcool que bebia tornava as instruções cada vez menos inteligíveis. Quando eram duas da manhã, Neil estava pronto para dar aquela noite por encerrada, mas Nicky estava agitado por causa das bebidas açucaradas e de outro pote de sorvete que compraram na loja.

Andrew passou a maior parte da noite fumando em sua mesa e olhando para o nada. Por volta das três da manhã, desapareceu no quarto, expulsando Kevin para que pudesse dormir. Kevin colocou o computador de volta na mesa, baixou o volume da televisão até que ficasse quase sem som e foi para a cama. Nicky esperou até que a porta se fechasse para aumentar um pouco o volume. Resmungou alto enquanto se acomodava de novo. Apesar de se esforçar para ficar acordado, o cansaço levou a melhor dele meia hora depois. Deixou o controle de lado e olhou para Neil.

— Espera. — Foram necessárias duas tentativas e certa agitação alcoolizada para que Nicky conseguisse se levantar do pufe. Cambaleou até o quarto, fazendo tanto barulho ao remexer objetos que Neil soube que Andrew e Kevin teriam acordado, e retornou com um cobertor. Sem cerimônia alguma, jogou-o em cima de Neil e ergueu as mãos, dando de ombros com exagero. — Melhor dormir aqui! Dan e Matt devem estar fazendo safadezas de hétero. Amanhã podemos tomar café da manhã.

Ele apontou para Neil, indicando com o dedo algumas vezes em uma ênfase silenciosa e se afastou de novo. Neil esperou até que o ambiente estivesse em silêncio para se levantar. Ficou parado por um momento ao lado do pufe, pensando se deveria mesmo ficar, depois apagou a luz do quarto e voltou. Foi fácil esticar o cobertor e ainda mais fácil ficar confortável; em minutos, já estava dormindo.

Na manhã seguinte, uma campainha o acordou, mas o cérebro cansado de Neil levou alguns instantes para reconhecer o barulho do despertador de um celular. Um segundo depois, seu próprio aparelho vibrou no bolso. Neil esfregou os olhos com a mão cansada, cobrindo a boca para sufocar o bocejo. O celular de Nicky tocava em um trinado estridente no aposento ao lado, o que significava que a campainha que ouvira vinha do celular de Kevin, deixado ali na noite anterior, porque era bem provável que Andrew, assim como Neil, deixasse o celular sempre no silencioso.

Uma mensagem em grupo como aquela só podia vir de Wymack. Neil gemeu um pouco em protesto, mas tirou o celular do bolso. A mensagem que o treinador enviara logo pela manhã era curta, mas o bastante para fazer com que despertasse: Kengo Moriyama voltara a ser hospitalizado.

Neil se sentou num pulo e jogou o cobertor para o lado. Ligou a televisão, baixou o volume o mais rápido que conseguiu e mudou freneticamente de canal. Kengo não era importante o bastante para aparecer no noticiário normal, mas com certeza seria mencionado no canal de notícias esportivas a que Wymack assistia todas as manhãs. Andrew saiu do quarto quando Neil finalmente encontrou o canal certo. Ele olhou brevemente para Neil no caminho para a cozinha. Quando Andrew ligou a torneira para fazer café, Neil teve que aumentar o volume da televisão, mas não adiantava nada se esforçar para ouvir, porque a notícia estava chegando ao fim.

Ainda não havia novidades, mas Neil sabia que haveria uma atualização assim que alguém chegasse ao Castelo Evermore para assediar Riko por um comentário. Neil se perguntou se o pessoal de Kengo havia contado para Tetsuji e Riko, ou se a família principal nem se lembrava de informá-los. Talvez Riko só fosse descobrir ao ter um microfone enfiado em sua cara de novo. Neil riu ao imaginar, mas só até que seus pensamentos se voltassem para o pai.

Nathan estava preso, mas era o braço direito de Kengo. Alguém deveria ter informado a ele que Kengo estava doente. Era questionável se Nathan se importaria ou não. Neil não conseguia deduzir, mas se a lealdade de Nathan a Kengo fosse pelo menos um pouco semelhante à de seus capangas em relação a ele, estaria andando de um lado para o outro na cela naquele exato momento. Talvez Nathan nunca mais visse Kengo vivo; talvez, ao ser solto, descobrisse que serviria a Ichirou. Neil se perguntava que impacto a morte de Kengo teria na família Moriyama, mas não conseguia nem imaginar. Não fazia a menor ideia do que a família principal era capaz de orquestrar. A influência de Riko já era alarmante, e isso considerando que ele ficava apenas com as sobras da família.

Andrew voltou e atravessou a sala em direção a Neil, que o observou se aproximar, um pouco desconfortável pela sensação de culpa. Naquele momento, o acordo que fizera com Andrew parecia tão cruel quanto fora desesperado. Neil não tinha certeza de que Andrew poderia enfrentar um monstro como Nathan, mas estivera disposto a permitir que tentasse. Não se importara com o que isso poderia significar para Andrew, desde que conseguisse mais tempo para jogar com as Raposas.

Andrew desligou a televisão ao passar.

— É muito cedo pra ficar obcecado.

— Isso é importante.

— Pra quem? — perguntou Andrew enquanto se afundava em outro pufe. — Isso não muda em nada a nossa temporada, e Riko é burro demais pra conseguir pontos por empatia. Então, quem se importa?

Neil abriu a boca para argumentar, mas percebeu que não tinha uma boa resposta. Andrew apontou para ele como se o silêncio comprovasse seu argumento, e Neil voltou a fechar a boca sem dizer nada. Andrew se ajeitou até ficar confortável e fechou os olhos. Neil olhou dele para a tela escurecida, depois se virou de lado na cadeira irregular para ficar de frente para Andrew. Ele abriu um olho ao ouvir o barulho, mas fechou-o de novo quando Neil se acalmou. Neil se contentou em observá-lo.

Andrew não estava olhando, mas talvez tenha sentido o peso do olhar de Neil, porque perguntou, depois de alguns minutos:

— Algum problema?

— Não — respondeu Neil, sem conseguir esconder a mentira nem de si mesmo. — Andrew? No verão passado você me fez uma promessa. Estou pedindo para você quebrá-la.

— Não — respondeu Andrew, sem hesitar.

— Você disse que me protegeria se eu mantivesse Kevin no sul, mas Kevin não precisa mais de mim. Ele prefere estar com a gente do que com os Corvos porque, no fim das contas, acha que vale a pena gastar seu tempo com a gente. Não tenho mais nada pra oferecer em troca da sua proteção.

— Vou pensar em alguma coisa.

— Eu não quero que você faça isso. Preciso que você me libere.

— Me dá um bom motivo, então — retrucou Andrew.

— Se estou me escondendo atrás de você, ainda estou fugindo. Não quero terminar o ano assim. Quero me erguer sozinho. Me deixa fazer isso. Todo o resto não significa nada se eu não fizer isso.

Andrew o encarou em silêncio. Neil não sabia se o outro avaliava a verdade contida em suas palavras ou se as rejeitava em silêncio. Queria pressionar Andrew para que desse uma resposta concreta, mas sabia que o tiro sairia pela culatra. Andrew levava suas promessas e sua palavra muito a sério. Seria preciso mais do que uma tentativa para convencê-lo a renunciar e, se Neil pressionasse demais, Andrew perceberia que havia algo de errado. Neil fechou os olhos e se encolheu ainda mais no pufe. Esperava que Andrew interpretasse isso como sua disposição de esperar por uma decisão.

O silêncio no dormitório era confortável. Kevin e Nicky ignoraram as mensagens e continuaram dormindo, e o único barulho vinha do gorgolejar da cafeteira, que apitou quando o café ficou pronto. Neil pensou em se levantar para pegar uma caneca e decidiu que poderia esperar mais um minuto.

Não tivera a intenção de cochilar, mas quando percebeu estava acordando ao som do despertador de Nicky. O bipe desagradável continuou por bastante tempo até que ele enfim se mexeu para desligá-lo. As molas da cama rangeram quando Nicky se mexeu e o quarto voltou a ficar silencioso. Neil olhou para o relógio na TV, que marcava 9h30. Definitivamente era hora de levantar se quisesse manter sua rotina, mas Neil estava confortável.

Andrew ainda estava no outro pufe, mas o barulho também o acordara. Ele retribuiu o olhar cansado de Neil por um instante e voltou a dormir. Era uma permissão implícita para continuarem curtindo a preguiça, então Neil fechou os olhos e pegou novamente no sono.

A semana que antecedeu a partida de Nevada passou rápido e foi cansativa, mas Neil adorou quase todos os momentos. Durante as manhãs, treinava com os companheiros de equipe; seus dias eram desperdiçados no mal necessário chamado universidade e as tardes eram passadas em quadra. As Raposas já não o olhavam com desconfiança por correr com os goleiros durante o intervalo. Depois de jantar com os veteranos, Neil e Kevin voltavam ao estádio para os treinos.

Era a rotina a que estava acostumado, com um acréscimo crítico. Neil voltava para o dormitório com Kevin e seguia pelo corredor como se fosse para seu quarto, mas assim que o colega fechava a porta, ele dava meia-volta e voltava para a escada. Andrew esperava por ele no telhado, geralmente com um cigarro na mão e uma garrafa no colo. As noites ainda frescas exigiam jaquetas, mas o calor do corpo de Andrew dissipava a maior parte do frio.

Eles não se falavam durante a noite, talvez porque tivessem conversado durante o treino ou porque já era tarde e ambos estavam só roubando alguns minutos antes do tão necessário sono, mas era nesse momento que Neil tinha mais perguntas. Elas o incomodavam enquanto Andrew o prendia de encontro ao concreto frio e deixava as mãos quentes percorrerem o caminho sob sua camisa. Ter curiosidade sobre Andrew não era novidade, mas a torturante importância que atribuía a essas respostas era. Beijar Andrew havia mudado as coisas, por mais que Neil soubesse que não deveria ter sido assim.

Queria saber quais eram os limites, e por que ele era a exceção. Queria saber por que Andrew concordava com aquilo depois de tudo que havia passado e quanto tempo levara para aceitar sua sexualidade após sofrer abusos na mão de Drake. Por quê, quando e como só serviam para complicar a situação, já que pensar nesses desdobramentos fazia Neil refletir sobre todo o resto. Poderia ter usado o jogo de segredos para justificar a bisbilhotice, mas não queria lutar por cada fragmento de informação. Levaria muito tempo e estava ficando sem segredos para negociar. Seria melhor manter a boca fechada e não pensar nisso.

Conseguiu se controlar até a quinta-feira. A mãe adotiva de Renee tinha acabado de comprar uma casa, e os veteranos só falavam disso durante o jantar. Renee queria ir para casa ajudá-la com a mudança durante o fim de semana. Matt se dispusera a comprar passagens para ele e Dan caso as duas precisassem de ajuda. Neil não entendeu o entusiasmo deles até se lembrar de como haviam tido uma infância monótona. Dan morara no mesmo lugar por quinze anos e Matt ficou com o pai até o ensino médio. Allison tinha casas de verão e de inverno e viajava muito com os pais, mas nunca havia se mudado.

O pensamento permaneceu com Neil durante os treinos noturnos e o banho que se seguiu: não tanto pela estranheza que aquilo lhe causava, mas por se mostrar um jeito perfeito de criar um atalho no jogo que fazia com Andrew. Assim que deixou Kevin em seu quarto naquela noite, Neil subiu as escadas até o telhado. Andrew estava no mesmo lugar em que ficava todas as noites, sentado de pernas cruzadas perto da beirada do telhado. O cigarro era um borrão que brilhava em contraste com as sombras e parecia pulsar quando Andrew deu uma tragada. Neil roubou o cigarro ao se sentar ao lado dele e o revirou nas mãos. Andrew soprou fumaça em seu rosto em resposta, então Neil jogou as cinzas nele e fez menção de apagar o cigarro. Andrew beliscou seu pulso e o pegou de volta.

— Os veteranos vão viajar neste fim de semana — comentou Neil. — A mãe da Renee está se mudando e pelo jeito é a coisa mais interessante que já aconteceu por aqui em meses. Não consigo imaginar como vai ser quando todos se formarem e tiverem que se mudar. — Ele esperou um instante, mesmo sabendo que o outro não responderia. — Sei que Nicky vai voltar para a Alemanha quando se formar, mas o que vai acontecer com a casa dele? Vai vender ou dar para um de vocês?

— Pergunta pra ele — respondeu Andrew.

Neil ignorou o comentário.

— Você quer ficar na Carolina do Sul?

Andrew deu de ombros.

— É perda de tempo fazer planos com tanta antecedência.

Neil abraçou um joelho contra o peito e seguiu o olhar de Andrew até o campus. As árvores ao longo da colina entre a Torre das Raposas e a Perimeter Road encobriam a maior parte dos postes de iluminação, que distavam um dos outros em seis metros nas calçadas. Já passava da meia-noite, mas Neil viu pelo menos uns dez alunos por ali.

— Talvez eu vá para o Colorado. Seria uma mudança interessante de cenário. Fiquei mais nos estados perto da costa — comentou Neil.

— Não na Califórnia — disse Andrew; não era bem uma pergunta.

Neil não sabia se Andrew estava fazendo graça de sua tentativa de conversar sobre algo que não fosse Exy ou se de fato estava curioso. Na verdade, não se importava. A falta de conexão de Andrew — seja a que ele havia aprendido ou aquela que se forçava — significava que era bem provável que ambas fossem a mesma coisa em sua mente. O fato de Andrew ter respondido e solicitado que elaborasse a fala já era uma vitória.

— Passei pela Califórnia a caminho do Arizona, mas não fiquei. Até gostei de Seattle, mas... — Neil se lembrou do barulho de um cano esmagando o corpo da mãe. — Eu não poderia morar lá de novo. Não conseguiria voltar em nenhum desses lugares.

— Quanto é "nenhum"?

— Vinte e duas cidades — disse Neil, sem comentar que estavam espalhadas por dezesseis países. Andrew ainda achava que Neil fugira sozinho anos atrás. Uma criança não poderia ir e vir mundo afora sem ajuda. — A estadia mais longa foi naquele ano em Millport. A mais curta foi uma semana que passei com meu tio.

231

— Devo acreditar que ele existe? Você disse pro Nicky que ia ficar com ele no Natal. Era mentira.

— O tio Stuart existe. Ele foi a primeira pessoa que procurei quando fugi, mas também é um gângster. Sentia a mesma falta de segurança com ele do que quando estava em casa, então fugi de novo. Ainda tenho o número dele, mas nunca fiquei desesperado o suficiente para ligar. Não sei quanto me custaria a ajuda dele. — Neil olhou para Andrew. — Eles fizeram você se mudar muitas vezes?

— Doze casas antes de Cass. Todas na Califórnia.

— Alguma era boa? — perguntou Neil.

Andrew encarou Neil por um minuto, depois apagou o cigarro e pegou a bebida.

— Nenhuma das que me lembro era.

Neil não queria saber até onde iam as lembranças de Andrew.

— Então Califórnia e Carolina do Sul. Você nunca foi para nenhum outro lugar, a não ser quando viaja para um jogo? — perguntou Neil, e Andrew deu de ombros em recusa. Neil pensou um pouco, então complementou: — O recesso de primavera está chegando. A gente podia ir para algum lugar.

— Ir para algum lugar. — repetiu Andrew, como se fosse uma ideia estranha. — Para onde e por quê?

— Qualquer lugar — disse Neil, e depois acrescentou: — Qualquer lugar a pelo menos três horas do campus. Não faz sentido ir a algum lugar mais perto do que isso. Não vai ter cara de férias. Só nos resta descobrir como afastar Kevin das quadras.

— Eu tenho facas — lembrou Andrew. — Isso não responde ao "por quê".

Neil não conseguiu explicar de onde tinha vindo a ideia, então disse:

— Por que não? Também nunca viajei só por viajar. Quero saber como é.

— Você tem um problema de só investir seu tempo e energia em coisas inúteis.

— Isso — Neil estalou o dedo para indicar os dois — não é inútil.

— Não tem nada de "isso". Isso é nada.

— E eu sou nada — insinuou Neil. Quando Andrew fez um gesto de confirmação, Neil rebateu: — E como você sempre disse, você não quer nada.

Andrew o encarou impassível. Neil teria presumido que era uma rejeição silenciosa à acusação velada que fizera, se a mão de Andrew não tivesse congelado no ar. Neil pegou a garrafa da outra mão de Andrew e colocou-a de lado para que não a derrubassem.

— Eis uma primeira vez. Ganho um prêmio por deixar você sem palavras? — disse Neil.

— Uma morte rápida. Já decidi onde esconder seu corpo.

— A sete palmos? — Neil adivinhou.

— Cala a boca — disse Andrew, e o beijou.

Naquela noite, Neil foi para a cama tarde demais e a manhã chegou cedo demais. Ele cochilou durante todas as aulas e tirou uma soneca antes do jogo, o que foi bom, porque Nevada foi um adversário brutal e um alerta duro para que acordassem. Naquela rodada, as Raposas enfrentariam as duas outras universidades que se classificaram nas eliminatórias pares. A súbita mudança no nível de habilidade e dificuldade de jogo quase tirou as Raposas do chão. Foi infinitamente mais complicado com a ausência de Nicky. O cartão vermelho que tomara contra a UVM significava que não poderia sair do banco. Por sorte, Renee estava disposta a jogar mais uma vez como reserva da linha, e Andrew defendia como se cada gol que tomasse representasse uma ofensa pessoal.

Foi o bastante, mas por pouco. O jogo terminou empatado em seis a seis, e os campeonatos não contavam com prorrogações. O empate foi resolvido com a cobrança de faltas. Nevada tinha sete atacantes para alternarem, enquanto Neil e Kevin revezavam. O coração de Neil batia forte enquanto ele seguia Kevin para a área de ataque. Inspirou o mais fundo que conseguiu e expirou devagar, se acalmando para deixar a tensão para mais tarde.

— Não devíamos ter jogado assim, mas é um resultado aceitável — disse Kevin, ao ver a expressão tensa de Neil, que balançou a cabeça, sem entender. — Estamos terminando este jogo com quase o mesmo número de pontos e Nevada tem mais um jogo antes da gente. Antes de enfrentar Binghamton, vamos saber quantos gols precisamos marcar para nos classificar.

— Faz sentido — respondeu Neil, nada convencido.

Os Tornados arremessaram primeiro e marcaram. Kevin fez o gol na primeira tentativa, e o próximo atacante do Tornado também. Neil acertou a bola dentro do gol da equipe da casa e olhou para Andrew, que defendeu o arremesso do próximo atacante, rebatendo-o quadra afora. Neil soltou a respiração e olhou para Kevin, que sorria com o gosto da vitória ao se aproximar da linha. Seu arremesso seguinte acertou o canto inferior do gol, e as Raposas venceram por um gol de diferença.

O treino noturno de quinta-feira fora cancelado por causa dos jogos que aconteceriam naquela noite. Era o dia das partidas da chave ímpar, com Edgar Allan jogando contra Maryland e Penn State contra USC. Apenas duas equipes de cada chave seguiriam para a quarta rodada, o que significava que uma das Três Grandes seria eliminada naquela noite. Era a primeira vez em seis anos que uma delas ia para casa antes das semifinais, e Kevin precisava ver aquilo acontecer. De algum jeito, o time inteiro resolveu entrar nessa e permaneceu no estádio após serem dispensados por Wymack.

A pessoa que havia criado o cronograma de jogos fora inteligente e garantira que os Corvos e Troianos fossem as universidades anfitriãs. A diferença de fuso horário permitia que as Raposas assistissem aos dois jogos um atrás do outro. Wymack pediu pizza, mas não ficou para ver as partidas. Havia decidido os seis jogadores que queria recrutar e estava ocupado planejando a viagem. Esperava que, quando voltassem do recesso, todos já tivessem assinado com a equipe. Neil ficou feliz por seu jogador ter passado no corte, mas em seu íntimo se sentia culpado por não pressionar Wymack a conseguir um terceiro atacante.

Dan expulsou Wymack do computador para usar a impressora. Voltou com quatro cartazes e um rolo de fita adesiva e pendurou os papéis acima da televisão. Eram os pontos cumulativos de cada equipe que jogaria naquela noite. Kevin mal olhou para aquilo durante a partida dos Corvos, mas, assim que o jogo da USC contra a Penn State começou, passou a lançar olhares furtivos para os papéis. Neil sabia que Kevin torcia para os Troianos, mas não tinha percebido o quanto ele era fervoroso em relação a isso. Kevin assistiu ao jogo como se um resultado ruim fosse causar sua morte. Neil quase desejou que Penn State ganhasse só para ver Kevin ter um acesso de raiva.

Quando a partida entre Troianos e Leões chegou ao intervalo, Neil já havia se esquecido de Kevin. Estivera tão envolvido com a temporada das Raposas e dos Corvos que nem lembrava como os outros times dos Três Grandes eram espetaculares. Eram equipes que jogavam como profissionais. Não tinham o histórico de jogos impecável dos Corvos, mas estavam apenas meio passo atrás da Edgar Allan. Kevin os avisara semanas antes que as Raposas não estavam prontas para enfrentar essas universidades. Pela primeira vez, as palavras babacas pareciam um eufemismo gentil.

Ele não foi o único que achou aquela visão um choque de realidade. Dan colocou a televisão no silencioso durante os comerciais, batucando com o controle remoto na coxa em um ritmo nervoso e disse:

— É, galera, com certeza a gente precisa intensificar o ritmo.

Kevin fez uma careta para ela.

— Mesmo se vocês tivessem intensificado o ritmo quando falei pra fazerem isso, um ano atrás, não teriam chance de ganhar. A essa altura, não tem nada que possam fazer. Eles são e sempre vão ser melhores do que a gente.

— Você fica com tesão em ser um grande estraga-prazeres? — perguntou Nicky.

— Ficar em negação não vai ajudar em nada — retrucou Kevin. — Sofremos pra ganhar de Nevada. Falando sério, como você espera que a gente passe pelos Três Grandes?

— Já está na hora de rolar um terremoto na Califórnia. Isso tiraria a USC da fita, pelo menos — ressaltou Nicky.

— Um pouco demais, né? — retrucou Renee.

— A essa altura, precisamos de algo extremo — respondeu Allison.

A expressão de Renee era calma e seu tom firme, mas ela não precisava parecer desapontada para que todos entendessem a mensagem.

— Os Troianos nos protegeram quando mais precisamos deles. Vocês querem mesmo que eles sofram só pra gente poder se dar bem?

— Não é justo — disse Nicky, esquivando-se do olhar dela. — Só estou falando que não é justo a gente chegar até aqui e aguentar tanto só pra perder.

— Nós ainda não perdemos, mas vamos se você desistir logo de cara — argumentou Dan.

Kevin começou a dizer algo que Neil sabia que seria negativo e desdenhoso, então estendeu a mão por trás de Andrew e deu um tapa na nuca de Kevin para que calasse a boca. Matt se engasgou com a risada e tentou, sem sucesso, fingir que era uma tosse. Kevin congelou por um segundo, surpreso, então olhou irritado para Neil.

— Ninguém quer ouvir isso agora — disse Neil.

— Se você me bater de novo... — começou Kevin.

Andrew o cortou em um tom descontraído:

— Você vai o quê?

Kevin calou a boca, mas não parecia feliz. Allison gesticulou para Dan. Neil viu o gesto em sua visão periférica, mas não conseguiu distinguir o que ela fez. Quando olhou para as duas, Dan fazia uma careta para a amiga. Matt passou um braço em volta do ombro de Dan e deu um breve aperto. Podia não ter nada a ver, mas o sorriso que Matt não conseguiu conter era mais presunçoso do que simpático. Neil olhou para Renee para ver se ela havia entendido, mas não conseguiu captar nenhuma pista de sua expressão serena.

236

— Você sabe — começou Matt, mas Dan aumentou o volume antes que ele terminasse.

Matt sorriu para ela, parecendo mais entretido do que ofendido, e deixou passar.

O intervalo acabou alguns minutos depois, e os Troianos e Leões voltaram com novas escalações e habilidades assustadoras. Parte da tensão nos ombros de Kevin se desfez quando a USC fez outro gol, mas ele não relaxou até que a universidade vencesse a partida. Com impressionantes trinta e sete gols entre os três jogos da terceira rodada, os Troianos seguiam com os Corvos para a segunda rodada do mata-mata.

— Bem que você podia parecer menos feliz com isso — comentou Nicky, ao ver o sorriso satisfeito de Kevin. — Vamos ter que jogar contra eles.

— Eles se esforçaram pra isso — disse Kevin, lançando um olhar frio para Neil.

Dan revirou os olhos e desligou a televisão, e as Raposas deram a noite por encerrada.

CAPÍTULO DOZE

Para o azar das Raposas, a Universidade de Binghamton ficava a menos de 1.300 quilômetros de Palmetto State. Era considerada perto demais para que desperdiçassem dinheiro com passagens aéreas, então os jogadores tiveram que se levantar às cinco da manhã e estavam na estrada antes das seis. Com o almoço, as inevitáveis pausas para ir ao banheiro e o trânsito da hora do rush que com certeza enfrentariam na subida da costa, a viagem estava destinada a ser longa. Neil não tinha nenhum trabalho da faculdade com que se distrair, pois a semana de provas do meio do semestre tinha terminado havia pouco tempo. Como a semana seguinte seria o recesso da primavera, nenhum dos professores de Neil passara trabalhos extras.

Quando estavam viajando havia quatro horas, os veteranos defenderam veementemente que o ônibus da próxima temporada deveria ter televisão. Wymack fingiu não ouvir, mas não poderia ignorá-los para sempre. Por fim, prometeu que pensaria no assunto se eles fossem campeões. As Raposas conheciam bem o jeito do treinador para saber que aquilo significava um "sim", não importava como a temporada acabaria. Apesar de não adiantar de nada para aliviar o tédio naquele dia, era algo pelo que ansiar no ano seguinte.

Seis horas depois, pararam para almoçar e, na volta para o ônibus, Dan fez Kevin falar sobre os Urso-gatos de Binghamton. Kevin hesitou no corredor, dividido entre discutir os méritos dos oponentes da noite com os companheiros de equipe e permanecer dentro do círculo de proteção de Andrew. Sua indecisão efetivamente bloqueou o caminho das Raposas, já que ele era o segundo no ônibus atrás de Andrew, que levou apenas um minuto para perceber que Kevin não o seguia. Ele fez um gesto de desdém, então Kevin deslizou para o assento atrás de Dan e Matt. Aaron e Nicky ocuparam o banco logo atrás dele. Neil duvidava que estivessem tão interessados no que Kevin tinha a dizer; era mais provável que estivessem entediados e desesperados por qualquer tipo de conversa.

Havia uma vaga no banco de Kevin e bastante espaço para que Neil se juntasse a eles. Kevin não estava dizendo nada que fosse novidade para Neil, devido aos seus treinos noturnos, mas ainda assim Neil deveria ouvir e aproveitar qualquer conselho que servisse. Além disso, não levaria muito tempo para que Nicky desviasse a conversa e as Raposas seriam uma boa distração para o trajeto interminável.

Entretanto, ficar com eles significava deixar Andrew sozinho na segunda metade da viagem. Neil sabia que era provável que ele não notasse nem se importasse com o fato de ter sido abandonado, mas, por algum motivo, Neil não gostou da ideia. Passara a vida inteira vagando pelos arredores, ressabiado e olhando para trás. Aquilo o fazia feliz, ou era o que ele achava na época, porque ser ignorado significava estar seguro. Não percebera o quanto se sentia solitário até conhecer as Raposas.

—Neil? — perguntou Dan quando ele não se mexeu.

Kevin franziu a testa para Neil como se não fizesse a mínima ideia do porquê não havia se sentado ao lado dele ainda. Por um momento Neil se sentiu encurralado, preso entre o que queria e o que precisava, o que nunca teria ou seria e o que tinha, mas não podia manter. Pensar nisso fez uma onda inesperada de pânico inundar seu peito, e Neil desviou o olhar.

Quando se encaminhou para o fundo do ônibus, Kevin tentou chamá-lo de volta, irritado.

— Volta aqui.

Neil não olhou nem diminuiu a velocidade.

— Não.

A almofada do assento rangeu e o barulho que o tênis de Kevin fez ao bater no chão foi alto demais. Neil sabia que Kevin estava vindo atrás dele, cansado de suas distrações e respostas insolentes, mas meio segundo depois Kevin gritava para que alguém o soltasse. Neil sabia que nem Aaron nem Nicky cogitariam intervir. Matt era o defensor mais provável, mas Neil não se importava o bastante para olhar para trás e confirmar.

Kevin se contentou em reclamar para Neil em francês:

— Lembra que você confiou seu jogo pra mim. Você não tem o direito de se afastar quando estou tentando ensinar você.

— Confiei meu jogo para você para que a gente consiga chegar às finais, mas ontem você disse que não espera que a gente faça isso. Você desistiu da gente, então estou pegando meu jogo de volta. Não devo mais nada a você.

— Para de agir que nem um moleque mimado. O jogo de hoje à noite depende do desempenho de nós dois. Você precisa estar aqui para ouvir isso mais do que ninguém.

— Já ouvi antes. Me deixa em paz.

Neil ocupou o assento que Kevin abandonara, o segundo na parte de trás e na frente de Andrew. Dan esperou apenas alguns segundos para ver se mais alguma coisa ia acontecer, e então chamou a atenção de Kevin de volta para a conversa que ele havia interrompido. Precisou de algumas tentativas até que o atleta contivesse a irritação e coope-rasse. Neil esperou até que eles começassem a falar para tirar o celular do bolso.

Todas as noites desde o dia de seu aniversário verdadeiro, recebera uma mensagem que continha apenas um número. O preocupante "0" daquele dia chegara durante o almoço. Neil não sabia o que fazer nem o que esperar a seguir. Foi anticlimático e estressante. Queria apagar a mensagem como fizera com todas as anteriores, mas quando a confirmação de apagamento foi solicitada, ele fechou o celular. Guardou o aparelho de novo, virou-se para trás no assento e ficou de joelhos para olhar para Andrew.

Andrew o ignorou, mas Neil não se importou. Estava contente em olhar, com os braços cruzados no encosto do assento e o queixo apoiado no antebraço. Não sabia o que estava procurando. Andrew estava com a mesma fisionomia de sempre, e Neil conhecia o rosto dele tão bem quanto o seu próprio. Apesar disso, tinha algo de diferente. Talvez fosse a luz do sol entrando pela janela e fazendo o cabelo claro de Andrew brilhar mais e seus olhos castanhos parecerem quase dourados. Fosse o que fosse, era desorientador. Uma dúvida não expressada parecia rastejar sob a pele de Neil, fazendo com que ficasse inquieto e indisposto.

— Ei — disse Neil, porque talvez conseguisse descobrir a resposta se Andrew olhasse para ele.

Levou algum tempo, mas Andrew por fim ergueu um olhar calmo para Neil. Ele manteve o contato visual por um minuto e então disse:

— Para.

— Eu não estou fazendo nada.

— Já falei pra você não me olhar assim.

Neil não entendeu, então deixou para lá.

— É cansativo encarar tudo como uma competição?

— Não tão cansativo quanto deve ser fugir de tudo.

— Talvez. Eu disse que estou trabalhando nisso.

— Então trabalha mais.

— Não posso, a não ser que você me libere — respondeu Neil, baixinho, mas firme. — Fica comigo, mas não luta por mim. Me deixa aprender a lutar por mim mesmo.

— Você não tinha mencionado essa mudança de opinião.

— Talvez eu tenha cansado de ver Kevin aceitar tudo. Ou talvez tenham sido os zumbis. — Quando Andrew apenas olhou para ele, Neil deu de ombros e disse: — Algumas semanas atrás, você e Renee discutiram planos de emergência para um apocalipse zumbi. Ela disse que se concentraria nos sobreviventes. Você disse que voltaria para buscar alguns de nós. Cinco no total — contou Neil, espalmando os dedos para Andrew. — Você não estava contando Abby nem o treinador. Já que confia em Renee para lidar com o resto da equipe, imagino que a última vaga seja para Dobson. — Neil sabia que Andrew não responderia, então baixou a mão e disse: — Eu não disse nada na hora porque sabia que quando o mundo virasse de cabeça para baixo, eu cuidaria só de mim. Não quero mais ser essa pessoa. Eu quero voltar por você.

— Você não faria isso. Você é um tipo diferente de suicida. Não percebeu isso em dezembro? Você é a isca. Você é o mártir que ninguém pediu nem quis — retrucou Andrew.

Neil sabia que não era tão boa pessoa assim, mas tudo que conseguiu responder foi:

— Só tem um jeito de ter certeza, né?

— Você vai se arrepender.

— Talvez sim, talvez não.

Andrew desviou o olhar.

— Não adianta vir chorando quando alguém quebrar sua cara.

— Obrigado.

Neil inclinou a cabeça para o lado para apoiar a bochecha no braço e olhou pela janela. Estavam cruzando a Virgínia, quase na metade do caminho até o destino final. As paisagens das estradas interestaduais da costa leste eram entediantes, cheias de carros e com o asfalto irregular. Neil pensou nas estradas que percorrera na costa da Califórnia, o oceano de um lado, o mundo do outro e cidades pequenas demais para terem sinais de trânsito. Neil levantou a mão e verificou as unhas em busca de sangue. Não encontrou, como era de se esperar, mas por um momento pensou ter sentido o cheiro.

— Já passei por aqui — comentou Neil, porque algo, qualquer coisa, precisava preencher o silêncio antes que seus pensamentos tomassem outro rumo.

Andrew olhou para ele de novo, o que Neil interpretou como uma permissão silenciosa para continuar. Neil contou sobre as cidades por onde passara, os becos, as paradas turísticas e os ônibus urbanos esquisitos. A maioria das lembranças eram tingidas pela tensão e pelo medo, mas não precisava compartilhar essa parte. Só precisava deixar de lado todas as menções à mãe.

Era estranho compartilhar aquelas histórias com outra pessoa. Neil crescera olhando para trás, desconfiado, sempre à procura do pai. Raramente tinha motivos para pensar em sua vida cotidiana. Mas era uma forma de passar o tempo, e Andrew permitiu que ele divagasse. Não desviava o olhar de Neil nem parecia se desconectar mentalmente da conversa.

Por fim, Neil conseguiu fazer com que Andrew compartilhasse um pouco sobre sua mudança para a Colúmbia. A primeira coisa que Andrew fez após se livrar da mãe foi cuidar dos vícios de Aaron. Abasteceu o banheiro do andar de cima com comida entalada e trancou o irmão lá até que a abstinência acabasse. Por sorte moravam em uma casa, não em um apartamento, e os vizinhos não ficavam perto o bastante para ouvir as tentativas de Aaron de fugir.

Quando Nicky se mudou para ficar de olho neles, começou a trabalhar como recepcionista no Sweetie's. Ouviu falar do Eden's Twilight por meio de alguns clientes com quem conversava e, depois de se esforçar para fazer amizade com os seguranças e Roland, conseguiu um emprego lá como ajudante de bar. Por fim, Nicky arranjou uns bicos de meio período para Aaron e Andrew na cozinha, lavando pratos e preparando alimentos mais simples. Quanto mais confortável a equipe ficava com os gêmeos estranhos, mais fácil era pegar bebidas. Foi só quando foram para a faculdade que começaram a pedir bebidas no balcão do bar como os outros clientes da boate.

A velocidade do ônibus diminuiu, e Neil olhou pela janela enquanto Abby pegava uma saída para uma rua movimentada. Havia uma parada a dois sinais de distância, metade lotada de bombas de diesel e grandes caminhões, a outra metade lotada de tráfego normal. Abby encontrou uma vaga para estacionar do lado dos caminhões e desligou o motor. Neil ficou confuso por pararem de novo tão cedo, mas ao olhar para o relógio percebeu que passara quase três horas conversando com Andrew. Estavam a cerca de duas horas e meia de distância de Binghamton.

— Última parada antes do campus — anunciou Wymack, e a metade da frente do ônibus desceu.

Wymack ficou em seu lugar até que todos, exceto Neil e Andrew, tivessem ido embora. Olhou para os dois como se quisesse dizer alguma coisa, então ergueu a mão em um "deixa pra lá" silencioso e saiu do ônibus. Neil observou pela janela enquanto os companheiros de equipe desapareciam lá dentro. Ainda estava cheio do almoço, mas ele sabia que era bom aproveitar qualquer parada.

Antes de se levantar, porém, disse:

— Eu queria muito saber quando foi que o treinador percebeu isso aqui.

— Não tem nada de "isso" — lembrou Andrew.

Neil não revirou os olhos, mas foi por pouco.

— Eu queria muito saber quando foi que o treinador descobriu que você quer me matar só noventa e três por cento do tempo.

— Ele não sabia antes de eu ir embora.

Mas, ao que tudo indicava, soube assim que Andrew retornou. Neil se lembrou da atitude astuta de Wymack no treino em janeiro, quando o usou para controlar Andrew. Neil não sabia naquela época, então não era como se tivesse deixado escapar quando estava com o treinador no Ano-Novo. Neil pensou, procurando o primeiro indício de que Wymack suspeitava que algo estava acontecendo entre eles, e se endireitou um pouco quando percebeu.

— É, ele sabia — disse Neil. Em novembro passado, Neil colocara a mão de Andrew em sua pele destruída e pediu que acreditasse nele. De algum jeito, Wymack percebera a culpa esmagadora que Neil sentia e a confiança relutante de Andrew. Foi mais do que um pouco perturbador. — Quando levaram você, ele me perguntou quando foi que "isso" tinha acontecido. Eu não tinha entendido o que ele quis dizer. Como pode ser que ele tenha percebido, mas Aaron e Nicky não?

245

— O treinador não liga pra boatos e preconceitos. Ele vê as coisas como são, não o que as pessoas querem que ele veja — respondeu Andrew.

Como se tivesse visto através da suposta disfunção de Andrew. Aaron e Nicky, por outro lado, ainda acreditavam que Andrew beirava a sociopatia, incapaz de se relacionar com as outras pessoas de uma maneira normal. Nicky apostou dinheiro em Renee e Andrew porque todo mundo fez o mesmo, mas admitia que não queria que aquele relacionamento vingasse.

— Você nunca vai contar para eles? — perguntou Neil.

— Não vou precisar — respondeu Andrew enquanto deslizava para fora do assento. Neil teria tentado impedi-lo, querendo ouvir o resto, mas Andrew não estava indo embora. Ele se sentou na outra metade do assento de Neil, que se virou para Andrew. — Renee diz que os veteranos estão apostando na sua sexualidade. Eles estão divididos.

Matt havia dito que a equipe fizera uma aposta baseada em Neil, mas não era isso que ele achava que tinha sido. Neil hesitou por um momento, sem saber como reagir, mas então disse:

— É perda de tempo e dinheiro. Todos eles vão perder. Eu disse o ano todo que não curtia nada e estava falando sério. Beijar você não me faz olhar para nenhum deles de um jeito diferente. A única pessoa que me interessa é você.

— Para de falar bobagem.

— Vem me fazer parar — respondeu Neil.

Ele enterrou as mãos no cabelo de Andrew e o puxou para um beijo. Era fácil esquecer aquela viagem interminável e o jogo daquela noite com a mão de Andrew em sua coxa e os dentes dele em seu lábio. Andrew se afastou cedo demais e se levantou. Neil sabia que não era a hora nem o lugar, mas isso não o impediu de preferir que ele tivesse continuado.

Por fim, os dois desceram do ônibus e entraram para comprar algo para beber. Wymack deixou a equipe vagar apenas por alguns minutos, então os guiou pelo estacionamento de volta ao ônibus. O resto do grupo de Andrew se sentou na frente para as horas que ainda restavam de viagem. Neil roubou o lugar de Kevin de novo, mas não conseguiu pensar em nada para dizer. O silêncio era surpreendentemente confortável, então encostou a cabeça na janela e cochilou.

O campus da Universidade de Binghamton havia sido decorado em verde e branco para o jogo, e o estacionamento do estádio tinha mais pessoas do que carros. Se havia algum torcedor das Raposas na multidão, Neil não conseguiu encontrá-lo. A polícia estava presente com coletes refletivos, orientando o trânsito e monitorando o uso de álcool. Neil analisou os grupos pelos quais passaram. Todos pareciam estar de bom humor. Os Ursos-gatos haviam vencido os Tornados na semana anterior por sete a seis e estavam prontos para outra vitória.

Nevada tinha catorze gols de saldo na terceira rodada, e as Raposas estavam com oito. Para avançarem para o mata-mata seguinte, precisariam fazer ao menos seis gols no jogo daquela noite. Os Ursos-gatos eram uma equipe mais equilibrada do que Nevada, mas as Raposas estavam otimistas, dentro do possível. Haviam feito uma excelente partida contra Nevada e tido uma semana de folga para descansar, além disso Nicky estaria de volta à quadra.

Os guardas abriram o portão para Abby passar e ela estacionou ao lado dos ônibus dos Urso-gatos. Wymack conduziu a equipe para fora, contando-os enquanto desembarcavam, e abriu o porta-malas do ônibus. Após descarregarem os equipamentos, foram escoltados pela polícia do campus para fora do estacionamento, até a porta. Tinham uma hora livre até serem autorizados a entrar na área técnica para se aquecerem. Neil passou essa hora lendo e relendo a escalação dos Urso-gatos. Ao ver o colega fazer isso, Kevin pegou os papéis e repassou com ele os jogadores. Por mais que ainda estivesse irritado com Neil, o jogo era mais importante do que a briga.

Neil seguiu os companheiros de equipe para dentro de quadra para o início de jogo. Pensou na USC e em Edgar Allan e deixou que sua determinação sombria lhe desse velocidade e força. Ele se jogou contra as defesas dos Urso-gatos repetidas vezes, chegando ao limite da exaustão e perigosamente perto de levar um cartão mais de uma vez.

No intervalo, Wymack ameaçou esfolá-lo vivo se recebesse um cartão vermelho, mas Dan acenou em encorajamento assim que o treinador deixou o assunto de lado. Entendia o que Neil estava fazendo: ninguém poderia se dar ao luxo de diminuir o ritmo ainda. Estavam perdendo por dois gols de diferença e enfrentariam os reservas descansados. Se marcassem três gols no segundo tempo, avançariam no campeonato, mas Neil não queria perder. Prometera às Raposas que não perderiam um único jogo naquela primavera. Ao menos uma vez na vida, Neil não queria o peso da mentira.

A buzina os alertou para voltarem para a quadra, e a escalação titular se posicionou próximo aos portões. Aaron e Andrew eram os dois últimos na fila, mas Aaron saiu do caminho quando Neil se aproximou. Neil mal percebeu. Sabia que o último minuto antes do segundo tempo estava aparecendo nos telões acima, porque os torcedores nas arquibancadas gritavam de entusiasmo. Estava vagamente ciente da quadra à sua esquerda e dos companheiros tensos alinhados atrás dele. A única coisa que de fato importava era Andrew, que não se deixava afetar por todo o caos.

Pela primeira vez, Neil apreciou a apatia de Andrew. Em um estádio desenfreado e com tanta coisa em jogo, Neil finalmente conseguiu enxergá-lo como o tão crucial olho do furacão. Por se recusar a se envolver em tudo, Andrew era a única pessoa calma em quadra.

— No mês passado você fechou o gol contra os Pumas. Consegue fazer isso de novo hoje? — disse Neil.

— Os Pumas eram uma equipe patética. Aquela vergonha foi culpa deles mesmos.

— Consegue ou não consegue?

— Não vejo motivos pra fazer isso.

Neil ouviu o clique de uma fechadura e soube que os árbitros estavam abrindo o portão. Apesar de Andrew não ter se movido, Neil colocou um braço em seu caminho para fazê-lo ficar onde estava. Pressionou a mão enluvada na parede e se inclinou o mais próximo possível, apesar do equipamento volumoso.

— Estou pedindo pra você ajudar a gente. Você pode ajudar? — disse Neil.

Andrew pensou por um momento.

— Não de graça.

— O que você quiser — prometeu Neil, e recuou para ocupar seu lugar na fila de novo.

Neil não sabia no que tinha se metido, mas sinceramente não se importava, porque Andrew fez o que ele pediu. Fechou o gol como se sua vida dependesse disso e defendeu cada arremesso. Os atacantes dos Urso-gatos entenderam aquilo como um desafio. Fintavam, desviavam e usavam cada truque que conheciam contra Andrew. Quando não conseguiu mover a raquete a tempo, o goleiro usou a luva ou corpo mais de uma vez como forma de parar a bola.

A determinação já teria sido o suficiente, mas Andrew não parou por aí. Pela primeira vez, começou a se comunicar com os defensores. Neil entendia apenas partes do que ele dizia, já que havia muito espaço e movimento entre os dois, mas o que conseguia entender parecia funcionar. Andrew estava dando um esporro nos outros por permitirem que os atacantes passassem tantas vezes e exigindo que aumentassem o ritmo. Por alguns instantes, Neil ficou preocupado com o resultado que o estilo grosseiro de trabalho em equipe de Andrew teria com os colegas, mas da outra vez que conseguiu dar uma boa olhada em Matt, ele sorria como se nunca tivesse se divertido tanto na vida.

As Raposas levaram todo o segundo tempo para empatar o placar e, a um minuto do fim, Kevin marcou e as colocou na liderança. Os últimos sessenta segundos do jogo foram uma mistura de violência e ameaças enquanto os Urso-gatos tentavam empatar. A buzina final soou para anunciar a vitória das Raposas e, antes que o som diminuísse, as equipes já estavam brigando. Neil não sabia quem havia iniciado; olhou triunfante para Andrew do outro lado da quadra e, quando viu, os atacantes dos Urso-gatos estavam em cima de Nicky e Matt. Allison e a meia que a marcava foram arrastadas para a confusão quando tentaram apartar os colegas.

Kevin investiu para participar, mas Neil correu para agarrá-lo. Se ele fosse atacado, Andrew se envolveria na briga e a violência escalaria para níveis irreconciliáveis. Assim, Neil arrastou Kevin ao redor do bate-boca para que Andrew visse que estava tudo bem com ele. Wymack e os três treinadores dos Urso-gatos ajudaram os árbitros a separar os jogadores. As equipes pularam o costumeiro aperto de mão pós-jogo e saíram da quadra. Vendo que Wymack não desperdiçou fôlego gritando com eles, Neil imaginou que não haviam sido as Raposas a dar o primeiro soco.

Era a vez de Neil auxiliar Dan com a imprensa após o jogo. Andrew chamou a atenção de Neil e inclinou a cabeça em direção ao vestiário. Respeitaria a decisão de Neil de ficar sozinho e não ficaria por perto enquanto expressava sua opinião. Ele respondeu a esse voto de confiança com um sorriso discreto, e Andrew se afastou. Neil o teria observado partir, mas Dan redirecionou sua atenção para onde precisava estar naquele momento.

Responderam a todas as perguntas costumeiras: como estavam se sentindo, quão empolgados estavam por avançarem no campeonato, o que tinham achado do desempenho dos Urso-gatos e assim por diante. Dan falou bastante, o que era um bom equilíbrio com as respostas mais reservadas de Neil, e os dois saíram ilesos da entrevista. Dan passou um braço em volta dos ombros de Neil enquanto se dirigiam para o vestiário e inclinou a cabeça para o lado para apoiar o capacete contra o dele.

Ela não disse nada, mas não precisava. Dava para praticamente sentir a empolgação que irradiava da garota. O modo como haviam se recuperado naquela noite fora incrível e, além disso, haviam conseguido manter a sequência invicta de jogos. Só havia mais uma partida até as semifinais. Tudo de que precisavam era vencer a revanche contra os Urso-gatos dali a duas semanas, e então se classificariam.

Quando Neil chegou ao vestiário masculino, os chuveiros estavam ligados. Os Urso-gatos, como as Raposas, tinham boxes de verdade em ambos os banheiros, então Neil não precisou esperar que todo mundo terminasse para poder tomar banho. Carregou suas roupas para uma das baias abertas e deixou a água quente aliviar a dor de seu corpo exausto. Quando terminou de tomar banho e se vestir, o lugar estava vazio. Neil arrumou a mochila e a jogou no ombro.

Estava a meio caminho da porta quando seu celular vibrou. Primeiro achou que era apenas uma mensagem, mas o aparelho continuou tocando. Ele parou para tirá-lo do bolso e o abriu. A tela se iluminou com o número que ligava, e Neil sentiu seu estômago revirar. Não reconheceu o número, mas não precisava. Conhecia o código de área 443.

A ligação vinha de Baltimore.

— Não foge.

O som de sua própria voz o assustou. Não pretendia falar. Seus músculos gritavam com uma tensão mal contida; estava preparado para fugir, mas de alguma forma se manteve firme. Neil se esforçou para relaxar, ainda que sentisse o sangue latejar nas têmporas.

Sabia que não era o pai. Não poderia ser; não seria. Era Riko, ou um dos capangas dele, ligando para fazer uma piada de mau gosto. Àquela altura, Riko já tinha recebido a informação de que as Raposas haviam se classificado para a quarta rodada. Sua tentativa de abalar Neil com a contagem regressiva falhara. Neil sabia que essa era a explicação lógica, mas mesmo assim só atendeu no quarto toque.

— Alô?

— Alô, Júnior. Você se lembra de mim?

O coração de Neil parou. Não era seu pai nem Riko, mas reconheceria aquela voz em qualquer lugar. Era Lola Malcolm, uma das pessoas mais próximas de seu pai e uma das duas pessoas que haviam tentado ensinar Neil a manejar uma faca tantos anos antes. Entrava e saía da casa deles com tanta frequência que, durante algum tempo, Neil chegou a pensar que ela também morava ali. Passava-se por assistente pessoal do pai, mas seu trabalho era se livrar dos corpos deixados pelo círculo de Nathan. A mulher valia ouro. Nenhum dos corpos jamais havia sido encontrado.

Neil afastou o celular do ouvido e respirou fundo e devagar. Não adiantou nada. Seus pulmões pareciam cheios de fragmentos de gelo, congelando até os ossos e cortando-o por dentro. Levou um século até que Neil conseguisse falar de novo, e não foi capaz de evitar o nervosismo em sua voz.

— Eu não passei esse número para você, Lola.

— Então você se lembra de mim. Veja bem, isso é ruim, porque se você se lembra de mim, também se lembra de quem você é e de onde é seu lugar.

— Eu criei meu próprio lugar.

— Você não tem esse direito. — Ela esperou que ele respondesse, mas Neil não tinha nada a dizer. — Está me ouvindo? É hora de voltar. Se dificultar pra gente, vai se arrepender pelo pouco tempo de vida que ainda lhe resta. Entendeu?

Neil queria vomitar. Lola se livrara de cadáveres, e não os criava. Essa parte ficava a cargo dos outros capangas de Nathan. Neil se lembrava mais de rostos do que de nomes, mas dava para imaginar quem Lola trouxera consigo. Ela sempre escolhia o irmão, Romero, como parceiro de negócios e, aonde quer que ele fosse, Jackson estava por perto. Os três eram os mais próximos de Nathan. Respondiam apenas ao braço direito de Nathan, DiMaccio, e ao próprio pai de Neil.

Neil poderia tentar fugir de um deles, mas não conseguiria despistar os três. Por alguns instantes, ficou tão assustado que mal conseguia respirar, mas logo após o medo seguiu-se uma raiva selvagem e irracional. Estava a meio caminho de ganhar a confiança de Andrew, a um fim de semana de suas primeiras férias e a um mês das semifinais. Restavam apenas quatro partidas para o final do campeonato. Neil estava tão perto de tudo o que mais queria, e Lola queria roubar tudo isso dele.

— Se você encostar um dedo em mim vai se arrepender — afirmou Neil.

— Ah, mas o que é isso? — ironizou Lola, entretida. — O bebê finalmente criou coragem? Seu pai vai ficar feliz em saber disso.

— Meu... — Neil se engasgou. — Ele está em Seattle. Você nunca vai me levar tão longe.

— Ele está em Baltimore — corrigiu ela. — A audiência da condicional dele foi no dia do seu aniversário. Tiveram que notificar a família quando o caso surgiu. Você não deve ter recebido a notícia, já que estava morto e coisa e tal, mas estou aqui pra contar. A decisão final foi tomada na semana passada, e os federais concordaram que ele seria liberado para voltar a Maryland hoje de manhã. Estão achando que se ele voltar para um território familiar talvez fique mais negligente. — Dava para ouvir o sorriso feroz em suas palavras. — Não se preocupe, moleque. Eles nunca vão saber que você esteve aqui. Eu mesma vou me certificar disso.

Neil piscou e viu aquele zero sob as pálpebras. Não tinha tempo. Por um momento, sentiu o peso da boca de Andrew sobre a sua. Enfiou os dedos no lábio inferior e tentou respirar ao redor deles.

— Você acha mesmo que pode me tirar daqui? Minha equipe vai perceber que sumi e não vai fazer a viagem sem mim.

— Eles não têm escolha. Não podemos matar todo mundo, mas podemos machucar. Você vai ver.

— Não — protestou Neil, mas Lola desligou.

Ele ligou de volta, mas caiu direto no correio de voz. Ela já havia desligado o aparelho. Neil xingou e fechou o celular, os dedos trêmulos. Apertou as mãos com violência, como se pudesse fazê-las parar de tremer, mas era uma reação incontrolável. Sua mente estava a mil por hora, à procura de saídas estratégicas e descartando cada uma que terminava com ele fugindo.

Prometera a Andrew que ficaria, mas não poderia se isso significasse colocar os companheiros de equipe em perigo. O único jeito de salvá-los era fazendo a última coisa que o pessoal de Nathan esperava que fizesse. Tinha fugido, mentido e se escondido a vida inteira. Dizer a verdade para se salvar, para salvar as Raposas seria um contrassenso. Neil queria fazer isso apenas quando a temporada acabasse, mas não podia se dar ao luxo de esperar mais. As Raposas poderiam ficar quietinhas até que os federais aparecessem para levá-las sob custódia protetora.

Neil saiu apressado do vestiário e começou a andar. Havia um segurança no final do corredor, olhando para as Raposas que comemoravam no salão. Neil chegou à metade do caminho antes que o homem percebesse que havia outra pessoa se aproximando. Quando ele olhou em sua direção e Neil observou seu rosto, congelou. Jackson Plank estava no vestiário com sua equipe. Um segundo depois, Romero Malcolm surgiu com uma roupa semelhante. Recuar ao vê-los era puro instinto, mas Neil se agarrou à parede para se deter antes que pudesse ir longe.

Romero apoiou a mão casualmente na arma em seu cinto. Neil estremeceu e balançou a cabeça, determinado. Romero se virou em direção às Raposas. Neil entendeu a mensagem e estendeu as mãos em um apelo desesperado pelo cessar-fogo. Jackson olhou de relance para a garota antes de voltar sua atenção para a equipe, alheia ao que acontecia.

— Bom, se já está todo mundo aqui, é melhor sairmos — disse Jackson.

— Ainda estamos esperando o Neil — respondeu Nicky, e Jackson apontou para o corredor. Neil engoliu em seco, tentando diminuir o nó em sua garganta e manter uma expressão calma. Percorreu o resto do corredor, com os pés parecendo querer rumar em qualquer outra direção. Quando ele entrou, Nicky ficou de pé num pulo, sorrindo de orelha a orelha. — Ei, Neil! A gente estava começando a achar que você tinha se afogado.

— Foi mal — respondeu Neil.

Nicky dispensou o comentário, achando que Neil se desculpava por fazê-los esperar, e foi pegar a mochila. Neil observou a equipe recolher seus pertences, olhando de um rosto para o outro e tentando saborear os últimos segundos. Wymack vigiava todos do canto, com um cigarro apagado pendurado no canto da boca e um sorriso triunfante ainda nos lábios. Abby estava arrumando a mala; era bem provável que tivesse passado os últimos minutos verificando os arranhões da equipe após a briga.

O metro e meio que separava Neil de sua equipe poderia muito bem ser oito mil quilômetros. Ao olhar para todos, ele se sentia, ao mesmo tempo, triste e orgulhoso. Estava destruindo as chances de vencerem a temporada, mas as meninas ainda tinham mais um ano. Ficariam amargamente desapontados por terem chegado tão perto, mas eram guerreiros. Voltariam no ano seguinte e não deixariam nada os deter.

Lamentava por ter que deixá-los com tantas mentiras, lamentava que teriam que recorrer a Kevin para saber a verdade. Ainda estava com eles, mas já sentia uma saudade tão intensa que ameaçava virá-lo do avesso.

Apenas Andrew enxergava a tensão sob a máscara de Neil. Ele atravessou a sala para ficar na frente dele, com uma exigência silenciosa no olhar. Neil queria responder, mas não sabia como. Alemão era a opção mais óbvia porque daria aos dois um pouco de privacidade, mas Romero e Jackson não entendiam alemão. Não saberiam o que ele estava dizendo e teriam que reagir como se Neil estivesse revelando todos os segredos tenebrosos. Ele não podia permitir isso. Não queria deixar Andrew no escuro, mas o que dizer?

— Obrigado — disse, por fim. Não podia dizer que queria agradecer por tudo: pelas chaves, pela confiança, pela sinceridade, pelos beijos. Com sorte, Andrew viria a entender com o tempo. — Você foi incrível.

Falou apenas para que Andrew ouvisse, mas Allison, que estava perto, também ouviu. Ela lançou um olhar enfático para Matt. Pelo canto do olho, Neil percebeu, mas não tirou os olhos de Andrew para ver a reação do outro. Não queria desviar o olhar, como se retribuir Andrew pudesse, de alguma forma, fazer aquele momento durar. Então Wymack fez sinal para que saíssem, e Neil não teve escolha a não ser virar as costas para seus companheiros de equipe.

Saíram enfileirados do estádio, com Romero na frente e Jackson atrás. Neil estava mais próximo da saída, logo atrás de Romero. Odiava estar tão perto do homem de seu pai, mas gostava de pensar que seu corpo era um escudo entre a crueldade de Romero e as Raposas, alheias ao que acontecia. Tentou manter o olhar fixo nas costas de Romero, mas a todo instante procurava por Lola em meio à multidão. Apenas metade dos torcedores havia voltado para casa. O resto continuava ali, em uma festa pós-jogo nos gramados do estádio. O cheiro de álcool era tão forte que Neil quase sentia o gosto.

Os torcedores das Raposas estavam alinhados ao longo do caminho e aplaudiam a passagem do time. O som logo foi abafado por afrontas irritadas vindas do outro lado, onde estavam os torcedores dos Urso--gatos. As Raposas ignoraram ambos e continuaram em movimento. Até Nicky foi esperto e ficou de boca fechada, sem querer irritar ainda mais os torcedores exaltados, mas, no fim das contas, não adiantou nada. Estavam a meio caminho do estacionamento, quando uma garrafa se aproximou voando do nada. Os palavrões de Aaron logo atrás indicavam que ele tinha sido atingido, e Andrew lançou um olhar mortal para a multidão. Em seguida, um sapato foi arremessado, de-pois outra garrafa vazia de cerveja.

Mais policiais abriram caminho em direção à equipe, gritando por ordem e apontando o dedo. Poderiam ter conseguido acalmar a multi-dão, mas a próxima coisa a ser lançada foi a caixa térmica de alguém. Dan se esquivou na hora certa e o objeto colidiu com um torcedor bêbado do lado das Raposas. Os amigos do homem gritaram furiosos e em um piscar de olhos toda a multidão atrás deles os acompanhou.

Romero agarrou Neil pelo pulso, apertando com firmeza. Neil tirou o celular do bolso da calça jeans com a mão livre e o enfiou em um dos bolsos da mochila protegido com rede. No mesmo instante, a tensão das pessoas chegou ao ápice. Estudantes e torcedores se atacavam, e as Raposas estavam encurraladas no meio. Corpos colidiram com Neil com força suficiente para derrubá-lo, mas Romero o puxou para cima e para longe o mais rápido que conseguiu. Neil largou a raquete e per-mitiu que sua mochila fosse arrancada de seu ombro. Andrew e Kevin sabiam que ele jamais abriria mão de ambas de bom grado. Não seria uma pista de para onde fora levado, mas eles saberiam que não tinha sido escolha dele deixá-las ali.

Em algum lugar entre o tumulto e o estacionamento, Romero tirou o colete refletivo. Assim que Neil sentiu os pés encostarem no chão, começou a lutar para se afastar, mas Jackson estava logo ali. Ele puxou o braço de Neil para trás com tanta força que quase o deslocou. Neil arfou com a dor repentina, que se espalhou pelas costas.

— Vocês não vão sair impunes disso — protestou Neil, tenso. — Meus companheiros de equipe vão perceber que não estou lá. Eles não vão sair de Nova York sem mim.

— Eles vão estar ocupados por um tempo — comentou Romero. — Seu treinador vai passar metade da noite tentando descobrir para qual pronto-socorro vocês foram levados. Quando perceber que você não está lá, já vai ser tarde demais.

Eles o empurraram no banco de trás de uma viatura rodoviária. Lola esperava por ele. Neil a encarou em silêncio. Seu rosto havia envelhecido, mas ele o reconheceria em qualquer lugar. O sorriso malicioso que curvava demais sua boca, grande demais, ainda era o mesmo e, por instinto, Neil recuou. A porta trancada e a grade protetora entre ele e os bancos dianteiros o deixavam sem saída.

— O Júnior cresceu mesmo — comentou Lola, enquanto Romero e Jackson se sentavam nos bancos da frente. O tráfego estava intenso no campus de Binghamton, mas Jackson ligou a sirene e dirigiu pelo acostamento. — Eu não esperava por isso. Boatos de que você agora é uma estrela em ascensão? Que mundo estranho é esse em que vivemos, né? Mas você não vai ter muito tempo para se preocupar com isso.

Romero se virou no banco do carona e olhou pela grade.

— Você contou para eles?

— Tenho cara de burro? Óbvio que não — disse Neil.

Lola pressionou a unha do polegar na tatuagem na bochecha dele.

— Mas pelo menos um deles sabe, hein? Você não é o único marcado.

— Kevin se lembra de mim, mas é um pau-mandado dos Corvos. Sabe que não pode abrir a boca.

257

— Espero que seja verdade. Sabe muito bem o que vamos fazer com eles se você estiver mentindo — disse Lola.

— Passei oito meses com uma câmera na cara. Se eu tivesse contado para alguém, vocês já teriam ouvido falar. Não precisariam disso para me rastrear. — Neil gesticulou para o próprio rosto. — Vocês deram uma compensação ao Riko por intermediar isso?

Romero bufou com desdém.

— Fizemos uma ligação de cortesia para o tio dele pra avisar que estávamos levando você.

Ser rejeitado com tão pouco-caso só fez com que Neil se sentisse pior. Serviu apenas para alimentar a suspeita de que, no fim das contas, Riko não fora a mente por trás da mensagem de aniversário sangrenta nem da contagem regressiva. Lola havia comentado que a audiência da condicional de Nathan tinha sido naquele mesmo dia. Seu círculo sabia que ele seria liberado. Neil se perguntava se era por causa deles que Riko mantivera distância das Raposas durante a primavera. Tetsuji teria alertado Riko para não chamar a atenção para si mesmo enquanto os homens de Nathan estivessem à solta? Tetsuji e Riko eram Moriyamas, mas não eram a família que os Wesninski serviam e protegiam.

Lola sorriu.

— Ele ficou puto da vida, mas o que poderia fazer a respeito? Kengo não dá a mínima pra você agora.

— Porque ele está doente — respondeu Neil; não era bem uma pergunta.

— Doente, ele diz — brincou Lola, e bateu com o lado do punho na grade para se certificar de que o irmão tinha ouvido aquilo. — "Doente" é quando você tem um resfriado ou uma IST, pivete. Isso não é "doente", é o fim da linha. Os rins pararam de funcionar. Dou no máximo uma semana para que o Ichirou seja coroado como o novo rei supremo. Vou transmitir suas mensagens de condolência e de felicitação. Você não vai estar vivo pra dizer por conta própria.

"Falando nisso, é tradição minha dizer para as minhas vítimas o que planejo fazer com seus pedacinhos", comentou Lola, e passou a contar em detalhes como desmembraria o cadáver dele.

Neil tentou não prestar atenção, mas não conseguia ignorar as palavras cruéis. Usou toda a força que ainda lhe restava para impedir que sua fisionomia transparecesse o medo que sentia. Não conseguia ficar com as mãos paradas, mas pelo menos podia escondê-las nos bolsos. Não queria que Lola percebesse que o afetava. Não era como se uma fachada corajosa fosse salvá-lo, mas eles esperavam por aquele momento havia nove anos. O mínimo que Neil podia fazer era privar-lhes de toda a satisfação possível.

Faltavam apenas alguns quilômetros até a I-81, e o carro que haviam escolhido para o trabalho permitia que pegassem a interestadual a 150 quilômetros por hora. Jackson ligava e desligava as luzes da polícia sempre que surgiam carros em seu caminho. Mesmo percorrendo a estrada a tal velocidade, eram quase três horas de viagem da Universidade de Binghamton até Baltimore.

Três quilômetros após chegarem a Maryland, eles pararam no acostamento, atrás de um carro abandonado. Jackson permaneceu na viatura, mas Romero e Lola levaram Neil até o Cadillac. Ele foi empurrado para o banco do carona. Romero apontou a arma para o rosto de Neil antes que ele sequer cogitasse fugir. Tinha certeza de que deveria ser entregue vivo a Nathan, mas a mãe o ensinara todos os lugares diferentes em que se poderia atirar em alguém sem matar. Neil observou Lola prender os tornozelos dele no assento e por pouco não cedeu à vontade de dar uma joelhada no rosto dela.

Lola se sentou no banco de trás, às costas de Neil, e puxou os braços dele ao redor do banco. Ela o algemou, apertando com toda a força que tinha. Assim que fechou a porta, Romero os guiou para a estrada de novo. Neil mexeu as pernas um pouco, testando o quanto conseguia se mover, mas logo foi distraído ao sentir o metal frio e afiado pressionado na ponta de seus dedos.

Cerrou os punhos por puro reflexo. Lola riu e enfiou o polegar no ponto de pressão do pulso dele. Quando os dedos se abriram um pouco, ela deslizou a lâmina entre os dedos e a palma da mão. Sentir a ponta da faca nos dedos o fez abrir a mão de novo. Lola bateu com a ponta entre os dedos dela, forte o bastante para que soasse como uma ameaça, mas sem cortar a pele. Em pouco tempo, cansou-se da provocação e fez um corte raso ao longo da base dos dedos dele.

Neil puxou as algemas com força, tentando tirar as mãos do alcance dela, mas o metal não cedeu. Por um momento ofuscante, lembrou-se das férias de Natal em Evermore, e seu autocontrole já oscilante cedeu ainda mais.

— Para com isso.

— Vem me fazer parar — respondeu Lola, e fez um corte mais profundo que ia da base do polegar à carne grossa da ponta. Então se dedicou a fazer cortes em uma das mãos, fazendo-a arder por causa da dilaceração, depois seguiu para a outra mão. Quando terminou, ela se ajeitou e enfiou o corpo entre os dois bancos da frente. Traçou a tatuagem de Neil com a ponta da lâmina. — Lemos tudo sobre sua rivalidade com Riko. Que atuação convincente! Você poderia ter sido ator em outra vida. Me diz, você achou mesmo que o fato de ele colocar uma coleira em você seria o bastante pra proteger você da gente?

— Não importa.

— Importa, sim. Não posso levar você para o seu pai com essa mancha na sua cara. Rome?

Romero estendeu a mão para o painel. Algo clicou quando ele o pressionou, e Neil examinou a série de botões para tentar entender. Não era o rádio, e nenhuma das luzes estava acesa para indicar que o aquecedor fora ligado. Só havia uma resposta possível, mas Neil se recusava a acreditar. Cair em negação não mudaria os fatos: logo o acendedor de cigarros do painel se soltou com um barulho metálico. Romero o pegou e o exibiu.

Neil se afastou dele com fervor.

— Vocês são doentes.

Lola apoiou o braço nas costas do banco dele para segurar a faca do lado direito de seu rosto. A lâmina cortou uma linha fina como papel da boca até o canto do olho. Após a advertência, Neil ficou imóvel e Lola pegou o acendedor do irmão. Ela o girou para testar e o inclinou para que tanto ela quanto Neil pudessem ver a espiral lá dentro, vermelha e quente. Lola assentiu em aprovação e abriu um de seus enormes sorrisos.

— O que você acha?

Neil pensou que estava a um fio de perder o controle.

— Acho que você pode ir tomar no cu.

— Não se mexa — disse ela, e pressionou o acendedor na bochecha dele.

Neil não teve como obedecer ao aviso. A dor dilacerante explodiu em seu rosto, descendo afiada da mandíbula até a garganta e abrindo caminho até seus olhos. O cheiro de pele queimada só piorou o tormento intenso, e Neil não conseguiu se manter firme. O calor percorreu uma linha ameaçadora até sua outra bochecha, fazendo-o recuar para a faca de Lola, à sua espera. Parecia uma lembrança distante, miseras cócegas quando comparadas com a dor infernal. Lola o seguiu quando ele recuou, fazendo com que o acendedor ficasse no lugar, mas retirou-o um segundo depois para inspecionar sua obra. Neil sabia que ela havia guardado o acendedor porque vira com os próprios olhos, mas ainda sentia o metal e o fogo em sua pele. Cada segundo que passava tornava tudo pior, até que ele sentiu o estômago começar a se revirar.

— Melhor — disse Lola, e cravou as unhas na pele esfolada apenas para fazê-lo gritar de novo. — Não acha?

Neil não teve fôlego para responder. Sua respiração estava acelerada e superficial, o ar parecia não chegar aos pulmões. Ele inspirava e expirava com força e rápido o bastante para quase sufocar. Virou a cabeça para fugir do alcance dela, lembrando-se tarde demais da faca. Um segundo corte perfurou sua bochecha, e Neil se apressou para se curvar para a frente. Não podia se mexer muito com as mãos presas atrás do banco, mas precisava tentar. O sangue escorria lento e constante por seu rosto, quente em seus lábios, e então descia do queixo e da boca até as coxas. Ele sentiu o gosto quando arfou à procura de ar.

O acendedor fez outro estalido. O barulho soou como um tiro na cabeça de Neil, que se retraiu.

— Sei que seu pai vai perguntar, mas preciso saber agora. Está ouvindo, Júnior? Ei. — Ela bateu nas costas de Neil com o cabo da faca. — Cadê a mulher, hein? Tivemos um tempinho para vasculhar desde que descobrimos onde você estava, mas não vimos sinal dela em lugar nenhum. De acordo com Tetsuji, você disse que ela estava morta. Ele tinha certeza de que você estava falando a verdade. Mas eu tenho minhas dúvidas.

— Ela morreu — disse Neil, quase sem ar.

Lola agarrou um punhado de cabelo e o puxou para cima. Colocou a faca de lado para poder segurá-lo com as duas mãos, usando uma delas para apertar seu pescoço com tanta força que Neil mal conseguia respirar. Ela o puxou para pressionar a cabeça dele contra o banco, prendendo-a no encosto. Romero pegou o acendedor de novo, e Neil se debateu, desesperado.

— Ela morreu — disse, quase ofegando sob o aperto brutal de Lola. — Ela morreu faz dois anos, depois de ser espancada por ele em Seattle. Você acha que ela teria permitido que eu fosse para Palmetto se ainda estivesse viva? Assinei com eles porque não tinha mais nada.

— Será que a gente acredita nele? — perguntou Lola para Romero.

— É melhor se certificar — disse Romero.

— Verdade — concordou Lola, segurando Neil para que Romero encostasse o acendedor em seu rosto de novo.

Com as mãos de Lola o estrangulando, tudo que Neil conseguiu fazer foi emitir um gemido de dor. Ele se debateu sob o aperto dela. Lola estava falando de novo, mas Neil não conseguia entendê-la por causa do rugido em seus ouvidos. Seu mundo se reduzia ao fogo em seu rosto.

Romero guardou o acendedor, mas o empurrou até o fim para que voltasse a esquentar. Lola afrouxou o aperto o suficiente para que Neil conseguisse respirar, mas não o soltou por completo.

— Vamos tentar de novo, Júnior. Responde, mas dessa vez se esforça pra eu acreditar em você. Cadê a Mary?

— Ela morreu. Ela morreu, morreu, morreu — respondeu Neil, a voz rouca de dor.

Lola olhou para o irmão.

— Você acredita nele agora?

Romero deu de ombros, sem se comprometer. Lola observou Neil de novo, então deu um tapa em seu rosto queimado com toda a força que tinha. Ela se inclinou ainda mais para a frente entre os assentos para pegar o acendedor quando o aparelho terminou de aquecer, e voltou a se ajeitar no banco. O fato de não dar para ver o aquecedor era ainda pior do que toda a dor que já sofrera, e Neil lutou para soltar as mãos. Rasgou os pulsos ao se debater no metal firme, mas não conseguia parar.

— Não. Lola, não — implorou ele.

— Tenho algumas perguntas — disse Lola, a voz estranhamente abafada. Neil imaginou que estava segurando o cabo do acendedor entre os lábios, porque usava as duas mãos para arregaçar as mangas dele. A mulher passou as mãos por seus antebraços nus, com as unhas arranhando a pele de leve. Um segundo depois, ela parou de tocá-lo, e sua voz soava normal ao falar: — Vamos começar com seus companheiros de equipe de novo. Quero saber tudo que você contou para eles.

O tempo parou enquanto Lola queimava sem parar os braços de Neil. Ele se agarrou a uma versão da verdade que protegeria as Raposas, mas não importava quantas vezes repetisse, ela não pararia. Por fim, ele não respondeu mais, com medo de deixar algo escapar em meio à dor e ao pânico, e usou toda a pouca energia que tinha para respirar. Cada careta e grito silencioso fazia as queimaduras em seu rosto se repuxarem, e lágrimas salgadas eram ácidas nas bochechas dilaceradas.

Não queria pensar naquilo, não queria sentir, então se lembrou das Raposas. Se agarrou às lembranças da amizade resoluta e dos sorrisos de cada um deles. Fingiu que os batimentos de seu coração, que sentia em um ritmo doentio nas têmporas, eram uma bola de Exy quicando nas paredes da quadra. Pensou no apoio de Wymack em dezembro e em Andrew o puxando para o chão do quarto. As lembranças o faziam se sentir fraco por causa da sensação de luto e perda, mas também o tornavam mais forte. Quando chegara à Toca das Raposas, não passava de um monte de mentiras, mas seus amigos o tinham ajudado a se tornar alguém de verdade.

Sua vida chegaria ao fim antes do que esperava, e Neil não tinha conquistado tudo o que desejava conquistar naquele ano, mas fizera mais do que imaginava ser possível. Isso teria que bastar. Traçou o contorno de uma chave na palma ensanguentada e queimada com um dedo trêmulo, fechou os olhos e se despediu de Neil Josten.

Lola finalmente parou e o deixou lidar com a dor e a falta de movimento. Ela disse alguma coisa, mas ele não conseguiu entender por causa do zumbido em seus ouvidos; mas não se importava. Sua reação natural sempre fora lutar ou fugir, mas de repente atingira uma parede de tijolos a ponto de quebrar todos os ossos do corpo. Restava apenas uma opção, e Nathaniel Wesninski permitiu que os últimos quilômetros passassem despercebidos. Catalogou cada ponto latejante em seu corpo, organizando-os mentalmente de acordo com a gravidade. Os ferimentos mais graves eram os do rosto, mas as feridas que Lola fizera em suas mãos eram as mais inconvenientes. Seria difícil lutar quando até mesmo o menor movimento de dedos fazia as mãos doerem.

Eles pararam no estacionamento de um hotel barato. Apenas metade das lâmpadas externas funcionava. Nathaniel apostaria que as câmeras de segurança também estavam desativadas. Olhou pela janela e esperou o que viria a seguir.

O que veio foi um carro da polícia, que parou ao lado. Nathaniel não reconheceu o oficial com aparência jovem que saiu pelo lado do carona nem o mais experiente, que contornou o capô alguns segundos depois. O homem mais velho fez um gesto e o mais jovem foi abrir o porta-malas. Romero desceu do carro para trocar algumas palavras tranquilas com os dois. Ele assentiu satisfeito e abriu a porta do carona. Soltou as algemas que prendiam os tornozelos de Nathaniel apenas para libertá-lo do banco. Assim que o metal se fechou de novo, Lola cuidou das algemas que prendiam seus pulsos. Romero o arrancou do carro pela camisa e prendeu suas mãos de novo.

Nathaniel lançou um olhar frio para os policiais, que o estudavam com nítido interesse e nenhum remorso.

— Quanto que os capangas do meu pai pagam para vocês quebrarem seus juramentos?

— Mais do que o estado paga. Não leve pro pessoal — respondeu o policial mais velho.

— Eu preciso. É a minha vida em jogo — disse Nathaniel, a voz rouca de dor e ódio.

A única coisa no porta-malas era uma pequena caixa de ferramentas, então havia muito espaço para ele. Não conseguia entrar amarrado daquele jeito, mas os policiais ajudaram Romero a levantá-lo. Lola pegou a arma oferecida pelo irmão e subiu junto. Ela se acomodou perto do corpo espancado dele, segurando-o mais para perto, colocando o dedo no gatilho da arma em advertência. Nathaniel respondeu ao sorriso dela com um olhar vazio.

— Tudo tranquilo — comentou Lola, e Romero trancou o porta-malas. Quando o breu que ameaçava engoli-lo por inteiro se instaurou, Nathaniel fechou os olhos. Lola sorriu, encostada em sua bochecha, e mordeu as queimaduras dele. Passou uma das pernas por cima do rapaz, enganchando o salto do sapato em seus tornozelos.

— Você bem que seria meu tipo se não fosse tão jovem, hein? É tão parecido com seu pai.

Ela rebolou os quadris contra os dele em um convite, e Nathaniel sentiu um arrepio gelado.

— E você parece uma puta decadente.

— Ainda se fazendo de durão. — Ela parecia admirada, não insultada, e arranhou com força seus braços feridos. — Mas não por muito tempo.

Os policiais entraram e fecharam a porta com um baque. Ao saírem do estacionamento, o mundo balançou sob eles. Nathaniel contou oito paradas até os policiais começarem a falar. Não conseguia entender as palavras através do espesso estofado do banco de trás, mas instantes depois as sirenes foram ligadas e eles aceleraram o carro.

— Ops —murmurou Lola em seu ouvido. — Parece que aconteceu um incidente na casa do seu pai. Talvez seja fruto de vandalismo de bandidos que não querem que ele volte para a vizinhança, imbecis que acreditam na teoria da conspiração de que ele matou sua amada esposa e seu amado filho.

— Pessoas que você pagou para criar um tumulto hoje à noite, né? Para a polícia poder ir até lá sem levantar suspeitas.

— Dez pontos pro Júnior.

A casa em que Nathaniel crescera tinha cinco quartos e ficava no bairro de Windsor Hills, alguns quilômetros a noroeste do centro de Baltimore. Aos olhos da vizinhança, Nathan era um ex-corretor de ações bem-sucedido que desistira do cargo para investir em negócios na cidade. Suas taxas de juros eram exorbitantes, mas ele nunca recusava um pedido. Não importava quem pedisse nem qual fosse a quantia. Se uma empresa não pudesse reembolsá-lo dentro do prazo solicitado, ele simplesmente a comprava e seguia em frente.

Até onde se sabia, ele tinha uma dúzia de negócios de ramos variados e acordos com outros tantos. Essa fachada permitia que fosse a qualquer lugar da cidade que precisava, mas também explicava por que podia ficar em casa por semanas a fio. Os federais investigaram as propriedades de Nathan mais de uma vez, mas ele era esperto demais para usar as empresas registradas em seu nome para fazer seus negócios verdadeiros.

Nathaniel sabia que estavam se aproximando por causa do barulho. As luzes da polícia sempre atraíam uma multidão interessada.

Isso queria dizer duas coisas: fosse lá o que tivesse acontecido com a casa havia sido grandioso a ponto de atrair a atenção da vizinhança, e aqueles não eram os primeiros policiais a chegarem ao local. Se os federais estivessem na cola de Nathan, teriam muitos corpos para vigiar naquela noite.

O carro balançou um pouco nas ruas sinuosas até a casa. Quanto mais subiam, mais silencioso ficava, pois os curiosos ficavam para trás a fim de permitir que a polícia trabalhasse. A tensão fazia o caminho até a entrada parecer eterno, mas enfim o carro parou. Portas bateram atrás dos dois policiais enquanto saíam para investigar. Nathaniel esperou que Lola fizesse um movimento, mas, ao que tudo indicava, ela estava contente em ficar ali mais um pouco.

Por fim, o celular dela tocou. A mulher estendeu a mão sobre Nathaniel para mexer em algo. A caixa de ferramentas, ele adivinhou ao ouvir um clique de metal se abrindo. Houve um barulho de plástico, e Lola se apoiou em um cotovelo em frente a ele.

— Se você resistir, eu vou cortar suas pernas na altura dos joelhos.

Ser sarcástico só pioraria as coisas, então Nathaniel disse, entredentes:

— Anda logo.

O cheiro doce e enjoativo que encheu o carro fez seu estômago se revirar, e seus instintos mais selvagens gritavam para que resistisse. Nathaniel ficou parado e permitiu que ela colocasse um pano encharcado sobre seu nariz e sua boca. A dormência começou na ponta dos dedos e logo se espalhou por todo seu corpo. Ele ouviu a porta de um carro abrir e pensou que alguém estava abaixando o banco de trás, mas não conseguiu ficar consciente por tempo o bastante para confirmar.

— Anda — disse Lola, a voz nasalada ao apertar o nariz.

E então o mundo se dissolveu.

CAPÍTULO TREZE

Ele recuperou a consciência aos poucos. Tinha noção da pedra fria contra sua bochecha e via as mãos, livres das algemas e apoiadas em frente a seu rosto, mas nada disso tinha importância. Lola fizera cortes entrelaçados nas costas de suas mãos e queimara os nós dos dedos com círculos raivosos. Havia outra marca de queimadura na carne macia entre o polegar e o dedo indicador. As queimaduras começavam a supurar, mas o sangue seco segurava parte do problema. No vago minuto que levou até que sua mente se lembrasse de toda a dor que o corpo sentia, Nathaniel se pegou chocado com a crueldade de Lola.

Resmungou e se sentou com cuidado. Estava no porão, o que significava que tinham entrado pela garagem. Havia um túnel subterrâneo ligando os dois, instalado com o único objetivo de mover os cadáveres quando necessário. Fora por ali que Nathaniel e a mãe haviam escapado nove anos antes. Nada mais apropriado do que voltar para casa pelo mesmo caminho.

Lola estava no meio do aposento. Havia virado uma cadeira de madeira e se sentado com as pernas abertas. Um dos braços estava dobrado no espaldar fino, e o outro pendia inerte ao seu lado. Ainda segurava a arma de Romero, com o dedo próximo do gatilho. Quem quer que a tivesse ajudado a tirar Nathaniel do carro já se fora havia muito tempo. Um dos policiais, imaginou ele, que teve de voltar ao caos do lado de fora para manter as aparências.

— Vai pra algum lugar? — perguntou Lola.

Nathaniel brandiu as mãos.

— Isso aqui vai infeccionar se eu não limpar logo.

— Eu não me preocuparia com isso se fosse você.

— Mas você não sou eu — disse Nathaniel, e se levantou.

Uma pia industrial fora construída na parede oposta. Não havia espelhos. Apesar de ficar feliz por não ver o próprio rosto, pensou que aquilo poderia ter tornado a situação mais fácil. Lavou as mãos primeiro, sibilando com os dentes cerrados. A dor era tanta que ele quis parar, mas se obrigou a esfregar água com sabão nas queimaduras. Ao esfregar o rosto com as mãos molhadas, seus dedos tremiam e o estômago se revirava devido à náusea provocada pela dor. Não tinha nada com que se secar depois, pois suas roupas estavam sujas de suor e manchas de sangue, então estendeu os braços ao ar.

— Quanto tempo ainda vai demorar? — perguntou Nathaniel.

— A espera ou até sua morte? — retrucou Lola. — Esse último pode demorar um pouco. Não costuma ser o estilo dele, mas você nos causou tantos problemas e custou tanto dinheiro que acho que ele vai querer abrir uma exceção.

— Vocês podiam ter deixado a gente ir embora.

— Para de bobagens, moleque.

Nathaniel se sentou para esperar. Demorou uma hora até que a polícia terminasse de colher as declarações dos seguranças de Nathan e fotografar as evidências do vandalismo. Ele soube que os policiais finalmente tinham ido embora quando uma porta se abriu no topo da escada. Lola ficou de pé em um piscar de olhos. O coração de Nathaniel disparou, mas, com o olhar interessado de Lola sobre ele, não podia se dar ao luxo de demonstrar seu medo. Com a expressão mais calma que conseguia, assistiu à morte descer as escadas e ir em sua direção.

O pai não envelhecera nem um pouco após passar dois anos atrás das grades. Para além de ter perdido alguns quilos, Nathan Wesninski parecia o mesmo de sempre. A casa era uma demonstração extravagante da sua riqueza, mas ele não perdia seu tempo se arrumando. Não via a necessidade de usar roupas chiques porque gostava de sujar as mãos no trabalho. Desceu as escadas descalço, vestindo jeans cinza escuro e uma camisa preta de botão. Quando chegou ao patamar, as mangas estavam arregaçadas até os cotovelos e as mãos, enfiadas nos bolsos. Os olhos, azuis e frios, pousaram em Nathaniel, que precisou desviar o olhar.

Não que fosse mais seguro olhar para Lola, mas Nathaniel não queria ver o monstro que acompanhara Nathan até o porão. Patrick DiMaccio era o guarda-costas de Nathan. Ele se comportava como se fosse capaz de enfrentar metade do mundo usando apenas as mãos, a conduta arrogante sustentada pelos 136 quilos de músculos à base de esteroides. Nunca encostara a mão em Nathaniel ou Mary, talvez por saber que poderia matar ambos com um único soco impensado, mas Nathaniel sabia o quanto era perigoso. Era leal até a morte a Nathan, que confiava no guarda-costas sem pestanejar. Durante a ausência do pai de Nathaniel, DiMaccio fora o encarregado de manter o círculo unido.

— De pé — ordenou Nathan. O som de sua voz foi o bastante para que o estômago de Nathaniel se transformasse em geleia. — Sabe muito bem que não deve ficar sentado na minha presença.

Nathaniel disse a si mesmo para ficar parado, mas já estava se levantando. Lola riu ao vê-lo obedecer com tanta facilidade e circulou a sala para se posicionar atrás de Nathaniel.

— Olá, Júnior — cumprimentou Nathan.

A mandíbula de Nathaniel travou. Ele não ousou falar; não sabia o que dizer. Nathan atravessou a sala em direção ao filho, que precisou de todas as suas forças para se manter firme. Nathan parou à sua frente, tão perto que Nathaniel podia sentir o cheiro de colônia. Ele olhou para o primeiro botão da camisa do pai como se pudesse de alguma forma salvá-lo de tudo aquilo.

A mão de Nathan pousou em seu ombro, em um gesto que parecia tranquilizador, mas que não era. Por mais que se preparasse para o golpe inevitável, os joelhos de Nathaniel se dobraram quando Nathan deu um soco nas queimaduras em suas bochechas. Nathan o segurou pelo pescoço antes que ele caísse. Nathaniel se engasgou e se remexeu para ficar em pé de novo. Sabia que não deveria agarrar o pai para tentar se equilibrar. Tinha plena consciência do que o pai faria se o tocasse.

— Eu disse olá — protestou Nathan, quando Nathaniel estava em pé de novo.

A boca de Nathaniel se moveu, sem que nenhum som fosse emitido. Precisou tentar mais duas vezes para conseguir dizer, em voz baixa:

— Olá.

— Olha pra mim quando eu estiver falando com você.

Nathaniel sentia que o grito que tentava abafar estava prestes a rasgar sua garganta, mas se forçou a olhar para o rosto de Nathan.

— Meu filho. A maior decepção que já tive. Onde está minha segunda maior decepção?

— Minha mãe morreu. Você a matou. Não lembra?

— Eu me lembraria — respondeu Nathan. — Teria saboreado a lembrança enquanto contava os dias até encontrar você de novo.

— Você acabou com ela. Ela só conseguiu sobreviver até a fronteira com a Califórnia.

Nathan ergueu o olhar sombrio de Nathaniel para Lola, que disse:

— Eu acredito nele.

Nathan assentiu, aceitando o julgamento dela, e segurou o rosto machucado de Nathaniel. Apertou com tanta força que o filho pensou que os cortes iriam se abrir ainda mais. Ergueu as mãos por instinto, deixando de tocar no pai no último segundo possível. Nathan abriu um sorriso discreto ao vê-lo escapar por um triz e o sacudiu com tanta força que seu pescoço estalou em protesto.

— Quem foi que disse pra você que se esconder de todo mundo era uma boa ideia? Não é possível que não soubesse que eu ia acabar encontrando você.

— Você devia ter me deixado ir. Você me vendeu. Eu não era mais problema seu.

— A transação nunca foi finalizada. Tetsuji não concordou em ficar com você porque você não ficou o bastante para convencê-lo. Isso quer dizer que você ainda me pertence. Você me fez parecer um mentiroso para pessoas a quem não se deve mentir. Sabe o que vou fazer com você?

"Eu mesmo ainda não tenho certeza", acrescentou Nathan, quando Nathaniel se limitou a encará-lo, entorpecido. "Tive alguns anos para pensar a respeito, mas agora que a hora chegou, estou indeciso. Talvez possa esfolar você vivo. Pode ser que o desmembre um centímetro por vez e cauterize as feridas. Acho que independentemente de qual for a escolha, vamos começar cortando os tendões das suas pernas. Você não vai fugir dessa vez, Nathaniel, porque eu não vou deixar."

— Vai se foder — disparou Nathaniel, ríspido e com a voz aguda de horror.

Nathan o empurrou para longe e estendeu a mão. DiMaccio atravessou a sala. Em uma das mãos, ele segurava o velho machado de Nathan, com o corte já cego, e na outra, o cutelo. Quando DiMaccio se aproximou e Nathan considerou as armas com interesse, Nathaniel se virou, aproveitando a distração para tentar fugir, mas Lola já estava à espera. Ela pulou nele por trás e passou os braços a seu redor. Não poderia segurá-lo para sempre, mas não precisava. Conseguiu atrasá--lo o suficiente para que DiMaccio pudesse escolher uma das armas e passar por Nathan.

Ele ergueu Nathaniel do chão, puxando-o pela camisa, indiferente aos punhos que tentavam acertá-lo. Lola se soltou e deu um passo para trás com cuidado, e DiMaccio jogou Nathaniel contra a parede mais próxima. O impacto o fez perder o ar e cair desajeitado no chão. Ele usou as mãos para se segurar, um erro terrível, mas não tinha fôlego para gritar. Estava tão tonto que se sentia nauseado, mas a movimentação que percebeu pelo canto dos olhos o fez se mover também. O metal brilhou a poucos centímetros de seu rosto antes de Nathan acertar o golpe. Aterrorizado, Nathaniel ficou de pé o mais rápido que seu corpo permitiu e recuou perante a machadinha do pai.

Nathan não o perseguiu. Balançava a machadinha, experimentando, como se estivesse se familiarizando com seu peso, e testou a lâmina contra o polegar.

O instrumento devia ter sido afiado havia pouco, porque o sangue jorrou quase de imediato.

Nathaniel sentiu o último ímpeto de coragem se esvair. Não conseguiria passar por Nathan e DiMaccio, então teria que se arriscar com Lola, que estava armada com uma faca e o revólver. Ele girou e correu em direção à mulher. O sorriso selvagem em seu rosto demonstrava que ela já esperava essa resistência, então se preparou para a colisão inevitável, com a faca em punho e pronta para causar todos os ferimentos possíveis. Golpeou assim que ele se aproximou. Nathaniel desviou da lâmina, quase torcendo o tornozelo por causa da velocidade. Um segundo depois, a arma de Lola estava em seu rosto, e mesmo sabendo que ela não poderia puxar o gatilho, ele tentou se esquivar.

Ela investiu contra ele, a faca pronta para tentar outro golpe, e Nathaniel deu um soco em seu pescoço. Mal conseguiu ouvir o som terrível que ela emitiu ao se asfixiar, devido à dor crepitante nos ouvidos. Cada corte e queimadura em suas mãos ardiam em protesto. Ele cerrou os dedos com mais força e deu outro golpe. Lola se esquivou, mas por pouco, e a lâmina que raspou no peito dele deixou um rastro quente. Nathaniel estava entre ela e a porta, e ergueu a barra para destrancá-la. Lola o agarrou pelo cabelo para impedi-lo, mas Nathaniel não se importava com quantos fios perderia. Avançou mesmo assim, recusando-se a soltar a maçaneta.

— Sai da frente — disse Nathan logo atrás deles.

Ele falava com Lola, mas Nathaniel também se jogou para o lado. A machadinha do pai acertou o local exato em que ele estivera parado. O metal rangeu quando a porta foi arranhada, e Nathan olhou irritado para o filho caído. Nathaniel cambaleou para trás, a esperança o abandonando por completo. Nathan se aproximou, cansado de brincar de gato e rato. Nathaniel tentou se levantar, mas o golpe de uma bota em seu peito o fez cair de novo. Um soco no rosto acabou com qualquer outra tentativa de fugir e, então, Nathan se sentou em cima dele, com a machadinha encostada no pescoço do filho.

DiMaccio veio por trás, entregando o machado a Nathan. Ele o apoiou no pescoço de Nathaniel para usar a machadinha para esculpir linhas rasas no rosto queimado de Nathaniel.

— Talvez eu faça as duas coisas — comentou ele, tão descontraído como se falasse do tempo no dia seguinte. — Esfolar um ou dois centímetros por vez, cauterizando a carne embaixo. Se fizermos do jeito certo, você pode durar a noite toda. Patrick, peça para eles trazerem o maçarico. Ainda deve estar na gaveta perto do forno.

— Não — implorou Nathaniel, mas DiMaccio foi até a base da escada para gritar.

— Lola — exclamou Nathan, e a mulher se posicionou de imediato ao lado dele. Não estava mais sorrindo. O olhar que lançou para Nathaniel era venenoso, e ela pressionou os dedos com cuidado em seu pescoço machucado. Nathaniel queria ter alguma satisfação por tê-la ferido, mas tudo o que sentia era medo. Nathan não tirou os olhos do rosto do filho, mas disse: — Você gostaria de ter o prazer de aleijá-lo?

— Não — implorou Nathaniel de novo, mas Lola se agachou, sumindo do campo de visão.

Nathaniel chutou as pernas para longe dela. O machado não era afiado o bastante para abrir sua garganta sem um grande esforço, e ele ignorou o peso que o fazia engasgar para lutar tanto quanto podia. Nathan tolerou até que Nathaniel de fato o agarrasse; então, apoiou a machadinha na ponta do nariz de Nathaniel.

— Se você não ficar quieto, vou arrancar seus olhos.

Nathaniel congelou, mas tremia tanto que era quase impossível que o pai não estivesse tremendo também.

— Por favor — sussurrou ele, sem conseguir se conter. — Por favor, não.

— Posso? — perguntou Lola, voltando a se animar.

— Vamos cortar seus tornozelos, depois seus joelhos — disse Nathan. — E se você tentar rastejar para longe, vou arrancar seus braços também. Entendido?

DiMaccio estava de volta. Colocou o maçarico ao lado de Nathan. Nathaniel queria gritar, mas se o fizesse, perderia o controle e não conseguiria parar. Seus olhos ardiam, talvez por causa do sangue, talvez por causa do pânico reprimido pelo desespero. Ele se agarrou ao que restava de seu autocontrole com a ponta dos dedos ensanguentadas, sabendo que não adiantaria de nada, mas incapaz de desistir.

— Por favor. Me deixa ir embora, me deixa ir embora, eu não... — implorou mais uma vez

— Lola — disse Nathan, mas não conseguiu terminar.

A porta do porão se abriu pelo lado de fora e um enxame de estranhos entrou atirando. Silenciadores ajudaram a abafar um pouco o som, mas em um espaço tão fechado, Nathaniel ainda sentia cada estalo como uma mordida. Lola era a mais próxima da porta, e seu corpo estremeceu conforme as balas abriam buracos. Nathan desapareceu, puxado por DiMaccio para uma segurança débil. Nathaniel tentou ficar parado, sem querer chamar a atenção para si mesmo, mas olhou para o pai enquanto mais pessoas entravam na sala.

Seu pai estava completamente protegido pelo corpo enorme de DiMaccio e gritava para que seus homens fossem ajudar. Os capangas desceram as escadas de concreto correndo, mas a rajada interminável de tiros abafou os passos. Alguém agarrou Nathaniel e o arrastou para longe do pai. Nathaniel atacou por instinto, mas aquele que o segurava não revidou. Ele foi jogado em um canto e deixado ali.

Com tantas balas voando, ficar parado parecia a melhor atitude a se tomar. Nathaniel encolheu o corpo machucado ao máximo e usou os braços latejantes para proteger a cabeça. Uma eternidade se passou antes que a casa voltasse a ficar quieta e silenciosa. Nathaniel abaixou os braços devagar e olhou em volta.

Nathan estava ajoelhado no meio da sala com quatro armas apontadas para sua cabeça. Fez menção de se levantar, mas alguém o derrubou com a coronha de um rifle. Nathan respondeu com um rosnado ininteligível. Um dos homens que vigiavam a porta assobiou para dentro do túnel, e passos ecoaram fracos pelo corredor.

Um homem entrou na sala, e Nathaniel parou de respirar. Reconheceria aquele rosto em qualquer lugar. Nove anos haviam cobrado seu preço em Stuart Hatford, mas Nathaniel ainda via a mãe no rosto envelhecido dele. Stuart respondeu à carranca de Nathan com um olhar glacial. Estava com a arma apontada para Nathan, mas uma mulher o interceptou e apontou com o queixo na direção de Nathaniel.

Stuart olhou na direção que ela apontava e sua fúria deu lugar à surpresa.

— Puta merda. Nathaniel? — perguntou ele, mas Nathaniel estava atordoado demais para falar e conseguiu apenas assentir de leve. Stuart apontou a arma na direção de Nathan, mas manteve o olhar fixo no sobrinho. — Cadê a Mary? — Nathaniel não conseguiu falar, então balançou a cabeça. A expressão de Stuart se fechou; o vislumbre de esperança desaparecendo tão rápido quanto surgiu. — Não olhe. Isso vai acabar em um segundo.

— Como você ousa? Você desafiou Moriyama ao vir aqui e matar meus homens. Você é um homem morto. Não tem o poder de... — disse Nathan, feroz.

Stuart não o deixou terminar. O corpo de Nathan estremeceu quando duas balas abriram buracos em seu peito. Nathaniel assistiu, com os olhos arregalados e incrédulo, enquanto o sangue salpicava a garganta do pai e escorria pela camisa, manchando a calça jeans. O corpo caiu para trás com a força do impacto e atingiu o chão com um baque molhado.

Nathaniel levou a mão trêmula à boca, então apertou a outra sobre ela. Não foi o suficiente para sufocar a sensação.

— Eu disse pra você não olhar — ressaltou Stuart.

A sensação tenebrosa que o inundava não era luto, mas uma necessidade tão feroz que Nathaniel achava que iria matá-lo. O mundo desmoronava ao seu redor, e ele caía junto. Não conseguia respirar, muito menos explicar aquela euforia aterrorizante. Não lutou quando dois dos homens de Stuart o levantaram.

Stuart atravessou a sala para encará-lo. Nathaniel olhou além dele, para o cadáver do pai. A mão de Stuart em seu queixo o obrigou a voltar sua atenção para o tio. Stuart o analisou com atenção, verificando seus ferimentos com um olhar furioso.

— Ele pode ir comigo — disse uma das mulheres.

— Ele é nosso único jeito de sair dessa situação — respondeu Stuart. — Vamos deixá-lo aqui. Por enquanto — acrescentou, antes que Nathaniel reagisse. Ele apertou os dedos com mais força no rosto de Nathaniel e sacudiu de leve. — Você vai me ouvir e fazer exatamente o que eu disser. Eles só nos deixaram vir aqui sem colocar empecilhos porque prometemos que o pegaríamos vivo.

Nathaniel por fim conseguiu falar.

— Os Moriyama?

— Não — disse Stuart, com tanta rispidez que Nathaniel recuou. — Não diga esse nome hoje. Você não pode meter eles nisso. Não esperavam que o Açougueiro deles fosse morrer e temos pouco tempo para cair nas graças deles. Vamos entregar você para o FBI como uma distração. Você precisa de cuidados médicos e ainda não podemos levá-lo para onde precisamos ir. Só assim você vai conseguir sobreviver. Entendeu?

O pai estava morto. Nathaniel concordaria com qualquer coisa naquele momento.

— Não vou contar para eles.

Stuart assentiu.

— Então vamos embora.

Eles o ajudaram a descer pelo túnel até a garagem. As escadas eram perigosamente íngremes e estreitas, e a abertura no topo mal dava para um homem passar. O pessoal de Stuart desapareceu pela porta aberta da garagem rapidamente, mas Stuart ficou para trás por um momento. Nathaniel olhou para a escuridão, à procura dos federais que deviam estar observando tudo aquilo a uma distância segura. Por enquanto a rua estava calma e vazia, mas não havia como os vizinhos terem perdido o tiroteio. Em um minuto, talvez dois, o bairro estaria fervilhando de policiais e imprensa mais uma vez.

Stuart o fez ficar de joelhos e colocou as mãos atrás da cabeça do sobrinho.

— Vamos voltar para te buscar assim que der. Prometo.

Então ele desapareceu na noite atrás de sua equipe. Nathaniel ficou de joelhos e baixou a cabeça para esperar. Não demorou muito. Os federais surgiram das sombras como fantasmas, com as armas em punho e vestidos da cabeça aos pés com roupas táticas. Nathaniel era pequeno demais para ser seu pai, mas a escuridão ajudava a criar aquela ilusão. Não perceberam que havia algo de errado até que o levantaram com mãos ásperas e vozes estridentes. Nathaniel por fim ergueu a cabeça para encará-los, e o agente mais próximo parou no meio da frase.

— Vocês estão atrasados — disse Nathaniel, enquanto alguém enviava um rádio para o serviço de emergência. — Meu pai está morto.

— Seu pai — disse o agente, sem entender. Seis homens dispararam pelo buraco tão rápido que quase caíram, e Nathaniel ouviu as botas ecoarem pelas paredes do túnel enquanto corriam para verificar a casa. Não percebeu que olhava para a abertura até que o agente estalou os dedos com luvas em frente a seu rosto. Nathaniel retribuiu o olhar perscrutador com frieza, e o homem repetiu: — Seu pai?

— Meu nome é Nathaniel Wesninski, e meu pai está morto.

Não tinha graça alguma, mas um segundo depois ele estava rindo. Parecia histérico, mas não conseguia parar. Mãos agarraram seus ombros e empurraram sua cabeça para baixo. Uma voz rouca ordenou que respirasse, mas Nathaniel não conseguia. Ele agarrou os joelhos para se equilibrar. A dor subiu por suas mãos machucadas, atravessando os braços, mas ele não conseguia parar. A adrenalina de um tiroteio inesperado e o alívio de estar vivo o despedaçavam, e Nathaniel por fim perdeu a batalha contra o estômago instável. Alguém o segurou enquanto ele vomitava no chão de concreto. Nathaniel cuspiu em uma tentativa vã de tirar o gosto amargo da boca.

A mão em seu ombro apertou.

— Devido ao seu estado, prefiro não algemar você, mas vou fazer se for preciso. Você vai nos causar problemas?

Nathaniel se esforçou para olhar para cima e se concentrar no rosto do homem.

— Eu sou um problema há dezenove anos. Estou muito cansado para ser um hoje. Só me tira daqui.

Uma ambulância parou no meio-fio. Chegou tão rápido que Nathaniel achou que devia estar esperando na rua, fora do campo de visão de todos. Apesar de ter afirmado que não causaria problemas, foi escoltado por três agentes até os paramédicos. Quando ele chegou, a maca já estava na rua, e Nathaniel se deitou sem falar mais nada. Eles o prenderam à estrutura para o trajeto e o colocaram na parte de trás. Um agente foi junto; Nathaniel presumiu que outros viriam. Não se importava mais. Fechou os olhos e deixou o paramédico começar a trabalhar.

Quando Nathaniel voltou a abrir os olhos, estava deitado de costas em uma cama de hospital e a luz do sol entrava suave pela janela com cortinas. Tubos de plástico saíam debaixo do cobertor e os remédios faziam sua cabeça parecer algodão. Estava acordado, mas agradavelmente imune à dor.

Havia duas pessoas que não reconhecia no cômodo, mas bastou olhar para saber que eram agentes federais. Demonstravam certo ar de autoridade presunçosa que os homens costumam ter quando se julgam mais poderosos do que de fato são. Um deles estava sentado em um banquinho à esquerda. O outro havia se apossado da melhor entre as duas cadeiras próximas ao pé da cama e se encarregava da papelada. A porta estava fechada para que tivessem privacidade, mas Nathaniel presumiu que havia alguém de guarda do lado de fora.

Uma algema prendia um de seus pulsos enfaixados à estrutura da cama. Nathaniel a sacudiu e disse:

— É sério isso?

— Não podemos correr riscos — disse o homem mais próximo. — Assim que os médicos liberarem, você será transferido para o nosso escritório local. Mas nem pense que precisa estar em um ambiente oficial para nos contar o que aconteceu. Estamos prontos para ouvir tudo o que você tiver a dizer. Agente especial Browning — disse ele, depois apontou para seu parceiro. — E aquele é o agente especial Towns. Vamos lidar com você.

— *Lidar comigo.* Não sou sua propriedade.

— Mas você está sob nossa custódia.

— Vocês vão me prender?

— No momento, estamos agindo de boa-fé e presumindo que podemos contar com sua cooperação. Se for preciso adotar uma abordagem mais agressiva, vamos adotar. Temos uma série de crimes pelos quais podemos acusar você, desde as identidades falsas na sua carteira até o paradeiro atual da sua mãe. É só avisar se precisamos dar essa tacada.

Nathaniel resmungou.

— Você poderia pelo menos usar uma expressão ligada ao Exy? Eu odeio beisebol.

— No momento, não estamos nem aí para o que você gosta ou não gosta. Só queremos saber da verdade — retrucou Towns.

— Troco uma verdade por outra verdade. Meus companheiros de equipe ficaram no meio do tumulto que aconteceu ontem à noite. As Raposas de Palmetto State — explicou ele, por mais que soubesse que, desde que fora capturado na casa do pai, os agentes teriam descoberto pelo menos essa informação. — Eles se machucaram?

— Oitenta e seis pessoas acabaram no hospital, incluindo três dos seus companheiros de equipe. Eles foram tratados e liberados sumariamente. Ferimentos leves. Deram sorte. Algumas pessoas foram parar na UTI — respondeu Browning.

— Entramos em contato com o treinador Wymack logo depois que você foi admitido aqui e pedimos pra que trouxesse seu pessoal para um interrogatório — acrescentou Towns. Ele olhou para o relógio e disse: — Devem estar terminando em breve. Quando acabarem, podem voltar para a Carolina do Sul.

Ele não disse "sem você", mas Nathaniel conseguiu perceber isso pelo tom que usou.

— Sua vez agora. Cadê sua mãe? — perguntou Browning.

Nathaniel contou sobre o encontro com o pai em Seattle e o ataque violento do qual ele e a mãe não foram rápidos o suficiente para escapar. Contou sobre o fogo e a areia, e como a havia enterrado na costa. Era de uma injustiça brutal que ela não tivesse vivido o bastante para ver Nathan morrer, mas Nathaniel guardou a dor desse tormento para si mesmo.

— Você estava se escondendo em Seattle durante todo esse tempo? — perguntou Browning, parecendo irritado com o descuido deles.

— Não. Essa foi só a última parada de verdade antes do Arizona.

— O que veio antes de Seattle?

— Quero ver meus companheiros de equipe.

— O que veio antes de Seattle? — repetiu Browning.

Nathaniel pressionou a boca em uma linha e olhou para o teto. Browning tolerou o silêncio por alguns minutos, depois começou a falar. Expôs tudo o que estavam dispostos a oferecer a Nathaniel em troca de cooperação: imunidade a todas as acusações, um novo começo no Programa de Proteção a Testemunhas e a chance de destruir o círculo do pai. Quando Nathaniel permaneceu indiferente a ofertas tão generosas, Browning recorreu às ameaças. Todas as informações que reuniram sobre Nathaniel eram mais que suficiente para que ele fosse parar atrás das grades, e acabariam por desenterrar todos os podres que precisavam para jogar a chave fora.

— Quero ver o meu time — disse Nathaniel, quando Browning respirou fundo.

— Seja razoável. Não torne isso mais difícil do que precisa ser — argumentou Towns.

— Você acha que isso é difícil? Olha só para tudo o que passei. Sobreviver a vocês é fácil. — Nathaniel inclinou a cabeça para o lado e encarou Towns com um olhar frio. — Mas será que vocês podem sobreviver a mim?

— Você está ameaçando um agente federal?

Nathaniel sorriu tanto que suas queimaduras doeram.

— Jamais ousaria fazer uma coisa dessas. O que eu deveria ter dito era: será que você consegue sobreviver à minha família? Meus pais estão mortos, mas meu tio se lembra de mim. Mais importante, ele lembra que você deixou que ele enfrentasse meu pai ontem à noite. Desde quando os federais fazem acordos com gângsteres?

— Não sei do que está falando — disse Browning, com uma neutralidade fria que Nathaniel não acreditou nem por um segundo.

— Tanto faz. Vou tirar uma soneca.

Eles não discutiram, então ele fechou os olhos e adormeceu. Acordou um tempo depois, não sabia quanto, com uma enfermeira entrando para verificar seus ferimentos. Todos os analgésicos em seu sistema não adiantavam de nada para aliviar a dor enquanto ela limpava as queimaduras em suas mãos e em seus braços. Nathaniel cerrou os dentes com tanta força que pensou que iria quebrá-los e reprimiu a vontade de chutá-la para longe. Ela assentiu em aprovação e prometeu que o médico passaria mais tarde. A enfermeira fechou a porta ao sair.

Era impossível voltar a dormir com seus nervos berrando como alarmes em seus ouvidos. Nathaniel flexionou os dedos, verificando o quanto conseguia se mexer. As queimaduras de Lola tinham a intenção de machucá-lo, sem mutilar. Talvez ela temesse que, caso a pele derretesse demais, as espirais deixadas pelo acendedor seriam destruídas e sua diversão acabaria. Pela forma como a enfermeira reagira, sabia que seu rosto tinha levado a pior, mas ele não queria se olhar no espelho ainda. Ficava igualmente furioso e enjoado só de pensar naquilo.

Antes que o enjoo vencesse, Nathaniel olhou para cima e disse:

— Quero ver meu time.

— E eu quero café. Vocês dois vão ficar bem aqui? — perguntou Browning para o parceiro.

Towns assentiu. Browning verificou os bolsos em busca da carteira e saiu. Nathaniel puxou as algemas para ver até onde iriam e qual seria a reação de Towns. O agente não se deixou impressionar com a tentativa débil de rebeldia e voltou a prestar atenção em seus arquivos. Os dois se ignoraram mutuamente até que Browning voltou. O agente ficou sentado em silêncio até terminar seu café, então examinou uma das pilhas de papéis que Towns descartara. Depois de uma hora fazendo isso, tentou falar com Nathaniel de novo.

— Já está com vontade de cooperar?

— Ainda não vi meu time, então não — respondeu Nathaniel. Browning fez um gesto de desdém. Nathaniel puxou a mão algemada de novo. — Olha: essas são as pessoas com quem escolhi ficar mesmo sabendo que não poderia estar ali por muito tempo. Escolhi todos eles em vez da minha própria segurança. Então se vocês me deixarem vê-los, vou responder tudo que perguntarem.

— Você só acha que quer ver seu time. Lembre-se que eles acabaram de descobrir quem e o que você é. Se ainda quiserem saber de você, vou comer meu chapéu — provocou Towns.

Nathaniel abriu a boca, voltou a fechá-la e desviou o olhar. Seus companheiros de equipe haviam aceitado a confissão vaga que Aaron o forçara a fazer, mas saber que ele vinha de uma família horrível e lidar com a realidade eram duas coisas completamente diferentes. Talvez Kevin tivesse tido tempo, no caminho de Nova York, para detalhar para todos a conexão entre os Wesninski e os Moriyama; nesse caso, agora eles sabiam o quanto Nathaniel os colocara em perigo ao assinar o contrato de Wymack.

Prometera que sua família não seria um problema, mas por sua causa seus companheiros haviam se machucado e perderiam o campeonato. Talvez o odiassem, tivessem medo dele e nunca o perdoassem, mas Nathaniel não poderia abandoná-los dessa forma. Não tinha conseguido se despedir no dia anterior. Precisava fazer isso logo, antes que os federais o pressionassem tanto que a luz nunca mais o alcançaria.

— Na verdade — continuou Towns —, é bem provável que eles já estejam na estrada, rumo ao sul. Não deve ter demorado para todas as declarações serem recolhidas, e no momento não precisamos de mais nada deles.

— Você está errado. Eles não podem ir embora sem Andrew, e Andrew não vai a lugar nenhum antes de falar comigo — retrucou Nathaniel.

— Você não sabe disso.

— Sei, sim. — Mesmo que fosse apenas para fazer picadinho de Nathaniel por ter escondido tudo dele, Andrew esperaria o quanto fosse preciso. Não era do tipo que deixava as coisas inacabadas. Nathaniel sabia disso, acreditava nisso com cada fibra de seu ser. Era o suficiente para aplacar a dor que sentira perante a provocação insensível de Towns. — Você pode me levar até ele, ou pode me deixar apodrecer em silêncio em uma cela em algum lugar. Essas são suas únicas opções.

Por fim, Browning se levantou e foi para o corredor. Nathaniel ouviu seu tom estridente através da madeira, mas não conseguia distinguir o que dizia. Towns observou o parceiro de perto quando Browning voltou, e este respondeu rabiscando uma nota na prancheta de Towns. Nathaniel resistiu à tentação de jogar seu travesseiro fino neles e se recostou de novo.

Eles não disseram mais nada, então Nathaniel deixou os pensamentos vagarem. As horas que se seguiram até que recebesse alta pareciam intermináveis e miseráveis. Quando a médica passou para explicar como ele deveria cuidar dos ferimentos, Nathaniel a cortou, grosseiro:

— Não preciso da sua ajuda.

A médica, provavelmente acostumada com pacientes teimosos, assinou o prontuário de Nathaniel sem dizer mais nada, depois olhou para os agentes e disse:

— Eles podem registrar sua saída no balcão do corredor. Os remédios já vão esperar prontos pra retirada.

Browning assentiu, mas esperou que a médica saísse para soltar a algema que prendia Nathaniel à cama. Os agentes baixaram a grade para que Nathaniel pudesse descer do colchão. Towns lhe entregou uma sacola e Nathaniel jogou um conjunto de moletom escuro na cama.

— Onde estão minhas roupas? — perguntou ele.

— Foram levadas como evidências — respondeu Towns.

O agente foi até a porta e ficou parado próximo a ela. Browning permaneceu mais perto, virado para o lado oposto de Nathaniel. Se ele tentasse fugir, o agente notaria pela visão periférica, mas pelo menos conferia certa privacidade a ele. A camisola de hospital que Nathaniel vestia estava desabotoada, e ele se sentiu grato por isso. Não achava que conseguiria lidar com nós e cordas até que suas mãos se curassem. Tirou a vestimenta e colocou as roupas novas com o máximo de cuidado. Quando terminou, suas mãos estavam ardendo. Ele as segurou na altura da barriga, sabendo que de nada adiantaria; ainda assim, precisava tentar diminuir a queimação de alguma forma.

Browning algemou as mãos dele à frente e puxou o capuz para que cobrisse seu rosto.

— Graças aos vizinhos do seu pai, a imprensa sabe que alguém foi levado da casa de Nathan ontem à noite. Os principais canais de televisão ainda não têm o nome, mas não vão precisar. Você passou tempo demais na televisão ano passado. As pessoas vão reconhecer seu rosto assim que o virem.

— Sobrou o suficiente para alguém me reconhecer? — perguntou Nathaniel.

— Tem um espelho por aqui em algum lugar se quiser ver.

— Sua opinião para mim já basta.

— Deve cicatrizar logo — afirmou Browning, em uma resposta que não queria dizer nada.

Eles o conduziram pelo corredor. Towns assinou os papéis e pegou uma sacola branca que chacoalhava. Analgésicos e antibióticos, Nathaniel supôs. Se tivesse sorte, haveria também um creme para queimaduras. Towns a entregou para que ele carregasse, e os três desceram de elevador. Browning avisou quando estavam chegando ao andar térreo para limparem a área. Nathaniel não ergueu os olhos para ver se havia repórteres à espreita para tirar fotos. Manteve a cabeça abaixada, na esperança de que o capuz fosse volumoso o bastante para proteger seu rosto.

Um SUV parou no meio-fio. Quando eles se aproximaram, a porta de trás se abriu e Nathaniel entrou. Towns ficou bem atrás, então Browning se sentou ao lado de Nathaniel. Browning bateu a porta e pegou o celular para fazer uma ligação curta. Disse apenas:

— Estamos a caminho. Faça eles sumirem daí antes que a gente chegue.

A mulher no banco do carona olhou curiosa para Nathaniel. Ele desviou o olhar, espiando pelas janelas escuras. Reconheceu as ruas e os prédios. De algum jeito, terrível e quase impossível, aquilo dava a ele a sensação de estar em casa. Queria arrancar aquele sentimento dentro de si e queimá-lo. A Toca das Raposas era o único lar de que precisava; as Raposas eram a sua família. Não queria que mais nada exercesse tal domínio sobre ele. Que triste, que estranho, que ridículo que tivesse fugido para tão longe só para acabar no mesmo lugar. Não suportava ver aquela cidade, então recostou a cabeça e fechou os olhos.

Não conseguiria dormir, mas pelo menos podia sonhar acordado com a morte de seu pai repetidas vezes. Ele quase sorriu com isso e, com o tempo, o gelo em suas veias começou a derreter.

CAPÍTULO CATORZE

Nathaniel esperava ser levado direto ao escritório para ser interrogado, mas o SUV entrou no estacionamento de um hotel. O lugar estava lotado de agentes federais. Os homens estavam na calçada, fumando e tentando parecer casuais, mas Nathaniel sentiu um arrepio ao vê-los. As mulheres que pegavam sol à beira da piscina eram igualmente ofensivas, apesar de tentarem passar despercebidas. Ele não sabia o que pensar da mulher parada próximo à máquina de venda automática, mas estava inclinado a desconfiar de todos.

Assim que o carro parou, ele olhou para Browning. O agente apontou um dedo em seu rosto.

— Você tem vinte minutos ou até que eles expulsem você da vida deles, o que acontecer primeiro. Aí você vem com a gente e vai nos contar tudo o que queremos saber. Estamos entendidos?

— Eles... Eles estão aqui? Não estou vendo o ônibus.

— Não quero que a imprensa identifique o ônibus e se aglomere aqui, então mandei seu treinador estacionar em outro lugar. Repito: estamos entendidos?

— Entendido — concordou Nathaniel, e puxou o capuz sobre o rosto de novo. — Cai fora.

— Esse seu jeitinho simpático está me fazendo pensar duas vezes sobre tudo isso — reclamou Browning, mas saiu do carro.

Eles o guiaram até o segundo andar por uma escada de metal bamba. Uma mulher estava encostada na grade da varanda, com um celular no ouvido. Ela colocou o cabelo sobre o ombro e estalou os dedos no mesmo movimento. Browning guiou Nathaniel até a porta certa e bateu. A porta abriu alguns centímetros, mas ele não conseguia ver nada além de um corpo robusto de terno. O homem de guarda fez uma careta para o rapaz antes de olhar irritado para Browning.

— Eu não gosto disso.

— Anotado. Fique de olho nele por alguns instantes, Kurt — orde-nou Browning. Kurt deu um passo para o lado e abriu a porta. Brow-ning passou por ele, batendo palmas enquanto chamava a atenção de todos. Mesmo do lado de fora, falava alto o suficiente para Nathaniel ouvir cada palavra. — Ouçam, pessoal. Vocês têm vinte minutos. Va-mos manter isso organizado para que seja uma pessoa por vez.

Era óbvio que Kurt esperava que as Raposas acatassem sem discu-tir, porque abaixou o braço e deixou Nathaniel passar. Deveria ter es-perado um pouco mais, pois os companheiros de equipe de Nathaniel começaram a discutir quase no mesmo instante.

A voz indignada de Dan foi mais fácil de se distinguir.

— Vinte minutos?! Você só pode estar de sacanagem! Por quê... ai, meu Deus. — Ela parou de falar quando Nathaniel entrou na sala. A tensão em sua voz não era raiva ou desgosto, mas um alívio alimentado pelo terror. — Ai, meu Deus, Neil. Você está bem?

Nathaniel abriu a boca, mas não conseguiu falar. No dia anterior, achara que nunca mais veria nenhum deles. Tê-los de volta era um bál-samo para cada uma de suas feridas, mas estava ciente de que estava ali apenas para se despedir. A hora de ir embora acabaria com ele.

Sabia que devia explicações e pedidos de desculpas, mas não sabia por onde começar. Tudo o que conseguia fazer era olhar de um rosto atordoado para o outro. Kevin tinha uma expressão vazia e hematomas escuros no pescoço. Nicky estava um caco próximo à janela. Allison e Renee estavam sentadas na cama oposta com os dois olhos roxos e algumas dezenas de hematomas. As manchas no braço de Allison haviam sido obviamente deixadas por dedos. Nathaniel esperava que ela batesse em qualquer pessoa idiota o bastante para agarrá-la com tanta força, mas talvez Renee tivesse se encarregado disso. Uma de suas mãos estava enfaixada, e ela usava uma tala no outro pulso. Aaron estava sentado na mesma cama e, quando olhou para Nathaniel, pela primeira vez parecia mais transtornado do que zangado.

Matt e Dan estavam na cama mais próxima. Matt apertava o ombro de Dan, os nós dos dedos brancos como se tentasse impedi-la de atacar Browning. Ele apanhara bastante durante o tumulto e ainda tinha compressas de gelo amarradas em ambas as mãos. Estava com a camisa imunda e com dois rasgos, e pelas frestas dava para ver hematomas feios. Abby estava entre as camas, com o kit de primeiros-socorros aberto nos cobertores perto do quadril direito de Matt, mas, quando viu Nathaniel, deixou cair o antisséptico que segurava.

A boca de Abby se moveu, mas Nathaniel não ouviu nada. Browning dissera que as Raposas haviam sofrido apenas ferimentos leves e que nenhum deles acabara na UTI, mas havia apenas sete deles ali. Wymack estava estacionando o ônibus, mas ainda faltava outra pessoa.

O sangue de Nathaniel gelou, e ele não conseguiu conter o alarme em sua voz quando começou a perguntar:

— Cadê o And...

Houve um estrondo atrás de Nathaniel, o som inconfundível de um corpo batendo na madeira. Ele se virou e viu Andrew abrir caminho para a sala com Wymack logo atrás. Kurt o agarrou, mas perdeu o controle quando Wymack passou por ele com o ombro. Nathaniel teve apenas um segundo para ver as algemas que prendiam Andrew a Wymack, e Browning reagiu à entrada violenta pegando a arma.

Nathaniel agarrou o braço de Browning com as duas mãos e puxou o mais forte que pôde. Sua intenção era só desacelerá-lo e fazer com que perdesse o equilíbrio, mas a dor que sentiu disparar da ponta dos dedos até os cotovelos quase o fez cair. Ele o soltou sem querer e se curvou como se o movimento de alguma forma fosse fazer a dor ir embora. Pressionar as mãos contra a barriga não ajudou, mas Nathaniel precisava protegê-las de algum jeito.

— Não — disse, com os dentes cerrados.

Pelo menos pensou ter dito isso; não conseguia se escutar através do ruído em seus ouvidos. O peso de uma mão em sua nuca o informou que ganhara tempo para que Andrew o alcançasse. Não se lembrava de ter fechado os olhos, mas se forçou a abri-los de novo. Tentou se endireitar, mas Andrew o segurou pelo ombro e o fez ficar de joelhos. Nathaniel obedeceu sem discutir, embalando as mãos destruídas em seu colo. Sentia tanta dor que esperava ver o sangue encharcar as ataduras, mas a gaze permaneceu branca e limpa.

— Deixa — disse Wymack.

A voz do treinador soava tão furiosa que Nathaniel sabia que não era direcionada para ele ou Andrew. Imaginou que Browning ou Kurt se moviam para afastar Andrew antes que ele machucasse Nathaniel ainda mais. Ou os agentes confiaram em seu julgamento ou não conseguiram contornar Wymack para chegar até Andrew, que se ajoelhou na frente de Nathaniel sem ser barrado. Nathaniel virou as mãos para cima e olhou para a frente.

A calma na expressão de Andrew poderia enganar, mas havia ódio em seu aperto quando agarrou o queixo de Nathaniel, que permitiu que ele o olhasse pelo tempo que quisesse, pois assim também poderia analisar os hematomas de Andrew. O pior de todos era uma faixa escura e estreita que descia sobre a maçã do rosto, no canto do olho direito. A força do impacto deixara metade do olho vermelho de sangue. Uma cotovelada, pensou Nathaniel, que tinha chegado perto demais.

— Eles poderiam ter cegado você. Tanto tempo brigando e você nunca aprendeu a desviar? — disse Nathaniel.

Sua única resposta foi um olhar duro. Andrew o soltou para tirar o capuz de Nathaniel do rosto dele. Passou um dos dedos ao longo das muitas fitas que mantinham as ataduras no lugar, como se estivesse procurando o melhor lugar para começar. Rasgou a gaze da bochecha direita de Nathaniel primeiro, expondo as linhas listradas deixadas pela faca de Lola. Olhou superficialmente para os pontos antes de prosseguir. Nathaniel sentia mais dor na outra bochecha quando retiravam a fita, pois repuxava a pele ao redor das queimaduras, e Andrew congelou com a mão a poucos centímetros do rosto dele.

A expressão de Andrew não mudou, mas havia uma nova tensão em seus ombros que não era um bom presságio para ninguém na sala. Andrew havia descartado as primeiras bandagens como inúteis, mas aquelas foram colocadas devagar no chão, próximo a seu joelho, enquanto ele mantinha o olhar fixo no rosto de Nathaniel. Como Nathaniel estava ajoelhado de costas para o resto das pessoas, Wymack era o único que podia ver o que Lola fizera. Nathaniel não se atreveu a olhar para o treinador, mas quando o ouviu exclamar, percebeu que as queimaduras deviam parecer tão ruins quanto ele temia.

— Meu Deus, Neil.

Uma cama rangeu quando uma das Raposas se levantou. Wymack sacudiu a mão livre em uma ordem enfática para que ficassem parados e disse:

— Não.

— Um de cada vez — lembrou Browning.

Andrew pressionou dois dedos na parte inferior do queixo de Nathaniel para que virasse a cabeça. Nathaniel se deixou guiar e não disse nada enquanto Andrew o olhava por completo. Quando este baixou a mão, apertando o moletom de Nathaniel, ele enfim arriscou retribuir o olhar. Havia violência nos olhos de Andrew, mas pelo menos ele não tinha empurrado Nathaniel para longe, o que tinha que valer de algo.

— Me desculpa — disse Nathaniel.

Andrew recuou o punho, mas não acertou o soco. Nathaniel sabia que não era porque estava algemado a Wymack; o braço de Andrew tremia com o esforço que fazia para não arrancar a cabeça de Nathaniel do pescoço, e este não disse nada para fazer a balança pender para um lado ou outro. Por fim, Andrew abriu os dedos e deixou a mão pender frouxa na algema.

— Se disser isso mais uma vez, eu mato você.

— É a última vez que vou dizer isso pra você — cortou Kurt, aproximando-se de Wymack com uma expressão sombria no rosto. — Se você não se comportar...

Nathaniel lançou um olhar de advertência para ele e o interrompeu:

— O que você vai fazer, seu babaca?

— O aviso também serve para você, Nathaniel. Essa é sua segunda chance. Se fizer de novo, tudo isso — Browning mexeu o dedo para indicar as Raposas — vai acabar. Lembre-se que você só está aqui porque estamos permitindo.

Andrew se mexeu como se fosse se levantar. Nathaniel sabia que ele iria calar a boca de Browning de uma vez por todas. Sabia que não devia tocar em Andrew ainda, mas chegou o mais perto que pôde e pairou as mãos enfaixadas ao lado do rosto dele. Andrew poderia empurrá-lo para o lado com facilidade, mas, depois de uma breve pausa, voltou a se acomodar. Nathaniel olhou rápido para ele, grato por ter cedido, e encarou Browning com um olhar frio.

— Não minta para um mentiroso. Nós dois sabemos que vocês dependem de mim para obter informações. Uma pilha de cadáveres não serve para concluir o caso nem para rastrear o dinheiro. Eu avisei qual seria o preço das respostas que vocês querem e vocês concordaram em pagar. Então tira essa algema do Andrew, tira seus homens do nosso caminho e para de desperdiçar meus vinte minutos com sua postura inútil.

O silêncio que se seguiu foi frágil. Browning estava avaliando suas opções, ou pelo menos agia como se estivesse. Nathaniel sabia que isso só poderia terminar de um jeito. Se o FBI havia deixado os Hatford entrarem no país sem contestar, deviam estar desesperados por alguma solução. Ninguém podia provar — ainda — que Nathan havia matado Mary Hatford, mas o ódio que os Hatford sentiam por Nathan não era um segredo, e a reação que tiveram à sua liberdade condicional fora reservar passagens para cruzar o Atlântico. Não demorou muito para que o FBI percebesse que não iam em missão de paz.

Enfim, Browning fez um gesto. Kurt parecia perturbado ao tirar as chaves do bolso. Wymack se virou para facilitar as coisas. Andrew não observou a algema ser aberta, mas flexionou os dedos algumas vezes para testar os movimentos e baixou a mão até a coxa. Browning levou Kurt com ele para esperarem próximo à porta. Eram nítidos o descontentamento e a desconfiança deles, com Browning lançando um olhar incisivo para o relógio, mas Nathaniel não se importou. Estava satisfeito por finalmente saírem do caminho e voltou sua atenção para Andrew.

— Então quer dizer que esse seu problema de atitude era pelo menos genuíno — comentou Andrew.

— Eu ia te contar — disse Nathaniel.

— Para de mentir pra mim.

— Eu não estou mentindo. Eu teria te contado ontem à noite, mas eles estavam no nosso vestiário.

— Eles quem? — perguntou Browning.

Nathaniel mudou para o alemão no mesmo instante. Tinha certeza de que aquele truque recebera um olhar de reprovação de Browning, mas não desviou o olhar de Andrew para confirmar.

— Aqueles dois que estavam com a gente não eram seguranças. Foram lá por minha causa e teriam machucado todos vocês para me tirar de lá. Achei que se ficasse de boca fechada, vocês estariam a salvo. — Nathaniel ainda estava com as mãos levantadas perto do rosto de Andrew, então tocou devagar com o polegar no hematoma do olho dele. — Eu não sabia que eles tinham armado aquela confusão.

— O que foi que eu disse sobre dar uma de mártir? — perguntou Andrew.

— Você disse que ninguém queria isso, mas não disse que era para eu parar.

— Estava implícito.

— Eu sou burro, lembra? Preciso que me expliquem as coisas.

— Cala a boca.

— Já estou em noventa e quatro?

— Você já chegou no cem. O que aconteceu com seu rosto?

Nathaniel engoliu em seco, sufocando a náusea.

— Um acendedor de cigarros do carro.

Ele estremeceu com o som horrível que Nicky fez. O ruído de um colchão se movendo quase abafou o xingamento de Aaron. Nathaniel olhou para trás sem pensar, pois queria ver quem estava se mexendo. Aaron havia rolado para fora da cama para ficar com Nicky. Virar significava permitir que os outros observassem sua bochecha queimada. Kevin se retraiu tanto que se chocou contra a parede às suas costas. Ele colocou uma mão protetora sobre a própria tatuagem, e Nathaniel sabia que estava imaginando a reação de Riko àquela atrocidade.

Foi a vez de Dan impedir que Matt se levantasse, com os nós dos dedos brancos na camisa escura dele e a cabeça virada para o outro lado. Matt tentou se libertar, mas se contentou em dizer, rouco:

— Puta merda, Neil. Que caralho fizeram com você?

Ao que tudo indicava, Abby já mantivera distância por tempo o suficiente. Ela deu a volta na cama, com os olhos arregalados e frenética, mas só chegou ao canto antes que Andrew percebesse suas intenções. Ele agarrou Nathaniel para virar o rosto para a frente de novo e olhou com tanta crueldade para Abby que ela parou no meio do caminho.

— Fica longe da gente — protestou Andrew.

— Andrew. Ele está ferido. Eu preciso ver — pediu Abby, baixinho e com cuidado.

— Se você me fizer repetir, não vai viver para se arrepender.

Nathaniel nunca o ouvira falar em um tom tão letal. Ficou apavorado, mas também sentiu parte da queimação em seu peito se aliviar. Era culpa de Nathaniel que o autocontrole de Andrew estivesse em frangalhos, mas também era para protegê-lo. A raiva sem limites de Andrew nunca o atingiria, e isso fazia toda a diferença do mundo. Nathaniel deu um puxão cauteloso no cabelo de Andrew, que resistiu às duas primeiras tentativas, mas enfim permitiu que Nathaniel direcionasse sua atenção para onde precisava.

— Abby, acabei de sair do hospital. Estou tão bem quanto posso estar agora — comentou Nathaniel sem desviar o olhar de Andrew.

— Neil... — começou ela.

— Por favor — insistiu Nathaniel. Ele não a ouviu dar um passo para trás, mas sabia que o tinha feito ao sentir que o aperto de Andrew em seu crânio havia relaxado. Nathaniel manteve uma mão enterrada no cabelo de Andrew, mas por fim abaixou a outra. Em um alemão tranquilo, ele disse: — Contaram quem eu sou?

— Não precisaram. Arranquei as respostas de Kevin no caminho para cá. — Andrew ignorou a expressão chocada de Nathaniel e disse: — Quer dizer então que você não era órfão. Cadê seu pai?

— Meu tio matou ele — respondeu Nathaniel. Cruzou um limite perigoso e pressionou os dedos no peito de Andrew, logo acima do coração. A lembrança o fez gelar até os ossos, e não conseguiu reprimir o sobressalto. — Passei a vida inteira desejando que ele morresse, mas pensei que nunca aconteceria. Pensei que ele era invencível. Não acredito que foi tão fácil.

— Fácil? Kevin contou pra quem ele trabalhava.

Nathaniel achava que nenhum dos agentes conseguiria entender o que estavam conversando, mas nomes eram difíceis de disfarçar em qualquer idioma. Ficou satisfeito por Andrew ser inteligente o bastante para não pronunciar o sobrenome Moriyama em voz alta.

— Meu tio disse que ia tentar negociar um cessar-fogo com eles. Não sei se é influente o bastante para conseguir, mas quero acreditar que ele não teria se arriscado se não tivesse chances reais de ser bem-sucedido. Prometa para mim que ninguém contou para o FBI sobre eles.

— Ninguém falou nada desde que disseram que não podíamos ver você.

O coração de Nathaniel disparou. O calor que consumia seu peito era uma mistura bizarra de gratidão e vergonha. Tentou falar, mas teve que pigarrear para tentar mais uma vez.

— Mas por quê? Eu só menti para eles. Coloquei todos em perigo, tendo plena consciência disso, só para poder jogar um pouco mais.

Eles se machucaram ontem à noite por culpa minha. Por que me protegeriam agora?

— Você é uma Raposa — respondeu Andrew, como se fosse simples assim, e talvez fosse.

Nathaniel baixou os olhos e remexeu a mandíbula, à procura de um equilíbrio que perdia com rapidez. Mal reconheceu a própria voz quando disse:

— Andrew, eles querem me levar para longe. Querem me inscrever no Programa de Proteção a Testemunhas para que o pessoal do meu pai não consiga me encontrar. Eu não quero... — começou a dizer, mas não era justo. — Se você me disser para ir embora, eu vou.

Ele não disse o quanto aquilo iria destruí-lo por dentro, mas não era necessário. Andrew enganchou os dedos na gola do moletom de Nathaniel e puxou de leve, apenas para que ele sentisse. Por alguns instantes, Nathaniel estava a meses de distância daquele momento, parado na entrada escura da casa de Andrew pela primeira vez com uma chave cálida cravada na palma da mão. Foi como voltar para casa, e foi o suficiente para aliviar o seu medo.

— Você não vai a lugar nenhum — disse Andrew: as mesmas palavras, a mesma promessa. Falava em inglês de novo, e Nathaniel entendeu o motivo quando ouviu o que Andrew falou a seguir. Tentava instigar os outros, convidando as Raposas para a discussão. — Você vai ficar aqui, com a gente. Se tentarem te levar embora, vão perder.

— Levar você embora — repetiu Dan. — Pra onde?

— Estamos falando de "levar pra ser interrogado" ou "ser levado pra sempre"? — perguntou Matt.

— As duas coisas — respondeu Browning.

— Vocês não podem ficar com ele. Ele é nosso — protestou Nicky.

— Quando descobrirem que ele ainda está vivo, irão atrás dele — explicou Browning. — Aqui não é mais um lugar seguro para ele, e com certeza não é seguro para vocês. É melhor para todos os envolvidos se ele desaparecer.

As Raposas compreendiam a situação melhor do que o agente jamais entenderia, pois Kevin já havia explicado a aliança entre os Wesninski e os Moriyama. Lidavam com a loucura de Riko havia mais de um ano graças a Kevin, e não pareciam nada impressionados com os avisos de Browning.

— Que parte de "vai pro inferno" você precisa que a gente explique? — retrucou Allison.

— É todo mundo adulto aqui — acrescentou Matt. — Já tomamos nossa decisão. A menos que ele queira ficar com você, é melhor trazer Neil de volta pra gente quando terminar de fazer suas perguntas.

— Neil não é uma pessoa de verdade — retrucou Browning, cansado daquela credulidade deliberada. — É só um disfarce que permitiu que Nathaniel escapasse das autoridades. Já está na hora de ele ir embora.

— Neil ou Nathaniel ou quem quer que seja. Ele é nosso, e não vamos permitir que vá embora. Você quer que isso entre em votação ou coisa do tipo? Aposto que a decisão vai ser unânime — disse Nicky.

— Treinador Wymack, faça sua equipe ter um pouco de bom senso — pediu Browning.

— Neil — falou Wymack, e Nathaniel ergueu o olhar para além de Andrew, para o treinador. Tinha visto aquela expressão em seu rosto apenas uma vez, quando Wymack esteve ao seu lado após o Natal. Era a aparência de um homem envelhecido pelas tragédias de seus jogadores; de um homem que os protegeria, não importava o que isso custasse. Nathaniel se sentiu miserável por ser, mais uma vez, o causador daquela expressão, mas aliviado por ver seu treinador apoiá-lo sem medir esforços. — Fala comigo. O que você quer?

Nathaniel engoliu em seco, sufocando um nó inesperado na garganta. As palavras saíram tão entrecortadas que todos tiveram que fazer silêncio para compreender o que dizia.

— Eu quero... sei que não deveria ficar, mas não posso... não quero perder isso. Não quero perder nenhum de vocês. Não quero mais ser o Nathaniel. Quero ser Neil pelo tempo que for possível.

— Ótimo. Seria uma merda precisar meter um "Wesninski" em uma camisa — concluiu Wymack.

Browning esfregou as têmporas.

— Gostaria de trocar uma palavrinha com você.

— Sobre o quê?

— Sua disposição em colocar todos os seus jogadores em considerável perigo, pra início de conversa.

— Desistir de Neil agora vai contra tudo o que somos. Estou disposto a discutir com você o tempo que for preciso, mas não se isso significar o tempo que foi alocado para Neil. Não seria justo com nenhum deles.

Andrew puxou o moletom de Nathaniel e disse em alemão:

— Se livre deles antes que eu mate todo mundo.

— Eles estão esperando respostas — respondeu Nathaniel. — Não conseguiram acusar meu pai enquanto ainda estava vivo. Esperam que eu tenha informações o bastante para conseguirem exterminar o círculo dele, agora que ele morreu. Vou contar a verdade para eles, ou o máximo que puder, sem dizer que meu pai agia sob o comando de outra pessoa. Quer ir comigo para ouvir? É a história que eu deveria ter contado para você meses atrás.

— Tenho que ir junto. Não confio neles para devolver você — respondeu Andrew.

Ele o soltou e se levantou. Nathaniel também se levantou sem ajuda e olhou para além de Andrew, onde Wymack estava.

— Me desculpa. Eu deveria ter contado, mas não podia — disse em inglês.

— Não se preocupa com isso agora. Vinte minutos não é o suficiente pra essa conversa. Podemos falar a respeito no caminho de volta pro campus, certo? — respondeu Wymack.

— Certo. Eu prometo. Só tenho que falar com eles antes.

— Então vai — sugeriu Dan. Quando Nathaniel retribuiu o olhar, ela enfatizou: — Mas volta pra gente assim que terminar, ok? Vamos resolver isso juntos, como uma equipe.

— Como uma família — disse Nicky e tentou sorrir. Foi um sorriso discreto, mas encorajador.

Aquilo só poderia ser um sonho perverso. O perdão deles ameaçava queimar Nathaniel de dentro para fora, tão reparador quanto condenatório. Ele não merecia tamanha amizade e confiança. Nunca seria capaz de recompensá-los por esse apoio. Poderia tentar pelo resto da vida, independentemente de quão longa fosse agora que Stuart entrara em cena e Nathan saíra, e ainda assim estaria aquém.

— Obrigado — disse ele.

Allison ignorou o agradecimento em um gesto tranquilo que em nada combinava com sua expressão tensa.

— Não, eu quem agradeço. Você acabou de concluir três apostas pendentes e me deixou quinhentos dólares mais rica — explicou a garota quando Nathaniel olhou para ela. — Prefiro descobrir exatamente por que e quando vocês dois se pegaram do que pensar nesse terror todo, então vamos falar disso no caminho de volta.

O olhar de Aaron saltou de Allison para Nathaniel, e então para Andrew. Estava esperando que negassem o que ela havia afirmado, concluiu Nathaniel, e sua expressão era de puro choque ao perceber que nenhum dos dois o faria. Nicky abriu a boca, voltou a fechá-la sem dizer uma palavra sequer e olhou para Nathaniel. Surpreendentemente, Kevin não esboçou reação alguma.

Nathaniel não tinha energia para confirmar nem negar nada naquele instante, então apenas olhou para Andrew e perguntou:

— Preparado?

— Só esperando você.

— Ele não foi convidado — protestou Browning.

— Confia em mim, vai ser melhor pra você levar os dois — comentou Wymack.

Browning lançou um olhar calculista entre eles e cedeu, impaciente.

— Vamos então, agora.

Wymack saiu do caminho para deixá-los passar, mas quando Nathaniel chegou à porta, o treinador afirmou:

— Vamos esperar você, tá? O tempo que for preciso, Neil.

Nathaniel assentiu e saiu para a varanda. Ele e Andrew desceram as escadas atrás de Browning e entraram no banco de trás do SUV. Browning se sentou à frente deles e bateu a porta. Nathaniel observou até o hotel desaparecer pela janela, então olhou para Andrew e perguntou em alemão:

— Posso mesmo voltar a ser o Neil?

— Eu pedi para o Neil ficar. Então deixa Nathaniel enterrado em Baltimore com o pai dele — respondeu Andrew.

Nathaniel olhou pela janela de novo e se perguntou se aquilo era mesmo possível. Ele sabia que, de certa forma, nunca poderia realmente deixar de ser Nathaniel. Mesmo que Stuart desse um jeito na situação com os Moriyama, todos saberiam que o filho de Nathan estava mais vivo do que nunca. Nathaniel sempre representaria um risco de segurança para as Raposas. Mas o pensamento era emocionante e arrepiante ao mesmo tempo, e Nathaniel virou a mão para analisar a palma. Traçou a chave de Andrew em sua pele com um dedo enfaixado.

— Neil Abram Josten — murmurou Neil, e a sensação era como se acordasse de um pesadelo.

Neil sabia que falar com o FBI não seria fácil, mas não esperava que fosse tão cansativo. Passou o resto do sábado e todo o domingo enfiado no escritório deles. O único momento em que Andrew e Neil se separavam um do outro era quando alguém ia verificar os ferimentos de Neil, e os dois nunca eram deixados sozinhos um com o outro. Os agentes levavam comida para que não tivessem que sair do prédio, os escoltavam para que fossem e voltassem do banheiro e arrumaram camas de lona para que ele e Andrew pudessem dormir ali, sob vigilância.

Em troca dessa hospitalidade bastante duvidosa, Neil contou tudo. Começaram pela ligação de Lola e passaram pelo tiroteio. Neil forneceu todos os nomes que podia. Quase tão importante quanto quem havia morrido era falar de quem sobrevivera. Romero e Jackson não haviam estado na casa. Depois, falaram sobre a infância de Neil e todas as coisas terríveis que ele vivera.

Depois de vasculharem a memória de Neil à procura de tudo o que ele sabia sobre o pessoal do pai e golpes que tivera ciência, seguiram para o paradeiro de Neil durante os sete anos entre Baltimore e Millport. Ele repassou com os agentes todos os pseudônimos que já tivera e todos os lugares em que morara, mas se recusou a revelar os contatos da mãe. Alegou que não sabia de nada por ser jovem demais na época, e após fazerem a mesma pergunta de vinte formas diferentes, os agentes acabaram por desistir. Neil explicou onde o pessoal do pai os encontrou, os lugares em que Nathan aparecera em pessoa em seu encalço, e finalizou com a morte da mãe.

Em determinado momento, foi preciso mencionar os Hatford, e a conversa assumiu um tom mais cauteloso. O FBI não podia admitir quaisquer acordos que tivesse feito, e Neil não tinha como provar nada. Portanto, se concentraram nas informações sobre Stuart desde sua juventude. Neil não tinha muito a oferecer, mas o pouco que contou representou a virada de chave no modo como alguns dos agentes o viam. Até àquela altura da conversa, julgavam que ele era apenas o filho de Nathan. Descobrir que optara por uma vida em fuga a viver confortavelmente com outra família do crime fez com que ganhasse pontos com mais de um dos agentes federais.

O Programa de Proteção a Testemunhas foi mencionado mais duas vezes no domingo, mas Neil se recusou. Fornecera todas as informações de que o FBI precisava para construir um caso sólido e estava disposto a testemunhar se conseguissem levar o pessoal de Nathan a julgamento. Até lá, queria continuar como estava. Se fosse inscrito no programa contra sua vontade, simplesmente tiraria a coleira que os federais tentariam colocar nele e voltaria para Palmetto State. Andrew disse que as Raposas nunca deixariam Neil desaparecer em silêncio. Eles fariam confusão e envolveriam a imprensa até os dentes até que

303

alguém o entregasse. Os agentes os acusaram de serem egoístas e imprudentes, mas Neil e Andrew se mantiveram firmes.

Neil só soube que haviam vencido a discussão quando Browning colocou alguns formulários na mesa. O primeiro era um pedido oficial de mudança de nome, o segundo e o terceiro eram para o passaporte e a carteira de motorista, e o último era um cartão da previdência social reemitido após a data de vencimento do primeiro. Uma foto que Neil reconheceu vagamente estava presa ao segundo documento com um clipe; era uma foto que Wymack tirara dele no verão anterior, para o arquivo da universidade. Nela, Neil ainda tinha cabelos e olhos castanhos, e a tatuagem de Riko ainda não existia. Apesar da foto, o formulário já estava meio preenchido e indicava que a cor natural de seus olhos era azul. Neil imaginou que a foto encolheria tanto que ninguém conseguiria notar a discrepância.

Ficou tão distraído com a imagem que levou um momento para entender o significado do que havia recebido. No topo de cada página, lia-se o nome Neil Josten. Tudo que ele precisava fazer era assinar as linhas pontilhadas.

— Considere isso um contrato — disse Browning, soando irritado como sempre. Esperou que Neil retribuísse seu olhar, e então continuou: — Depois que assinar, vamos dar entrada no processo para que "Neil Josten" se torne um membro válido e funcional da sociedade. Isso significa que você não vai mais poder fugir nem usar identidades falsas. Vai ser Neil até o dia em que morrer. Não tem permissão pra mudar de ideia. Se ousar pedir um café usando um outro nome, vai se meter em problemas sérios.

— Caneta — ordenou Neil, estendendo a mão. Quando Browning não se moveu rápido o suficiente, ele disse: — Eu entendi. Só me dá logo a caneta para que eu possa assinar.

Browning jogou o objeto sobre a mesa. Andrew o pegou antes que rolasse e caísse no chão, depois entregou para Neil, que rabiscou seu nome em cada linha pontilhada e devolveu os papéis. Browning os entregou para outra pessoa e analisou a mesa cheia de arquivos.

— Acabamos por aqui. Se pensarmos em mais alguma coisa, entramos em contato.

— Não tenho dúvidas.

Neil se levantou e se espreguiçou para amenizar as cãibras. A sala de reuniões que ocupavam não tinha janelas, mas o relógio na parede marcava 21h30. Fazia quase treze horas que estavam ali. O dia parecia longo e arrastado, mas saber quantas horas haviam se passado fez com que o cansaço se transformasse em exaustão. Ele esfregou as palmas das mãos com cuidado e reprimiu um bocejo.

— Stetson vai dar uma carona pra vocês — anunciou Browning, quando Neil baixou as mãos.

Stetson era um homem sem graça que viam ocasionalmente ao longo do dia. Neil não prestara tanta atenção nele quanto em Browning porque Stetson não dirigira a palavra a eles uma única vez. Pelo jeito, o fim do interrogatório não era motivo para quebrar o silêncio. Quando foi buscá-los, o homem se limitou a olhar e os levar até o carro. Neil se sentou no banco de trás com Andrew e brincou com as ataduras em seu rosto. Ao perceber o que Neil estava fazendo, Andrew deu um tapa na parte de trás da cabeça dele e ignorou a cara feia que recebeu em resposta.

Stetson os acompanhou escada acima até o quarto do hotel, mas as Raposas haviam se espalhado durante a ausência deles. Ter que passar uma noite ali significava que precisavam de camas para todos. Os quartos com duas camas tamanho queen abrigavam agora apenas Abby e Wymack. O treinador olhou de Neil para Andrew, depois voltou sua atenção para Stetson.

— Vai me dar uma carona até o ônibus? — perguntou ele, e esperou que o outro concordasse, depois gesticulou para que Andrew e Neil ficassem à vontade. — Já volto. Vejam aí se vamos ficar ou se vamos embora.

Ele fechou a porta ao sair. Através da madeira, Neil ouviu o som fraco de passos na escada, então trancou a porta e puxou a corrente. Abby estava sentada no meio de uma das camas e estendeu as mãos para Neil quando ele se afastou da porta.

— Deixa eu dar uma olhada em você.

Neil não conseguia rastejar pela cama nem usar as mãos para passar, então tirou os sapatos e subiu na cama. Deu alguns passos instáveis até Abby e se sentou antes que caísse. O colchão se mexeu quando Andrew assumiu seu posto atrás dele. Neil colocou a bolsa de remédios perto de Abby, para que ela pudesse pegar os antibióticos caso fosse necessário, mas o kit de primeiros-socorros extraordinariamente abastecido das Raposas estava em sua mesa de cabeceira. Ela se inclinou para pegar tudo de que precisaria e deixar ao lado, depois tirou os curativos do rosto de Neil.

Trabalhou em silêncio. Não precisava dizer nada: sua expressão bastava. Quando terminou o rosto, tirou as bandagens do braço direito de Neil. Andrew se aproximou para olhar, já que ainda não tinha visto os braços dele descobertos, mas Neil continuou olhando para Abby. A dor e a indignação pareciam lutar pelo controle da fisionomia dela, mas a enfermeira não disse nada até chegar à mão.

Abby engoliu em seco.

— Meu Deus, Neil.

Neil arriscou olhar para o braço. A pele exibia linhas paralelas, escurecidas pelas crostas de sangue, mas não tão profundas a ponto de precisarem de pontos. Lola preenchera o espaço entre elas com queimaduras superficiais, círculos perfeitos que iam do cotovelo até cerca de 2,5 centímetros do pulso. Os rasgos que ele próprio fizera nos pulsos ao tentar se libertar das algemas não haviam cicatrizado; havia sulcos em sua pele, uma linha fina ao longo das cicatrizes provocadas por Riko meses antes. Machucados escuros formavam uma faixa grossa ao redor do pulso, estendendo-se até o polegar. Os nós dos dedos estavam tão queimados que Neil os flexionou para se certificar de que ainda conseguia mexê-los.

Por meio segundo, estava de volta àquele carro, com a faca de Lola encostada em sua pele, sem nenhum lugar para onde ir a não ser sete palmos abaixo da terra. Neil não sabia que som emitira, mas sentiu o peso repentino e implacável dos dedos de Andrew em sua nuca. Ele o empurrou para a frente, mantendo-o naquela posição. Neil tentou respirar, mas seu peito se apertava como um elástico prestes a se romper.

— Acabou — disse Abby enquanto passava os dedos com gentileza pelos cabelos dele. — Acabou. Você vai ficar bem. Vamos cuidar de você.

Neil respirou, mas as inspirações e expirações eram superficiais demais para que o ar chegasse aos pulmões, rápidas demais para que fizessem efeito. Ele flexionou os dedos de novo, então os apertou, consciente de que faria as feridas reabrirem e de que estava repuxando a carne queimada que tentava cicatrizar, mas precisando saber que ainda conseguia apertar. Precisava saber que o pai e Riko tinham perdido, que poderia se recuperar e retornar às quadras como Neil Josten. Por um momento, a obstinação foi o suficiente para que tivesse um momento de lucidez, e Neil se sentiu grato por não ter fôlego para rir. Sabia o quanto soaria apavorado.

— Para com isso — ordenou Andrew, como se fosse simples assim.

Não era, mas a mistura de raiva e exasperação que Neil sentia provocou um soluço em meio à respiração ofegante. Isso ajudou a interromper o ritmo frenético e permitiu que Neil voltasse a respirar como deveria. Inspirou um pouco mais do que achava que conseguia, depois voltou a repetir o movimento devagar. Ainda sentia o estômago se revirar quando inspirou fundo pela sexta vez, mas o sofrimento já parecia mais suportável; sentia-se mais seguro nas mãos deles e não se importava em parecer que estava a dois segundos de passar extremamente mal. Sentiu o corpo amolecer e permitiu que Andrew o endireitasse. Olhar para ele era mais seguro do que olhar para todo aquele estrago de novo, então Neil analisou o perfil de Andrew e deixou Abby continuar seu trabalho.

Ela já tinha cuidado de metade do braço esquerdo quando Wymack retornou. Andrew teve que se levantar para deixá-lo entrar, mas voltou assim que foi possível. O treinador ficou parado entre as camas, analisando a situação. Sua expressão era inescrutável, mas os olhos semicerrados estavam escuros, e Neil sabia como identificar os indícios de raiva no corpo de um homem mais velho. Neil cerrou as mãos de novo, uma promessa silenciosa de que seus punhos funcionavam. Não ajudou em nada para aliviar a tensão dos ombros de Wymack.

— Vamos passar a noite aqui? — perguntou Wymack.

— Eu odeio Baltimore. Podemos ir embora? — perguntou Neil.

Wymack assentiu e olhou para Abby.

— De quanto tempo você ainda precisa?

— Talvez uns dez minutos. Quando todos tiverem feito o check-out e entrado no ônibus, já vou ter terminado.

— Vou reunir todo mundo, então. Eles não vão incomodar você até voltarmos para o campus — declarou Wymack.

— Prometi respostas para eles — disse Neil.

— O ônibus não foi feito para uma conversa como essa. Mesmo que se sentem dois por fileira, vão ficar longe demais para ouvir. É melhor conversar no vestiário. Tira uma soneca enquanto voltamos ao estádio, e depois, em território familiar, você lida com eles.

— A chave do meu quarto está na cômoda— disse Abby a Wymack.

Wymack pegou a chave e a papelada e saiu para buscar as Raposas. Abby terminou de limpar e enfaixar os braços de Neil, e ele e Andrew aguardaram enquanto ela fazia as malas. Neil tomou alguns analgésicos e entregou os remédios para que a enfermeira os levasse durante a viagem de volta. A equipe não levara muita coisa para Baltimore, apenas o necessário para a partida em Nova York, mas Neil verificou cada gaveta para garantir que nada fosse esquecido.

O ônibus os esperava, com a porta aberta e as luzes do teto acesas. Quando eles se aproximaram, Matt estava colocando a última mala com os equipamentos no porta-malas.

— Deixei meu equipamento em Nova York — lembrou Neil.

— Andrew encontrou enquanto procurava você. Sua mochila estava a quatro portões de distância quando a polícia conseguiu apartar a briga. Está tudo meio estragado, mas pelo menos está lá — disse Abby.

Matt fechou as portas com força, puxou as maçanetas para garantir que as fechaduras tinham travado e olhou para Neil.

— Ei, o treinador nos fez prometer deixar você em paz, mas você está bem?

— Não, mas acho que vou ficar.

Ele entrou no ônibus e encontrou as Raposas sentadas uma em cada fileira. Costumavam deixar certo espaço entre os veteranos e o grupo de Andrew, mas naquela noite Nicky, Aaron e Kevin ficaram atrás dos companheiros de equipe mais velhos. Neil teria se sentado atrás de Kevin, mas Andrew se dirigiu para seu lugar habitual no fundo. Neil o seguiu e se sentou na frente de Andrew, deixando um espaço de dois assentos entre ele e o restante das Raposas.

Ficar confortável era quase impossível devido aos ferimentos do rosto. Neil precisou dormir de costas, mas o assento não era comprido o bastante para que esticasse o corpo inteiro. Seus pensamentos o mantiveram acordado a maior parte da noite, mas ele conseguiu tirar alguns cochilos. O sono interrompido fazia mais mal do que bem, mas era melhor do que nada.

Neil sabia que estavam chegando perto quando Wymack estacionou o ônibus em frente a um posto de gasolina. Foram necessárias três Raposas para trazer cafés para todos, e não se deram ao trabalho de distribuir as canecas. Alguns minutos depois, a Toca surgiu do lado de fora da janela. A visão disparou uma descarga de adrenalina mais do que necessária pelo corpo de Neil, que passou os nós dos dedos enfaixados pela janela fria.

— Neil Josten. Número dez, atacante titular, Toca das Raposas — sussurrou ele.

Mesmo que os Moriyama rejeitassem a trégua de Stuart e fossem atrás dele, o processo havia começado. Neil Josten estava no sistema para se tornar uma pessoa real. Não morreria como uma mentira.

Wymack desligou o motor, e Neil se sentou com cuidado. As Raposas saíram do ônibus e dividiram seus equipamentos. Neil procurou pela mochila e a encontrou pendurada no ombro de Matt. Tentou carregar uma das bandejas de café, mas Dan lançou um olhar enfático para suas mãos enfaixadas e ignorou a oferta silenciosa.

Eles seguiram em fila para dentro e se acomodaram no lounge. Dan, Renee e Allison distribuíram as bebidas. Wymack havia enchido um saco plástico com guloseimas; havia de tudo, desde rosquinhas açucaradas até salgadinhos, e ele o abriu na mesa para que todos tivessem acesso. Nicky pegou uma barra de proteína entre as outras guloseimas e entregou para Neil. Ele tentou abrir a embalagem de alumínio e sibilou, com os dentes cerrados, ao sentir as queimaduras nos dós dos dedos. Andrew tirou a barra de sua mão, abrindo-a em um gesto fácil, e a entregou para Neil.

Kevin se inclinou para a frente, olhando além de Andrew, para Neil. Falou em um francês alto e urgente:

— Precisamos falar disso.

— E vamos falar — respondeu Neil.

— Disso — repetiu Kevin, mais enfático, tocando sua tatuagem.

— Agora não. Depois — resmungou Neil.

— Neil.

— Eu disse não.

Andrew não conseguia compreender o que diziam, mas percebeu a irritação na voz de Neil. Ele colocou a mão no ombro de Kevin e o empurrou para trás. Kevin abriu a boca para argumentar, mas se conteve. Pressionou uma mão cuidadosa no pescoço machucado e desviou o olhar. Wymack foi o último a se sentar e, de repente, Neil voltou a ser o centro das atenções.

Olhou ao redor da sala, para todos, e disse, incerto:

— Não sei por onde começar.

— Pelo começo? — sugeriu Dan.

Estavam menos interessados no pai de Neil do que nele, e não precisavam nem queriam entrar nos mesmos detalhes que ele havia contado ao FBI. Kevin havia compartilhado um pouco da verdade na viagem de Nova York a Maryland, mas Neil não sabia o que ele dissera. Era provável que estivesse repetindo alguns dos detalhes, mas ninguém o interrompeu.

Contou quem eram seus pais, a versão oficial e a verdadeira. Admitiu que já havia jogado Exy na liga infantil durante alguns anos, com outro nome e em uma posição diferente. Mencionou a decisão abrupta da mãe de fugir, os terríveis oito anos passados em fuga e o confronto que culminou com a morte dela. Contou como tinha ido parar em Millport e por que fizera um teste para entrar no time de Exy de lá.

Explicou por que arriscara tudo para ir para lá, e o que isso significava quando descobriu quem eram os Moriyama e quantas vezes pensara em fugir antes que fosse tarde demais. Jurou que, até o banquete de outono, ainda não tinha descoberto o que o pai representava para os Moriyama, e que mesmo naquele momento entendia apenas vagamente a intricada hierarquia entre as subdivisões dos Moriyama e o círculo dos Wesninski. Sabia menos ainda como o tio se encaixava no cenário.

Contou como imaginava que seu ano terminaria, como esperava pelo menos que se classificassem nos campeonatos e tivessem uma revanche contra Riko, mas como, havia meses, já se dera conta de que não estaria de volta no ano seguinte. Era a resposta que eles mais mereciam, pois fora aquela decisão fatalista a delinear todas as interações que tivera com a equipe e a impulsionar sua determinação de não permitir que se aproximassem demais.

Eles ouviram tudo sem interromper e ficaram sentados em silêncio por um longo tempo após ele terminar de falar. As perguntas foram inevitáveis, e Neil respondeu a todas. A princípio, as Raposas pareceram surpresas com a honestidade, sem se importar com a história que viera antes, e encorajadas pelas respostas que Neil dava na lata. Renee não disse nada até que a curiosidade de todos os outros tivesse sido temporariamente aplacada, então emitiu um som de desespero e dúvida.

— Você disse que seu tio está negociando uma trégua com Kengo. **E se ele não conseguir?**

Neil não perdeu tempo para tentar suavizar a resposta.

— Eles vão se livrar de mim.

— Você não pode estar falando sério — protestou Matt, alarmado.

— Sou uma ponta solta, o que já é ruim em circunstâncias normais, mas catastrófico agora que Kengo está prestes a morrer. Os Moriyama não podem permitir vazamentos, principalmente com uma transferência de poder batendo à porta.

— Quando você vai saber? — perguntou Dan.

— Tio Stuart disse que entraria em contato comigo quando terminasse de resolver as coisas.

— Não se preocupe — disse Nicky, em uma tentativa frustrada de animar as coisas. — Andrew vai te proteger.

Kevin olhou horrorizado para ele.

— Estamos falando dos Moriyama, Nicky. Não é só o Riko e o mestre; não é o pai do Neil. Andrew não pode...

— Eu sei. Cala essa boca — interrompeu Nicky, irritado.

Eles caíram em um silêncio desconfortável. Wymack olhou de um para o outro, então disse:

— Mais uma coisa: se a imprensa ainda não entendeu o que aconteceu, é questão de tempo até que perceba. Browning me contou o que fizeram pra esconder seu nome, mas se alguém os seguiu do hospital até o hotel, vão descobrir. Não importa que o ônibus não estivesse no local; se viram algum de nós nos vestiários, vão chegar até você.

"Com sua cara desse jeito", ele apontou para o próprio rosto, "vão ter todas as respostas de que precisam. O FBI pode solicitar que levem sua segurança em consideração antes de começarem a publicar artigos, mas já que você abriu mão da proteção deles, não sei quanto peso a palavra deles pode ter. Você precisa pensar até onde vai permitir que avancem e quais são os limites que quer que a gente estabeleça."

— Geralmente é melhor dar as respostas que eles querem — argumentou Allison. — Se você satisfizer a curiosidade deles, não vão precisar recorrer a métodos mais agressivos. Além disso, a imprensa age de acordo com a volubilidade do interesse público. Não vão passar muito tempo falando de você. Acabam se distraindo com outro assunto.

— Pode ser que o público em geral funcione assim — contestou Dan —, mas os torcedores de Exy vão se lembrar, mesmo depois de todo mundo ter mudado de foco. Vão arrastar as outras equipes para isso e permitir que digam o que quiserem sobre você. Vai ser como nosso primeiro ano de novo, só que pior.

— A não ser que a gente encontre outra informação que eles queiram mais do que saber sobre mim — disse Neil.

— Tipo o quê? É meio difícil superar uma história como essas — perguntou Matt.

Neil se inclinou para a frente e lançou um olhar para Kevin, então respondeu em francês:

— Eles não vão se importar tanto com meu pai quando descobrirem quem é o seu. Você sempre vai ser uma notícia maior do que eu para eles.

A boca de Kevin se comprimiu em uma linha de desaprovação.

— Ainda não é a hora.

— Faça com que seja. Preciso da sua ajuda, e você deveria ter contado para ele anos atrás — acusou Neil e interpretou como um consentimento relutante quando Kevin não respondeu. Ele se endireitou e voltou a falar em inglês: — Vamos dividir a atenção deles entre a gente. Kevin vai anunciar quem é o pai dele.

— Espera, você sabe quem é? — perguntou Nicky a Kevin, chocado.

— Eu descobri — disse Kevin, em um tom seco. — Minha mãe escreveu para o mestre quando descobriu que estava grávida. Peguei a carta na casa dele e a escondi no estádio alguns anos atrás.

— E eu trouxe a carta de Evermore — afirmou Neil, então deu de ombros ao receber um olhar espantado de Kevin. — Jean me mostrou onde estava. Eu a roubei para que você tomasse logo uma atitude.

— Então quem é? — perguntou Dan.

— Vou contar para ele antes de contar para qualquer pessoa. Ele merece saber antes — respondeu Kevin.

Renee olhou para Neil e disse:

— O que você precisa que a gente faça, Neil?

Ele não pensou duas vezes.

— Tudo que eu precisava, vocês já fizeram. Me deixaram ficar.

O sorriso de Renee foi lento e doce. Dan se levantou e atravessou a sala para dar um abraço cuidadoso em Neil. Ela não o segurou como Abby tinha feito uma vez, como se pensasse que ele desmoronaria sem seu apoio. Havia uma ferocidade silenciosa nos dedos que prendiam seus braços, dava até para sentir a tensão no corpo dela, nas partes que tocavam o dele. Não era um confronto; era algo protetor e desafiador. Ela o reivindicava como parte do time. De alguma forma, aquilo aliviou o estresse que Neil ainda sentia após aquele dia. A sensação de paz, tão necessária, fez Neil perceber o quanto estava exausto, e ele mal conseguiu suprimir o bocejo.

Quando Neil enfim relaxou, Dan o soltou e deu um passo para trás.

— Vamos. O dia foi longo e já quero que termine. Vamos dormir e amanhã de manhã pensamos no que fazer. Podemos ir tomar café todos juntos ou algo assim. Certo?

— Certo — concordou Neil, e as Raposas se levantaram.

Abby entregou os remédios para ele.

— Amanhã volto para verificar como você está, mas tome cuidado ao tomar banho, tá? Coloque um saco nos braços se puder. Se cair sabão nessas queimaduras, vai arder.

Neil assentiu, olhou para Wymack uma última vez e seguiu os colegas de equipe para fora do estádio. Os carros ainda estavam no estacionamento, onde haviam sido deixados alguns dias antes. Andrew destrancou o veículo e Nicky abriu a porta do carona para Neil, que subiu e não se deu ao trabalho de colocar o cinto. Assim que seus membros estavam fora do caminho, Nicky bateu a porta e deu a volta. Os veteranos se amontoaram na caminhonete de Matt, e Matt seguiu Andrew.

Era o meio da noite, mas em geral algo deveria estar acontecendo pelo campus. Naquele dia não havia movimento, e Neil levou alguns instantes para se lembrar de que era o recesso de primavera. Quando percebeu, sentiu-se culpado; os outros tinham planos de viajar no domingo de manhã. Haviam perdido seus voos para ficar em Baltimore com ele. Quando chegaram à Torre das Raposas, ele perguntou para Dan a respeito disso, mas ela sinalizou que não era nada de importante.

Ninguém combinou, mas todos acabaram indo parar no quarto de Neil e Matt. Matt e Aaron tiraram o sofá do caminho, e as meninas apareceram um minuto depois com cobertores. A sala de estar não fora projetada para acomodar nove pessoas, mas eles deram um jeito de transformá-la em um ninho. Raposas iam e vinham enquanto pegavam travesseiros e vestiam pijamas. Por um momento, Neil e Matt ficaram sozinhos. Matt deu um aperto cuidadoso no ombro de Neil.

— As coisas poderiam ter sido muito piores — afirmou Matt, triste.

— Fico feliz que não tenha sido assim. Se quiser alguma coisa, se precisar de alguma coisa, avisa a gente. Tá?

— Tudo bem — respondeu Neil.

— Estou falando sério — reforçou Matt.

— Eu sei. Não vou mais mentir pra você, Matt. Eu prometo.

Matt suspirou, mas parecia mais cansado do que cético.

— Queria que não tivesse tido que acontecer tudo isso para escutar essa frase, mas entendo. Muitas coisas sobre você fazem sentido agora, na verdade. Com uma grande exceção — acrescentou Matt, seco —, mas vou deixar Allison lidar com essa parte. Ela vai me matar se eu roubar a vez.

— Ótimo — disse Neil. Matt sorriu ao perceber sua falta de entusiasmo. Neil pensou que talvez fosse melhor não saber, mas perguntou: — Isso significa que você apostou contra?

— Apostei a seu favor e contra ele — respondeu Matt, e deu de ombros ao ver o olhar surpreso de Neil. — Sou seu colega de quarto. Você nunca falou sobre garotas, mesmo quando Seth e eu falávamos. Notei isso, mas imaginei que, se quisesse, ia compartilhar com a gente. Só pra você saber, isso não faz diferença nenhuma pra mim, a não ser pelo fato de que alguns dias atrás eu teria julgado seriamente o seu gosto.

Neil presumiu que os traços protetores de Andrew em Baltimore estavam relacionados à mudança de opinião de Matt.

— Ele esganou mesmo o Kevin?

— Foi preciso três pessoas para arrancá-lo dele — disse Matt.

Neil não sabia o que dizer. Matt esperou um minuto, então deu um tapinha no ombro do amigo e foi se trocar. Neil pensou em se despir, mas decidiu que isso exigiria muito esforço, então se sentou nos cobertores para esperar as outras Raposas. Acabou no meio da sala, com Andrew de um lado e Matt do outro. Seus pensamentos deveriam tê-lo mantido acordado a noite toda, mas com os amigos tão próximos, Neil não se preocupava com nada. Observou o rosto de Andrew até não conseguir mais manter os olhos abertos.

Sonhou que enfrentava o pai em uma quadra de Exy, e em seu sonho as Raposas venciam.

CAPÍTULO QUINZE

Todo mundo acordou tarde, então o café da manhã da segunda-feira acabou virando um brunch. Os refeitórios estavam fechados devido ao recesso de primavera, mas havia uma lanchonete a cerca de dez minutos que servia café da manhã o dia todo. As Raposas se dispersaram para se arrumar, levando os cobertores e travesseiros de volta. Kevin foi o único que ficou para trás. Neil sabia o motivo, mas ainda estava cansado demais para aquela conversa. Ele se esforçou para ficar em pé e seguiu Matt até a cozinha com sua bolsa de remédios. Em uma hora já estariam comendo, mas pelo jeito era tempo demais para esperar por uma xícara de café. Matt enxaguou o bule na pia e começou a enchê-lo.

Neil tirou uma caneca do armário e sacudiu o remédio para fora do saquinho. Parou em seguida, pois só conseguia imaginar a dor que sentiria para abrir a tampa de segurança. Olhou em volta em busca de algo que ajudasse no processo e viu Kevin esperando próximo à porta.

O colega olhou de Neil para Matt e falou em francês:

— Quando Riko descobrir o que seu pai fez na sua cara, vai querer se vingar.

317

Àquela altura, Matt estava acostumado com todo mundo tagarelando em línguas estrangeiras. Não deu sinal de ouvir nem de se importar com o que diziam, apenas tirou os grãos de café e filtro do armário. Neil refletiu por um momento, com o coração disparado e os nervos à flor da pele. Analisou o perfil de Matt até que este desligasse o moedor de café, então olhou para Kevin.

— Mas ele pode fazer alguma coisa sobre isso? — perguntou, em inglês.

Matt congelou com o filtro a meio caminho da cafeteira. Na porta, Kevin ficou tenso, sem entender e com cara de desaprovação. Neil sentiu que Matt o observava, mas não retribuiu o olhar. Na noite anterior, dissera que não iria mais mentir para o amigo. Não podia esperar que o colega de quarto acreditasse nele se continuasse a falar em outra língua. De todo modo, os veteranos já sabiam da história, então não havia por que esconder essa complicação inevitável.

— A essa altura, Kengo sabe que meu pai está morto e que estou vivo. Pior ainda, sabe que o FBI já falou comigo. Vai ter que tomar uma decisão sobre o que fazer comigo, de um jeito ou de outro. Você acha que o Riko vai se arriscar e dar o primeiro passo?

Kevin lançou um olhar frio para Matt, mas acatou a decisão, respondendo em inglês.

— Eles tocaram em algo que não deveriam tocar. Quando apagaram sua tatuagem, o recado que passaram é que Riko é insignificante. Ele não vai tolerar isso. — Kevin levantou a mão esquerda como um excelente exemplo do violento complexo de inferioridade de Riko. — Se ele achar que pode passar por cima do pai pra chegar até você, vai fazer.

— Quero ver ele tentar. Ele sabe onde me encontrar.

— Esse seu showzinho de petulância não vai ajudar ninguém.

— Nem a sua covardia. Eu só tinha medo de Riko porque ele sabia quem eu era. O que ele pode fazer agora que todo mundo sabe a verdade? — Neil esperou até que Kevin entendesse do que se tratava, então complementou: — Andrew diz que os Corvos têm que resolver nossa rivalidade nessa primavera, então Riko não pode nem vir atrás de vocês ainda. Podem causar certo alvoroço, mas por enquanto não representam perigo pra ninguém.

— E você acredita nele? — perguntou Matt.

Neil deu de ombros.

— Tetsuji acalmou os torcedores desequilibrados dizendo que os Corvos lidariam com a gente em quadra. Precisa cumprir a promessa, então sim, eu acredito no Andrew. Mas, olha só, já que o Riko está de mãos atadas — acrescentou Neil, olhando de novo para Kevin —, seria o momento perfeito pra você tirar isso da cara.

Levou um momento até que Kevin entendesse. Ele estremeceu como se tivesse levado um soco.

— Nem brinca com uma coisa dessas.

— Eu não estou brincando. Allison disse que me daria o dinheiro para tirar a minha. Talvez ela faça o mesmo por você, agora que não preciso da ajuda dela.

— Fato — concordou Matt. — Ela adora um bom escândalo.

— Para. Cala a boca — disse Kevin.

— Já passou da sua hora de ser o segundo melhor, então prova — provocou Neil.

Kevin gesticulou como se cortasse um pescoço e saiu furioso. Não se deu ao trabalho de fechar a porta, e Neil entendeu o porquê quando Andrew entrou um segundo depois. Trazia um rolo de fita adesiva e alguns sacos de lixo, e passou pela cozinha para se sentar na colcha de Neil, que fechou a porta do quarto e foi se juntar a ele na sala. Andrew esperou Neil se sentar e levantou a barra de seu moletom. Ergueu-a um ou dois centímetros, depois checou outro ponto e por fim enfiou a mão por baixo do tecido.

— Estou sem camisa por baixo — avisou Neil.

Andrew aceitou em silêncio e esperou. Neil estendeu a mão enfaixada para pegar a fita e as sacolas, mas Andrew olhou para o nada e o ignorou. Matt terminou na cozinha e passou pelos dois. Quando fechou a porta do banheiro e ligou o chuveiro, Andrew apontou para

319

o moletom de Neil, que tentou não estremecer enquanto abria os botões. Conseguiu erguê-lo até os cotovelos, mas então precisou respirar e descansar as mãos doloridas. Andrew esperou apenas um segundo para ajudá-lo a tirar as mangas, uma de cada vez.

Andrew colocou um saco de lixo em cada braço, rasgando o excesso e amarrando as pontas irregulares nos bíceps de Neil. Puxou as duas sacolas para verificar se estavam presas e colocou outra camada de fita por cima para se certificar. Quando os braços de Neil estavam protegidos, Andrew se ocupou com seu rosto. Pegou um pedaço do plástico que havia arrancado, dobrou várias vezes e o prendeu com fita adesiva em uma das bochechas, um curativo preto brilhante. Neil tinha certeza de que Andrew havia colocado mais fita do que plástico, mas não iria reclamar. Andrew terminou de proteger o outro lado e analisou o resultado. Neil julgou que estivesse satisfeito, porque Andrew deixou a tesoura e o rolo de fita de lado.

Andrew puxou o cobertor debaixo deles e o colocou sobre os ombros de Neil como uma capa. Neil tentou juntar as pontas sobre o peito, mas não conseguiu segurar direito com as mãos dentro da sacola. Andrew o observou enquanto ele tentava duas vezes, então tirou as mãos de Neil da frente e amarrou o cobertor. Depois, não havia mais nada a fazer a não ser esperar até que Matt terminasse. Matt foi do banheiro para o quarto sem diminuir a velocidade e se vestiu em tempo recorde. Em vez de voltar para a pia do banheiro para arrumar os cabelos com o gel, como sempre fazia, levou um pente para a sala e olhou para os dois. Neil olhou na direção de Matt, mas Andrew fingiu que não o via.

— Vou ver se Dan precisa de ajuda para remarcar o voo dela. Quando estiver pronto, bate lá — disse Matt.

— Tudo bem — respondeu Neil.

Andrew se levantou e seguiu Matt até a porta. Neil presumiu que estivesse saindo para tomar banho no próprio quarto, então se levantou e foi para o banheiro. Deixou cair o cobertor quando ouviu a porta fechar, mas o clique da fechadura que veio a seguir com certeza vinha de dentro do quarto. Neil olhou para trás, curioso, mas não viu Andrew em lugar algum.

Estendeu a mão para a luz do banheiro. A sacola que o protegia grudou nos azulejos úmidos da parede. Neil olhou para o chuveiro e se perguntou se poderia simplesmente ficar parado. As sacolas protegiam seus ferimentos e curativos, mas também tornariam todo o processo cem vezes mais complicado. Apesar disso, não tomava banho desde a noite de sexta-feira, então não tinha muita escolha.

Os pés descalços de Andrew eram silenciosos contra o carpete, mas Neil viu um borrão de cores no espelho embaçado e se virou. Andrew estudou seu peito com um olhar entediado, mas os dedos que pressionou nas cicatrizes de Neil pareciam relutantes, cheios de significado. Neil esperou para o caso de ele ter algo a dizer, mas Andrew não falava com ninguém desde que haviam saído do hotel em Baltimore. Neil duvidava que os outros tivessem notado, já que Andrew raramente abria a boca, até mesmo com Kevin ou Nicky agora que estava sóbrio, mas Neil não estava acostumado ao silêncio de Andrew.

— Ei — disse ele, só para fazer Andrew erguer os olhos.

Neil se inclinou para beijá-lo, pois precisava saber se Andrew iria se afastar ou empurrá-lo de volta. Em vez disso, Andrew abriu a boca para Neil sem hesitar e deslizou a mão de seu peito para o pescoço. Beijá-lo fazia suas bochechas machucadas doerem, mas Neil fez de tudo para ignorar a pontada de dor. Fazia apenas alguns dias desde os beijos no ônibus, mas já parecia uma eternidade.

Neil lembrava muito bem como tinha sido dizer adeus. Também lembrou como tinha sido reencontrá-lo. Um lampejo do pânico e da revolta da sexta-feira surgiu em seu peito, tão cálido que parecia queimar o ar de seus pulmões. Neil não sabia mais o que era aquilo entre os dois. Não sabia o que queria nem o que precisava que fosse. Só sabia que precisava se agarrar a isso o máximo que pudesse.

— Você é um desastre — disse Andrew contra os lábios de Neil.

— E a novidade?

Andrew se afastou e tirou Neil do caminho. Ligou o chuveiro e colocou a mão sob a água para verificar a temperatura. Neil pisou nas bainhas das calças para tirá-las, mas Andrew fez grande parte do trabalho ao ajudá-lo a se despir. Era estranho estar nu na frente de outra pessoa, com suas cicatrizes e machucados à mostra, mas a sensação de desconforto que Neil sentia na barriga foi aliviada pela imparcialidade com que Andrew agia. Neil se enfiou embaixo do chuveiro, o corpo tenso em preparação para a dor, mas ficou aliviado ao perceber que as sacolas em seu rosto e braço davam conta do recado. Abaixou a cabeça e deixou a água bater em seu crânio. Foi como uma desculpa para fechar os olhos e encontrar seu equilíbrio mental.

Uma mão em seu cabelo o tirou de seus pensamentos, e Neil abriu os olhos. Andrew estava parado à sua frente. Havia tirado apenas as faixas e os tênis. A água grudava na camisa preta, e pequenos filetes desciam pelas têmporas e bochechas, pingando do queixo. Neil ergueu uma das mãos para tocar seu rosto, mas lembrou-se das sacolas bem a tempo e franziu a testa, um pouco aborrecido. Andrew empurrou a mão dele para o lado e fechou a cortina do chuveiro.

Lavou o cabelo de Neil com eficiência, ainda que não tomasse muito cuidado, mas quando chegou ao corpo de Neil, foram mais beijos do que o banho em si. Andrew cometeu o erro de virar o rosto em determinado momento, então Neil seguiu com a boca o caminho da água que caía pelo pescoço dele. Os dedos de Andrew se apertaram convulsivamente nas laterais do corpo de Neil e todo ele se sacudiu em um arrepio.

Andrew tentou se recuperar.

— Seu fetiche por pescoço não é nada charmoso — comentou ele.

— Você gosta — retrucou Neil, sem remorso. — E eu gosto que você goste.

Neil o mordeu para provar o argumento, e Andrew virou a cabeça com um sibilo agudo. Neil sorriu, mas Andrew não podia ver. Talvez Andrew tenha sentido os lábios se retorcerem contra sua pele hipersensível, porque enroscou os dedos no cabelo de Neil e afastou sua cabeça.

Colocou a mão espalmada no abdômen dele e o empurrou, fazendo-o recuar até que estivesse fora da corrente de água, pressionado contra o azulejo frio.

A pergunta de Andrew saiu com uma mordida na mandíbula de Neil.

— Sim ou não?

— Com você é sempre sim — respondeu Neil.

— Menos quando for não.

Neil colocou um dedo protegido pelo plástico no queixo de Andrew, guiando sua cabeça para outro beijo.

— Se você precisa perguntar por que... vou responder todas as vezes que perguntar. Mas a resposta sempre vai ser sim.

— Não vem com essa de "sempre" comigo.

— Não me fala pra dizer a verdade se você não for aceitar.

Andrew cobriu a boca de Neil com a mão, mantendo-a ali até que, ao ficar de joelhos, não conseguisse mais alcançá-lo. Andrew depositou beijos nos quadris de Neil, e então o colocou todo na boca. Neil se agarrou ao cabelo de Andrew, mas com tantos ferimentos e a sacola plástica nas mãos, não conseguia segurar direito. Tentou se agarrar às paredes que, escorregadias demais, não o ajudavam a se equilibrar. Andrew o prendeu contra os azulejos com uma das mãos em seus quadris, o que ajudou um pouco, mas Neil ainda sentia que estava prestes a cair. Ele de fato caiu, ainda que tenha escorregado pela parede, arfando e tonto de desejo.

— Você quer... — começou ele, a voz entrecortada.

Andrew o beijou para fazê-lo ficar quieto. Neil fez uma careta ao sentir o gosto na língua de Andrew, mas ficou feliz em ignorá-lo. Andrew apoiou um dos braços na parede, mantendo uma distância confortável de alguns centímetros entre os corpos. Neil permitiu que ele tivesse aquele espaço, mas cruzou os braços doloridos atrás da cabeça de Andrew para mantê-lo perto. Não notou a ausência da outra mão de Andrew até que este começou a arfar, sem fôlego. Isso o deixou confuso por um segundo, a ponto de quase ser estúpido o bastante para se afastar e olhar para baixo.

Fazia semanas que beijar Andrew se tornara algo rotineiro, mas todas as noites terminavam do mesmo jeito: com Andrew fazendo Neil gozar e depois o dispensando. Ele nem chegava a abrir o zíper das calças quando Neil ainda estava por perto. Neil não sabia se aquela quebra de protocolo era uma forma reluctante de demonstrar confiança ou a determinação de não o perder de vista de novo. Não se importava, contanto que Andrew ficasse. Neil murmurou algo na boca de Andrew que poderia ser consentimento ou encorajamento, e recebeu um rosnado fraco como resposta.

Andrew não pareceu gostar do apoio de Neil, mas também não se irritou o bastante para se afastar. Neil segurou firme até que Andrew por fim ficou imóvel. Ele levou alguns segundos para recuperar o fôlego, então empurrou a parede até que Neil obedientemente baixou os braços e o soltou. Andrew enxaguou a mão no spray antes de se levantar e ajudar Neil a se erguer.

Neil saiu da banheira, espalhando água por toda a parte, e enrolou a toalha na cintura. Andrew se inclinou para longe do chuveiro para abrir a porta para ele e a empurrou para fechá-la quando Neil saiu. Neil ficou por perto até ouvir o barulho das roupas encharcadas de Andrew no chão, depois foi para o quarto se secar. Havia comprado apenas uma toalha quando se mudara para o campus no último verão, mas Matt tinha algumas extras para os dias em que lavava roupas ou para quando Dan dormia por lá. Neil pegou uma na prateleira em que Matt guardava suas coisas e pendurou-a na maçaneta do banheiro para Andrew.

Ainda estava molhado quando Andrew apareceu, e deu de ombros quando este o olhou. Andrew o ajudou a se secar, tomando cuidado nas áreas próximas aos ferimentos e esfregando com vigor em todas as outras partes do corpo, e tirou os sacos que pingavam água dos braços e do rosto de Neil. Passou um dedo pelos curativos no braço esquerdo de Neil e o ajudou a se vestir com as roupas mais largas disponíveis. Estava frio o bastante para usar mangas compridas, mas isso não duraria muito tempo. As feridas iriam cicatrizar aos olhos de todos. Estar coberto de cicatrizes era melhor do que estar morto, então Neil pensou que acabaria por superar os olhares.

Neil emprestou roupas para Andrew, para que este não tivesse que voltar para o quarto enrolado na toalha, mas não ficou para vê-lo se vestir. Ele se dirigiu à cozinha para pegar seu remédio e encher três canecas com café.

Andrew surgiu enquanto Neil desligava o bule e pegou uma das canecas. Neil pegou as outras duas e seus comprimidos, mas hesitou à porta do quarto.

— Não estou com as minhas chaves — afirmou.

As chaves estavam na mochila antes da viagem para Nova York, mas Neil não tocava em seus equipamentos desde aquele dia. Sabia que Matt carregara a mala para ele ao entrarem no estádio, mas ninguém se dera ao trabalho de desfazê-las após a história que ele havia contado na noite anterior. Neil mal podia acreditar que tinha se esquecido de verificar suas coisas. Não sabia se deveria atribuir o descuido à exaustão ou ao trauma de revelar tudo. Talvez pudesse colocar a culpa em Renee e Dan que, ao final daquela conversa dolorosa, o fizeram se sentir acolhido demais para que se preocupasse com qualquer outra coisa.

Andrew se virou sem fazer comentários e pegou as chaves de Matt na gaveta da mesa. Foi só quando ele voltou que Neil se lembrou de ter visto Matt colocá-las ali na noite anterior, depois de se trocar. Por alguns instantes, sentiu inveja da memória perfeita de Andrew; mas logo se lembrou que ele confessara que grande parte das lembranças que tinha da infância eram desagradáveis. Neil também não tinha boas lembranças, mas pelo menos sabia que havia esquecido algumas das primeiras injustiças e tragédias. Não conseguia imaginar a sensação de se agarrar a cada pancada e cada grito.

Cogitou perguntar se Andrew tinha alguma lembrança que considerasse boa, mas para isso teria que se perguntar o que alguém tão infeliz considerava "bom". Em vez disso, falou:

— Nosso jogo já acabou, né?

— Ainda é minha vez — ressaltou Andrew.

— Mas depois daquilo? Não tenho mais segredos para colocar em jogo.

— Pense em outra coisa.

— O que você quer?

— O que você me daria?

— Não faça perguntas se você já sabe as respostas — respondeu Neil. Andrew o olhou, entediado e nada impressionado por ver as próprias palavras serem usadas contra ele. Neil encostou o ombro na porta antes que Andrew pudesse abri-la e disse: — Acho que eu devia ganhar algumas rodadas de bônus, já que você obteve todas as respostas que queria de graça.

— Você falou porque quis — retrucou Andrew.

— Fui obrigado por causa das circunstâncias.

Andrew olhou para ele em silêncio. Neil se recusou a entender a indireta e se mover, feliz em jogar o jogo da paciência. Alguns minutos se passaram até Andrew erguer um dedo e dizer:

— Uma pergunta extra.

— Uma? Quanto menos você me der, mais vai odiar o que eu perguntar.

— Já odeio tudo relacionado a você — rebateu Andrew. — Nem vou notar.

Neil se afastou da porta.

— Aviso quando souber o que quero perguntar.

Andrew abriu a porta, trancando-a após os dois saírem. Neil ergueu o dedo mindinho da asa da caneca, e Andrew pendurou o chaveiro ali. Neil se encaminhou para a porta ao lado, mas Andrew continuou pelo corredor até chegar a seu quarto. Neil não tinha mãos livres para bater, então deu um leve chute na porta. Foram necessárias três tentativas antes que alguém lá dentro o ouvisse ou percebesse que o som era de alguém pedindo para entrar. Quando Matt abriu a porta, Neil estendeu uma das canecas.

— Você esqueceu isso.

— Ah, valeu.

Matt pegou a caneca e deu um passo para o lado para deixá-lo entrar.

Dan e Renee já haviam tomado banho e se vestido. O lugar vazio entre as duas no sofá sem dúvida era de Matt, mas Dan fez sinal para que Neil se sentasse. Matt foi para o braço do sofá, à esquerda de Dan, apoiando o braço nos ombros dela. Dan, por sua vez, entrelaçou os dedos nos dele e fitou os curativos de Neil, que a deixou olhá-los e esperou para ver se a garota tinha pensado em mais perguntas durante a noite.

Mas tudo que ela disse foi:

— Como você está se sentindo?

— Não sei — respondeu Neil. Pensou que deveria estar um pouco inquieto por não ter notícias de Stuart, mas não conseguia de fato se preocupar. As Raposas haviam ficado frente a frente com os segredos que ele escondia e passaram a ter ainda mais controle sobre Neil. Como poderia temer qualquer coisa com o apoio de todos eles? Do que poderia se arrepender quando ainda sentia os beijos de Andrew em sua boca? — Acho que estou bem agora.

O som abafado de um secador de cabelo indicava que Allison havia terminado o banho e começado o lento processo de se arrumar para o dia. Esperaram por ela num silêncio confortável. Quando a garota apareceu, o café de Neil já havia acabado e a caneca estava fria. Não importava que fosse o recesso da primavera nem que estivessem saindo só para comer ovos; Allison estava impecável, como sempre, e deixou um rastro de perfume do banheiro até a sala. Deu a volta no sofá para olhar para Neil, as mãos nos quadris e os saltos fazendo barulho conforme caminhava.

— Alguma notícia? — perguntou ela.

— Ainda não vi nada — respondeu Neil.

Ela olhou por cima do ombro como se estivesse pensando em ligar a televisão, mas Dan se levantou e disse:

— Estou morrendo de fome. Vamos.

Foram buscar o grupo de Andrew no quarto ao lado. Neil não deixou de notar os olhares dos veteranos ao repararem na roupa do colega, mas estava mais interessado nas reações dos primos. Havia certa tensão nos ombros de Nicky, que fazia um esforço óbvio para ficar longe de

Andrew. Neil supôs que Nicky abrira a boca enorme para fazer algum comentário sobre o fato de Andrew ter tomado banho no quarto de Neil. Aquela boca de sacola ainda seria o fim dele. Aaron estava ainda mais para trás, com os braços cruzados e de olho em Neil, que esperava notar censura ou desgosto em sua fisionomia, levando em consideração o quanto Aaron perturbava Nicky por conta de sua sexualidade, mas o olhar dele era intenso e impossível de ser interpretado.

Matt se ofereceu para levar todo mundo em sua caminhonete, mas mudou de ideia quando se lembrou que Neil não conseguiria subir na caçamba. Assim, Neil foi no banco do carona do carro de Andrew, banindo Kevin para o banco de trás com Nicky e Aaron, e observou o campus vazio que passava pela janela. Nicky ficou quieto durante a maior parte do trajeto, mas já tinha voltado ao seu estado normal antes mesmo de chegarem ao estacionamento. Por sorte, foi esperto para evitar assuntos pessoais, optando por divagar sobre seu recorde pessoal de comer panquecas.

O brunch foi ruidoso. As Raposas estavam se recuperando do único jeito que sabiam: seguindo em frente como se o fim de semana não tivesse acontecido. Estavam ali se Neil precisasse de qualquer coisa, mas não iriam mais se intrometer e não perderiam tempo falando de quase fatalidades e de coisas ruins. O único momento estranho foi quando a garçonete, tentando puxar assunto, perguntou a Neil sobre os curativos.

— Andando de skate — respondeu Matt.

Ao mesmo tempo, Dan disse:

— Caiu em um tanque de piranhas.

Quando a garçonete olhou intrigada para os dois, Allison balançou a mão para dispensá-la e disse, de forma conspiratória:

— Um término complicado.

— Fim de semana difícil — concluiu a garçonete, e seguiu em frente.

Dan continuou exatamente de onde haviam parado na discussão sobre como reorganizar os planos para o recesso de primavera. Era possível mudar os voos, ainda que fosse um pouco caro, mas ela não queria mais voltar para o norte. Apesar de não ter afirmado que não queria perder Neil de vista, foi tão displicente que ele logo percebeu o que a garota de fato queria dizer. Ela alegara que não teriam nada de interessante para fazer no campus naquela semana, já que tudo estaria fechado, e queria a ajuda dos outros para ter ideias.

— Você tinha planos? — Matt finalmente pensou em perguntar para Neil. — Além do óbvio, quer dizer.

Neil não tinha certeza se o amigo se referia a Exy ou Andrew, e nem tentou adivinhar.

— Tinha pensado em fazer uma viagem — respondeu ele. A julgar pela expressão nos rostos dos colegas, era a última coisa que esperavam. Neil deu de ombros, desconfortável, e acrescentou: — Minha mãe e eu sempre viajávamos pra sobreviver. Nunca fiz uma viagem só por lazer. Queria saber qual é a sensação.

— Você nunca tirou férias? — perguntou Dan, mas logo depois fez uma careta e complementou: — Deixa pra lá. Esquece.

— Aonde você queria ir? — perguntou Renee.

— Não sei. Ainda não pesquisei nada — admitiu Neil.

Allison bateu com as unhas feitas nos lábios, pensativa, então meneou a cabeça para Matt.

— Resort?

— Não parece o estilo dele. E é muito cedo para ir à praia. Uma cabana? — arriscou Matt.

Allison parecia prestes a argumentar, mas pensou melhor.

— Nas montanhas, em Blue Ridge?

— Nunca fui, mas dizem que é incrível — respondeu Matt.

—Neil? — perguntou Allison.

— O quê? — ponderou Neil, perdido.

— Sim ou não? — perguntou Allison, como se não conseguisse acreditar que ele não estava acompanhando a conversa. — A gente vai passar a semana nas montanhas.

— A gente — repetiu Kevin. Quando Matt fez um movimento com o dedo para indicar a todos, Kevin balançou a mão próximo ao pescoço, indicando que não. — Não. Independentemente do que aconteceu esse fim de semana, ainda estamos no meio dos campeonatos de primavera. A gente precisa...

Kevin parou de falar de repente e olhou para baixo. Neil não conseguia ver por que, mas podia adivinhar. Uma das mãos de Andrew estava embaixo da mesa, e a faca do lado de seu prato havia sumido. Estava com o queixo apoiado na outra mão e olhava ao redor da sala, sem se fixar em nada em particular. Kevin encarou um ponto fixo acima da cabeça de Andrew, como se pensasse que poderia pagar para ver. Enfim, fez uma careta e deixou de lado. Neil não sabia dizer o que o convencera: os hematomas escuros ainda evidentes em seu pescoço ou os gestos desesperados que Nicky estava fazendo do outro lado de Neil.

— Bom — disse Allison, incisiva.

— Um pouco em cima da hora pra conseguir reservas, não? — perguntou Dan.

— Estamos em março — salientou Allison, como se isso explicasse tudo. Puxou o celular da bolsa e apontou para Neil. Era a última chance de recusar a oferta, imaginou ele, porque um segundo depois ela assentiu e apertou alguns botões. — Vou pedir pra Sarah encontrar algo pra gente. Sarah? — disse ela no aparelho antes que Neil pudesse perguntar. — Preciso de algo no Blue Ridge para nove pessoas. De preferência com cinco quartos ou mais. Sim, de hoje à noite até domingo de manhã é melhor. Claro, posso esperar.

Ela desligou e deixou o celular de lado.

— Sarah? — perguntou Nicky.

— Agente de viagens dos meus pais — respondeu Allison. Ao perceber o olhar estranho de Nicky, pareceu quase ofendida. — Você não tá achando que eu reservo minhas próprias viagens, né? Quem tem tempo pra isso?

— Todo mundo no mundo real — retrucou Dan, seca.

— Fico surpreso pelo seu pai ter deixado você ficar com ela quando deserdou você — comentou Nicky. Era um lembrete rude de que Allison havia perdido a maior parte de sua herança ao abrir mão dos sonhos que o pai tinha para ela. Pela hesitação de Nicky, até ele sabia o quão ruim isso soava. — Hã, isso saiu errado. Eu só quis dizer...

— Eu sei o que você quis dizer — disse Allison, com a voz fria. — Ele não sabe.

— Foi mal. — Nicky lançou um olhar suplicante para que Neil o salvasse de sua falta de consideração.

Neil não precisou intervir, porque Allison seguiu o olhar frenético que Nicky lançara para ele.

— Você gosta das montanhas, né?

— Cortei caminho por lá uma vez. Não ficamos muito tempo. A gente pode mesmo fazer isso? — perguntou Neil.

— "A gente pode mesmo fazer isso?" — ironizou Dan —, pergunta ele como se todo mundo aqui não tivesse acabado de se enfiar nas férias dele.

— Tem uma estimativa de valor? —perguntou Renee para Allison. Allison a dispensou com a mão.

— Não precisa se preocupar com isso.

A garçonete e dois garçons apareceram com os pratos, e a conversa mudou de rumo por alguns instantes para quem tinha pedido o quê. Enquanto comiam, Allison recebeu uma ligação para confirmar a reserva de uma cabana com cinco quartos em Smokies. Podiam pegar as chaves no escritório principal antes das oito, e o lugar ficava a pouco mais de duas horas de carro do campus. Ela verificou o horário no celular e repassou os últimos detalhes com os colegas de equipe, assentindo satisfeita. Não era nem uma da tarde ainda; teriam bastante tempo para fazer as malas e pegar a estrada.

Quando tentaram decidir a que horas viajariam, Neil precisou dizer:

— Tenho que falar com a Abby antes de irmos.

— Ah — disse Dan. — Sem pressa, leve o tempo que precisar. Vamos fazer as malas enquanto ela cuida de você.

Com um plano e um destino definidos, ninguém quis se demorar mais no restaurante. Devoraram o que restava da comida e sinalizaram para que a garçonete trouxesse a conta. Neil não sabia quando Dan havia roubado o cartão de crédito da equipe de Wymack, mas ela pagou por toda a refeição e adicionou a gorjeta. O celular de Neil ainda estava dentro da mochila no estádio, então Nicky ligou para Abby enquanto atravessavam o estacionamento.

— E aí? — disse Nicky. — Quando você quer ver o Neil? Decidimos viajar juntos e ficar fora da cidade esta semana. Assim que você der uma autorização para o Neil, podemos ir. Tá, tudo bem, daqui a pouco estamos aí.

Ele desligou e subiu no banco de trás. Quando estavam a caminho, se inclinou entre os bancos da frente para dizer:

— Ela vai encontrar você no estádio, porque assim pode pegar as coisas dela. Disse que o treinador já está lá, tentando remarcar as passagens dele. Tomara que consiga assinar com todos os novos jogadores antes que eles se assustem com as notícias.

— Posso ir com o carro? — perguntou Neil para Andrew.

Andrew não respondeu, mas dirigiu até o dormitório, em vez do estádio. Neil saiu junto aos outros e deu a volta no capô. Ao se virar, viu Kevin entrar no banco do carona. Andrew olhou para trás quando percebeu que Kevin não estava com ele, mas não diminuiu a velocidade e não perguntou nada.

Assim que Kevin se acomodou, Neil voltou para a estrada. Os carros de Abby e Wymack estavam estacionados lado a lado na calçada da Toca das Raposas. Neil digitou o código de segurança mais recente e liderou o caminho pelo corredor. Ao se aproximarem do vestiário, olhou para Kevin e disse:

— Quero falar com o Wymack primeiro. Ele não vai querer falar com mais ninguém depois que vocês acabarem de conversar.

Kevin fixou o olhar no chão e não disse nada.

Abby estava sentada no lounge esperando. Fez menção de se levantar, mas Kevin foi em sua direção para que Neil tivesse tempo de ir até o escritório de Wymack. A porta entreaberta permitia que Neil visse apenas a mesa do treinador. Wymack estava cercado pela papelada de sempre, com o telefone no ouvido. Nem tirou os itinerários do teclado para digitar com uma das mãos. Observou o movimento na porta e fez sinal para Neil entrar.

Neil fechou a porta e ocupou uma das cadeiras em frente a Wymack para esperar. Levou apenas mais alguns minutos para que o treinador conseguisse remarcar seu voo. Neil ouviu "Columbus" e soube que Wymack estava falando do atacante escolhido por ele. Por fim, Wymack desligou e colocou o telefone de volta no gancho. Alguns toques em suas teclas bloquearam o monitor, e ele se recostou para prestar atenção em Neil.

O garoto o encarou de volta, sentindo-se repentinamente perdido. Era fluente em duas línguas, quase três, e conseguia formular algumas frases úteis para sobreviver em mais meia dúzia de idiomas. Mas, depois de toda a verdade ter sido exposta, não sabia o que dizer.

— Você deveria ter jogado meu arquivo fora — comentou, por fim.

— Deveria ter desistido quando joguei o contrato de volta na sua cara. Mas se arriscou comigo e me trouxe até aqui. Você salvou minha vida. Três vezes. Salvou minha vida três vezes. Um simples "obrigado" não é o bastante.

— E não precisa agradecer — respondeu Wymack. — Eu trouxe você até aqui, mas você se salvou sozinho. Foi você quem decidiu ficar. Foi você quem superou o medo e confiou que estávamos do seu lado. Você encontrou seu próprio caminho.

"Na verdade", continuou Wymack, quando Neil tentou protestar, "quem deveria agradecer sou eu. Ontem à noite, você confessou que pensava que acabaria o ano morto ou nas mãos dos agentes federais. Poderia ter afastado tudo e todos e se preocupado só com você mesmo. Em vez disso, concordou em ajudar Dan a consertar o time. Está salvando duas pessoas que pensei que jamais conseguiríamos acessar, e é um exemplo para Kevin seguir. Ele não costumava prestar atenção em você, mas está de olho desde que você voltou em dezembro, tentando descobrir como você consegue se manter tão firme."

— Ele não pode ser ensinado — retrucou Neil.

— É o que você acha. Do meu ponto de vista, você tem feito muitos progressos.

Podia ser que o treinador apenas quisesse acreditar naquilo, mas ele tinha um jeito especial de enxergar através deles. Neil acreditava nele porque queria acreditar que poderia mudar Kevin. Precisava vivenciar o dia em que Kevin arrancaria aquele número do rosto e seria melhor do que Riko no jogo dele. Precisava que Kevin acreditasse que poderia usurpar o trono e sobreviver. Enquanto não acreditasse nisso, Kevin jamais acreditaria de verdade nas chances que as Raposas tinham de chegar às finais.

— Neil — chamou Wymack, depois de um minuto —, está em todos os noticiários. Tentamos ficar nos quartos e fora de vista enquanto você estava com o FBI, mas esperaram pela gente. Eles têm fotos do ônibus e de todos nós colocando as coisas no bagageiro para sair. Não demorou muito para ligarem os pontos. Meu telefone tocou a manhã toda, entre a imprensa, o conselho e Chuck. O conselho escolar vai querer falar com você antes que as aulas voltem.

Neil sabia que isso aconteceria, mas por um momento pensou que vomitaria o café da manhã.

— Tá.

— Você quer que eu responda que não vou tecer comentários para a imprensa?

— Se puder. Eu vou... — Neil hesitou, mas pensou no conselho de Allison e na relutante promessa de Kevin de ajudá-lo a enfrentar a tempestade — falar com eles na próxima semana. Pode informar isso.

— Terça-feira? Se for na terça ou quarta, você teria a segunda-feira pra lidar com todas as reações no campus. Vou marcar um horário e ver o que posso fazer para distraí-los enquanto isso. Talvez eu informe que você aceitou ser vice-capitão ano que vem.

— Não sou qualificado o bastante — disse Neil, então apontou para os arquivos dos futuros atletas espalhados pela mesa de Wymack. — Todos eles têm mais experiência do que eu e não vão querer seguir o filho de um gângster.

— Andrew também não queria seguir você. E olha só o rumo que isso tomou. Você vai descobrir o que fazer, de um jeito ou de outro.

Neil olhou para as próprias mãos. Algumas semanas atrás, havia contado todas as vidas que vivera e perdera. Agora, suas possibilidades pairavam no ar e dependiam apenas da habilidade de Stuart de atrair os Moriyama para seu lado. Wymack estava pedindo que Neil se comprometesse com um futuro que nenhum dos dois sabia se de fato existiria. A praticidade dizia para esperar até que tivessem certeza. Depois de um momento, porém, Neil fechou o punho e se concentrou no caminho que queria.

— Vou fazer tudo que posso — disse ele.

— Ótimo. Agora anda. Dan me ligou pra dizer que vocês vão sair da cidade. Vê se dá um tempo de tudo isso, respira um ar fresco e volta pronto pra fazer o impossível acontecer — respondeu Wymack.

— Sim, treinador.

Quando Neil voltou para o lounge, Kevin se levantou. Dava para notar a tensão em seus ombros, e sua expressão indicava que queria adiar aquele anúncio até depois que voltassem. Kevin o olhou, então passou pela porta de Wymack, abrindo a boca para exprimir uma desculpa que Neil não queria ouvir.

— Não faça isso com ele — disse Neil.

Kevin hesitou, e Neil sabia que tinha vencido. Abby olhou de um para o outro, perdida. Neil não esperou e se encaminhou para o escritório dela. Abby se juntou a ele um momento depois, ainda confusa. Neil não explicou, mas ouviu o som abafado da porta de Wymack se fechando. Só então relaxou e voltou a atenção para Abby.

Enfrentar suas lesões não foi mais fácil naquele dia. Neil desviou os olhos dos próprios braços machucados enquanto Abby removia os curativos. Ela segurou o rosto dele com uma das mãos antes de começar a trabalhar. Depois, organizou um kit de viagem para que ele levasse consigo para as montanhas e deu um beijo de despedida em sua testa. Neil saiu da maca e foi esperar no carro.

335

Vinte minutos depois, Kevin apareceu com uma expressão vazia e derrotada. Fez menção de abrir a porta do passageiro, mas então se encaminhou para o banco de trás. Neil não disse nada e girou a chave na ignição. Foi uma viagem curta de volta à Torre das Raposas, e Kevin não saiu quando Neil estacionou. Neil esperou apenas um minuto antes de entender o que aquilo significava e abrir a porta. Deu dois passos para longe do carro, voltou e abriu a porta de novo. Kevin estava com o cotovelo apoiado na janela e o rosto na mão. Neil repensou o que ia dizer.

— Eu conto para eles. Você não precisa passar por isso.

Kevin gesticulou com a mão livre: "Cai fora" ou "Não me importo", mas não "Não se atreva". Mas não disse nada. Neil imaginou que não fosse dizer, então fechou a porta e o deixou ali, sozinho em seu desespero.

Ele foi buscar Nicky e os gêmeos no quarto e os levou para o quarto de Dan. Uma pilha de mochilas e malas de viagem no meio do cômodo indicava que estavam todos prontos para partir. Matt e Allison estavam sentados no sofá. Renee desconectava os aparelhos eletrônicos e, quando terminou, foi buscar Dan no quarto a pedido de Neil. Dan afundou no espaço entre Matt e Allison e pegou uma caneca da mesa de centro. Neil esperou até que todos estivessem acomodados, então olhou para Dan do outro lado da sala.

— O treinador é o pai do Kevin.

Dan cuspiu o café na mesa e se engasgou com o pouco líquido que ainda restava em sua boca. Matt olhou boquiaberto para Neil por um segundo interminável até perceber que Dan estava tossindo, e então deu um tapa forte nas costas dela. A garota tentou dizer algo, mas emitiu apenas um chiado rouco ininteligível. Allison e Renee olhavam para Neil como se ele tivesse desenvolvido uma segunda cabeça, e Aaron olhou para Andrew como se achasse que ele deveria tê-los avisado antes. Se Andrew percebeu a atenção, não retribuiu; só tinha olhos para Neil.

— Nem ferrando! — disse Nicky, de repente. — Nem ferrando! Você tá falando sério? Você não pode estar falando sério. Quando isso aconteceu, cacete?

— A mãe dele ensinou Exy para o treinador — lembrou Neil.

— E o quê, ele não percebeu que ela engravidou? — perguntou Aaron.

— Ela disse que o Kevin não era filho dele. Sabia que o treinador queria ter uma equipe na NCAA um dia. Pensou que, se contasse, ele deixaria o sonho de lado para ajudar na criação de Kevin. Ela não queria isso, mas também não queria desistir do que estava fazendo e se mudar para os Estados Unidos. Então, decidiu mentir. A única pessoa para quem ela contou foi o treinador Moriyama.

Dan finalmente recuperou a voz.

— Há quanto tempo Kevin sabe?

— Faz alguns anos — respondeu Neil.

— *Faz alguns anos* — repetiu Dan, em um tom perigoso. — E não disse nada?

— Ele estava tentando proteger o treinador — disse Neil. — Se Wymack soubesse que Kevin era filho dele, teria tentado tirá-lo de Edgar Allan.

Nicky fez uma careta.

— Eles nunca teriam deixado Kevin ir embora.

— Ele deveria ter falado alguma coisa quando fugiu — insistiu Dan. — Já faz um ano e meio que está aqui. Não tinha o direito de esconder algo assim do treinador por tanto tempo. Meu Deus, ele não...

— A voz de Dan falhou um pouco, mais pesar do que indignação, e Neil presumiu que ela estava imaginando a reação de Wymack ao ser pego de surpresa pela verdade. — Isso não está certo. Não é justo.

— Não — concordou Neil baixinho —, mas pelo menos agora o treinador sabe.

— Puta merda. Qual foi a reação dele? — perguntou Matt.

— Eu não estava lá durante a conversa, mas acho que não correu bem.

Dan fez um barulho terrível e se levantou do sofá. Matt estendeu a mão para ela e tomou um tapa na mão. A garota correu para o quarto e bateu a porta ao entrar. Matt parecia pasmo com aquela reação tão intensa, mas Renee assumiu o lugar vazio e enganchou seu braço no dele. Apesar da demonstração silenciosa de apoio, Renee olhava para Allison. O olhar que trocaram era de cansaço.

— Ela nunca vai perdoar o Kevin por isso — afirmou Allison.

— Vai perdoar quando o treinador também perdoar — argumentou Renee.

Allison não respondeu; sua expressão cética era o bastante. Neil concordou com Allison em silêncio. Havia passado bastante tempo com os veteranos para saber o quanto Dan admirava Wymack. Era a única figura paterna que a garota já tivera e representava tudo que ela aspirava ser na vida. Dan perdoara muitas injustiças ao longo dos anos com as Raposas, mas a maioria havia sido dirigida a ela e a seus amigos. Perdoar alguém por machucar Wymack era mais do que ela poderia aguentar.

— Fiquem de olho nela? — pediu Neil.

— Claro — confirmou Renee.

Neil foi para o quarto ao lado fazer as malas. Não demorou muito, mas não voltou quando terminou. Ele se sentou no sofá e esperou que os colegas de time se recompusessem. Matt apareceu quinze minutos depois, mas mais vinte se passaram até que Nicky viesse procurá-los. Matt pendurou a mochila de Neil sobre um ombro e a dele sobre o outro, e deixou Neil abrir a fechadura. Kevin havia entrado em algum momento e parecia totalmente exausto ao lado de Andrew. Era óbvio que Dan ainda parecia mais irritada do que nunca, distante dos outros. Nem olhou para Matt quando ele se aproximou, e saiu pisando duro em direção à escada.

As Raposas desceram em uma fila dispersa e jogaram as malas na caçamba da caminhonete de Matt. Andrew foi o único a ficar com sua bagagem, e Matt não tentou tirá-la dele. Matt tinha uma rede escondida embaixo do banco do passageiro e levou apenas um minuto para encaixá-la. Com as malas guardadas, as Raposas se dividiram entre a caminhonete de Matt e o carro de Andrew e pegaram a estrada.

A caminha da interestadual, Andrew desviou para um depósito de bebidas. Nicky entrou sozinho, ficou ali por quinze minutos e voltou com uma quantidade obscena de garrafas. Sem nada no porta-malas, havia espaço de sobra para transportá-las. Andrew abriu o zíper e virou sua mochila. Estava cheia de suéteres, uma escolha estranha para as montanhas, até que Neil percebeu que as roupas seriam usadas apenas para proteger as garrafas. Neil esperava que ele tivesse colocado roupas mais práticas nas coisas de Nicky ou Kevin.

Alguns minutos depois, já estavam de volta à estrada. Levaram pouco mais de duas horas até chegar às montanhas, mas parecera uma viagem curta para atletas que estavam acostumados a viajar para os jogos. Neil pensou que em algum momento se encontrariam com Matt na estrada, mas os veteranos chegaram primeiro ao local. Matt enviou uma mensagem a Neil com instruções da entrada para chegarem à cabana e confirmou que estava com todas as chaves.

Dez minutos depois, Andrew estacionou na estrada de terra do lado de fora da cabana. A enorme residência era rústica por fora e chique por dentro, com paredes de madeira lisa e chão de taco polido. O cômodo principal tinha tapetes pesados espalhados por toda parte, ossos decorativos e obras de arte nas paredes. A cozinha estava abastecida com aparelhos novos, e um imã enorme na geladeira anunciava a que horas as refeições do bufê eram servidas na sede. A sala dos fundos tinha uma mesa de totó e outra de bilhar. Havia também uma televisão na parede.

Um dos quartos ficava no andar de baixo, e os outros quatro eram no andar de cima, um em cada canto. Dois já tinham malas, o que significava que o grupo de Andrew se dividiria entre os andares. Nicky votou no mesmo instante para que Neil e Andrew ficassem com o quarto no andar de baixo, e nem Aaron nem Kevin contestaram. Neil quase reclamou, pois só havia uma cama king-size no andar de baixo, mas como Andrew não discutiu, ficou de boca fechada.

Todos os quartos no andar de cima tinham portas para uma varanda que cercava a casa. No andar de baixo, duas portas nos fundos levavam a um deck que serpenteava em torno de dois dos lados da cabana, com vista para a encosta da montanha e um trecho a perder de vista de árvores. Havia cadeiras de balanço alinhadas nas varandas e pequenas lanternas equidistantes na balaustrada. Uma banheira de hidromassagem fora instalada no canto do deque, em forma de L, e foi ali que encontraram os veteranos. Já estavam com roupas de banho, sentados dentro da banheira enquanto ela enchia.

— Isso não é incrível? Quero me mudar pra cá — disse Matt.

— Tem tanta... natureza. Eu moraria aqui se pudesse ficar dentro de casa — comentou Nicky.

Allison revirou os olhos e se encostou na parede da banheira.

— A única coisa que falta é um daiquiri.

— Ainda bem que você disse isso — disse Nicky, e os quatro veteranos se viraram para encará-los. Nicky fingiu estar chocado, depois ofendido, e levou a mão ao peito dramaticamente. — Sério, pessoal? Parece até que não sabem nada da gente.

— Nos esforçamos para isso — comentou Allison.

Ao mesmo tempo, Matt perguntou:

— O que vocês trouxeram?

— Rá. — Nicky fez uma careta para Allison. — O que não trouxemos, você quer dizer?

— Consegui a cabana pra gente. Vocês fazem as bebidas. Tem um liquidificador na cozinha — disse Allison.

— Dois, na verdade — comentou Renee. — Vi que tinha um extra no armário em cima da geladeira.

Nicky fez uma votação rápida para saber quem queria o que e recrutou Aaron e Kevin para ajudarem a levar as malas para dentro. Neil e Andrew foram até a cozinha para investigar. O freezer tinha uma máquina de gelo embutida e a cesta estava cheia, então Andrew a deslizou sobre o balcão e pegou o segundo liquidificador. Neil ficou fora do caminho enquanto os outros descarregavam as garrafas e observou com vago interesse Andrew e Nicky começarem a preparar as coisas. Kevin e Aaron sentaram-se à mesa e abriram uma garrafa de vodca.

— Você faz o da Renee? — perguntou Nicky, servindo a primeira bebida. — É contra a minha religião fazer daiquiris virgens.

Andrew não respondeu, mas Neil sabia que ele faria. Nicky recrutou Kevin para levar as bebidas quando terminassem. Kevin e Aaron se contentavam virando doses, mas, quando terminou de fazer as bebidas dos outros, Nicky preparou algo colorido para si mesmo. Seguiu Aaron e Kevin até o deque, provavelmente presumindo que Neil e Andrew viriam logo atrás.

Andrew ficou para trás a fim de limpar os liquidificadores, então pegou dois copos para uísque no armário. Encheu ambos até o topo e entregou um para Neil, que olhou do copo para Andrew.

— Eu não bebo.

— Você não bebia porque tinha medo de perder o controle. O que tem a esconder agora?

A acusação certeira o pegou de surpresa. Neil olhou para a bebida de novo. Andrew a aproximou, e ele pegou o copo. Andrew ergueu um pouco o dele em desafio ou convite, e os dois beberam juntos. O uísque queimou a garganta de Neil. Fez com que se lembrasse das muitas noites na estrada e dos muitos hematomas. Pensou em Wymack permitindo que voltasse para seu apartamento em dezembro e deixando que ele guardasse seus segredos. Oscilou entre extremos, sem saber se o calor que se acumulava em seu estômago era náusea ou alívio.

Andrew tirou um maço de cigarros do bolso de trás e trocou pelo copo vazio de Neil, que sacudiu a mochila, sentiu o peso distinto de um isqueiro balançando e saiu para o deque. Ficou a meio caminho da banheira para que os outros não tivessem que sentir o cheiro da fumaça do cigarro e o acendeu. Virou o cigarro nas mãos, percebendo vagamente a conversa cheia de risadas dos colegas e prestando mais atenção ao gosto em sua boca. Passou a língua pelos dentes, imaginando o que deveria pensar.

No fim das contas, o cigarro foi o bastante para fazer a balança pender. Andrew cheirava a fumaça de cigarro e uísque na noite em que entregara a chave de sua casa para Neil e pedira que ficasse. Neil sempre carregaria seu passado, mas não precisava ser oprimido por isso. Com o passar do tempo, poderia cuidar das feridas e substituir os gatilhos por lembranças melhores.

Andrew se aproximou e colocou a garrafa de uísque a seus pés. Neil deslizou os cigarros pela grade de madeira em sua direção. Em troca, Andrew colocou um copo cheio entre os dois. Neil observou a luz do sol bater na superfície rochosa e jogou as cinzas cinco metros abaixo. Tirou o cigarro do caminho para pegar o copo e beber tudo de uma vez só. Desceu rasgando como a primeira dose, mas dessa vez o sabor não era de morte.

— Meu Deus — disse Nicky, alto demais. — Aquilo era álcool? Você acabou de dar álcool pro Neil e ele bebeu? Onde eu estava quando Neil começou a beber com a gente?

Apesar da aprovação estupefata de Nicky, Andrew não serviu mais uma dose para Neil. Terminaram os cigarros longe dos outros, então voltaram para que Neil participasse da conversa.

A sede abriu as portas para o jantar às oito da noite, então eles caminharam oitocentos metros por uma estrada de terra até o prédio principal. Havia comida o bastante para satisfazer o bando de atletas famintos, e os proprietários estavam à disposição para receber cada grupo de hóspedes que chegava. Os olhos roxos e a enorme quantidade de curativos de Neil atraíram mais do que alguns olhares curiosos, mas a equipe foi educada e não fez perguntas.

Quando estavam na metade do caminho de volta para a cabana, Dan puxou Kevin para que parasse de andar. Neil ouviu Matt avisá-la baixinho para não bater em Kevin onde pudesse deixar marcas visíveis, mas não sabia dizer se ela também tinha ouvido. Quando voltaram para a cabana, Matt acendeu o fogo na lareira principal, e as Raposas se enroscaram nos sofás e cadeiras de balanço para assistir ao crepitar das chamas. Allison contou histórias de outros resorts que visitara, com um aviso obrigatório de que nenhum daqueles lugares fazia jus às muitas propriedades da família. Ela e Matt começaram um debate sobre como as Raposas deveriam comemorar quando conquistassem o primeiro lugar no campeonato. Neil não sabia se era tudo uma brincadeira ou se eles estavam de fato fazendo planos; teria presumido ser a primeira opção se não fosse pela facilidade com que Allison conseguira a cabana.

Enquanto os colegas de equipe discutiam se deveriam fazer um cruzeiro, ir para o Havaí ou Las Vegas, Neil pensou na grana guardada em seu cofre no dormitório. Tinha cansado de fugir e o pai nunca receberia aquele dinheiro de volta. Não conseguia pensar em nada melhor para fazer do que retribuir a amizade de seus companheiros de equipe. Não disse nada, incerto do que pensariam sobre sair de férias com aquele dinheiro sujo, mas prestou atenção enquanto descreviam as férias dos sonhos. Os planos ficavam mais elaborados à medida que bebiam, até que Neil teve certeza de que nenhum deles se lembraria do que tinham falado na manhã seguinte.

Quando a conversa se voltou para tópicos mais normais, Neil se levantou para pegar outro copo de água. Quando desligou a pia e se virou, encontrou Aaron à sua espera no meio da cozinha. O colega ergueu o queixo em uma ordem silenciosa para que o seguisse e saiu pela porta dos fundos, em direção à varanda. Neil colocou o copo de bebida de lado e o seguiu. Fechou a porta o mais silenciosamente que pôde e foi encostar-se ao corrimão. Aaron não fez nenhum movimento para diminuir a distância entre os dois.

— O Nicky é meio burro. Cometeu o erro de dizer algo para o Andrew em vez de esperar até que pudesse falar com você a sós. Andrew quase meteu a faca nele quando Nicky não se ligou rápido o bastante. — Aaron olhou por cima do ombro para a porta dos fundos, talvez se certificando de que a cozinha ainda estava vazia, então se virou para Neil. — Sobramos eu e você, já que Andrew não achou por bem me alertar da situação.

— Quando foi a última vez que Andrew achou por bem falar alguma coisa com você? — perguntou Neil.

— Quarta-feira passada.

Não era a resposta que Neil esperava. Havia preparado o terreno para que Aaron e Andrew fizessem terapia juntos. Algumas semanas haviam se passado desde que Aaron começara a frequentar as sessões com Andrew, mas aquele era o primeiro indício de que estavam de fato aproveitando esse tempo. A péssima atitude de Aaron naquela primeira quarta-feira fora a única reação que obtiveram dos irmãos. Neil presumia que os dois ainda não estavam chegando a lugar nenhum. Sentiu o triunfo em um calor latente e silencioso em seu estômago, que se extinguiu rapidamente quando ele ouviu o que Aaron disse a seguir.

— Então agora você vai falar comigo. E eu vou dar uma única chance de você me dizer a verdade. Você está mesmo trepando com meu irmão? — Aaron esperou um pouco, mas quando Neil apenas olhou para trás em silêncio, perguntou: — Você costuma seguir o exemplo de homens mortos?

— O quê? — perguntou Neil.

— Só estou tentando imaginar como você foi de toda aquela atitude de não-namoro-ninguém direto pra cama do Andrew — disse Aaron. — Você estava mentindo pra todo mundo só pra esconder que é uma bichinha ou viu o Drake estuprar o Andrew e decidiu que ele era uma presa fácil?

Neil deu um soco nele — uma péssima escolha em retrospecto, porque acabou debruçado sobre a própria mão que latejava terrivelmente. Aaron deu alguns passos para trás, saindo do alcance de Neil, e passou o polegar no canto da boca, calmo. Cuspiu para o lado e se agachou para encará-lo. Apesar das palavras cruéis, sua expressão era calma e inquisitiva. Neil teve a nítida sensação de que fora enganado, mas isso não ajudou a abrandar sua indignação.

— Vai se foder — disse Neil, a voz rouca. — Vai embora enquanto ainda pode.

— Nicky acha que vocês estão trepando por puro ódio — comentou Aaron, como se Neil não tivesse dito nada. — Eu aposto que é outra coisa. Vamos saber em breve, certo?

— Não se mete nisso.

— Não vou. Você queria que eu lutasse por ela. Acha que ele vai lutar por você?

— Não — confessou Neil.

Aaron deu de ombros, depois se levantou e entrou sem falar nada. Neil esperou até que a queimação nas mãos virasse dormência, então se endireitou e checou os curativos. A luz que entrava pela porta de vidro permitia que visse a gaze limpa. Era difícil acreditar que algo pudesse doer tanto sem deixar marcas.

Ele respirou fundo para sufocar a raiva ainda latente e voltou para dentro. A caneca estava onde a havia deixado, e Aaron já estava de volta à cadeira quando Neil surgiu na sala. Aaron não voltou a olhar para Neil naquela noite, e Neil ficou satisfeito em fingir que o outro não existia.

Kevin e Dan surgiram pouco depois. Neil não identificou nenhuma contusão recente em nenhum dos dois, mas pareciam ter passado por um carrossel de emoções. Nicky se levantou sem que ninguém pedisse e foi pegar algumas garrafas na cozinha. Quando voltou, Kevin havia encontrado um lugar para se sentar no canto da sala e Dan estava praticamente sentada no colo de Matt. Dan e Kevin estavam mais interessados em ficar bêbados do que em contribuir para a conversa, então seus companheiros de equipe preencheram o silêncio da melhor maneira possível.

Quando as Raposas se separaram para dormir, a maioria já estava tão bêbada que mal conseguia ficar em pé. Por sorte, Renee estava sóbria e ajudou a conduzir os mais instáveis escada acima. Neil quase os seguiu, mas então se lembrou que seu quarto ficava no andar de baixo. Como se pudesse ler sua mente, Allison se inclinou perigosamente sobre o corrimão e apontou para ele.

— Esta cabana não é à prova de som. Não atrapalhem o meu sono. Isso vale pra vocês dois também — disse, apontando um dedo acusador para Dan e Matt. Dan tentou parecer inocente, mas estava bêbada demais. Allison balançou o dedo para enfatizar. — Sem sexo onde eu possa ouvir. Não é justo com quem vai ficar na seca hoje.

— Quem sabe se você pedir com jeitinho, o Kevin ajuda — provocou Nicky.

O olhar ofensivo de Kevin foi quase mais alto do que o resmungo revoltado de Allison. Neil balançou a cabeça e foi para o quarto. Andrew não estava muito atrás e os dois trocaram as roupas de Neil para que ele pudesse dormir. Neil olhou para a cama com alguma consternação. A única pessoa com quem já havia dividido a cama fora sua mãe. Ficavam espremidos no mesmo colchão estreito para que sempre soubessem onde o outro estava; só assim ele conseguia dormir à noite. Hesitar não ajudaria nenhum dos dois, então Neil escolheu um lado e puxou os cobertores para trás com o máximo de cuidado.

Apesar das reservas, havia algo dolorosamente familiar no peso de outro corpo em sua cama. Menos familiar era a sensação de ser empurrado mais fundo no colchão, com as mãos de Andrew em seus ombros e a língua em sua boca, mas Neil com certeza poderia se acostumar com aquilo.

Ele não se permitiria ficar pensando nas coisas desagradáveis ditas por Aaron, mas era mais difícil abandonar a suposição de Nicky e não pensar que aquilo não passava de uma atração alimentada pela raiva. Nicky estava mais certo do que Neil gostaria de admitir, mas não tinha motivos para se ressentir disso. Sabia o que Andrew pensava de si mesmo — e a apatia de Andrew era precisamente o motivo pelo qual Neil decidira aceitar as suas investidas.

Mas não era mais tão simples, e Neil não sabia por que ou quando as coisas haviam mudado. Sabia menos ainda o que fazer a respeito. Teria que avisar Andrew, mas não naquele momento. Enterrou o mal-estar e a confusão bem fundo e enfiou os dedos enfaixados no cabelo de Andrew. Não se importava com a dor, desde que pudesse puxá-lo mais para perto e permitir que Andrew o dominasse até que ele não conseguisse pensar em mais nada.

CAPÍTULO DEZESSEIS

As Raposas passaram a maior parte do dia seguinte ao ar livre, caminhando para cima e para baixo nas trilhas próximas, e se inscreveram para o passeio a cavalo que ocorreria à tarde. Montar no cavalo fez cada corte e queimadura nos braços de Neil berrar de dor, mas ele era teimoso demais para ficar de fora. Teve tempo de se recuperar quando enfim se sentou na sela, de dentes cerrados para suportar a dor latejante. Quando terminaram o passeio de duas horas, ele já tinha quase se esquecido dos ferimentos. Infelizmente, foi relembrado na hora de descer e, quando voltaram para a cabana, procurou pelos curativos e antibióticos na mochila. Quando viu o que Neil estava fazendo, Andrew chamou Renee.

— Eu consigo — disse Neil, quando a garota se sentou de pernas cruzadas na cama em frente a ele.

— Eu sei que você consegue — concordou Renee —, mas pode ser mais fácil se alguém ajudar.

Ele poderia ter insistido na discussão, mas não teria como ganhar contra Renee, então se submeteu aos cuidados dela. A colega não estremeceu ao ver as feridas feias nem perdeu tempo com pedidos de desculpas e perguntas. Apenas se dedicou à tarefa e limpou cada corte e queimadura com o maior cuidado possível.

Quando terminou, perguntou:

— Você vai deixar as feridas tomarem um pouco de ar?

— Eu deveria, mas não quero que fiquem à mostra.

— Posso pedir pra que não digam nada — sugeriu Renee, adivinhando com precisão a preocupação de Neil, e, quando percebeu que ele não protestaria, deslizou da cama e saiu do quarto.

Allison estava certa sobre os sons na cabana; Neil ouviu cada palavra que Renee disse às Raposas a dois quartos de distância.

Neil teria ficado ali por mais tempo, mas Andrew se cansou de esperar. Gesticulou para que ele o seguisse e saiu à procura de Kevin. Neil reprimiu um suspiro e foi atrás. Quando entrou na cozinha, se preparou para a reação dos colegas de equipe ao ver todos os seus machucados à mostra. Nicky se retraiu e olhou para o outro lado, enquanto Aaron analisou os estragos com interesse. Dan abriu a boca, mas se conteve bem a tempo. Matt foi do choque à raiva em um nanossegundo, e Allison desviou o olhar o mais rápido que conseguiu. Renee observou os colegas de equipe com um sorriso e o olhar calmo, pronta para intervir caso algum deles não cumprisse a palavra.

Kevin foi o primeiro e único a fazê-lo, e sua reação era previsível.

— Você vai conseguir jogar?

— Vou — respondeu Neil, antes que alguém reprimisse o colega. — Vai doer, e se os Urso-gatos pegarem muito pesado na semana que vem pode ser um problema, mas ainda consigo aguentar. — Ele cerrou o punho para demonstrar e tomou o cuidado de não fazer careta ao sentir os nós dos dedos se esticarem. — Só preciso tomar mais cuidado.

— É óbvio que não — protestou Dan. — Você não vai jogar. Acha que o treinador vai deixar você entrar em quadra desse jeito? Eu entro no seu lugar, Neil. Renee pode ajudar a Allison mais uma vez, certo? — Ela olhou para Renee até que esta concordasse. — Confia na gente pra segurar o jogo. Você precisa focar em melhorar pra poder jogar nas semifinais.

O primeiro instinto de Neil era protestar e dizer que aquilo era injusto; não sobrevivera ao pai e aos abusos de Lola apenas para ficar de fora, e queria argumentar que as Raposas precisavam de toda a ajuda possível. Mas olhou para os próprios braços e repensou as possibilidades que tinha de jogar. Era decepcionante perceber que Dan estava certa, mas de alguma forma parecia fazer sentido.

— Confio em vocês. Obrigado.

— Nossa — comentou Nicky. — Quem está humanizando quem nesse relacionamento, no fim das contas?

Como quem não quer nada, Andrew estendeu o braço em direção ao bloco de madeira em que ficavam as facas. Renee o tirou do alcance em um piscar de olhos e sorriu perante a reação de Andrew à sua interferência. Nicky aproveitou a distração de Andrew para se esconder atrás de Kevin, mais alto. Neil não deixou de notar o olhar de Aaron para Andrew, e a raiva o dominou, fazendo-o cerrar os punhos de novo. A dor nos nós dos dedos era um aviso de que precisava relaxar, mas quando percebeu o olhar cortante de Aaron em sua direção, quis enchê-lo de porrada. A dor valeria a pena.

— E por falar nisso — comentou Allison —, ainda estou esperando uma explicação, Neil. Quando vamos falar disso?

Ela balançou os dedos indicando Neil e Andrew.

— Ao que tudo indica, nunca — respondeu Nicky, taciturno.

— Não seja ridículo — protestou Allison.

Neil fez um esforço enorme para desviar o olhar de Aaron.

— Ainda vai demorar — respondeu ele, e quando Allison pareceu afrontada, explicou: — Passei o fim de semana inteiro contando todos os segredos de uma vida para as pessoas, e vou ter que fazer isso de novo assim que a gente voltar para o campus. Acho que já revelei o bastante esta semana, né?

Allison abriu a boca, prestes a protestar, mas pensou melhor e ficou em silêncio. Após uma eternidade, olhou para Dan e Renee. Dan ergueu o queixo discretamente, e Renee se limitou a sorrir. Allison fez uma careta para ambas e voltou a olhar para Neil.

— Tudo bem. Pode ser mesquinho... por enquanto. Vamos acabar arrancando todos os detalhes mesmo.

Eles tinham tempo livre até que a sede abrisse para o jantar, então foram para a sala dos fundos. Kevin foi direto para a televisão e mudou de canal até encontrar um de esportes. Dan e Allison tomaram conta da mesa de totó, e os outros se dividiram em times para jogar sinuca. Neil não fazia ideia do que estava fazendo no jogo, mas Renee e Nicky o guiaram. Ele falhou com sucesso, mas Andrew e Renee conseguiram segurar as pontas contra Matt e os primos.

Antes do jantar, Neil colocou os curativos de volta nos braços. Depois, Dan e Matt desapareceram, e Nicky e Aaron entraram no ofurô com Renee e Allison. Kevin se aconchegou próximo à lareira com um livro de história, e Andrew e Neil foram parar na cozinha. Andrew serviu as bebidas e Neil as entregou para os colegas de equipe. Quando terminou de levar as últimas, Andrew serviu uma dose para ele. Fizeram um brinde silencioso e beberam juntos. O beijo de Andrew era mais quente do que o uísque e mais do que suficiente para tirar o sabor amargo de sua língua.

Quando Dan e Matt voltaram, a equipe migrou para a sala íntima com mais bebidas. Foi outra noite passada conversando até tarde sobre todos os assuntos possíveis, menos Exy. O ar fresco e o álcool fizeram Neil cair no sono mais cedo do que pretendia, mas ele não era o único pronto para ir dormir. Renee e Aaron subiram para os quartos assim que Neil desistiu de tentar ficar acordado. Andrew continuou ali para ficar de olho em Kevin, e Neil desceu sozinho para se acomodar em seu lado da cama. Acordou quando Andrew entrou, mas voltou a dormir assim que o outro se deitou.

Algum tempo depois, unhas batendo na porta fizeram os dois acordarem. Neil esticou o braço à procura de uma arma e acertou o braço de Andrew, que olhou para Neil antes de se levantar. Era tarde e a cabana estava às escuras, mas do lado em que Andrew estava deitado até a porta era uma linha reta. Neil não conseguia ver quem estava do lado de fora, mas a voz calma de Renee era inconfundível.

— Desculpa, preciso pegar seu carro emprestado. Volto antes do check-out.

— Acende a luz — pediu Andrew.

Neil tateou indistintamente à procura do abajur na mesa de cabeceira. Encontrou-o na quinta tentativa e protegeu os olhos quando o brilho desagradável surgiu. Andrew semicerrou os olhos, incomodado, e foi até sua mala. Renee estava parada na porta, vestida para sair, parecendo totalmente desperta e funesta.

— Renee? — perguntou Neil, porque era óbvio que Andrew não faria perguntas.

As palavras de Renee foram como uma descarga elétrica fria em seu sistema:

— Kengo morreu.

Neil a encarou, mas não demorou muito para descobrir o resto.

— Jean?

— Riko o machucou. Estou indo buscá-lo — respondeu Renee.

— Eles não vão deixar você entrar em Evermore — retrucou Neil.

O sorriso dela era fraco.

— Vão, sim.

Andrew depositou as chaves na palma da mão dela, que assentiu em gratidão e se virou. Andrew a seguiu, presumivelmente para trancar a porta da frente quando ela saísse. Neil ouviu o motor ligar do lado de fora, os faróis do carro em feixes luminosos na janela do quarto enquanto ela se afastava pelo caminho de cascalho. Andrew fechou a porta e voltou para a cama. Neil esperou até que ele tivesse se coberto para apagar as luzes. Ouviu a respiração de Andrew suavizar, mas não conseguiu mais dormir. Não conseguia parar de pensar em Riko e Jean, e Tetsuji e Evermore, e no que a morte de Kengo significava para o pedido de trégua do tio.

De algum jeito, coube a Neil explicar a ausência de Renee no dia seguinte. Kevin recebeu as notícias tão bem quanto Neil achou que receberia e se trancou no quarto do andar de cima sozinho para ter um ataque de pânico. A manhã começou com café irlandês. O período da tarde foi um pouco melhor, até que perceberam que Renee havia desligado o celular. As Raposas confiavam no bom senso dela, mas as férias já não eram as mesmas com sua ausência.

Renee voltou no meio da manhã no domingo, pois precisavam de ambos os carros para retornar à Carolina do Sul. Neil estava na varanda dos fundos com Andrew, assistindo ao cigarro se queimar, quando ouviu o barulho dos pneus no cascalho. Nicky cochilava em uma das cadeiras de balanço, com a caneca de café já esquecida na mão que a segurava frouxamente. Neil o acordou e entrou. Os outros se encaminharam para a sala assim que ouviram o carro. Quando Renee entrou, todos esperavam por ela.

— Ah. Bom dia — disse a garota.

— Como ele está? — perguntou Kevin.

— Nada bem, mas Abby está fazendo o melhor que pode.

— Tá de sacanagem que você sequestrou o Jean — comentou Dan.

— Eu não precisei. — Renee deu de ombros, tirando o casaco e ajeitando-o com cuidado no espaldar da cadeira. — O presidente da Edgar Allan mora no campus, então dei uma passadinha na casa dele e pedi que interferisse.

— Você não fez isso — retrucou Allison, encarando-a.

— Eu fiz ele falar com Stephanie no telefone — comentou Renee, referindo-se à mãe adotiva. — Ela deixou claro que ele tinha duas opções: resolver isso em silêncio, só entre a gente, ou ela faria com que todos os colegas de trabalho espalhassem a notícia dos trotes violentos em Evermore. Ele escolheu o que seria menos prejudicial para a faculdade, ou pelo menos tentou. O treinador Moriyama não nos trouxe Jean quando o sr. Andritch solicitou, então fizemos uma visita surpresa ao estádio. Vocês sabiam que nem o presidente tem acesso à quadra? Acho que ele não sabia que seus códigos estavam desatualizados. Teve que pegar os novos com o segurança. Enfim, os Corvos não estavam esperando pela gente.

— Pra dizer o mínimo — retrucou Matt, seco.

— O mestre teria encoberto tudo — comentou Kevin. — Se soubesse que, por algum motivo, Andritch estava procurando Jean, teria encontrado um jeito de escondê-lo.

— O treinador Moriyama não estava lá. Foi para Nova York — afirmou Renee. Kevin a encarou, incrédulo. Renee balançou a cabeça e disse: — Ele foi convidado pro funeral. O Riko não foi.

Kevin estremeceu da cabeça aos pés.

— Não.

Riko era filho do pai apenas no nome; passara a vida inteira longe dele e do irmão. Apesar da indiferença, Riko sempre acreditou que seu sucesso em quadra chamaria a atenção da família e garantiria sua aprovação. A morte de Kengo tivera um impacto desastroso nos sonhos de Riko, e Kevin havia alertado a Neil que a reação dele seria extrema. O fato de Ichirou ter convidado o tio, mas ignorado completamente o irmão era como jogar ácido em uma ferida aberta. Sem ninguém por perto para impedir Riko nem distraí-lo de um luto que se misturava com a fúria, Jean se tornara um imenso alvo.

— Quando viu o estado de Jean, o sr. Andritch deixou que eu o levasse — afirmou Renee. — Passei meu número para ele e prometi ficar em contato enquanto a universidade conduz as investigações. Abby também prometeu que vai mantê-los atualizados sobre a recuperação dele. Infelizmente, ou não, Jean não está disposto a dar nenhum nome nem prestar queixas. Não está feliz por ter vindo pra Carolina do Sul. Já tentou fugir duas vezes.

— E ir pra onde? Não pode ser de volta pra Evermore. Ele perdeu o juízo? — perguntou Nicky.

— É autopreservação — comentou Neil. — Se Riko e Tetsuji acharem que Jean deu com a língua nos dentes, vão matá-lo. Até o fato de ter ido embora pode ser considerado uma provocação, porque ele não está onde deveria.

— E qual o tamanho do estrago? — perguntou Matt. — Kevin foi liberado do contrato com a universidade quando se machucou.

— Eles não tinham outra escolha, eu não podia jogar — explicou Kevin. — Se Jean tiver chances de melhorar, eles ainda podem reivindicar a sua volta, e não tem nada que a gente possa fazer.

— Mas agora o presidente está envolvido na história, né? — disse Nicky. — Então o conselho universitário vai se meter em breve, e vão fazer o possível e o impossível pra esconder isso. Se a notícia vazar, pode acabar com a reputação que eles tanto amam.

— Se o Jean não acusar ninguém e minha mãe aceitar não falar nada, pode ser que concordem em transferi-lo para outra universidade. Pelo menos esse é o cenário mais favorável — explicou Renee.

— Jean não vai concordar — sussurrou Kevin.

— Talvez você consiga convencê-lo. Eu agradeceria muito a ajuda — disse Renee.

— Ele não está a salvo aqui — reiterou Kevin. — Não vou dar falsas esperanças.

— Alguma esperança é melhor do que nenhuma esperança. É o mesmo acordo que a gente ofereceu pra você, e você ainda está aqui.

— Eu fiquei por causa do Andrew — explicou Kevin.

— E eu não vou aceitar mais nenhum refugiado — interveio Andrew.

— Eu sei — contestou Renee. — Jean é um problema meu, não de vocês. Prometo que vou lidar com as consequências e repercussões.

— Ele não tem uma família com quem ficar? — perguntou Dan.

— Os pais venderam ele para os Moriyama para saldar uma dívida. Os Corvos são tudo o que ele tem — explicou Kevin.

Neil balançou a cabeça.

— Kevin vai falar com ele quando a gente voltar.

— Eu não disse isso — protestou Kevin.

— Mas você vai. Você já se afastou dele uma vez, sabendo o que Riko faria na sua ausência. Não vai fazer isso de novo. Se você não o proteger agora, a morte dele vai ser culpa sua.

— Porra, Neil. Meio pesado, né? — protestou Nicky.

Neil o ignorou.

— Renee já fez a parte difícil. Ela tirou o Jean de lá. Você só tem que ser firme e fazer com que ele fique. Na hierarquia imaginária do Riko, você está acima dele. Jean vai dar ouvidos a você.

— É — concordou Matt. — Vocês não chegaram a ser amigos um dia?

Kevin abriu a boca, voltou a fechá-la e desviou o olhar.

— Faz muito tempo.

— Kevin, por favor — implorou Renee.

Kevin ficou tanto tempo em silêncio que Neil achou que fosse se recusar, mas por fim disse:

— Vou fazer o que puder, mas não prometo nada.

— Obrigada — falou Renee, e olhou para Neil, incluindo-o no agradecimento.

Kevin balançou a mão para indicar que acabara a conversa e se virou.

— Vou arrumar as malas.

Neil o observou subir as escadas batendo os pés, vagamente ciente de Dan e Allison, que enchiam Renee de perguntas. Quando Kevin sumiu do campo de visão e não era mais possível ouvir seus passos no quarto, Neil foi atrás. Subiu as escadas o mais silenciosamente possível, mas a cabana não fora projetada para entradas furtivas, e ele sabia que Kevin o ouvira chegar. A porta do quarto estava escancarada, mas Neil a fechou ao entrar. Kevin estava sentado na cama, com um dos joelhos encostado no peito e o olhar vazio e distante. Neil se sentou de pernas cruzadas na ponta da cama e esperou.

Não levou muito tempo. Kevin apoiou o queixo no joelho e perguntou:

— Como você consegue? — Kevin mexeu os dedos como se estivesse frustrado com a imprecisão da própria pergunta. — Depois de tudo o que aconteceu este ano, depois do Riko, do seu pai e do FBI, de saber que o Lorde Ichirou descobriu sobre você, como pode não sentir medo?

— Eu sinto, mas tenho mais medo de deixar tudo para trás do que de me apegar.

355

— Não consigo entender.

— Você entende, sim, ou não teria confiado no Andrew e no treinador quando veio para cá. O problema é que você se entregou nas mãos deles e se recusa a se comprometer mais do que isso. Pensa que o Riko vai machucar você por desafiá-lo, então sente medo de ultrapassar demais os limites. Mas não vai conseguir se salvar se ficar em cima do muro para sempre.

"Kevin", disse Neil, e esperou até que o outro retribuísse seu olhar. "Você precisa descobrir o que quer mais do que tudo, aquilo que você morreria caso perdesse. É isso que está em jogo caso você deixe o Riko vencer. Pense em tudo que seu medo pode custar. Se for coisa demais, você precisa comprar a briga. Prefere morrer tentando ou nem tentar?"

— De qualquer jeito, o resultado é a morte — ressaltou Kevin.

— Morrer em liberdade ou morrer como um fracasso. A escolha é sua, mas escolha um lado antes de falar com o Jean de novo. Não vai conseguir convencê-lo se ele perceber que você está blefando.

Kevin não respondeu, então Neil se levantou da cama e o deixou sozinho. Quando voltou para baixo, os outros discutiam o café da manhã. Renee tinha passado em um drive-thru na volta para a cabana, mas os demais colegas de equipe decidiram adiar a refeição até depois que entregassem as chaves na sede. Tudo o que restava a fazer era arrumar as malas, então cada um voltou para o próprio quarto para tirar as mochilas dos armários.

Colocaram as coisas nos carros e foram a pé até a sede pela última vez. Renee bebia chá e os outros se empanturravam de ovos e bacon. Ninguém disse uma palavra sobre Jean, pois alguém poderia ouvir, apesar de duvidarem que alguém naquele salão conseguisse reconhecê-los e ligar os pontos. Devolveram as chaves ao sair e se dividiram em dois carros. Andrew saiu primeiro, e a viagem de volta ao campus começou.

Deram uma passada na casa de Abby para que Kevin pudesse falar com Jean. Abby havia deixado a porta da frente destrancada, como era de costume, e todos entraram sem bater. Dan gritou um oi para avisar

356

a Abby que tinha gente chegando, e Abby respondeu mais à frente no corredor.

Encontraram-na sentada à mesa da cozinha com Wymack. Pratos no balcão e guardanapos amassados na mesa indicavam que haviam acabado de almoçar. Abby organizou a bagunça e guiou Kevin pelo corredor em direção ao cômodo onde Jean descansava. Neil olhou para o treinador, tentando entender se ainda estava abalado pela confissão de Kevin. A fisionomia calma de Wymack era impenetrável, o que não impediu que Dan o encarasse como se pudesse enxergar através daquela máscara.

— Consenso? — perguntou Wymack, quando ouviu a porta se fechar.

— Ele pode ficar escondido com a gente até melhorar. E o que decidir fazer depois é problema dele — respondeu Dan.

Wymack assentiu.

— Neil, o conselho sabia que você ia voltar hoje.

— Eles querem conversar — concluiu Neil, sem de fato perguntar.

— Me mandaram ligar assim que você voltasse. Você já voltou?

Era tentador aceitar a proposta nas entrelinhas e se esconder mais um pouco, mas Neil estava ficando sem tempo. O recesso de primavera havia acabado. As aulas voltariam no dia seguinte e os colegas de classe tinham ouvido as notícias havia uma semana. Em um ou dois dias, teria que enfrentar a imprensa e confirmar tudo o que já haviam descoberto. Sem saber o motivo, Neil se pegou pensando em qual teria sido a reação do treinador Hernandez às notícias. Ele se perguntou se os repórteres teriam ligado em busca de informações. Com certeza os antigos colegas de time tinham muito a dizer. Cidades pequenas se sustentavam à base de fofocas.

— Já — respondeu Neil. — Já voltei.

Wymack saiu para fazer a ligação.

Abby retornou sozinha e olhou para os membros do time.

— Jean não consegue receber tantas pessoas.

— Só viemos deixar a Renee e o Kevin — explicou Matt.

Abby voltou a se sentar e olhou para as Raposas.

— Renee disse que a cabana era uma graça.

Eles se esforçaram para descrever os detalhes. Aaron não contribuiu muito, mas pelo menos parecia prestar atenção na conversa. Tinham acabado de começar a contar sobre o passeio a cavalo quando Wymack voltou. O treinador parou na porta, em vez de voltar para a cadeira. Neil entendeu e foi até ele. Andrew ficou para trás, como Neil sabia que faria; Kevin precisava mais dele do que Neil naquele dia.

Charles Whittier, presidente da Universidade de Palmetto State, morava em uma casa grande perto dos portões da frente do campus. Wymack e Neil seguiram pela calçada de pedra ao redor da casa até a porta, e Neil ficou mais para trás quando o treinador tocou a campainha. Wymack ligara com antecedência para avisar, e Whittier abriu a porta quase na mesma hora.

— Chuck — disse Wymack, sem cumprimentá-lo.

— Treinador — respondeu Whittier, olhando para Neil. — Podem entrar.

Passaram por uma sala de estar em que caberia todo o apartamento de Wymack e uma sala de reuniões maior do que o quarto de Neil na Torre das Raposas. O escritório de Whittier ficava nos fundos, perto da cozinha. Ele gesticulou para que se sentassem e fechou a porta. Não havia nada na mesa além de um computador e um telefone, mas uma bandeja no armário próximo exibia copos de chá gelado. Ele entregou dois para Wymack, que passou um para Neil, e se sentou em sua cadeira. Neil se segurou à bebida como se o líquido fosse dar a coragem que precisava para fazer aquilo.

Whittier ainda o olhava como se Neil fosse explodir a qualquer instante, mas enfim disse:

— Vamos começar.

Ele bateu no botão do mouse e um segundo depois seu telefone tocou. Uma voz automatizada os recebeu no sistema de conferência. Depois que Whittier digitou o código de acesso, a voz declarou: "Há vinte pessoas nesta ligação, incluindo você", depois uma série de bipes altos se seguiram conforme todos se conectavam.

— Aqui é o Whittier. Estou com o treinador David Wymack e... Neil Josten — disse e olhou para Wymack — aqui comigo. Quem está presente?

Eles se apresentaram, dizendo os nomes e cargos. Neil sentia que o departamento inteiro de administração comparecera à chamada; os presentes variavam de responsáveis pelo Apoio aos Estudantes à Assembleia de Ex-alunos e todos os onze membros do Conselho de Administração. Depois que todos foram apresentados e contabilizados, Whittier deu início à reunião.

A isso se seguiram as horas mais longas da vida de Neil. Era óbvio que não era a primeira vez que se reuniam desde que haviam descoberto a verdade sobre ele; a conversa parecia continuar de onde tinha parado, e os argumentos mais recentes de Wymack foram citados. Neil teve a oportunidade de defender sua estadia, e Wymack o defendeu com firmeza quando o Conselho o encheu de perguntas e exigências.

Quando terminaram de interrogá-lo, passaram a brigar entre si. Debatiam os riscos de manter Neil na universidade, mas estavam igualmente interessados na publicidade; como ficariam, aos olhos da mídia, se o dispensassem no fim do ano e como seriam vistos se o defendessem. Neil teve vontade de relembrá-los de que estava presente. Em vez disso, contou até dez e bebeu o chá. Wymack não estava nada contente com os comentários impiedosos e sua tolerância não durou muito.

— Olha só — interrompeu ele, ignorando quando Whittier gesticulou para que não se metesse. — Olha só — repetiu ele, mais alto, quando os outros continuaram a falar. Wymack esperou alguns segundos e depois continuou: — Desde o primeiro dia em que cheguei, vocês questionaram cada decisão que tomei. E eu sempre provei que sei o que é melhor para a equipe, tanto para os jogadores quanto para os interesses da universidade. Não é verdade?

"Esta decisão deveria ser mais fácil do que foi contratar Andrew", acrescentou Wymack, sem esperar que concordassem. "Com Andrew, pedi que tivessem fé e paciência, porque sabia que levaria tempo até que vissem que a decisão valeu a pena. Desta vez, os resultados já estão à mostra. Vocês têm tirado proveito dos benefícios da presença de Neil desde agosto.

"Neil é um membro essencial da minha equipe", continuou Wymack, batendo um dedo na mesa para enfatizar. "Podem perguntar a qualquer pessoa no time, e todos vão concordar: não estaríamos onde estamos hoje se ele não estivesse aqui com a gente. Estamos prestes a chegar às finais. Faltam quatro jogos, só quatro!, para sermos campeões da NCAA. Estamos prestes a ser o primeiro time do país a derrotar os Corvos de Edgar Allan. Nossa escalação é composta por atletas que, ao se formar, vão poder jogar profissionalmente e chegar à seleção. Estamos reformulando a maneira como todos pensam no programa de Exy de Palmetto State. Tirar Neil da equipe não vai resolver a nossa situação e com certeza não é a decisão mais inteligente. O tiro vai sair pela culatra de um jeito tão feio que vocês nunca mais vão querer ver um repórter na vida."

Todos ficaram quietos por um minuto, mas então voltaram a discutir entre si. Por fim, abriram para votação e a decisão foi favorável para Neil.

— Obrigado — disse Wymack, em um tom que evidentemente significava que o treinador estava mais irritado com a teimosia deles do que grato pelo apoio. — Agora que a decisão foi tomada, tem mais uma coisa que preciso dizer, já que estão todos aqui. É melhor receberem essa notícia de mim do que da imprensa.

— O que foi agora? — perguntou um dos membros do Conselho.

— Recentemente, fui informado de que tenho um filho — contou Wymack, com tom e expressão neutros, mesmo parecendo tenso em sua cadeira. — Vou agendar um teste de paternidade agora que estamos de volta ao campus, só porque quero que a papelada conste no arquivo.

— Parabéns — disse alguém, mais por obrigação do que qualquer outra coisa.

Wymack abriu a boca, fechou-a e tentou de novo.

— É Kevin Day.

O silêncio que se seguiu foi profundo. Finalmente alguém conseguiu perguntar:

— Como é que é?

— Ele me contou na semana passada. Kevin foi... inspirado — explicou Wymack após buscar pela palavra certa — pela situação de Neil a me contar a verdade. Achei melhor falar agora porque ele tem planos de revelar isso à imprensa esta semana. Vamos usar essa notícia para ajudar a combater as críticas negativas a respeito de Neil. Só pra constar, essa descoberta não tem impacto algum nas minhas atividades como treinador.

— Entendido — disse uma mulher, parecendo incerta.

Então outra discussão começou. Dessa vez foi mais curta, centrada sobretudo na reação que a universidade teria perante o público quando a notícia fosse ao ar. Enfim, tudo foi resolvido e a reunião chegou ao fim. A linha apitava a cada pessoa que desligava. Whittier esperou para ouvir os dezenove bipes antes de sair da sala de reuniões.

— Isso foi inesperado — confessou Whittier, com os olhos fixos em Wymack.

Neil julgou que procurasse por sinais de que o treinador já soubesse disso havia anos, e não uma semana.

Wymack não teve problemas para interpretá-lo, mas, em vez de declarar inocência, se limitou a dizer:

— Acima de tudo, eu sou o treinador dele.

Whittier balançou a cabeça.

— De presidente para treinador, é exatamente isso que quero ouvir e espero que você mantenha sua palavra. De Chuck para David, sinto muito. Não deve ter sido nada fácil descobrir isso.

— Obrigado — disse Wymack, após alguns instantes.

Whittier se levantou e os levou até a porta. Wymack deu uma carona para Neil até o dormitório. Neil passou o tempo no carro olhando pela janela e se perguntando se deveria dizer algo. No final, decidiu confiar em Abby e Dobson para ficarem de olho em Wymack. Disse um simples "obrigado" quando Wymack o deixou na calçada e entrou sem olhar para trás.

O que Neil mais teria gostado seria poder ter continuado na cama no dormitório, mas a segunda-feira trouxe de volta a realidade das aulas. Seus ferimentos atraíam mais olhares demorados do que gostaria, e alguns colegas de classe mais ousados o pressionaram para saber fofocas. Não tinha por que mentir, mas isso não queria dizer que precisava contar a verdade. Neil repeliu um atrás do outro.

— Não quero falar disso — dizia ele, cada vez mais alto, sempre que alguém ignorava o aviso.

Quando o sinal soou ao fim da última aula, Neil sentiu um alívio quase debilitante. Praticamente fugiu da sala e seguiu a multidão de estudantes barulhentos prédio afora, descendo as escadas. Deu dez passos ao ar livre antes que alguém surgisse em seu caminho. Neil estava acostumado a se esquivar de corpos no campus, então deu um passo para o lado e continuou andando. O homem falou:

— Você vai parar.

Neil pensou que não era com ele, mas olhou para trás por instinto. Ele se arrependeu imediatamente e parou, assustado. O homem era japonês, mais velho que os estudantes alheios que passavam, mas vestido com roupas casuais para não se destacar. Encarou Neil como se ele fosse a pior coisa que já tivesse existido e gesticulou, não um convite, mas uma ordem.

— Estamos de saída.

Neil quase perguntou para onde, mas pensou melhor no último segundo. Seguiu o estranho até o estacionamento da biblioteca. Havia um carro parado no meio-fio e, quando alguém abriu a porta do banco de trás, Neil entrou. O homem que o acompanhara bateu a porta e andou até o banco do carona.

Ninguém disse uma palavra. Neil olhou pela janela, prestando atenção no caminho caso precisasse voltar sozinho, mas não teve muito tempo para pensar. Foi levado para o canteiro de obras do outro lado do campus. Viu carros estacionados e equipamentos ociosos, mas nenhum operário. Grande parte da área externa do novo dormitório estava pronta, e os homens deveriam estar ocupados lá dentro, mas Neil preferiria ter testemunhas.

Havia apenas outro carro estacionado ali. O motorista parou ao lado e desligou o motor, mas ninguém se moveu. Depois de um minuto de um silêncio tenso, Neil entendeu a deixa e saiu. A porta em frente a ele estava destrancada. Neil abriu, mas hesitou no meio do movimento quando reconheceu quem o esperava dentro do carro.

À primeira vista, Ichirou Moriyama não parecia grande coisa. Seu terno de seda preto exalava uma riqueza excessiva, mas suas feições juvenis prejudicavam essa pretensão. Era apenas alguns anos mais velho do que Neil, e a genética o fazia aparentar ser ainda mais jovem. Era só mais um empresário com ambições, ou, talvez, outro herdeiro feito CEO e vivendo uma vida de luxo. Neil se deixou enganar por um segundo, e então olhou nos olhos de Ichirou, no banco traseiro.

Aquele homem não era como o pai de Neil, com temperamento forte, jeito durão e uma péssima reputação. Não era como Riko, egoísta, cruel e adepto a birras infantis. Era um homem que poderia colocar ambos sob controle com um simples olhar, um homem nascido para comandar. Era o poder dos Moriyama em carne e osso e, com a morte do pai, estava sozinho e intocável em seu trono.

Neil considerou se virar e se afastar, mas suspeitava que seria um ótimo jeito de levar um tiro nas costas. Não sabia por que estava ali, já que nem Riko havia conhecido o irmão em pessoa, mas entendia que um passo em falso significaria o fim da trégua esperançosa do tio. Desesperado, Neil tentou se lembrar de qualquer conselho que o ajudasse a lidar com aquele encontro. Não poderia enfrentar Ichirou como Neil Josten; precisava se portar como um Wesninski. Cada palavra que saísse de sua boca deveria ser verdadeira, e aquela deveria ser a maior mentira que Neil já contara.

Ele ignorou a insegurança e a onda crescente de pânico e disse, com muito cuidado:

— Posso entrar?

Ichirou ergueu dois dedos em um comando silencioso, e Neil subiu no carro. Fechou a porta, com firmeza mas sem bater, e olhou fixamente para o ombro de Ichirou.

— Você sabe quem eu sou? — perguntou Ichirou.

— Sei — respondeu Neil, e vacilou por meio segundo ao debater qual seria o título adequado. "Senhor" não demonstrava o respeito necessário, mas Kevin se referira a Kengo mais de uma vez como "lorde". Era um termo antigo e esquisito, mas tudo o que Neil tinha naquele instante. — Você é o Lorde Moriyama.

— Isso — concordou Ichirou, com uma calma comedida em que Neil não confiava nem por um segundo. — Você está ciente de que meu pai está morto? Ainda não ouvi suas condolências.

— Me parece presunção oferecer isso. É presumir que você valoriza o que digo, mas eu não sou nada.

— Você não é um nada, e é por isso que estou aqui. Você entende.

Não foi uma pergunta, mas Neil abaixou a cabeça e disse:

— Meu pai morreu nas mãos do meu tio e o FBI está investigando o que resta do círculo dele. Eu sou uma ponta solta e é preciso lidar comigo de um jeito ou de outro.

— Eu posso dar um fim nisso — comentou Ichirou, e Neil acreditou. Pouco importava que o FBI tivesse caixas lotadas com depoimentos e nomes fornecidos por Neil. Se Ichirou quisesse acabar com aquela história e fazer todos os boatos desaparecerem, bastavam algumas ligações e algum dinheiro. — Mas estou aqui. Gosto de saber o valor das coisas antes de jogá-las fora, para entender como compensar a perda.

— Eu não valho nada agora, mas se tiver o tempo e a oportunidade, posso pagar sua família por todos os problemas que causei. Um jogador mediano de Exy ganha três milhões de dólares por ano. Não preciso de tanto dinheiro. Posso doá-lo para a sua família. Posso repassá-lo por qualquer propriedade ou instituição de caridade que você tenha herdado.

— Uma tentativa nada discreta de comprar sua liberdade.

— Meu lorde, estou tentando corrigir os erros e cumprir uma promessa quebrada. Meu destino era pertencer ao seu tio. Era para eu ter sido criado em Evermore para ser um Corvo e jogar pela seleção. Qualquer receita hipotética que eu viesse a ter sempre foi sua por direito. Retornei ao Exy assim que minha mãe morreu porque estou ciente do meu propósito.

— E, ainda assim, você não voltou para o meu tio — retrucou Ichirou.

Parecia um teste, e a resposta errada significaria a morte. Neil sabia qual era a mais segura, mas um pensamento perigoso se materializou na ponta de sua língua. O pai havia servido a Kengo, mas para ter tanto território e poder, este precisava confiar nele. Nathan tinha o direito de informá-lo de ameaças e possíveis complicações. Neil não tinha tal autoridade, mas precisava tentar.

— Sei que você não tem motivos para acreditar no que digo — começou Neil, com cuidado —, e sei que ainda não mereço seu tempo ou consideração. Mas sou um Wesninski. Minha família é a sua família. Por favor, acredite quando digo que nunca arriscaria a segurança do seu império. Jogar por Edgar Allan seria ir contra tudo que minha família deveria defender.

Neil hesitou, como se estivesse com medo de continuar e ultrapassar uma linha tênue. Ichirou esperou. Neil desejou poder ler algo, qualquer coisa, no rosto de Ichirou, mas a expressão dele era serena e seu tom não mudara desde o começo daquela conversa terrível. Neil não sabia se estava enganando Ichirou e não sabia se faria a diferença, ainda que fosse possível.

Neil respirou fundo e acrescentou:

— Seu irmão vai destruir tudo o que você tem a não ser que seja subjugado.

Foi o suficiente para ganhar um sorriso discreto de Ichirou. Neil deu tudo de si para não se retrair quando Ichirou afirmou:

— Uma suposição um tanto ousada.

— Sim, mas é a verdade.

Ichirou ficou em silêncio por tanto tempo que Neil se perguntou se deveria sair do carro e ir embora. Finalmente, Ichirou gesticulou para que ele continuasse.

— Riko passou a vida inteira tentando ser o melhor jogador em quadra. Quando sente que sua superioridade está ameaçada, ataca sem se preocupar com as consequências. Tudo o que aconteceu no ano passado serve como prova da instabilidade crescente dele.

"Kevin Day foi o segundo maior investimento do seu tio, mas Riko o lesionou por causa do orgulho ferido. No início do seu segundo ano, Kevin tinha um patrimônio líquido de sete dígitos entre seu contrato profissional, seu lugar garantido na seleção e os patrocínios. Poderia fazer sua família ganhar quinze, vinte milhões por ano após a formatura. Agora, Kevin está recomeçando do zero.

"Riko matou um dos meus colegas de equipe em agosto e admitiu o que fez em local público. Em novembro, interferiu no sistema de justiça de Oakland e deixou uma trilha de dinheiro da Califórnia até a Carolina do Sul só para ferir outro companheiro de equipe, e em dezembro comprou um psiquiatra em Easthaven, em Colúmbia, para continuar essa tortura. No recesso de Natal, me fez voltar à minha aparência natural para que o pessoal do meu pai pudesse me encontrar e me matar. Foi ele quem criou as bases para o confronto em Maryland que culminou com a morte do meu pai e toda esta investigação por parte dos agentes federais.

"Na semana passada, ele reagiu à morte do pai agredindo um dos colegas de equipe até deixá-lo por um fio. Sorte dele que era Jean Moreau; Jean sabe quem sua família é e nunca prestaria queixas contra Riko. Mas Jean agora está sob nossa custódia enquanto se recupera e a Universidade de Edgar Allan está conduzindo uma investigação por baixo dos panos contra os Corvos. Vão descobrir todos os trotes e abusos que seu tio tolera e alguém vai ter que responder por isso. O que acontece se eles encontrarem evidências das manipulações de Riko durante a investigação?

"Não estou dizendo que seu irmão tenha ultrapassado limites", mentiu Neil, "mas ele não tem tomado cuidado. Está ficando pior porque se sente ameaçado, mas há cada vez mais pessoas de olho na gente agora. Cedo ou tarde, ele vai ser pego, e tenho medo de que isso acabe resvalando em você. Não vou me permitir correr tamanho risco, então não posso jogar para o seu tio em Edgar Allan. Sinto muito."

Outro silêncio interminável se seguiu. Um dia, uma semana ou um ano se passou.

— Olhe bem nos meus olhos e ouça com muito cuidado — disse Ichirou, por fim, e Neil arrastou o olhar para o rosto dele. O sorriso já havia sumido havia muito tempo, e seus olhos escuros pareciam enxergar através de Neil. — De onde venho, a palavra de um homem vale tanto quanto o nome, e esse nome ganha importância de acordo com a quantidade de sangue que ele derrubou pela minha família. Você nunca me provou nada e nunca disse uma verdade. Não vale o ar que respira. Consideraria sua morte o pagamento justo para todas as dívidas que me causou.

"No entanto, você é filho do seu pai, e seu pai significava algo para mim. É por causa dele que vim até aqui pessoalmente, em vez de mandar alguém para falar com você. Sabe o que vou fazer se achar que está desperdiçando meu tempo? Sabe o que vou fazer com qualquer pessoa que você já tenha conhecido ou com quem já tenha falado? Vou matar todo mundo que um dia já defendeu você e fazer com que cada morte dure uma eternidade."

Não soava como uma ameaça; era uma promessa.

— O que posso fazer para convencer você de que estou dizendo a verdade? — perguntou Neil.

— Nada — respondeu Ichirou, e disse algumas palavras em japonês para os dois homens sentados nos bancos da frente.

O passageiro da frente tirou um celular do bolso. Neil não conseguia entender uma palavra do que o homem dizia, mas reconhecia o tom raivoso em sua voz. Por um momento torturante, pensou que ele arquitetava mortes horríveis para todas as Raposas. Quando uma nova onda de pânico ameaçou surgir, Neil cerrou os dentes e encarou o assento vazio entre ele e Ichirou. O passageiro fez diversas ligações durante vários minutos, depois desligou e guardou o celular. Usou um tom respeitoso ao voltar a se dirigir a Ichirou.

Fosse lá qual fosse a notícia, a expressão de Ichirou não se alterou. Ele bateu o polegar no tornozelo e refletiu. Neil não sabia quanto tempo ficaram em silêncio, dez minutos ou dez vidas, mas tinha certeza de que estava prestes a morrer.

— Talvez sua vida tenha um preço, afinal — disse Ichirou. — Oitenta por cento dos seus ganhos durante toda sua carreira vão ser o suficiente. Espero dízimos semelhantes de Day e Moreau. É o mínimo, considerando que minha família financiou o treino deles. Alguém vai entrar em contato para fazer os arranjos. Se você não conseguir entrar em uma equipe após se formar, o acordo vai ser cancelado e você vai ser executado. Estamos entendidos?

O choque fez o ar fugir dos pulmões de Neil; o alívio era tão intenso que, por alguns instantes, ele achou que fosse vomitar. De algum jeito, conseguiu manter o tom calmo ao concordar.

— Entendido. Vou falar com Kevin e Jean agora mesmo. Não vamos decepcioná-lo.

Ichirou lançou um olhar sombrio para ele.

— Então você está dispensado, por enquanto.

Foi tão abrupto que Neil quase se esqueceu de agradecer.

— Obrigado.

Ele tentou sair do carro sem parecer que corria desenfreado, mas não tinha certeza se tinha conseguido. Assim que fechou a porta, os dois motoristas ligaram os motores. Neil ficou parado enquanto os carros se afastavam e observou, em um torpor, sumirem de vista. Saber que tinham ido embora não o fez se sentir menos seguro, e Neil caiu de joelhos no asfalto. Enfiou os dedos no jeans esticado sobre os joelhos e tentou fazer o coração voltar a bater no ritmo normal.

Quando achou que conseguiria se levantar sem cair, seguiu pela Perimeter Road de volta para o campus, até o prédio em que Kevin tinha aulas de história. O relógio no celular dizia que faltavam quinze minutos para as aulas acabarem. Ele ficou parado, encostado contra a parede e esperou. Kevin foi um dos últimos a sair e, assim que o viu, parou.

— Vou levar você para a casa da Abby. Precisamos falar com o Jean — anunciou Neil em francês.

— Agora não — retrucou Kevin.

— Agora, sim. — Neil esticou o braço quando Kevin pareceu pronto para se afastar. — Ichirou veio ver a gente.

Kevin se engasgou em negação. Quando tentou falar uma segunda vez, sua voz saiu rouca em descrença:

— Não brinca com isso.

Neil o encarou de volta em silêncio até que ele se retraísse e desse meio passo para trás.

— Não. Ele se recusa até a encontrar o Riko. Não viria até aqui.

— Vamos — afirmou Neil.

A caminho da Torre das Raposas, Neil enviou uma mensagem para Andrew, de modo que, quando chegaram lá, ele os esperava sentado no porta-malas do carro. Tinha um maço pequeno em uma das mãos e um cigarro na outra. Quando os dois se aproximaram, jogou o último para o lado e abriu o carro enquanto descia. Era um trajeto curto do dormitório até a casa de Abby. Neil bateu à porta, apesar de estar destrancada, e a mulher atendeu alguns segundos depois. Franziu a testa ao vê-los, mas abriu caminho para deixá-los entrar.

— Vocês não têm aula agora?

— Não. Cadê o Jean? — perguntou Neil.

— Da última vez que fui ver, ele estava dormindo.

— É importante. Vou acordá-lo.

Abby estudou a expressão sombria de Kevin por um momento e se afastou. Neil guiou Kevin e Andrew pelo corredor, e ela continuou os encarando; ele bateu de leve à porta do quarto e entrou. Jean acordou, assustado com o barulho, e se sentou na cama. Mas, a julgar pelo som que fez ao afundar de volta no colchão, tentar se mexer tinha sido um erro. Neil aproveitou a distração de Jean e examinou os estragos que Riko causara enquanto se encaminhava para o lado da cama. O rosto de Jean estava todo machucado e inchado. Os dois olhos estavam escuros, cortesia do nariz quebrado, e pontos voltavam a ligar o queixo à bochecha. Punhados de cabelo haviam sido arrancados, deixando partes da cabeça descoberta e outras protegidas apenas por fios curtos. Neil suprimiu a raiva inesperada e se sentou na ponta do colchão.

— Oi, Jean.

— Vai embora — protestou o outro, com repugnância na voz. — Não tenho nada para falar com você.

— Mas tem pra ouvir, porque acabei de contar seu paradeiro para o Ichirou.

Foi o bastante para chamar a atenção de Jean. Kevin se sentou do outro lado de Jean, com o rosto pálido mais uma vez ao ouvir o nome de Ichirou. Neil olhou para trás para garantir que Andrew estava ouvindo e depois contou sobre a visita de Ichirou: por que tinha aparecido, como havia escolhido poupar suas vidas e o preço que teriam que pagar por isso. Kevin e Jean ouviram tudo em silêncio.

— Não é um perdão e não é de fato a liberdade, mas é proteção. — Neil olhou de um rosto chocado para o outro. — Somos ativos para a família principal agora. O rei perdeu todos os seus homens e não tem nada que ele possa fazer sem entrar no território do irmão. Estamos seguros... para sempre.

Jean fez um som terrível e enterrou o rosto nas mãos. Kevin abriu a boca, tornou a fechá-la e olhou assombrado para Jean. Neil esperou, mas nenhum dos dois parecia capaz de esboçar mais nenhuma reação. Por fim, ele se levantou os deixou ao conforto questionável um do outro. Andrew o seguiu para fora do quarto, mas Neil o puxou pela manga quando ele fechou a porta. Andrew se virou obedientemente para ele.

— Qual a sensação de se vender? — perguntou Andrew.

— Vale cada centavo — respondeu Neil. — Ele pode ficar com tudo o que quiser. Não preciso do dinheiro. Ele me deu tudo o que preciso: a promessa de um futuro. Tenho a permissão, ou melhor, a obrigação, de viver a minha vida do jeito que quero. Vou me formar em Palmetto State daqui a quatro anos e jogar Exy até que me forcem a me aposentar. Quem sabe até possa morrer de velhice.

— Você está cada dia mais parecido com eles — comentou Andrew. Neil supôs que ele se referia aos colegas de equipe mais otimistas.

— Você vai ter que descobrir alguma coisa só sua para te manter em pé. Eu estou seguro, Kevin não precisa mais da sua proteção, Nicky vai acabar voltando para o Erik e Aaron tem a Katelyn. Qual vai ser o sentido de viver quando não for mais nosso cão de guarda?

— Aaron não tem a Katelyn.

— Ficar em negação não combina com você. Já falamos disso.

— Você falou. Eu não ouvi — retrucou Andrew.

— Escolhe a gente — pediu Neil. Foi o suficiente para Andrew se calar, mesmo que só por um segundo, mas Neil aproveitaria qualquer chance que tivesse. — Kevin vai retomar o lugar dele na seleção assim que se formar. Ele acha que, com tempo e prática, eu também consigo chegar lá. Vem com a gente. Vamos jogar todos juntos nas Olimpíadas um dia. Vamos ser implacáveis.

— Essa obsessão é sua, não minha.

— Pega emprestado até que ter a sua, então. — Neil segurou a manga de Andrew com mais força quando este começou a se soltar. — Você não acha divertido? Ter um lugar, uma equipe, uma cidade diferente a cada semana e poder fumar e beber enquanto isso? Não quero que isso acabe.

Andrew se soltou.

— Tudo acaba.

Ele empurrou o maço no peito de Neil e saiu pelo corredor. Andrew já havia cortado a fita das extremidades e Neil conseguiu abrir o pacote sem grandes problemas e sem sentir dor. Sacudiu a caixa sobre a palma da mão, mas não caiu nada. Teve que enfiar os dedos em busca do conteúdo e considerou o tecido amarrotado com certa decepção. Não entendeu até mudar a posição da mão e deixar as extremidades se desenrolarem. Segurava duas faixas de braço idênticas às de Andrew. Eram longas o bastante para esconder os curativos e as cicatrizes novas nos antebraços de Neil.

Quando Abby se aproximou, ele ergueu a cabeça. Ela olhou de Neil para a porta fechada do quarto, e então para o presente que Neil segurava.

— Está tudo bem?

Neil pensou um pouco, mas não por muito tempo.

— Nunca estive melhor.

372

CAPÍTULO DEZESSETE

Quando Neil contou as novidades, a alegria das Raposas foi quase unânime. Até Aaron pareceu ficar feliz o bastante para parabenizá-lo. Kevin não conseguiu se recuperar tão rápido de ter seu mundo virado de cabeça para baixo, e passou a tarde inteira distraído. Perdeu gols que costumava marcar de olhos fechados e passou os intervalos sentado sozinho nos degraus. Wymack não teceu comentários a respeito do desempenho medíocre e fez Dan se calar quando ela tentou dizer alguma coisa.

Dan convenceu todos a irem para o centro, para um jantar de comemoração. Não podiam falar do acordo com Ichirou em público, mas podiam e falaram sobre todo o resto que queriam. Ninguém deixou de notar as faixas de Neil, mas, após algumas provocações bem-intencionadas, mantiveram a palavra e não se meteram no não relacionamento de Neil e Andrew.

Neil passou a maior parte da refeição observando Kevin e Andrew. Kevin permaneceu calado, encarando o prato e brincando com a comida. Andrew estava sentado na ponta da cadeira, entre os dois atacantes, com os dedos entrelaçados e em frente ao rosto para esconder a boca. Observava a todos com um olhar impassível, sem dizer nada.

Quando alguém cometeu o erro de tentar inclui-lo na conversa, ele se limitou a encará-los até que desistissem. Neil percebeu o olhar cansado que Matt e Dan trocaram, a decepção evidente nas caretas que repuxavam os lábios. Haviam feito um belo progresso nas montanhas, ou pelo menos era o que pensavam, mas Andrew se fechara de novo sem aviso prévio. Neil queria dizer que Andrew estava conservando toda sua energia para o colapso silencioso de Kevin, mas não sabia como comunicar isso sem atrair a ira de Andrew.

Por fim, voltaram para o dormitório. Neil seguiu Nicky até o quarto dos primos. Kevin foi direto para o banheiro, mas deixou a porta aberta. Neil olhou das mãos que apertavam a pia com força para o reflexo de Kevin. Não sabia a causa daquele olhar intenso, a não ser que ele estivesse olhando para o número em sua bochecha. Kevin fora o segundo melhor durante a vida inteira. Agora, tinha a liberdade de lutar pela colocação que sempre merecera e com a qual sempre temera sonhar. Neil não o culpava por sentir medo, mas precisava que Kevin superasse aquilo.

Quando Kevin não deu sinal de que se moveria tão cedo, Neil desistiu. Andrew estava sentado em sua mesa, então Neil foi se sentar ao seu lado. Nicky e Aaron estavam nos pufes, jogando video game. Passaram por três fases até que Kevin ressurgisse.

Kevin olhou de Neil para Andrew e disse:

— Me levem pra quadra.

Era óbvio que não se importava com quem obedeceria, mas Neil olhou para Andrew. Ele estava com a janela aberta para poder soprar a fumaça para fora. Ainda tinha metade do cigarro, mas não hesitou em apagá-lo no peitoril da janela. Colocou a bituca de lado para fumar depois e desceu da mesa. Quando chegou à metade da sala, Neil se levantou e se convidou para ir junto. Kevin não pareceu notar e Andrew apenas olhou brevemente para ele. Nicky acenou em uma despedida alegre e voltou aos monstros do jogo.

Deixaram Kevin no vestiário e continuaram para a quadra. Neil ficou perto da parede para estudar o piso polido e as patas de raposa reluzentes. Andrew se sentou no banco da casa e não disse nada. Kevin não demorou muito e apareceu com um balde de bolas em uma das mãos e a raquete na outra. Neil o observou atravessar a quadra vazia até a área da defesa. Kevin colocou o balde no chão, vestiu as luvas e começou a arremessar no gol vazio.

Andrew tolerou o espetáculo até que não houvesse mais bolas no balde, então se levantou, entediado:

— Ele é mesmo patético.

— E quem não é? — perguntou Neil, sem tirar os olhos de Kevin.

Kevin analisou a bagunça ao redor e balançou a raquete de um lado para o outro. Usou a ponta para puxar algumas das bolas que estavam mais próximas e depois passou da mão direita para a esquerda. Neil esperava que ele fosse sacudir a mão direita e recomeçar, mas Kevin pegou a próxima bola com a raquete ainda na mão esquerda.

Neil apoiou as mãos na parede da quadra em expectativa. As reverberações fizeram o calor percorrer cada corte e queimadura em processo de cura em seu braço e ele resmungou, com dor:

— Andrew.

Kevin ignorou o barulho e deslizou a bola na rede da raquete. Deu um giro experimental e depois arremessou. Neil pensou que ele estava mirando no mesmo lugar que havia arremessado nos últimos cinco minutos, mas a bola caiu a meio metro de distância. Kevin sacudiu a raquete com óbvia irritação e pegou outra bola. Deu outro arremesso, mas ainda acertou longe do alvo. Fez o mesmo com todas as bolas que conseguia alcançar com mais facilidade. Acertou o alvo na quinta tentativa, e todas as quatro bolas que foram arremessadas depois bateram no mesmo lugar.

Neil olhou para trás. Andrew tinha se virado ao ouvir seu nome, e sua fisionomia era indecifrável. A contração no canto da boca poderia ser de desprezo, mas Neil não tinha certeza. Por fim, Andrew se virou bruscamente e saiu. Neil olhou de novo para a quadra. Kevin reunia as bolas. Ele cerrou os dentes, se preparou para a dor e bateu na parede de novo.

Kevin apontou a raquete para Neil em uma ordem para que parasse. Neil ignorou a pulsação da mão, que alternava entre quente e fria, e acenou com a mão esquerda para Kevin, que fez um gesto desdenhoso e voltou ao que estava fazendo. Neil resistiu à vontade de entrar em quadra e sufocar o colega por sua imprudência, mas foi por pouco. Apenas o observou aumentar a velocidade aos poucos, passando de arremessos parados para arremessos em movimento. Kevin corria até as bolas enquanto quicavam e tentava arremessá-las o mais rápido possível. Desenhou duas cruzes no gol, os pontos cardeais primeiro, seguidos pelos quatro cantos, e acertou o centro do gol com cada bola que veio a seguir.

Neil estava com uma sensação estranha ao assisti-lo, mas não sabia se era por medo de que Kevin se machucasse ou por estar fascinado. Sempre soube que Kevin era o melhor, mas tinha quase se esquecido de como ele jogava em seu auge.

Um flash de laranja na visão periférica de Neil o distraiu de Kevin, e ele observou Andrew apoiar o capacete no banco do time da casa. Andrew sem dúvida notara a atenção, mas focou em calçar as luvas. Não explicaria nada de boa vontade, então Neil perguntou:

— Você vai jogar com ele?

— Alguém precisa ficar de olho nesse idiota.

Ele puxou a última correia no lugar, amarrou o capacete e foi para o portão. Não se deu ao trabalho de bater para avisar, mas Kevin, que estava virado naquela direção, parou assim que o viu. Olhou na direção de Neil. A proteção que usava no rosto e a distância entre eles o impossibilitava de enxergar sua expressão, mas Neil podia adivinhar que havia algo de acusador. Ele balançou a cabeça e deu de ombros com exagero, tentando parecer inocente. Andrew bateu o portão ao entrar e foi para o gol.

Kevin levou as bolas para a área da defesa. Andrew fez um gesto expansivo para fosse lá o que Kevin tivesse dito e apoiou a raquete despreocupadamente no ombro. Ele se recusou a se mexer, mesmo quando Kevin sinalizou que estava pronto. Kevin ficou parado, segurando a raquete por mais alguns segundos, até desistir e arremessar. Andrew apenas desviou e a bola passou ao lado de seu capacete. O gol se iluminou em vermelho. Kevin arremessou de novo e de novo, então começou a perder a paciência e a mirar em Andrew. A bola bateu no capacete, e Andrew por fim assumiu a posição, pronto para jogar.

Quando Kevin arremessou de novo, Andrew defendeu, jogando a bola na direção dele. Kevin precisou recuar para conseguir segurá-la. Assim que voltou a se equilibrar, mirou no gol de novo. Andrew defendeu e devolveu na direção dos joelhos de Kevin, que deu um passo para o lado bem a tempo. Os dois continuaram nesse ritmo por algum tempo até que Kevin marcou outro gol. Conseguiu marcar mais dois, mas Andrew defendeu logo a seguir, com um movimento incrível da raquete. Daí para frente, o ritmo aumentou.

Não era mais um treino; era uma luta. Andrew tentava cortar os rebotes de Kevin, que, por sua vez, desafiava o outro a manter o ritmo. Desde que haviam se conhecido, Exy representava uma ferida aberta entre os dois. Era a parte crítica da amizade pela qual Andrew se recusava a expressar apreço e a qual Kevin não conseguia consertar, um sonho no qual Andrew não acreditava e do qual Kevin não conseguia desistir. Aquele momento, depois de tantos anos, significava um cessar-fogo, e Neil mal podia respirar ao observar o duelo. Dava até para ver o temperamento de ambos se manifestando nos detalhes: um movimento da raquete de Kevin aqui e ali, e a brutalidade crescente nas defesas de Andrew.

Era inevitável que Kevin ganhasse. Mesmo com a mão esquerda, ele se dedicava demais aos treinos para perder para Andrew. Apesar de ter todo o talento nato para ser um campeão, Andrew não tinha o refinamento de um atleta; a força bruta não seria o bastante para vencer Kevin. Após marcar cinco gols seguidos, Kevin deixou a raquete cair e saiu batendo os pés na direção do gol. Andrew apoiou a raquete no ombro e o observou se aproximar.

Neil esperava que Kevin começasse a gritar, mas ele agarrou a grade do capacete de Andrew e o jogou com tudo contra a parede do gol. Neil estremeceu e foi na direção do portão, ciente de que chegaria tarde demais para impedir que Andrew arrancasse o couro de Kevin, mas precisava tentar. Parou no meio do caminho, ao notar que Andrew não tinha se mexido. Estava com o punho cerrado ao lado de Kevin, parecendo ter desistido do soco, e não jogara o outro para longe. Ficou ali, parado, ouvindo o que Kevin estava rosnando. Por fim, Kevin o soltou e se afastou. Andrew o acertou nas costas com a ponta da raquete com força, fazendo-o cambalear e avançar para a linha do gol de novo.

Alguns segundos depois, voltaram a treinar como se nada tivesse acontecido, e continuaram até que Kevin enfim precisou se sentar. Neil recolheu as bolas da quadra enquanto os dois tomavam banho e achou mais prudente não tecer comentários para nenhum dos dois. A volta até a Torre das Raposas foi silenciosa, e Kevin seguiu direto para a cama. Andrew pegou a bituca do cigarro na janela, acendeu-a e observou o campus escuro. Neil o olhou durante alguns minutos e então voltou para o quarto.

No dia seguinte, Kevin tinha voltado a ser ele mesmo, despótico e sarcástico como sempre. Também havia voltado a jogar com a mão direita, sem mencionar nada sobre o treino do dia anterior. Neil pensou que talvez tivesse machucado a mão ao empurrar Andrew com tanta força, mas, quando foi para a quadra para o treino da noite, voltou a usar a mão esquerda. Andrew treinou com ele sem hesitar, e os dois duelaram como se já tivessem se esquecido dos acontecimentos do dia anterior. Neil ainda estava de fora da disputa, mas não se importava. Via seu futuro em cada arremesso e cada defesa, cada gol marcado e impedido, e mal conseguia respirar de tanta empolgação.

Na quarta-feira à tarde, a imprensa compareceu ao campus para entrevistas e filmagens. Neil se lembrou do conselho que Allison dera e tentou ser honesto, respondendo ao máximo de perguntas que podia. Conseguiu se esquivar de algumas das mais espinhosas ao relembrar a todos que ainda havia uma investigação em andamento sobre os negócios do pai. Não esperava que recuassem, mas, após algumas tentativas, a imprensa entendeu a dica e passou para outros tópicos. Não foi nenhuma surpresa quando perguntaram quão graves eram seus ferimentos. Neil confirmou que não jogaria na sexta-feira, mas voltaria à quadra para as semifinais. Sua confiança inabalável na capacidade das Raposas de seguir em frente rendia um sorriso aqui e um aceno de cabeça ali e estabelecia que, fosse ele Nathaniel, Neil ou qualquer outro, o calouro abusado das Raposas era o mesmo de sempre. Quando as perguntas terminaram, foram falar com o resto da escalação das Raposas e conseguiram encurralar até mesmo Abby e Wymack. Por fim, foram embora e deixaram as Raposas focarem nos treinos.

Na quinta-feira, Neil encontrou Andrew do lado de fora de sua sala de aula. Andrew saiu sem dizer uma palavra, sabendo que Neil o seguiria. Ele se contentou em acompanhá-lo até perceber que estavam indo para a biblioteca. No outono passado, Nicky dissera que Andrew evitava o lugar a todo custo. Neil só tinha visto Andrew ali uma vez, quando fora buscá-lo para treinar em janeiro passado. Chegou a cogitar perguntar o que ele pretendia fazer, mas Andrew falou primeiro. Tinha subido quatro degraus da escada para o segundo andar quando se aproximou de Neil.

— Pega, ou eu vou usar — disse, estendendo as mãos.

Neil olhou para as palmas vazias, confuso, e então enfiou uma das mãos sob a manga comprida de Andrew, segurando as faixas. Sabia que tinham revestimentos e já as manuseara antes, mas mesmo assim foi pego de surpresa com o peso. Enfiou as faixas com as facas escondidas na mochila. Andrew o observou fechar o zíper e pendurar a mochila no ombro, depois se virar e continuar a andar.

Havia apenas um motivo para que Andrew abrisse mão de suas facas ali, mas Neil não conseguia acreditar. Não teve muito tempo para se perguntar. A parede da direita estava repleta de computadores e, ao lado das estações, havia mesas enormes para estudo. No meio do caminho, Katelyn estava sentada com três estudantes desconhecidos. O menino à direita fazia gestos expansivos e falava, com o livro aberto à sua frente. Ela usou uma caneta para prender o cabelo enquanto o ouvia. Andrew estava a apenas duas mesas de distância quando ela o viu. O susto que tomou foi tanto que a garota deixou a caneta cair. Andrew a encarou com um olhar frio e continuou. Neil parou para se certificar de que ela havia entendido que fora chamada.

Os colegas de classe olharam desconfiados para ela, tão assustados com a reação violenta de Katelyn que ficaram em silêncio. Ela se virou na cadeira em direção a Andrew e se afastou, então olhou nervosa para Neil, que apenas balançou a cabeça e apontou para Andrew.

Katelyn se levantou.

— Já volto.

Andrew devia ter dado uma olhada na disposição da biblioteca antes de ir, porque cortou caminho por fileiras de antigos volumes de referência para uma seção tão escura que não havia nenhum aluno. Ao perceber o isolamento, Neil ficou feliz por ele ter entregado as facas. Andrew se virou no fim do corredor, avaliou o canto vazio a apenas alguns passos de distância e esperou que Neil e Katelyn o alcançassem.

Katelyn cometeu o erro de parar perto demais. Mal teve tempo de gritar antes que Andrew a agarrasse pelo ombro e a jogasse contra a parede. Neil fez uma careta ao ouvir o baque. A garota cambaleou, mas não caiu e se virou para encará-lo com os olhos arregalados.

— Por favor, por favor, eu...

— Cala a boca — ordenou Andrew, então abriu o braço como uma barreira, e o tapa que deu na parede, ao lado da cabeça de Katelyn, fez a garota se retrair. — Fica quieta. Já é insuportável ter que olhar pra você. E o som da sua voz não ajuda em nada.

Neil deu um passo cuidadoso na direção deles, tentando servir de apoio e suporte silencioso, mas Katelyn tinha medo demais de Andrew para olhar para Neil. Andrew se inclinou para a frente, aproximando--se do rosto dela, e apontou um dedo em sua têmpora.

— Você é um tumor. Devia ter cortado você e jogado fora enquanto ainda era benigno. Agora já é tarde, e olha só a que ponto chegamos — disse ele, mas, quando Katelyn abriu a boca, vociferou: — Não se atreva a falar, porra. — Ela voltou a fechá-la e enfim olhou aterrorizada para Neil. Andrew a agarrou pelo queixo e forçou a olhar de novo para ele. — Não me ignore. Sua vida depende da sua capacidade de ouvir. Você consegue ouvir?

Ela assentiu enfática, mas Andrew não a soltou.

— As condições para sua sobrevivência são simples: não cometa o erro de achar que estou aceitando você e nunca, nunca fale comigo. Você é parte da vida dele, mas nunca vai ser parte da minha. Caso se esqueça disso, eu vou te lembrar, e você não vai sobreviver à lição. Entendeu?

Andrew esperou que a garota assentisse novamente e então a soltou. Considerou a própria mão por um momento, então limpou os dedos na calça jeans, como se pudesse apagar a sensação de tocá-la. Observou Katelyn por um tempo, então se afastou da parede e dela.

— Espero que vocês dois sejam miseráveis juntos.

Então Andrew foi embora. Neil se virou para ir atrás, mas Katelyn soluçou baixinho às suas costas. Ele hesitou e olhou para a garota, que apertou as duas mãos sobre a boca para abafar o barulho, mas dava para ver seus ombros tremendo. Neil não era bom em confortar as pessoas e não gostava muito de Katelyn, mas se sentiu obrigado a uma tentativa sem jeito, uma vez que o confronto havia sido em parte culpa dele.

— Você ganhou — disse ele. Katelyn se limitou a encará-lo com lágrimas nos olhos. — Aaron não está em aula agora, se você quiser ligar pra ele.

Ele se virou e a deixou ali, em choque e com medo. Andrew não diminuiu a velocidade para ver se Neil o seguia. Neil correu atrás dele e o alcançou na escada. Andrew saiu pela porta para uma tarde ensolarada. Neil esperou que chegasse à balaustrada com vista para o lago do campus antes de puxá-lo pelo cotovelo. Andrew se soltou, mas parou de andar. Neil ficou parado onde pudesse ver o rosto de Andrew.

— O que fez você mudar de ideia?

Andrew o ignorou. Neil apoiou as costas na grade e olhou para a biblioteca além de Andrew. Repassou o encontro que já deveria ter acontecido havia muito tempo e imaginou como Aaron reagiria quando Katelyn ligasse chorando. Aquilo tinha o potencial de tornar o treino um tanto desconfortável, mas Neil duvidava que Aaron fosse ficar irritado por muito tempo. Sabia em primeira mão o quanto o irmão podia ser insensível e enfim tinha conseguido o que queria. Se os fins justificassem os meios, confortaria Katelyn de modo apropriado, mas nunca jogaria as ameaças na cara do irmão.

— Isso me lembra... Seria ruim se eu usasse minha rodada-bônus agora? — perguntou Neil. Ele interpretou o silêncio de Andrew como um "não", então acrescentou: — Por que você odeia tanto o "por favor"? Quem foi que fez você odiar tanto essa expressão?

Andrew olhou para ele em silêncio por um minuto.

— Fui eu.

Neil não sabia que resposta estava esperando, mas não era aquela. Sentiu como um estalo no peito, agudo e surpreendente. Abriu a boca para dizer algo, qualquer coisa, mas não sabia o quê.

Andrew tolerou a expressão vazia dele por mais alguns segundos e então gesticulou, descartando-o como irrelevante e desinteressante.

— Ele disse que pararia se eu dissesse as palavras.

— E você acreditou — adivinhou Neil.

— Eu tinha sete anos. Eu acreditei.

— Sete — repetiu Neil, sem reação.

Andrew foi morar com Spears apenas aos doze anos. Antes de Drake fazer da vida dele um inferno, Andrew havia passado por outras doze casas e, na semana anterior, dissera a Neil que nenhuma fora boa. Neil não tinha perguntado o quanto tinha sido ruim; assumira que a pior experiência teria sido com Drake.

Neil se arrependeu de perguntar, mas já era tarde demais para retirar.

— Você... — começou ele, mas não conseguiu encontrar as palavras.

Procurou a mentira no olhar calmo de Andrew e não achou nada. Andrew quase matara quatro homens por agredir Nicky e teria quebrado o pescoço de Allison por bater em Aaron, mas, quando se tratava de crimes contra ele mesmo, não se importava. Tinha menos consideração pela própria vida do que por qualquer outra coisa. Neil odiou esse fato com uma ferocidade nauseante.

— Depois de tudo o que eles fizeram com você, como consegue me suportar? — perguntou Neil. Não estava a fim de entrar em detalhes com tantas pessoas por perto. Duvidava que qualquer um estivesse prestando atenção, mas não iria se arriscar. Apontou entre os dois, sabendo que Andrew entenderia. — Como você não vê problema nisso?

— Não tem nada de "isso" — retrucou Andrew.

— Não foi o que perguntei. Você sabe que não foi — disse ele, e, quando Andrew fez menção de se virar para ir embora, como se não pudesse mais ouvi-lo, Neil estendeu a mão, sem querer deixá-lo partir sem uma resposta. — Espera.

— Não — respondeu Andrew, e a mão de Neil congelou a pouca distância de tocar no braço dele. Andrew também ficou imóvel, e seguiu-se um silêncio terrível que durou um minuto. Por fim, Andrew o olhou, mas por um momento Neil não sabia para quem ele olhava. Em um segundo, a expressão de Andrew ficou tão sombria e distante que Neil quase recuou. E, num piscar de olhos, Andrew estava de volta, tão calmo e displicente como sempre. Agarrou o pulso de Neil para empurrar a mão dele para o lado. Fez pressão com os dedos na mão de Neil antes de soltar, não com força o suficiente para machucar, e acrescentou: — É por isso.

Neil parou quando Andrew mandou. Não era muito, mas era mais do que o suficiente. Neil conseguiu assentir, entorpecido demais para falar, e observou Andrew ir embora.

Na sexta-feira, Kevin entrou em quadra usando a mão direita. Neil ia dizer algo, mas o olhar mortal de Kevin fez com que suprimisse todas as perguntas. Dan interpretou erroneamente a expressão de Neil como preocupação e parou na entrada da quadra para confortá-lo.

— Deixa com a gente — prometeu ela.

— Eu sei — respondeu Neil, e a garota sorriu de orelha a orelha.

Dan foi para a linha da meia quadra como a segunda atacante das Raposas, e o restante do time foi atrás dela quando seus nomes foram chamados. Renee e Nicky ficaram no banco com Neil, como reservas da noite. Renee entraria e sairia no lugar dos defensores, já que os Urso-gatos iriam cansar a defesa e Andrew ficaria no gol durante a partida inteira.

Os Urso-gatos de Binghamton entraram em quadra com uma arrogância óbvia. Neil não os culpava pelo excesso de confiança, considerando o estado lamentável das Raposas, mas também não precisava perdoá-los. O estádio gritava animado com os últimos dez segundos da contagem regressiva para o início do jogo. Os Urso-gatos deram a saída, e a partida ficou violenta no primeiro minuto. Neil levou dez minutos para perceber que os adversários tentavam eliminar outro jogador. As Raposas já estavam com o número mínimo de atletas. Não teriam chances se perdessem mais um.

Os xingamentos cruéis de Wymack ao seu lado diziam que ele entendia por que os cartões amarelos não paravam de ser levantados. Abby abriu o kit de primeiros-socorros, séria, e esperou pelo primeiro ferimento. Nicky andava de um lado para o outro, irritado, e gritava insultos agressivos para os Urso-gatos através das paredes. Renee tentava acalmá-lo quando ele se exaltava demais, mas não dizia nada. Neil tentou absorver um pouco da calma de Renee, mas sentiu o sangue ferver quando Allison foi derrubada de novo. Por trás da indignação crescente estava o calafrio perante o inevitável. As Raposas não aguentariam aquele estilo de jogo por muito tempo. Foram deixadas de lado e pisoteadas durante grande parte da vida; a quadra era o último lugar em que tolerariam esse tipo de insulto. Seth já teria dado um soco oito minutos antes. Os outros não demorariam a explodir.

Mas depois de alguns minutos, dois jogadores adversários foram expulsos com cartões vermelhos, e as Raposas mantiveram a calma. Deixaram que acertassem golpes e derrubassem raquetes, e cediam quando empurradas. Nem mesmo Matt chegou a revidar quando o atacante que o marcava deu um soco nele. Abaixou os braços e permitiu que o acertasse com os socos até que os árbitros interrompessem. Dan marcou o gol ao cobrar a falta e abraçou Matt no caminho de volta para o meio da quadra. Neil observou a breve interação e por fim relaxou. Naquela noite, as Raposas tinham escolhido a vitória em vez do orgulho.

Foi um sacrifício necessário, mas surtiu um impacto emocional e físico em todos. Passaram a maior parte do intervalo furiosos, putos demais com os oponentes para avaliar o quão bem estavam indo. Wymack atenuou sua recapitulação, sem querer irritar ninguém com sua abordagem rude de sempre. Se alguém percebeu, não deu sinal.

Quando terminou de falar, o treinador olhou em volta e perguntou:

— Alguém tem alguma coisa a dizer?

Dan bateu com a cabeça da raquete no chão.

— Estamos no meio do caminho. Vamos acabar com esses idiotas e depois encher a cara. Alguém me diz, por favor, que tem bebida no dormitório. O depósito já vai ter fechado quando o jogo acabar, e eu só tenho meia caixa de cerveja.

Nicky fez uma careta ao receber um olhar de expectativa de Dan.

— Não o suficiente para compensar isso. Bebemos a maioria na segunda.

— Alguma coisa é melhor do que nada — comentou Matt, parecendo desanimado.

— Katelyn deve ter — disse Aaron, sem erguer o olhar de onde apertava a rede da raquete. — Podemos conseguir mais se formos com ela e as Raposetes.

A surpresa apagou a decepção dos rostos dos companheiros; as Raposas lançaram olhares rápidos entre Aaron e Andrew e esperaram por uma reação. Andrew estava, como sempre, sozinho no outro lado da sala. Não disse nada, e sua expressão entediada não se contraiu ao som do nome de Katelyn.

Aaron enfim ergueu os olhos, mas olhou para Dan, e não para Andrew.

— A não ser que você não queira?

Dan olhou com precaução para Andrew.

— Hm, sim, claro. Se elas têm pra dividir... quanto mais, melhor. Certo?

O comentário foi direcionado para Andrew, uma sondagem cuidadosa à espera de uma reação violenta. Andrew olhou para o nada e continuou a ignorar todos eles.

Aaron assentiu como se aquilo não fosse uma reviravolta estranha e colocou a raquete de lado.

— Posso contar quantos somos quando a gente voltar. Podemos usar de novo a sala de estudos do porão.

— Hm — disse Matt.

— Não — interrompeu Neil, antes que ele perguntasse o óbvio.

Era mais difícil fazer Nicky ficar quieto, e ele deu uma cutucada nada sutil em Aaron, que o ignorou com um movimento displicente dos dedos. Nicky lançou um olhar arregalado para Andrew, que não retribuiu. Por sorte, a buzina disparou antes que a boca de Nicky o colocasse em apuros.

Wymack apressou as Raposas.

— Levantem e caiam fora. Temos uma equipe para enviar pra casa chorando. Podem fofocar no tempo livre.

O segundo tempo foi tão difícil quanto o primeiro, mas o intervalo havia restaurado o ânimo das Raposas. Fazer Aaron e Nicky começarem jogando juntos foi a melhor decisão que Wymack tomara durante a noite. Aaron jogava com uma energia e foco que Neil nunca tinha visto, e a empolgação de Nicky o colocava em uma vantagem muito necessária. Andrew se manteve firme atrás deles, atento aos pontos fracos. O trabalho em equipe impecável permitiu que o ataque se controlasse para jogar com mais intensidade nos quinze minutos finais de jogo. Quando Matt e Renee entraram em quadra, faltando vinte e cinco minutos, Dan e Kevin deram tudo de si.

A buzina final anunciou a vitória por sete a cinco para as Raposas. Neil e os reservas entraram em quadra assim que os árbitros abriram os portões. As Raposas comemoraram apenas por alguns segundos;

já tinham aguentado o bastante dos Urso-gatos para duas vidas e preferiam celebrar a vitória com bebidas. Trocaram os apertos de mão o mais rápido possível.

Aaron foi um dos primeiros a sair da quadra. Empurrou a raquete para Nicky e deixou o capacete e as luvas pelo caminho até as Raposetes. Quando ele se aproximou, Katelyn jogou os pompons de lado e pulou em seus braços, pronta para beijá-lo. As Raposetes pulavam ao redor, comemorando e acenando para a torcida.

— Caralho — disse Nicky, olhando deles para o semblante nada impressionado de Andrew. — Caralho, eu tô acordado?

Era a vez de Kevin lidar com a imprensa, mas ele lançou um olhar enfático para Neil ao se encaminhar para lá. Neil não tinha nada a acrescentar, já que estivera no banco a noite toda, mas se aproximou caso Kevin precisasse dele para as perguntas. Kevin abriu seu melhor sorriso feito diante das câmeras, então gesticulou para que Andrew se aproximasse. Andrew ficou parado ao lado de Neil, mas não olhou para os repórteres. A entrevista começou de modo bastante previsível, com comentários sobre o jogo e os gols inacreditáveis que Kevin tinha marcado.

Neil não estava prestando muita atenção, até que alguém perguntou sobre as semifinais. Os Urso-gatos voltariam para casa como a equipe que menos marcara gols na rodada de eliminação. Em duas semanas, as Raposas enfrentariam dois dos Três Grandes.

— Estou ansioso pra jogar contra a USC de novo — comentou Kevin. — Não falei com Jeremy nem com o treinador Rhemann desde que me transferi, mas a equipe deles sempre foi incrível. Fizeram uma temporada quase perfeita este ano. Temos muito a aprender com eles.

— Continua sendo o torcedor número um deles — brincou a repórter. — Vocês também vão jogar contra Edgar Allan, na maior revanche do ano. Comentários?

— Não quero falar mais dos Corvos. Desde que minha mãe morreu, são os Corvos pra cá, os Corvos pra lá. Não sou mais um Corvo. Nunca mais vou ser um Corvo. Pra ser sincero, nunca deveria ter jogado lá. Devia ter entrado em contato com o treinador Wymack no dia em que descobri que ele era meu pai e pedido pra começar como calouro em Palmetto State.

— No dia... — A repórter gaguejou, então perguntou: — Você acabou de dizer que o treinador Wymack é seu pai?

— É, isso mesmo. Descobri quando ainda estava no ensino médio, mas não contei pra ele porque achei que queria ficar em Edgar Allan. Na época, pensei que o único jeito de ser campeão era sendo um Corvo. Comprei todas as mentiras que eles me contaram quando diziam que fariam de mim o melhor jogador em quadra. Eu não deveria ter acreditado. Tenho esse número no meu rosto há tempo o bastante pra entender que não era isso que eles queriam pra mim.

"Todo mundo sabe que os Corvos querem ser os melhores. Melhor dupla, melhor escalação, melhor time. Martelam essa mensagem na sua cabeça dia após dia, fazem você acreditar até que você se esqueça que, no fim das contas, 'melhor' significa 'um'. Fazem com que você se esqueça até que outras pessoas passem a acreditar, sejam os torcedores indo longe demais com atitudes erradas ou o CRE chamando a atenção deles por seus golpes baixos. E então não querem mais fazer parte desse jogo, e vão direto pra rodada de eliminação. Você sabia que eu nunca esquiei na vida? Mas gostaria de ir um dia."

Havia muita informação subentendida no último comentário para que ela compreendesse o significado, mas levaria apenas alguns instantes. Neil entendeu na hora, e a adrenalina que inundou suas veias o fez cambalear um pouco. Ele lançou um olhar rápido para Andrew, que não retribuiu, mas com certeza também prestava atenção. Estava com o olhar cravado na nuca de Kevin.

Kevin não esperou até que a repórter entendesse a mensagem.

— Diz para os Corvos se prepararem para nos enfrentar, pode ser? Porque nós estaremos prontos para enfrentá-los.

Kevin se virou e foi embora. A repórter o encarou por um momento interminável, depois se voltou para a câmera e começou a falar rápido sobre tudo o que Kevin acabara de dizer. Neil e Andrew não ficaram para a recapitulação nem para as especulações confusas e seguiram Kevin.

Kevin não diminuiu a velocidade nem olhou em volta a caminho do vestiário. Passou direto pelos companheiros de equipe que comemoravam no lounge. Largou o capacete e as luvas ao atravessar o vestiário e apoiou o peso na borda da pia. Cambaleou um pouco, como se suas pernas quisessem ceder. As mãos dele tremiam com tanta violência que Neil podia ver da porta. Em vez de cair, Kevin se inclinou para a frente e encostou a testa no espelho.

— Vai todo mundo morrer — disse Kevin, por fim.

— Não vai, não — respondeu Neil.

Kevin pensou por um minuto, então se endireitou. Depois de olhar para seu reflexo por um tempo, ergueu a mão e cobriu a tatuagem no vidro. O resultado provocou um estranho tremor em seus ombros. Neil não sabia se era aprovação ou medo. Tudo o que importava era que Kevin assentiu e se virou para eles. Olhou primeiro para Neil, depois para Andrew.

— Temos muito trabalho pela frente.

— Amanhã — respondeu Andrew, e ignorou o olhar de Neil.

Kevin aceitou a promessa, assentindo, e ele e Andrew foram em direção aos chuveiros. Neil estava limpo, então voltou para o lounge para encontrar o resto dos colegas de equipe. Todos ficaram em silêncio quando ele se aproximou.

Dan apontou para trás de Neil, em direção ao vestiário.

— O que aconteceu?

Neil contou nos dedos.

— Kevin contou pra imprensa que o treinador é o pai dele, disse que nunca vai voltar pra Edgar Allan e expôs os Corvos como babacas hipócritas. Ah — acrescentou, erguendo a cabeça —, e disse que o machucado da mão não foi um acidente. Não com essas palavras, mas não vai demorar até que a imprensa entenda o recado.

Dan arfou.

— Ele fez o quê?

— Que maravilha — disse Wymack. — Ele está virando uma cópia sua. É exatamente o que eu precisava.

—Pelo menos você pode legalmente fazer um seguro de vida em nome de um deles — comentou Nicky.

— Fora. Todos vocês, caiam fora. Vão tomar banho antes que eu morra por causa desse fedor — disse Wymack.

Neil esperou com Wymack e Abby no salão enquanto as Raposas tomavam banho e se vestiam. Wymack ligou a televisão e assistiu à recapitulação pós-jogo mesclada com trechos da entrevista de Kevin. Um locutor esportivo chamou aquilo de desdém e sensacionalismo; outro se referiu à facilidade com que Edgar Allan deixou Kevin ir embora e quanto tempo Kevin e Riko ficaram fora de vista após o suposto acidente. O terceiro foi mais neutro, mas relembrou o programa de Kathy Ferdinand em agosto. Kevin adotara uma postura cautelosa e quieta assim que Riko apareceu, e talvez eles finalmente tivessem uma explicação para o antagonismo inesperado de Neil e a forma ferrenha com que defendera Kevin.

Quando as Raposas começaram a voltar, Wymack desligou a televisão. Depois de todos estarem sentados, ele passou os olhos por cada um.

— Vou ser breve. Vocês têm uma comemoração merecida pela frente. Vamos repassar os detalhes minuciosos e complicados na segunda-feira de manhã, como de costume. Não foi o jogo mais limpo que vocês já jogaram, mas foi de longe o mais maduro. Fizeram o que tinham que fazer e deram a volta por cima.

"Aliás, bem-vindos às semifinais. São vocês, USC, e Edgar Allan. Vocês estão frente a frente com o que resta dos Três Grandes", disse ele e, quando Dan ficou um pouco pálida com o lembrete, completou: "Não, não faz essa cara. Não precisam ter medo. Sejam festeiros. Sejam orgulhosos. Ninguém achou que vocês chegariam tão longe... ninguém, a não ser as pessoas sentadas nesta sala. Vocês merecem isso", enfatizou o treinador, lançando outro olhar ao redor. "Agora saiam e vão encher a cara."

— Com cuidado — acrescentou Abby. — Longe das ruas, longe das vistas de todos, longe de perigos. Fechado?

— Sim, mãe — brincou Nicky.

— Não vamos sair do dormitório — prometeu Dan.

O trânsito fez o trajeto de volta à Torre das Raposas parecer interminável. O silêncio mortal no carro de Andrew não ajudou. Aaron parecia contente onde estava, encostado na janela, e Nicky estava praticamente vibrando de empolgação, mas ninguém falou nada.

Sair para a rua foi quase um alívio, e Neil ajudou os companheiros de equipe a carregarem o que restava do álcool para um dos quartos do porão. Quando Matt e Nicky tiraram as mesas do caminho, as Raposetes começaram a aparecer. Andrew as recebeu pegando a garrafa de vodca e saindo de novo.

— Cof cof — disse Nicky ao se aproximar. Neil tentou fingir uma expressão neutra que de nada serviu para enganar o amigo. — Você já percebeu que vamos ficar umas boas horas fora do quarto, certo? Cai fora.

— Estou bem aqui — respondeu Neil.

— Tchau — disse Dan, surgindo de repente do outro lado do Neil. — Primeira regra do namoro na faculdade: nunca desperdice um quarto vazio.

Neil queria dizer que os dois não estavam namorando e que Andrew poderia aceitar ou abandonar sua presença a qualquer momento. Queria ficar e comemorar o sucesso dos companheiros de equipe. Queria ver como Aaron se tornava uma pessoa completamente diferente com Katelyn ao lado. Mas metade do esquadrão das Raposetes já estava presente, ocupando o cômodo com risos empolgados e perfumes fortes, e o barulho no corredor indicava que havia mais a caminho. Neil não tinha nada contra as líderes de torcida, mas se fosse para escolher entre ficar de papo com semidesconhecidas por horas e incomodar Andrew a sós, a última seria a escolha óbvia.

— Vocês foram ótimos hoje — disse Neil, afinal era o mínimo que eles mereciam antes que sumisse. — Todos vocês.

— Nada disso — retrucou Dan, alegre, ainda que seu sorriso dissesse que ela tinha gostado do elogio. — Vamos falar sobre o jogo na segunda, lembra? Hoje à noite é pra beber e ficar bem louco. Agora sai daqui e vai dar uns pegas.

— E por falar em dar uns pegas — comentou Nicky, em alemão, então se virou para Aaron, agitado. — Como que de repente ele concordou com isso? Que porra você fez?

— Eu retribuí o favor — disse Aaron, com um olhar frio na direção de Neil. — Neil usou Katelyn contra mim, então eu usei Neil contra Andrew. Dependendo de como você olhar, Neil é uma violação do nosso acordo tanto quanto Katelyn. Andrew poderia quebrar nosso acordo e me liberar, ou terminar com Neil.

Neil era fluente em alemão, mas as palavras de Aaron pareciam incompreensíveis para ele. Aaron tinha avisado a Neil que estava pronto para lutar por Katelyn, mas se Neil foi a munição escolhida, Aaron deveria ter perdido. Isso devia ser um mal-entendido ou apenas consequência da visão distorcida de Aaron sobre as intenções de Andrew.

Nicky conseguiu falar primeiro.

— Calma aí, ele escolheu o Neil em vez de você? Isso parece um pouco demais pra um casinho, você não... — Nicky olhou para o rosto pálido de Neil e balbuciou: — Isso foi novidade pra você também, hm?

Aaron ignorou Nicky e jogou uma chave para Neil.

— Você vai trocar de quarto comigo amanhã. Agora tenho permissão pra levar Katelyn para o dormitório, mas prefiro que ela não fique no mesmo quarto que Andrew. Ele pode ter concordado em não se intrometer mais, só que não confio nele nem por um segundo.

— Vou arrumar minhas coisas amanhã de manhã — respondeu Neil.

Aaron voltou para perto de Katelyn. Nicky ainda olhava para Neil como se ele fosse o maior mistério do mundo. Neil saiu antes que o amigo dissesse mais alguma coisa e subiu as escadas. A porta de Andrew estava trancada, mas ele a abriu com a chave de Aaron. Encontrou Andrew meio enterrado em um pufe, com a garrafa aberta de vodca nas mãos. A TV estava desligada, mas Andrew estudava a tela como se visse algo na superfície escura. Não perguntou como Neil entrara. Talvez ele e Aaron já tivessem conversado sobre a troca.

Neil trancou a porta e atravessou a sala para ficar ao lado dele. Andrew deixou que o outro pegasse a vodca sem discutir ou resistir. Neil fechou bem a tampa e colocou a garrafa onde nenhum dos dois poderia derrubá-la. Quando Neil se virou para Andrew, ele já estava pronto e o pegou pelo colarinho para puxá-lo para baixo. Neil plantou uma mão contra o tapete áspero para se manter afastado do corpo de Andrew e enterrou a outra no pufe, perto da cabeça dele. Andrew passou a mão pelo braço de Neil, do ombro ao pulso.

— Até onde eu sabia, você me odeia — disse Neil contra a boca de Andrew.

— Odeio tudo em você — respondeu Andrew.

Neil se ergueu um pouco.

— Eu não sou tão burro quanto você acha.

— E eu não sou tão esperto quanto achei que era. Sei que não devia fazer isso de novo. Seriam as minhas tendências autodestrutivas?

Se não fosse por aquele "de novo", Neil pensaria que tinha a ver com a conversa terrível da quarta-feira. Pensou em todas as explicações possíveis o mais rápido que conseguiu, desde as investidas rejeitadas de Roland até os problemas familiares de Andrew, passando pelas Raposas e Drake. A pressão em seu pulso enfim guiou seus pensamentos para onde precisavam ir. Uma vez, Neil perguntara a Andrew se ele morreria se demonstrasse alguma coisa. Deveria ter pensado melhor antes de dizer uma coisa dessas depois de ver as cicatrizes de Andrew. Ele quase morrera tentando se manter próximo a Cass Spears, mas ainda assim a perdeu no fim.

— Eu não sou um sonho inalcançável — disse Neil —, não vou a lugar nenhum.

— Eu não perguntei.

— Então pergunta, ou fica por aqui pra descobrir por conta própria.

— Vou acabar me cansando de você.

— Tem certeza? — perguntou Neil. — De acordo com boatos, eu sou bem interessante.

— Não acredite em tudo que dizem por aí.

Neil ignorou a rejeição. Andrew já o estava puxando para si de novo. Eles se beijaram até Neil ficar tonto, até não ter certeza se conseguiria se levantar de novo, e então Andrew puxou a mão de Neil do pufe. Ele a segurou distante dos dois por uma eternidade, então a pressionou devagar contra o peito e a soltou. Ficou tenso sob a mão dele, mas relaxou antes que Neil pudesse se afastar.

Neil não se deixou enganar. No primeiro beijo dos dois, Andrew deixara óbvia a importância que dava a um sim. Aquela rendição casual não era um consentimento genuíno. Andrew estava fazendo aquilo por causa da conversa de quarta-feira, mas Neil não saberia dizer qual dos dois ele tentava convencer. Apenas três meses haviam se passado desde os abusos de Proust e quatro desde o ataque de Drake. Neil não sabia quando Andrew ficaria bem, mas sabia que ainda não era a hora. Deixou a mão apoiada no peito dele, mas se recusou a movê-la.

— Não vou ser como eles. Não vou permitir que você me deixe fazer o que eu quero — prometeu Neil.

— Cento e um, subindo para cento e dois — afirmou Andrew.

— Você mente muito mal — disse Neil, e Andrew o calou com um beijo.

CAPÍTULO DEZOITO

No sábado de manhã, Wymack passou na Torre das Raposas com uma convidada. A porta do quarto de Andrew estava aberta enquanto Neil e Aaron trocavam de quarto, então Wymack decidiu bater no batente. Neil ergueu o olhar ao primeiro sinal de movimento, mas esqueceu o que ia dizer quando viu a mulher parada ao lado do treinador.

Theodora Muldani era uma ex-defensora dos Corvos que jogava pelas Sereias de Houston e pela seleção. O cabelo preto grosso estava puxado para trás em tranças intrincadas, e a maquiagem em tons pastel fazia um grande contraste com a pele escura. A expressão impassível era a mesma que preferia ostentar em frente às câmeras quando percebia que estava sendo filmada. O vestido curto de nada adiantava para esconder as pernas longas e grossas e os braços musculosos. Ela passava a impressão de que poderia bater de frente com Matt em uma luta. Neil apostou que ela era arrasadora em quadra, uma rocha que não dava a mínima para atacantes estúpidos o suficiente para se opor a ela.

— Kevin — chamou Neil.

Ele estava plantado em frente à televisão, com o computador aberto no colo, observando as repercussões da entrevista incendiária da noite passada. Nenhum deles esperava que fossem apontados como culpados. Os Corvos negaram tudo, óbvio, mas no fim das contas era uma discussão sobre o que as pessoas de fato acreditavam. A equipe estava acostumada a uma hierarquia violenta e punições severas, mas prejudicar intencionalmente um de seus jogadores — sobretudo Kevin Day — parecia improvável, até mesmo para eles. Nenhum dos Corvos estava lá quando Riko quebrara a mão de Kevin. Jean fora a única testemunha e o único que a imprensa ainda não conseguira abordar.

— Kevin — repetiu Neil, mas Thea não iria esperar mais.

Ela contornou Wymack e atravessou a sala em direção a Kevin, que estava absorto demais para se importar com quem estava atrás dele, até que Thea pegou o computador e o jogou para o lado. Kevin levou um susto e ergueu os olhos, boquiaberto e prestes a dar uma resposta irritada, que ignorou assim que reconheceu a visitante. Thea agarrou seu pulso esquerdo e puxou seu braço para ver as cicatrizes nas costas da mão. Kevin deixou que ela o movesse, atordoado demais para revidar. A jogadora examinou as linhas brancas na pele clara e lançou um olhar sombrio para Neil.

— Cai fora.

Neil não sabia o que chamara a atenção de Andrew, se fora o barulho do computador de Kevin ao cair no carpete ou a voz de uma garota desconhecida, mas ele se materializou na porta um segundo depois. Olhou de Thea para Kevin e vice-versa, mas não interveio. Neil não deveria ter ficado surpreso; Renee só sabia sobre o relacionamento de Thea e Kevin porque Andrew também sabia. Andrew entendia que Thea não era uma ameaça genuína para ninguém ali.

Thea foi menos receptiva e voltou o olhar para Andrew.

— Você também, cai fora.

Andrew olhou para ela como se não tivesse ouvido nada.

— Thea — disse Kevin, por fim, e se levantou. — O que você está fazendo aqui?

Thea olhou feio da televisão para Kevin, mas tudo o que respondeu foi:

— Ou eles saem ou eu saio. Não vou falar com você na frente de gente de fora.

— Eu também sou de fora. Não sou mais um Corvo — disse Kevin. Não acrescentou "e nem você". Apesar de Thea ter se formado em Edgar Allan havia quase três anos, ainda usava o mesmo número que vestia jogando com os Corvos em um pingente em volta do pescoço. Aquilo fazia Neil se perguntar como os Corvos se saíam quando precisavam abandonar a mentalidade coletiva do Ninho. Talvez demorassem anos para se recuperar. Talvez nunca se recuperassem. Talvez caíssem aos pedaços, levando fragmentos de Evermore consigo pelo resto da vida.

A expressão no rosto de Thea dizia que ela não estava nem um pouco impressionada com a lógica de Kevin.

— Vou contar até três. Um.

— Para com isso. Fala comigo — retrucou Kevin.

— Ah, agora você quer conversar — protestou Thea, um tanto desdenhosa. — Dois.

— Eu sempre quis conversar, mas era complicado.

— Complicado — repetiu ela. As aspas que fez no ar exalavam raiva e escárnio. — "Complicado" é ter que descobrir por meio de uma coletiva de imprensa que você quebrou a mão e foi tirado da escalação. "Complicado" é descobrir da forma mais difícil que você desligou o seu antigo número e ter que ouvir do Jean que você não queria mais saber de nenhum de nós a partir de agora. Não vem com essa de "complicado" pra cima de mim. Eu mereço mais do que isso. Três.

Ela se virou para sair, mas Kevin a segurou pelo pulso.

— Jean — disse ele, como se isso de alguma forma respondesse a todas as acusações. O canto da boca franzido de Thea era tanto de raiva quanto de incompreensão. Kevin balançou a cabeça e insistiu: — Se você vai acreditar em mim, precisa ver o Jean antes.

— Ou o que sobrou dele, depois de tudo — comentou Wymack. Ignorou o olhar irritado de Thea e encarou Kevin. — Eu vim junto para permitir a entrada dela no dormitório, mas ela veio com um carro que alugou no aeroporto. Pega uma carona com a Abby e leva ela até lá, assim eu posso descobrir que porra é essa que tá rolando aqui.

Thea hesitou por mais um momento, então se livrou do aperto de Kevin e gesticulou para que ele a seguisse. Wymack deu um passo para o lado para que os dois saíssem e os observou desaparecer no corredor. Neil sabia que eles estavam fora de vista quando Wymack voltou para a sala. O treinador examinou a bagunça que Neil e Aaron haviam feito, os pertences em pilhas quase organizadas ao redor da sala de estar, então arqueou uma sobrancelha para Andrew.

— Eu liguei para o Nicky antes de vir pra ter certeza de que vocês estavam aqui — disse Wymack. — Quando ele me disse o que Neil e Aaron estavam fazendo, achei que ele estava me sacaneando.

Não era uma pergunta, então Andrew apenas o encarou em um silêncio calmo. Wymack sustentou o olhar por mais alguns instantes.

— Os formulários para as acomodações devem ser entregues em algumas semanas. Com nove homens e seis mulheres na escalação, é mais fácil a gente conseguir cinco quartos em vez de três. Eu tinha preparado todo um discurso pra convencer você, mas parece que foi perda de tempo. Presumo que Nicky seja a segunda melhor opção de pessoa a ser tirada de perto de você?

— Se você acha que ele vai sobreviver até o verão — retrucou Andrew.

— Se você encostar nele, vai ficar me devendo um defensor.

— Você tem um na casa da Abby.

Wymack balançou a cabeça.

— Jean não vai ficar com a gente ano que vem. Eu já sugeri isso, mas ele e Kevin sabem que nunca mais vão jogar juntos de novo. Tem história demais entre os dois, coisas boas, coisas ruins e coisas horríveis, e eles não conseguem lidar com tudo. Vamos descobrir o que fazer com ele em algum momento.

Neil pensou por alguns instantes, então olhou para a porta atrás de Wymack.

— Você não acha que Kevin vai contar toda a verdade para Thea, né?

— É bem improvável — respondeu o treinador. — Temos muitas pessoas de olho na gente e a maioria não é nada amigável. Não acho que ele faria Thea correr este risco.

Wymack esperou um minuto para ver se Neil tinha mais alguma coisa a dizer, então começou a se virar. Deu apenas um passo antes de voltar para eles.

— Ah, isso me lembra... — Ele tirou algo do bolso. Talvez soubesse que Andrew não faria esforço algum para pegar, porque a jogou no chão aos pés dele. Neil observou incrédulo as chaves tilintarem ao bater no carpete. Não podia ser, mas, no verão passado, Wymack também entregara três chaves novas a ele: um molho para abrir todas as portas importantes da Toca das Raposas. As suspeitas de Neil foram confirmadas quando Wymack disse: — Kevin disse pra entregar isso pra você.

Ele saiu sem esperar resposta. Andrew olhou para as chaves por mais um minuto, então as pegou e guardou no bolso. Neil sabia que não devia comentar, mas seu coração batia forte quando ele voltava para a mesa. Imaginou um mundo em que Andrew realmente se importasse com o jogo. Pensou em mais quatro anos com as Raposas e em fechar um contrato profissional depois disso. Pensou em lutar por uma vaga na seleção e enfrentar os melhores do mundo, com Kevin ao seu lado e Andrew logo atrás.

Sonhar acordado era quase distração demais, mas Neil conseguiu arrumar tudo no novo quarto. Horas se passaram até que Kevin voltasse e, àquela altura, Neil estava cochilando em um livro na mesa. O som da porta abrindo o acordou, e ele se sentou para estudar a expressão relaxada de Kevin. Presumiu que ele havia convencido Thea do papel de Riko no "acidente" envolvendo sua mão.

Kevin ficou parado próximo à porta e olhou para além de Neil, onde Andrew estava meio enterrado em um pufe.

— Vamos.

Neil olhou para Andrew, mas nem precisava. Andrew se levantou sem discutir nem tecer comentários, e os dois seguiram Kevin para a Toca das Raposas.

Os estádios dos Troianos e das Raposas tinham tamanhos semelhantes, mas o tema vermelho e dourado da USC, mais escuro que o das Raposas, passava a impressão de que o Estádio de Troia era bem menor. De algum jeito, essa ilusão em nada ajudou para fazer as Raposas se sentirem melhor em ficar na área técnica. Fizeram questão de chegar meia hora antes de as portas abrirem, pois precisavam de tempo para se preparar mentalmente para o jogo. Estavam sozinhas por enquanto. Em noventa minutos, enfrentariam o segundo melhor time do país.

— Pois é — disse Matt, por fim, o primeiro a falar desde que os seguranças haviam autorizado a entrada deles. — De boas.

Nem mesmo Kevin tinha algo a dizer, mas talvez fosse porque estava muito ocupado absorvendo a alegria de estar de volta ao Estádio de Troia. Sua expressão satisfeita contrastava com os nervos e o pavor evidentes nos rostos de seus companheiros de equipe. Neil queria dizer a ele para dar uma baixada de bola, mas não conseguia se lembrar da última vez que vira Kevin de bom humor.

As portas se abriram e a torcida entrou como uma onda interminável. Wymack conduziu as Raposas de volta ao vestiário. Uma das funcionárias da USC parou pouco depois para passar um resumo de como a noite correria. Os ingressos estavam esgotados, e havia seis canais de notícias diferentes presentes, bem como doze recrutadores das ligas principais e profissionais de verão. Ela sabia que nenhum dos olheiros estaria prestando atenção nas Raposas, mas listou as cidades e equipes que representavam mesmo assim.

— Não temos a escalação da USC. Sabe me dizer quando vamos receber? — comentou Wymack.

— Vou ver se consigo uma cópia. Precisam de mais alguma coisa?

— Isso é tudo — respondeu Wymack, e ela saiu. Assim que as portas se fecharam, o treinador olhou para Dan. — Você e Kevin podem começar a pensar no que vão falar no pré-jogo.

Dan esfregou os braços com vigor, esforçando-se para se manter firme e dar a sua equipe a confiança inabalável de uma capitã.

— Será que "Estamos empolgados por estar aqui" e "Vamos dar nosso melhor" cobre tudo que precisa ser dito?

— Que tal "Vamos acabar com esses perdedores"? — sugeriu Nicky.

— E é por coisas desse tipo que você não pode dar entrevistas — retrucou Matt, seco.

O vestiário fora construído para acomodar equipes muito maiores, então foi fácil para as Raposas se espalharem. Sempre que possível, elas se separaram para respirar, precisando de alguns minutos para colocar a cabeça no lugar antes da partida daquela noite. Neil não sabia se era de grande ajuda, mas, quando os repórteres apareceram, já estavam quase sem tempo. Kevin e Dan fizeram elogios educados à USC e prometeram uma partida interessante. Wymack atendeu a imprensa o mais rápido possível e enviou as Raposas para se trocarem.

Quando faltavam trinta minutos para o início do jogo, eles retornaram à área técnica. As arquibancadas estavam lotadas, e o barulho que os torcedores faziam era um peso físico esmagando a pele de Neil contra os ossos. Se a chegada das Raposas não foi o suficiente para deixar as arquibancadas em frenesi, a visão do capitão dos Troianos caminhando em direção à diminuta equipe ajudou.

Jeremy Knox já estava pronto para o jogo, faltando apenas colocar as luvas e o capacete. Havia assumido o comando dos Troianos em seu segundo ano e se saíra bem o bastante para manter a posição. Neil pensou que ele estava se aproximando para enquadrá-los como os adversários mais imprevisíveis e indignos a pisar naquele estádio, mas a expressão séria de Jeremy se dissolveu em um sorriso aberto assim que ele viu Kevin, que passou por Allison e Renee para encontrá-lo.

Jeremy tinha que passar por Wymack para chegar às Raposas, então apertou com firmeza a mão do treinador.

— Treinador Wymack, bem-vindo ao SoCal. Estamos muito felizes por ter vocês aqui hoje. Kevin, seu maluco — disse ele, em um tom menos formal, e bateu no ombro do amigo em cumprimento. — Você nunca cansa de nos impressionar. Já vi que curte uma equipe polêmica, mas gosto muito mais dessa do que da antiga.

— Eles são medíocres, na melhor das hipóteses, mas pelo menos é mais fácil lidar com eles — respondeu Kevin.

— O mesmo velho Kevin de antigamente, tão implacável e um pé no saco como sempre — retrucou Jeremy, em um tom amigável. — Tem coisas que não mudam, né? Mas outras mudam. — Seu sorriso desapareceu, e ele lançou um olhar perscrutador para Kevin. — Falando no seu último time, você, hm, você causou uma boa comoção com o que disse há duas semanas. Sobre sua mão, quer dizer, de talvez não ter sido um acidente.

Mesmo depois de tanto tempo, as pessoas continuavam a falar daquela declaração, ainda que com menos intensidade. Kevin não tinha mais nada a dizer sobre o assunto, e os Corvos afirmavam sua inocência e demonstravam indignação frente às acusações. Era um impasse que não satisfazia ninguém, mas era tudo o que teriam.

Kevin ficou em silêncio por um minuto, como se debatesse o quanto confiava em Jeremy, então disse:

— Eu tenho um defensor pra você. Tem espaço na escalação para o ano que vem?

Não era a resposta que Jeremy esperava. Kevin o guiou para longe das Raposas. Quando Kevin terminou a apresentação, o sorriso de Jeremy já havia desaparecido. Jeremy fez um gesto expansivo; entre eles, passando por Kevin na quadra e acima de sua cabeça nas arquibancadas. O primeiro pensamento de Neil foi que ele estava recusando quaisquer verdades que Kevin estivesse jogando. Então Kevin deu um de seus raros sorrisos genuínos, e Jeremy deu um aperto forte em seu ombro.

Jeremy segurava um papel dobrado. Em vez de pegá-lo, Kevin o guiou de volta até as Raposas. Jeremy se virou para Wymack, que desdobrou a folha e analisou a lista impressa.

— Nossa escalação — explicou Jeremy. — Entregamos um pouco atrasado, eu sei, mas estamos tentando evitar ao máximo as reações negativas.

— Reações negativas? — perguntou Dan.

Wymack entregou a folha para ela e observou seu rosto empalidecer. Quando voltou a encarar o treinador, Wymack balançou a cabeça e se virou para Jeremy.

— Não queremos a sua caridade. Diga ao treinador Rhemann que não aceitamos esmolas.

— Não é caridade. Estamos fazendo isso por nós, não por vocês. Seu sucesso este ano nos fez repensar tudo sobre como jogamos. Estamos em segundo lugar porque somos talentosos ou porque temos vinte e oito pessoas na escalação? Somos bons o suficiente como indivíduos pra jogar contra vocês? Precisamos saber.

Kevin arrancou o papel das mãos de Dan e olhou. Matt se inclinou sobre o ombro dele para ver e disse:

— Isso é uma zoeira. É uma zoeira. Né? — perguntou ele, olhando incrédulo para Jeremy. Allison puxou a manga dele com força, em busca de uma explicação, então Matt disse: — Só tem nove nomes.

— Dois goleiros, três defensores, dois meias e dois atacantes — acrescentou Jeremy. — Vocês chegaram até aqui com esses exatos números. Está na hora de vermos nosso desempenho em uma situação semelhante. Estou empolgado — confessou ele, com um grande sorriso. — Nenhum de nós nunca jogou uma partida inteira antes. Porra, a maioria não joga nem um tempo. Não precisamos, porque os números estão sempre a nosso favor.

— E você diz que eu que sou maluco. Vocês vão perder se jogarem assim hoje — retrucou Kevin.

— Talvez — concordou Jeremy, despreocupado. — Talvez não. Mas vai ser divertido de qualquer jeito, certo? Não me lembro da última vez que fiquei tão empolgado com um jogo. Olha pra isso. — Ele estendeu as mãos na direção da equipe adversária e riu. — Deem seu melhor, Raposas, porque a gente vai fazer o mesmo.

Ele saiu de cabeça erguida e com um sorriso verdadeiro no rosto. As Raposas encararam suas costas. Neil pensou que finalmente entendia como os Troianos da USC haviam conseguido ganhar o Prêmio de

Espírito Esportivo por oito anos consecutivos. O troféu era destinado às equipes com mais espírito de equipe e exigia uma votação unânime do CRE. Os Troianos nunca haviam levado um cartão vermelho nem sido pegos pelas câmeras dizendo algo rude sobre um oponente. Neil havia presumido que era uma encenação, da mesma forma que as pessoas presumiam que os padrões de recrutamento de Wymack eram um golpe publicitário.

— Retiro o que disse sobre o terremoto — comentou Nicky baixinho. — Tenho uma nova equipe favorita.

— Essa sempre foi a principal diferença entre a USC e a Edgar Allan — respondeu Kevin, devolvendo a escalação para Dan. — É por isso que tem mais Troianos indo parar na seleção do que Corvos. As duas equipes são obcecadas por serem as melhores, mas só os Troianos arriscariam a própria reputação pra melhorar. Vão dar tudo de si hoje em quadra e vão ser melhores por isso. Ano que vem vai ser bem interessante.

"Interessante" era um grande eufemismo para o olhar de Kevin. O sorriso que curvou seus lábios era faminto.

Wymack assentiu e se virou para sua equipe.

— A USC acabou de abrir as porteiras pra chegarmos às finais. Não se deixem enganar e não desperdicem a chance. Eles ainda vão dar tudo de si e levar o primeiro tempo. Vocês precisam controlar a diferença de pontos pra se recuperar no segundo. Entendido?

— Vamos ganhar da USC, é sério isso? — perguntou Dan, encarando Matt.

— E depois acabar com Edgar Allan daqui algumas semanas? Porra, mas vamos sim.

— Acho que vou passar mal.

— Passe mal depois — retrucou Wymack. — Agora você vai fazer esses vira-latas correrem um pouco.

Eles aqueceram bastante e devagar, e Neil não sabia como Dan conseguia manter um ritmo tão controlado quando o coração das Raposas parecia bater a mil por hora. Ele olhou para a quadra enquanto corria, desejando com todas as forças que aquilo não fosse um sonho cruel. Cada volta o ajudava a se assegurar, até que achou que iria morrer de ansiedade. Na quarta volta das Raposas, os Troianos entraram na área técnica; Neil viu o primeiro flash de vermelho e dourado ao passar pelos bancos, mas não identificou a formação completa até que as Raposas dessem a volta de novo. O mascote dos Troianos passou correndo por eles na outra direção, seguido pelos aplausos das arquibancadas.

Eles se alongaram no vestiário e colocaram o uniforme para entrar em quadra. Neil presumiu que Dan não tinha passado mal, já que beijou Matt antes de levar o time para a quadra para os exercícios. Apenas nove Troianos jogariam naquela noite, mas todos os vinte e oito treinaram passes e arremessos. Quando chegou o momento, os árbitros tiraram todos de quadra, exceto os capitães. Neil bebeu água no banco enquanto o narrador explicava o desafio a que a USC havia se proposto. A resposta da multidão foi estrondosa e indignada: os torcedores não ficaram tão felizes com a ideia quanto os Troianos.

— Estão ouvindo? Até os torcedores deles acham que não vão ganhar. Vamos nos enfileirar e vencer essa porra — perguntou Wymack.

Era mais fácil falar do que fazer. Os primeiros quarenta e cinco minutos foram uma luta feroz entre o segundo melhor do país e o timezinho do sul. Não importava o quanto as Raposas se esforçassem, a USC ficava vários passos à frente. Frustração e impotência colocaram um calor doentio nas veias de Neil, empurrando-o cada vez mais rápido contra a linha de defesa troiana, mas nada surtia efeito. Eles eram as crianças brincando no parque dos adultos, e a disparidade entre ambos era dolorosamente óbvia.

Allison e Dan recuaram uma e outra vez, mais interessadas em ajudar a proteger Renee e afastar a bola do que em passá-la para a frente para que os atacantes marcassem. Apesar de todo o esforço coletivo, os Troianos marcaram sete gols contra os quatro das Raposas. Quando o intervalo chegou, a linha de defesa estava tão exausta que mal conseguia respirar. Neil não conseguia se lembrar da última vez que vira Matt tão cansado.

— Porra. O que acabou de acontecer? — exclamou Matt, fraco.

— Desculpa — disse Renee.

— Não, não — retrucou Nicky, depressa. — É culpa nossa, não sua. Eles são bons demais.

— Eles são brilhantes — interviu Wymack —, mas estão ferrados. Não sabem controlar o ritmo pra jogar uma partida inteira. Não sei se vocês conseguiram notar, mas eles começaram a diminuir o ritmo por volta dos trinta minutos. O segundo tempo vai acabar com eles.

— Assim espero — respondeu Dan, fazendo uma careta para Kevin e Neil. — A desvantagem é maior do que a gente pensava. Vocês conseguem diminuir?

— O problema não é a gente — retrucou Kevin, apontando para Neil e para ele mesmo.

Nicky estava cansado demais para ficar puto com a acusação, mas Aaron olhou irritado para Kevin, e Matt fez uma careta. Kevin não dava a mínima para quem tinha se ofendido e olhou para Dan.

— Se você conseguir fazer a bola chegar na gente, nós damos conta do recado.

Matt olhou para Andrew.

— Qualquer dia desses você vai ter que me deixar bater nele.

Andrew olhou para ele em um silêncio nada impressionado.

A buzina os convocou de volta à área técnica, e as equipes do segundo tempo foram anunciadas. Neil sabia o que o esperava, mas ainda assim era chocante ver os mesmos rostos encarando-o. As únicas novidades foram os goleiros, Andrew para as Raposas e Laila Dermott para os Troianos. Por trás daquela surpresa havia uma emoção repentina, porque os Troianos pareciam cansados.

Haviam tido quinze minutos para recuperar o fôlego, então o segundo tempo começou nivelado. Mas não continuou assim por muito tempo. As Raposas jogavam melhor no segundo tempo. Não importava o quanto tivessem se dedicado na primeira metade, o instinto deles era de preservar as forças para o final. Agora que não tinham

406

motivos para se segurar, cada minuto que passava aumentava ainda mais seu desespero para ganhar e a sua coragem.

Aos vinte e cinco minutos, as Raposas finalmente acabaram com a diferença. Laila era um monstro no gol, mas Kevin e Neil tinham a vantagem que poucas equipes que enfrentavam os Troianos possuíam: também contavam com um monstro como goleiro e praticavam com ele todos os dias. Haviam passado o ano inteiro tentando superar o melhor goleiro do sul. Não tinham muito tempo para analisar Laila, mas não precisavam disso. A defesa dela estava desmoronando rapidamente, e a atleta não conseguiria cuidar do gol sozinha. Kevin e Neil combinaram as fintas das Raposas e dos Corvos para passar pelos defensores cambaleantes e marcar um gol após o outro.

A USC poderia ter recuperado o controle do jogo em um piscar de olhos se repensasse a estratégia. Se chamassem três reservas dos jogadores que estavam de fora, a noite das Raposas chegaria ao fim. Mas os Troianos haviam tomado uma decisão e não recuariam. Em vez de interferir, o restante da formação ficou ombro a ombro na parede e observou o colapso lento dos companheiros de equipe. Os quatro treinadores estavam atrás deles, fazendo anotações e conversando entre si. Neil podia ouvir a torcida perdendo a cabeça através das paredes da quadra, mas os Troianos pareciam alheios àquele coro de traição.

A buzina final soou com uma vitória de treze a nove para as Raposas. Neil tropeçou até parar e tirou o capacete, pois precisava ver o placar sem o visor atrapalhando. Não importava quantas vezes piscasse, os números permaneciam os mesmos.

— Acabou? — A marcadora de Neil arfou. — Graças a Deus.

Neil olhou para Alvarez e ficou chocado ao vê-la sorrindo. A atleta estendeu a mão enluvada para ele, mesmo quando suas pernas vacilaram e cederam. Neil a segurou e a ajudou a se levantar. Ela se apoiou nele e remexeu inutilmente nas tiras do capacete. Levou algumas tentativas para perceber que seus dedos estavam dormentes demais para lidar com aquilo. Desistiu e bateu com o capacete no dele.

— É essa a sensação de morrer? — perguntou ela, e chamou por cima do ombro. — Amor, eu tô morrendo. Ainda tenho pernas? Não consigo olhar pra baixo. Acho que não tenho mais pernas. Acho que nunca mais vou conseguir andar.

— Aham — respondeu Laila, correndo na direção deles. — É melhor você dar um jeito, porque com certeza é pesada demais pra eu carregar você pra fora de quadra.

— Grossa.

Alvarez tateou indistintamente à procura do ombro de Laila até que a goleira enganchou um braço em volta da cintura dela e a puxou dos braços de Neil. Alvarez ainda estava sorrindo, com aquele olhar arregalado e meio desnorteado que fazia Neil se lembrar um pouco de Lola e também um pouco de Nicky. Ele tentou se lembrar se a garota havia levado uma pancada na cabeça em algum momento, mas as Raposas mantiveram a violência nos limites aceitáveis. Era o mínimo a se fazer considerando o espírito esportivo dos Troianos.

— Isso foi incrível — exclamou Alvarez —, quero fazer de novo. Ano que vem, talvez, quando minhas pernas voltarem à vida.

— Para de agir que nem bebê — reclamou Laila.

— Ignora ela — falou Alvarez para Neil. — Só está irritada porque tomou nove gols em quarenta e cinco minutos. Não sei por que, não é como se fosse um novo recorde pessoal ou... aaah, acho que é. Nossa, isso não deve ter sido agradável. E lá se vai o sonho de ser titular.

— Vaca — retrucou Laila, sem raiva alguma.

— É o que você merece por me chamar de pesada — brincou Alvarez, então olhou para Neil e apontou atrás dele. — Ops, parece que a festa já começou sem você. Vai, vai, vai!

Neil olhou por cima do ombro e viu as Raposas comemorando no meio de quadra. Ele se virou para ir na direção delas, então olhou para Alvarez e Laila.

— Sua equipe é assustadora — disse ele, inspirado pelo entusiasmo de Alvarez a ser sincero. — Vamos torcer por vocês na semana que vem.

Alvarez fez um joinha, então Neil correu de encontro à sua equipe. Ouviu Alvarez perguntar como alguém ainda conseguia correr depois do "jogo mais longo do mundo", mas imaginou que era para Laila e não esperou para ouvir a resposta. Dan o viu chegar e se livrou das Raposas para correr na direção dele. Estalou quase todas as vértebras da coluna de Neil com a força do abraço e parecia que não conseguia soltá-lo. Um segundo depois, eles foram cercados pelo restante da equipe; as Raposas, obedientes, transferiram a comemoração barulhenta para perto de Neil e Dan.

Foi preciso muito esforço para se acalmarem o bastante para o aperto de mãos após o jogo. Toda a formação dos Troianos entrou em quadra, mas os nove que jogaram aquela noite mal conseguiram formar uma linha. As Raposas foram até eles. Jeremy tinha um sorriso exausto e nada além de elogios. O parceiro de Alvarez no crime, que passou a maior parte da noite marcando Kevin, voltou a se sentar quando os viu chegar, mas ergueu a mão, pronto para cumprimentá-los. Assim que Neil passou pelo último dos Troianos, seguiu os companheiros para fora da quadra. As arquibancadas já estavam um terço vazias, embora Neil não soubesse quando os alunos haviam começado a sair.

Neil não se importava com quantos corações haviam partido naquela noite. Tinham vencido a USC. Quando os Troianos perdessem para os Corvos na semana seguinte, seriam eliminados do campeonato. As Raposas iriam para as finais, e isso era a única coisa que importava.

Uma vez que as Raposas tinham folga na sexta-feira à noite e a guerra fria entre Andrew e Aaron havia acabado, o grupo estava livre para retornar a Colúmbia pela primeira vez em meses. Mas começaram tarde, porque Neil e Kevin queriam assistir à partida da USC contra Edgar Allan. Os Troianos foram com tudo contra os Corvos, mas seu melhor não era bom o bastante. Perderam a partida, ainda que pela menor diferença de gols que já haviam conseguido.

Na entrevista pós-jogo, Jeremy aceitou bem a derrota e não se arrependeu das decisões que haviam tomado. Evitou todas as oportunidades de criticar os Corvos por seu estilo sujo de jogo, mas se animou quando os repórteres focaram no quão perto os Troianos haviam estado da vitória.

— Nós quase conseguimos, né? — disse Jeremy. — Acho que ninguém esperava que a gente chegasse tão perto. Foi diferente sem Kevin e Jean em quadra.

— Pior época do ano pra alguém se machucar — concordou o repórter. No início da semana, Tetsuji havia anunciado que Jean não participaria dos próximos jogos devido a contusões graves. — Há rumores de que Jean não vai voltar a tempo para as finais.

— É, falei com ele no início da semana. Ele com certeza deu o ano por encerrado, mas vai estar de volta no outono. Só não de preto. — Jeremy exibiu seu sorriso aberto e não esperou as reações. — Ontem ele nos enviou por fax a última papelada que precisávamos pra oficializar o processo, então agora posso contar: ele vai ser transferido para a USC pra jogar seu último ano.

— Deixa eu ver se ouvi direito. Jean Moreau está saindo de Edgar Allan para jogar pela USC?

— Encomendamos os equipamentos dele hoje de manhã, mas vamos ter que levá-lo pra tomar um pouco de sol este verão! O coitado está pálido demais pra usar vermelho e dourado agora. — Ele riu como se a notícia não fosse causar alvoroço entre os torcedores fanáticos da Edgar Allan. — Infelizmente, o número que ele usava já tem dono, mas Jean disse que não liga pra qual vai usar. Assim que eu souber qual vai ser, aviso vocês.

— Você pode nos dizer por que ele está se transferindo?

— Não posso entrar em detalhes porque não cabe a mim falar sobre os assuntos pessoais do Jean, mas posso dizer que estamos empolgados em recebê-lo. Acho que temos muito a aprender um com o outro.

O próximo ano vai ser incrível. Acho que vocês vão presenciar muitas mudanças em todos os setores. Todos nós precisamos reavaliar o que estamos levando pra quadra.

Nicky pegou o controle remoto e desligou a TV.

— Eu tenho uma teoria de que Renee e Jeremy são irmãos perdidos há muito tempo. O que você acha que aconteceria se eles unissem forças?

— Seriam assassinados — apostou Aaron, levantando-se do pufe. — A guerra é lucrativa; ninguém quer lidar com as idiotices da paz mundial dos dois.

Nicky fez uma careta para ele.

— Obrigado por essa dose tão animada de realidade.

Os cinco desceram juntos para o carro, e Neil foi atrás, entre Aaron e Nicky. A primeira parada de Andrew foi no Sweetie's para tomarem sorvete. Nicky e Aaron estavam distraídos falando sobre a distribuição dos dormitórios para o ano seguinte e não pareceram notar que Andrew havia ignorado o bufê de saladas e a tigela de biscoitos, até o momento em que a refeição acabou e Aaron foi pagar. Ele pegou cada guardanapo na mesa à procura de pó de biscoito, e então franziu a testa para Andrew do outro lado da mesa.

— Quantos?

Andrew não havia trocado uma única palavra durante toda a noite, mas enfim desviou o olhar da parede oposta e encarou o irmão.

— Zero.

— Zero — repetiu Aaron, como se fosse um número desconhecido. — O que você quer dizer com zero?

— Não vamos pegar nada? — perguntou Nicky, chocado.

Andrew o ignorou, nada interessado em repetir o que já havia dito. Nicky e Aaron trocaram um longo olhar, havia confusão em um rosto e descrença no outro. Andrew não ficou por perto para tirarem a dúvida, deslizou para fora do banco e se dirigiu para a porta. Neil seguiu com Kevin logo atrás, e os primos os alcançaram no carro. A viagem do Sweetie's até o Eden's Twilight foi silenciosa, e Andrew os deixou na calçada, como de costume. Kevin pegou a etiqueta do estacionamento enquanto os seguranças recebiam Nicky e Aaron entusiasmados. Eles entraram para encontrar uma mesa e Andrew foi embora.

Apesar de ainda não haver mesas disponíveis, havia espaço para uma pessoa no bar. Nicky roubou o banquinho e acenou para chamar a atenção de Roland, que apareceu assim que terminou de atender os outros clientes.

— Quanto tempo — disse Roland e acrescentou, mordaz: — De novo. Vocês precisam parar de sumir do radar.

— O ano está sendo meio louco — comentou Nicky.

— Foi o que ouvi dizer — concordou Roland, olhando para Neil, logo atrás de Nicky. — Como você está?

— Estou bem — respondeu Neil.

Roland parecia prestes a dizer mais alguma coisa, mas, depois de trocar olhares com Nicky e Aaron, balançou a cabeça e voltou a misturar as bebidas. Nicky o presenteou com histórias sobre o recesso de primavera. A festa estava barulhenta demais para que Neil ouvisse alguém se aproximar, mas de repente Andrew surgiu ao lado dele. Roland olhou de Andrew para Neil e vice-versa, com a testa franzida em uma preocupação maldisfarçada. Neil percebeu que estava à procura de algum sinal de que os dois estavam bem depois do que ele havia deixado escapar em janeiro.

Nicky sabia quando estava sendo ignorado e não teve problemas em interpretar o olhar perscrutador de Roland. Interrompeu a história que contava para protestar:

— Nem vem me dizer que sabia deles dois antes de mim! — Mas quando Roland fez cara de culpado, disse: — Ai, meu Deus, você sabia. Que porra é essa? Faz só umas semanas que descobrimos. Desde quando você sabe que o Andrew é gay?

— Eles são "os dois" agora? — perguntou Roland, em vez de responder. Seu sorriso estava de volta, largo e satisfeito, e ele parou de encher a bandeja para servir as doses. Sempre otimista, deu uma para Neil também. Nicky distribuiu os copos, e Neil aceitou o seu após uma ligeira hesitação. Roland pegou a própria dose e a inclinou em um brinde. — Precisamos bebemorar. Já passava da hora.

— Não é motivo de orgulho — retrucou Aaron.

— Hater — protestou Nicky, e se virou para se certificar de que Neil não estava deixando a própria bebida para Andrew. Eles viraram ao mesmo tempo e Roland recolheu os copos vazios. Nicky apontou para o bartender enquanto este voltava a misturar bebidas. — Percebi que você não me respondeu, viu? Você é zero discreto. E o que quer dizer com "Já passava da hora"?

— Você pode arrancar essa história do Andrew — respondeu Roland.

— É mais fácil tirar leite de pedra do que conseguir uma resposta desses dois — lamentou Nicky. — É impossível e é bem capaz que eu quebre os dedos tentando. Como você sabia? Seu gaydar é mais avançado que o meu ou... — Nicky ficou boquiaberto quando entendeu. — Espera. Nem fodendo. Nem fodendo! Vocês dois...?

— Não — interrompeu Aaron. — Para. Não quero saber disso. Não quero pensar nisso. Quero só beber e fingir que não conheço vocês.

— Pensei que a gente fosse amigo — disse Nicky a Roland. — Como você pôde esconder isso de mim?

— Eu sou bartender. Não costumo deixar a bebida vazar, muito menos os segredos das pessoas. Tirando aquela exceção — corrigiu ele, com uma careta discreta para Andrew, ainda impassível. — Desculpa por aquilo, aliás. Não quis apressar as coisas.

— Roland, a partir de agora estamos brigados — protestou Nicky, bufando. — Talvez você consiga minha amizade de volta se me der muitas bebidas hoje. Vamos procurar uma mesa, Aaron.

Kevin foi junto, provavelmente para se afastar das muitas reviravoltas daquela conversa. Andrew se sentou no banco para que ninguém se enfiasse entre ele e as bebidas, e Neil ficou o mais próximo das costas dele que conseguiu. Roland serviu o conteúdo da coqueteleira em dois copos altos, alguns refrigerantes para Neil e acabou, então enxaguou a coqueteleira em uma pia que ia até a cintura e deslizou a bandeja cheia demais para mais perto de Andrew.

— Então, sobre aquelas algemas almofadadas — disse Roland, e riu com a cara que Andrew fez.

Assim que Roland se afastou para verificar os outros clientes, Andrew começou a reorganizar as bebidas em uma nova ordem indeterminável. Quando ele acabou, Nicky ainda não tinha voltado, então Andrew começou a beber o drinque mais próximo. Parado ali, observando-o, Neil pensou que não se importaria de esperar por um assento a noite toda. Seu relógio ainda estava correndo, mas os dias contados seguiam uma programação diferente agora. Neil tinha todo o tempo do mundo, e isso deixou um calor em seu estômago mais forte do que qualquer uísque.

414

CAPÍTULO DEZENOVE

Como a USC havia perdido dois jogos consecutivos nas semifinais, o CRE decidiu que seria melhor cancelar a terceira partida. Não adiantaria nada colocar Raposas e Corvos para se enfrentarem uma vez que ambos já estavam classificados para as finais. As duas universidades tiveram uma semana extra para descansar, recarregar as energias e se esquivar da imprensa sedenta por histórias.

Sempre que tinham um microfone ou uma câmera apontados para o rosto, as Raposas pareciam confiantes, e nem sempre era fingimento. O ódio que sentiam de Riko ajudava a amenizar a agitação causada pelo nervosismo. Os Corvos tinham pouco a dizer sobre as Raposas, mas era provável que fosse porque estavam lidando com as consequências da transferência abrupta de Jean. Nos últimos dias, ele se tornara o atleta mais requisitado nos noticiários da NCAA, mas se recusava a dizer onde estava ou a falar com a imprensa. Seu silêncio não ajudava os Corvos, principalmente depois da entrevista ousada que Kevin concedera, e as especulações e rumores estavam começando a sair do controle.

Na tarde de segunda-feira, Wymack informou à equipe que o jogo final seria no Castelo Evermore. Apesar de não serem boas notícias, não era surpresa para ninguém. Por funcionar também como o estádio da seleção nacional, o tamanho da Edgar Allan era quase cinquenta por cento maior do que o da Palmetto State. Eles precisavam de todos os assentos possíveis. Ainda que Wymack julgasse que o lugar não tivesse capacidade para um confronto como aquele, com certeza era maior do que o da Carolina do Sul e acomodaria a quantidade de torcedores que costumava comparecer às finais.

Quando terminou seu anúncio, Wymack passou uma prancheta. Edgar Allan iria reservar uma seção para "amigos e família" logo atrás dos bancos destinados aos visitantes. Eram, ao todo, dezoito assentos disponíveis para dividir entre nove atletas, e Wymack precisava de uma lista de nomes para que pudesse reservar o quanto antes, a fim de se dedicar aos preparativos para a viagem do aeroporto até Edgar Allan.

Dezoito não parecia ser muito, mas as Raposas não conseguiram preencher a lista. Ninguém no grupo de Andrew precisava de assentos, e Allison passou a prancheta adiante sem hesitar. Renee precisava de um para a mãe adotiva e doou o segundo para Matt, para que o pai dele pudesse levar a amante da vez. Dan foi a última, para saber quantos assentos extras poderia usar. Várias de suas irmãs de palco haviam mudado do antigo clube para empregos diferentes, mas as poucas que ainda estavam lá dificilmente conseguiriam uma noite de sexta-feira de folga.

Naquela noite, Nicky e Aaron apareceram para o treino sem serem convidados. Neil esperava que Kevin os mandasse embora com um discurso do tipo "Agora já é tarde demais", mas ele os colocou para praticar na hora. Na quarta-feira, os veteranos também compareceram. Uma semana e meia não era tempo o suficiente para tornar alguém especialista nos movimentos e truques dos Corvos, mas Kevin deu o melhor de si. Sua atitude cáustica e jeito grosseiro de desprezar as habilidades dos colegas de equipe em nada ajudavam durante o dia, mas à noite as Raposas se submetiam com uma determinação silenciosa e sombria. Matt foi o primeiro a perceber que Kevin jogava com a mão esquerda à noite, uma vez que coube a ele a tarefa de defender os avanços do colega em quadra. Ter uma arma secreta contra os Corvos os deixava mais animados.

Com todas as Raposas juntas, era mais difícil para Neil ficar sozinho com Andrew após o treino, pois ficava mais óbvio que não estavam indo direto para os dormitórios. Dividir o quarto com Andrew facilitava a tarefa de ficar sozinho com ele entre uma aula e outra. Os treinos das Raposas se tornaram tão longos que grande parte das aulas estavam alocadas nos mesmos espaços de tempo. Teria sido impossível ficarem sozinhos sem a ajuda de Nicky, que agora passava boa parte do tempo livre no quarto das outras Raposas, e arrastava Kevin consigo sempre que podia. Andrew era forçado a escolher entre Neil e sua natureza controladora. Às vezes, Neil ganhava; outras vezes, o rancor de Andrew o fazia caçar a dupla de rebeldes assim que percebia o que estava acontecendo.

A semana seguinte passou ainda mais devagar, em parte porque era a última semana de aulas. Na sexta-feira à noite, as Raposas enfrentariam os Corvos nas finais de Exy da NCAA; na segunda-feira, começariam as provas da faculdade. Três dos professores de Neil tornaram as aulas opcionais, permitindo que os alunos fossem para as revisões e os testes práticos ou optassem por estudarem sozinhos em outro lugar. Neil tentou ir para a primeira aula, mas desistiu na metade. Pretendia encontrar um lugar vazio na biblioteca, mas acabou indo parar na Toca das Raposas.

Wymack não pareceu surpreso ao vê-lo, mas fez Neil jurar que não seria reprovado em nenhuma matéria antes de emprestar algumas gravações de jogos para que ele pudesse assistir. Na manhã seguinte, Neil nem tentou ir para a aula. Entre uma partida e outra que assistia, aproveitava para correr e fazer exercícios de cardio. Corria nos degraus do estádio logo pela manhã, para que as pernas tivessem tempo de se recuperar até o treino da tarde. Se esforçava para ir cada vez mais rápido, mais rápido e mais rápido, ciente de que não adiantaria nada.

Os Corvos se moviam como trovões em quadra; raramente davam muitos passos com a bola, porque haviam aperfeiçoado as técnicas de passe a níveis quase impossíveis. No outubro passado, tinham colocado as Raposas no chinelo. Kevin investira meses ensinando Neil a passar a bola daquela forma, mas aquilo não lhes daria qualquer vantagem agora. De nada adiantava que Neil e Kevin conseguissem fazer gols se a defesa não conseguisse controlar o ataque adversário, diminuindo a vantagem de gols. Cada partida que Neil via ressaltava essa sensação, a ponto de fazê-lo sentir vontade de vomitar.

Aaron e Andrew cancelaram a sessão de quarta-feira com Dobson para chegar ao treino na hora, mas Kevin não compareceu ao treino de quinta à noite. Não deu nenhuma explicação além de alegar que "precisava resolver uma coisa", deixando Neil no comando. Dizer aos outros o que fazer era tão terrível quanto Neil achava que seria, mas não tinha tempo para hesitar. O jogo seria dali a dois dias, e Neil era a única outra pessoa que sabia todos os exercícios dos Corvos. Guiou os companheiros de equipe, sabendo que não seriam capazes de dominar as técnicas em tão pouco tempo, mas precisando que entendessem o que enfrentariam na sexta-feira. As Raposas faziam muitas perguntas, mas não recuaram diante do desafio e, quando acabaram, Dan se aproximou e murmurou em seu ouvido:

— Muito bem, capitão.

Já era mais de uma da manhã quando saíram de quadra. Ao voltar para o dormitório, Neil sentiu a cabeça girar de exaustão. Enquanto os outros se trocavam para dormir, ele ficou em pé diante da mesa, olhando para os livros sem de fato enxergá-los. Folheou um dos cadernos sem entusiasmo, então empurrou tudo para o lado. Queria correr, mas sabia que seu corpo precisava de um descanso após os treinos longos daquele dia. Ele se contentaria em andar de um lado para o outro, mas não queria que os outros percebessem sua ansiedade. Era como se a dúvida pudesse arruinar tudo o que estavam construindo.

Nicky voltou para a sala de estar.

— Ei. Tá tudo bem?

— Estou bem — disse Neil. — Só pensando.

Nicky ficou em silêncio, mas demorou um minuto para se virar. A luz da sala estava acesa, então ele fechou a porta do quarto. Neil ficou quieto e imóvel até que o quarto mergulhasse no silêncio, então se sentou à mesa e encarou a parede. Ficou ali por tanto tempo, os pensamentos girando, que mal podia acreditar que o céu não estivesse se iluminando, anunciando o nascer do dia. Por fim, sua mente pareceu se acalmar pelo menos um pouco, e ele se levantou para dormir. Deu alguns passos para longe da mesa e a porta da suíte se abriu, revelando Kevin.

Ele exalava um cheiro tão forte de álcool que dava para sentir do meio do aposento, mas bastou que Neil olhasse para o curativo em seu rosto para se esquecer do fedor. Era esperar demais, algo impossível de acreditar, mas ainda assim Neil congelou e o encarou. Kevin fechou a porta com um empurrão e cambaleou para trás. Quase caiu, equilibrando-se no último segundo, e olhou para Neil com a vista cansada. Era tudo que o colega conseguiria fazer, Neil pensou, então foi até ele. Kevin apontou para o rosto com dificuldade. Neil ergueu um dos cantos da fita e puxou o curativo.

Sentiu que caía e voava ao mesmo tempo; seu estômago se revirou um segundo antes que a adrenalina inundasse suas veias. Desde os primeiros dias em que estivera sob os cuidados cruéis dos Moriyama, Kevin ostentava a tatuagem com o número "2". Riko e Kevin haviam usado marcadores permanentes durante anos, reforçando os traços quando ameaçavam desaparecer. Quando enfim tinham idade suficiente, trocaram por um tipo de tinta mais permanente. Agora, o número não estava mais lá, coberto pela imagem escura de uma peça de xadrez. Neil sabia pouco, quase nada sobre o jogo, mas tinha certeza de que aquilo não era um rei.

— Você fez — disse Neil, atordoado demais para pensar em qualquer outra coisa.

— O Riko pode ser o rei — enunciou Kevin, com a pronúncia exagerada dos bêbados. — O mais cobiçado, o mais protegido. Aquele que sacrifica todas as peças para proteger o trono. Tanto faz. Eu? — Kevin apontou de novo, querendo indicar a si mesmo, mas embriagado demais para conseguir erguer a mão acima da cintura. — Vou ser a peça mais mortífera do tabuleiro.

— A rainha — comentou Andrew, em algum lugar atrás de Neil, que não o ouviu se levantar, mas era óbvio que teria acordado ao ouvir a porta bater. Um Andrew sóbrio tinha o sono tão leve quanto Neil, talvez ainda mais, já que estava acostumado a ter pessoas hostis entrando sorrateiramente em seu quarto. Neil olhou para ele, mas Andrew estudava Kevin. Andrew atravessou a sala para ficar ao lado de Neil e segurou o queixo de Kevin. Virou a cabeça dele de um lado para o outro para inspecionar a tatuagem nova. — Ele vai ficar furioso.

— Ele que se foda — disse Kevin, deslizando um pouco mais para baixo na porta. — Que se fodam todos eles. É uma perda de tempo ficarem irritados. Deviam estar com medo.

— Ou a fúria vai ser pouco — comentou Andrew.

Kevin gesticulou debilmente para Neil, que pressionou o curativo de volta no lugar, sobre a pele inchada e avermelhada. Neil deixou a mão cair e cerrou os punhos para esconder o tremor causado pela empolgação. Duvidava que Kevin ou Andrew tivessem notado; estavam muito ocupados olhando um para o outro. Por fim, Andrew sorriu, lento e frio. Era a primeira vez que sorria desde que tinha parado de tomar os remédios, e Neil não conseguia parar de olhar.

— Agora está ficando divertido — disse Andrew.

— Até que enfim — retrucou Kevin, que era metade exaustão e metade exasperação.

Os dois tiveram que unir forças para levar Kevin até o quarto. Neil não sabia como ele subiria as escadas do beliche, mas quando chegou a hora ele conseguiu de algum jeito. Assim que encostou a cabeça no travesseiro, já estava dormindo. Neil se sentiu cheio de energia ao olhar para a cama de Kevin. Estava inquieto, tonto demais para ficar parado. A escuridão deveria ter escondido a agitação que tomara conta dele, mas Andrew não se deixava enganar. Cutucou o ombro de

Neil ao sair do quarto. Neil desviou o olhar da forma inconsciente de Kevin e o seguiu.

Andrew o empurrou contra a parede com mãos fortes e beijos profundos.

— Viciado.

— Eu estava esperando isso desde junho. Você está esperando há muito mais tempo — objetou Neil.

Andrew não se deu ao trabalho de negar. Já era quase madrugada quando finalmente foram se deitar, mas Neil poderia recuperar as horas sem sono na viagem de ônibus até o norte. Ele se escondeu embaixo dos cobertores e sonhou com Evermore desmoronando sobre sua cabeça.

Quando faltava uma hora para o início da partida, todas as vagas do estacionamento do campus da Edgar Allan estavam ocupadas. Os arredores do estádio fervilhavam de torcedores vestidos de preto. Os flashes das câmeras irrompiam e corpos robustos de terno indicavam a chegada de celebridades. Para onde quer que olhasse, Neil via policiais, e uma seção inteira havia sido reservada para os carros da imprensa.

Neil olhou para os companheiros de equipe. Nicky tamborilava os dedos nos quadris e observava. Aaron estava ombro a ombro com Katelyn, os nós dos dedos brancos por causa da força com que segurava a mão dela. Andrew não parecia abalado com o hospício em que haviam entrado, mas seu olhar calmo percorria a multidão em busca de ameaças. Renee mexia em seu colar de cruz e rezava, com o olhar distante. Dan e Matt estavam de braços dados atrás de Renee, pilares gêmeos de força prontos para a luta. O rápido toc-toc-toc do salto de Allison no chão denunciava seu desconforto, mas sua fisionomia era de desdém.

Ao lado de Neil, Kevin estava inabalável. Assim que entraram no ônibus, ele exibiu sua nova tatuagem. A comemoração da equipe dificultou o sono de Neil, mas ele não iria reclamar da empolgação.

A reação de Wymack foi um sorriso rápido e contido, o que demonstrava que fora o primeiro a saber daquilo. Neil pensou nas tatuagens de chamas tribais nos braços do treinador e se perguntou se Wymack recrutara seu tatuador para o trabalho. Pelo menos isso explicaria como Kevin havia retornado para o dormitório na noite anterior, visto que mal conseguia andar.

Neil não sabia precisar o que fora a gota de água para Kevin, mas, ao que tudo indicava, o espetáculo da noite anterior não fora fruto de uma coragem de bêbado. Ele estava comprometido; não tinha mais como voltar atrás. Encarava o Castelo Evermore como mais um obstáculo medíocre em seu caminho até a glória. Neil não sabia se aquela determinação era verdadeira ou pura força de vontade, assim como não sabia quanto daquele desdém era fruto de uma performance destinada à imprensa. Tinha a impressão de que o descaso de Kevin era noventa por cento genuíno, e aquilo acalmava Neil.

Duas mulheres reuniram o esquadrão das Raposetes. Quatro seguranças escoltaram a equipe do ônibus até o estádio, e outros seis ficaram de guarda ao longo do curto percurso. Parecia um tanto excessivo, mas a diretoria da Edgar Allan não queria correr riscos. Os flashes das câmeras disparavam conforme as Raposas passavam, e era só uma questão de tempo até que alguém percebesse que a tatuagem de Kevin havia mudado. Alguém gritou, incrédulo, chamando a atenção de todos para o rosto do atleta e, de repente, dez seguranças não pareciam o bastante. Houve um coro de vaias de todos os lados enquanto a notícia se espalhava pela torcida, mas a desaprovação cruel era interrompida por gritos dispersos de "Rainha!". Kevin aguentou tudo com uma expressão arrogante.

Era a primeira vez que Neil entrava no vestiário destinado à equipe visitante em Evermore. Kevin os alertara durante a subida, o que não impediu Neil de se sentir como se entrasse em uma tumba. Era duas vezes maior que o vestiário das Raposas, mas parecia cem vezes menor. Não havia decoração alguma nas paredes, escuras como a noite do chão ao teto. As Raposas sentiram o peso assim que pisaram ali e se espalharam o mais rápido possível, jogando sacolas laranja em todos os cantos da sala para tentar quebrar a ilusão esmagadora.

— Edgar Allan dá as boas-vindas aos adversários desta noite — disse um dos seguranças, quando o time parou de se movimentar. — O estádio está lotado, assim como as torres. Representantes estaduais e universitários estão no Norte, a Seleção no Sul e o CRE no Oeste. Estamos recebendo doze representantes das ligas principais e seis de times profissionais. Vocês não estão autorizados a falar com nenhum deles, a não ser que sejam convidados por um membro da minha equipe. — Ele esperou um pouco para ter certeza de que as Raposas haviam entendido. — Podem usar a área técnica à vontade durante a próxima meia hora. Depois, os Corvos vão ocupar o lugar destinado à equipe da casa e vocês devem voltar à sua metade do estádio. Alguma pergunta?

Nicky levantou a mão.

— Eu. Quem está na torre leste?

— O leste é reservado para convidados de Moriyama e clientes empresariais — respondeu Kevin.

O segurança confirmou com a cabeça e olhou em volta para verificar se mais alguém teria perguntas, depois saiu.

— Bom — disse Dan, quando a porta se fechou —, era isso que a gente queria.

— Bora — assegurou Matt.

Eles deixaram os equipamentos ali e se dirigiram à área técnica. Do lado de fora, parecia que ninguém estava ali para torcer pelas Raposas, mas as arquibancadas estavam pontilhadas por pequenos grupos de estudantes e torcedores em todos os tons de laranja. Eles acenaram para todos os rostos amigáveis que identificaram, ganhando aplausos escassos e cumprimentos entusiasmados. Os torcedores dos Corvos foram rápidos em retaliar, ficando de pé e vaiando a plenos pulmões.

No meio de cada seção havia um torcedor vestido com listras vermelhas e pretas e, um por um, todos ergueram as mãos. Mesmo o mais próximo ainda estava longe demais para que Neil pudesse ver o que segurava, mas ele chutou que deveria ser um sino de bicicleta, o que só fez sentido cinco segundos depois, quando toda a seção, do chão às vigas, saltou de uma vez só. Ao pousarem, a próxima saltou, e o som ecoava em ondas, circundando o estádio. Era uma cacofonia estrondosa e mais perturbadora do que Neil queria que fosse. Quando a onda voltou, os torcedores listrados ergueram de novo os braços, sinalizando que repetiriam o movimento.

— Meu Senhor — disse Nicky, quase inaudível mesmo estando atrás de Neil. — Acho que não consigo... Erik!

Nicky contornou Neil e disparou para as arquibancadas. A primeira fila estava vazia, com um segurança de cada lado, mas um homem tinha acabado de aparecer para apresentar seu ingresso. Como Erik Klose conseguira ouvir Nicky com o barulho das arquibancadas Neil não sabia, mas o homem se afastou do segurança no mesmo instante e se inclinou sobre a grade para dar um abraço apertado em Nicky, que se agarrou a ele como se anos tivessem se passado desde a última vez que estiveram na mesma sala, alheio ou completamente despreocupado com os olhares que atraíam.

Alguns segundos depois, o restante dos convidados das Raposas surgiu, já que Wymack havia providenciado o transporte de van do aeroporto para todos. O treinador dispensou a equipe, sabendo o quanto precisavam de rostos amigáveis naquele instante. Allison não convidara ninguém, mas seguiu os veteranos até as arquibancadas. Aaron se dirigiu às Raposetes para falar com Katelyn. Neil ficou para trás com Andrew e Kevin, observando.

Quatro das irmãs de Dan conseguiram comparecer. Usavam vestidos de verão brancos customizados para soletrar RA-PO-SAS, e o quarto exibia uma pata de raposa que já começava a perder uma das almofadinhas. Elas praticamente esmagaram Dan, sufocando-a com um abraço coletivo, e a encheram de elogios. Foram rápidas em envolver Allison em um abraço, e a familiaridade em seus sorrisos receptivos indicava que já a haviam encontrado pelo menos uma vez antes.

Stephanie Walker ocupava o assento ao lado e segurou Renee por um longo tempo. Os pais de Matt se sentaram ao lado dela. A trança da mãe dele estava tingida de laranja, e a mulher vestia um macacão igualmente brilhante. Matt falava dela com muita frequência, então Neil sabia o quanto ele a amava. Ainda assim, ficou surpreso ao ver o quanto o sentimento era recíproco. Havia um orgulho feroz no sorriso de Randy Boyd, que fez Neil se lembrar de Dan, e ela brincou com os cabelos do filho espetados com gel. O pai foi um pouco mais reservado, mas sorriu ao dar um tapinha no ombro de Matt em saudação. A mulher que trouxera como convidada parecia ser pouco mais velha do que Matt, e os dois nem se cumprimentaram.

Betsy Dobson foi a última a entrar. Andrew não havia reservado um ingresso para ela, então Neil presumiu que Wymack e Abby a haviam convidado. Andrew não pareceu nem um pouco surpreso, mas se aproximou assim que ela se acomodou. Betsy sorriu ao vê-lo, gesticulando ao redor. Neil não conseguia ouvir por causa da torcida, mas imaginou que estaria fazendo as mesmas observações redundantes de sempre. Neil desviou o olhar antes que ela o visse e voltou a prestar atenção na torcida.

— Vocês dois podiam pelo menos ir lá cumprimentar — protestou Wymack, um tanto magoado.

— Não tem por quê. Eles só vão nos distrair — respondeu Kevin.

— O nome é "rede de apoio". Vai pesquisar.

— Thea está assistindo do sul hoje — comentou Kevin, olhando para o camarote VIP elevado. Estava muito longe e muito alto para que Neil distinguisse qualquer rosto, mas já havia um pequeno grupo grudado nas paredes envidraçadas. Saber que a seleção estava ali para assisti-los jogar provocou um arrepio que desceu pelo corpo inteiro de Neil. Kevin voltou a olhar para o treinador e complementou: — E meu pai não perde nenhum dos meus jogos. Isso já basta pra mim.

Do outro lado de Wymack, o olhar de Abby se suavizou. A mandíbula do treinador tremeu por um momento, até que ele disse, em um tom neutro:

— Sua mãe sentiria orgulho de você.

— Não só de mim — disse Kevin, em um raro acesso de humanidade.

O momento era íntimo demais, ou quem sabe o desconforto no peito de Neil fosse apenas fruto da solidão e da perda. Neil os deixou interagindo e foi se juntar aos colegas de equipe. O aperto de mão de Erik era firme e seu sorriso, enorme. Alguns segundos após as irmãs de Dan se apresentarem, alegres, Neil já não sabia dizer quem era quem. O sorriso paciente de Stephanie era tão enervante quanto o comportamento pacífico de Renee um dia fora, e Neil tinha certeza de que Randy estourara alguns de seus órgãos vitais com a força do abraço que deu nele. O pai de Matt ignorou as apresentações e contou para Neil sobre um cirurgião plástico que conhecia, caso ele quisesse dar um jeitinho no rosto.

— Pai — protestou Matt, horrorizado —, que porra é essa?

— Neil Josten — interrompeu um segurança —, um homem chamado Stuart Hatford está aqui para vê-lo.

Neil seguiu o segurança até a metade da área técnica. Uma parede separava o local das arquibancadas, e Stuart esperava do outro lado, apoiado e com os braços cruzados. Ele dispensou o segurança com um simples aceno de cabeça e lançou um olhar pensativo para o sobrinho.

— Achei que você já tinha voltado para a Inglaterra — disse Neil.

— Tenho ido e vindo. Teria vindo buscar você antes, mas ele nos disse que não deveríamos interferir até que tomasse uma decisão.

Neil não precisou perguntar a quem Stuart se referia. O tio esperou que Neil concordasse e então continuou.

— A morte do seu pai deixou um vazio difícil de ser preenchido. O chefinho está botando ordem na casa e correndo atrás do prejuízo, tirando pessoas da Califórnia e levando pra Carolina do Sul. Policiais, médicos, agentes duplos... tanto faz. Qualquer pessoa que represente o menor risco para a nova engrenagem é eliminada. É bem interessante ver um império ser reformulado. E bem sangrento também.

— Eles tinham pessoas na Carolina do Sul? — perguntou Neil, com o coração acelerado. — Calma, médicos? Médicos de verdade ou psiquiatras? Você tem nomes?

— Não costumo entrar em detalhes a não ser que me digam respeito — disse Stuart. — Algum nome em particular?

— Um psiquiatra em Colúmbia, Proust. Trabalhou em Easthaven, deixou-se ser comprado e usado pelo irmão errado. Eu contei... contei para o chefinho — comentou Neil, após um momento de hesitação — a respeito dele.

— Vou investigar — prometeu Stuart, então lançou um olhar despreocupado ao redor. — Você sabe que eles ainda estão de olho em você, certo? Esperando qualquer deslize, esperando pra ver se alguém vai ser burro o bastante pra tentar alguma coisa. A isca e o espião ao mesmo tempo. Seja esperto, tá? Você escolheu isso, e não posso proteger você se as coisas derem errado de novo.

— Vou tomar cuidado. Obrigado.

— Queixo erguido — disse Stuart, endireitando-se. — Olhar no alvo. O chefinho está aqui hoje à noite. Não faça com que ele se arrependa de ter investido em você.

Neil não era burro e sabia que não deveria olhar para a torre leste, então se limitou a concordar e observar Stuart desaparecer em meio aos torcedores. Correu de volta para onde Wymack estava e decidiu que seria melhor não contar para Kevin quem estava presente naquela noite. O treinador deu mais um minuto para que a equipe falasse com os convidados, depois os conduziu para o vestiário. Todos se trocaram o mais rápido possível, sentindo-se renovados após verem o entusiasmo dos convidados, e correram na área técnica até os Corvos aparecerem.

Neil tinha achado que a torcida estava barulhenta antes, mas as boas-vindas que deram à equipe da casa fizeram seus ouvidos zumbirem. As Raposas voltaram para o vestiário para se alongar e poupar os tímpanos. Colocaram o restante dos equipamentos com calma e retornaram para a sala principal. Wymack deixou que respirassem durante um minuto e os enviou de volta para a área técnica. Os árbitros da noite se dividiram entre o lado da equipe da casa e do visitante e esperavam nos portões da quadra para permitir a entrada dos times. Quando chegaram, os Corvos eram um fluxo interminável de preto do outro lado, e Neil tentou não olhá-los. Os aquecimentos nunca haviam sido tão breves; em um minuto, Neil estava ocupando seu lugar em quadra, e no próximo já estava sendo chamado para as apresentações antes do início da partida.

A banda itinerante de Palmetto State, Notas de Laranja, havia aparecido em algum momento e, assim que o narrador acabou de ler a escalação das Raposas, a banda berrou o grito de guerra, cheia de orgulho. O narrador aguardou até que a última nota soasse para passar para a escalação dos Corvos. A canção de luta da Edgar Allan soou tão maligna como sempre, e a bateria continuou em uma batida pesada muito depois que o restante da banda havia parado de tocar. Os torcedores batiam os pés com força e o estádio parecia se contorcer em uma massa raivosa. Neil não sabia dizer se estava se sentindo sufocado devido às reverberações da multidão ou à própria pulsação acelerada.

Dan e Riko se dirigiram para o meio da quadra para o cara ou coroa, e as Raposas ganharam a saída de bola. Pelo jeito, os torcedores não parariam tão cedo. Wymack tinha alguns minutos até que as escalações iniciais fossem convocadas a entrar, então puxou a pequena equipe para perto, a fim de que todos pudessem ouvi-lo.

— Eu sou uma merda com essa parada de conversa motivacional, mas Abby ameaçou fazer picadinho de mim se eu não fizesse um esforço hoje à noite. Depois de passar uma boa hora pensando muito mesmo, foi isso que consegui. Não tive tempo de ensaiar o discurso, então finjam que estou dizendo algo rebuscado e encorajador. Combinados?

Ele olhou para os atletas, retribuindo o olhar de cada um por alguns instantes.

— Quero que vocês fechem os olhos e pensem por que estão aqui hoje. Não me digam que é por "vingança", porque só de terem chegado às finais já conseguiram isso.

"Isso não é mais sobre Riko. Nem mesmo sobre os Corvos. É sobre vocês. É sobre tudo o que tiveram que enfrentar para chegar aqui, o preço que tiveram que pagar, e sobre todos aqueles que riram quando vocês ousaram sonhar grande. Se estão aqui hoje, é porque se recusaram a desistir e a ceder. Estão aqui, aonde todos disseram que jamais chegariam, e ninguém pode dizer que vocês não lutaram pelo direito de jogar esta partida.

"Todos os olhos estão em vocês. Está na hora de mostrar do que são feitos. Não há espaço para dúvidas, não há espaço para hesitações, não há espaço para erros. Hoje a noite é de vocês. O jogo é de vocês. O momento é de vocês. Aproveitem com todas as forças. Derrubem todas as barreiras e deem tudo de si. Vocês vão lutar, porque não sabem morrer em silêncio. Vão ganhar porque não sabem como perder. Aquele rei já está no poder há tempo demais... Está na hora de derrubar o castelo dele."

A buzina soou, alertando-os que era hora de entrar. Wymack bateu palmas e gritou:

— Vamos!

— Raposas! — rugiram eles em resposta, e o time titular se dirigiu para o portão.

Os Corvos entraram em quadra e assumiram suas posições. Riko foi o primeiro a ser chamado, e Neil presumiu que jogaria a partida do mesmo jeito que jogara a última: havia participado dos quinze minutos iniciais e dos quinze minutos finais. Kevin foi o primeiro a ser chamado pelas Raposas, mas Neil estava logo atrás dele. Ambos se dirigiram para suas posições, no meio da quadra. Neil manteve os olhos em Riko, ciente de que ele já deveria saber a respeito da tatuagem de Kevin. Ele estava certo; Neil ainda estava a seis metros de distância quando viu o ódio glacial na expressão do adversário.

Riko não falou até Kevin e Neil estarem prontos, e então soltou uma série de palavras japonesas que pareciam ser cruéis. Kevin o ignorou até que Riko falasse de novo; então o olhou impassível e respondeu. Neil não sabia o que Kevin havia dito, mas Riko torceu as mãos protegidas por luvas em torno da raquete como se imaginasse a sensação de partir o pescoço de Kevin. Deixar Riko irritado a poucos segundos de uma partida tão importante era, ao mesmo tempo, estúpido e revigorante. Neil não conseguia mais ouvir os torcedores por causa da pulsação em seus ouvidos.

Quando a última Raposa se posicionou, ele encarou o relógio e esperou até que passasse a marca de dez segundos. Olhou para além do outro atacante, onde estavam o meia e o primeiro defensor, acompanhando a contagem regressiva mentalmente. Quando faltavam dois segundos, visualizou o goleiro e imaginou o gol se iluminando em vermelho quando as Raposas marcassem. Ao sinal de um segundo, a campainha tocou e Dan deu o primeiro saque da noite.

Quase sete meses haviam se passado desde a última vez que Raposas e Corvos haviam se enfrentado em quadra, e não demorou muito para que os Corvos percebessem que estavam jogando com uma equipe completamente diferente. No outono anterior, as Raposas haviam tomado o jogo como perdido antes mesmo de entrarem em quadra. Jogaram contra os Corvos porque era necessário, mas sua esperança estava voltada para os campeonatos da primavera. Naquela noite, incentivadas pela determinação e sentindo o gosto do desespero, as Raposas tiveram o início de partida mais sólido do ano inteiro.

As Raposas eram ferozes, mas os Corvos estavam furiosos. Neil podia sentir isso, como um veneno na quadra, uma vibração ruim que fazia todos os seus instintos de sobrevivência sibilarem. A grande piada da NCAA não deveria ter chegado tão longe no campeonato, nem deveria fazê-los pagar um preço tão alto. Haviam perdido Jean, passado por uma investigação interna e suportado a dor da violência de Riko após a morte do pai. O ataque de seus torcedores a Palmetto State e as acusações veladas de Kevin trouxeram muita publicidade negativa para a equipe. Havia rumores de que Edgar Allan queria fechar o Ninho e reintegrar o time com o restante do campus, visando a segurança psicológica dos próprios atletas. Agora, Kevin surgia na quadra deles com um sorriso de escárnio e uma nova tatuagem, e as Raposas corriam como se não tivessem dúvidas de quem se consagraria vencedor.

As Raposas não eram mais a mesma equipe, mas os Corvos também não. Não haviam levado as Raposas a sério no outono passado. Mas agora eram obrigados a isso, e não pouparam esforços.

A partida não começou violenta, mas não demorou para se tornar. Corpos se chocavam contra as paredes da quadra e no chão; e raquetes estalavam juntas, resvalando em camisas e capacetes. O som estridente delas deslizando pelo chão, arrancadas com força de mãos protegidas com luvas, ecoavam nos ouvidos de Neil enquanto ele se obrigava a se mover mais rápido. A defesa e os meias das Raposas lutavam com unhas e dentes para proteger o gol e afastar a bola, mas as boas intenções e resolução não foram o bastante para resistirem por muito tempo. Os defensores não eram rápidos para competir com um ataque daquele nível. Renee fez tudo o que pôde para impedir, mas Riko e Engle faziam as bolas passarem por ela em um piscar de olhos. A cada vez que o gol se iluminava em vermelho, indicando que os Corvos haviam marcado, Neil se retraía.

Quando foram dispensados para o intervalo, estavam exaustos e ansiosos. Nicky mal conseguiu chegar ao vestiário antes de começar a hiperventilar. Abby o puxou de lado e o forçou a beber algo. Renee estava com os lábios brancos e tensa no centro da sala. O placar era de sete a três, e os Corvos entrariam em quadra com uma equipe descansada assim que a buzina soasse. As Raposas não sabiam se poderiam recuperar o placar, como ocorrera com os Troianos. Seria uma ladeira dali pra baixo.

Renee abriu a boca, mas não conseguiu falar. Neil presumiu, pela culpa em seus olhos, que estava tentando se desculpar. Ele nunca a tinha visto tão desapontada, mas a equipe também nunca tinha apostado tanto em um único jogo. A garota fechou a boca, pigarreou e tentou de novo. O que saiu não foi uma desculpa, mas uma pergunta baixinha:

— Tem certeza?

Neil não entendeu, mas Andrew respondeu:

— Sim.

— Ok. Com licença — disse Renee.

Ela saiu e fechou a porta, desaparecendo no vestiário feminino. Dan parecia pronta para ir atrás dela, mas Wymack balançou a cabeça e indicou que continuasse a se alongar.

— Deixa ela em paz — pediu o treinador, em voz baixa. — Ela não queria jogar no gol hoje à noite, depois do que aconteceu no jogo da USC. Foi a gente que a convenceu. — Ele disse "a gente", mas olhava para Andrew. — Andrew disse que poderia controlar o placar se ela mostrasse a ele como os Corvos jogavam.

— Você devia ter deixado ela ficar de fora — reclamou Aaron. — Seria muito mais útil como uma quarta defensora. A diferença no placar é péssima.

— E de quem é a culpa? — perguntou Kevin.

Aaron e Matt se irritaram, mas ficaram quietos. Nicky respirou fundo, trêmulo, e disse:

— Como vamos defender se eles não carregam a bola?

— Você tem que empurrar eles de volta — insistiu Kevin. — Fazer com que fiquem longe da área de ataque para impedir que passem a bola com tanta velocidade. Foquem em fazer com que os arremessos saiam de longe, aí Andrew vai ter mais chances de defender.

— Ótimo plano — respondeu Aaron, com um sarcasmo intenso. — Só que eles são quase tão rápidos quanto a sua versão miniatura aí. É impossível fazer pressão se não conseguimos acompanhar.

— Se virem — retrucou Kevin, e a conversa acabou ali.

O intervalo de quinze minutos acabou cedo demais. Renee se juntou a eles enquanto voltavam para a quadra. Dan deu um abraço rápido na companheira, sem dizer nada, consciente de que palavras de encorajamento e de conforto seriam inapropriadas naquele momento. Os repórteres esperavam no portão de entrada da quadra pela escalação inicial das Raposas, então Neil seguiu Kevin, que se manteve calmo e em silêncio até que um dos árbitros abriu o portão. Antes de entrar, ele bateu com a cabeça da raquete no chão e a segurou com a outra mão. Caminhou até o meio da quadra de cabeça erguida para jogar com a mão esquerda, e a torcida foi à loucura.

Neil não era o único que havia se esquecido de como Kevin se comportava em seu auge. Os Corvos o haviam colocado de lado quando ele quebrara a mão e estudado seu estilo de jogo com a mão direita quando perceberam que jogariam contra ele de novo. Ainda que imaginassem que isso poderia acontecer, não estariam preparados, porque Kevin não tinha mais medo de expor Riko. Kevin explorou as fraquezas dos ex-companheiros de equipe a cada oportunidade que teve e, sem Jean por perto para ouvir, falava em francês para puxar as jogadas com Neil do outro lado da quadra. Três minutos após o início do segundo tempo, Kevin marcou um gol, e cinco minutos depois, voltou a marcar.

Os Corvos se recuperaram, como Kevin e Neil sabiam que iria acontecer, e o jogo se tornou uma luta feroz. Repetidas vezes, os Corvos fintavam Matt e Aaron e arremessavam no gol, mas Andrew defendia cada uma das bolas. Andrew não estava chamando muito a defesa, talvez por compreender que os colegas estavam esgotados, ou talvez por estar focado demais nos atacantes dos Corvos para se distrair com os próprios defensores. Neil nunca o tinha visto jogar assim, com tanta intensidade, velocidade e determinação, mas Andrew tinha promessas a cumprir e um gol para defender.

Após dezessete minutos de jogo, o placar era de oito a seis, e os Corvos enfim perderam a paciência. Quando Kevin marcou seu terceiro gol, Reacher deu um soco nele. Não parou após acertar o golpe e continuou a agredi-lo. Os árbitros abriram os portões, mas as equipes foram mais rápidas em se juntar. Os únicos que não intervieram foram os goleiros, que ficaram parados nas linhas que demarcavam as áreas, observando. Foram necessários todos os seis árbitros para separar a briga. Reacher foi expulso de quadra com um cartão vermelho, e Kevin e Matt receberam amarelos.

Kevin cobrou a falta e marcou outro gol, o que não ajudou a melhorar o clima em quadra. Em vez de voltarem a implicar com o atacante, os Corvos passaram a prestar atenção nos defensores e em Andrew. Matt e Aaron estavam com mais dificuldades do que o normal, pois seus marcadores os faziam tropeçar a cada finta. A irritação fez Matt e Aaron recuarem um pouco, e Neil sabia que não demoraria muito até que um deles perdesse a cabeça. Por enquanto, Allison era a única a dar voz à raiva, ameaçando os Corvos com gritos e insultos.

Quando Jenkins conseguiu passar por Aaron de novo, arremessou a bola para que quicasse antes do gol. Era óbvio que Andrew chegaria primeiro, mas Williams foi atrás mesmo assim. Quando Andrew rebateu, Williams deveria ter mudado de direção e recuado para se juntar à sua equipe, mas, correndo a toda velocidade, colidiu com Andrew, esmagando-o contra a parede. O gol se iluminou em vermelho porque os sensores embutidos confundiram o peso dos jogadores com um gol. A torcida, surpresa, ficou em silêncio por alguns instantes; fazer falta no goleiro era uma das infrações mais graves no Exy. Quando finalmente voltaram a si e começaram a protestar, Andrew já tinha empurrado Williams para longe. Ele se afastou cambaleante da parede e balançou até parar. A armadura dos goleiros era feita para protegê-los da bola, que vinha sempre em alta velocidade, mas não de raquetes e corpos. Andrew estava sem fôlego.

Neil se aproximou em um piscar de olhos. Não se lembrava de ter deixado a raquete cair, mas de repente estava com as duas mãos livres. Colocou as mãos espalmadas nas costas de Williams e o empurrou com toda sua força. Jenkins tentou agarrar o companheiro de equipe, mas não conseguiu impedir a queda, e Williams caiu de joelhos com todo seu peso. Matt puxou Neil de volta antes que ele desferisse outro golpe.

— Calma! — ordenou Matt, porque os árbitros furiosos já estavam a meio caminho. — Você não pode levar cartão! Não temos ninguém pra entrar no seu lugar. — Quando Neil abriu a boca, ele disse: — Eu jogo na defesa. É minha função defender o gol, entendeu?

Neil não recebeu cartão pelo empurrão antidesportivo, mas um dos árbitros o repreendeu severamente. Neil o encarou de volta em um silêncio funesto. Matt o empurrou para longe antes que sua atitude causasse uma punição e pediu desculpas em seu nome. Neil se virou para verificar como Andrew estava. O goleiro retribuiu o olhar parecendo entediado, então olhou para além de Neil, para o burburinho em volta de Williams. Os Corvos estavam recebendo outro cartão vermelho, mas não parecia ser uma vantagem para as Raposas. Tetsuji estava aproveitando para substituir os jogadores.

O único Corvo a entrar em quadra duas vezes foi Riko. Os outros dois eram novos, um atacante de apoio e um meia-atacante que Neil se recordava do jogo de outubro passado. Os Corvos pretendiam abrir a defesa das Raposas, o que, àquela altura, não daria muito trabalho. Estavam quase na metade do segundo tempo. Por mais que as Raposas estivessem habituadas a jogar por bastante tempo, estavam perdendo força rapidamente. Era cansativo enfrentar uma equipe como aquela.

— Eles não são rápidos o bastante — disse Andrew.

Ele só poderia estar se referindo à defesa, então Neil concordou:

— Eu sei.

— Você está cansado?

Neil sabia que ele não estava preocupado, mas isso não tornava a pergunta menos confusa. Não tivera posse de bola o bastante para se cansar, mas não poderia afirmar isso com Matt a meio metro de distância.

— Ainda não.

— Então vou assumir o comando. Matt — falou Andrew, e Matt se virou para eles no mesmo instante. Andrew ergueu um dedo da raquete para apontar para Neil. — Dan vai entrar no lugar do Neil, e o Neil vai entrar no seu lugar.

Matt o encarou.

— Como é que é?

— Você está mancando — retrucou Andrew. Neil não tinha percebido, estava focado demais na bola e nos Corvos. Lançou um olhar assustado para os pés de Matt, como se pudesse enxergar a fonte da dor do colega. — Você não serve de nada pra mim agora. Pede pra Abby dar uma olhada. Neil aguenta o tranco enquanto isso.

Haviam passado a noite toda comentando o quanto o grande calcanhar de aquiles da defesa era a velocidade. Neil era o jogador mais rápido da primeira divisão de Exy, mas não sabia por que Andrew julgava aquela uma solução viável. Neil queria apontar todos os motivos pelos quais era uma ideia ruim, mas não tinha o direito de ir contra Andrew.

— Quando comecei, eu era defensor, lembra? — explicou Neil para Matt. — Os Corvos me colocaram contra Riko quando fiquei com eles em dezembro. Sei como ele se move.

— Duas semanas de treino não prepararam você pra enfrentar o melhor atacante do Exy.

— Kevin é o melhor atacante— corrigiu Neil — e não preciso ser o melhor defensor para contra-atacar Riko. Só tenho que ser mais rápido do que ele. Nós dois sabemos que eu sou. Confie em mim. Posso mantê-lo longe de Andrew enquanto você descansa.

— O treinador nunca vai aceitar — afirmou Matt.

— Diz pra ele que não temos opção — disse Andrew, como se fosse simples assim.

Talvez tenha sido a convicção de Andrew a convencer Matt. Andrew nunca tinha dado a mínima para o jogo antes e só se esforçava de vez em quando. O fato de se importar a ponto de discutir era inesperado e inédito. Matt ainda parecia cheio de dúvidas e pronto para argumentar, mas se virou e saiu em silêncio. Enquanto se encaminhava para os portões, Neil enfim notou que o colega realmente estava mancando. Matt não precisava mais se fazer de forte, então parou de tentar esconder o sofrimento.

Parou no portão para discutir com Wymack e Abby. Talvez invocar o nome de Andrew tenha funcionado, ou talvez Wymack estivesse desesperado a ponto de tentar qualquer coisa. De qualquer forma Dan entrou em quadra alguns segundos depois. Allison foi até ela, presumindo que seria substituída, mas Dan pediu que ela fosse para seu lugar e assumiu a posição de atacante para cobrar a falta.

— Você é maluco — disse Neil para Andrew, em voz baixa.

— Isso não é novidade pra ninguém — retrucou Andrew.

Neil balançou a cabeça e assumiu sua nova posição ao lado de Riko. O olhar de Riko alternava entre Neil, Dan e Andrew. Levou apenas um segundo para entender o que acontecera, e abriu um sorriso frio.

Talvez ele tivesse o direito de se sentir presunçoso. Não importava que Neil tivesse começado a jogar Exy como defensor. Passara metade da vida longe das quadras e, durante os últimos dois anos, se dedicara a aprimorar suas habilidades como atacante. Durante o recesso de Natal, Riko tinha visto com os próprios olhos o quanto Neil estava fora de forma e era triste na defesa.

Mas havia se esquecido que Neil só fora colocado na quadra dos Corvos após apanhar tanto de Tetsuji que perdera a consciência. A saúde de Neil piorara cada vez mais, graças aos constantes abusos de Riko. Mas, naquele dia, Neil estava em perfeita forma, e puto da vida com os Corvos por machucarem suas Raposas.

Andrew rebateu a bola para o outro lado da quadra e a luta para ver quem venceria nos minutos finais começou. Neil perseguia Riko a cada passo, usando a raquete e o corpo para atrapalhar os arremessos e forçá-lo para longe de Andrew. Os dois duelavam em quadra, se esquivando um do outro e correndo em disparada, dando passadas laterais e se empurrando, quase tropeçando a cada vez que se viravam. Riko usou todos os truques que conhecia para tentar passar por Neil, mas não conseguiu superá-lo por muito tempo.

Ninguém arremessou no gol por minutos. Riko rosnou, cheio de ódio, quando Andrew rebateu seu último arremesso. Neil deu risada, sabendo que isso o enfureceria ainda mais. A impaciência e a raiva de Riko eram o combustível de Neil, que ficava cada vez mais rápido e já nem notava a queimação que subia por suas coxas e panturrilhas.

Quando ele e Riko caíram no chão pela enésima vez, Neil sentiu algo em seu ombro estalar e ficar dormente. Decidiu que não era hora de se preocupar, então se levantou e chegou à bola antes de Riko, passando-a para Allison. A garota passou para Kevin, que jogou para Dan, que, por fim, devolveu para Kevin marcar o gol. O jogo estava empatado: oito a oito.

Mais dez minutos se passaram sem que ninguém marcasse, ainda que não fosse por falta de tentativas. Enfim, Berger conseguiu fazer a finta em Aaron e arremessar com rapidez no gol. Andrew não foi veloz o bastante para defender e bateu com a raquete na parede quando o gol ficou vermelho. Sua irritação era tão inspiradora quanto a de Riko, mas

Neil não conseguia defender sozinho e Aaron havia chegado no limite. Quando os Corvos voltaram a cometer uma falta e as Raposas recuperaram a posse de bola, Wymack mandou Nicky e Matt entrarem.

Neil esperava ser tirado de quadra, mas Nicky trocou de lugar com Allison, que estava exausta, e Matt assumiu o lugar de Aaron. O sorriso que Matt lançou a Neil foi ao mesmo tempo um encorajamento e um pedido de desculpas. Neil retribuiu com um sorriso tenso, e os dois avançaram como um só. Com três defensores em quadra, as Raposas finalmente conseguiram se recuperar e, nos últimos cinco minutos, bloquearam o ataque dos Corvos. Riko e Berger arremessavam de longe porque não tinham outra escolha, e Andrew defendia tudo. Do outro lado da quadra, Kevin marcou em um rebote, deixando a partida novamente empatada.

Neil percebeu que o jogo seria decidido com cobrança de faltas, e pensar em enfrentar o goleiro dos Corvos estando tão exausto era aterrorizante. Havia usado toda a sua energia, esgotado suas forças, e se movia apenas graças a algum senso estúpido de autopreservação. Sentia as pernas e os pulmões queimarem, e a dormência no ombro fora substituída pelo calor. Seus pulsos e braços estavam doloridos, e havia hematomas por todo o seu corpo de tanto trombar com Riko e cair no chão. Seus cotovelos ardiam por todas as vezes que haviam batido em sua raquete; ele já não sentia os próprios pés, e havia grandes chances de Riko ter quebrado um ou dois de seus dedos da última vez que pisara nele.

Neil não percebeu que haviam chegado ao último minuto do jogo até que a buzina soou no alto. Seu corpo, ciente do significado daquele som, enfim deu sinais de que havia desistido. Ele caiu de joelhos e mal conseguia usar as mãos para se erguer. Sentia o estômago se revirar, mas não tinha forças para vomitar. Os músculos, privados de oxigênio, pareciam se desintegrar, mas inspirar exigia um esforço enorme. Neil sugava o ar pela boca em breves intervalos, mas não adiantava nada.

A buzina tocou de novo, e o coração de Neil parou.

O zumbido em seus ouvidos não era só dele. Seus companheiros estavam berrando, gritos de guerra que não chegavam a formar palavras para expressar a descrença e a vitória. Os dedos de Neil tremiam tanto que era quase impossível abrir as tiras do capacete, mas ele conseguiu jogá-lo para o lado. Piscou para afastar o suor dos olhos e olhou para o placar.

Dez a nove para as Raposas — Kevin havia marcado nos últimos dois segundos.

Neil gostaria de sorrir, mas precisou de todas suas forças apenas para olhar para Riko. O capitão dos Corvos e rei do Exy encarava o placar como se esperasse que os números mudassem. As Raposas corriam umas para as outras, ainda gritando sem parar, mas os Corvos permaneciam estáticos, como pedras. Era a primeira derrota na história da Edgar Allan, contra o mais improvável dos adversários.

Neil respirou tão fundo que sentiu o ar rasgando-o por dentro.

— Eu perguntaria qual é a sensação, mas acho que você sempre soube como é ficar em segundo lugar, seu monte de merda.

Riko desviou o olhar do placar. Encarou Neil, inexpressivo e atordoado, e então a repulsa retorceu sua fisionomia, transformando-a em algo terrível. Ele ergueu a raquete acima da cabeça, mas Neil levou alguns instantes para perceber que Riko tinha a intenção de acertá-lo. Dan gritou seu nome do outro lado da quadra, mas não havia nada que Neil poderia fazer além de observar a raquete de Riko descer. Mal tinha forças para respirar. Esquivar-se estava fora de cogitação.

A raquete de Riko se aproximou a ponto de Neil ouvir o vento assobiando, e então uma segunda raquete surgiu de repente, grande, brilhante e laranja. Andrew usou toda a força que ainda tinha no golpe e acertou o antebraço de Riko. O barulho que os ossos fizeram ao se quebrar era terrível. A raquete do adversário caiu, inofensiva, e Riko foi o único a gritar. Cambaleou para longe, caiu de joelhos e segurou o braço em frente à barriga. Andrew colocou sua raquete na frente de Neil como um escudo e observou o colapso de Riko com uma expressão entediada.

Neil perdeu Riko de vista quando as Raposas o cercaram. Dedos enluvados acariciavam sua cabeça e seus ombros, à procura de qualquer sinal de que havia se machucado. Neil ignorou aquele desespero, mais interessado em ouvir os gritos intermináveis e agonizantes de Riko. Então Dan segurou o rosto dele e o sacudiu.

— Neil — disse ela, com tanto desespero e medo que Neil se viu obrigado a olhar para Dan.

— E aí? — respondeu Neil, rouco de exaustão e embriagado pelo triunfo. — A gente ganhou.

Dan o abraçou, deixando uma risada abafada escapar nos ombros protegidos dele.

— É, Neil. A gente ganhou!

EPÍLOGO

Deveria haver uma cerimônia para que Edgar Allan entregasse o troféu do campeonato para seus sucessores. Entretanto, a celebração foi adiada até a manhã seguinte. Em vez disso, houve policiais e paramédicos, depoimentos e entrevistas. Neil se perguntava por que havia esperado algo de diferente no que tangia às Raposas.

Riko fora levado às pressas em uma ambulância, mas os Corvos e as Raposas foram mantidos no estádio até as duas e meia da madrugada. Os torcedores só saíram quando a polícia os obrigou, dirigindo-se aos portões de Evermore em um silêncio mortal. Os convidados das Raposas e as Raposetes argumentaram, defendendo seu direito de ficar, mas perderam a discussão. Ao partirem, prometeram encontrar as Raposas no hotel.

Quando enfim receberam autorização para tomar banho e trocar de roupa, as Raposas estavam quietas. As longas horas que haviam se passado desde a última buzina fizeram com que a merecida empolgação se esvaísse temporariamente. Eles se sentiam tão doloridos e esgotados que se mover parecia uma tarefa hercúlea. Neil se encostou na parede do chuveiro, porque sabia que não devia se sentar. Adormeceu sem querer, mas acordou quando a água esfriou. Bocejou enquanto se vestia e foi ao encontro dos companheiros de equipe.

Um segurança o esperava do lado de fora do vestiário.

— Neil Josten, eles têm algumas últimas perguntas a fazer.

Neil se virou em silêncio e acompanhou o homem até a área técnica. O estádio já estava vazio e a polícia tinha ido embora. Cansado demais para perguntar o que estava acontecendo, Neil se arrastou atrás do segurança em silêncio. A um terço da descida, havia um portão que os seguranças usavam para se mover entre a área técnica e as arquibancadas. O segurança o destrancou e fez sinal para que Neil passasse. Havia refrigerante derramado no pavimento, e seus sapatos estavam grudentos; o lugar inteiro fedia a comida gordurosa e cerveja.

Depois da escada seguinte, havia uma entrada pela qual aos torcedores chegavam ao estádio vindos do círculo externo. Neil estivera no círculo externo das Raposas apenas uma vez, uma vez que a entrada destinada ao time permitia que contornassem as barracas de comida e as lojas de bugigangas. O anel externo dos Corvos era bastante parecido, com exceção dos banners com datas de campeonatos pendurados nas vigas. O que antes era fonte de orgulho, agora servia como um lembrete do fracasso daquela noite.

Estava escrito LESTE acima de um elevador, em letras vermelhas e em negrito, e Neil se esqueceu dos banners. O guarda teve que passar o crachá e digitar um código de seis dígitos para que pudessem passar. Havia apenas dois botões dentro, "térreo" e "torre". Neil fechou os olhos durante o passeio até o topo.

O segurança ficou para trás quando Neil saiu, e este seguiu sozinho. Um pequeno corredor dava para uma sala espaçosa que ele reconheceu. Nove anos antes, estivera ali com Riko e Kevin enquanto seu pai cortava um homem em pedaços.

Stuart Hatford e um homem que Neil não reconheceu estavam parados nos cantos mais distantes. Tetsuji e Riko estavam sentados em um dos sofás, o treinador com as costas retas e o rosto impassível, e o atleta encolhido e amedrontado. Neil viu o gesso branco despontando da tipoia em que os médicos colocaram o braço de Riko. Poderia ficar olhando aquilo para sempre, mas Ichirou estava parado perto das janelas com vista para a quadra e Neil sabia que não deveria ignorá-lo. Neil ficou a meio caminho entre os irmãos e fixou os olhos na gola de Ichirou.

Estava tão silencioso que dava para ouvir o tique-taque do relógio de alguém. Neil contou um minuto, depois dois, sem que ninguém dissesse uma palavra. Por fim, Ichirou tirou uma mão enluvada do bolso e fez um gesto. O homem desconhecido entregou uma arma para ele. Neil esperou, em silêncio e sem fôlego, que Ichirou a apontasse para ele. Poderia pedir uma segunda chance, mas sabia que não adiantava tentar. Suas palavras não mudariam o que acontecera naquela noite, e nem mesmo Neil mentiria bem o suficiente para convencer Ichirou de que sentia muito.

Ichirou avançou, mas não foi até Neil. Parou diante do tio e falou em um japonês tranquilo. Tetsuji ouviu tudo em silêncio, com a expressão impassível. Quando Ichirou ficou quieto, Tetsuji se curvou, ficando de joelhos. Não se endireitou de novo, mesmo quando Ichirou voltou seu olhar intenso para Riko, que finalmente se mexeu o bastante para erguer o olhar. Os irmãos se encararam pela primeira vez. Ichirou se agachou na frente dele, devagar e em silêncio.

— Ichirou — disse Riko, tão emocionado que Neil quase não conseguiu compreender a palavra.

Talvez estivesse amaldiçoando o nome do irmão por demorar tanto tempo para surgir em sua vida. Talvez estivesse implorando por justiça ou vingança. Riko abriu a boca para dizer mais alguma coisa, mas tornou a fechá-la quando Ichirou usou a mão livre para segurar sua bochecha.

Não era para confortá-lo, o que Neil percebeu tarde demais. Ichirou apontou a arma para a têmpora de Riko e puxou o gatilho sem hesitar. O tiro foi tão inesperado, tão alto, que Neil deu um pulo. O corpo de Riko estremeceu sob a força do impacto. O sangue espirrou nas costas de Tetsuji e no sofá de couro em que ambos estavam sentados. Ichirou afastou as mãos e deixou Riko cair.

Quando Ichirou se endireitou, o estranho deu um passo à frente. Ichirou devolveu-lhe a arma, e o homem se ajoelhou para pressioná-la na mão sem vida de Riko. Neil o observou curvar os dedos de Riko ao redor do objeto, apertando-o. Em um canto distante de sua mente, Neil sabia o que estava acontecendo, mas naquele momento estava chocado demais para entender.

Ichirou parou na frente de Neil.

— Suas atitudes foram responsáveis por sacrificar o treinador e o capitão dos Corvos. Está satisfeito?

A princípio, Neil não conseguiu compreender, afinal Tetsuji ainda estava vivo. Quando a ficha caiu, Neil parou de respirar. Tetsuji Moriyama estava deixando o cargo — não necessariamente porque Neil havia pedido, mas porque Ichirou estava ali e testemunhara em primeira mão o que os Corvos haviam se tornado sob a orientação dele. Stuart dissera que Ichirou estava correndo atrás do prejuízo. A violência impensada e a sanidade frágil dos Corvos os colocavam em enorme desvantagem. Ichirou não queria estar ligado à reputação manchada da Edgar Allan.

De repente, Neil ficou mais acordado do que nunca.

— Seu pessoal está seguro, e o meu também. Sim, estou satisfeito.

O sorriso de Ichirou foi frio e efêmero.

— Não importa o nome que usem para você. Você sempre vai ser um Wesninski de coração. — Ichirou gesticulou para Neil como se estivesse afugentando uma mosca insignificante. — Está dispensado.

O segurança levou Neil de volta ao vestiário e o deixou na porta. Ele entrou sozinho e encontrou todas as Raposas à sua espera. Olhou de um rosto cansado para o outro, deleitando-se com tudo o que haviam conquistado naquela noite e imaginando como reagiriam quando ouvissem as notícias no dia seguinte.

— O que é tão engraçado? — perguntou Nicky, ao avistá-lo parado próximo à porta.

Neil não percebera que estava sorrindo.

— A vida?

Seu bom humor pareceu injetar um pouco de ânimo na sala. Dan se sentou um pouco mais ereta, e Matt conseguiu sorrir. Kevin pressionou os dedos com força contra a nova tatuagem. Aaron e Nicky trocaram olhares triunfantes, e Allison estendeu a mão para apertar a mão de Renee. O aceno de Wymack era de aprovação; e o sorriso de Abby era puro orgulho.

— Vamos cair fora — disse o treinador. — Temos uma festa pra ir. Quem não estiver no ônibus em dois minutos vai passar a noite aqui.

Wymack jamais deixaria alguém da equipe para trás, mas as Raposas saíram depressa, como se acreditassem na ameaça. Neil esperou de lado enquanto os outros saíam, sabendo que Andrew seria o último a passar. Wymack sabia que era melhor ir na frente e seguiu as Raposas pelo corredor. Andrew levara a mochila de Neil para ele. Neil a pegou e a jogou para o lado. Andrew o estudou por um momento, então também soltou a mochila e apoiou a mão na parede, perto da cabeça de Neil.

— Você está sempre escapando por um triz, já está perdendo a graça — disse Andrew. — Achei que soubesse fugir.

Neil fingiu estar confuso.

— Achei que você tinha me dito para parar de fugir.

— Dica de sobrevivência: ninguém gosta de espertalhões.

— Tirando você.

Um ano antes, Neil não era ninguém e vivia assustado, cheio de ódio por ter aceitado o contrato com as Raposas e contando os dias até que fosse morar com Wymack. Naquela noite, fora o atacante titular da equipe no topo da classificação da NCAA. Em dois anos, seria capitão e em quatro se formaria em Palmetto State. Primeiro encontraria um time para jogar profissionalmente e depois lutaria com unhas e dentes para chegar à seleção. Já podia sentir o peso de uma medalha olímpica pendurada no pescoço. Não importava a cor, desde que fosse dele.

Melhor do que aquele futuro brilhante era o que tinha naquele instante: uma quadra que sempre seria seu lar, uma família que jamais desistiria dele e Andrew, que pela primeira vez não havia desperdiçado tempo para negar que o que havia entre os dois poderia de fato significar algo mais. No começo, Neil nem havia notado a falta de resposta, distraído demais por seus pensamentos vertiginosos. Agora, não podia deixar de sorrir. Puxou Andrew para si.

Aquilo era tudo o que mais queria, tudo de que precisava, e Neil jamais abriria mão.

AGRADECIMENTOS

Minha eterna gratidão a algumas das minhas pessoas favoritas no mundo: KM, Amy, Z, Jamie C e Miika. Vocês fizeram o impossível ao recolher os destroços desta trilogia. Agradeço às minhas irmãs, que fizeram esta capa para mim quando eu estava prestes a desistir.

Todo o meu amor para você que está segurando este livro, que apostou em Neil, nas Raposas e no Exy. Esta história não seria nada sem você. Obrigada por acreditar em algo louco comigo.

Este livro foi composto na tipografia Minion Pro,
em corpo 11,5/16, e impresso em
papel off-white no Sistema Cameron da
Divisão Gráfica da Distribuidora Record.